国家社科基金
GUOJIA SHEKE JIJIN HOUQI ZIZHU XIANGMU
后期资助项目

基于用韵空间分布综合评价法的
初唐诗文韵部研究

汪业全　蔡志凯　苏霞　著

中华书局

图书在版编目(CIP)数据

基于用韵空间分布综合评价法的初唐诗文韵部研究/汪业全,蔡志凯,苏霞著. —北京:中华书局,2025.6.—ISBN 978-7-101-17206-5

Ⅰ.I207.227.42

中国国家版本馆 CIP 数据核字第 2025XT8415 号

书　　名	基于用韵空间分布综合评价法的初唐诗文韵部研究
著　　者	汪业全　蔡志凯　苏　霞
丛 书 名	国家社科基金后期资助项目
责任编辑	刘岁晗
封面设计	毛　淳
责任印制	管　斌
出版发行	中华书局
	（北京市丰台区太平桥西里 38 号　100073）
	http://www.zhbc.com.cn
	E-mail:zhbc@zhbc.com.cn
印　　刷	三河市宏盛印务有限公司
版　　次	2025 年 6 月第 1 版
	2025 年 6 月第 1 次印刷
规　　格	开本/710×1000 毫米　1/16
	印张 43¼　插页 2　字数 682 千字
国际书号	ISBN 978-7-101-17206-5
定　　价	258.00 元

国家社科基金后期资助项目出版说明

后期资助项目是国家社科基金设立的一类重要项目,旨在鼓励广大社科研究者潜心治学,支持基础研究多出优秀成果。它是经过严格评审,从接近完成的科研成果中遴选立项的。为扩大后期资助项目的影响,更好地推动学术发展,促进成果转化,全国哲学社会科学规划办公室按照"统一设计、统一标识、统一版式、形成系列"的总体要求,组织出版国家社科基金后期资助项目成果。

全国哲学社会科学规划办公室

目　录

序　一

从诗文用韵概括出韵部，历来是音韵学家做对象研究的好方法。明末清初的顾炎武著《诗本音》和《唐韵正》，都是以古诗文用韵为基础的，标识古诗文的用韵，进而对相关韵部作综合性研究和解释。清儒戴震、段玉裁等古音学大家，不论是审音派，还是考古派，都离不开经验主义的做法：从用韵考入手确定古韵分部，进而阐扬之。审音派学者戴震著《声韵考》，其卷二《考定广韵独用同用四声表》是《广韵》袖珍本，可单独成帙。戴震的考定旨在追溯《广韵》（即《切韵》的拓展和改版）同用、独用的原貌，十分重要的是，参酌唐宋元明清以来近体诗用韵的实际情况，来考定《广韵》同用、独用的情况。《声韵考》卷三《古音》是最早的古音学史。从汉代郑玄，唐陆德明，宋郑庠，明顾炎武，清江永、段玉裁等一路讲来，无不涉及《毛诗》云、《毛诗》音义、《三百篇》为本、唐之功令等诗歌实际用韵的说法。至于近现代学者对诗文用韵研究法的提出，早在抗日战争时期，张世禄先生在昆明"和罗常培先生谈到汉语音韵学如何开展研究的问题，当时我们都认为应当广泛搜集材料，首先是西汉以来诗文用韵的系统……原拟把唐代较重要作家的诗文韵系都写起来，然后总其成"。先后在中央大学和南京大学学习和工作的鲍明炜先生历经半个世纪的努力，著成《初唐诗文的韵系》和《唐代诗文韵部研究》，成为学术史上的一大亮点。

由以上可知，从诗文实际用韵的情形出发来研究音韵学的经验或称经验主义的方法，是行之有效的好方法。英国哲学家洛克曾说："它（心灵）是从哪里得到理性和知识的全部材料的呢？对此我用一句话来回答：是从经验得来的；我们的全部知识是建立在经验中的，知识最终是来自于经验的。"研究工作的实践表明，经验科学的方法对传统学科的研究特别适用和有效；

而今汪业全教授等依托国家社科基金后期资助项目,用前辈学者用过的同样的经验方法,著成此书,承前启后,阐述新见,弘扬传统,实为难得一见的音韵学著作,可喜可贺也哉!业全教授他们的成果,最为引人注目者有:

一是在研究方法和研究指向上提出了"断代诗文用韵研究以归纳通用韵部为首要目标"。前述"诗文用韵归纳研究的经验方法"固然照常用,用得很多,但大有改进、推进和创新。书中认为,过往的断代诗文用韵研究虽然有意无意地以归纳通用韵部为首要目标,但问题是,过往方法得出的"通用韵部"是否具有"确定性"。例如顾炎武的"古音表"十部是汉语语音史上首个科学意义上的断代诗歌韵部系统,且誓要"举今日之音,而还之淳古",用今天的话来说,就是要还原出一个"纯正"的先秦通用韵部系统。继清儒古韵分部之后,现代学者对两汉至唐五代各时期诗文韵系展开研究,取得了一批重要成果,如王力(1936/1980)、于安澜(1936/1989)、罗常培与周祖谟(1958/2007)等十数家,他们的论著得出的断代诗文韵系普遍被视为通语韵系,实际上即是作者笔下的通用韵系,可为构建汉魏至晚唐五代语音史特别是通语语音史提供重要佐证。但是,有个问题一直以来似乎被忽视了:以既往诗文用韵经验研究方法得出的断代诗文韵部并不都是通用韵部。不错,通用韵部一般就是通语韵部,但严格说来二者是有区别的。文中指出,通语韵部广泛存在于各类语音材料中,只有研究了各类语音材料后才能确定通语韵部。通用韵部是通语韵部在某一类或某几类语音材料中的表现,根据某类或几类断代语音材料归纳得出的韵部可以是通用韵部,但还不能据此作出就是通语韵部的结论。在作者看来,这并非只是"通用"和"通语"的一字之差,而是涉及"初唐诗文韵部研究方法本身能否证明其通用性质",并以"通用韵部的确定性"为检验的问题。这不仅是价值评判,而已经是真值与否的验核。

二是在韵摄、韵部的研究中处处彰显和贯彻作者的用韵空间分布综合评价法。

作者在运用用韵空间分布综合评价法对初唐诗文韵部进行研究时,分摄归纳韵部,各摄先罗列用韵的空间分布情况,再计算空间分布度,继而提取韵部,接着对有"二次计算"的进行二次计算,最后列举韵部韵例。在思想方法上,作者已经把空间维度关系视为无所不在的物质性存在,并将这种物质性存在处处与韵摄、韵部的存在紧密结合。这样可以更客观地展开两者学术关系的叙述和记录,也可以更自主地进行学术探讨和研究。作者的空间分布视角与韵摄、韵部结合据实取例,从实求证,始终保持音韵学的科学实证精神,从而使课题的本体研究有所发现和推进。

李　开

2024年10月13日于南京大学

序 二

有幸能够为汪业全教授撰写这篇序文，倍感荣幸。汪教授是我的老朋友，认识十多年来，他的研究工作始终不断，为我们年轻的学子们，树立了很好的榜样。汪教授的近作由中华书局出版，属于国家社科基金后期资助项目。这是一个国家学术发展的重要项目，支持基础研究，经过严格的评审过程，奖助了许多优秀的成果，汪教授这部著作正是其中之一。

拜读了汪教授的这部大作，感受深刻，受益良多。以下就个人的体会心得来谈一谈，以就教于汪教授。

第一，历史音韵学是一门立体的、历时的学科。严谨的历史观念，非常重要。而这一方面，正好是清朝学者比较忽略的部分。汪教授严谨地进行了断代的处理，把唐诗锁定在初唐阶段。这样的研究，有助于我们深入了解这个阶段的音韵现象，可以拿来跟盛唐、中唐、晚唐做一个比较。使学者们能够更有系统地观察唐代几百年间音韵的变化脉络。

第二，研究材料的选择上，包含了当时诗文的用韵状况。诗文创作于众人之手，吟诵于众人之口。比起其他语言材料，更具有广泛的社会基础。透过这样的材料来研究当时的音韵，更为客观。可以更完整地看到当时语言的原貌。

第三，在研究观念上，能够超越前人的，是注意到语言的空间分布。从汪教授的归纳当中，既能够看到语言的变迁，也能够反映出地区性的方言变体，这两条轴线，正是我们完整地了解语言变化脉络的重要原则。汪教授引用索绪尔指出："在语言研究中，最先引人注目的是语言的差异。我们只要从一个国家到另一个国家，或甚至从一个地区到另一个地区，就可以看到语言间的差别。""所以语言学中最先看到的就是地理上的差异；它确定了对语言的科学研究的最初形式。"汪教授的思维理念,贯彻了索绪尔的这个认知。

第四,汪教授对于著作里头一些重要的概念,都用最严谨的方式来界定它的内涵。反映了汪教授治学的一丝不苟,以及清晰的逻辑观念。例如,对于"初唐"时间的划定,不轻易采用一般的看法,必须亲自加以论证。在本书中汪教授说明了具体的方法:

> 为了验证这一划界的合理性,我们检视了二八二卷末之前的35位作家的生活年代及其在《全诗》中的序次,发现有20位作者不见于《全诗》初唐之始至张九龄之间的作家序列……我们将张九龄之前35位作家中不符合初唐时限要求的6个作家移除。

同样的,汪教授对于"古典诗"跟"近体诗"也进行了严格分辨:

> 将《全诗》初唐4062首/章可研诗歌与十部诗文集的诗歌篇目比对,得到近体诗结论一致的有900首/章,古体诗结论一致的有354首/章。

从全盘的统计上,来认定两者的界限。从这些研究态度来看,正说明了这部著作的严谨性。

第五,这部著作不是闭门造车,只谈个人的想法,而是也参考了从事相同研究的几部著作,来观察彼此之间结论的异同。透过学者们研究成果的比较,更能够凸显本书研究的客观性,以及结论的可信度。例如本书节取公开发表或出版的四家初唐诗文韵系研究成果作比较。四家初唐韵系是鲍明炜(《初唐诗文的韵系》,《音韵学研究》第二辑,中华书局1986年版)、耿志坚(《初唐诗人用韵考》,《语文教育研究集刊》1987年第6期)、金恩柱(《从唐代墓志铭看唐代韵部系统的演变》,《古汉语研究》1999年第4期)、李蕊(《唐代古体诗韵部演变考》,《古汉语研究》2021年第1期),同时参考金恩柱(《唐代墓志铭用韵研究》,中山大学博士学位论文,1998年)、李蕊(《唐代古体诗用韵研究之一》,《贵州大学学报(社会科学版)》2019年第1期)的研究成果。所用的材料,包含了海内外的学术成果,都不遗漏。从这里可以看出汪教授视野之广。开阔的胸襟,正是学术研究重要的核心精神。不至于陷入一门一派的牢笼中,避免被一个理论、一个说法所局限。

总的来说,汪教授这部著作,个人认为,有很好的参考价值。既可以作为初学者探索门径的读物,也可以作为学者进行专题研究的思考凭借。

竺家宁

2024年10月20日于台北内湖居

引　言
问题的提出：通用韵部的确定性^①

断代诗文用韵研究以归纳通用韵部为首要目标^②。顾炎武的"古音表"十部是汉语语音史上首个科学意义上的断代诗歌韵部系统。这位清代古音学的"开山祖"誓要"举今日之音，而还之淳古"(《音学五书》序)，用今天的话来说，就是要还原出一个"纯正"的先秦通用韵部系统。

继清儒古韵分部之后，现代学者对两汉至唐五代各时期诗文韵系展开研究，取得了一批重要成果。如于安澜(1936/1989)、王力(1936/1980)、罗常培与周祖谟(1958/2007)、丁邦新(1975)、何大安(1981)、李荣(1982)、王力(1985)、鲍明炜(1986、1990)、耿志坚(1987、1989、1990、1991a、1991b)、周祖谟(1996)、陈海波与尉迟治平(1998)、刘根辉与尉迟治平(1999)、麦耘(1999)、赵蓉与尉迟治平(1999)、金恩柱(1999)、孙捷与尉迟治平(2001)，等等。李蕊(2019a、2019b、2021)、刘冠才(2020)是这方面的最新成果。这些论著得出的断代诗文韵系普遍被视为通语韵系，实即本著所谓的通用韵系，此为构建汉魏至晚唐五代语音史特别是通语语音史提供了重要支撑。

但是，有几个问题一直以来似乎被忽视了：以既往诗文用韵研究方法得出的断代诗文韵部都是通用韵部吗？如果是通用韵部，确认的根据是什么？

---

① "引言"内容及第一章第一节和第二节部分内容曾以《问题、理念及方法：断代诗文韵部研究的初步检讨》为题公开发表，见刘冠才等《行走在语言与哲学之间：庆祝李开先生八十寿诞学术论文集》，凤凰出版社2022年，第336～361页。此处有改动。

② 通用韵部一般就是通语韵部，但严格说来二者是有区别的。通语韵部广泛存在于各类语音材料中，只有研究了各类语音材料后才能确定通语韵部。通用韵部是通语韵部在某一类或某几类语音材料中的表现，根据某类或几类断代语音材料归纳得出的韵部可以是通用韵部，但还不能据此作出就是通语韵部的结论。

方法本身能否证明其通用性质？这几个问题是相互联系的，我们将其归结为"通用韵部的确定性"。

下面试以王力①《南北朝诗人用韵考》（下称《用韵考》）所分"支"部为中心，初步回答以往归纳诗文韵部的根据②。

（甲）支佳。

段玉裁根据先秦古韵，把支脂之分为三部；今依南北朝诗人的用韵看来，脂之为一类，支则独自为一类。脂之二韵……至于支韵，却是很严格地与脂之隔离。段玉裁又把支佳合为一部，认为与歌戈麻相近；在南北朝的韵文里，这一点仍与先秦相近似。我们试看任昉《王贵嫔哀策文》以"家虵纱佳"为韵；《侍释奠宴》以"多家华"为韵，就可见南北朝还有歌麻与佳通用的痕迹，同时也可猜想它们的韵值相近。至于支佳同用者，则有：

……（今按，共5个韵段）

佳韵的字太少，又有几个常用的字像"崖涯差"等是同时属于支韵的，令我们分不清支佳的界限。如果我们把"崖涯差"也认为佳韵字，那么，支佳同用的例子就更多了。

支独用者：

……（今按，共32个韵段，其中有一个韵段为"偶然合韵"）

此外，支韵独用者尚有谢惠连、谢庄、王俭、陶弘景、丘迟、任昉、刘孝绰、刘孝威、刘潜、陈后主、徐陵、沈炯、张正见、王褒、卢思道、李德林诸人。其中偶有杂脂之微灰韵字者，如：

……（今按，共9个韵段）

在将近二百篇的诗赋当中，只有这八篇与上面何逊一篇是出韵的。

---

① 本著于前贤时彦名下省称"先生"诸字眼，是图简省而非不敬。

② 王力文中的下划线、脚注一律去掉，韵谱以及与这里讨论的问题关系不大的句子用省略号略去。后同。

我们当然可以把它们认为例外,也许其中有些还是传写之讹,或伪品。最可疑的是沈约的《明之君》……如果我们在别的方面能证明《明之君》非沈约所作,则用韵方面也可以做一个有力的旁证。

此外,傅亮的《征思赋》以"垂"与"晖闱思"为韵,是支微之相混;薛道衡《从驾天池》以"陲池蝓"与"旗"为韵,《和许给事》以"戏骑跂"与"鼻至翠"为韵,是支之脂相混;隋炀帝《赠张丽华》以"知"与"时"为韵,是支之相混。《百三名家集》在隋炀帝此诗后注云:"此或伪笔";至于傅亮与薛道衡,或因他们的方音如此,或因偶然合韵,未便武断,只好存疑而已。

总之,大致看起来南北朝的支韵是独立的。不过,这里所谓支韵,其所包括的字,等于《切韵》里的支韵的字,而不等于段玉裁支部的字。除了丘迟《送张徐州》以"积"字与"吹骑戏寄被义"为韵之外,更无与昔锡通用的痕迹;又如"皮为离施仪宜猗靡罹吹差池驰陂黑"等字,也不归歌而应该依《切韵》归支。(1980:8~10)

统计"(甲)支佳"中支韵字涉及的各用韵数量,如下面简表所示①:

	支	脂	之	微	佳	灰	昔	脂之	微之	之齐
支	30	3	2	2	5	1	1	2	1	1

支独用30次,支佳同用5次②,支与其他韵的同用皆不过3次,支独用次数占其独用、同用总次数的62.5%。在支涉及的用韵中,支独用次数最多,这就是支被提取为韵部的根据。

通观全文,王力划分韵部主要凭借的是用韵数量。这从韵谱及相关讨论看得很清楚。

---

① 上面引文言及沈约《明之君》、隋炀帝《赠张丽华》疑为伪作,逯钦立《先秦汉魏晋南北朝诗》(中华书局1983年)未录二诗,丁福保《全汉三国晋南北朝诗》(中华书局1959年)未收《明之君》。此二诗不作统计。又,表中用韵举平赅上去,后文除有必要区分平上去的情形外,余皆仿此。
② "独用、同用"之名,本著不加引号指诗文的用韵,其"同用"相当于"合用",此依王力《用韵考》,加引号为《广韵》韵目下所注之专名。

《用韵考》"以个人为研究的单位",频繁说及作家①。这不仅是为了交代用韵的归属人,有时还出于间接说明用韵数量的需要。王力(1980:9)在列出支独用的部分韵例后补充道:"支韵独用者尚有谢惠连、谢庄、王俭、陶弘景、丘迟、任昉、刘孝绰、刘孝威、刘潜、陈后主、徐陵、沈炯、张正见、王褒、卢思道、李德林诸人。"作者列举这些作家,意在补证支独用的数量规模之大。

王力有时还联系作家的籍贯地情况进行分析②。论列作家籍贯地,主要是为了观察"方音的差异",偶尔用来辅助韵部划分。这方面内容颇值得注意。相关韵例详见第一章第一节"三",此不赘述。

类似的研究情形见于罗常培与周祖谟(1958/2007)、周祖谟(1996)、丁邦新(1975)、尉迟治平团队唐五代诗韵系列论文(1998、1999a、1999b、2001)、鲍明炜(1986、1990),等等。目前,断代诗文韵部研究的主流做法仍是排比用韵,建立韵谱,以用韵数量为基本依据划分韵部,继而分析韵部的语音性质、异部通押及其他特殊用韵现象等。

回到上面提出的问题。既然归纳断代诗文韵部大多根据用韵数量,那么,据用韵数量得出的韵部都是通用韵部吗? 拿用韵数量可以证明韵部的通用性质吗? 对于以辙或韵的"离合指数"为依据,通过数理统计方法得出的韵部,也可以提出类似的疑问。这些疑问指向一个似被忽视的重要问题,即"通用韵部的确定性"。如果使用既有研究方法得出的断代诗文韵部不具有通用韵部的确定性,那么,探寻可以得出确定性的断代诗文通用韵部的研究方法,就成为当下音韵学研究面临的一个新课题。

---

① 本著用"作家"泛指诗文作者,但从上下文看宜用"作者"的情况除外。

② 本著用"籍贯地"代替"籍贯"之称。"籍贯"指祖居或个人出生的地方,是从空间角度界定一个人的身份。"籍贯地"的基本含义与"籍贯"无异,但落脚在"地",更强调地域性。从逻辑上看,"籍贯地"之"地"似为多余,但在强调人们身份的地域差异时,"籍贯地"组合有其特殊语用价值。"籍贯地"用例如下:"连日来,由于中国台北篮球协会不同意新浪队在队名前冠以标明球员籍贯地的'台湾'或'台北'字样,引发了球队管理层和中国台北篮球协会及台湾省有关方面的激烈冲突,新浪队决策层一度提出退出中国台北篮球协会,但没有得到同意。10月3日,新浪狮队主动提出改以'宝岛'字样标示新浪狮队队员的籍贯地,使争议的解决出现转机。"(例出北京大学CCL语料库。文件名:\当代\报刊\新华社\新华社2001年10月份新闻报道.txt)

第一章　理念、方法与材料

第一节　空间分布理念

一、语言研究中的空间分布描写传统

人们对语言与空间关系的认识，最初源自语言差异的空间视角。索绪尔（1980:266、267）指出:"在语言研究中，最先引人注目的是语言的差异。我们只要从一个国家到另一个国家，或甚至从一个地区到另一个地区，就可以看到语言间的差别。""所以语言学中最先看到的就是地理上的差异;它确定了对语言的科学研究的最初形式。"这是地理语言学的源头。从发生学上看，人们最早察知语言与空间存在某种关联，很可能不是基于通语或者标准语，而是源于方言。因为，"从一个地区到另一个地区""语言间的差别"，往往更容易为人们所察觉，而这种差别多为方言差别。

从语言研究的历史看，以"空间分布"为核心理念，对"语言的差异"特别是词汇的差异进行系统性研究的"最初形式"，当推汉代扬雄的《方言》。描写方言词的空间分布，是扬雄的一大功绩，也是《方言》最显著的特征。

《方言》的训释体例为:被释方言词+通语训释词+被释词的空间分布。依据空间分布范围，被释词大致可分为仅用于个别区域的方言词、通行区域较广的方言词和"一般流行的普通话"词汇三个层次。例如①:

> 悼、怒、悴、憖，伤也。自关而东汝颍陈楚之间通语也。汝谓之怒，

---

① 　例出周祖谟校、吴晓铃编《方言校笺及通检》，科学出版社1956年。词条在《方言校笺及通检》中的卷次与卷内编号用斜线隔开，括注在后。下同。

秦谓之悼,宋谓之悴,楚颍之间谓之愁。(1/9)

嫁、逝、徂、适,往也。自家而出谓之嫁,由女而出为嫁也。逝,秦晋语也。徂,齐语也。适,宋鲁语也。往,凡语也。(1/14)

蝎、噬,逮也。东齐曰蝎,北燕曰噬。逮,通语也。(7/13)

颔、颐,颔也。南楚谓之颔。秦晋谓之颐。颐,其通语也。(10/35)

例中的"通语、凡通语"以及类似概念"凡语、通名、通词、四方通语",都是扬雄为描写"一般流行的普通话"词汇而创设的。

为了说明汉代方言词的区域分布情况,《方言》使用了众多自然地理和行政区划地名。其自然地理名称主要包括:1.山岳名,如山(关)、岱、嵩岳、衡、九嶷;2.水名,如江、江淮、江湘、江沔、江沅、沅湘、湘潭等,共25个,还有湖、五湖、江湖、大野等湖泊沼泽之名。《方言》中的行政区划名称大致可分为:1.古国名,有秦、蜀、晋、魏、赵、韩、周、燕、朝鲜、代、郑、齐、鲁、宋、卫、陈、楚、吴、越、瓯、东越、西瓯等;2.古州名,有冀州、幽州、兖州、青州、徐州、扬州、荆州、豫州、梁益、雍凉等;3.汉代郡国名,有三辅、梁、平原、沛、东海、丹阳、会稽、桂林等;4.县邑名,有邠、冀、陇、唐、翟县、宛、野、郢、坯、陶等①。这些地名涵盖的空间分布之广袤,东起东齐海岱,西至秦陇雍凉,北起赵幽燕代,东南至吴越东瓯,西南至梁益蜀汉,几乎囊括了整个汉朝版图。

从地名分合与方言区划的对应关系看,"凡是一个地方单举的,它必然是一个单独的方言区域;某地和某地常常在一起并举的,它们应当是一个笼统的区域"②。秦与晋、赵与魏、齐与鲁、陈与楚、吴与越、东齐与海岱等地名经常连用,应该形成了相对稳定的方言区。也有几个地名与另外几个地名常常并举,或者其中某个地名分别与另外几个地名常常并举,这些并举的地方彼此之间语言比较接近,再结合历史人文及地理等因素,便可以划出更大范围的方言区。例如梁益与秦晋常常并举,而陇冀与之相邻,故梁益、秦晋、陇冀可以划作一个方言大区,又如赵与魏、宋与魏、宋与卫亦常常合称,故赵魏、宋魏、宋卫可以并为一个方言大区(罗常培、周祖谟1958/2007:72)。有

① 刘君惠等《扬雄方言研究》,巴蜀书社1992年,第108～138页。

② 《方言校笺及通检》自序第9页。

的地名与其他地名有多个不同的组合，例如齐鲁、齐宋、荆齐、齐楚、齐赵、燕齐、青齐兖冀、齐鲁青徐、齐燕海岱、齐楚江淮等，可见齐地方言与鲁、与宋、与荆楚、与赵燕、与兖冀、与青徐、与江淮诸地方言存在复杂的纠葛，显示出齐地复杂的方言特征及其错综的空间分布关系。当然，也有地域相邻，地名却不连属的情况，说明彼此不在一个"笼统的区域"。将《方言》中所有地名的分用与合用及其频次加以归纳、统计，建立基于词汇表达的地名远近疏密关系网络，参证其他材料，就可以勾画出西汉时期的方言区轮廓①。

　　魏晋南北朝是社会剧烈动荡、语言变化很大的时期，方言现象引起了一些学者的关注。郭璞为《方言》作注，阐述汉晋之间语音词汇的流变，也论及一些词的空间分布及其变迁。例如："娥、嬴，好也……赵魏燕代之间曰姝，或曰妦。"（1/3）"姝"字下郭注："昌朱反，又音株。亦四方通语。"汉代用于赵魏燕代之间的"姝"字，到了晋代在更大范围内流行开来，成为了"四方通语"。颜之推《颜氏家训·音辞》是辨析古今南北语音词汇的专论，"具有精义"。《音辞》开篇即云："夫九州之人，言语不同，生民已来，固常然矣。"又说："著述之人，楚、夏各异。"颜之推历仕齐、梁、周、隋诸朝，对南北方言的异同得失有深刻体认。颜氏指出："南人以钱为涎，以石为射，以贱为羡，以是为舐；北人以庶为戍，以如为儒，以紫为姊，以洽为狎……皆为谬失轻微者。"颜氏观察到"南染吴越，北杂夷虏"的语言接触现象，坦言"皆有深弊，不可具论"。作者还发现，南北朝时期南北方言呈现不同特点："南方水土和柔，其音清举而切诣，失在浮浅，其辞多鄙俗；北方山川深厚，其音沉浊而钝钝，得其质直，其辞多古语。"陆德明和陆法言也有类似说法。《经典释文》序录："方言差别，固自不同，河北江南，最为巨异，或失于浮清，或滞于沉浊。"《切韵》序："吴楚则时伤轻浅，燕赵则多伤重浊。秦陇则去声为入，梁益则平声似去。"

　　颜氏、"二陆"将"南方、江南、吴楚"与"北方、河北、燕赵"对举，可见当时南北语音差异明显，境内方言渐成南北两分的空间分布大格局。这一格局的形成，对后世汉语的发展影响深远。

---

① 　关于汉代方言分区，可参看林语堂《前汉方音区域考》（载《语言学论丛》，上海开明书店1933年，第35～44页）、罗常培与周祖谟（2007：70～73）、刘君惠等（1992：104～106）。

综合来看，无论扬雄还是颜陆诸子，对语言"地理上的差异"都给予了很大关注，并将空间分布理念及相关分析方法引入语言研究中，由此催生了汉语方言学。对于如何刻画语言的空间差异，《方言》的系统性描写方式与颜之推的宏观视角都有启示借鉴作用。不过，古人语言研究中空间分布描写的介入，差不多仅限于"语言差异"主要是方言差异的描述，通语研究鲜有介入。

二、空间分布的普遍性是通语本质属性的表征

众所周知，通语通行于各方言区域，具有通用性。通语的本质属性就是它的通用性。通语之"通"义为通用。何谓"通用"？《现代汉语词典》（第6版）释为"（在一定范围内）普遍使用"（2012：1304），"普遍"指"存在的面很广泛"（2012：1011）。在这里，通用与普遍、存在面广泛同义。故"通用"可以理解为使用得普遍，存在面广泛。

"普遍"也好，"广泛"也罢，主要是作为空间概念使用的。语言使用是否普遍，其存在面是否广泛，可以甚至必然从空间分布上得到反映。语言通用与否，跟其空间分布状况密切相关。普遍使用的语言意味着空间分布广泛，在一定空间范围内广泛分布的语言必有某种通用性。通语就是在一个大范围（通常是一国）内使用得普遍、使用面广泛的语言，而方言正好相反。

"普通话"推广的实绩是对通语通用性最好的注解。"普通话"取其"普遍共通，普遍通用"之义。新中国成立之初，我国的文盲率超过了80%[①]。到2000年，全国（港澳台地区除外，下同）普通话普及率为53.06%[②]，2015年，普及率提高到了73%左右[③]，2020年已接近80%[④]。新时代推普规划提出，"到2025年，全国范围内普通话普及率达到85%"，基础较薄弱的民族地区普通

[①] 杜占元《在纪念〈汉语拼音方案〉颁布60周年座谈会上的讲话》，见教育部网站。转引自杨佳《我国国家通用语普及能力建设70年：回顾与展望》，《云南师范大学学报（哲学社会科学版）》，2019年第5期，第41页。

[②] 中国语言文字使用情况调查领导小组办公室《中国语言文字使用情况调查资料》，语文出版社2006年。

[③] 我国普通话普及率约达73%，见教育部网站。转引自《我国国家通用语普及能力建设70年：回顾与展望》第44页。

[④] 张日培《新中国语言文字事业的历程与成就》，《语言战略研究》，2020年第6期，第22页。

话普及率"接近或达到80%"①。普及率是以人口数量为统计口径的,而现实中人是生活在地球表面呈线面分布的,故人口数量是个空间范畴,高普及率意味着普通话的空间分布面之广。普通话使用很普遍,且越来越普遍,这是人们的直觉,几乎人人都有切身之感。

语言存在于时间与空间之中。索绪尔(1980:44)告诫研究者:"地理的现象和任何语言的存在都是紧密地联系在一起的。"空间分布不仅是语言使用的必然结果,也是语言存在的基本状态。空间分布之普遍之广泛,不仅是通语发展和使用的必然结果,而且是通语存在的基本状态。空间分布的普遍性是通语本质属性的集中表现。

因此,将语言置于它所依存的空间进行考察,从来就是语言研究的重要方法论。同理,从空间分布的普遍性状况出发,考察语言的通用性程度,应是分析或确认通语现象的重要途径。古人观察、描写和分析方言现象、比较语言异同时秉持的空间分布理念,也应该成为观察、描写和分析通语现象的重要理念。考察诗文通用韵部,有必要引入空间分布理念,从描写用韵的空间分布状况入手。

三、空间分布理念在断代诗文韵部研究中的表现与应用

20世纪30年代,以《用韵考》等著作问世为标志,现代意义上的断代诗文韵部研究扎实起步。与此同时,空间分布理念也在研究中得到了一定程度的应用。50年代,这方面的应用有所推进,不仅空间分布理念更为明晰,其应用范围也在不断扩大。在用韵的方言归属及特殊用韵分析中,作家与籍贯地的应用尤为普遍。这一时期的代表作当推罗常培、周祖谟(1958/2007)。80年代以后,以鲁国尧为主要代表,诗词曲文用韵研究蓬勃发展,蔚然大观。魏晋南北朝隋唐五代的诗文韵部被多家以不同方法研究过。鲍明炜(1986、1990)为唐代诗文韵部研究开了一个好头,周祖谟

---

① 2021年12月23日,教育部、国家乡村振兴局和国家语委联合发布《关于印发〈国家通用语言文字普及提升工程和推普助力乡村振兴计划实施方案〉的通知(教语用〔2021〕4号)》。该"实施方案"提出了"聚焦重点、全面普及、巩固提高"的新时代推普工作方针,以及未来5年要求达到的普及率指标等工作目标。

（1996）可谓魏晋南北朝诗文韵部研究的集大成之作。就空间分布理念介入的情况看，相关研究大抵沿用了20世纪50年代前关于作家、籍贯地分析的方法与路径，而研究更加细密，更加深入。下面以王力（1936/1980），罗常培与周祖谟（1958/2007）为例，对空间分布理念在现代断代诗文韵部研究中的表现与应用情况进行初步分析。

　　王力将南北朝诗人按地域分为"山西系、河北系、山东系、河南系、南阳系、江南系"等六系，他指出，"有些诗人的时代相同，而用韵不同，在许多情形之下我们仍可以认为方言的差异的"（1980:6）。《用韵考》"特别注意"诗人的籍贯，希望藉此窥见"方言的差异"。

　　通观全文，《用韵考》以籍贯地论方音，较为显明的有三处。第一处是关于鱼、虞、模在南北朝的分合情况。"第一期的鱼虞模通用与第三期的鱼不与虞模通用是显然的"（1980:14），但第二期存在两个极端，即昭明太子、江淹、沈炯等鱼虞模同用，而沈约、何逊、吴均等鱼、虞、模三韵独用，"似乎走到第三期的前头"。为了解释这种极端情况，王力首先对比了"二沈"的生年与籍贯。沈约（441～513年）与沈炯（501～560年），生年相距60年，同为吴兴武康人。作者推想，导致"二沈"在鱼、虞、模分混上的极端差异，可能不是方音的原因，"似乎可说时代形成他们语音的差异"。不过，作者很快否定了这个推论。"因为我们不该假定武康的方音在一二百年内走循环路径：先是鱼虞模不分，后来是鱼虞模三分，再后又是鱼虞模不分"（1980:15）。王力将其归因于沈约、何逊诸人的审音比沈炯等人要严。（1980:15）第二处，在元、魂、痕、寒、桓、删、山、先、仙的分合上，同属第一期，同为阳夏人的谢灵运跟谢惠连与袁淑截然不同，前者九韵同用，后者元魂痕为一类，寒桓删为一类，山先仙为一类，绝不相混。作者（1980:57～58）认为，这同样不是方音的差异，而是用韵的宽严之别。第三处，本著"引言"所举"支佳"部分，支独立为韵部，傅亮《征思赋》有支微同用例，薛道衡《从驾天池》《和许给事》有支脂之同用例，作者推测，"或因他们的方音如此"[①]（1980:10）。

　　以上几例都是对某些数量偏少的用韵或特殊用韵作定性分析，尽管空间分布理念清晰可见，但都是在既有分部基础上进行的，相关用韵涉及的作

---

① 　王力补充道："或因偶然合韵，未便武断，只好存疑而已。"

家籍贯地并未实质性地参与韵部划分[①]。

关于江、阳(唐)的分合(1980:29～48):

> 江独用者:简文帝《秋晚》:江窗缸。

> 江阳唐同用者:孔稚珪《且发青林》:江长央霜忘。徐陵《鸳鸯赋》:双鸯。庾信《鸳鸯赋》:王梁桑床;《柳霞墓铭》:阳张章江;《配帝舞》:藏唐汤香疆康;《昭夏》:长昌阳煌唐翔方;《王昭君》:阳梁行霜张;《从驾》:杨场张伤狼骦装行方长昌;《夏日应令》:阳长黄香凉房簧;《送卫王》:降江;《代人伤往》:鸯双。

> 觉独用者:沈约《僧敬法师碑》:觉学邈。陶弘景《许长史旧余坛碑》:学浊朴觉。简文帝《筝赋》:角学乐;《七励》:觉朴学;《刘显墓铭》:握学岳。王僧孺《云碑法师》:朴测邈觉握岳。王褒《陆腾勒碑》:岳璞。卢思道《卢记室诔》:朔乐学握。

> 觉药铎同用者:孔稚珪《北山移文》:郭岳壑爵。庾信《哀江南赋》:乐学落角乐略索鹤浊;《和张侍中述怀》:剥角落壑鹤渥寞镬壳铎洛索药缴诺托亳郭藿薄穫乐涸朔鼋浊鹊橐数廓。

王力以个体诗人为单位,对比了江独用(含入声韵)与江阳(唐)同用的数量规模:"江韵独用,仅有简文帝的一个例子,似乎是孤证;但与江相配的入声觉韵也有独用的。觉韵独用者有简文帝、沈约、陶弘景、王僧孺、王褒、卢思道诸人,例子很多,显然可信。"(1980:31)江阳(唐)同用只有孔稚珪、徐陵、庾信。

作者还从时空结合的维度考察江阳(唐)同用。孔稚珪(447～501年),山阴(今浙江绍兴)人,归入南北朝第一期江南系;徐陵(507～583年),郯(今山东郯城)人,庾信(513～581年),新野(今河南新野)人,二人均归入第三期,分属山东系、南阳系。"孔稚珪的江阳同用,觉药也同用,大约是方音使然,因为南北朝第一二两期的江阳韵是显然划分的。"(1980:31)"徐陵,庾信是南朝的人(庾后仕北朝),所以他们的青独立,江归阳;隋炀帝,卢

---

① 从作家的籍贯入手详考用韵的空间分布情况,似以罗常培《〈切韵〉鱼虞的音值及其所据方音考》(1931/2004)为最早。

思道是北朝的人,所以他们的青与庚耕清混;江不归阳。"(1980:5)"到了第三期,江阳在更大的地域里实际混合了:徐陵与庾信都属于这一派,尤其是庾信,他的江与阳唐,觉与药铎,都有许多同用的例子,绝对不会是偶然的合韵。"(1980:31)江阳(唐)同用由第一期的江南(山阴)扩展到第三期的北方(邺、新野)。作者推断,"江韵之离东钟而入阳唐,是在颇短的时间内发生的变迁;简文帝诸人的江韵独用(同时觉也独用),正是已离东钟而未入阳唐的一个过渡时期"(1980:31)。

前后联系起来看,王力确定江为韵部,还是主要依据了独用、同用的数量及作家数量。客观上,用韵区域分布的广狭对划分韵部也有一定的辅助作用。这样的韵例似乎仅此一例。

《用韵考》有数处对作家数量作了大略的统计。王力指出,南北朝第一期脂微同用,第二期微韵独立,脂之相混,绝大多数作家脂之同用,微韵独用,"只有沈约谢朓几个人是脂之微三分的"(1980:18~19)。关于庚耕清青同用,"除何逊徐陵庾信等人外,南北朝大部分的诗人似乎以四韵同用"(1980:34)[①]。

王力在文末归纳了南北朝诗歌韵部系统,回应了前文所论只有"少数人"的用韵,共有三处(1980:59):

> 五、虞(沈约等少数人的虞与模似有别,余人皆混用)
>
> 二十二、江(庾信等少数人的江与阳同用)
>
> 二十五、青(庾信等少数人庚青有别)

虞与模分用、江阳同用、青韵独用均涉及"少数人",含有地域分布范围不甚广的意思。那些涉及多数诗人的用韵,令人联想到其地域分布范围之广。不过,这只是它们的"附加义",其表义重点仍然是用韵规模。

罗常培、周祖谟《汉魏晋南北朝韵部演变研究》(第一分册。下称《演变研究》)的首要任务是归纳两汉韵部系统。作者指出:"我们从许多材料综合出两汉音的一个总的部类是非常必要的,有了这样一个概括性比较大的

---

① 青韵字虽少,但仍有一些韵例独用而不出韵,甚至其上声字独用不出韵,显示出青韵的独立性,故青韵独立成部(王力1980:34)。

部类才能说明两汉音在大的方面跟周秦音怎么不同,跟魏晋以下的音又怎么不同,所以说很必要。"(2007:71)这个韵部系统"是根据两汉许多韵文材料经过分析综合而概括出来的,它可以代表两汉四百年间(公元前206~公元207)分韵的一个大类,犹如《诗经》韵部可以做为周秦音的代表一样"(2007:15)。所谓"总的部类""概括性比较大的部类""分韵的一个大类",指的是通用韵部。

《演变研究》序中交代了处理材料、分别韵部应遵循的原则。"所有这些材料都是相当纷繁相当复杂的……惟有即异以求同,找出其中的共同性,才能定出当时语音分韵的大类。在研究的过程中,我们一方面注意到材料中所反映的语言事实的普遍性,同时我们也注意到某些材料所反映出来的特殊现象。"(2007:1)在分析归纳时,"韵部的分合是从纵横两方面来考察的,横的方面,在一个时代内应当根据各家用韵的一般现象来决定,纵的方面,要照顾到前后时代的流变"(2007:7)。作者在第六章开头有一个总结:"前一章所讲是两汉音分韵的概况,那是从许许多多丛杂纷挐的材料中综合分析,即异以求同所得出来的结果,代表两汉音的一般趋势。"(2007:70)这里的"普遍性""共同性""一般现象",隐含着用韵空间分布普遍性的要义。作者强调根据"材料中所反映的语言事实的普遍性","即异以求同",这可以理解为求用韵空间分布普遍性之同。

下面看看作者理解的"普遍性"。作者这样描述东、冬分部的根据:"两汉的韵文里尽管有一些东冬相押的例子,但是两部分用的现象十分显著。例如司马相如的韵文里只见冬部字互相叶韵,而没有东部字,蔡邕作品很多,只见东部字互相叶韵,而没有冬部字,张衡的作品里两部字都有,而且很多,可是东冬合韵的只有两个例子。"(2007:33)汉代蜀方言东、冬合为一部:"阳声韵东冬两部王褒和扬雄的韵文里通押的比单独应用的多。"(2007:87)王褒是蜀郡资中人,扬雄是蜀郡成都人。在作者看来,用韵数量多足以证明用韵具有"普遍性"。此类韵例甚多。只要对比一下两汉诗文韵部韵谱与合韵谱的韵段数量,就可以清楚地看到用韵数量对于韵部划分的决定性作用了。

《演变研究》有时用作家数量或规模来说明用韵"普遍性"大小及韵部分

合。为了说明"鱼侯两部合用是西汉时期普遍的现象",作者举了贾谊、韦孟、严忌、枚乘、孔臧、淮南王刘安、司马相如、中山王刘胜、东方朔、王褒、严遵、扬雄、崔篆诸人,这些作家都有多篇诗文,他们的相关作品"没有不是鱼侯两部同用的"。只有刘向、刘歆父子存在鱼、侯分用的情形,但也有两部同用的韵例,如《九叹·远游》叶"浮雾举","浮"是幽部字,"雾"是侯部字,"举"是鱼部字。鱼侯同用的作家数量远多于分用(2007:21~22)。作者复举先于刘向百余年的同宗刘安、刘胜用鱼、侯合为一部的事实,为刘向的鱼、侯相近再添一证。刘向用韵鱼、侯音近佐证了作为西汉"普遍现象"的鱼侯同部。

　　作家数量也用来分析韵部间的通押现象。作者发现,东汉脂、支二部相押较之西汉"特别多起来"了,"这是一种新起的现象","如冯衍、杜笃、傅毅、班固、崔骃、王逸、刘梁、马融、李尤、桓麟、徐淑、胡广、王延寿、蔡邕这些作家的作品里都有脂支通押的例子,只有张衡不如此"。东汉时期,东冬通押以及阳东通押亦涉及不少作家,显示其韵读相近(2007:60)。

　　作者还发现,西汉时期,歌、支两部相叶更为普遍,如[①]:

　　　　平声　枚乘《七发》:枝离溪

　　　　　　　司马相如《子虚赋》:堤䭴施鹅加池;崖陂波;鸡鸡

　　　　　　　中山王刘胜《文木赋》:崖枝雌啼仪知斯

　　　　　　　东方朔《七谏·哀命》:知离

　　　　　　　刘向《九叹·愍命》:柴荷

　　　　　　　扬雄《蜀都赋》:峞倚崎施倚岢巇;蛇鳞;多桅离斯

　　　　　　　《甘泉赋》:施沙崖;峨崖

　　　　　　　《羽猎赋》:池河崖陂;碕螭蠄

　　　　　　　《光禄勋箴》:篱岐;差鞿

　　　　上声　司马相如《子虚赋》:靡豸

　　　　　　　王褒《洞箫赋》:迤睨

　　　　　　　扬雄《解难》:此彼

---

① 原文支部字下加小圆圈,今改为下划线,对其他标点符号及有关格式加以简省或按本著行文规范处理。

去声　司马相如《子虚赋》：化义<u>帝</u>

　　　扬雄《博士箴》：化<u>易</u>

　　歌支通押在平上去各声调均有分布。作者列举支部字独用的全部5个韵段，涉及刘歆《遂初赋》、王褒《四子讲德论》、刘向《九叹·愍命》与《高祖颂》、武帝太初中歌谣等五部作品。作者据此得出结论："西汉时期歌支两部的读音是很接近的，很像是并为一部。"（2007:26）

　　《演变研究》不管是证韵部相合还是相近，述及作家籍贯地的少。与《用韵考》相似，籍贯地材料一般只在考察方音时才用到。作者在重点关注"材料中所反映的语言事实的普遍性""一般现象"（2007:1、7）的同时，"也注意到某些材料所反映出来的特殊现象"，"就作家的籍贯或特有的押韵现象看方音的问题"（2007:1、7）。据笔者统计，《演变研究》讨论两汉韵部及通押关系时，提到作家籍贯地或指为方音的有6处。《演变研究》辟两章专门考察汉代方音，其中一章考察"个别方言材料"，选取了十来个作家的诗赋作品，包括蜀郡的司马相如、王褒、扬雄，关中作家杜笃、冯衍、班固、傅毅、马融，中原一带的张衡、蔡邕等的诗文作品，还选取了反映江淮音的《淮南子》、反映涿郡音的《易林》、反映会稽音的《论衡》、反映青徐音的《释名》、反映关中音的《急就篇》。

　　综上，作为空间范畴的籍贯地及作家，在《用韵考》《演变研究》中均有不同程度的应用。相比而言，籍贯地的空间属性更为明显，一般用来证明用韵的方音性质，但作为韵部划分直接证据的少见。作家信息的应用范围较广，列举作家可以帮助划分韵部，分析韵部之间的远近疏密关系，确定方音等。总体上看，作家及其数量在分部中的应用并不多见，也不平衡。罗常培与周祖谟（1958/2007）、周祖谟（1996）相对多一些，其他论著较少。即使用作家数量辅助韵部划分，作者也未必从空间分布的角度去考量。作者列举冯衍、杜笃、傅毅等14个作家脂支通押的韵例，是为了显示东汉脂、支相押比西汉"特别多起来"这一"新起的现象"，作者要表达的是作家数量变多了，而不是地域分布广狭的变化。

　　泛览当今断代诗文韵部研究论著，许多学者从通用韵部的研究目标出发,提出了用韵的"普遍性""共同性""一般现象"等说法,已经触及通用韵部空间分布普遍性的本质。应该看到,此类说法往往相对于特殊用韵、方言现象而言,通常用来揭示用韵数量的多少或用韵规模的大小,其中蕴含的空间分布理念很多时候还不是那么明确;将空间分布理念作为一种方法论的理论基点明确提出来并多层面加以应用的比较少见;以"空间分布"为核心概念,并提升到方法层面用之于归纳韵部系统的,更是凤毛麟角。这种状况与断代诗文韵部研究的旨趣不大相符。

第二节　用韵空间分布综合评价法

一、几种诗文韵部研究方法的初步检讨与归纳诗文通用韵部的既有途径

(一)几种诗文韵部研究方法的初步检讨

目前,用来处理巨量韵文材料、归纳诗文韵部系统的方法,主要有韵脚字系联、用韵疏密关系比较和辙/韵离合指数比较诸方法①。这些方法需要接受通用韵部"确定性"的检视。下面围绕方法原理与韵部的通用性是否一致这一思路展开讨论,相关例证的比较分析留待后面章节进行。

1.关于用韵疏密关系比较法

用韵疏密关系比较法以韵段为基本单位,以《广韵》或"平水韵"等为参照系,以用韵数量作为划分韵部的基本依据。具体操作步骤大致是:"穷尽……诗文用韵材料,逐段摘取韵脚字,系联韵脚,对照《切韵》(《广韵》)音系,确定每一个韵段的押韵组合;然后统计各种押韵组合的数量及比率,

---

① 学界对诗文韵部研究方法的分类及称谓有不同意见。人们习惯将清人业已使用的辗转系联韵脚字的方法叫做"韵脚字系联法"。耿振生(2004)所说的"韵脚字归纳法",包含传统的"韵脚字系联法"和本著所谓的"用韵疏密关系比较法"。其实,韵脚字系联与用韵疏密关系比较在方法的原理、操作步骤等方面颇有不同。本著接受传统的"韵脚字系联法"之分类意见,同时根据方法的核心原理或基本公式,凝练出"用韵疏密关系比较法""辙/韵离合指数比较法"等另外两种诗文韵部研究方法的名称。历史文献考证、历史比较及审音等方法,只能辅助诗文韵部的划分,不在本讨论之列。又,/号用在字词间相当于连词"或者",有时则相当于分式中的除号。后同。

在这个基础上判断韵部或字类的分合流向、确定……用韵系统与特殊用韵现象。"（刘晓南2012:71）[1]用韵数量及相关比率代表了韵与韵之间、字类与字类之间的接触频率，反映的是韵与韵、字类与字类间的远近疏密关系。该方法强调用韵数量对韵部划分的决定作用。

用韵数量固然可以反映用韵疏密远近关系，但据此归纳的韵部具有通用韵部的确定性吗？从前文对通语本质属性通用性的阐释来看，回答这一问题的关键在于:用韵数量对用韵空间分布普遍性大小是否起决定性作用，或者说，用韵数量的多少能否决定用韵空间分布面的大小。这里随机举几组数字，通过对比说明用韵数量与用韵空间分布面的关系。

假定，AB同用30次，AC同用20次，如果根据用韵数量划分韵部，一定是以同用次数多的AB为韵部。然而，前者一定比后者更通用更普遍吗？不妨作两个假设。假设一:同用30次的AB出自15个作家，同用20次的AC出自10个作家;假设二:同用30次的AB出自10个作家，同用20次的AC出自15个作家（这是完全有可能的）。需要稍加说明，"作家"在这里成了用韵的一种特殊载体，用韵是作家的产物，作家数量可以用来度量用韵空间分布面的大小。对于假设一来说，AB的空间分布面大于AC;对于假设二，结论正好相反，AB的空间分布面小于AC。从这两组数字的对比可以看出，对用韵空间分布面大小起决定作用的不是用韵数量，而是用韵背后的作家数量。

对于上述结论还要进一步追问:假设一是缘于用韵数量与作家数量的"同向"作用，还是只有作家数量在起作用？假设二是因为用韵数量对用韵空间分布面大小的影响相对小，以至于30次同用对20次同用的"顺差"犹不能弥补10个作家对15个作家的"逆差"，还是因为用韵数量对用韵空间分布面大小不起作用？两个疑问归结为一个问题，即用韵数量本身能不能反映用韵空间分布面的大小？单从上面两个假设，是不能回答这些问题的。要观察一个变量是否影响以及如何影响另一个变量，最好将其他影响因素加以控制。上面的两个假设存在用韵数量与作家数量两个变量，而均未加以"控制"，这不便于观察各变量对于用韵空间分布面大小的影响。

---

[1]　这段话本是作者用来介绍系联归纳宋代四川诗文韵系的具体方法与步骤的，但具有普遍的方法论意义。

　　现在令作家数量相等，将用韵数量作为变量。接着上面的假设：假设之三，AB同用30次，AC同用20次，作家数量都是10；假设之四，AB同用30次，AC同用20次，作家数量都是1；假设之五，AB同用30次，AC同用20次，作家系同一人。显而易见，在同一个作家笔下，无论两个用韵数量多么悬殊，其空间分布面大小都可以用"一个作家"来计量。所以，在假设五的情况下，AB与AC的空间分布面相等。对于假设四，AB、AC的空间分布面也都是"一个作家"，两者的空间分布面也相等。对于假设三，AB、AC的空间分布面同为"10个作家"，还是相等。

　　如果作家数量同为10，将用韵数量换成极端的数字，比如AB同用扩大到1000次，AC同用缩小到每个作家只有1次，AC同用合起来10次，只有AB同用的1%，但AB与AC的空间分布面并不因为用韵数量悬殊而发生变化。

　　根据上面的假设可以推断，一般来说，只要作家数量不变，用韵数量无论增加还是减少，用韵的空间分布面都保持不变。可见，用韵数量与用韵的空间分布没有必然联系，用韵数量不能拿来度量用韵空间分布面的大小。凭用韵数量确定用韵是否具有普遍性，结论很可能与事实不符。

　　不过，研究者对用韵数量在归纳普遍性用韵时的缺陷也是有所认识的，并在必要时将韵文的作家数量纳入考察之列。周祖谟（1996:33）曾说："我们单单依靠分用与合用的比例数字来确定部类的分合是不够的。""譬如有两类字，是一部呢，还是两部呢？主要看作家们是分用的多，还是合用的多，以作家的多少和用韵分合的比例与次数来定。"这比"单单依靠分用与合用的比例数字"好多了。

　　但是，考察用韵的普遍性状况，仅靠作家数量是很不够的。继续前面的假设，AB同用30次涉及的10个作家分布在8个县，AC同用20次涉及的15个作家分布在6个县，谁的空间分布面更大呢？从县域的分布情况看[①]，作家数量多的，却因其覆盖的县域数量少，其空间分布面也小；作家数量少的，其空间分布面因所在县的数量多反而大。当然，如果要将作家因素也考虑进来，问题就变得复杂了。但无论情况简单还是复杂，有一点可以肯定，考

---

① 本著"县域"除了一县之范围的意思外，更多时候等同于"县"，如"县域数量"。称"县域数量"而不称"县数量"或"县的数量"，是出于音节平衡和字词调配的需要。

察用韵的空间分布，需要将与诗文作者关联的所有地域因素一并加以考虑。事实上，研究者在论列作家数量的时候，大多是连带着籍贯地情况一起分析的，有的论著还对作家的地域分布情况作了一定规模的量化分析。王力对南北朝诗歌用韵地域分布的描述，可谓这方面的先例。

在断代诗文韵部研究中，尽管将作家与籍贯地的分布情况作为用韵数量之外的考量因素越来越受到重视，但此类研究仍然存在一些不足。首先是作家与籍贯地分析的目标设置存在欠缺。如前所述，相关研究中的地域分布考察多用于确认用韵的方音属性或佐证韵部划分，作家及其地域分布在韵部划分中的作用远未得到充分利用。这种状况是不大合理的。作家的区域分布既然可以用来确定用韵的方言属性，那么也可以用来确定用韵的通用性质；既然作家及其区域分布可以用来证明韵部划分的合理性，也就可以用来作为韵部划分的直接依据。其次是作家与籍贯地的具体分析显得比较薄弱。一是籍贯地没有细分地域层次。一般来说，籍贯地的表述都是以大地名冠小地名，有时虽然只说出一个地名，实际上也是有大小两个地名的。例如孔欣，会稽山阴人；虞羲，会稽余姚人；虞骞，会稽人（逯钦立1983：1134、1605、1610）。三人的籍贯地在郡一级相同，在县域上孔欣与虞羲就不同，虞骞不详。如果不细分籍贯的地域层级，对用韵空间分布状况的描写就难以做到全面而细致。二是没有系统地展开关于作家及其地域分布的定量分析，相关考察多停留于部分作家地域分布的简单罗列。到目前为止，笔者尚未见到终篇利用作家及其地域分布来划分韵部的研究论著。

总的来看，用韵疏密关系比较法基本上是根据用韵数量来归纳韵部，作家与籍贯地数据在断代诗文韵部研究中发挥的作用有限，据此得出的韵部不具有通用韵部的确定性。

2.关于辙/韵离合指数比较法

辙/韵离合指数比较法为朱晓农（1989）首创。该方法以概率论为基础，以"韵次"（相邻两个韵脚相押次数，用Y表示）、"字次"（每个韵脚字与前后相邻韵脚字相押的次数，用Z表示）为统计单位，根据两个音类无差异接触的几率数判断辙与辙、韵与韵的分合关系。求"离合指数"是该方法的关键步骤，包括求辙离合指数与韵离合指数。两个指数公式不同，但数学原理一

致,都是求实际相押比值与理论相押概率之比。该方法为划分韵部、分析韵
与韵之间的远近离合关系提供了客观而精确的量化依据。

经简化的辙离合指数公式如下:

$$\frac{Y_{jk}(Z-1)}{Z_j Z_k} \qquad (1-1)$$

上式中,Y_{jk}指J、K两辙互押韵次,Z指韵谱中的全部字次,Z_j和Z_K分别指两辙
的全部字次。当(1-1)式计算结果大于或等于2时,可以认为原先假定的J、
K两辙当合为一辙;小于2时则被认为没有合并。

韵离合指数是两韵实际相押比值与理论上相押概率之比。两韵相押的
理论概率(P)的计算公式为:

$$P_{(ab)} = \frac{2Z_a Z_b}{(Z_a + Z_b)(Z_a + -Z_b - 1)} \qquad (1-2)$$

两韵实际相押的比例(R)计算公式为:

$$R_{(ab)} = \frac{Y_{ab}}{Y_{aa} + Y_{bb} + Y_{ab}} \qquad (1-3)$$

两韵离合指数的计算公式为:

$$I_{(ab)} = \frac{R_{(ab)}}{P_{(ab)}} \times 100 \qquad (1-4)$$

该比值越大,表示两韵关系越近;比值越小,表示两韵关系越远。一般而言,
当比值大于90时,可定二韵合并;当比值小于50时,可定二韵尚未合并;当
比值介于50与90之间时,就需利用t分布假设检验来定分合。简单说来,以
P为标准值,以R为真实值,检验两者有没有显著差异。如果没有显著差异,
两韵就合并;若有显著差异,就不合并。至于具体如何检验,这里就不详说了。

从数理统计的角度看,只要韵文材料的数量规模达到要求,数据处理与
统计得当,其所得结论就具有很强的科学性。但是,辙/韵离合指数并不反
映用韵空间分布面的大小。首先,"韵次""字次"与用韵一样不具备空间属
性,"韵次""字次"的数量与用韵数量一样不反映空间分布面的大小。其次,
辙/韵离合指数的数理意义在于,如果两个辙/韵的"差别"是"显著的",表
示二辙/韵当分;如果两个辙/韵的"差别"是"无意义的",则意味着二辙/韵
当合。所谓"显著的"与"无意义的",说到底只有数理统计学上的含义,最

多表示相关辙/韵的远近疏密关系，与用韵的空间分布无涉，离合指数的大小并不意味着用韵空间分布面的广狭，两者没有内在联系，从离合指数分析不出辙/韵分合是否具有通用性。

3.关于韵脚字系联法

韵脚字系联法形象地称为"丝联绳引"法或"丝贯绳牵"法。此方法为清代学者最先提出①，之后得到广泛应用，在现代诗文用韵研究中继续发挥作用。清人运用该方法，基本解决了古韵分部问题。

韵脚字系联法是根据押韵的音理，以相同韵脚字为纽带，将众多韵段的韵脚字系联成群，实质上是把韵基相同的韵段串联起来以分别部类。不同韵段只要有相同的韵脚字，且满足押韵材料的某种"同质性"要求，系联就能进行下去。至于相同韵脚字系联的不同韵段涉及多少作家、多大区域范围，并不是系联的必要条件，亦非系联者关心的问题。无论涉及的作家多还是少，区域范围大或是小，理论上都是可系联的。因此，不排除出现这样的系联结果：系联得到的某个韵脚字集群涉及为数较少的作家或者较为狭小的区域范围，甚至局限于一两个作家。这种极端情况不是没有出现的可能。当该方法用于系联个体作家的诗文韵部的时候，这种可能就成为现实。可见，韵脚字系联得到的韵部并不必然具有通用性，亦不能自证其通用性。

此外，用韵疏密关系比较法、辙/韵离合指数比较法和韵脚字系联法，既可以用来考察作家数量多、覆盖范围广的断代诗文韵部，也可用来考察某个区域或特定作家群的诗文韵部，用韵疏密关系比较法与韵脚字系联法还可用来考察个体作家的诗文韵部。相对于断代诗文材料，其他类型韵文材料的地域分布及数量规模比较有限，从材料上看，不大可能得出"确定性"的通用韵部。这三种方法对研究材料的选取范围及规模大小没有表现出明显的倾向性，说明这些方法并不专为研究通用韵部而设，其得出的韵部也就不具有通用韵部的确定性。

---

① 清张慧言撰，张成孙辑《谐声谱》卷二《论五首》（1934年叶景葵影印本）："余既以诗韵丝联绳引，较其部分。"成孙案："丝连绳引者，意谓如由中而得宫躬降，复由宫而得蟲宗，复由降而得蟲忡等字是也。故今表诗韵，即以名之。"例如卷二十三"丝联绳引表中部第一"、卷二十四"丝联绳引表僮部第二"。

（二）归纳诗文通用韵部的既有途径

先看宋词韵的研究案例。宋词韵18部，是鲁国尧穷尽式研究了两万余首宋词用韵后归纳得出的重要断代语音史成果。这18部的总结性结论见于鲁国尧《论宋词韵及其与金元词韵的比较》一文。作者（1994:138）指出："现存宋词数量甚巨，其用韵确是纷繁复杂，但笔者分地区研究宋词用韵以后认为，虽然有的词人（特别是闽、赣、吴地区词人）或以方音入韵，或有若干特殊用韵现象，但据其大体，可分为18部：阴声7部，阳声7部，入声4部。"宋词韵18部，"虽然有些词人的某些作品并不全合，但大多数词人的大多数作品是符合我们所归纳、分析出的18部的"（1994:152）。"大多数词人的大多数作品"的用韵，在相当程度上反映了宋词韵18部空间分布的普遍性。我们理解，这应该是宋词韵18部"植根于宋代通语"的深刻根源。

《论宋词韵及其与金元词韵的比较》是对宋词韵的整体性研究。作者还分地区研究宋词用韵，先后刊发了四篇论文：《宋代辛弃疾等山东词人用韵考》《宋代苏轼等四川词人用韵考》《宋代福建词人用韵考》《宋元江西词人用韵研究》①。除了江西词人用韵分为18部，山东、四川、福建三地词人用韵均分为17部。通用韵部必然寓于不同地区作家的用韵中。为了观察宋词韵18部在宋代不同地区词人用韵中的表现，兹将宋词韵分地区研究与整体性研究的分部结论进行比较，详见下表1-1：

表1-1　宋词韵18部与山东、四川等地词人分部之比较

宋词韵18部	山东人词韵17部	四川人词韵17部	福建人词韵17部	江西人词韵18部
歌戈部：歌戈	歌梭部：歌戈	歌梭部：歌戈	歌梭部：歌戈	歌戈部：歌戈
家车部：麻佳部分	麻邪部：麻佳部分	麻邪部：麻佳部分	麻邪部：麻佳部分	麻车部：麻佳部分
皆来部：哈皆佳部分夬灰多数泰多数	台灰部：哈皆佳部分夬灰多数泰多数	台灰部：哈皆佳部分（夬）灰多数泰多数	台灰部：哈皆佳部分夬灰多数泰多数	皆来部：哈皆佳部分夬灰多数泰多数

---

① 这四篇论文的刊载信息分别是：《南京大学学报（哲学社会科学版）》，1979年第2期；《语言学论丛》第8辑，商务印书馆，1981年，第8～117页；《语言文字学术论文集》，知识出版社1989年第350～384页；《近代汉语研究》，商务印书馆，1992年，第187～224页。

续表

宋词韵18部	山东人词韵17部	四川人词韵17部	福建人词韵17部	江西人词韵18部
支微部：支脂之微齐祭废灰少数泰合少数	支微部：支脂之微齐祭废灰少数泰合少数	支微部：支脂之微齐祭废灰少数泰合少数	支微部：支脂之微齐祭废灰少数泰合少数	支微部：支脂之微齐祭废灰少数泰合少数
鱼模部：模鱼虞侯唇部分尤唇部分	模鱼部：模鱼虞侯唇部分尤唇部分	模鱼部：模鱼虞侯唇少数尤唇少数	模鱼部：模鱼虞侯唇部分尤唇部分	鱼模部：模鱼虞侯唇部分尤唇部分
尤侯部：侯尤幽	侯尤部：侯尤幽	侯尤部：侯尤幽	侯尤部：侯尤幽	尤侯部：侯尤幽
萧豪部：豪肴宵萧	豪宵部：豪肴宵萧	豪宵部：豪肴宵萧	豪宵部：豪肴宵萧	萧豪部：豪肴宵萧
监廉部：覃谈咸衔盐严添凡	谈咸部：覃谈咸衔盐（严）添凡	谈咸部：（覃）谈咸衔盐（严）添凡	谈咸部：覃谈咸衔盐严添凡	监廉部：覃谈咸衔盐严添凡
寒先部：寒桓删山元仙先	寒先部：寒桓删山元仙先	寒先部：寒桓删山元仙先	寒先部：寒桓删山元仙先	寒先部：寒桓删山元仙先
侵寻部：侵	侵针部：侵	侵针部：侵	侵针部：侵	侵寻部：侵
真文部：痕魂臻真谆欣文	真欣部：痕魂（臻）真谆欣文	真欣部：痕魂（臻）真谆欣文	真欣部：痕魂（臻）真谆欣文	真文部：痕魂（臻）真谆欣文
庚青部：登蒸庚耕清青	庚陵部：登蒸庚耕清青	庚陵部：登蒸庚耕清青	庚陵部：登蒸庚耕清青	庚青部：登蒸庚耕清青
江阳部：唐江阳	唐江部：唐江阳	唐江部：唐江阳	唐江部：唐江阳	江阳部：唐江阳
东锺部：东冬锺	锺雄部：东冬锺	锺雄部：东冬锺	锺雄部：东冬锺	东锺部：东冬锺
铎觉部：铎觉药	铎觉部：铎觉药	铎觉部：铎觉药	铎觉部：铎觉药	铎觉部：铎觉药
屋烛部：屋沃烛	屋曲部：屋沃烛	屋曲部：屋沃烛	屋曲部：屋沃烛	屋烛部：屋沃烛
德质部：缉没栉质术迄物德职陌麦昔锡	德业部：合盍洽狎葉业乏帖曷末黠（辖）薛月屑缉没栉质术（迄）物德职陌麦昔锡	德业部：合盍洽狎葉业（乏）帖曷末黠（辖）薛月屑缉没栉质术迄物德职陌麦昔锡	德业部：合盍洽狎葉业乏帖曷末黠（辖）薛月屑缉没栉质术迄物德职陌麦昔锡	德质部：缉没（栉）质术迄物德职陌麦昔锡
月帖部：合盍洽狎葉业乏帖曷末黠辖薛月屑				月帖部：合盍洽狎葉业乏（帖）曷末黠辖薛月屑

说明：1.一部中未见某韵外加（ ）表示。2.为较其大概，韵部所辖《广韵》某韵只有个别字的不列示，异同比较时亦忽略之。例如宋词韵18部中的家车部，就包括夬韵的"话"、歌韵的"他"、戈韵的"靴"、梗韵的"打"等，这些韵字在家车部就不列出，也不作比较。

由上表可知，江西人词韵分部与宋词韵18部完全相同；宋词韵18部中的德质部与月帖部，在山东、四川、福建三地词人用韵中合并为德业部，其余分部几乎完全相同。此外,归入鱼模部/模鱼部的侯尤韵系唇音字略有不同①。四川词人用韵侯尤韵系唇音字入模鱼部的只有"亩、母、否",而宋词韵 18 部入鱼模部的有"亩、母、浮、否、妇、负、阜"等,山东、福建、江西词人用韵入模鱼部/鱼模部的分别有"亩、否、妇、负、富""亩、母、否、妇、负、阜、富""亩、母、浮、否、不、负、阜、富",均多于四川人词韵。当然,还有个别字的归部存在出入,此可不论。总的来看,就其大概,宋代山东、四川、福建词韵分部与宋词韵 18 部是高度相合的。这些分地区研究涉及的词作家涵盖中原地区的齐鲁、西南地区的巴蜀、东南地区的吴闽、江南地区的客赣诸地,具有相当的代表性与分布面,它们从用韵空间分布普遍性的层面,有力验证了宋词韵 18 部的通用性。

我们认为,分地区研究的宋代词韵结论,既对宋词韵 18 部的通用性质起到了验证作用,也有助于总结和归纳宋代通用韵部 18 部。实际上,作者在《论宋词韵及其与金元词韵的比较》之前,已经发表了关于宋代山东、四川等地词人用韵考的论文。

由于通语现象广泛存在于不同个体、群体以及不同地区、不同体裁的言语作品中,因此,长期以来,学者们分析归纳诗文通用韵部,往往是将断代诗文韵部研究结论,以及大量个体、特定群体作家或分地域作家、分体裁作品的诗文韵部研究结论加以排比综合,从中找出具有普遍性特征的韵部,即通用韵部。可以说,这是既往研究诗文通用韵部的基本途径。

某个时期的通用韵部一旦归纳出来并得到认可,就可以拿它作为参照物,用来确定个体作家、特定群体作家或区域作家等的诗文韵部是否为通用韵部。例如,刘晓南穷尽考察宋代四川诗文材料,归纳得出宋代四川诗文17 个韵部,就是"参照宋代通语 18 部系统论证该韵系的语音性质"(刘晓南2012:71)的。

作者仔细比较了宋代四川诗文韵系与宋词韵 18 部的分部及某些字类的分合情况(见下表):

---

①   含兼叶尤侯部/侯尤部的韵字。

表 1-2　宋代四川诗文韵系与宋词韵 18 部的比较

宋词韵18部/四川诗文韵系	韵部及其韵属			
宋词韵18部	歌戈部:歌戈	家车部:麻佳部分	皆来部:咍皆佳部分夬灰多数泰多数	支微部:支脂之微齐祭废灰少数泰合少数
四川诗文韵系	歌戈部:歌戈	家麻部:麻佳部分夬部分	皆来部:咍皆佳部分夬部分灰多数泰多数	支微部:支脂之微齐祭废灰部分泰部分
宋词韵18部	鱼模部:模鱼虞侯唇部分尤唇部分	尤侯部:侯尤幽	萧豪部:豪肴宵萧	监廉部:覃谈咸衔盐严添凡
四川诗文韵系	鱼模部:模鱼虞侯唇部分尤唇部分	尤侯部:侯尤幽	萧豪部:豪肴宵萧	监廉部:覃谈咸衔盐严添凡
宋词韵18部	寒先部:寒桓删山元仙先	侵寻部:侵	真文部:痕魂臻真谆欣文	庚青部:登蒸庚耕清青
四川诗文韵系	寒先部:寒桓删山元仙先	侵寻部:侵	真青部:痕魂臻真谆欣文登蒸庚耕清青	
宋词韵18部	江阳部:唐江阳	东锺部:东冬锺	铎觉部:铎觉药	屋烛部:屋沃烛
四川诗文韵系	江阳部:唐江阳	东锺部:东冬锺	铎觉部:铎觉药	屋烛部:屋沃烛
宋词韵18部	德质部:缉没栉质术迄物德职陌麦昔锡		月帖部:合盍洽狎叶业乏帖曷末黠辖薛月屑	
四川诗文韵系	质缉部:缉没栉质术迄物德职陌麦昔锡		月帖部:合盍洽狎叶业乏帖曷末黠辖薛月屑	

宋代四川诗文韵系"与宋代通语18部相比,出现了一个新的韵部"即"真青部"(2012:82)。除"真青部"以外,其他韵部与宋词韵18部对应韵部几乎完全相同。作者认为,"宋代四川诗人用韵的主流是通语音系","正是因为有这个主流,我们把宋代四川诗人的韵部系统归入通语音系"(2012:111、112)。"真青部"则视为"宋代通语西部变体"(2012:88)。

以上两个研究案例,显示了既往诗文通用韵部研究从归纳到演绎的完整路径,即通过归纳相关用韵研究结论,或以断代诗文韵部研究为基础,总结分地区用韵研究结论,得出通用韵部,再以该通用韵部为标准,判断其他个体作家、特定群体作家等的诗文韵部是否为通用韵部。这一研究路径符合"归纳→演绎"的思维规律,其特点是:归纳通用韵部不是或不全是从考察诗文用韵材料入手,而是基于诸多关于个体作家、特定群体作家等的用韵研究成果,或借助于分地区用韵研究成果,发现具有"普遍性"特征的韵部。毫无疑问,正是这种"普遍性"特征,成为了通用韵部"确定性"的合理根据。必须指出,由于众多诗文用韵研究成果涉及大量的个体作家、特定群体作家或区域作家,这种"普遍性"必然带有空间分布的特征。在我们看来,该研究路径可行的深刻根源就在于,其通用韵部契合了空间分布普遍性的内在要求,而不仅仅表现在韵部出现的相对高频率上。

因此,既往归纳通用韵部,一定程度上是将其自觉或不自觉地置于空间分布视域之下加以研究的。这给我们很大启迪,促使我们在断代诗文韵部研究中,将"空间分布"作为核心理念,寻找研究通用韵部的新途径。

二、空间要素与综合评价方法

(一)空间要素

根据前述,通用韵部的通用性必然体现为空间分布的普遍性。用韵的通用度从狭义上理解就是用韵空间分布的普遍性程度。归纳断代诗文通用韵部,就是要归纳空间分布最广泛,即普遍性程度最高的用韵。

考察用韵空间分布普遍性大小,首先要弄清楚可以反映用韵空间分布普遍性大小的因素。我们把反映用韵空间分布普遍性程度的因素叫做"空间要素"(简称"要素")。前文有关阐释表明,用韵数量不能反映用韵空间分布普遍性状况,因而不是空间要素;韵文的作者及其籍贯地可以反映用韵空间分布普遍性状况,应是空间要素。

用韵数量之所以不能反映用韵空间分布面大小(极端情况除外),是由用韵本身的特质决定的。押韵是若干句子特定字位的字(一般是句末字)用了韵基相同或相近的韵。语音是用韵的物质基础,其本身无形,无法作空间二维的度量,所以,用韵本身不具有空间属性。但从现实性看,诗文用韵从来都是人们创作的产物,用韵总是跟特定时空中的作家联系在一起。从这个意义上说,用韵又是具有空间属性的。用韵的空间分布实质上是基于韵文作者的空间分布,脱离了韵文作者,用韵的空间分布将无法度量。实际上,为了佐证韵部划分,考察韵与韵之间的关系及方音性质,联系韵文作者进行分析早已是常态化做法,只是尚未考虑如何用它来归纳韵部。

　　上文的阐释还表明，仅仅依据作家数量考察用韵空间分布普遍性状况是很不够的。考察用韵的空间分布普遍性状况，还应加入作家所处地域的因素。作家和地域是诗文用韵的两大空间要素。地域的空间性十分显豁。作家所处地域主要包括籍贯地、主要活动地、创作诗文时的工作生活地等。作家创作诗文时的工作生活地与语言学的关联性不大；而且，同一个作家的不同诗歌，可能是在不同的工作生活地创作的，这方面的信息大多无从查考。作家的主要活动地也有不少是无据可考的，有些作家生活、仕履历经多地，难以确定何处为其主要活动地，要对作家的主要活动地一一考索，这无异于一项难度颇大的文献整理与研究课题，全面获知这方面的信息不大现实。

　　比较而言，以作家的籍贯地为地域要素是可取的。籍贯是人们的地域标签，与生俱来。古代文人学士的籍贯信息多有记载，有据可考。但必须看到，古人的籍贯情况颇为复杂。《魏书·食货志》："自昔以来，诸州户口，籍贯不实。""古人所称的籍贯有不少是祖籍，还有的是地望，本人甚至从来没有在那里生活过"（耿振生2004：19），"许多人都是以父亲的籍贯为籍贯"（王力1985：11）。"从来没有在那里生活过"的地望一类的"籍贯"的确不宜作为语言研究的地域要素，但祖籍、父籍大体上还是可以取用的。古人安土重居，不轻易迁居异地。《汉书·元帝纪》："诏曰：'安土重迁，黎民之性；骨肉相附，人情所愿也。'"一族一家数世同居一地的情况并不少见。"宁卖祖宗田，不忘祖宗言"，这是客家人的祖训，在古代有普遍意义。"虽然有些诗人的出生地与籍贯并不一致，或者说有些诗人并不是出生在祖居地，但他们还是认同自己的祖居地。最典型的例子是李白出于中亚碎叶城，但他认同自己的籍贯是陇西；北宋欧阳修出生在四川绵阳，成长于湖北随州，但他自己认同和书写的籍贯从来都是庐陵（今江西永丰），所谓'庐陵欧阳修也'。所以，籍贯不仅是一种地域身份的标志，也是一种故乡的认同、家族的记忆。诗人的籍贯代表着诗人成长的文化环境"（王兆鹏、王艳2020：104）。语言是文化的重要承载物。即便迁徙异地，家庭成员或族人之间的交际语言依然长时间保持不变的情况今天仍然可见，古代应当更是多见。经验观察表明，诗人的籍贯地很大程度上代表着诗人成长的语言环境。总体而言，古人所操语言或方言的空间属性与其籍贯地明显相关。

　　事实上,在汉语史研究中,无论确定作家的地域归属,还是判断语言现象的空间性质,籍贯地都是最重要的依据。尽管文献所载古人籍贯与作家实际生活工作地或出生地存在不吻合的情况,但毕竟是少数。古人籍贯地信息的可靠性和使用价值整体上应该得到肯定,否则,汉语语音史研究、历史方言研究等几乎要全盘推倒重来。当然,由于语言接触,在籍贯地之外,作家长期工作生活地或诗文创作时所在地的语言或方言对其诗文用韵可能有影响,但相对于多数人在人生成长阶段所习得的籍贯地语言,这种影响是次要的。总之,在语言研究中,作家所属地域必须参照籍贯地来确定。

　　就唐代而言,一个籍贯地条目一般应包括州府、县域两个地域层次。县域应纳入空间要素序列。县是古今重要的基层行政单位,一个人的籍贯一般落在县域。但是,由于县域范围不大,可能导致县域与诗文作者在空间分布上的区别度不大,故考察作家的地域分布不宜止于县域,应扩大到县域之上的地域层级。

　　道是州府之上的地方政区。州府和道是否都有必要纳入空间要素呢?从州府来看,虽然同一州府所属县域并不隐含州府上的差别,但不同州府所属县域就有了这方面的区别价值。从州府推及道,也是同样的道理。这里继续前文对用韵所涉空间范围的假设。AB同用涉及的10个作家所属8个县分布在3个州,而AC同用涉及的15个作家所属6个县分布于4个州,谁的空间分布面更大呢? 从州的分布看,4个州的当然大于3个州的。又假设,分布在3个州的AB散布在两个道,分布在4个州的AC集中在1个道,依道而论,两个道的空间分布面当然更大。可见,县、州府、道都是可以用来考察用韵空间分布面大小的地域层级,三者互为补充,彼此不能相互取代,县、州府、道三者均应作为空间要素。不过,我们不打算照搬唐代十道或十五道的行政区划,而以"大区"(大的区域)代替"道"。这样的大区既不同于"道"之类的政区,也有别于唐代的方言分区,但其地域范围可能与"道"或方言区有一些重合[①]。

　　至此,我们确定了县域、州府、大区3个地域性空间要素,加上作家,构成据以考察用韵空间分布普遍性状况的4个空间要素。

-----

① 关于初唐各大区与道及方言区的对应关系,详见本章第三节"三"之"(一)初唐的分区"。

县域、州府和大区各自内部的空间范围大小往往不等,有的甚至颇为悬殊。在用韵空间分布情况的考察中,同一层级的地域要素在空间范围大小上的差异被忽略,正如作家个体忽略了高矮胖瘦的差异一样。所谓一个县、两个州、三个大区,其空间分布范围都只有抽象的意义。

不同空间要素的空间属性强弱是不同的。不难看出,从作家到县域到州府再到大区,要素的空间范围渐次扩大,空间属性由弱趋强,构成了作家→县域→州府→大区的空间属性强弱序列。空间要素对用韵空间分布面大小、普遍性程度产生直接影响,要素的层级越高,影响就越大。这从前面各组例证的粗略对比中可以看出来。

(二)综合评价方法

空间要素的确立为用韵空间分布考察提供了基本依据。考察用韵空间分布的普遍性,不能仅据一两个空间要素遽下结论,而是应该联系作家、县域、州府和大区的数量进行综合性考察。

如何综合呢?容易想到的一个办法是,拿用韵涉及的诸要素量之和作比较。应该说,空间要素量之和对于判断用韵空间分布面的大小的确有一定的参考价值,有时甚至可以据此作出准确的定性判断。比如,AB同用出自10个作家,分布在2个大区的3个州、8个县,AC同用出自15个作家,分布在2个大区的4个州、9个县,相比于AB,AC对应项数值不是大就是相等,呈现"一边倒"的趋势,这自然好判断。但很多时候,对应项数值此多彼少,互有参差,用韵空间分布面的大小就无法从要素量的简单对比中看出来。10个作家8个县与15个作家6个县,孰"大"孰"小"?10个作家8个县3个州2个大区与15个作家6个县4个州1个大区呢?若将各组要素量直接相加求和,以此作为判断空间分布面大小的依据,这是不合理的[①];即使判断结果无误,也往往无法证明结果的正确性。

以诸空间要素量为基础对用韵空间分布加以综合考察,这个大方向无疑是对的,但其实现路径与具体方法需另作探寻。在社会生活中,事物的比较与评价有时涉及多个因素或者多个指标。比如,对本科教育质量的评价,

---

① 关于空间要素量直接相加不符合统计规范的问题,详见下"三"之"(二)空间指标观测值的无量纲化"。

就涵盖本科教育的诸多环节,涉及影响本科教育的诸多因素,生源质量、教师素质、教学投入、教科融合、课程设置、思政教育、教学改革、公益服务、创新创业、国际化、发展深造、雇主评价、社会声誉,等等,都是影响本科教育质量的因素或指标[①]。对此,应该综合多因素、多指标进行全面比较和综合评价。所谓综合评价方法,"是利用社会经济现象总体的指标体系,结合各种定性材料,构建综合评价模型,通过数量的比较、计算,求得综合评价值,对被评对象作出明确的评定和排序的一种统计分析方法"(曾五一2006:302)。统计综合评价的目的在于,"通过将反映现象不同方面的指标值加以综合,获得对现象整体性的认识"(刘竹江等2008:332)。分析比较用韵空间分布普遍性的大小,需要将反映用韵空间分布普遍性状况的诸要素及其他相关因素综合起来进行考察,综合评价方法切合本研究的目标要求。

　　综合评价方法又叫"统计综合评价",是一种应用非常广泛的统计学方法,举凡对学生综合素质的评价,学科建设成效的评估,学校综合实力的排序,对企业经济效益的分析,对国民幸福指数的测算,对国家间综合国力的比较,等等,从微观到宏观,经济、社会、教育、管理等诸多领域涉及多指标的比较、评价与优选,都适用于综合评价方法。尽管综合评价方法应用的场合不同,但基本原理一致,步骤也大致相同。一般来说,综合评价方法包括以下几个步骤:1.确定评价对象、评价目标。2.选择评价指标,建立完整的评价指标体系。根据评价的目标,选取能够从不同角度、不同侧面全面反映评价对象的指标。3.对指标的初始值进行无量纲化处理。量纲包括物理量的数量级和计量单位。不同量纲的数据没有可比性,也不具有可综合性,正如1公斤棉花与10克黄金不能直接相加与1担大米比较贵贱一样,必须通过某种数据变换方法消除量纲,使之转化为可比较、可综合的指标值。带量纲的指标初始值称作观测值,经无量纲化处理的指标值成为指标评价值。4.根据指标在评价体系中的重要性,确定各指标的权数。由于各指标在评价体系中的地位和重要性程度往往是不同的,故需要采用科学的方法确定其权数。这是保证评价结果可靠性的重要方面。5.采用合适的方法,对经过无

---

① "一流大学建设与一流本科教育的研究"课题组《"双一流"建设高校本科教育质量评价与排名(2021年)》,《江苏高教》,2012年第10期。

量纲化和加权处理的指标评价值进行合成,计算指标综合评价值。6.根据
指标综合评价值进行排序,对评价对象作出评价,得出结论(刘竹江等2008:
332～345)。

本研究将传统的综合评价方法运用于诗文用韵通用性的量化分析与定
性评价[1],归纳通用韵部,形成了对诗文用韵空间分布普遍性状况进行综合
评价的方法,称为"用韵空间分布综合评价法"[2]。

三、用韵空间分布综合评价模型

用韵空间分布综合评价法的目标任务是,对用韵空间分布普遍性状况
作定量考察,提取通用度相对最高的用韵作为韵部。参照上述综合评价方
法的应用程序,结合诗文用韵研究的实际情况,构建用韵空间分布综合评价
模型。1.明确用韵空间分布综合评价的目标;2.建立空间分布综合评价指标
体系;3.对空间指标观测值作无量纲化处理;4.确定各项指标的权数;5.将诸
空间指标评价值加以合成,求得用韵空间分布综合评价值;6.根据综合评价
值的排序提取韵部。第1项是本方法的灵魂,第2项是综合评价模型的关键,
第3、4、5项是综合评价模型的数据处理,加权是构建综合评价模型的难点,
第6项是综合评价的结论。下面逐项分析,第1项已见前述,从略。

(一)建立空间指标体系

空间指标是用来说明用韵空间分布普遍性状况数量特征的统计指标。
作家数量、县域数量、州府数量和大区数量,从不同侧面反映用韵空间分布
普遍性程度的大小,都是空间指标。各空间要素量不仅可以直接反映空间
分布面的大小,而且,彼此之间可以构成多个数学表达式,表达多种错综复
杂的空间关系。这为全面、科学地甄选反映用韵空间分布普遍性状况的系

---

[1]　随着评价方法研究的不断推进,新理念新方法的引入及不同方法的融合,综合评价方法
　　呈现出多样化、集成化的发展趋势,其外延不断扩大。有人总结出20个比较常用的综合
　　评价方法,包括评分法、层次分析法、delphi法、因子分析等,又按应用领域将其划分为9个
　　大类,例如,评分法和层次分析法属于系统工程方法,delphi法属于定性评价方法,因子分
　　析属于统计分析方法。见陈衍泰等《综合评价方法分类及研究进展》,《管理科学学报》,
　　2004年第2期。本著借鉴的综合评价方法属于其中传统的或狭义的类型。

[2]　为简省起见,下文或称"本研究方法"或"本方法"。

列指标提供了可能。

从空间分布的平面二维性看,用韵空间分布有广度与密度两个维度,相应地,空间指标也有广度和密度两方面的指标。

1.广度指标

广度说的是物体分布的广狭程度,分布面指的就是广度。广度有绝对数和相对数两种数据表现形式。作家数量、籍贯地(包括县、州府。下同)数量和大区数量均可作为用韵空间分布广度的绝对数指标,统称"广度绝对数"指标,包括作家绝对数("作家广度绝对数"的简称,其他仿此)、县域绝对数、州府绝对数和大区绝对数4个下位指标。广度绝对数反映用韵空间分布的规模。例如,初唐诗文支独用涉及作家数量66个(下省"个"),县域数量49,州府数量37,大区数量9,显示了支的空间分布面大小。

一个用韵涉及的空间要素量又叫"个体空间要素量"。支所涉作家数量66、县域数量49等都是个体要素量。与个体空间要素量相对的是"空间要素总量"。以《广韵》某韵涉及的所有独用同用为考察单元(即"空间单元",简称"单元"),合计单元内所有用韵的不重复的各要素量,即得到各要素总量。要素总量反映各要素空间分布的总规模。初唐支单元各用韵涉及的作家数量分别为:支66、支脂之29、支脂20、支之23、支微12、支脂微4、支之微4、支脂之微8、支齐2、支鱼1、支虞1、支祭1、支泰1、支脂齐1、支之鱼1、支之齐1、支微齐1、支脂之齐1、支脂之灰1、支脂齐祭1、支脂陌昔锡职1、支脂微鱼齐祭1,不避重复得到的作家总数为181,去重后作家总数为163,163才是作家总量。

个体空间要素量在空间要素总量中所占的比重,称为"广度相对数"指标,包括作家相对数("作家广度相对数"的简称,其他仿此)、县域相对数、州府相对数和大区相对数4个下位指标。广度相对数显示个体要素分布规模与要素分布总规模的内在联系及对比关系。广度相对数计算方法如下:

作家相对数=作家数量÷作家总量

县域相对数=县域数量÷县域总量

州府相对数=州府数量÷州府总量

大区相对数=大区数量÷大区总量

广度相对数是广度绝对数的一种数量变换形式。以作家相对数为例。作家数量相当于作家绝对数,作家相对数=作家绝对数÷作家总量,当作家总量一定时,作家相对数与作家绝对数成正比。在广度指标值与其他指标值相乘的算式里,用广度相对数与用广度绝对数两者得到的综合评价值的相对位次是相同的,也就是说,广度绝对数与广度相对数在综合比较时没有差别。二者取其一即可,不能两者并用。考虑到广度绝对数反映用韵空间分布广度最直接、最直观,故本模型采用广度绝对数指标。

2.密度指标

密度指的是物体在一定范围内分布的疏密程度,可以理解为一个量(目标项)与一个范围(范围项)的比值。用韵空间分布的密度指标表示单位空间范围内所分布的用韵、作家或县域等的数量,称为"密度指标"。根据这一界定,密度指标的范围项不能为用韵数量,只能是空间要素量,而且范围项的空间层级须在目标项之上。目标项与范围项理论上的匹配关系如下表所示(+号表示可匹配,-号表示不可匹配):

表1-3 密度指标目标项与范围项的匹配关系

范围项 目标项	作家数量	县域数量	州府数量	大区数量
用韵数量	+	+	+	+
作家数量	-	+	+	+
县域数量	-	-	+	+
州府数量	-	-	-	+

根据上表,得到用韵密度、作家密度等4类共10个下位密度指标,密度指标计算方法如下:

用韵密度:

基于作家数量的用韵密度=用韵数量÷作家数量

基于县域数量的用韵密度=用韵数量÷县域数量

基于州府数量的用韵密度=用韵数量÷州府数量

基于大区数量的用韵密度=用韵数量÷大区数量

作家密度：

　　基于县域数量的作家密度＝作家数量÷县域数量

　　基于州府数量的作家密度＝作家数量÷州府数量

　　基于大区数量的作家密度＝作家数量÷大区数量

县域密度：

　　基于州府数量的县域密度＝县域数量÷州府数量

　　基于大区数量的县域密度＝县域数量÷大区数量

州府密度：

　　基于大区数量的州府密度＝州府数量÷大区数量

用韵密度反映单位作家数量、县域数量等所拥有的用韵数量。用韵密度与用韵数量成正比。当作家数量、县域数量等一定时，用韵数量越多，用韵密度就越大，反之，用韵密度就越小。但用韵密度大，只是表示单位空间范围内分布的用韵数量多，正如前面所述，用韵本身不具有空间属性，用韵数量多，不见得用韵的空间分布就广。就空间分布的普遍性而言，一个作家AB同用50次与100次具有同等价值；一个县域分布100个AB同用与分布50个AB同用，前者的空间分布未必广于后者。用韵密度不能作为用韵通用性考察的指标。

作家密度、县域密度等的情形有所不同。以作家密度为例，其与作家数量成正比，当县域数量、州府数量等一定时，作家数量越多，作家密度就越大。由于作家是代表一定范围的空间要素，在单位县域数量、州府数量等所表示的空间范围内，作家密度越大，表示作家分布的范围越大，越广泛。比如，一个县域拥有100个作家与拥有50个作家，100个作家的空间分布面必广于50个作家。这方面反映了作家密度等与用韵通用性考察目标的一致性。

但是，作家密度、籍贯地密度所反映的空间特性还有另外一面。复以作家密度为例。作家密度与籍贯地数量或大区数量成反比。设作家数量为z，籍贯地数量为j，大区数量为q（大区总量为Q，$q \leqslant Q$），作家密度为M，当z一定时，j或q越大，M就越小，当所有作家一对一地布满籍贯地或大区即$z=j$或q时，$M=1$，M取最小值；当一个或数个籍贯地或大区存在作家共现即$z>j$或q时，$M>1$，且共现的作家越多，j或q越少，M就越大，当所有作家集中在一个籍贯地或一个大区即 $j=1$ 或 $q=1$ 时，$M=z$，M 取最大值。这意味着，作家密度越小，籍贯地或大区覆盖的空间范围反而越大；作家密度越大，其覆盖的空间范围就越小。由于籍贯地数量、大区数量可以表示用韵分布广度，那么，作家密度跟籍贯地数量、大区数量的反比例关系，以及籍贯地密度跟大区数量的反比例关系，说明用韵空间分布的密度与广度存在对立的方面。

密度指标与用韵空间分布普遍性考察目标既对立又统一，但对立是主要方面。从研究目标的角度看，"范围项"的空间层级位于"目标项"之上，范围项更值得重视。换言之，在密度与范围项及目标项的矛盾关系中，由范围项与密度构成的反比例关系应优先考虑。如果说广度具有开放性、延展性特征，那么，密度则是收敛的、内聚的，二者空间属性正好相反。因此，如果将密度指标纳入空间指标体系，必然与广度指标产生抵牾，对用韵通用性考察起到负面作用，降低方法的科学性。诚然，密度指标有反映用韵空间分布普遍性的一面，但这是次要的方面，而且，广度指标在这方面已有更集中更充分的体现，故密度指标存在的价值不大。对于反映用韵空间分布普遍性大小而言，密度指标基本上是个逆指标。如果将密度指标以倒数形式转换成正指标，其部分指标就与下面所说的广度拓展指标混同，等于加大了广度拓展指标在综合评价中的分量，干扰指标体系的结构平衡。综合来看，密度指标对于用韵通用性考察来说弊大于利，不宜纳入空间指标体系。

3.广度拓展指标

广度指标反映用韵空间分布"量"的状况。当我们将空间要素按层级由低到高联系起来观察就会发现，较低层级的要素与较高层级的要素之间存在一种"量"的实现的关系，或者范围拓展的关系，由此我们设立"广度拓展"指标。广度的拓展包括作家向县域、县域向州府、州府向大区三级拓展，相应地有县域拓展、州府拓展和大区拓展3个下位指标。广度拓展反映用韵空间分布的匀度，一定程度上代表了用韵空间分布"质"的方面。广度拓展计算方法如下：

县域拓展＝县域数量÷作家数量

州府拓展＝州府数量÷县域数量

大区拓展＝大区数量÷州府数量

一般而言,在广度拓展公式中,分子≤分母①,当分子=分母时,广度拓展获得最大值1;当作家数量=县域数量=州府数量=大区数量时,各广度拓展指标获得最大值1。即使只有一个作家,各要素量都是1,仍能获得最大广度拓展。这是一种极端情形,但并非绝无仅有,例如初唐咸摄的一些用韵就只有1,各要素量均为1。

在可拓展的幅度上,县域拓展与州府拓展为一类。县域数量≤作家数量,县域数量以作家数量为极值,当县域数量<作家数量时,县域数量可能随作家数量的增加而增加,县域拓展亦可能随之提高。大区拓展为另一类。虽然大区数量≤州府数量,但大区数量并不以州府数量为极值,而是以某个时期疆域版图的大区总量为极值。当大区数量<大区总量时,随着州府数量的增加,大区数量以至于大区拓展指标值可能随之增加。不过,大区总量是一个数值较小的定值(比如初唐为9),用韵的分布一旦达到该定值,州府数量的增加不会带来大区拓展指标值的提升,而只会降低。

其实,广度拓展是一种特殊的广度指标。如果说广度绝对数是基于要素量规模,对用韵的空间分布广度作静态地刻画,广度拓展则是从动态的角度描写空间要素分布规模逐层拓展实现的程度。

广度拓展与密度指标形式上相似。拿县域数量比作家数量,似乎可以看作基于作家数量的县域密度。但作家是空间层级低于县域的要素,不能作为密度指标的范围项。广度拓展考察的基点是空间层级相对低的要素量,目标是"向前看";密度指标则是以层级相对高的要素量为基点,像是"回头看"。广度拓展与密度指标的计算式互为倒数,二者指标值此消彼长,密度指标构成了对广度拓展的消解。可见,广度拓展与密度指标实质上不同,两者是对立关系。此亦说明密度指标不适合用韵通用性考察。

以上从广度、密度及广度拓展等维度分析了诸空间要素的多种数学关系式,以及与用韵空间分布普遍性关联的状况。综合考量,确定广度绝对数、广度拓展两个一级指标,作家绝对数、县域绝对数等7个二级指标,此构成用韵通用性考察的空间指标体系,如下图所示:

---

① 少数初唐作家所属县域不详而所属州府明确,出现单元内县域数量"假性"少于州府数量的现象。

图 1-1　空间指标体系

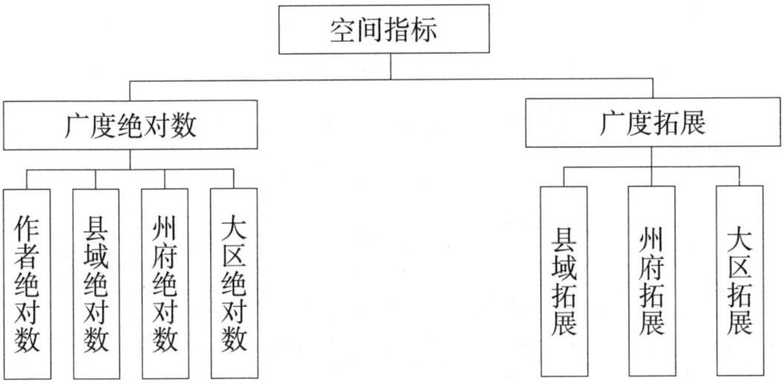

广度绝对数反映用韵空间分布普遍性大小最直接、最直观,因而是最重要的空间指标。广度拓展反映广度绝对数逐级拓展的效度,可以视为对广度绝对数的一种补充。广度绝对数的初始数据就是要素量,广度拓展指标值的计算公式是简单的除式。该指标体系具有科学、系统、简洁及统计方便的特点。

(二)空间指标观测值的无量纲化

空间指标的观测值均带量纲。从指标观测值的数量级方面看。广度绝对数观测值是大于或等于1的整数,其中,有相当数量的用韵涉及的要素量为1,譬如支单元22个用韵中,就有支鱼、支虞、支祭等13个用韵所涉要素量均为1,而个别用韵涉的要素量超过了100,如庚清同用涉及作家数量101;广度拓展指标的观测值大于0而小于1,或者等于1。两个一级指标之间以及广度绝对数指标内部,都有数量级的分别。从计量单位看,广度绝对数观测值的计量单位是"个(作家)""个(县)""个(州府)""个(大区)",广度拓展观测值的计量单位是"个(县)/个(作家)""个(州府)/个(县)""个(大区)/个(州府)"。两个一级指标的计量单位明显不同。这些都需要进行无量纲化处理。前文设想不去除量纲,对要素量直接求和进行比较,是不符合数据统计运算要求的。

指标值的无量纲化以空间单元为统计单位。统计学常用的无量纲化方法主要有标准化、极值化、均值化等方法(谢忠秋等2014:245~246)。

标准化法是用指标观测值与总体均值之差除以标准差,公式如下:

$$z_{ij} = \frac{x_{ij} - \bar{x}_j}{s_j} \qquad\qquad (1\text{-}5)$$

式中,$i=1,2,\cdots,n$,为单元内第i个用韵,$j=1,2,\cdots,m$,为第j项二级空间指标,x_{ij}为单元内第i个用韵第j项指标的观测值,$\bar{x}_j$为单元内第j项指标的总体均值,s_j为标准差,z_{ij}为x_{ij}经均值化变换后的评价值。该方法适用于指标数据呈正态分布,或者样本数据量大的情况。初唐用韵涉及的指标数据量不可谓不大,但分割到90多个单元后,指标数据量就比较少了,且数量不平衡,如幽单元只有尤幽、尤侯幽、鱼尤幽3组数据,共21个观测值,夬单元、狎单元更少,都只有两组数据,各14个观测值。从广度绝对数看,多数单元往往有一二用韵或数个用韵的指标观测值相对较高,而其余用韵的指标观测值明显低些,其中相当数量的指标观测值为最小值1[1]。总的看,单元数据难以形成正态分布,标准化方法不适合本综合评价模型。

极值化法也叫规格化法,它是用指标的最大值与最小值之差即极差作为分母,用每个指标观测值与该指标最小值之差作为分子相除,即:

$$z_{ij} = \frac{x_{ij} - x_{j\min}}{x_{j\max} - x_{j\min}} \qquad\qquad (1\text{-}6)$$

式中$x_{j\max}$、$x_{j\min}$分别为单元内第j项指标观测值的最大值与最小值。但是,当最大值与最小值相等时,极差为0,即分母为0,分式没有意义。观察发现,共有6个单元指标观测值均为1,其极差为0。而空间指标观测值为1的就更多了,它们都会使极差化法公式的分子为0,导致采用几何综合法(关于几何综合法,详见下"[四]空间指标综合评价值的合成")合成的综合评价值"非正常"为0的情况[2]。极值化法也不合适本模型[3]。

均值化法以指标观测值比总体均值,公式如下:

$$z_{ij} = \frac{x_{ij}}{\bar{x}_j} \qquad\qquad (1\text{-}7)$$

该方法在消除量纲的同时,保留了指标观测值之间变异程度上的差

---

① 相关数据详见第二、三章各摄诸单元用韵的空间分布数据。

② 将极值化方法的公式乘以一个百分数(40%或60%),再加上一个常数(60或40),可以避免因分子为0而导致的综合评价值非正常为0的情况。

③ 与极值化法类似的是功效系数法,二者不同在于极值化法的指标最大值与最小值分别换成了功效系数法的指标满意值与不允许值(谢忠秋等2014:260)。

异[1]。本综合评价模型采用该方法消除量纲。

　　需要注意的是，广度拓展计算总体均值的方法有别于广度绝对数，后者以单元内指标观测值总量除以用韵个数，广度拓展的总体均值是平均的广度拓展指标值，即广度拓展算式的分子和分母分别代表的两个要素量的总量之比，而非单元内广度拓展各分式之和除以用韵个数。

　　下面以效摄萧单元广度绝对数为例，图解使用均值化法消除量纲的具体做法：

　　第一，新建一个 Excel 工作表，将需要消除量纲的广度绝对数观测值（要素量）及总量等数据复制到工作表中，并在 F1、G1、H1、I1 处分别输入"作家绝对数（指标）""县域绝对数（指标）""州府绝对数（指标）""大区绝对数（指标）"字样（见下面截图）。

	I1		▼		f_x	大区绝对数指标			
	A	B	C	D	E	F	G	H	I
1	用韵	作家数量	县域数量	州府数量	大区数量	作家绝对数指标	县域绝对数指标	州府绝对数指标	大区绝对数指标
2	萧	1	1	1	1				
3	萧宵	27	24	19	6				
4	萧豪	3	3	3	3				
5	萧宵豪	5	5	5	3				
6	萧宵肴豪	1	1	1	1				
7	总量	31	27	21	6				

　　第二，在 F2 处输入公式"=B2/(MAX(B∶B)/(COUNTA(B∶B)-2))"，回车，得到作家数量 1 的评价值 0.161290323；

　　在 G2 处输入公式"=C2/(MAX(C∶C)/(COUNTA(C∶C)-2))"，回车，得到县域数量 1 的评价值 0.185185185；

　　在 H2 处输入公式"=D2/(MAX(D∶D)/(COUNTA(D∶D)-2))"，回车，得到州府数量 1 的评价值 0.238095238；

　　在 I2 处输入公式"=E2/(MAX(E∶E)/(COUNTA(E∶E)-2))"，回车，得到大区数量 1 的评价值 0.833333333。

　　第三，选中区域 F2∶I2，下拉填充区域 F2∶I6，即可得到萧单元广度绝对数无量纲化的数据（见下面截图）。

---

[1]　与均值化法类似的是阈值化法，二者不同在于均值化法的指标平均值换成了指标阈值（谢忠秋等 2014∶245～246）。本研究可以将指标最大值作为阈值。经验证，这两种方法得出的指标评价值均保留了指标观测值的差异程度。

	I2	▼	f_x	=E2/(MAX(E:E)/(COUNTA(E:E)-2))				
	A	B	C	D	E	F	G	H	I
1	用韵	作家数量	县域数量	州府数量	大区数量	作家绝对数指标	县域绝对数指标	州府绝对数指标	大区绝对数指标
2	萧	1	1	1	1	0.161290323	0.185185185	0.238095238	0.833333333
3	萧宵	27	24	19	6	1.144947125	1.277150469	1.427904023	1.64165828
4	萧豪	3	3	3	3	0.935395163	0.908103416	0.923663503	1.326067168
5	萧宵豪	5	5	5	3	0.980404295	0.987457708	1.042005685	1.326067168
6	萧宵肴豪	1	1	1	1	0.845473431	0.758380964	0.712710517	0.945392551
7	总量	31	27	21	6				

（三）确定空间指标的权数

1. 一级空间指标的权数

不同的空间指标从不同侧面反映用韵空间分布的普遍性状况，在用韵通用性评价体系中的重要性程度存在差异。在对用韵空间分布普遍性状况进行综合评价时，应充分考虑这种差异，赋予各指标相应的权重。

确定权数的基本思路是：首先比较两个一级指标对于用韵通用性重要程度的差异，结合相关材料，确定各自在总权数中的占比，再根据要素之间空间属性强弱关系的特点，运用相关数学知识，确定二级指标权数的比例，进行权数再分配。

如前所述，广度绝对数与空间分布面关系最为密切，是影响用韵空间分布普遍性大小的决定性因素。广度绝对数权重当远大于广度拓展，其权数应占指标总权数的大多数。这是对两个一级指标权重关系的基本认识。因此，把握"大多数"一词的数量涵义，对于拟定一级指标的权数至关重要。

"大多数"是个集合概念，关于它的数量阈，《现代汉语词典》释为"超过半数很多的数量"（2012:231）。"超过半数很多的数量"是个模糊说法，权威辞书对其数量阈均未作出明确界定。对于"超过半数"的数量，通常有"多数、大多数、绝大多数"三种说法。"多数"是超过半数的数量，"大多数"是"超过半数很多的数量"，"绝大多数"应该是超过半数极多的数量（"绝"是极的意思）。三者数量阈大小依次是：多数＜大多数＜绝大多数。数量阈是由下限和上限共同决定的。当超过半数达到一定的数量，就会越过"多数"的上限，进入"大多数"的数量阈；如果超过"大多数"达到一定的数量，就会越过"大多数"的上限而进入"绝大多数"的数量阈。所以，"多数、大多数、绝大多数"的数量阈是前后衔接的，相邻两者中，前者的上限就是后者的下限。

这样说，当然是出于定量研究的需要和方便。事实上，"大多数"之类词的数量阈，除了一二下限／上限外（见下述），都具有一定的模糊性；但同时也得承认，其主体部分应是清晰而明确的，正因为此，它们的下限与上限亦具有某种确定性，而并非毫无定准。

如果以100为基数划分数量阈，超过半数即超过50的数量即为"多数"。51为"多数"之始，这是可以肯定的。关于"大多数"的下限。首先，基本可以确认，60是"大多数"之始可以容忍的最低限度。因为，60"超过半数"10，显然不是"很多"。百分制的考试以60分为"及格"水准，不是没有道理的。因此，原则上超过60就可以算作"大多数"了。当我们说"要让大多数人富起来"，倘若只有六成人致富就认为达到目标了，这个六成的量化标准可能失之于宽。所以，要是保守一点，这个下限似乎以65左右为宜。

有一则材料可以支持这一"保守"意见：

> 日本土地泡沫发生后，从80年代中后期开始，日本全国范围内都出现了城市土地再开发热潮，土地价格随之猛涨，东京、大阪、名古屋等六大城市经济圈的商业用地价格指数1985年比1980年上升了53.6%，1990年则更比1980年上升了525.9%。这期间，日本全国平均土地价格也上涨了1倍以上。日本约有一半的人拥有土地，约20%的人拥有土地继承权。因而，随着土地价格的上升，大多数日本人感到自己的财产在这几年内增值了1～2倍。（例出北京大学CCL语料库。文件名：\当代\CWAC\CEE0138.txt）

"感到自己的财产在这几年内增值了1～2倍"的"大多数日本人"，应该是"约有一半"的拥有土地的人，加上"约20%"的拥有土地继承权的人，两者合计约为日本总人口的70%。考虑到其中可能存在既拥有土地、又拥有土地继承权的人，推想这个比例不会太高。减去这个比例后，大约是百分之六十几。

那么，"大多数"数量阈的上限何在？这个上限很重要。为了充分体现广度绝对数对于用韵空间分布普遍性大小的决定性作用，广度绝对数的权数当落在"大多数"的上限上。而"大多数"的上限也就是"绝大多数"的下限。

关于"绝大多数"的数量阈，权威辞书亦未明确界定。根据前述，"绝大多数"是超过半数极多的数量,但超过半数多少才算是"极多的数量",也是一个模糊不清的说法。不过有一点可以肯定,"绝大多数"数量阈的上限不应是100而是99(这里略去小数部分)。因此,真正需要考量的是"绝大多数"的下限。

我们从北大CCL语料库中,搜集到了数则与理解"绝大多数"数量涵义有关的统计材料。现胪列如下:

(1)应当看到,在《气候变化框架公约》和《京都议定书》体制下,由于严格区分了发达国家与发展中国家的不同义务,所以较好地实现了应对气候变化问题上的实质性公平,得到了绝大多数国家的支持,到2009年12月,已经有187个国家签署和批准了《京都议定书》。(文件名:\当代\CWAC\LIJ0298.txt)

(2)我国各民族的人口数量之间差异较大。在全国总人口中,汉族人口占绝大多数,其他少数民族的人口数只占全国总人口数的1/10。有的少数民族只有数万人,甚至数千人或者千余人。(文件名:\当代\CWAC\LCT0257.txt)

(3)全国农村村民委员会普遍进行了三至四次换届选举,参选率一般在90%以上。村务公开已在全国绝大多数农村建立起来,河北、四川、云南、山西、天津等11个省市,村务公开的农村已达90%以上。(文件名:\当代\应用文\中国政府白皮书\1998年中国人权事业的进展.txt)

(4)调研方式为网上问卷调查,向分布在全国29个省,市的2万多名学生发出问卷,收回2562份……调查结果显示,年龄在21岁至35岁之间的网络大学生占绝大多数,其比例高达89%,其中年龄在21岁至25岁之间、25岁至30岁之间的学员的比例都超过30%。(文件名:\当代\CWAC\AET0017.txt)

(5)全国共有行政村60多万个,绝大多数村都有老年协会之类的组织,保守的估计也应在50万个左右。(文件名:\当代\CWAC\APJ0070.txt)

(6)中国农村贫困人口的绝大多数集中在中西部,尤其是西部,并呈块状、片状分布在高原、山地、丘陵、沙漠等地区。这些地区是中国贫困人口最多、贫困程度最深、贫困结构最复杂的地区。在1994年中国政府确定的592个国家重点扶持贫困县中，中西部地区占82%。（文件名：\当代\应用文\中国政府白皮书\中国的农村扶贫开发.txt）

（7）请大家估计一下。有百分之八十的人拥护，中央的决定就能行得通。我想绝大多数人是拥护这个决定的。（文件名：\当代\应用文\议论文\邓小平文选2.tx）

（8）在旧中国，绝大多数劳动人民享受不到受教育的权利，全国人口中80%以上是文盲，学龄儿童入学率仅20%左右。（文件名：\当代\应用文\中国政府白皮书\中国的人权状况.txt）

（9）轻率入市作买卖，因为赢面和输面比例差不多。在保本为第一原则之下，不做买卖反而最安全。55～75%看好的人占多数，但又并非绝大多数。市势发展有很大上升余地。（文件名：\当代\应用文\社会科学\股市基本分析知识.txt）

（10）有关人际关系冲突方面的内容也很多。如自己不爱的人爱上了自己，或自己爱上有恋人的人……等等。调查结果表明：以上两部分内容占了绝大多数（2/3左右）。（文件名：\当代\应用文\社会科学\大学生心理卫生与咨询.txt）

从材料（1）可知，签署和批准《京都议定书》，是支持气候变化国际公约的国家行为，按截至2021年世界上所有197个国家的基数计算，到2009年12月，已经签署和批准了该议定书的187个国家约占95%，故采取支持态度的"绝大多数"国家占比不低于95%。材料（2）中，"其他少数民族的人口数"指的是当时我国所有少数民族的人口数，故汉族人口占总人口的90%（9/10），这个"绝大多数"为90%。材料（3）先说"村务公开已在全国绝大多数农村建立起来"，次说河北、四川等11个省市的农村村务公开已达90%以上，其所举省市应是村务公开好于全国一般地方的比较典型的例子，就全国农村来说，建立起村务公开的当达不到90%，所以，这个"绝大多数"低于90%。材料（4）显示，年龄在21岁至35岁之间的网络大学生占调查对象的

"绝大多数",其比例数是89%。从材料(5)看,在全国60多万个行政村中,有老年协会之类组织的50万个左右,占83%,不过这是基于"保守的估计",故实际有老年协会之类组织的行政村占比当约高于83%。材料(6)有两个判断:中国农村贫困人口的绝大多数集中在中西部,1994年592个国家重点扶持贫困县中中西部地区占82%,第一个判断是个大判断,第二个判断应该满足或基本满足第一个判断,因此,这个"绝大多数"当在82%左右。材料(7),从文段可以看出,"拥护这个决定的"人可以达到使"中央的决定就能行得通"的规模,对此作者是自信的,所以,这个"绝大多数"不低于80%。材料(8),"享受不到受教育的权利"必然造成文盲,考虑到文盲中尚有非"劳动人民",估计"劳动人民"在全国文盲中的比例下限会略低于80%,也就是说,这里的"绝大多数"下限略低于80%。材料(9),"55～75%看好的人占多数,但又并非绝大多数",表明"绝大多数"不低于75%。材料(10)所说的"绝大多数"为2/3即67%左右。

综之,上列各材料所谓的"绝大多数",有的指某个数点:67%左右、82%左右、约高于83%、89%、90%;有的指某个数量阈:不低于75%、略低于80%、不低于80%、低于90%、不低于95%。其中,67%左右、90%是两个极值数点,75%是最低的数量阈下限,90%是最高的数量阈上限。关于"绝大多数"数量阈的下限,我们认为,67%左右过低,75%提高了一些,但只此1例,不足为凭。其他8则材料中,其下限以略低于80%的相对最低,其余均在80%以上。今以80%作为"绝大多数"数量阈之下限,"模糊"一点就是80%左右[①]。

根据上文对"大多数"与"绝大多数"数量阈关系的分析,将"大多数"的数量阈下限定在80%或80%左右,换成基数100,即为80或80左右。

假定指标体系总权数为1。广度绝对数的权数参照"大多数"数量阈的上限执行。由此确定,广度绝对数权数占总权数的80%,实际权数为0.8。该取值达到了指标总权数的五分之四,可以充分体现广度绝对数对用韵通用性大小的决定性作用。

或问,为了更充分体现广度绝对数对用韵通用性大小的决定作用,可否

---

① "绝大多数"数量阈下限(80%或80%左右)的这一结论,是基于10则"小样本"材料得出来的,其可靠性尚待更多材料的支持。

将广度绝对数权数扩大一些，比如扩大到0.85，也就是将其权数的参照系提升到"绝大多数"的数量阈。但是，这样一来，留给广度拓展指标的权数便更少了。若广度绝对数权数为0.85，广度拓展就只有0.15，比县域绝对数的权数（0.17425）还要少[①]，广度拓展对用韵空间分布综合评价值的影响变得无足轻重，设置此类指标在很大程度上失去了意义。

话说回来，广度拓展从动态的角度反映用韵分布广度实现的效度，它主要不是反映空间分布面的大小，在表现用韵空间分布普遍性程度上，广度拓展远不及广度绝对数。前面所举用韵数量为1而广度拓展仍能获得最大值的例子足以说明这一点。根据广度绝对数权数，将广度拓展权数定为0.2。该权数符合广度拓展对用韵通用性大小具有一定影响的特性。

2.各广度绝对数指标的权数

由于作家、县域、州府、大区在空间范围上由小到大，空间属性由弱趋强，故相应的指标权重当呈递增趋势。表现在数量关系上，不仅作家指标权重＜县域指标权重＜州府指标权重＜大区指标权重，而且，该序列指标权数大致构成等差数列，即：县域指标权数－作家指标权数＝州府指标权数－县域指标权数＝大区指标权数－州府指标权数。也许，县域指标权数与作家指标权数之差要稍大于州府指标权数与县域指标权数之差，州府指标权数与县域指标权数之差跟大区指标权数与州府指标权数之差可能不完全相等，但这些"差数之差"无法精确测算。等差关系未必完全切合指标权数序列的客观实际，但应该大体不差。等差关系适合于各二级指标权数序列。

要确定构成等差数列的4个广度绝对数的权数，先要确定这4个指标权数数列的公差。设4个指标的总权数为100，作家绝对数权数为首项，大区绝对数权数为末项，根据公式"首项＊项数＋[项数＊（项数－1）＊公差]÷2＝和"，分别算出权数公差为1，2，3，……，16时各权数数列及首、末项之差（详见表1-4）。之所以将权数公差限定在1～16区间，是因为权数公差1是最小值，当权数首项取最小值1时，其公差为16，此为权数公差最大值。

---

① 据下文"2"，县域绝对数权数占广度绝对数权数的20.5%，若广度绝对数权数为0.85，则县域绝对数权数＝20.5%＊0.85＝0.17425。

表 1-4　公差为 1,2,3,……16 时广度绝对数权数及首、末项之差

公差 ＼ 权数	首项 作家绝对数 权数	第2项 县域绝对数 权数	第3项 州府绝对数 权数	末项 大区绝对数 权数	首末项之差
1	23.5	24.5	25.5	26.5	3
2	22	24	26	28	6
3	20.5	23.5	26.5	29.5	9
4	19	23	27	31	12
5	17.5	22.5	27.5	32.5	15
6	16	22	28	34	18
7	14.5	21.5	28.5	35.5	21
8	13	21	29	37	24
9	11.5	20.5	29.5	38.5	27
10	10	20	30	40	30
11	8.5	19.5	30.5	41.5	33
12	7	19	31	43	36
13	5.5	18.5	31.5	44.5	39
14	4	18	32	46	42
15	2.5	17.5	32.5	47.5	45
16	1	17	33	49	48

　　在权数公差 1～16 区间,取其中位数 8.5,四舍五入为 9。4 个广度绝对数的权数分别为 11.5、20.5、29.5、38.5。各广度绝对数权数占绝对数指标总权数的百分比分别为 11.5%、20.5%、29.5%、38.5%。

　　根据各广度绝对数权数百分比,计算实际权数:

　　作家绝对数权数 (J1)[①]=11.5%*0.8

　　　　　　　　　　　=0.092

　　县域绝对数权数 (J2)=20.5%*0.8

　　　　　　　　　　　=0.164

---

① 括号中的"J"代表广度绝对数指标,数字为二级指标序列的序号。

州府绝对数权数(J3)=29.5%*0.8

　　　　　　　　　=0.236

大区绝对数权数(J4)=38.5%*0.8

　　　　　　　　　=0.308

3.广度拓展指标的权数

　　广度拓展有3个二级指标,其权数不能套用广度绝对数指标。要确定各广度拓展的权数,同样需要先确定广度拓展权数数列的公差。该公差与广度绝对数权数数列的公差不能相同,但必须是对当关系。只有这样,两个一级指标的权重设置才能协调。因此,问题的关键是探求与广度绝对数权数数列公差9对当的公差。

　　设广度拓展总权数为100。据等差数列公式可知,当等差数列的和一定时,项数减少,相应公差加大。故而广度拓展权数数列的对当公差应当大于广度绝对数权数数列的公差数9。当等差数列的和与项数一定时,首、末项之和为一定值,公差成为变量。以首、末项之和比公差,其比值与公差成反比,公差越大,其比值就越小,例如,公差为6、7、8、9、10,首、末项之和(50)与公差的比值分别为8.33、7.14、6.25、5.56、5.00。此种比值不仅代表了等差数列首、末项之和与公差的特定关系,而且可以体现数列之和相等而项数不等的两个数列公差对当的关系。对于公差具有对当关系的两个数列而言,各自首、末项之和与对当公差的比值是相等的。可以这样来认识,根据等差数列公式"(首项+末项)*项数÷2=数列之和",当数列之和相同时,项数增加,首、末项之和减少,对当的公差也减少,反之,项数减少,首、末项之和加大,对当公差亦加大。可见,无论项数增加还是减少,首末项之和与对当公差的变动方向是相同的,即二者呈正相关关系,因而两个数列分别以首末项之和比对当公差,得到的比值应该相同或相近。

　　对于公差为9时广度绝对数权数数列,有下式:

$$\frac{首项+末项}{公差}=\frac{11.5+38.5}{9}=5\frac{5}{9}$$

　　求对当的广度拓展权数数列首项与末项之和。根据公式"(首项+末项)*项数÷2=和",有下式:

$$首项+末项=和*2÷项数$$

$$=100*2÷3$$

$$=66\frac{2}{3}$$

求广度拓展权数数列与广度绝对数权数数列公差9之对当公差。根据前述有：

$$\frac{首项+末项}{公差}=5\frac{5}{9}$$

$$公差=(首项+末项)÷5\frac{5}{9}$$

$$=66\frac{2}{3}÷5\frac{5}{9}$$

$$=12$$

求中项(州府拓展权数)，有下式：

$$中项=和-(首项+末项)$$

$$=100-66\frac{2}{3}$$

$$=33\frac{1}{3}$$

求首项(县域拓展权数)，有下式：

$$首项=中项-公差$$

$$=33\frac{1}{3}-12$$

$$=21\frac{1}{3}$$

求末项(大区拓展权数)，有下式：

$$末项=中项+公差$$

$$=33\frac{1}{3}+12$$

$$=45\frac{1}{3}$$

此首项、中项、末项数值,即为对应的广度拓展权数在广度拓展总权数中的百分占比。

最后求各广度拓展的实际权数:

县域拓展权数(T1)[1]$=21\frac{1}{3}\div100\times0.2$

$$\approx0.043$$

州府拓展权数(T2)$=33\frac{1}{3}\div100\times0.2$

$$\approx0.067$$

大区拓展权数(T3)$=45\frac{1}{3}\div100\times0.2$

$$\approx0.090[2]$$

汇列空间指标权数,如下表:

表 1-5　空间指标的权数

J1-0.092	J2-0.164	J3-0.236	J4-0.308	T1-0.043	T2-0.067	T3-0.090
J0.8				T0.2		
1						

(四)空间指标综合评价值的合成

综合评价的目的是要对被评价事物作出整体性评价。在对指标观测值作无量纲化处理及赋权之后,就可以通过数学公式进行诸指标评价值的合成。我们把用韵空间分布综合评价值对应的综合指标叫做"空间分布度"。空间分布度集中反映用韵空间分布普遍性程度,代表用韵的通用度。空间分布度是本综合评价模型的核心。

综合评价值的合成方法常见的有线性综合法、几何综合法和混合综合法三大类(谢忠秋等2014:253)。

线性综合法是将各指标评价值求和,通常采用加权求和的方法来计算,

---

[1]　括号中的"T"代表广度拓展指标,数字为二级指标的序号。

[2]　T3千分位四舍五入为0.091,因T1、T2的千分位都"五入"了,使得广度拓展指标总权数多出了0.001,故T3作0.090。

公式如下：

$$z_i = \sum_{i=1}^{n} w_j x_{ij} \qquad (1\text{-}8)$$

　　式中，i 为单元内第 i 个用韵，$i=1, 2, \cdots, n$，j 为第 j 项二级空间指标，$j=1,$ $2, \cdots, m$，x_{ij} 为单元内第 i 个用韵第 j 项指标无量纲化的评价值，作乘数，w_j 为第 j 项指标的权数，作被乘数，z_i 为单元内第 i 个用韵的综合评价值[1]。该合成方法"只适用于综合指标间彼此不相关的情形。如果各评价指标间有一定的相关关系，则'求和'的结果将会发生信息重复，从而使综合评价值难以反映客观实际"；"当各评价指标间的相对重要性程度（权数）差异较大，但它们的评价值差异较小时，比较适合用线性综合法"（谢忠秋等 2014:253）。

　　几何综合法的基本公式为指标评价值的权数次幂连乘，即：

$$z_i = \prod_{i=1}^{n} x_{ij}^{w_j} \qquad (1\text{-}9)$$

　　上式中，x_{ij} 为单元内第 i 个用韵第 j 项指标无量纲化的评价值，作幂底数，w_j 为第 j 项指标的权数，作幂指数，其他符号同公式（1-8）。几何综合法"适合于指标间有较强的相互联系的情形"，"当各评价指标间的重要程度差别较小，而评价值间的差异较大时，采用几何综合法比较合适"。该方法对"各指标评价值间的差异反应较灵敏，这有助于区分各被评价对象的相对地位"（谢忠秋等 2014:254）。

　　混合综合法将线性综合法与几何综合法混合在一起，公式如下：

$$z_i = \sum_{i=1}^{n} w_j x_{ij} + \prod_{i=1}^{n} x_{ij}^{w_j} \qquad (1\text{-}10)$$

　　混合综合法兼有线性综合和几何综合两种方法的优点，"适合于各评价指标间重要程度差异较大，而且各指标评价值间的差异也较大时的场合"（谢忠秋等 2014:254）。

　　以上三种综合方法各有特点和适用场合。在综合评价实践中，需要根据被评价对象的特殊性及评价指标的特点，比较权衡后加以选用。

---

[1]　此将原公式中的 p 换作 n，添加了表示单元内某个用韵的符号 i。下同。

　　先看空间指标间的关联性。在作家、县域、州府和大区构成的要素序列中，前后要素在空间范围上存在包含与被包含的关系；1个作家对应1个县域、1个州府和1个大区，1个县域对应1个州府和1个大区，1个州府对应1个大区，举一而有其余。这说明，广度绝对数之间存在一定的关联。不仅如此，两个一级指标间也存在密切关联。广度拓展以相邻的较高层级的要素量除以较低层级的要素量。如果广度绝对数指标值都较大且相对均衡，那么，广度拓展指标值也较大。这种指标间有较强关联度的情况，适用于几何综合法，却不适合线性综合法。

　　再看空间指标之间重要性程度差异。广度绝对数与广度拓展权数之比为4∶1，差异较大。两组二级指标的权数构成等差数列，其公差分别为0.072、0.023。两组权数数列按数值大小排列如下：0.043、0.067、0.090、0.092、0.164、0.236、0.308，相邻权数的差异较小，但非相邻权数相差并不小，其中，大区绝对数权数是县域拓展的7倍，两者相差0.266。就此而言，线性综合法似乎更为合适。

　　最后是空间指标评价值差异的大小。我们以止摄支单元为例，用均值化法将支单元各用韵的指标观测值消除量纲，得到未赋权的指标评价值，如下表：

表1-6　支单元用韵各项指标评价值

用韵	作家绝对数	县域绝对数	州府绝对数	大区绝对数	县域拓展	州府拓展	大区拓展
支	14.376	14.568	17.319	22.000	1.013	1.189	1.270
支脂	4.356	5.946	8.894	17.111	1.365	1.496	1.924
支之	5.010	6.541	8.894	14.667	1.306	1.360	1.649
支微	2.614	3.270	5.149	12.222	1.251	1.574	2.374
支鱼	0.218	0.297	0.468	2.444	1.365	1.574	5.222
支虞	0.218	0.297	0.468	2.444	1.365	1.574	5.222
支齐	0.436	0.595	0.936	4.889	1.365	1.574	5.222
支祭	0.218	0.297	0.468	2.444	1.365	1.574	5.222
支泰	0.218	0.297	0.468	2.444	1.365	1.574	5.222
支脂之	6.317	6.838	8.894	17.111	1.082	1.301	1.924

用韵	作家绝对数	县域绝对数	州府绝对数	大区绝对数	县域拓展	州府拓展	大区拓展
支脂微	0.871	1.189	1.872	4.889	1.365	1.574	2.611
支脂齐	0.218	0.297	0.468	2.444	1.365	1.574	5.222
支之微	0.871	1.189	1.872	9.778	1.365	1.574	5.222
支之鱼	0.218	0.297	0.468	2.444	1.365	1.574	5.222
支之齐	0.218	0.297	0.468	2.444	1.365	1.574	5.222
支微齐	0.218	0.297	0.468	2.444	1.365	1.574	5.222
支脂之微	1.743	2.378	3.745	14.667	1.365	1.574	3.917
支脂之齐	0.218	0.297	0.468	2.444	1.365	1.574	5.222
支脂之灰	0.218	0.297	0.468	2.444	1.365	1.574	5.222
支脂齐祭	0.218	0.297	0.468	2.444	1.365	1.574	5.222
支脂陌昔锡职	0.218	0.297	0.468	2.444	1.365	1.574	5.222
支脂微鱼齐祭	0.218	0.297	0.468	2.444	1.365	1.574	5.222

上表中指标评价值差异的状况如何,可以通过各指标列的极差、标准差等数据看出来,见下表:

表 1-7　支单元空间指标评价值差异状况

差异显示项	作家绝对数	县域绝对数	州府绝对数	大区绝对数	县域拓展	州府拓展	大区拓展
总和	39.428	46.375	63.659	149.106	29.222	33.678	93.999
平均值	1.792	2.108	2.894	6.778	1.328	1.531	4.273
极差	14.158	14.271	16.851	19.556	0.352	0.385	3.952
标准差	3.249	3.438	4.287	6.251	0.093	0.103	1.461
极差/平均值	7.901	6.770	5.823	2.885	0.265	0.251	0.925

极差指一组数据的最大值与最小值之差,也称"全距"。极差反映数据中的两个极端值的差异程度。拿不同指标的极差直接比较,没有意义。我们参考平均值,将单元内各指标的极差与平均值相比。表中显示,4个广度绝对数的比值较大,最大比值是作家绝对数,接近8倍,最小比值是大区绝对数,也接近3倍,说明其极端值差异较大。拓展指标极差与平均值之比均小

于1,说明其极端值差异较小。

标准差是方差的平方根[1],能够准确反映数据的离散程度即差异化程度。标准差之间有可比性。上表中,4个广度绝对数的标准差均超过3,大区绝对数标准差高达6.251。广度拓展标准差除了大区拓展为1.461,县域拓展和州府拓展都只有大约0.1,差异度小。

比较而言,广度绝对数评价值差异较大,广度拓展差异较小。类似情形在其他单元中亦较为普遍。依据广度绝对数评价值差异情况,当选几何综合法;若依广度拓展指标,应取线性综合法。如果考虑两类指标值的数量多少及权重大小,选用几何综合法似更合适[2]。

综合指标间的关联性、权重差异及指标评价值差异几方面情况来看,宜选几何综合法或混合综合法,线性综合法可以排除。至于最终是选取几何综合法还是混合综合法,只有通过空间分布度及其排序的比较验证,才能得出答案。这方面内容详见下“四、方法的验证”。

(五)韵部提取

韵部提取直接关乎本方法研究的结论,其重要性不言而喻。韵部提取分摄进行,以空间单元为提取韵部的基本单位,一个单元只提取一个韵部。空间分布度数值及其排序是提取韵部的客观依据,单元内空间分布度数值最大、排序第一的用韵提取为韵部。这为韵部的通用性提供了基本保证。

如果单元内用韵的要素量都很少,所提取韵部的通用性就不大可信。但这不是韵部提取方法的问题,而是用韵材料不足的问题。“险韵”“窄韵”

---

① 方差是指一组数据中,各数据与该组数据平均数离差平方和的平均数。标准差的计算公式为:$\sigma = \sqrt{\dfrac{\sum(x-\bar{x})^2}{n}}$。

② 有学者提出了用来考察词语使用情况的通用度公式:$T=(\sqrt{n_1}+\sqrt{n_2}+\cdots\sqrt{n_k})^2/k$(某个词在1,2,$\cdots$,$k$组中出现的次数分别是$n_1,n_2,\cdots,n_k$),见尹斌庸、方世增《词频统计的新概念和新方法》,《语言文字应用》1994年第2期。词语通用度算式兼顾了词语使用的频数和分布率,此频数与分布率似乎相当于本方法的广度绝对数与广度拓展。词语的通用度与用韵的通用度有相通之处,但前者针对的是使用领域的分布,而后者针对的是空间分布,二者很不相同。一个词在各抽样组出现的频数$n_1,n_2,\cdots,n_k$只有量的不同,没有质的对立,而空间指标是从不同侧面反映用韵空间分布普遍性的。因此,空间指标不能进入词语通用度计算式。“均根匀度”公式(见冯志伟、胡凤国《数理语言学》,商务印书馆2012年,第255~257页)同样不适合拿来考察用韵的通用度,其理由与词语通用度公式相似。

单元容易出现这类问题。如果一个单元内用韵的要素量均为1，就难以提取韵部，即使勉强提取的韵部也谈不上通用性，故不提取韵部。

由于韵部提取是分摄按单元进行的，某韵涉及的几个用韵可能在不同单元同时提取为韵部，致使韵部的韵目重出。单元内几个用韵的空间分布度数值相等且最大，一并初次提取，也会导致韵部韵目重出。韵目重出有包孕和交叉两种情况。例如，从皆、夬二单元分别提取皆、皆夬为韵部，韵目构成包孕关系，"皆"重出；从萧、宵二单元均提取萧宵为韵部，从肴单元提取宵肴为韵部，韵目构成交叉关系，"宵"重出。韵部中韵目重出是应该规避的，除非有确切的证据表明某韵的字兼属几个韵部。规避重出韵目的办法是对韵目重出的韵部进行"二次提取"。

韵部"二次提取"分两种情况：

其一，对于初次提取的包孕关系韵部，二次提取包孕韵部为韵部。此以初次提取的皆、皆夬为例。皆、皆夬构成包孕关系，二次提取皆夬为韵部。由于初次提取的韵部是单元内空间分布普遍性程度最高的，具有相对意义上的通用性，而通用性的包孕韵部不可能是"合韵"，组成包孕韵部的几个韵的韵基应该相同，被包孕韵部与包孕韵部韵基也应该相同，二者为同一韵部，因而只能从中提取一个。之所以提取包孕韵部，理由有三点。首先，同用可以包容独用，独用却不能包容同用。例中提取皆夬部而并不排斥皆。其次，从中古到近代，韵部演变大多是由分向合，提取包孕韵部符合韵部分合演变大势。本例皆、夬合流符合通用韵部演变趋势。最后，二次提取的包孕韵部各要素量应为包孕关系韵部相应要素量之和，其通用性不是降低了而是变高了（详下）。

其二，如果初次提取的是交叉关系韵部，就将交叉关系韵部系联合并，韵目去重，二次提取系联合并韵部为韵部。因为初次提取的交叉关系韵部具有相对的通用性，不可能是合韵，彼此韵基相同，故二次提取当系联合并之。例如初次提取的萧宵与宵肴构成交叉关系，二次提取萧宵肴为韵部。相对于初次提取的交叉关系韵部，系联合并韵部实际上是包孕韵部。

二次提取韵部不像初次提取韵部那样，完全凭借数据模型呈现的空间分布度比较优势，而是以音理为根据，故有必要对拟二次提取的韵部作通用性与合理性的审视。下面两种情况下需要对二次提取韵部加以矫正。第一种情况是,如果初次提取的包孕韵部要素量很少,而被包孕韵部要素量特别多,两者空间分布面相差过大,用上述二次提取的办法提取包孕韵部就显得不合理了。例如,佳单元初次提取佳麻为韵部,麻单元初次提取麻为韵部,依上述办法当二次提取佳麻为韵部,但佳麻的用韵数量及各要素量都只有区区两个,而麻独用数多达149,麻涉及的作家数、县域数、州府数、大区数分别为67、52、39、8,麻的用韵数是佳麻的74.5倍,麻的作家数为佳麻的33.5倍,县域数为26倍,州府数19.5倍,大区数4倍。包孕韵部含有"险韵"韵目时,出现此类情形的机遇较高。对此,我们采取特殊办法"从权"提取,即撤销包孕韵部,维持被包孕韵部的提取结果,并在原包孕韵部所在单元退而求其次,确定新的韵部。第二种情况出现在交叉关系韵部上。如果二次提取的系联合并韵部不反映实际语音,或者不符合通用韵部的发展趋势,就不符合提取通用韵部的前提条件,应该采取从权的办法重新提取韵部。例如,中唐臻摄提取元魂痕为韵部,山摄提取元先仙为韵部,依二次提取的办法当提取元魂痕先仙为韵部,但元魂痕先仙部是不可接受的(该韵例详见吴泽宇[2023])。因为元魂痕先仙同用并不符合韵部演变大势,学界普遍认为,元韵字经历了由臻摄转入山摄的演变过程,尽管元韵字在某个时期或可兼属臻、山二摄,中唐也有少量元魂痕先仙同用例,但不能将元魂痕与先仙归为一部,更不能视作通用韵部。

韵部二次提取牵涉韵部要素量的重新整合与空间分布度的再计算。既然初次提取的包孕关系韵部同属一个韵部,那么,在观察二次提取的包孕韵部的空间分布普遍性状况时,有必要将包孕关系韵部作为一个整体,将被包孕韵部的要素量纳入包孕韵部一并统计。其操作办法是:将包孕关系韵部涉及的各要素量分别加合去重,作为二次提取的包孕韵部的要素量,然后将包孕韵部复归其初次提取时所涉各单元,取代原包孕用韵(单元中被包孕用韵的要素量不变),再次计算这些单元用韵的指标评价值及空间分布度。系联合并韵部的要素量需重新整合的原理与包孕韵部相同,相关操作程序是,先将交叉关系韵部的要素量纳入系联合并韵部一并统计,再将系联合并韵部插入所涉各单元重新计算。我们把上述数据再处理称为"二次计算"。经此计算,二次提取韵部的要素量与空间分布度数值一般会有较大幅度的增加,其通用性得到强化,单元内其他用韵的指标值也可能发生改变,但这些不影响韵部二次提取的结论。二次计算时,从权提取的韵部可以只统计要素量,不计算空间分布度。

我们注意到,有些初次提取的韵部与单元内排序第二的用韵在空间分布度数值上相差甚微。以空间分布度数值差数小于1.000来统计,初唐诗文用韵共有10个单元涉及此类情形(不含"险韵"韵例),例如,之单元空间分布度排序为:脂之10.839>之10.648>支脂之7.340……排序第一、第二的脂之与之相差仅0.191。凭借如此微小的空间分布度数值之差,对两个用韵作出截然不同的定性处理,其结论的可靠性令人生疑。不过,有的时候即便以空间分布度数值排序第二的用韵为韵部,二次提取韵部的结论并不发生改变。之单元如果以空间分布度排序第二的之为韵部,但脂单元提取脂之为韵部(脂之12.188>脂9.799>支脂之8.254……),之与脂之构成包孕关系,二次提取的结果仍然是脂之。像这种不改变韵部最终结果的还有6例,最终结果发生改变的只有3例[①]。如此看来,从单元内空间分布度数值相差甚微的排序前两位用韵中提取韵部,结论的确定性未必出现动摇,这需要具体分析,也许从实际情况看,提取的这类韵部并没有想象的那么不可靠。

(六)用韵空间分布综合评价模型的 PC 实现

处理用韵空间分布综合评价模型的相关数据,须建立数据库,在Excel或其他工作表中转化为可运算的公式方可实现。我们在Excel中创建sheet1,在A1、B1、C1、D1、E1单元格分别填写"用韵、作家数量、县域数量、州府数量、大区数量",在F1、G1、H1、I1、J1、K1、L1单元格分别填写"作家绝对数、县域绝对数、州府绝对数、大区绝对数、县域拓展、州府拓展、大区拓展",在M1、N1单元格分别填写"综合评价值、排序"。A2、A3、A4……An-1、An单元格依次为单元内各用韵,An单元格为"总量";B2~Bn-1、

---

① 不改变韵部最终结果的6例是(每个单元列出空间分布度数值排序前两位的用韵):齐单元齐祭8.773,齐8.415;真单元真14.499,真谆14.093;质单元质8.679,质术8.293;阳单元阳唐3.899,阳3.402;铎单元药铎4.728,铎4.025;昔单元昔锡5.601,陌昔5.320。韵部最后结果发生改变的3例是:锺单元锺4.955,东锺4.487;沃单元屋沃1.823,屋沃烛1.382;德单元德3.282,职德3.201。

C2～Cn-1、D2～Dn-1、E2～En-1分别为单元内各用韵对应的作家数量、县域数量、州府数量、大区数量；Bn、Cn、Dn、En分别为单元内各用韵对应的作家总量、县域总量、州府总量、大区总量。下面列出A2的各项指标评价值运算以及合成与综合值排序的函数式，其他用韵依此类推：

$$F2=(B2/(MAX(B:B)/(COUNTA(B:B)-2)))^{0.092}$$

$$G2=(C2/(MAX(C:C)/(COUNTA(C:C)-2)))^{0.164}$$

$$H2=(D2/(MAX(D:D)/(COUNTA(D:D)-2)))^{0.236}$$

$$I2=(E2/(MAX(E:E)/(COUNTA(E:E)-2)))^{0.308}$$

$$J2=(C2/B2/(MAX(C:C)/MAX(B:B)))^{0.043}$$

$$K2=(D2/C2/(MAX(D:D)/MAX(C:C)))^{0.067}$$

$$L2=(E2/D2/(MAX(E:E)/MAX(D:D)))^{0.09}$$

$$M2=F2*G2*H2*I2*J2*K2*L2$$

$$N2=RANK(M2,M:M,0)$$

将萧单元各用韵的作家数、县域数、州府数和大区数录入sheet1中，再依次输入A2的各项指标评价值运算以及合成与综合值排序的函数式，选中区域F2:N2，下拉填充区域F2:N6，即可得到萧单元各用韵的指标评价值、综合评价值及其排序的数据（见下面截图）。

	M2	▼		f_x	=F2*G2*H2*I2*J2*K2*L2								
	A	B	C	D	E	F	G	H	I	J	K	L	M	N
用韵	作家数量	县域数量	州府数量	大区数量	作家绝对数	县域绝对数	州府绝对数	大区绝对数	县域拓展	州府拓展	大区拓展	综合评价值	排序
萧	1	1	1	1	0.8454734	0.758381	0.7127105	0.9453926	1.00596	1.01698	1.11935	0.4947336	4
萧宵	27	24	19	6	1.1449471	1.2771505	1.427904	1.6416583	1.00088	1.00119	1.00905	3.4659042	1
萧豪	3	3	3	3	0.9353952	0.9081034	0.9236635	1.3260672	1.00596	1.01698	1.11935	1.1914298	3
萧宵豪	5	5	5	3	0.9804043	0.9874577	1.0420057	1.3260672	1.00596	1.01698	1.06905	1.4630247	2
萧宵肴豪	1	1	1	1	0.8454734	0.758381	0.7127105	0.9453926	1.00596	1.01698	1.11935	0.4947336	4
总量	31	27	21	6									

四、方法的验证

用韵空间分布综合评价模型是否科学，评价结果是否可靠，需要加以验证。上文对于空间指标的确立、无量纲化方法的选择及权数的设定等议题，作了较为深入地讨论，还介绍了三种常用的指标评价值综合方法，经初步分析，排除了线性综合法，然而对于几何综合法和混合综合法，尚未能确定去取。因此，这里需要对未选定的两种综合法进行比较、分析，作出取舍。为了进一步验证前面对线性综合法的分析结果,也将线性综合法一并纳入比较范畴。指标评价值的综合是以综合评价模型全要素全环节为基础的,对评价值综合法的验证,其实可以视为对整个用韵空间分布综合评价法的验证。验证的基本思路是:选取若干单元,使用三种综合法计算用韵空间分布度并排序,从中寻找可以确定用韵通用度大小相对次序的一组组要素量,以此为标准,评判三种综合法的统计排序并作出取舍。

要素量为何可以用来确定用韵通用度大小的相对次序? 这是因为,以要素量为观测值的广度绝对数能集中体现用韵空间分布普遍性大小,在空间指标体系中数量最多,权重最大,成为影响用韵通用度大小的决定性因素。一般而言,有两组要素量,如果其中一组要素量均多于另一组对应项的要素量,即要素量的多少呈现"一边倒"的情况,就可以据此对用韵通用度大小的相对次序作出较为准确的判断[①]。

下面选取支、脂、微、咍、庚5个单元,列出使用三种综合法计算得出的用韵空间分布度数值及其次序等数据,如下表:

表 1-8　支单元要素量与使用三种综合法计算的用韵空间分布度数值及排序

用韵	用韵数量	作家数量	县域数量	州府数量	大区数量	几何综合法合成综合值	几何综合法排序	线性综合法合成综合值	线性综合法排序	混合综合法合成综合值	混合综合法排序
支	122	66	49	37	9	10.415717305	1	14.812565925	1	25.228283230	1
支脂	29	20	20	19	7	6.803099145	3	9.077105031	3	15.880204176	3
支之	33	23	22	19	6	6.528766674	4	8.445449477	4	14.974216151	4
支微	15	12	11	11	5	4.750837269	5	6.129317101	6	10.880154370	6
支鱼	1	1	1	1	1	0.950798732	10	1.566331886	10	2.517130618	10
支虞	1	1	1	1	1	0.950798732	10	1.566331886	10	2.517130618	10
支齐	2	2	2	2	2	1.655436744	9	2.498485220	9	4.153921965	9

---

① 这种要素量多少呈现"一边倒"的情况毕竟少见,加上这里未考虑广度拓展的影响因素,其在用韵通用性评价中的"标杆"作用宜审慎看待,不应高估,更不能滥用。

续表

用韵	用韵数量	作家数量	县域数量	州府数量	大区数量	几何综合法合成综合值	几何综合法排序	线性综合法合成综合值	线性综合法排序	混合综合法合成综合值	混合综合法排序
支祭	1	1	1	1	1	0.950798732	10	1.566331886	10	2.517130618	10
支泰	1	1	1	1	1	0.950798732	10	1.566331886	10	2.517130618	10
支脂之	60	29	23	19	7	7.064989650	2	9.378517638	2	16.443507288	2
支脂微	7	4	4	4	2	2.187392148	8	2.622014112	8	4.809406260	8
支脂齐	1	1	1	1	1	0.950798732	10	1.566331886	10	2.517130618	10
支之微	8	4	4	4	4	2.882282780	7	4.362791890	7	7.245074670	7
支之鱼	1	1	1	1	1	0.950798732	10	1.566331886	10	2.517130618	10
支之齐	1	1	1	1	1	0.950798732	10	1.566331886	10	2.517130618	10
支微齐	1	1	1	1	1	0.950798732	10	1.566331886	10	2.517130618	10
支脂之微	15	8	8	8	6	4.475432038	6	6.468127451	5	10.943559489	5
支脂之齐	1	1	1	1	1	0.950798732	10	1.566331886	10	2.517130618	10
支脂之灰	1	1	1	1	1	0.950798732	10	1.566331886	10	2.517130618	10
支脂齐祭	1	1	1	1	1	0.950798732	10	1.566331886	10	2.517130618	10
支脂陌昔锡职	1	1	1	1	1	0.950798732	10	1.566331886	10	2.517130618	10
支脂微鱼齐祭	1	1	1	1	1	0.950798732	10	1.566331886	10	2.517130618	10
总量	304	101	74	47	9						

表 1-9　脂单元要素量与使用三种综合法计算的
用韵空间分布度数值及排序

用韵	用韵数量	作家数量	县域数量	州府数量	大区数量	几何综合法合成综合值	几何综合法排序	线性综合法合成综合值	线性综合法排序	混合综合法合成综合值	混合综合法排序
脂	50	33	30	27	8	9.798900168	2	13.831932696	2	23.630832864	2
支脂	29	20	20	19	7	7.948425059	4	10.997375271	4	18.945800330	4
脂之	271	82	57	40	8	12.187954642	1	18.166318426	1	30.354273068	1
脂微	9	8	7	7	3	3.785542747	7	4.673136408	7	8.458679155	7
脂虞	1	1	1	1	1	1.110869077	12	1.783062695	11	2.893931773	12
脂齐	2	2	2	2	1	1.934135402	9	2.923277163	9	4.857412565	9
脂祭	1	1	1	1	1	1.110869077	12	1.783062695	11	2.893931773	12
脂灰	1	1	1	1	1	1.110869077	12	1.783062695	11	2.893931773	12
支脂之	60	29	23	19	7	8.254405761	3	11.342005741	3	19.596411503	3
支脂微	7	4	4	4	2	2.555647389	8	3.120706099	8	5.676353488	8
支脂齐	1	1	1	1	1	1.110869077	12	1.783062695	11	2.893931773	12
脂之微	16	12	9	9	5	5.171070114	6	7.048206217	6	12.219276332	6
脂之虞	1	1	1	1	1	1.110869077	12	1.783062695	11	2.893931773	12
脂之齐	2	2	2	2	2	1.934135402	9	2.923277163	9	4.857412565	9
脂之灰	1	1	1	1	1	1.110869077	12	1.783062695	11	2.893931773	12
脂之质	1	1	1	1	1	1.110869077	12	1.783062695	11	2.893931773	12
脂微祭	1	1	1	1	1	1.110869077	12	1.783062695	11	2.893931773	12
脂灰咍	2	2	1	1	1	1.149246918	11	1.771696028	12	2.920942946	11

续表

用韵	用韵数量	作家数量	县域数量	州府数量	大区数量	几何综合法合成综合值	几何综合法排序	线性综合法合成综合值	线性综合法排序	混合综合法合成综合值	混合综合法排序
脂真谆	1	1	1	1	1	1.110869077	12	1.783062695	11	2.893931773	12
支脂之微	15	8	8	8	6	5.228886924	5	7.799063972	5	13.027950896	5
支脂之齐	1	1	1	1	1	1.110869077	12	1.783062695	11	2.893931773	12
支脂之灰	1	1	1	1	1	1.110869077	12	1.783062695	11	2.893931773	12
支脂齐祭	1	1	1	1	1	1.110869077	12	1.783062695	11	2.893931773	12
脂之微齐	1	1	1	1	1	1.110869077	12	1.783062695	11	2.893931773	12
脂之微薛	1	1	1	1	1	1.110869077	12	1.783062695	11	2.893931773	12
支脂微鱼齐祭	1	1	1	1	1	1.110869077	12	1.783062695	11	2.893931773	12
支脂陌昔锡职	1	1	1	1	1	1.110869077	12	1.783062695	11	2.893931773	12
总量	479	115	75	47	9						

表 1-10　微单元要素量与使用三种综合法计算的

用韵空间分布度数值及排序

用韵	用韵数量	作家数量	县域数量	州府数量	大区数量	几何综合法合成综合值	几何综合法排序	线性综合法合成综合值	线性综合法排序	混合综合法合成综合值	混合综合法排序
微	138	66	50	36	8	8.414992489	1	11.438312180	1	19.853304668	1
支微	15	12	11	11	5	4.034591715	3	5.062441887	4	9.097033602	4

用韵	用韵数量	作家数量	县域数量	州府数量	大区数量	几何综合法合成综合值	几何综合法排序	线性综合法合成综合值	线性综合法排序	混合综合法合成综合值	混合综合法排序
脂微	9	8	7	7	3	2.751587378	6	3.236998665	7	5.988586043	7
之微	22	19	15	14	5	4.536752297	2	5.541228115	2	10.077980411	2
微哈	1	1	1	1	1	0.807454449	9	1.412324764	9	2.219779213	9
微物	1	1	1	1	1	0.807454449	9	1.412324764	9	2.219779213	9
支脂微	7	4	4	4	2	1.857616614	8	2.214313718	8	4.071930331	8
支之微	8	4	4	4	4	2.447744170	7	3.693813718	6	6.141557887	6
支微齐	1	1	1	1	1	0.807454449	9	1.412324764	9	2.219779213	9
脂之微	16	12	9	9	5	3.758681967	5	4.845757136	5	8.604439103	5
脂微祭	1	1	1	1	1	0.807454449	9	1.412324764	9	2.219779213	9
微齐废	1	1	1	1	1	0.807454449	9	1.412324764	9	2.219779213	9
支脂之微	15	8	8	8	6	3.800707117	4	5.380048990	3	9.180756107	3
脂之微齐	1	1	1	1	1	0.807454449	9	1.412324764	9	2.219779213	9
脂之微薛	1	1	1	1	1	0.807454449	9	1.412324764	9	2.219779213	9
支脂微鱼齐祭	1	1	1	1	1	0.807454449	9	1.412324764	9	2.219779213	9
总量	238	90	62	44	8						

表 1–11　咍单元要素量与使用三种综合法计算的

用韵空间分布度数值及排序

用韵	用韵数量	作家数量	县域数量	州府数量	大区数量	几何综合法合成综合值	几何综合法排序	线性综合法合成综合值	线性综合法排序	混合综合法合成综合值	混合综合法排序
咍	83	43	32	28	8	7.194034510	2	9.407200992	2	16.601235502	2
微咍	1	1	1	1	1	0.791657062	6	1.264938501	4	2.056595563	6
泰咍	3	3	3	3	3	1.906488078	3	2.670548837	3	4.577036915	3
佳咍	1	1	1	1	1	0.791657062	6	1.264938501	4	2.056595563	6
皆咍	2	2	2	2	1	1.046046880	4	1.220188114	6	2.266234993	4
灰咍	126	61	46	34	8	8.024891561	1	10.860748652	1	18.885640213	1
咍唐	1	1	1	1	1	0.791657062	6	1.264938501	4	2.056595563	6
脂灰咍	2	2	1	1	1	0.819006898	5	1.251238114	5	2.070245012	5
齐灰咍	1	1	1	1	1	0.791657062	6	1.264938501	4	2.056595563	6
泰皆咍	1	1	1	1	1	0.791657062	6	1.264938501	4	2.056595563	6
佳皆咍	1	1	1	1	1	0.791657062	6	1.264938501	4	2.056595563	6
皆灰咍	1	1	1	1	1	0.791657062	6	1.264938501	4	2.056595563	6
夬灰咍	1	1	1	1	1	0.791657062	6	1.264938501	4	2.056595563	6
咍歌戈	1	1	1	1	1	0.791657062	6	1.264938501	4	2.056595563	6
齐皆灰咍	1	1	1	1	1	0.791657062	6	1.264938501	4	2.056595563	6
齐佳皆灰咍	1	1	1	1	1	0.791657062	6	1.264938501	4	2.056595563	6
总量	227	86	60	40	9						

表 1-12　庚单元要素量与使用三种综合法计算的

用韵空间分布度数值及排序

用韵	用韵数量	作家数量	县域数量	州府数量	大区数量	几何综合法合成综合值	几何综合法排序	线性综合法合成综合值	线性综合法排序	混合综合法合成综合值	混合综合法排序
庚	46	33	26	21	6	5.400629357	3	6.699879032	3	12.100508389	3
文庚	4	3	3	3	2	1.514316646	7	2.052807561	8	3.567124207	7
魂庚	1	1	1	1	1	0.738931216	10	1.392454188	10	2.131385404	10
庚耕	7	4	3	3	2	1.535814255	6	2.048000981	9	3.583815236	6
庚清	309	101	69	46	9	9.082607997	1	12.605995692	1	21.688603690	1
庚青	15	15	13	12	6	4.185567573	4	5.465823966	4	9.651391539	4
真谆庚	1	1	1	1	1	0.738931216	10	1.392454188	10	2.131385404	10
真庚清	2	2	2	2	1	1.286553973	8	2.098519764	6	3.385073736	8
阳唐庚	1	1	1	1	1	0.738931216	10	1.392454188	10	2.131385404	10
庚耕清	14	10	9	9	5	3.409115233	5	4.492496841	5	7.901612074	5
庚耕蒸	1	1	1	1	1	0.738931216	10	1.392454188	10	2.131385404	10
庚清青	70	35	30	25	8	6.430597986	2	8.361470723	2	14.792068709	2
庚清蒸	1	1	1	1	1	0.738931216	10	1.392454188	10	2.131385404	10
真庚清青	1	1	1	1	1	0.738931216	10	1.392454188	10	2.131385404	10
真庚清登	1	1	1	1	1	0.738931216	10	1.392454188	10	2.131385404	10
庚耕清青	3	2	2	2	2	1.286553973	8	2.098519764	6	3.385073736	8
庚耕清蒸	1	1	1 (0)	1	1	0.738931216	10	1.392454188	10	2.131385404	10
总量	478	130	83	51	9						

　　先看脂单元。使用几何综合法、线性综合法及混合综合法计算,得出脂祭(脂灰、脂之灰、脂之质、脂微祭、脂真谆的要素量与脂祭均同)的空间分布度数值分别为1.110869077、1.783062695、2.893931773,排序分别是12、11、12;得出脂灰哈的空间分布度数值分别为1.149246918、1.771696028、2.920942946,排序分别是11、12、11。对于脂祭(脂灰、脂之灰等)与脂灰哈指标综合值的排序,几何、混合综合法都是前者排12,后者排11,而线性综合法得出的次序是前者排11,后者排12,正好相反。这两种排序孰对孰错,可以通过比较脂祭(脂灰、脂之灰等)与脂灰哈的要素量,尝试着作出判断。脂祭(脂灰、脂之灰等)只涉及1个作家、1个县域、1个州府、1个大区,而脂灰哈涉及2个作家,其余要素量都是1。两组要素量的数量对比类似于"一边倒"。就此来看,脂灰哈的通用性应略大于脂祭(脂灰、脂之灰等),脂灰哈的序次当在脂祭(脂灰、脂之灰等)之前。几何、混合综合法的排序得当。应该看到,该例类似于"一边倒"的情况只有作家数量相差1个,其他要素量都相等,而作家绝对数的权重在4个广度绝对数指标中最少。由此推断,脂祭(脂灰、脂之灰等)与脂灰哈的空间分布普遍性程度差异应该很小,不易觉察。倘若能将细微的差异反映到综合评价值上,说明这样的方法是灵敏的。从该例来看,几何综合法与混合综合法可取,线性综合法不可取。

　　哈单元有两组要素量微哈(佳哈、哈唐等的要素量与微哈均同)与脂灰哈,除了作家数量前者为1,后者为2,其余皆为1,要素量对比关系与上例相同。据上例可知,脂灰哈的空间分布度数值排序应在微哈(佳哈、哈唐等)之前。结果显示,几何、混合综合法的排序与此相符,线性综合法独异。哈单元中,皆哈涉及作家数、县域数、州府数均为2,大区数为1,与脂灰哈相比,作家数、大区数相等,县域数、州府数均多出1个。两组要素量的数量关系亦似于"一边倒"。据此,皆哈的空间分布度排序当在脂灰哈之前。其排序结果再次表明,几何、混合综合法可取,线性综合法不可取。

　　庚单元文庚涉及3个作家、3个县域、3个州府、2个大区,庚耕涉及4个作家、3个县域、3个州府、2个大区,其要素量的数量对比关系,以及三种综合法得出的综合值排序先后,均与上面诸例类同,不再细说。

　　至此,回到了前文留待解决的问题,即:几何综合法与混合综合法哪个更可取？先看微单元的例子。微单元值得关注的是支微与支脂之微两组数据。线性、混合两种综合法排序结果相同，都是支微排第四，支脂之微排第三，几何综合法的序次正好倒过来了。观其要素量，支微涉及作家数12、县域数11、州府数11、大区数5，支脂之微对应的要素量分别为8、8、8、6。支微涉及的前三个要素量比支脂之微分别多出了4、3、3，唯独大区数少了1个。这与上面诸例"一边倒"或类似于"一边倒"的情况不同。综合起来看，支微具有一定程度的"整体优势"，支微的通用度高于支脂之微是大概率事件，故几何综合法的排序结果更可取。

再看支单元。与微单元相比，三种综合法对支微与支脂之微综合值的排序结果出现了变动，即由第三或第四变为第五或第六，这是可以理解的，因为，这两个单元涉及的用韵及其空间数据有同有异。但是，混合、线性两种综合法的排序结果依然相同，都是支微排第六，支脂之微排第五，而几何综合法维持支微在前（排第五）、支脂之微在后（排第六）的先后次序。根据上面对微单元相关数据的分析，支微在支脂之微之前的排序更可取，故以几何综合法为优选项。

退一步说，在某些使用场合下，即使几何综合法与混合综合法难分伯仲，但由于几何综合法计算操作相对简便，也应当首选几何综合法。

第三节　研究材料

本著的研究材料包括韵文和空间材料两大类。空间材料是本著特有的材料。本节主要介绍选定和整理研究材料的原则、方法及结果。

一、初唐韵文的划定

（一）几部全唐诗文集

本研究韵文材料取自《全唐五代诗》《全唐文》《全唐文补编》《唐代墓志汇编》。

《全唐五代诗》（下称《全诗》）由周勋初、傅璇琮、郁贤皓、吴企明、佟培基主编，迄今已出版初、盛唐部分共11册（含目次册）。《全诗》汇辑四部群书、佛道二藏、金石方志、敦煌遗书、域外汉籍等所载唐五代诗歌,取材十分广泛。与清编《全唐诗》比较,《全诗》有如下特点:一是"广求善椠,援为底本";二是"精心校勘,摭录异文";三是"备注出处,以求征信";四是"全面普查,广辑遗佚";五是"删伪证讹,甄辨重出";六是"重写小传,简明翔实";七是"合理编次,以便检用"①。举凡现代学者关于《全唐诗》辑补、校勘的重要成果殆已见录,堪称汇辑全唐五代诗的集大成之作。

《全唐文》(下称《全文》)是目前为止规模最大的唐文总集。嘉庆十三年(1808),清廷设"全唐文馆",集廷臣硕儒百余人,由文华殿大学士董诰领衔纂辑。《全文》裒辑唐五代文章18488篇,凡一千卷,"有唐一代文苑之美,毕萃于兹"(俞樾《全唐文拾遗》序)。《全文》体例比较严谨,考校比较精审。光绪年间,陆心源缀辑唐代遗文,汇成《唐文拾遗》《唐文续拾》二书(下称《拾遗》《续拾》)。今据中华书局1983年影嘉庆扬州刻本《全文》(全十一册),书后附《拾遗》《续拾》。

继《拾遗》《续拾》之后,影响较大的《全文》辑补之作当推《全唐文补编》。《全唐文补编》(全三册。下称《全文补》)由陈尚君辑校,中华书局2005年出版。《全文补》广泛搜辑《全文》《唐代墓志汇编》诸集未收唐五代文章,存唐文5850篇,作者1969人。是书按作者卒年先后编列,体例称善,考订颇为精审。

《唐代墓志汇编》(全二册。下称《唐墓志》)由周绍良主编,上海古籍出版社1992年出版。是书以主编多年来收集的大量墓志拓片为基础,补入了建国以后公开发表的新出墓志及各地博物馆、图书馆的墓志藏品,共计3607方。《唐墓志》依志主落葬日期先后编次,复以年号为界,各自编号,书末附人名索引。部分墓志撰者已于墓志首尾指出,后经陈尚君订补,集为《唐人墓志存目》,附于《全文补》之末②。

陈、周辑录之书晚出,此前的唐代诗文韵部研究之作未能综合利用书中的用韵材料,今得以补苴。

---

① 罗时进《清编〈全唐诗〉与重编〈全唐五代诗〉》,《古典文学知识》1996年第4期。

② 继《唐墓志》之后,周绍良汇集1984年以后新出土唐代墓志共1564方,编成《唐代墓志汇编续集》(2001)。此续集韵文材料暂未纳入本研究范围。

（二）初唐的界定

传统诗学将唐诗分为初、盛、中、晚四个时期，谓之"四唐"。一般认为，"四唐"分期始于宋人严羽，成于明人高棅。高棅《唐诗品汇》总序："有唐三百年诗，众体备矣……略而言之，则有初唐、盛唐、中唐、晚唐之不同。"高氏以贞观、永徽为"初唐之始制"，神龙至开元初为"此初唐之渐盛"，开元、天宝间为"盛之盛者"，等等。高氏还根据诗歌的风格及流变，将唐代诗人诗作分为"正始""正宗""大家"等九格，将诗"格"与分期对应。高棅的"四唐"分期说对后世影响甚大，后世"四唐"之说多宗高棅①。

现代文学史划分初唐，通常以高祖武德至开元初为界限。下面是当代几部中国文学史著作关于唐诗的分期意见：

表 1-13　诸家唐代文学史分期

编/著者与书名	唐诗分期	初唐界限
游国恩等《中国文学史》（二）	四唐	武德元年至先天元年（618～712）
袁行霈、罗宗强《中国文学史》（第二卷）	四唐	武德元年至先天元年
章培恒、骆玉明《中国文学史》（中）	四唐	武德元年至先天元年
郭预衡《中国古代文学史长编》	四唐	武德元年至先天元年
罗宗强《隋唐五代文学思想史》	五段	武德元年至景云元年（618～710）
乔象钟、董乃斌《唐代文学史》②	四唐	武德元年至先天元年

---

① 高棅所分初唐自贞观始而不自高祖武德始，为后世所讥。其实，"高棅所提到的年号，不是他划分四唐的起止年代，而是四唐的代表年代"，见吴承学《关于唐诗分期的几个问题》，《文学遗产》1989年第3期，第101页。

② 表中所列著作出版信息如下：游国恩等《中国文学史（二）》（修订本），人民文学出版社2007年。此书没有明言初唐的界限，但游国恩《中国古代文学史·隋唐五代文学》在讨论"四唐"分期时指出，"唐开元、天宝年间，经济空前繁荣……这就是后人所说的盛唐时期"，可知初、盛唐以开元为断，开元属盛唐。袁行霈、罗宗强《中国文学史》第二卷（第三版），高等教育出版社2014年。章培恒、骆玉明《中国文学史（中）》，复旦大学出版社1996年。郭预衡《中国古代文学史长编（隋唐五代卷）》，首都师范大学出版社1992年。罗宗强《隋唐五代文学思想史》，中华书局2003年。罗宗强将唐诗史分为初唐、盛唐、转变、中唐、晚唐五个阶段。乔象钟、董乃斌《唐代文学史》，人民文学出版社1995年。

　　表中诸家关于初唐上、下限的意见基本一致，只有一家将初唐的下限提前了两年。

　　王力（2015:4）谈及唐代诗歌分期时说："唐朝初年（所谓初唐），诗人用韵还是和六朝一样，并没有以韵书为标准。大约从开元天宝以后用韵才完全依照了韵书。"鲍明炜（1990）"例言"指出："初唐指唐开国至睿宗景云二年（618～711）。"尉迟治平等将隋唐五代诗文韵部分为三个发展阶段，隋和初唐为第一阶段，"时间大约从隋文帝开皇年间至唐玄宗先天年间（581～713）"①。先天二年（713）即开元元年。

　　可以确定，初唐起自唐高祖武德元年（618），止于睿宗延和元年（712），历经94年。这一时期的韵文是本研究的取材范围。

（三）初唐诗文文本的界限

　　上述唐代诗文诸集多以时间为序编排诗文，有的以生、卒年或登第仕履之年为序，有的按墓主落葬时间编次。《全文》的体例先是以类相从，各类之下仍以时间为序。以大视野观之，唐代初、盛、中、晚各时期当递相衔接，大体上不相窜乱。但是，唐代各期在文本中的界限并未明示，只有某些诗文集的编册显示出某个时期的文本界限，比如《全诗》已出的初、盛唐11册显示了初唐之始和盛唐之末，更多的文本分期断代需要研究者划定。初唐诗文需要划定的是文本下限。

　　由于诸集的编排体例不尽相同，致使同一作家以及同一时期作家群在不同诗文集中的先后次序互有参差。但若是从一个较长的时间跨度来看，同一作家以及同一时期作家群在诸集中的相对次序应该大致对应。这是因为，尽管作家的生年与登第仕履之年及卒年相比相差了几十年，然而由一个时期内众多作家构成的大样本数据可以得到一个相对稳定的"时间差"。这种"时间差"为不同诗文集的文本对应与分期划界提供了可能。《全文》以卷二八二为初唐文本之终点的验证就是这方面的例子（详后）。因此，可以将一个时期之初或之末共现的某个作家（主要是代表性文人学士）或者作家群，作为诸集该时期文本起点或终点的共同参照。代表性文人学士，因其成就突出，历史地位世所公认，他们在文本中的时空措置需精心安排，适得

———————————
① 尉迟治平、黄琼《隋唐五代汉语诗文韵部史分期简论》，《语言研究》2010年第2期。

其所,其在文本编次上往往具有标杆作用;除此之外,代表性作家的诗文作品往往相对丰富而多样,其人其作见于多部诗文集的可能性较大,他们在文本划界中的参照作用也就更为显著。

初唐的历史以618～712年为断限,但这并不意味着凡是作家生、卒年落在618～712年范围的诗文均属初唐,凡生、卒年不在618～712年范围内的都不能归属初唐。比如,出生于712之前数年,或者卒于618年之后几年的作家,在初唐的时间都很短,其人其作不能算作初唐,是不合理的。又如,生于618年之前,或卒于712年之后,主要生活时间在初唐的,若将其排除在初唐之外,也是不合理的。因此,应将诗文作者的生年或卒年以618年、712年为基点,前推或后移若干年。其实,《全诗》采辑初唐之始的作家作品在时间上一点也不保守,释法顺与欧阳询的生年均为557年,比武德元年(618)早61年之多。唐高祖李渊(566～635年)由北周经隋入唐,列《全诗》首位,于是,跟李渊同时代的诗人诗作就连带而及了。总之,在初唐诗文文本划界的实际操作中,应当容许作者的生、卒年超出初唐时限一些年,具体年限及相关附加条件详见下面①②⑦⑧等条目。

下面是文本划界的具体办法。先看《全诗》。

①卒年在618年及之后数年,年龄跨度完全或基本不在初唐的,予以排除。此涉及窦威(? ～618年①)、陈政(? ～619年)、郑颋(? ～621年)、孔德绍(? ～621年)。

②生年在670年之前,卒年在730年左右,在初唐生活约42年,在开元年间不过20年左右,主要活动年代在初唐的,归入初唐。

③生卒年不详,但作家小传(简称"小传")显示其活动年代主要在开元之前的,归入初唐。

④一卷中多数作家符合第②③条,全卷定为初唐。如卷九六,首列"释本净"(667～761年),其余作家几乎都符合上面第②条所列条件:王熊(? ～约718年)、李伯鱼(? ～约702年)、阴行先(张说妹婿)、朱使欣(与张说同时)、尹懋(玄宗开元三年至五年间,为岳州刺史张说从事)、梁知微(与

① 本小节《全诗》《全唐文》作家生卒年、仕履、交游等内容出自各作家小传。为了行文清爽,这些内容不注具体出处及页码。

岳州刺史张说有唱和）、贾曾（？～727年）、张洽（武后久视元年登进士第。玄宗开元初，为监察御史）、吕太一（开元九年前后官至户部侍郎、太子右庶子）、姜皎（？～722年）、姜晞（开元初为工部侍郎）、李行言（中宗宴集近臣）、张景源（景龙二年九月，随中宗登慈恩寺塔，应制唱和）、丘悦（？～约713年）、郑善玉（玄宗先天中为太中大夫、昭文馆学士）、赵仁奖（睿宗时贬上蔡丞）、张易之（？～705年）、张昌宗（？～705年）。

⑤卷首列开元前帝王年号，本卷及前面各卷定为初唐。卷八四首列唐睿宗李旦。李旦（662～716年）年号景云、太极和延和。此卷及前面各卷属于初唐。

⑥卷末作家标写"初唐"的，该卷定为初唐，之前各卷归入初唐。卷九七《赵志小传》："赵志，初唐时人。"本卷及前面各卷属于初唐。

⑦生年在670年之后，一卷全部或大部分作家卒年在730年以前，或小传显示主要生活年代在开元之前的，归入初唐。生年在670年之后者始见于卷一〇〇，一人一卷的"苏颋"（670～727年）和"崔湜"（671～713年）符合此条件。

⑧生年在670年之后，卷中有公认为初唐代表性诗人学士的，归入初唐。卷一〇三倒数第三个作者为"张若虚"，末列张旭，二人生卒年不详，但与贺知章、包融齐名，世称"吴中四士"。据此，卷一〇三属于初唐。

⑨卷中列开元帝王年号，该卷及后面各卷归入盛唐。卷一一七首列"唐玄宗李隆基"，唐玄宗712～755年在位，本卷及后面各卷属于盛唐。

⑩卷一〇八首列"张九龄"（673或678～740年），张氏是公认的盛唐早期代表性诗人，此卷及以后各卷归入盛唐。

根据上述办法，《全诗》卷一至卷一〇三为初唐，卷一〇八及之后各卷属于盛唐。

从张旭至张九龄的4卷可视为初唐到盛唐的过渡，我们将其中生、卒年落在初唐范围的10个作家补录进来。这10个作家是：间丘均（？～710年）、卢崇道（？～714年）、崔液（？～713年）、源光裕（？～约725年）、刘昇（676～730年）、许景先（677～730年）、李元纮（？～733年）、苏晋（676～734年）、崔涤（？～726年）、宋善威（？～720年）。

　　《全文》以盛唐之初的代表性作家张九龄为参照,张氏排在《全文》卷二八三,该卷之前的卷次定为初唐。

　　为了验证这一划界的合理性,我们检视了二八二卷末之前的35位作家的生活年代及其在《全诗》中的序次,发现有20位作者不见于《全诗》初唐之始至张九龄之间的作家序列,其中,倪若水(661～719年)、王志愔(? ～722年)、甯原悌(武后永昌间进士,玄宗朝卒)可定为初唐,裴宽(681～755年)、严挺之(约673～约742年)、杨虚受(玄宗朝谏议大夫)、陈贞节(开元初为右拾遗)当为盛唐人,刘秀(中宗朝修文馆学士)、郭谦光(景龙时人)、崔莅(中宗、睿宗朝执事)、郑万钧(睿宗女李华婉之夫)、李夷吾(睿宗时官竟陵太守)、王利贞(睿宗时官和州历阳丞)、刘待价(景云时人)、晁良贞(景云二年进士)、靳翰(景云之后在世)、李乔年(景伯子,景伯以老致仕,景龙中为给事中)、柳泽(景云、开元间执事)、封希颜(睿宗、开元执事)、潘好礼(睿宗、开元累官),此13人不能确定是否为初唐。还有13个作者,或在《全诗》初唐作家之列,或虽不见于《全诗》,但属于初唐。王琚(卒于746年,玄宗初为洛州长史)、梁献(天宝七年仍在世)二人见于《全诗》张九龄之后的盛唐诗人之列,当入盛唐。上述35人中,16人可以确定属于初唐,6人属于盛唐,也就是说,其中的多数作家符合划定的初唐范围。而且,作家在《全文》中的序次越是往前,进入《全诗》初唐范围的比例应该越高。这说明以张九龄为《全文》盛唐作家之首,跟《全诗》以卷一〇四为盛唐之始大体上对应,也说明该作家群在《全文》中的相对序次与《全诗》大致对应。

　　我们将张九龄之前35位作家中不符合初唐时限要求的6个作家移除,即裴宽、严挺之、杨虚受、陈贞节、王琚和梁献,其余全部划归初唐。

　　《拾遗》《续拾》的编排体例与《全文》相同,二者均未收录张九龄文章,此以诗人群为文本划界的参照。《拾遗》卷十八有源乾曜,次为吕太一,再次为马怀素。《全文》吕太一与马怀素前后排列,源乾曜排在吕氏之前,两者间隔了包括张九龄在内的27个作者,而源乾曜所在《全文》卷数(卷二七九)与初唐末卷(卷二八二)接近,吕太一在《全文》中居盛唐十余卷之后。可以说,此三人在《全文》中处于初、盛唐分界线附近。据此推断,三人在《拾遗》中亦处初、盛唐分界线附近,故《拾遗》初唐文以卷十八源乾曜(10560页)为结尾,吕太一为盛唐之始。

《续拾》卷二列有苏颋(《全文》卷二五〇有其小传),次元思叡(圣中宣德郎),次李俨(《全文》卷二百二有小传),次王汝、武崇正、秦献、吉逾、闾玄亮诸人,皆开元中人,再次韦绍(《全文》卷三百七有小传),次丘悦(《全文》卷三六二有小传)。根据《全诗》初唐诗人卒年最晚为730年的断限,王汝、武崇正等"开元中人"大多可以归入初唐。从韦绍开始,同一作家对应的《全文》卷次已大大超过卷二八二的初唐文本界线,故《续拾》初唐文以韦绍(第11204页)为断,韦绍为盛唐之始。

《全文补》《唐墓志》亦以张九龄为初唐与盛唐分界的代表性作家。张氏之前的作家划归初唐,惟《全文补》中的杨虚受为盛唐作家,当予排除。张氏之后一定范围内见于《全诗》《全文》的初唐作家当补入。排查《全文补》张氏之后的70位作家,有贺知章、李邕、吴兢、张旭已见于他集之初唐,其中贺、李有韵文可考。《唐墓志》已见于他集之初唐的有许景先、苏晋、贾曾、崔沔、李邕、裴漼,此亦归入初唐。

有的作家在诸集中的时代归属不同,何违何从,需要具体分析。《全诗》属初唐而《全文》在盛唐文本范围的有韩休、吕太一、张嘉贞、胡皓、郑繇、万齐融、丘悦,此皆归属初唐。《全文》属初唐而《全诗》在盛唐范围的有李邕、席豫、徐峤、张楚金。李邕、席豫等分别在《全诗》卷一〇五、一一二、一一九、一八九。席豫所在《全诗》卷次与初唐末卷(卷一〇三)相隔10卷,与张九龄最后一卷(卷一一一)相邻,尚可归入初唐;李邕在席豫之前,当属初唐。徐峤所在《全诗》卷次超出初唐末卷16卷,与之同卷的有盛唐名家王之涣,二者仅相隔3人,没有理由将徐峤归于初唐。张楚金远在徐峤之后,超出《全诗》初唐末卷86卷,列于《全诗》第九册,为盛唐无疑。《全文补》将唐玄宗李隆基(685~762年)列于卷二四、二五,与初唐作者为伍,但据前文第⑨条,应归入盛唐。孙处玄诗歌见《全诗》卷一一六,仅收两首近体诗及一残句;《全文》卷二六六收《重修顺祐王庙碑》文,在初唐;《唐墓志》景云〇一三(第1125页)收《唐故沈夫人墓志铭并序》,在盛唐;然据《全诗》小传,孙氏"武后长安中,召为左拾遗……开元初,荐不起,以病卒",卒于开元初,当归入初唐。李至远,其人其作见于《全诗》卷六〇,在初唐;文见《全文》卷四三五,在盛唐;《全诗》小传云,高宗时,至远"始调蒲州参军,累补乾封尉。上元中,制策高第,授明堂主簿……武后长寿中,擢天官郎中……卒年四十八",从上元末年(676)至初唐下限已有36年,其生活年代大部分在初唐,当归入初唐。胡皓,诗见《全诗》卷九八,在初唐;文见《全文》卷三二八,在盛唐;据《全诗》小传,胡皓"武后大足元年,时为恭陵丞……睿宗景云二年,时任检校秘书丞,兼昭文馆学士。玄宗开元三年后,迁著作郎……开元十年,张说巡边,胡皓有赠行诗",武后大足元年(701)时,胡氏任恭陵丞当逾二十岁,其在初唐生活了三十多年,可作为初唐作家。

　　崔镇,《全文补》卷三三《唐河南府温县尉房君故夫人崔氏墓志铭》文末署:"陕州河北县尉崔镇撰。"《唐墓志》开元三七一《唐河南府温县尉房君故夫人崔氏墓志铭》文末亦署:"陕州河北县尉崔镇撰。"这两处的"崔镇"系同一人[1]。但依前述相关条例,前者归初唐,后者归盛唐。遍查《中国人名大辞典》《中国历代人名大辞典》《唐诗大辞典》《中国文学家大辞典(唐五代卷)》《中国佛教人名大辞典》,皆无崔镇相关信息。据《唐河南府温县尉房君故夫人崔氏墓志铭》载,墓主崔氏"以开元十五年寝疾,至廿一年后二月十五日,终于洛阳",可以推断,撰志者崔镇必卒于开元二十一年(748)之后。据此,崔镇在盛唐生活了至少36年,当归入盛唐。

(四)古体与近体的分辨

　　唐代诗歌始有古体与近体之分。古体诗用韵不拘一格,比较自由,能够比较真实地反映实际语音。近体诗用韵要遵守功令,其反映实际语音受到限制。随着时间的推移,近体诗用韵与实际语音的距离越来越大。今人研究唐以后诗歌韵部,往往区分古体与近体,并将研究的着力点放在古体诗上。本研究旨在归纳初唐诗文通用韵部,而通用韵部反映实际语音,近体诗用韵的价值不大,不予考察。因此,本著的韵文材料实为初唐古体诗和有韵

---

[1]　同名作家崔镇之义见于《全唐文》卷三九五,归于盛唐。详见本节"三"之"(二)作家的确定"。

之文①。

　　《全诗》不分古、近体，故首先需要分别诗体。我们尽可能利用古已有之的唐诗辨体成果。古人近唐，他们的辨体结论值得重视。今选取十部较有影响的古人编纂或以古著为底本今人纂校的诗文集：明代高棅《唐诗品汇》、赵宦光和黄习远《万首唐人绝句》、铜活字本《唐五十家诗集》、清人徐倬《御定全唐诗录》、沈德潜《唐诗别裁集》、刘文蔚《唐诗合选》、今人金性尧注《唐诗三百首新注》、《王子安集》、《卢照邻集　杨炯集》、《张说之文集》②。十部诗文集的诗歌都区分了古、近体，既有总集，也有别集，可以相互补充。

　　将《全诗》初唐4062首/章可研诗歌与十部诗文集的诗歌篇目比对，得到近体诗结论一致的有900首/章，古体诗结论一致的有354首/章，分体结论存在矛盾的有85首/章，未见于十部诗文集的有2808首/章。对于未见于十部诗文集以及分体结论有矛盾的诗歌（共2893首/章），需要自行辨体。

　　关于近体诗格律的论著和介绍性文章很多，泛论诗体分辨的也不少，然而拿出一套系统、可操作的古、近体诗判断标准，并用之于较大规模诗体辨

---

① 在国家社科基金后期资助项目结项成果的专家评阅意见中，有专家建议修改结项成果的题目，将题中的"诗文"改为"古体诗文"，意即古体诗与文。这样修改更切合实际研究对象，值得重视。不过，"古体诗文（用韵/韵部/韵系）"之类称谓在音韵学界鲜有闻见。今以字段"古体诗文"检索"中国知网"数据库，题目包含该字段的只有1篇（《古体诗文一束》，来源于《新作文（高中版）》），以该字段为关键词的也只有1篇（杜丽萍《发纤秾于简古，寄至味于淡泊——赵仁珪先生的学术道路》，《天中学刊》2014年第1期），前者是一组古、近体诗，后者指"旧体"诗词赋铭赞祭之类。检索读秀平台，在"知识"子库中找到与该字段相关的条目265条，其"古体诗文"之"古体诗"，包括但不限于古体诗，"文"指古文，与本著涵义不尽相同。其中，"古体诗文"符合本著涵义且论文属音韵学范畴的大概只有1篇（国赫彤《白居易诗文用韵考》，《语言学新探——1978～1983年全国语言专业研究生论文提要集》，1990年）。令人疑虑的还有一点，即"古体诗文"之"文"，有释读为"古体"之"文"的可能，这个"古体"的涵义与古体诗之"古体"迥然不同，也不符合古人的习惯说法。基于以上考虑，本研究暂不作修改。
② 十部诗文集的出版信息如下：（明）高棅《唐诗品汇》，上海古籍出版社1982年。（明）赵宦光、黄习远《万首唐人绝句》，书目文献出版社1983年。上海古籍出版社汇集《唐五十家诗集》，上海古籍出版社1989年。（清）徐倬《御定全唐诗录》，清康熙四十五年（1707）武英殿刻本。（清）沈德潜《唐诗别裁集》，上海古籍出版社1979年。（清）刘文蔚编选，杨业荣新注《唐诗合选》，广西人民出版社1986年。金性尧《唐诗三百首新注》，上海古籍出版社1980年。（唐）王勃著，蒋清翊校注《王子安集校注》，上海古籍出版社1995年。（唐）卢照邻、杨炯著，徐明霞点校《卢照邻集　杨炯集》，中华书局1980年。《张说之文集》，《四部丛刊》本。

别的研究成果颇为少见。我们认为,诗体分辨标准应当基于古、近体诗格律的一般规律①,着眼于区别性特征,体现科学性、系统性、可操作性,做到精干而实用。

根据诗题辨别。 汉魏六朝时期的乐府诗,到了唐代发展成为"歌行体"。歌行体多为七言,声律比较自由,一般属于古体诗。歌行体通常用"歌""行""歌行"来命名,有时用"吟"字,也有沿用"乐府"之名的。调查发现,对于题中缀有"歌""行"或"乐府"字样的诗作,古人并不都认为是古体。虞世南《从军行二首》,《唐诗别裁集》《唐诗品汇》《御定全唐诗录》均认定为古体诗,而薛曜的《子夜冬歌》,《万首唐人绝句》作为绝句,张说的《舞马千秋万岁乐府词》,《御定全唐诗录》亦认定为近体诗。但"歌行"连缀的尚未发现例外。据此,诗题中以"歌行"煞尾的判为古体。仿效汉魏六朝古诗的风格、形式写成的古体诗,有的在标题上写有"拟古""古风""古意"字样,如吴少微《古意》、李峤《拟古东飞伯劳西飞燕》、王勃《述怀拟古诗》,可据以定为古体。

根据句数、字数等辨别。 绝句四句,律诗八句,排律为超过八句的偶数句数。还有一种"小律",六句三韵,又叫"六句律",非常少见。古体诗在句数上没有限制。近体诗每句的字数固定,一般为五言、七言,六言很少见。古体诗各句的字数以五言、七言居多,也有三言、四言、六言及杂言等。据此,凡句数为奇数的为古体诗,凡三言、四言及杂言者为古体诗。

根据对仗辨别。 讲究对仗是近体诗的重要特点。对仗的使用以排律为最严最密,律诗次之,绝句又次之。绝句大多不用对仗,若用对仗,往往出现在首联。律诗的对仗通常是两联,出现在颔联和颈联,也有三联甚至四联用对仗的,一般至少有一联用对仗,"如果只用于一联,就是用于颈联"(王力2015:151)。六句"小律"中间一联必须对仗。排律首尾两联可以不用对仗,"中间无论有多少联语,一律须用对仗"(王力2015:159)。据此,凡八句无对仗或只有一个不在颈联的对仗,定为古体诗。超过八句者,如首尾四句之外有不用对仗的,定为古体诗。六句三韵(或四韵)若中间两句不用对仗,

---

① 关于古、近体诗的平仄、用韵等的主要特点和一般规律,本著参考了多部诗律著作及古汉语教材,行文一般不加引号标示。有的地方融合了笔者的些许思考。

定为古体诗。

根据用韵辨别。近体诗用韵特点有三。其一,偶句押韵,首句可押可不押。古体诗可以偶句押韵,也可以句句押韵。其二,近体诗一般押平声韵,绝句和律诗有很少量的仄韵诗。由上两条可知,近体诗一般偶句末用平声字,奇句末用仄声字,首句可平可仄。排律更严格。"五言排律只限于平韵,没有仄韵的","就通常说,排律只限于五言"(王力2015:31)。可以说,排律只押平声韵,不押仄声韵。古体诗用韵平仄不拘,也可以异调相押。其三,近体诗要求一韵到底(实指一首或一章之内只有一个韵段),不许"出韵",更不能换韵。实际上,古人作近体诗偶尔也会"出韵",而首句可以借用临近的韵("借韵")。近体诗不允许韵脚字相重。据此,凡句句押韵、奇句押韵、隔两句押韵、隔章押韵者均为古体诗。异调相押或换韵的为古体诗。句数超过八句而押仄声韵者为古体诗。韵脚字重出的为古体诗。凡跨摄用韵定为古体诗。

人们通常说,近体诗押"平水韵"。近体诗以"平水韵"作为判断的一个标准,这在宋金以后是合适的,但用于唐代近体诗的判定就值得商榷了。首先,"平水韵"至宋金时才出现,尽管大体上反映了唐代近体诗的用韵情况,但唐人写近体诗不可能依照宋金人的"平水韵"押韵,这在逻辑上说不通。其次,即使"平水韵"可以追溯到初唐,如封演《封氏闻见记》卷二《声韵》所云:"国初,许敬宗等详议,以其韵窄,奏合而用之。"但"由于典籍的亡佚,使我们已经不能得知许敬宗当时究竟将通转放宽到了什么程度"(耿志坚1987:41)。再次,初唐诗歌特别是近体诗的用韵可能与许敬宗等的同用条例存在关联,这成为初唐诗歌用韵研究的关注点之一,然而研究显示,初唐诗歌韵部与《广韵》"独用、同用"及"平水韵"存在一些差异(鲍明炜1986、1990,耿志坚1987),说明"平水韵"不能作为初唐近体诗的判定标准。最后,若按预设的"平水韵"用韵规范区分诗体,就会削弱诗歌韵部研究结论的客观性,使得近体诗用韵的归纳很大程度上失去了意义。

根据平仄辨别。平仄是近体诗格律的核心要素。"粘对"规则是近体诗平仄格律的基础,"一三五不论,二四六分明"可以理解为对"粘对"规则的宽严相济,"拗救"是对"一三五不论,二四六分明"的适当变通。拗救主要有下面四种类型,以五言为例(出现拗救的平仄用黑体)。1.乙句一拗三救救孤平:平平仄仄平→**仄**平**平**仄平。2.丙句三拗四救(可不救)一必平:平平平仄仄→平平**仄**平仄。此称"特种拗救",不救则为平平仄仄仄。3.甲四拗乙三救:仄仄平平仄-平平仄仄平→仄仄平平**仄**-平平**平**仄平。4.甲三拗乙三救(可不救):仄仄平平仄-平平仄仄平→仄仄**仄**平**仄**-平平**平**仄平。不救则为仄仄仄平仄-平平仄仄平。近体诗创作要尽量避免"失对、失粘、孤平、三平调"等声病[①]。

对于大规模的诗体分辨来说,仅靠这些平仄规则进行辨体操作,将不堪其烦,不仅效率低,还容易出错。故而寻求高效便捷的诗体平仄方面的分辨方法,成为构建诗体分辨标准体系的关键。

今以"联"作为判断平仄是否合律的单位[②]。联是近体诗结构与格律延展的枢纽。"如果只有律句而没有律联,仍旧不失古诗的格调"(王力2015:462)。有了律联,才有近体诗的格调。一联的出句与对句都合律的叫做"律联",否则为"拗联"。律联应置于近体诗的平仄篇式中进行观察[③]。律联有甲乙、丙丁、丁乙、乙丁四种组合类型。排律的律联按粘对规则延伸。律联的平仄格式即"联式",应是对近体诗粘对规则、联内标准平仄句式、"一三五不论,二四六分明"、拗救,以及排除了某些声病(如"三平调")后,综合得到的结果,只有穷尽考察各律联所有可能的平仄联式,才能建立律联平仄模型。试以甲乙联式为例。根据我们的分析,甲乙联式共有22种:

①仄仄平平仄,平平仄仄平　　②平仄平平仄,平平仄仄平

③仄仄平·仄,仄平平·仄平　　④平仄平平仄,仄平平·仄平

⑤仄仄仄平仄,平平仄仄平　　⑥仄平平·仄,平·平平仄平

⑦仄仄平平·仄,平平平仄平　　⑧平仄平平仄,平平平仄平

---

① 六言近体诗的平仄规则跟五、七言基本相同。其标准平仄句式为:仄仄平平仄仄,平平仄仄平平,平平仄仄平仄,仄仄平平仄平。六言近体诗也要避免失对、失粘、"三平调"等声病。

② "联"本是近体诗的结构单位,为便于分析,将近体诗的"联"推及古体诗。

③ 律诗的平仄篇式有四种:甲乙丙丁甲乙丙丁(五言仄起仄收七言平起仄收)、丙丁甲乙丙丁甲乙(五言平起仄收七言仄起仄收)、丁乙丙丁甲乙丙丁(五言仄起平收七言平起平收)、乙丁甲乙丙丁甲乙(五言平起平收七言仄起平收)。

⑨仄仄仄平仄，仄平平仄平　　　⑩平仄仄平仄，仄平平仄平

⑪平仄仄平仄，平平平仄平　　　⑫仄仄平仄仄，平平平仄平

⑬平仄平仄仄，平平平仄平　　　⑭仄仄平仄仄，仄平平仄平

⑮平仄平仄仄，仄平平仄平　　　⑯仄仄平仄仄，平平平仄平

⑰仄仄平仄仄，平平平仄平　　　⑱仄仄平仄仄，平平平仄平

⑲平仄平仄仄，平平平仄平　　　⑳仄仄平仄仄，仄平平仄平

㉑平仄仄仄仄，平平平仄平　　　㉒平仄平仄仄，平平平仄平

忽略各平仄联式中可平可仄字位的平仄，将上面22式归并、简化为仄仄平平仄与平平仄仄平、仄仄平仄仄与平平平仄平二式①。这种最简平仄联式就是"律联模型"。四类律联的种种联式经过简化处理，共得到八种律联模型（七言在五言句式前括注相应的"仄仄"或"平平"），详见下表：

表1-14　八种律联模型

甲乙					
甲乙1	出句	（平平）仄仄平平仄	甲乙2	出句	（平平）仄仄平仄仄
	对句	（仄仄）平平仄仄平②		对句	（仄仄）平平平仄平③
丙丁					
丙丁1	出句	（仄仄）平平平仄仄	丙丁2	出句	（仄仄）平平仄仄仄
	对句	（平平）仄仄仄平平④		对句	（平平）仄仄仄平平⑤
丁乙					
丁乙1	出句	（平平）仄仄仄平平	丁乙2	出句	（仄仄）仄平平平平
	对句	（仄仄）仄平平仄平⑥		对句	（仄仄）平平仄仄平⑦

---

① 式中平仄外加圆圈表示可平可仄，加下划线表示拗救。下同。

② 此联一三不论，同时包括甲三拗乙三救，以及甲三拗乙三救与乙句一拗三救构成的连环救等。

③ 此联甲四拗乙三救，同时包括甲一三不论，乙一不论。

④ 此联丙句三不拗，则一字位可平可仄，丁句一不论，但三字位不为平，否则形成"三平调"。

⑤ 此联丙句三拗，四字位可救可不救，但一字位必为平，丁句一不论，但三字位不为平，否则形成"三平调"。

⑥ 此联丁句一不论，但三字位不为平，否则形成"三平调"，同时包括乙句一拗三救。

⑦ 此联丁句一不论，但三字位不为平，否则形成"三平调"，乙句一不拗，三字位可平可仄。

续表

乙丁					
乙丁1	出句	（仄仄）仄平平仄平	乙丁2	出句	（仄仄）平平仄仄平
	对句	（平平）仄仄仄平平		对句	（平平）仄仄仄平平

　　八种律联模型，五言共80字，七言共112字，其中，五言可平可仄的有17字，七言33字，分别约占各自总字数的21%、29%。这些可平可仄的字在比对实际平仄与律联模型时可以忽略，我们只需挑出各律联平仄固定字位的字作比较即可，这就减轻了比对的工作量，避免做无用功。

　　凡是各联对应于律联模型平仄固定字位的实际平仄与律联模型有不一致的，即为拗联，而彼此完全一致的未必是律联。律联不是孤立存在的，必须符合标准平仄篇式对联式的要求。那些孤立地看符合律联模型，却不是标准平仄篇式所要求的律联，应当视为拗联。例如，上官仪《假作屏风诗》："绿叶霜中夏，红花雪里春。去马不移迹，来车岂动轮。"（《全诗》521①）据起收二字的实际平仄，确定两联4句实际对应的标准平仄句式为甲乙甲乙。甲乙联存在于八种律联模型之中。从这个意义上说，两联均合律。这是以联为单位观察得到的结果。该诗的标准平仄篇式为甲乙丙丁，下联的律联模型是"丙丁"而非"甲乙"，所以下联为拗联，且出句与对句均拗。需要指出的是，绝句还有以丙句或乙句为首句的平仄篇式，即丙丁甲乙、乙丁甲乙，依此，则该诗上联亦为拗联，也是出句与对句均拗。至于律诗和排律，因为有后续诸联的延展，律联篇式受到制约，一首诗只有一个固定的律联篇式。总之，不管是4句还是8句、10句，置于律联篇式中识别是否为拗联是必要的。

　　严格地说，一首诗只有全部律联平仄固定之字位的实际平仄合乎律联模型，才能认为平仄合律。不过，在应用律联模型作判断的时候，要适当考虑初唐平仄格律发展的实际情况。王力（2015:494）在分析古风式绝句平仄时指出："如果只有一个拗句，可认为偶拗，归入近体诗。"②近体诗偶有出

---

① 此为《全诗》中的页码。后仿此。

② 陆梅珍《关于张说近体诗分类篇目》（《中国音韵学研究会第二十届国际学术研讨会（西安）论文集》上册稿本，2018年第337页）将此句理解为"大多指二四六节奏点某个字拗了的诗句"，拟将"一个拗句"扩展到"两个拗句"，但作者对此并不能肯定。

格违律的拗句、拗联,这在初唐表现得突出一些。笔者认同王力给出的绝句可以容忍1个拗句的做法,达到两个拗句(包括一联中的两个拗句),始可定为古体诗。《假作屏风诗》两联均拗,显然是古体诗。

参照绝句,律诗最多可容许两个拗句,这两个拗句只能出现在同一联内,即律诗无条件地容忍一个拗联。排律因其对仗的要求严于律诗,推想其平仄格律或亦严于律诗。此以律诗八句为单位,规定每八句只允许出现一个拗联,不足八句的超出部分忽略不算,即8～14句的排律容许一个拗联,16～22句的排律容许两个拗联,24～30句的排律容许三个拗联,其余类推。

古、近体诗平仄的判断可分三个步骤。第一步,由首句起收二字的实际平仄确定标准平仄篇式,各句标注甲乙丙丁代码;再以联为单位,每句按起收二字的实际平仄,确定实际对应的标准平仄句式,亦标上甲乙丙丁。第二步,比对各联各句实际对应的标准平仄句式跟标准平仄篇式是否吻合,不吻合的即为拗联、拗句,若拗联、拗句的数量超过了近体诗允许的数量,即定为古体诗。第三步,如果拗联、拗句数量未超过相应近体诗允许的数量,就要进一步观察,除拗句外的句子中,对应于律联律句模型平仄固定字位的实际平仄是否合乎律联模型,不符合的为拗句、拗联,若拗联、拗句数量超过了相应近体诗允许的数量,便定为古体诗,否则平仄上属于近体诗。

下面再举二例。

解琬《晦日高文学置酒林亭》:“主第簪裾出,王畿春照华。山亭一已眺,城阙带烟霞。横堤列锦帐,傍浦驻香车。欢娱属晦节,酩酊未还家。”(《全诗》825)此诗标准平仄篇式为甲乙丙丁甲乙丙丁,各联各句实际对应的标准平仄句式为甲乙丙丁丙丁丙丁。经比对,第三联丙丁为拗联,且出句、对句均拗。该诗是否为近体诗,还要进一步观察其他各联平仄固定字位的实际平仄是否合乎律联模型。首联(甲乙)平仄固定字位的实际平仄为:仄2平4仄5[1],平2仄4平5,合乎律联模型。第二联(丙丁)平仄固定字位的实际平仄为:平1平2仄3仄5,仄2仄3平4平5,合乎律联模型。第四联(丙丁)平仄固定字位的实际平仄为:平1平2仄3仄5,仄2仄3平4平5,合乎律联模型。该诗4联8句1拗联,联内两个拗句,平仄上属于近体诗。

---

① 数字表示字位。下同。

　　薛昉《巢王座韵得余诗》:"平台爱宾友,逢掖齿簪裾。藉卉怀春暮,开襟近夏初。嫩枝犹露鸟,细藻欲藏鱼。舞袖临飞阁,歌声出绮疏。莫虑归衢晚,驰轮待兴余。"(《全诗》119)该诗标准平仄篇式为丙丁甲乙丙丁甲乙丙丁,各联各句实际对应的标准平仄句式为丙丁甲乙丙丁甲乙甲乙。经比较可知,尾联甲乙为拗联。观察其余各联,首联(丙丁)平仄固定字位的实际平仄为:平1平2仄3仄5,仄2仄3平4平5,合乎律联模型。第二联(甲乙)平仄固定字位的实际平仄为:仄2平4仄5,平2仄4平5,合乎律联模型。第三联(丙丁)平仄固定字位的实际平仄为:平2平3仄4仄5,仄2仄3平4平5,合乎律联模型。第四联(甲乙)平仄固定字位的实际平仄为:仄2平4仄5,平2仄4平5,合乎律联模型。全诗只有一个拗联,平仄上属于近体诗。

　　依据古、近体判断标准,从未见于十部诗文集的诗章中分辨出古体诗1724首/章,从辨体结果有矛盾的诗章中分辨出古体诗36首/章,加上此前已经比对出的古体诗,得到《全诗》初唐古体诗共2114首/章。

(五)几项特殊韵文材料的取舍

　　诗文怀疑是伪作的舍弃。《全诗》列《寄题书堂岩》《峡山诗》《赠苗蕴》于沈佺期名下,分别加按语云:"《曲江集》三此诗次张九龄《读书岩中寄沈郎中》诗后。二诗与沈之生平及沈、张座主门生关系不合,疑后人伪托。"(《全诗》1338)"光绪《广州府志》谓此诗乃与沈之《峡山赋》同作者,但该赋大量摭用开元以后直至北宋之事,乃后人采摭方志传说而托名沈佺期者,此诗疑亦伪作。""此诗晚出,疑后人伪托。"(《全诗》1339)今皆舍弃。

　　《全诗》收录了一些"断章残句",大多只有一二句,无韵可考。褚亮《赠杜侍御》只存两句:"神羊既不触,夕鸟欲依人。"(《全诗》56)触,《广韵》烛韵尺玉切;人,真韵如临切,不韵。卢照邻《句》[①]:"古城聊一望,荒棘几千丛。"望,阳韵武方切[②];丛,东韵徂红切,东阳似可同用,观初唐只此一例,殊为可疑,不录。

　　"断章残句"有韵可考的作为韵文材料。李荣《嘲义褒》:"僧头似弹丸,解义亦团栾。"这是与义褒的互嘲诗。义褒《嘲李荣》四句,知《嘲义褒》本

---

① 《全诗》编者为这类断章残句拟题为"句",还有拟题为"又"的。今皆照录。
② "望",《广韵》漾韵巫放切,又阳韵武方切,皆训"看望""弦望",此取平声音读。

为四句,此残缺了两句。"丸""栾"可叶韵,今留用。

初唐诗文因缺略韵脚字而无韵可考的有2首。其中之一王梵志《诗三十九首》(三四):"慎事罪不生,忍嗔必有□。□□□□□,□□□□□。□□□部宰,捉此用为心。高(下缺)。"(《全诗》497)该诗至少有八句,应为偶句押韵,除了首句句末字"生",只有一个韵脚字"心"。"生"为庚韵二等字,"心"为侵韵字,未发现初唐庚侵同用例,"生"字当不入韵。今舍弃。

缺略韵脚字但有韵可考的,作为韵文材料。王干《龙兴观金箓建醮》:"泰山岩岩兮凌紫雯,中山群仙兮乘百云。陈金荐碧兮□□□。"(《全诗》1963)诗句八言,句中用"兮"字,显然是一首古体诗,可叶"雯云"。王梵志《诗五十二首》(一):"(前缺)剥削。贮积千年调,拟觅□□□。□□□□□,□□□□恶。方便还他债,驱遣耕田□。□鼻断领牛,杖打过腿膊。自造还自受,努力只当却。"(《全诗》459)该诗至少有两个韵脚字空缺,可叶"削(药)恶膊(铎)却(药)"。此为超过八句的仄韵五言诗,中间几个残句无对仗,应为古体诗。

柏梁体联句诗系数人之作,《全诗》归于一人名下,其余作者略去诗句,只列出篇章名。例如《两仪殿宴突利可汗赋七言诗柏梁体》,为唐太宗、李神通、长孙无忌、房玄龄、萧瑀联句,《全诗》收列于太宗名下。今从《全诗》,归属太宗,联句其他作者皆略而不录。也有数人作一诗而不标举"联句"的。魏征《冬至祀昊天于圆丘乐章八首》,无诗,题下按语引《旧唐书》题下注:"贞观六年,褚亮、虞世南、魏征等作此词。"该组诗收于首作者褚亮名下。褚亮诗题《冬至祀昊天于圆丘乐章八首》,分题《降神用豫和》《皇帝行用太和》等,题下各列其诗。此类诗歌的归属办法与柏梁体联句相同。

一人歌词前后重出,一详一略。如褚亮《正月上辛祈谷于南郊乐章八首·降神用豫和》题下有注"词同冬至圆丘",未录其诗。《旧唐书》因"词同冬至圆丘"而不录。此沿《旧唐书》体例。该诗见于褚亮《冬至祀昊天于圆丘·降神用豫和》。今从其例,韵谱中不重出。

无名氏民歌,若知道所从出或行用的区域,包括某种宽泛的区域,仍可列入考察对象。初唐尚未见此类韵例。

《全诗》初唐诗歌,总计无韵可考的断章残句有55首/章,因缺字而无韵可考的有2首/章,有题无诗的柏梁体37首/章,其他详略互现的重出诗85首/章。这些都不纳入考察范围。

最终划定初唐古体诗歌2114首/章,《全文》1114篇,《全文补》76篇,《唐墓志》78篇,共计初唐诗文3382篇/首/章。

二、韵脚字整理

韵脚字整理包括判断句末字是否入韵、韵脚字校勘、确定韵脚字的韵属及韵段划分等环节。韵脚字整理诸环节多涉及韵式①。总结本研究团队韵脚字整理的经验,参考时贤相关做法,归纳出韵脚字整理若干具体办法②。

(一)判断句末字是否入韵

1.根据韵读和谐与否判断句末字是否入韵

要特别注意"表面押韵不和谐而实和谐"的各种情形③。方音多是异摄相押或不同韵尾的字相押,与同时代"多数作者的多数作品押韵"不符,给人韵读不谐的假象。

(1)麴崇裕《送司功入京》:崇裕有幸会,得遇明流行。司士向京去,旷野哭声哀。(《全诗》597)

此诗叶"行(庚)哀(哈)",阴阳相押,颇为特别。据《全诗》注引《太平广记》二六〇引《朝野佥载》:"司功曰:'大才士,先生其谁?'"曰:"吴儿博士,教此声韵。"司功曰:"师明弟子哲。""吴儿"指吴地少年,亦可泛指吴地

---

① 本著将通常所说的"韵例"称作"韵式",让"韵例"回归其字面义即用韵的例子。

② 本著的《全文》初唐用韵依据鲍明炜(1990),不另行整理,仅作文本核对。各韵例所录诗文及韵脚字一般以一个韵段为断。诗文用字在形义上可能引起混误的保留繁体字或异体字,韵脚字勘正之字或因其他原因换之字用【】括注。/号除了前面指出的用法外,还用在韵文或韵字中用来分隔韵段。标题后括注的中文数字为韵段所在组诗的章/首序号。诗文集名用简称,韵段出处页码用阿拉伯数字括注其后,《全文》用中文数字表示卷次。韵段韵脚字所属《广韵》之韵需要标注的,就括注在韵脚字后,连续几个韵脚字同韵的在最后一个韵脚字后括注韵属,所属之韵或韵脚字有疑问的括注?号,出自《集韵》的在韵脚字后加*号,可能的音变之韵在它的前面加—表示。说某字属某韵或为某韵之字,一般指《广韵》,引《广韵》音义时省略重现的《广韵》之名。

③ 孙玉文(2021:74～75)指出"少数甚至个别地方反映方音"是导致"表面押韵不和谐而实和谐的情况"之一。

之人，犹言"吴子"。《晋书·隐逸传·夏统》："充（贾充）等各散曰：'此吴儿是木人石心也。'"杜甫《陪郑广文游何将军山林》之九："刺船思郢客，解水乞吴儿。""吴儿"与"郢客"对文，当指吴人。吴地处江南水泽，故吴人素习水性（"解水"）。"博士"为学官名，战国始置，唐置博士较前代更为普遍，除太医署、太卜署、太仆寺以及国子监六学、广文馆等学馆外，各都督府、诸州县亦置博士①。唐封演《封氏闻见记》六《饮茶》："李（季卿）命取钱三十文酬劳煎茶博士"，知唐代江南亦称卖茶人为博士。又，"唐宋时对技艺人或专门从事某种职业人的尊称"②。唐人张鷟《朝野佥载》第四卷："目拾遗蔡孚'小州医博士，诈谙药性'……目补遗袁辉为'王门下弹琴博士'。"清代嘉庆年间湖北黄陂、浠水③，今江西南昌、宜春④、萍乡、黎川呼木匠为"博士"⑤。"吴儿博士"指吴地州县博士学官，亦或指吴地从事某种职业或有某种技艺的人。"此声韵"乃"吴儿博士"所教，可见带有当时吴地方音色彩。今上海、苏州哈韵字多读-E，"哀"字苏州读-E，温州读-e/ε，"行"字温州读-ε⑥。此"行、哀"押韵，可与今温州话相印证，当是某种"吴儿"之音的反映。

有的韵脚字可能反映作家用韵的个人特点，包括但不限于方音。

（2）王梵志《诗五十八首》（四十）：身如破皮袋，盛脓兼裹骨。将板作皮裘，埋入深坑窟。一入恒沙劫，无由更得出。除非寒食节，子孙冢傍泣。（《全诗》408）

（3）王梵志《诗二十九首》（二一）：□□断诸恶，细细眩贪嗔。若使如罗汉，即自绝嚣尘。将刀且割无明暗，复用利剑断亲姻。究竟涅槃非是远，寻思寂灭即为邻。只是众生不牵致，所以沉沦罪业深。努力努力遵三宝，何愁何虑不全身。（《全诗》486）

---

① 中国历史大辞典·隋唐五代史编纂委员会《中国历史大辞典·隋唐五代史卷》，上海辞书出版社1995年第710页。

② 许少峰《近代汉语大词典》（全二册），中华书局2008年第129页。

③④ 许宝华、宫田一郎《汉语方言大词典》（全五卷），中华书局1999年第5880页。

⑤ 李荣《现代汉语方言大词典》，江苏教育出版社2002年第4148页。

⑥ 侯精一《现代汉语方言概论》，上海教育出版社2002年第76页。《汉语方音字汇》（第二版重排本），语文出版社2003年第153、356页。

此二首叶"骨窟（没）出（术）泣（缉）""嗔尘姻邻（真）深（侵）身（真）"。可见王梵志诗中，臻、深二摄某些-n尾字与-m尾字、-t尾字与-p尾字韵读和谐，可以通押。

（4）王梵志《诗二十首》（五）：可笑世间人，痴多黠者少。不愁死路长，贪著苦烦恼。夜眠游鬼界，天晓归人道。忽起相罗拽，啾唧索租调。贫苦无处得，相接被鞭拷。生时有苦痛，不如早死好。（《全诗》389）

（5）王梵志《诗二十首》（十二）：擎头乡里行，事当逞靴袄。有钱但著用，莫作千年调。（《全诗》392）

（6）王梵志《诗五十二首》（四三）：世间何物重，夫妻最是好。一个厌磨师，眼看绝行道。熏熏莫恨天，业是前身报。妻儿嫁与鬼，你向谁边告。教你别娶妻，不须苦烦恼。（《全诗》478）

这三首诗歌分别叶"少（小）恼道（皓）调（啸）拷好（皓）""袄（皓）调（啸）""好道（皓）报告（号）恼（皓）"，皆上去相押。王梵志诗对上、去声韵脚的区别不那么严格。

（7）权龙襄《岭南归后献诗》：龙襄有何罪，天恩放岭南。敕知无罪过，追来与将军。（《全诗》1196）

此诗叶"南（覃）军（文）"。"南、军"分属臻、咸二摄，韵基分别是ɑm和ən（王力1985：174～175），不谐。若将诗中的"岭南"倒作"南岭"，则韵谐，然而，这种可能性并不存在。一则，诗题作"岭南"，诗句"天恩放岭南"亦作"岭南"；二则，"岭南"与"南岭"地理涵义不同，"天恩"可以说"放"之于"岭南"，不可以说"放"于"南岭"。据《唐诗纪事》卷八十载，景龙中，龙襄"为左武将军，好赋诗而不知声律，中宗与学士赋诗，辄自预焉，帝戏呼为权学士。初以亲累远贬，洎归，献诗云……上大笑……襄答曰：趁韵而已"[1]。龙襄"不知声律"，作诗往往趁意而为，故谓"趁韵"。此诗既为"趁韵"之作，"南、军"相押也就不足为奇了。

有的韵脚字是音近相押。

---

① （宋）计有功《唐诗纪事》，《四部丛刊》本。

（8）王梵志《诗五十八首》（四五）：见有愚痴君，甚富无男女。不知死急促，百方更造屋。死得一棺木，一条衾被覆。妻嫁他人家，你身不能护。有时急造福，实莫相疑悮。（《全诗》409）

此诗偶句押韵。韵脚字"女""护、悮"分别为遇摄语、暮韵字，"屋"为通摄屋韵字，"覆"为流摄宥韵字。此阴入相押。据王力（1985:174），初唐模部u、鱼部o、屋部ok、侯部ou，四部主元音相同或相近。至于第3句句末字"促"[①]，烛韵字，归初唐沃部uk，第五句、第九句句末字"木、福"，皆屋部屋韵字。这3个奇句（奇数句）句末字亦可入韵。该韵段为音近相押，韵式亦特别。

判断韵读是否和谐，句末字是否入韵，有时需要考察同时代是否有类似用韵。

（9）王勃《陇西行十首》（二）：彤弓侍羽林，宝剑照期门。南来射猛虎，西区猎平原。（《全诗》1076）

（10）又（十）：少妇经年别，开帘知礼客。门户尔能持，归来笑投策。（《全诗》1077）

这两首诗均为偶句押韵。其首句句末字"林、别"是否入韵？二字分属侵、薛韵。依王力（1985:175），隋至中唐，"门、原"属元部en，"林"属侵部im，韵基不同；"客、策"属陌部ɐk，"别"为薛部æt，韵基亦不同。然该组诗10首，每首五言4句，其他8首皆首句入韵。初唐时期，深、臻摄字相押有数例，如王梵志《诗五十八首》（二五）叶"习泣急（缉）骨忽（没）"（《全诗》404），山摄细音字与梗摄字相押1例：崔湜《野燎赋》叶"击壁（锡）拍坏（陌）液（昔）蹶（月）"（《全文》二八〇四）[②]。由此可定，"林、别"二字入韵。

判断句末字是否入韵，有时需要突破字形的束缚。正如孙玉文（2021:76）所指出的，"当我们碰到一个韵段中有的字不合押韵通例，在《广韵》《集韵》中相同的字体里面找不到合乎押韵通例的字音时，特别应该从词的角度

---

① 　这里的"句"指单句，包括诗文中以逗号为断的结构。

② 　本著涉及的初唐韵例，有的随文列示了比较详细的数据，有的需要参看初唐诗文韵谱。但该韵谱篇幅长，受限于实际情况，此次未能印出，给读者、研究者参阅批评带来了不便，笔者深感遗憾，希望今后能有机会弥补这一缺憾。

去找字,找出相应的读音"。"从词的角度去找字",就是要超越字形,通过索考有关音义材料,寻找韵读可谐的异体字、通假字、古今字、同源字等。

（11）上官仪《酬薛舍人万年宫晚景寓直怀友》:留连穷胜记,风期暧善谑。东望安仁省,西临子云阁。长啸披烟霞,高步寻兰若。(《全诗》514)

此韵段偶句押韵,叶"谑(药)阁(铎)若(药)"。首句句末字"记",去声志韵字,韵读不谐,作为韵脚字可疑。据《全诗》"记"字注,《文苑英华》《全唐诗》"记"作"讬"。"讬"(托),铎韵字,韵谐。"留连穷胜托",大意是说,留连盘桓而托身于胜景。该诗篇另外三个韵段均首句入韵。字当作"托"①。

有的韵脚字未找到失谐原因,只好照录存疑。

（12）王绩《灵龟四首》(二):赫赫王会,峨峨天府。谋猷所资,吉凶所聚。尔有前鉴,尔既余将。尔有嘉识,尔既余辅。(《全诗》192)

此首叶"府聚(麌)将(漾)辅(麌)"。"将"字韵读不谐。然"将"字合乎诗意,各本无异文。不知何故。

（13）王梵志《诗二十首》(八):沉沦三恶道,负特愚痴鬼。荒忙身卒死,即遍伺命使。反缚棒□走,先渡奈河水。倒拽至厅前,枷棒这身起。死经一七日,刑名受罪鬼。牛头铁叉扠,狱卒把刀掇。碓捣硙磨身,覆生还覆死。(《全诗》390)

此首偶句押韵,叶"鬼(尾)使(止)水(旨)起(止)鬼(尾)掇(薛)死(旨)"。"掇",《广韵》末韵丁括切"拾掇也";薛韵陟劣切"拾取"。《集韵》末韵都括切《说文》:拾取也;薛韵株劣切"拾取之"②。这些音切对应的意思都是"拾取",但都不合乎诗意。《王梵志诗校注》(2010:37)③:"掇:通作

---

① 相关韵例又见下"(三)"之"6.据异体字、通假字、古今字、同源字取韵"。

② 《集韵》又薛韵朱劣切"黜绌,短貌"。

③ 《王梵志诗校注》简称《校注》。后同。

'剟',刺。"剟",《广韵》末韵丁括切"削也,击也";薛韵陟劣切《说文》:刊也"。"剟"字"击也"之义切合诗句,而韵读依然不谐。今照录存疑。

韵段韵脚字全同,对于韵部研究没有意义,不予考察。

(14)释慧能《真假动静偈》:一切无有真,不以见于真。若见于真者,是见尽非真。若能自有真,离假即心真。自心不离假,无真何处真。(《全诗》813)

此韵段偶句押韵,首句入韵,叶"真真真真真"。

2.根据韵式的规律性判断句末字是否入韵

一般来说,与韵段的规律性韵式不符的不入韵。

(15)骆宾王《晚渡黄河》:千里寻归路,一苇乱平源。通波连马颊,迸水急龙门。照日荣光浑,惊风瑞浪翻。棹唱临风断,樵讴入听喧。岸迥秋霞落,潭深夕雾繁。谁堪逝川上,日暮他乡魂。(《全诗》679)

此韵段偶句押韵,叶"源(元)门(魂)翻喧繁(元)魂(魂)"。第5句句末字"浑",魂韵字,与"门、魂"同韵,然不合该韵段偶韵韵式,不入韵。

(16)任希古《和李公七夕谢惠连体》:落日照高牖,凉风起庭树。悠悠天宇平,照照月华度。开轩卷绡幕,延首睎云路。曾汉有灵妃,仙居无与晤。履化悲流易,临川怨迟莫。昔从九春徂,方此三秋遇。瑶驾越星河,羽盖凝珠露。便妍耀井邑,窈窕凌波步。始越故人新,俄见新人故。掩泪收机石,衔啼襞纨素。惆怅何伤已,徘徊劳永慕。无由西北归,空自东南顾。(《全诗》374)

此诗偶句押韵,叶"树(遇)度路晤莫【暮】(暮)遇(遇)露步故素慕顾(暮)"。第11句句末字"徂",平声模韵字,与"度、路"等韵脚字韵基相同,但与韵段偶韵韵式不符,不入韵。

(17)乔知之《定情篇》:怨咽前致辞,愿得申所悲。人间丈夫易,世路妇难为。始如经天月,终若流星驰。天月恒终始,流星无定期。长思

佳丽人，失意非蛾眉。庐江小吏妇，非关织作迟。本愿长相对，今已长相思。（《全诗》1679）

该韵段偶句押韵，首句入韵，叶"辞（之）悲（脂）为驰（支）期（之）眉迟（脂）思（之）"。第3句句末字"易"，去声寘韵字，第7句句末字"始"，上声止韵字，二字不仅与韵脚字异调，且与该诗偶韵韵式不合，不入韵。

（18）骆宾王《在江南赠宋五之问》：漳滨已辽远，江潭未旋返。为听短歌行，当想长洲苑。露金薰匀岸，风佩摇兰坂。蝉鸣稻叶秋，雁起芦花晚。（《全诗》668）

该韵段偶句押韵，首句入韵，叶"远返苑坂晚（阮）"。该诗9个韵段，均偶句押韵。第5句句末字"岸"，去声翰韵字，韵读基本可谐，然与韵段偶韵韵式不合，又与韵脚字异调，不入韵。

（19）张果《玄珠歌》：冲和海里育元精，中有玄珠寿命成。不炼不凝抛欲尽，何如黑处顿教明。（《全诗》1751）

《玄珠歌》30个韵段，均偶句押韵，首句入韵。"精、成""明"分别为清、庚韵字，入韵。"尽"，轸韵字，初唐臻摄细音字与梗摄固可相押，然字在奇句之末，加之异调，不入韵。

（20）许景先《奉和御制春台望》：睿德在青阳，高居视中县。秦城连凤阙，汉寝疏龙殿。文物照光辉，郊畿郁葱蒨。千门望成锦，八水明如练。复道晓光披，宸游出禁移。瑞气朝浮五云阁，祥光夜吐万年枝。兰叶负龟初荐祉，桐花集凤更来仪。秦汉生人凋力役，阿房甘泉构云碧。汾祠雍畤望通天，玉堂宣室坐长年。鼓钟西接咸阳观，苑囿南通鄠杜田。明主卑宫诚前失，辅德钦贤政惟一。昆虫不夭在春搜，稼穑常艰重农术。邦家已荷圣谟新，犹闻俭陋惜中人。豫奉北辰齐七政，长歌东武抃千春。（《全诗》2154）

该诗偶句押韵，首句除首韵段不入韵，其他韵段均入韵。可分6个韵段，依次叶"县殿蒨练（霰）""披移枝仪（支）""役碧（昔）""天年田（先）""失一（质）术（术）""新人（真）春（谆）"。韵段2第5句句末字"祉"，韵段4第3句句末字"观"，末尾韵段第3句句末字"政"，分属上声止韵、去声换韵、劲韵，与所在韵段韵脚字韵基相同或相近，但因在奇句之末，与偶韵韵式不合，声调亦不同，不入韵。

但是，不能将韵式及其规律作简单化、绝对化理解，要尊重韵谐事实，承认韵式的规律存在例外。

（21）张说《开元乐章十九首奉敕撰·酌瓒登歌肃和之章》：天子孝享，工歌溥将。躬祼郁鬯，乃焚膋芗。臭以达阴，声以求阳。奉时蒸尝，永代不忘。（《全诗》1911）

乍一看，该诗章偶句押韵，叶"将芗阳忘*（阳）"。该组诗26个韵段，除本韵段之外，均为偶句押韵。应该说，其韵式的规律性较强。然而，本韵段奇句除了一个侵韵字"阴"，其余"享、鬯、尝"均为阳韵系字，似不应忽略。唯"享（养）鬯（漾）"为上、去声字，与"将、芗"等异调。考虑到此类乐章音辞古奥的特点，如四言为句，多用上古名物典章之类的词汇，其押韵更加自由，可以异调相押，故定"享、鬯、尝"入韵。

（22）崔湜《景云二年余自门下平章事削阶授江州员外司马寻拜襄州刺史春日赴襄阳途中言志》：嗷嗷路傍子，纳谤纷无已。上动明主疑，下贻大臣耻。毫发顾无累，冰壶邈自持。（《全诗》2076）

首先可以确定偶句押韵，叶"已耻（止）持（之）[①]"。崔湜"言志"诗5个韵段，其他4个韵段皆偶句押韵。首句句末字"子"，上声止韵字，当入韵。此为异调相押。第3句句末字"疑"，平声之韵字，第5句句末字"累"，去声

---

① 《全诗》注："持：《英华》傅校作恃。""恃"为上声止韵字，与其他偶句韵脚字同韵，似应作"恃"。我们认为，作"恃"的理由并不充分：一则如上所述，用"持"字，韵读并无不谐；二则，"自持"古有"自守；自固"或"自己坚持"（《汉语大词典》2007:5284）之义，"冰壶"指"盛冰的玉壶。常用以比喻品德清白廉洁"（《汉语大词典》2007:906）。王昌龄诗句"一片冰心在玉壶"，即是对"冰壶"的化用。"冰壶"与"自持"配搭甚契，而"自恃"的古义是"自负"或"依靠自己"（《汉语大词典》2007:5285），与"冰壶"不甚相配。

真韵字,亦当入韵。此为句句押韵,与其他韵段的韵式不同。

（23）王勃《秋夜长》:秋夜长,殊未央。月明白露澄清光,层城绮阁遥相望。遥相望,川无梁。北风受节南雁翔,崇兰委质时菊芳。鸣环曳履出长廊,为君秋夜捣衣裳。纤罗对凤凰,丹绮双鸳鸯。调砧乱杵思自伤。思自伤,征夫万里戍他乡。鹤关音信断,龙门道路长。君在天一方,寒衣徒自香。(《全诗》1045)

这是一首乐府,描述秋夜妇人对"征夫"的绵绵思念。诗歌句式主七言,杂以五言、三言。诗押阳、唐韵,叶"长央(阳)光(唐)望望梁翔芳(阳)廊(唐)裳(阳)凰(唐)鸯伤伤乡长方香(阳)"。如果"断"字入韵,就是句句押韵了,而实际并非如此。"断",《广韵》缓韵都管切:"断绝",又徒管切:"绝也",据义取缓韵。初唐山、宕二摄仅有1例入声相押:陈元光《四灵为畜赋》叶"达(曷)豁(末)壑(铎)"(《全文补》225)。寒部an与阳部aŋ(王力1985:174),主元音相同,但韵尾不同,韵读不大和谐。该诗作为乐府,句式比较自由,韵式上没有句句押韵的硬性要求。"断"字处在奇句,可不入韵。全篇唯独"断"字不押韵,作者是否想藉此表达女主人公伤心欲绝的情感,凸显主题呢?在这里,不仅"音信断",韵谐也"断"了。如此,可谓神来之笔,独具匠心。

3.首句是否入韵

判断首句是否入韵,首先要看韵读是否和谐。

（24）司马承祯《灵草歌·凤青草》:志道要超昇,须访神草经。圣事常宜重,非人莫谩轻。恐折人间寿,看似掌中珍。欲知庚乘了,须采草凤青。(《全诗》982)

该诗偶句押韵,叶"经(青)轻(清)珍(真)青(青)"。首句句末字"昇"蒸韵字。初唐曾、梗二摄字可以相押,例如,陈子良《赞德上越国公杨素》叶"英(庚)情琼名(清)衡(庚)楹缨(清)甍(耕)盈并(清)征(蒸)兵(庚)城旌精(清)鲸鸣平(庚)营声(清)生明卿荣(庚)轻(清)"。作者的另一首诗歌《灵草歌·金灯草》,叶"辛(真)灯(登)轻(清)新(真)庚

（庚）"，臻、梗、曾三摄字相押。据此定"昇"字入韵。

（25）唐太宗李世民《拟饮马长城窟行》：绝漠干戈戢，车徒振原隰。都尉反龙堆，将军旋马邑。扬麾氛雾静，纪石功名立。荒裔一戎衣，灵台凯歌入。（《全诗》311）

该韵段偶句押韵，叶"隰邑立入（缉）"。首句句末字"戢"，职韵字。初唐偶有职缉相押例，如袁朗《饮马长城窟行》叶"立集邑钑入隰急（缉）戢（职）"（《全诗》11）。该诗篇前两个韵段皆首句入韵。据此定"戢"字入韵。

（26）陈子昂《同宋参军之问梦赵六赠卢陈二子之作》：晚霁望嵩岳，白云半岩足。氛氲涵翠微，宛如瀛台曲。故人昔所尚，幽琴歌断续。（《全诗》1569）

该韵段偶句押韵，叶"足曲续（烛）"。首句句末字"岳"，觉韵字。初唐觉、烛韵字相押的韵例，如于志宁《唐故银青光禄大夫张府君碑》叶"剥（觉）篆玉（烛）角（觉）"（《全文补》120）。全诗8个韵段，后7个韵段皆首句入韵。据此定"岳"字入韵。

有的组诗或多韵段韵文首句入韵呈现出较强的规律，这对判定首句是否入韵具有一定的导向作用。

（27）王勃《陇西行十首》（五）：充国出上邽，李广出天水。门第倚崆峒，家世垂金紫。（《全诗》1077）

该韵段偶句押韵，叶"水（旨）紫（纸）"。首句句末字"邽"，蟹摄齐韵字。初唐止、蟹二摄细音字可以相押，惟"邽"与偶句韵脚字异调。全诗10首，其余9首为首句入韵。今定"邽"字入韵。

（28）沈佺期《曝衣篇》：上有仙人长命绺，中有玉女迎欢绣。玳瑁帘中别作春，珊瑚窗里翻成昼。（《全诗》1312）

该韵段偶句押韵，叶"绣昼（宥）"。"绺"，有韵字，与偶句韵脚字有上、去之别。《曝衣篇》7个韵段，其中5个韵段首句入韵。另有1个韵段："绛河里,碧烟上,双花伏兔敛屏风,七子盘龙擎斗帐。"算是首句不入韵,但前两句为三言,与该诗篇七言4句的韵段格式有异;如果将两个三言句合为一句,就成了首句入韵。今定"綌"字入韵。

(29)释善导《修西方十劝》(五):劝君五,莫辞念佛多辛苦,思惟长劫生死轮,更向何人求出路。(《全诗》580)

该诗偶句押韵,叶"苦路(暮)"。"五",上声姥韵字,与偶句韵脚字异调。《修西方十劝》10首,除此诗外,其余皆首句入韵。今定"五"字入韵。

(30)骆宾王《行军军中行路难》:灞城隅,滇池水。天涯望转绩,地际行无已。徒觉炎凉节物非,不知关山千万里。(《全诗》688)

该韵段偶句押韵,叶"水(旨)已里(止)"。全诗除本韵段外,其他13个韵段皆首句入韵。"隅",遇摄虞韵字。初唐有止、遇二摄相押的韵例,如陈元光《圣作物观赋》叶"知(支)遇(遇)"(《全文补》224)。今定"隅"字入韵。

(31)释窥基《出家箴》首韵段:舍家出家何所以,稽首空王求出离。三师七证定初机,剃发染衣发弘誓。(《全诗》799)

该韵段偶句押韵,叶"离(真)誓(祭)"。"以",止韵字,与"离、誓"异调。《出家箴》共12个韵段,除了首韵段,其他韵段均首句入韵。今定"以"字入韵。

如果组诗或多韵段韵文首句不入韵的规律性较强,或在首句是否入韵上没有表现出比较明显的规律,对于首句入韵宜从严掌握。

(32)王梵志《诗七十二首》(三三):索妇须好妇,自到更须求。面似三颗作,心知一代休。遮莫你崔卢,遮莫你郑刘。若无主物子,谁家死骨头。(《全诗》424)

该诗偶句押韵,叶"求休刘(尤)头(侯)"。"妇",上声有韵字,与偶句韵脚字异调。该组诗72首,只有4首首句入韵。此定"妇"字不入韵。

（33）许敬宗《侍宴莎栅宫赋得情一首应诏》：三星希曙景，万骑翊天行。葆羽翻风队，腾吹掩山楹。暖日晨光浅，飞烟旦彩轻。塞寒桃变色，冰断箭流声。渐奏长安道，神皋动睿情。（《全诗》286）

该诗偶句押韵，叶"行（庚）楹轻声情（清）"。"景"①，上声梗韵字，与偶句韵脚字异调。此定"景"字不入韵。

（34）苏颋《奉和圣制送赴集贤院赋得兹字》：肃肃金殿里，招贤固在兹。锵锵石渠内，序拜亦同时。宴赐欢谈道，文成贵说诗。用儒今作相，敦学旧为师。下际天光近，中来帝渥滋。国朝良史载，能事日论思。（《全诗》2041）

此诗偶句押韵，叶"兹（之）时（之）诗（之）师（脂）滋（之）思（之）"。"里"，上声止韵字，与"兹、时"等字异调。此定"里"字不入韵。

（35）杨敬述《夏日游石淙侍游应制》：山中别有神仙地，屈曲幽深碧涧垂。岩前暂驻黄金辇，席上还飞白玉卮。远近风泉俱合杂，高低云石共参差。林壑偏能留睿赏，长天莫遽下丹曦。（《全诗》1969）

该诗偶句押韵，叶"垂（支）卮（支）差（支）曦（支）"。"地"，去声至韵字，与"垂、卮"等字异调。此定"地"字不入韵。

（36）唐太宗李世民《冬宵各为四韵》：雕宫静龙漏，绮阁宴公侯。珠帘烛焰动，绣柱月光浮。云起将歌发，风停与管遒。琐地任多士，端扆竟何忧。（《全诗》329）

该韵段偶句押韵，叶"侯（侯）浮遒忧（尤）"。"漏"，去声候韵字，与偶句韵脚字异调。诗题言"四韵"，表明是4个偶句入韵，首句不入韵。此定"漏"字不入韵。

异调相押的韵段，对首句句末字的声调没有限制，只要韵基相同，或音近可通押，即可定首句入韵。

---

① "景"亦作"影"，上声梗韵於丙切。

（37）王梵志《诗五十二首》（二六）：富饶田舍儿，论情实好事。广种如屯田，宅舍青烟起。槽上饲肥马，仍更买奴婢。牛羊共成群，满圈养肫子。窖内多埋谷，寻常愿米贵。里正追役来，坐著南厅里。广设好饮食，多酒劝遣醉。（《全诗》469）

此韵段偶句押韵，叶"事（志）起（止）婢（纸）子（止）贵（未）里（止）醉（至）"。此止摄上、去声字相押。"儿"，平声支韵字，但押无妨。

研究表明，首句入韵，换韵比不换韵的要多（王力2015:387～389）。也就是说，多韵段韵文中，首韵段首句入韵的相对少一些，其他韵段首句入韵的多一些。这对判断个别奇句句末字是否入韵及划分韵段有一定参考作用。

（38）乔知之《巫山高》：巫山十二峰，参差互隐见。浔阳几千里，周览忽已遍。想像神女姿，摘芳共珍荐。楚云何透迤，红树日葱蒨。楚云没湘源，红树断荆门。郢路不可见，况复夜闻猿。（《全诗》1678）

乍一看，该诗偶句押韵，叶"见遍荐蒨（霰）门（魂）猿（元）"。但有两点存疑：一是声调不一致，但声调的分布有规律，即前4个韵脚字为去声，后两个韵脚字为平声，呈分开聚集分布格局[①]；疑点二，第9句句末字"源"，与"猿"同韵，又与"门、猿"同调，是否入韵？如果按声调划分为两个韵段，分别叶"见遍荐蒨（霰）""源（元）门（魂）猿（元）"，这些疑惑就涣然冰释了。换个角度看，首韵段首句不入韵，换韵则首句入韵，印证了前贤关于韵段位置与首句入韵与否之关系的论断。

（39）员半千《陇右途中遭非语》分3个韵段，分别叶"参心（侵）""士已理（止）""春（谆）身人尘（真）"（《全诗》642），首韵段首句不入韵，其他两个韵段首句入韵。

（40）释窥基《出家箴》共12个韵段，依次叶"离（寘）誓（祭）""吝慎阵（震）""匠仗（漾）丧（宕）""圣（劲）证应（证）""部（→暮）路悟（暮）""燃（仙）年坚（先）""食力（职）得（德）""母（厚）苦祖（姥）""落托错

---

① 关于声调的分开聚集分布格局，详见下"（四）"之"4.根据声调的分布格局划分韵段"。

（铎）”“钵脱（末）达（曷）”“知（支）时（之）龟（脂）”“利（至）易（寘）记（志）”（《全诗》799～800）只有首韵段不入韵。

（41）骆宾王《代女道士王灵妃赠道士李荣》26个韵段，依次叶“深寻（侵）”“市起史（止）”“埃（咍）徊（灰）开（咍）”“陟息极色（职）”“妍怜（先）”“帝（霁）例笫（祭）”“玄（先）仙（仙）年（先）”“变选转（线）”“客（陌）夕（昔）”“寻心（侵）”“已拟始（止）”“亲人尘（真）”“信（震）蕣（稕）引（震）”“关还斑（删）”“守久（有）”“丝持思（之）”“绪许语（语）”“楼（侯）州（尤）沟（侯）”“赏往网（养）”“华家花（麻）”“款满短（缓）”“寻心金（侵）”“保早道（皓）”“安（寒）端（桓）难（寒）”“息色翼（职）”“稀归飞（微）”。（《全诗》673～675）只有首韵段和叶“客夕”的韵段首句不入韵。

4.“虚字”是否入韵

句末虚字入韵的，以“焉、哉、矣”居多。

（42）王勃《悼彼我系》：伊我祖德，思济九埏。不常厥所，于兹五迁。欲及时也，夫岂愿焉。其位虽屈，其言则传。（《全诗》1041）

此偶句押韵，叶“埏迁焉传（仙）”。“焉”字入韵。

（43）褚亮《享先农乐章·迎神用咸和》：粒食伊始，农之所先。古今攸赖，是曰人天。耕斯帝藉，播厥公田。式崇明祀，神其福焉。（《全诗》48）

此偶句押韵，叶“先天田（先）焉（仙）”。“焉”字入韵。

（44）何鸾《祭皇地祇于汾阴乐章·送文舞出迎武舞入用舒和》：乐奏云阕，礼章载虔。禋宗于地，昭假于天。惟馨荐矣，既醉歆焉。神之降福，永永万年。（《全诗》1673）

此偶句押韵，叶“虔（仙）天（先）焉（仙）年（先）”。“焉”字入韵。

（45）郑元璹《四言曲池醘饮座铭》：离醘将促，远就池臺。酒随欢至，花逐风来。鹤归波动，鱼跃萍开。人生所盛，何过乐哉。（《全诗》158）

该诗偶句押韵,叶"臺来开哉(咍)"。"哉"字入韵。

(46)王绩《题黄颊山壁》:别有青溪道,斜亘碧岩隈。崩榛横古蔓,荒石拥寒苔。野心长寂寞,山径本幽回。步步攀藤上,朝朝负药来。几看松叶秀,频值菊花开。无人堪作伴,岁晚独悠哉。(《全诗》195)

该诗偶句押韵,叶"隈(灰)苔(咍)回(灰)来开哉(咍)"。"哉"字入韵。

(47)王梵志《诗三十九首》(十九):若能无著即如来,身中宝藏自然开。一切生死皆消灭,判不更畏受胞胎。悟时刹那不移虑,父子相见付珍财。众魔外道皆宾伏,诸天空中唱善哉。(《全诗》494)

该诗偶句押韵,首句入韵,叶"来开胎财哉(咍)"。"哉"字入韵。
当句末虚字及其前一个字的韵读均和谐时,应以句末虚字入韵。

(48)史宝定《大周朝议大夫使持节伊州诸军事伊州刺史上柱国衡府君墓志铭并序》:六气回薄,四序推迁,春秋已矣,霜露先焉。家焚芝蕙,国丧贞贤,祸延止服,釁跕飞鸢。声沉于地,魂散于天,陵阙森耸,神灵黳然。风云萧索,原野芊蓂①,剑留松树,海变桑田。山深少日,谷邃多烟,夜台一闭,几度千年。(《唐墓志》802)

该诗偶句押韵。诗句"霜露先焉","先、焉"分属先、仙韵,都可谐韵。当以句末"焉"字入韵。

(49)司马逸客《雅琴篇》:清音雅调感君子,一抚一弄怀知己。不知钟期百年余,还忆朝朝几千里。马卿台上应芜没,阮籍帷前空已矣。山情水意君不知,拂匣调弦为谁理。(《全诗》1718)

该诗偶句押韵。诗句"阮籍帷前空已矣","矣、已"同属止韵,都可以谐韵。当以句末"矣"字入韵。
韵段韵脚字为同一虚字,对于韵部研究没有价值,不予考察。

---

① "芊蓂"或本作"蓂芊"。"芊",《广韵》先韵苍先切:"草盛"。

（50）狄仁杰《大周故相州刺史袁府君墓志铭并序》：峨峨硕德，惟岳生焉；显显英望，允邦基焉。服事台阁，厥功茂焉；典司枢要，其业光焉。积毁销骨，老西垂焉；微文获戾，投南海焉。虞翻播弃，死交趾焉；温序魂魄，还故乡焉。遭逢明运，帝念嘉焉；追赠幽壤，朝恩博焉。北郭占墓，启滕铭焉；西阶祔葬，从周礼焉。树之松槚，神道宁焉；刊彼金石，休声邈焉。（《唐墓志》976）

该韵段偶句押韵，韵脚字皆为"焉"。

句末为同一虚字，虚字前一个字的韵读和谐，当以虚字前一个字入韵。

（51）张说《河州刺史冉府君神道碑》：出车西域。我君谟之。屯田北假。我君护之。六军有馈。其谁度之。一人无忧。其谁乐之。（《全文》二二八20）

"谟之、护之、度之、乐之"之"之"不是韵脚字。"之"字前面的"谟（模）""护（暮）""度（暮）""乐（铎）"入韵。

5.偶有韵文中二三句不入韵

偶有韵文中夹杂二三句散句，非韵的情况。其内容多是介绍写作缘起，或对主体部分作必要的补充说明。

（52）宋之问《放白鹇篇》：故人赠我绿绮琴，兼致白鹇鸟。琴是峄山桐，鸟出吴溪中。我心松石清霞里，弄此幽弦不能已。我心河海白云垂，怜此珍禽空自知。著书晚下麒麟阁，幼稚骄痴候门乐。乃言物性不可违，白鹇愁慕刷毛衣。玉徽闭匣留为念，六翮开笼任尔飞。（《全诗》1376）

此篇叶"桐中""里已""垂知""阁乐""违衣飞"。开头两句"故人赠我绿绮琴，兼致白鹇鸟"，"琴"，侵韵字，"鸟"，篠韵字，韵读不谐。这两句说明作诗的事由，起到引子的作用，句子长短亦略有不同，非韵。

（53）沈佺期《霹雳引》：岁七月火伏而金生，客有鼓瑟于门者，奏霹雳之商声。始戛羽以骁耇，终扣宫而砰騞。电耀耀兮龙跃，雷阗阗兮雨冥。气呜唅以会雅，态欻翕以横生。有如驱千旗，制五兵，截荒厖，斫长鲸。孰与广陵比意,别鹤俦精而已。俾我雄子魄动,毅夫发立,怀恩不浅,武义双辑,视胡若芥,剪羯如拾,岂徒慷慨中筵,备群娱之翕习哉。(《全诗》1311)

此篇可分为两个韵段,叶"駩冥(青)生兵鲸(庚)精(清)""立辑拾习(缉)"。"生、声"是否为韵脚字,有不同看法。"生"为庚韵字,"声"为清韵字,韵读和谐,似乎可以入韵。我们认为,"生、声"不入韵。其理由有四:(1)头三句旨在介绍作诗缘起,导出描述对象,并非主体内容。(2)这三句以下所分两个韵段,都是偶句押韵,若以"生、声"入韵,则首韵段的韵式变得不伦不类。(3)若以"生、声"入韵,此篇句子数量成为奇数,不合诗篇句数的常态。(4)此篇虽然句长和结构多有变化,但以"四六"句式为主。"驱千旗,制五兵,截荒虺,斫长鲸",可以看作六言句式的变体,而头三句,有八言、七言及六言之分。"客有鼓瑟于门者",其散文句的特征尤为明显。

　　(54)王梵志《诗五十八首》(一):吾家多有田,不善广平王。有钱怕不用,身死留何益。承闻七七斋,暂施鬼来喫。永别生时盘,酒食无踪迹。配罪别受苦,隔命绝相觅。(《全诗》396)

此首诗偶句押韵,叶"王(阳)益(昔)喫(锡)迹(昔)觅(锡)"。然而,"王"字韵读明显不谐,亦与首句句末"田"字不谐。"吾家多有田,不善广平王",在《诗五十八首》之首,是该组诗的起头。在我们看来,这两句可视为组诗的引子,处理为非韵①。

　　(55)陈元光《四灵为畜赋》:此四灵之为畜。彰品物之含惠。考之前代。甘露醴泉。紫芝丹桂。窃拟末流。难拟魁伟。饮休德以难名。绘奇功而莫啄。(《全文补》225)

该韵段9句,依偶句押韵,多出了一个句子。"考之前代"就是这个"多出"的句子。除去该句,其他偶句句末字均为止、蟹摄细音字("啄"为"喙"

---

① 　参看曹翔《王梵志诗"不善广平王"校注商兑》,《湖北大学成人教育学院学报》2011年第2期。

之讹，详见例70），"代"为蟹摄一等代韵字，韵读不大和谐。该句之外，其他句子均两两构成对仗。其实，"考之前代"只起时间转换、衔接篇章的作用，相当于插入语，非韵。

（56）王梵志《诗五十二首》（十七）：年老造新舍，鬼来拍手笑。身得暂时坐，死后他人卖。千年换百主，各自想还改。前死后人坐，本主何相在。（《全诗》465）

该首诗偶句押韵，叶"笑（笑）卖（卦）改在（海）"。但"笑"字韵读不谐。"笑"字合乎诗意，各本无异文。《校注》（2010:529）于诗后按："《诗集》以此首前二句自为一首。"《诗集》（《王梵志诗集附太公家教》）编纂者大概正是因为"笑"字不谐韵，而将前面两句分开。但"舍、笑"韵读亦不和谐，"自为一首"之说不可从。《校注》（2010:530）引《南史·刘粹传》云："有刘伯龙者，少而贫薄，及长，历位尚书左丞，少府，武陵太守，贫窭尤甚。常在家慨然，招左右将营十一之方，忽见一鬼在傍抚掌大笑。伯龙叹曰：'贫穷固有命，乃复为鬼所笑也！'遂止。"王梵志《诗二十三首》（十二）："世无百年人，拟作千年调。打铁作门闑，鬼见拍手笑。"（《全诗》503）亦见类似句子。"鬼来／见拍手笑"，可能是唐时一定范围内习用的警世俚言，作者也许是出于引用的需要，不得已用了一处疏韵，权作"引子"。

（二）韵脚字的校勘

本研究校勘的对象是诗文诸集及其所据本韵脚字有误者，少数韵脚字疑误或似有更佳选择者，亦列入校例。诗文集汇注的异文成果多所采撷，在此基础上略加阐发，个别校例用了"理校"。一些结论尚在疑似之间，故言某字之误，实为献疑。

1. 音近而误

（57）陈子昂《秋园卧疾呈晖上人》：幽疾旷日遥，林园转清密。疲疴澹无豫，独坐泛瑶瑟。怀挟万古情，夏虞百年疾。绵绵多滞念，忽忽每如失。缅想赤松游，高寻紫庭逸。荣客始都丧，幽人遂贞吉。图书纷满床，山水蔼盈室。宿昔心所尚，平生自兹毕。愿言谁见知，梵筵有同术。八

月高秋晚，凉风正萧飒。（《全诗》1584～1585）

该诗偶句押韵，叶"密（质）瑟（栉）疾失逸吉室毕（质）术（术）飒（合）"。"飒"，《广韵》合韵苏合切，《集韵》合韵悉合、落合二切，又覃韵卢含切，缉韵力入切，屋韵苏谷切，韵读皆不谐。《全诗》"飒"字注："活字本、朱本、张本、许本、《文粹》、《品汇》、《全诗》作'瑟'。""瑟"，栉韵所栉切："乐器"，韵谐。据朱起凤《辞通》卷二十一"四质"，飒、瑟为通假关系。飒，心母字，瑟，生母字，准双声。"萧瑟"与"萧飒"同词异形。作"瑟"是。字因音近或习惯配搭而误。

（58）张思讷《大唐故郑州荥阳县令上骑都尉张府君墓志铭》：姬川派族。楚服开封。汜桥孺子。长安圣童。枝分月桂。叶散风送。门趉厚焉。庭列歌钟。（《全文补》128）

此韵段偶句押韵，叶"封（锺）童（东）送（送）钟（锺）"。"送"，去声送韵字，余皆平声。依辞例，"叶散风送"应与"枝分月桂"对文，其中，"叶"对"枝"，"散"对"分"，"风"对"月"，唯独"送"与"桂"失对。"送"字当误。据该墓志石刻拓片，"送"作"松"①。"松"，锺韵字，音义及辞例皆谐。

2.形近而误

（59）崔行功《大唐故右骁卫大将军赠荆州大都督上柱国薛国公阿史那贞公墓志之铭》：高明必瞰，仁智同泯。秦穆亦然，鲁声忽尽。礼缘恩□，旇随痛斡。庐山坟高，玄甲阵引。（《唐墓志》603）

该韵段偶句押韵，叶"泯尽（轸）斡（侵）引（轸）"。"斡"，《广韵》未收，《集韵》侵韵渠今切"地名，在江南。通作黔"；盐韵其淹切"斡中，地名。通作黔"。侵韵稍近于真韵系。《汉语大字典》"斡"字条仅录《集韵》音义，无书证材料。文句"礼缘恩□，旇随痛斡"，上句写人，下句状物。《诗经·商颂·长发》："受大球小球，为下国缀旒。"郑玄笺："旒，旌旗之垂者也。""旇"指古旗帜下边悬垂的饰物。《广韵》尤韵力求切："旗旒。《广雅》：天子十二

---

① 桑绍华《西安南郊三爻村发现四座唐墓》，《考古与文物》1983年第3期。

旒至地,诸侯九旒至轸,大夫七轸至毂,士三轸至肩。"上文"秦穆亦然,鲁声忽尽",敷陈诸侯人事。"旒随痛轸",谓"旒"垂至于轸。此借诸侯之礼,极言"痛"之深。由此推见,"轫"或作"轸"。《说文·车部》:"轸,车后横木也。""轸"为轸韵字,韵读亦谐。"轸、轫"均从车,盖因形近而误。

（60）王梵志《诗五十二首》(三七)叶"痴(之)儿皮(支)饥(脂)时(之)宄(?)儿骑(支)期(之)"(《全诗》476)。除"宄"字外,其他韵脚字皆是止摄平声。《广韵》《集韵》未收"宄"字,《汉语大字典》亦未收。《全诗》"宄"字注:"《校辑》作究①,《校注》作窥。""究",去声宥韵字,韵读不谐。"窥",支韵字,韵谐。该诗劝导人们,人生在世要"造福、修福",关爱"自身"比什么都重要。诗句"一朝身磨灭,万事不能宄",此谓一旦人"身磨灭","万事"则休,不能再睹。"窥"有视义。《说文·穴部》:"窥,小视也。"《广雅·释诂一》:"窥,视也。""宄"之字形,可能是由"窥"字省变、移位所致。另外,"究"字有一个俗讹体作"宆",见于《正字通·穴部》。综合起来看,作"窥"更为切当。

（61）王梵志《诗五十八首》(二十):愚人痴淬淬,常守无明塚。飘入阔海中,出头兼没顶。手擎金玉行,不解随身用。昏昏消好日,顽皮不转动。广贪世间乐,故故招枷棒。罪根渐渐深,命绝何人送。积金作宝山,气绝谁将用。(《全诗》403)

该首偶句押韵,叶"塚(肿)顶(迥)用(用)动(董)棒(讲)送(送)用(用)"。"顶",迥韵字,韵读不谐。初唐诗文未见通、梗二摄相押的韵例。诗句"出头兼没顶",既已"出头",何来"没顶"之说?前后抵牾。《校注》(2010:140)校作"项"。"项",《广韵》讲韵胡讲切,韵谐,句意亦通。作"项"是。

（62）窦昉《嘲许子儒》叶"阶鞋(皆)权(麻)乖侪(皆)喁(佳)"(《全诗》545)。"权",《广韵》麻韵初牙切:"权杷,田器。《说文》:权,枝也。"卦韵楚懈切:"权杷,平田具也。"《集韵》于麻、卦二韵对应音义殆同,又佳韵初佳切:"枝也。""权"均作名词。诗句:"瓦恶频蒙撒,墙虚屡被权。""被"后当接及物动词,"权"字不合句法。《全诗》"权"字注:"《全诗》作'扠'。""扠",

①　《校辑》即王梵志著,张锡厚校辑《王梵志诗校辑》,中华书局1983年。后同。

《广韵》佳韵丑佳切："以拳加人。"《集韵》佳韵㨃佳切（同丑佳切）"以拳加物"；又佳韵初加切"打也"。"㧖"字表示以拳加于人或物，击打的意思，为及物动词。作"㧖"是。

（63）骆宾王《在江南赠宋五之问》：炎凉几迁贸，川陆疲臻凑。积水架吴涛，连山横楚岫。风月虽殊昔，星河犹是旧。姑苏望南浦，邯郸通北千。（《全诗》668）

该韵段偶句押韵，首句入韵，叶"贸凑（候）岫旧（宥）千（先）"。"千"，《广韵》先韵苍先切，韵读不谐。《全诗》"千"字注："活字本作'斗'，丛刊本作'阡'，库本、《英华》、《全诗》作'走'。""阡"亦先韵苍先切，不谐韵。"斗"，厚韵当口切："十升也，有柄，象形。""走"，厚韵子苟切"趋也"；候韵则候切"疾趋"。可视作不别义异读。"北走"是败走、战败而逃的意思，"北斗"除了表示北斗星宿，还比喻帝王、受人景仰者等义（《汉语大词典》2007：820、821）。"通北斗"与"望南浦"对文。"通北走"不辞。"斗"字象形，古文字𢂁、𣥂，其异体斗、斗，与"千"形近。字当作"斗"。

（64）王梵志《诗九十二首》（二十）：亲家会宾客，在席有尊卑。诸人未下箸，不得在前椅。（《全诗》439）

此首诗叶"卑椅"。"卑"为支韵字。"椅"，《广韵》支韵於离切"木名，梓实桐皮"；纸韵於绮切"椅柅"。《集韵》隐绮切"椅柅，木弱貌"。诸义未安。鲍明炜（1990：11）谓"椅"当为"敧"。"敧"，支韵居宜切"箸取物也"。音义皆谐。"敧、椅"形近，"椅"字常用，故误。王梵志诗被称为"真正的通俗诗"，其诗多白话，用字不避俗体，可能是导致误用的深层次原因。

（65）王绩《春庄走笔》叶"喧轩园繁（元）樽温村（魂）源（元）裈（微）尊（魂）言（元）"（《全诗》197）。此诗偶句押韵，唯独"裈"字为阴声韵。"裈"，《广韵》《集韵》均未见录。《龙龛手鉴》收该字，微韵许韦反"祭服也"。音义皆未谐。颇疑"裈"为"裈"之误。"裈"同"裈"，《广韵》魂韵古浑切："亵衣。《说文》：幒也。"《释名·释衣服》："裈，贯也。贯两脚，上系要中也。"《说文·巾部》："幒，幒也。"段玉裁注："今之满裆裤，古之裈也。"诗句："猪肝时入馔,犊鼻即裁裈。"诗句裁用"犊鼻裈"一语。"犊鼻裈"是一种形制特殊的裤子。《史记·司马相如列传》:"相如身自著犊鼻裈,与保庸杂作涤器于市中。"韦昭集解:"今三尺布作,形如犊鼻矣。"《汉书·司马相如传》亦有类似记述。"犊鼻裈"王先谦补注:"但以蔽前,反系于后,而无袴裆,即吾楚俗所称'围裙'是也。"字当从"衤"。"裈"字韵读和谐。作"裈"是。

（66）关弁缮《故庭州参军上柱国弘农杨公夫人阿史那氏白珉玉像铭》:赫乎大雄兮招提旨。运慈悲兮拯生死。有美栾栾兮纯孝子。欲报哀哀兮情于此。凭法舟兮心不已。玉帛施兮真容赴。(《全文补》44)

此韵段句句押韵,叶"旨死子此已赴"。"赴",去声遇韵字,余皆止摄上声字。"赴"字可疑。"赴"当为"起"之讹。吴钢主编《全唐文补遗》(第七辑)录此文正作"起"。"起",《广韵》止韵墟里切:"兴也,作也,立也"。音义皆合。"起、赴"因形近而误。

（67）张思讷《大唐故郑州荥阳县令上骑都尉张府君墓志铭》:猗欤盛德。诞兹时秀。绣郁文宗。英华衮胄。气冲牛斗。精生虹蚁。若棪之芳。如兰之臭。(《全文补》128)

此韵段偶句押韵,叶"秀胄蚁臭"。"秀、胄、臭"皆宥韵字。"蚁"字,《汉语大字典》《汉语大词典》均未收。查该石刻拓片,其作"玖"字[1]。"玖",《广韵》有韵举有切"玉名";《集韵》有韵己有切"《说文》石之次玉黑者";宥韵居又切"石之玉者"。以上诸义基本相同,取宥韵。字讹作"蚁",大概由"精生虹蚁"之"虹"的意符类推所致。

（68）李安期《大唐故右威卫大将军上柱国汉东郡开国公李公碑铭》:门伐踵武。家庆贞吉。体岳克生。含精间忠。五色标象。千寻竦质。义府游圣。祥膺捧日。(《全文补》170)

此韵段偶句押韵,叶"吉忠质日"。"忠"属东韵,余皆属质韵,"忠"字韵

---

[1]　桑绍华《西安南郊三爻村发现四座唐墓》,《考古与文物》1983年第3期。

读不谐。《全唐文补遗》(第一辑)录此铭文,"忠"作"出"①。"出",术韵字,韵谐。作"出"是。

(69)和神剑《相州临河县井李村大像碑颂文》:昔在有隋。泰阶垂像。□屋□汉。凝□寂壤。于穆有今。挽枪是荡。异域归心。殊邻稽颡。(《全文补》191)

此韵段偶句押韵,叶"像壤荡颡"。"壤",去声怪韵字,余皆为宕摄上声字。"壤"字韵读不谐。颇疑"壤"为"壤"之误。"壤",养韵字,韵谐。"寂"有寂静、寂寞、"人之死亡"(何九盈等2015:1143)等义,"寂壤"指异域僻远或荒野孤坟之地,切合文意②。字当作"壤"。

(70)陈元光《四灵为畜赋》:此四灵之为畜。彰品物之含惠。考之前代。甘露醴泉。紫芝丹桂。窃拟末流。难拟魁伟。引休德以难名。绘奇功而莫啄。(《全文补》225)

此韵段叶"惠桂伟啄"。"惠、桂",霁韵字,"伟",尾韵字,"啄",屋韵字。"啄"字韵读不谐。《说文·口部》:"啄,鸟食也。""莫啄"是不能用嘴取食之义。"引休德以难名。绘奇功而莫啄",为对仗句,"莫啄"与"难名"词性相对,但文义不合。疑"啄"为"喙"之误。"喙",废韵字,韵谐。《说文·口部》:"喙,口也。"此处名词用作动词,相当于"置喙"即插嘴、言说的意思③。"莫喙"与"难名"同义。字当作"喙"。《慧琳音义》卷一"啄嗷"注:"啄,经文从象作喙,非也。"二字形体相似,字义相关——一为啄食和说话的器官,一为啄食的动作,故导致讹混。

(71)韦敬一《廖州大首领左玉钤卫金谷府长上左果毅都尉员外置上骑都尉检校廖州刺史韦敬辨智城碑》:崇哉峻岳。□□□□。澄澹韫镜。崚峭舒莲。虚窗写月。空岫含烟。藤萝郁蓊。林麓芊蒏。寻之□

---

① 孙迟《唐李孟常碑——昭陵新发现碑刻介绍之四》(《考古与文物》1985年第5期)有该文拓片录文,然阙"体岳克生。含精间出。五色标象。千寻竦质"数句。

② 《汉语大词典》《辞源》均未收"寂壤"一词。

③ 《汉语大字典》《汉语大词典》《辞源》《王力古汉语字典》均未立"喙"的该动词性义项。

极。察之无边。洪荒廓落。咸归自然。(《全文补》241)

此韵段偶句押韵,叶"□莲烟蓲边然"。除"蓲"字外,其他韵脚字皆属山摄平声先、仙韵。"蓲"不见于《说文》《广韵》等古代字典韵书,《汉语大字典》亦不见录。《广西上林县唐代石刻〈韦敬辨智城碑〉考》云:"'萒':《笔述》《金石》《碑记》作字从'艸、㞶',《绩语》忠实于原刻,从'艸、眠'。此二字今作'芊眠'或'芊绵'。此字盖为形声字,'芊眠'谓草木盛生蔓延之貌,故加'艸'字于'眠'上。从'民'之字,未避讳。"[1]"芊眠/蓲"犹"芊绵"。谢朓《高松赋》:"既芊眠于广隰,亦迢递于孤岭。"作"芊眠/蓲"合乎诗意。"眠",先韵字,"蓲"亦先韵字,韵谐。"蓲",盖因"芊眠"字意符类推而成,当系个体书写行为,故不见于《说文》《广韵》《汉语大字典》等古今字书韵书。"蓲"因形近误作"萒"。

(72)韦敬一《廖州大首领左玉钤卫金谷府长上左果毅都尉员外置上骑都尉检校廖州刺史韦敬辨智城碑》:碧峤□□。□□□晰。玉室玲珑。冰泉澄彻。浮丘玩赏。子侨登谒。众化所都。群灵之□。(《全文补》241)

此韵段偶句押韵,叶"晰彻谒□"。"彻、谒"分属山摄入声薛、月韵。"晰"字《广韵》未收,《集韵》锡韵先的切"明也"。"晰"字韵读不谐。《广西上林县唐代石刻〈韦敬辨智城碑〉考》云:"'□□□晰',《笔述》《金石》《碑记》以及《摹本》《校证》诸本第四字作'晰',从'日、析'。细查原石,从'日、折',《绩语》符合原刻,此同晢。"[2]从"日、折"即"晰"字。"晰",《广韵》薛韵旨热切"光也",音义皆谐。作"晰"是。

(73)李邕《唐故白马寺主翻译惠沼神塔碑》:安住上首。和合真僧。高步十力。是入一乘。法界若海。硕行如陵。灯传自觉。梦叶明微。(《全文补》434)

---

① (日)户崎哲彦《唐代岭南文学与石刻考》,中华书局2014年第313页。
② 《唐代岭南文学与石刻考》第314页。

此韵段偶句押韵,叶"僧乘陵微"。"微"字属止摄微韵,余皆属曾摄蒸、登韵。"微"字韵读不谐。"微"当为"徵"之讹。"徵",《广韵》蒸韵陟陵切"明也……证也"。明徵,"明显的征验"(《汉语大词典》2007:2995)之义。"徵"字音义皆谐。作"徵"是。

(74)张说《酬韦祭酒自汤还都经龙门北溪见赠》:闻君汤井至,潇洒憩郊林。拂曙携清赏,披云觌绿岑。欢言游览意,款曲望归心。是日期嘉客,同山忽异寻。桃花迂路转,杨柳间门深。泛舟伊水涨,系马香树阴。繁弦弄水族,娇吹狎沙禽。春满汀色媚,景斜岚气窲。怀仁殊未远,重德匪转临。来藻敷幽思,连词报所钦。(《全诗》1849)

该诗偶句押韵,叶"林岑心寻深阴禽(侵)窲(?)临钦(侵)"。"窲"字不见于《广韵》《集韵》《汉语大字典》等字典韵书。《全诗》"窲"字注:"《英华》作'突',注疏簪切。""突",《广韵》没韵陀骨切"触也,欺也……",音义皆不谐,"突"字不可取。笔者从韵读、"窲"字声符(参)及异文几方面推度,其正字当属侵韵或覃韵,字形或从宀/穴,与"突"形体相近。"深"(㴱)的古字作"突",侵韵字,切合这两点。诗句"景斜岚气突",谓日影西斜,雾气浓厚,一幅"龙门北溪"日斜雾罩的景象。"突"字形音义皆谐。明人高棅所编《唐诗拾遗》卷一录此诗正作"深"。清纂《全唐诗》卷八十八、清人张玉书《佩文斋咏物诗选》四八六卷等录作"侵",根据不足。"窲"是俗体字,书者取"突"的"宀"为意符,以"参"为声符组合而成。大概因为前面诗句用了"深"字,为了避重而造出"窲"字。

(75)房元阳《秋夜弹棋鼓琴歌》:流月泛艳兮露色圆,拂孤口兮弄清丝。幽态窈窕兮断复连,惊风中路兮迢流年。浮荣轻薄兮欲何贤,流商激楚兮不能宣。(《全诗》1713)

该诗歌句句押韵,叶"圆丝连年贤宣"。"圆、连、宣""贤"分属仙、先韵,"丝"字属之韵,韵读不谐。"丝"字,《全唐诗外编》"依刘校"作"绞"①。《广韵》以"绞"为"弦"的俗字。"弦",《广韵》先韵胡田切:"弓弦。《五经文字》

① 陈尚君辑校《全唐诗补编》(全三册),中华书局1992年第41页。

曰：其琴瑟亦用此字[1]，作绞者非。"[2]鲍照《代朗月行》："靓妆坐帐里，当户弄清绞。""绞、絲（丝）"形近易混。

（76）王元环《大周故处士南阳张君夫人吴郡孙氏墓志铭并序》：志狎山水，道存高尚，名利不居，琴书是玉。兰熏桂馥，霞明月亮，于焉□□，□然□□。/□鸾□□，德耀连芳，俄悲鼙徙，遽叹舟藏。两□□剑，双□凤皇，千年不朽，万代其昌。（《唐墓志》1002）

根据声调的分布格局[3]，此铭文可划分为两个韵段。首韵段叶"尚玉亮□"。"玉"，烛韵字，其他韵脚字均属去声漾韵，"玉"字韵读不谐。查看原碑铭文拓片，此作"王"字[4]。"王"，《广韵》阳韵雨方切"大也，君也"；漾韵于放切"霸王，又盛也"。此谐漾韵。

（77）李邕《唐故白马寺主翻译惠沼神塔碑》：垂莲表祥。特花告玄。训导十方。四句职比。即缘生胜。定水不流。觉灯长曙。（《全文补》434）

此碑原石不存，据定源（2019:179）[5]，目前所见续藏经本经过了李邕原稿、原碑刻本、原碑拓本（或原稿、原碑抄本）、善珠访得碑文拓本（或写本）、善珠手抄本、法隆寺本、佐伯誊写本、续藏经本等辗转传抄，已非其旧。定源（2019:185）以法隆寺本为底本，参校诸本，将"特花告玄"改为"持花告去"，即将"特、玄"分别改作"持、去"，并怀疑"觉灯长曙"后脱四字。若此，按偶句押韵，当叶"去（御）比（旨）流（尤）□"。

（78）沈佺期《古镜》叶"没（没）月（月）教（效）窟（没）阙月歇髪（月）"（《全诗》1305）。"教"字韵读不谐。《全诗》"教"字注："疑当作接。"诗句："谁家青铜镜，送此长彼月。长夜何冥冥，千岁光不教。"此写青铜古镜

---

[1]　余迺永（2008:133）云："琴瑟下《五经文字》有'弦'字。"

[2]　参看《说文解字》"弦"字段玉裁注和王力（2000:916）"绞，弦"之辨。

[3]　关于声调的分布格局，详见下"（四）"之"4.根据声调的分布格局划分韵段"。

[4]　洛阳市文物工作队《洛阳出土历代墓志辑绳》，中国社会科学出版社1991年第416页。

[5]　定源（王招国）《续藏经本〈唐故白马寺主翻译惠沼神塔碑〉脱文补正》，《古典文献研究》第22辑下卷，凤凰出版社2019年。

千百年沉埋地下,不见曦月。"接"字合乎诗意。"接",《广韵》葉韵即葉切。初唐先、仙韵字及真韵字与盐韵字通押1例:释道世《香灯篇颂》叶"鲜(仙)身(真)天烟莲(先)因(真)瞻(盐)年(先)",此-m尾字与-n尾字通押,与本例-p尾字与-t尾字通押,构成阳入相配关系。作"接"是。

（79）王梵志《诗二十首》（三）:家口总死尽,吾死无亲表。急首卖资产,与设逆修斋。托生得好处,身死雇人埋。钱遣邻保出,任你自相差。（《全诗》388）

此诗叶"表(小)斋埋差(皆)"。"表"字韵读不谐。《全诗》注:"表,《汇校》作'哀',又疑作'来'。""哀、来"均为咍韵字,亦合诗意。字形上,"哀"跟"表"似更为接近,混误的可能性更大。今作"哀"。

（80）王梵志《诗七十二首》（二十）:差著即须行,遣去莫求住。名字石函里,官职天曹注。钱财鬼料量,衣食明分付。进退不由我,何须满忧懅。（《全诗》420）

该韵段叶"住注付懅"。"住、注、付",去声遇韵字。"懅",《广韵》药韵许缚切:"惊懅,又曰遽视。"又具籰切:"大视。"《玉篇·心部》:"懅,惊也。""懅"字韵读不谐。"懅"与"忧"似可组合成词。今检《汉语大词典》《辞源》,未见"忧懅"词条。"懅"字可疑。《校辑》:"原(今按,指伯三八三三)作'优懼'。"（1983:73）《校辑》作"忧惧",《校注》亦作"忧惧"。"惧",遇韵字,韵谐。作"惧"是。"惧(懼)""懅"形近易混。伯三八三三作"优懼",是用字通假。

（81）张说《至尉氏》:夕次阮公台,啸歌临爽垲。高名安足赖,故物今皆改。吾兄昔兹邑,遗爱称良宰。桑中雉未飞,屋上乌犹在。途逢旧盱吏,城有同寮宷。远见咸相迎,拂馆来顷待。慈惠留千室,友于存四海。始知鲁卫间,优劣相悬倍。（《全诗》1866）

该诗偶句押韵,叶"垲改宰在宷待海倍"。"宷"字音义皆不谐。字当作"宋"。"宋",海韵仓宰切"寮宋,官也"。

3.义同义近义通而误

（82）王绩《元正赋》：若夫四时定岁。三元启正。无许都之日蚀。值荆州之雪晴。风云淑畅。宇宙融明。砾鸡厌疫。悬羊助生。赵国则庶人鸠献。汉郡则治中鹤警。（《全文补》45）

此韵段偶句押韵，叶"正晴明生警"。"警"属梗摄上声梗韵，余皆为梗摄平声字，平上相押。"惊（驚）"，《广韵》庚韵举卿切"惧也,《说文》曰马骇也"。作"惊"，韵段皆押梗摄平声，韵读更和谐。《元正赋》10个韵段，其余9个皆同调相押。"惊"古有警戒之义，古书"惊、警"常通用。《诗经·小雅·车攻》："徒御不惊，大庖不盈。"孔颖达疏："言相警戒也。"《文选·（左思）魏都赋》"灵响时惊于四表"，李周翰注："惊，警也。""鹤惊"犹"鹤警"，指鹤群性机警，常警戒。作"鹤惊"，文意亦通。《历代辞赋总汇（唐代卷）》据《王无功文集》即作"鹤惊"。

（83）虞世南《从军行二首》（一）：涂山烽候警，弭节度龙城。冀马楼兰将，燕犀上谷兵。剑寒花不落，弓晓月逾明。（《全诗》17）

该韵例与上例类似，不同在于"警"字位于韵段之首。该韵段偶句叶"城兵（清）明（庚）"，押平声。"警"，上声梗韵字，与偶句韵脚字异调。《全诗》"警"字注："活字本、《纪事》、《乐府》、《品汇》、《全诗》一九作'惊'。""惊"，庚韵字，韵谐。"惊、警"义通。该首诗另外两个韵段皆首句入韵，同调相押，第二首一个韵段，亦首句入韵，同调相押。今作"惊"。

（84）张思讷《大唐故郑州荥阳县令上骑都尉张府君墓志铭》：伏波天挺。睹奥穷微。龙骧应变。奋略宣威。文安忠武。远虑深谋。金声玉润。昭晰相晖。（《全文补》128）

此韵段偶句押韵，叶"微威谋晖"。"谋"属流摄尤韵，余皆属止摄微韵。初唐用韵未见流摄字与止摄字通押例。"深谋远虑"为成语常格，作者用"远虑深谋"，应是出于押韵的需要，但"谋"字并不谐韵。原碑拓片此处字迹模糊[1]，疑为"谟"字。"谟"，《广韵》模韵莫胡切"谋也"。字义相合。初唐止、遇二摄存在相押例，例如，褚遂良《唐太宗皇帝哀策文》叶"闿（至）字（虞）"（《全文》一四九23）。"谋"或为义同形近而讹。

> （85）陈元光《明王慎德四夷咸宾赋》：兵不膏原。敌无血刃。罩太化于不测。妙善战于不阵。俾虞廷之两阶。陋秦塘之万仞。汉武穷兵。犹其下风。周宣薄伐。尚庸执讯。（《全文补》225）

此韵段偶句押韵，叶"刃阵仞风讯"。"风"属通摄平声东韵，余皆属臻摄去声震韵。"风"字韵读不谐。"风"或当作"尘"。下尘，"谦辞。犹下风"（《汉语大词典》2007：130）。《战国策·楚策二》："三十余万弊甲钝兵，愿承下尘。"鲍彪注："凡人相趋则有尘，战亦有尘。不敢与齐抗，故言下。"尘，《广韵》真韵直真切"鹿行扬土也"；《集韵》真韵池邻切，义同。又去声稕韵直刃切"土污也"。此据义读真韵。也许是因为义同的诱因，误将"下尘"作"下风"。

> （86）岑羲《大周故清苑公刘府君夫人岑氏墓志铭》：厚下曰仁。行之靡忒。通神曰孝。追深罔极。兴善寂寥。辅仁冥漠。永绝柔范。长沦妇则。（《全文补》325）

此韵段偶句押韵，叶"忒极漠则"。"漠"属铎韵，余皆属曾摄入声韵。"漠"字韵读不谐。查该铭文拓片，"漠"作"默"[2]。"默"，德韵字，韵谐。冥默"犹玄默；沉静"（《汉语大词典》2007：932）。南朝梁元帝《陶弘景碑铭》："肇波冥默，翻成协赞，身托外臣，心同有乱。""冥默"与"寂寥"对文，意思相近。"冥漠"亦有"静寂"（《汉语大词典》2007：931）之义。《梁书·昭明太子传》："即玄宫之冥漠，安神寝之清閟。"二词或因义近而混。

> （87）释本净《来往如梦偈》：会梦无两般，一悟无别悟。富贵与贫贱，更亦无别道。（《全诗》1932）

此韵段叶"悟（暮）道（皓）"。"悟、道"分属遇、效二摄，韵读不谐。《全

---

[1]　桑绍华《西安南郊三爻村发现四座唐墓》，《考古与文物》，1983年第3期。
[2]　310国道孟津考古队《洛阳孟津西头山唐墓》，《华夏考古》，1993年第1期。

诗》"更亦无别道"注:"《景德録》、《会元》作'更无分别路'。""路",暮韵字。作"路"是。

（88）张说《开元十三年封泰山祀天乐章十四首·太簇徵》:天道无亲,至诚与邻。山川遍礼,宫徵惟新。玉帛非盛,聪明会贞。正斯一德,通乎百神。(《全诗》1925)

此韵段偶句押韵,叶"亲邻新贞神"。"贞"为梗摄清韵字,余皆属臻摄真韵。《全诗》"贞"字注:"《文粹》、《乐府》、《全诗》作'真'。"字作"贞",韵读不可谓不谐,初唐真、清韵字相押就有5例,但作"真"字,同韵相押,韵读更为和谐。整个乐章分14首,从不同侧面铺陈开元十三年封泰山祀天的弘恢穆严的场景。本首《太簇徵》,以礼乐祭祀印证"天道",凭借盛德,"会通百神"。《荀子·王霸》:"聪明君子者,善服人者也。"《淮南子·修务》:"为一人聪明而不足以遍照海内,故立三公九卿以辅翼之。""聪明"之"一人",指天子、皇帝,此指唐玄宗。"真"字也有特殊意涵。《说文·匕部》:"真,仙人变形而登天也。"《淮南子·精神》:"所谓真人者,性合于道者。"《文选·(张衡)南都赋》"真人革命之秋",李善注引《文子》曰:"得天地之道,故谓之真人。""真人"即修真得道、成仙之人。玄宗帝际遇修真得道之仙人,即所谓"通乎百神",故曰"聪明会真"。唐元稹作《崔莺莺传》,又名《会真记》。《元白诗笺证稿·读莺莺传》:"其实'会真'一词,亦当时习用之语。[1]作"真"是。"贞、真"二字繁体形近,字义有相通之处,是以致误。

（89）释道世《业因篇颂》:寻因途乃异,及舍趣犹並。苦极思归乐,乐极苦还生。岂非罪福别,皆由封著情。若断有漏业,常见法身宁。(《全诗》549)

此诗偶句押韵,叶"並(迥)生(庚)情(清)宁(青)"。"並"与其他韵脚字异调。"並",《广韵》迥韵蒲迥切"比也"。"比",质韵毗必切"比次"。比次即靠近、并列之义。所以,"並"是比并、并列之义。再看"并"字。《广雅·释言》:"并,兼也。"又《释诂》:"并,同也。"《说文通训定声·鼎部第十七》

---

① 陈寅恪《元白诗笺证稿》,上海古籍出版社1978年第107页。

"并"字:"按,合一为并,对峙为併①。"《广韵》清韵府盈切"并,合也";又劲韵畀政切"并,专也"。归纳言之,"并"是合并、同一的意思。诗句"寻因途乃异,及舍趣犹并",当为对仗,句中与"异"构成对文的字,意思应是合并、同一,故字当作"并"而非"並"。"并",平声清韵字,韵读亦谐。"并、並"形音义异同关系复杂,易混用误用。

4.采用通用词语或习惯配搭而误

（90）释道世《破斋篇颂》:贪心未尝满,福善未曾忧。专求美饮食,饱谷无耻羞。昏尘全未拭,心垢岂能除。破斋常夜食,辜负施难消。苦长命自短,业催暗中游。漂浪四流海,难逢六度舟。小恶犹不改,大善何能修。类同园池龙,焉得齐高流。(《全诗》574)

此韵段偶句押韵,叶"忧羞(尤)除(鱼)消(宵)游舟修流(尤)"。"消"字韵读不大和谐。初唐效、流二摄相押仅见1例:王梵志《诗九十二首》(六七)叶"报(号)救(宥)"。《全诗》"消"字注:"高丽藏本作'訽'。""訽",尤韵市流切:"以言答之。"《说文·言部》:"訽,诪也。"段玉裁注:"俗用訽为应酬字。""訽"是"酬"的异体字。《玉篇·言部》:"訽,答也。"慧琳《一切经音义》卷七十三:"訽,报也。"用"訽"字,音义皆谐。

（91）张鷟《游仙窟诗·文成咏五嫂》:自然能举止,可念无比方。能令公子百重生,巧使王孙千回死。黑云裁两鬓,白雪分双齿。织成锦袖骐骥儿,刺绣裙腰鹦鹉子。(《全诗》1506)

此韵段偶句押韵,首句入韵,叶"止方死齿子"。"方",阳韵字,"死",旨韵字,"止、齿、子"均为止韵字,"方"字韵读不谐。"比方",比拟之义。开头两句意思是说,"五嫂"娴雅自然,仪态万方,简直无人可比。疑"比方"本作"方比"。"比"为旨韵字,韵谐。《汉语大词典》(2007:4039)释"方比"为"匹比",义同"比方"。唐杨嗣复《赠毛仙翁》诗:"童姿玉貌谁方比? 玄发绿鬓光弥弥。"即其例。"比方"是通用词,因而误用。

---

① 这里未涉及"併"字音义,不论。

（92）张说《江路忆郡》：雾敛江早明，星翻汉将没。卧闻峡猿响，起视榜人发。倚棹攀岸筱，凭船弄波月。水宿厌洲渚，晨光屡挥忽。林泽来不穷，烟波去无歇。结思笙竽里，摇情游侠客。年貌不暂留，欢愉及玄发。云涓恋山海，禽马怀燕越。自非行役人，安知慕城阙。（《全诗》1863）

该诗偶句押韵，叶"没发月忽歇客发越阙"。"发、月、歇、发、越、阙""没、忽"，分属《广韵》月、没韵，"客"为陌韵字。初唐韵文未见陌韵字与月、没韵字相押例，梗、臻二摄舒声韵字相押例亦未见。"客"字疑误。《全诗》"客"注："伍本、活字本、朱本、库本、《全诗》作窟。""窟"，《广韵》没韵苦骨切："窟穴。"韵读和谐。"窟穴"引申为人、物聚集的地方。"游侠窟"指游侠聚集之地。晋郭璞《游仙诗七首》之一："京华游侠窟，山林隐遁栖。"唐人李益《相和歌辞·从军有苦乐行》："讵驰游侠窟，非结少年场。""窟"与"栖"（栖息之地）及"场"对文。诗句"结思笙竽里，摇情游侠客"，"客"作"窟"，适与"里"对文，二句构成对仗。作"窟"是。此或因"游侠客"常用之故而误用。

（93）张说《出湖寄赵冬曦二首》（一）：西泛平湖尽，参差入乱山。东瞻岳阳郡，汗漫太虚间。窘步同行乐，遒文互屡看。山戌上云桂，江亭临水间。（《全诗》1856）

该首诗偶句押韵，叶"山间看间"。"间"字两见，犯"重"。《全诗》"临水间"之"间"字注："《纪事》《全诗》作关（關）。""关"，《广韵》删韵古还切："《说文》曰：以木横持门户也，《声类》曰：关，所以闭也。"此即门闩。"关"由门闩引申指门户，出入口。"水关"指"水上关口"（《汉语大词典》2007：7181），即闸门、水坝、堤防之类。诗句"江亭临水间"，状写江亭所处环境，点明了具体位置。作"水关"，则与"云桂"对文。此当作"关"。"水关"与"水间"意义相关，后者更常用，这可能是致误的原因之一。

（94）宋之问《北邙古墓》：驻马倚车望洛阳，御桥天阙遥相当。佳人死别无归日，可怜行路尽沾衣。（《全诗》1380）

此韵段偶句押韵,首句入韵,叶"阳当衣"。"衣",止摄微韵字,"阳、当"为宕摄阳、唐韵字,韵读不谐。"衣"字误,疑作"裳"。"裳",《广韵》阳韵市羊切:"上曰衣,下曰裳。""沾裳"即"沾衣"。"沾"也作"霑"。卢照邻《江中望月》:"延照相思夕,千里共霑裳。"李白《宿巫山下》:"高丘怀宋玉,访古一沾裳。"是其例。今作"裳"。此因"沾衣"更常用而致误。

(95)骆宾王《艳情代郭氏答卢照邻》一韵段叶"牛(尤)深(侵)秋收愁(尤)"(《全诗》672)。"深",侵韵字,韵读不谐。诗句"传闻织女对牵牛,相望重河隔浅深","浅深"与"重河"不能相"隔"。《全诗》"深"字注:"库本、活字本、《全诗》作流。""流",尤韵字,韵谐。"浅流"与"重河"相对成趣,上下句构成对仗。作"流"是。

5.弄错字序语序而误

(96)释法琳《悼屈原篇》:谗佞从旨兮,位彰名显,直言不讳兮,遂焉逢殃。(《全诗》80)

该诗以"兮"字入句,叶"显殃"。"显",《广韵》铣韵呼典切:"明也,著也。""殃",阳韵於良切。韵读不谐。位彰名显,疑作"名显位彰"或"位显名彰"。"彰",《广韵》阳韵诸良切"明也",韵谐。"彰、显"同义连用,也可以逆序构词,意义不变。《史记·太史公自序》:"不背柯盟,桓公以昌,九合诸侯,霸功显彰。"

(97)陈子昂《喜马参军相遇醉歌》:独幽默以三月兮,深林潜居。时岁忽兮,孤愤遐吟,谁知我心。孺子孺子,其可与理分。(《全诗》1590)

该诗叶"居(鱼)吟心(侵)分(文)"。"居"字韵读不谐。此诗7句,句长略有参差,然"居"字必处韵脚。"深林潜居"或作"潜居深林"。"林",侵韵字,韵谐。《管子·形势解》"虎豹,兽之猛者也,居深林广泽之中",极类"潜居深林"。

(98)陈元光《四灵为畜赋》:鲁道有荡。文治一方。羲沿朴古。禹愧陶唐。我唐文焕。万国归王。神功赫发。妖气潜亡。一角慈祥。五彩炜煌。吉凶有稽。雨旸时丰。帝德谦光。宵旰未遑。让美于天。修省称庄。四灵为畜。大造相忘。藩牧成化。扬厉成章。匪夸骏逸。维纪休祥。（《全文补》225）

此韵段偶句押韵，叶"方唐王亡煌丰遑庄忘章祥"。"丰"属通摄东韵，余皆属宕摄阳、唐韵。第九、十、十三、十四句，都是阳、唐韵字，似乎可以入韵，但这样一来，就破坏了偶句押韵的整体韵式。观第十一句与第十四句，"吉凶"与"宵旰"、"有稽"与"未遑"两两相对；第十二句"雨旸时丰"与第十三句"帝德谦光"，一写天象，一写人事，前者衬托后者，意义上相辅相成；第十三句"帝德谦光"与第十五句"让美于天"，在文意上衔接自然。基于以上分析，我们试着将第十四句前移至第十一句后，相关句序调整为："吉凶有稽。宵旰未遑。雨旸时丰。帝德谦光。"此则结构相称，文意顺畅，保持了整体韵式不变，消除了韵读不谐之弊。

（99）□镇《大唐幽州大都督府云居寺石经堂碑》：西方之圣兮。彼皇者觉其正道兮。其道正兮。在我性兮。/西方之仁兮。彼皇者觉其道真兮。其道真兮。在我身兮。（《全文补》391）

根据用韵、内容层次及句式特点，将此文段分为两个韵段，均句句押韵，分别叶"圣（劲）道（皓）正性"（劲）"仁真真身（真）"。然"道"字属效摄皓韵，韵读不谐。不难看出，两个韵段在句式及修辞上存在严整的对应关系。由后面韵段"其道真兮"构成反复，知前面韵段"其道正兮"亦构成反复，亦知第二句"彼皇者觉其正道兮"之"正道"，乃"道正"之误。"正"，劲韵字。音义皆谐。

6.为押非韵句末字而误

（100）骆宾王《帝京篇》：平台戚里带崇墉，灼金馔玉待鸣钟。小堂绮帐三千万，大道青楼十二重。宝盖雕鞍金络马，兰窗绣柱玉盘龙。绮柱璇题粉壁映，锵金鸣玉王侯盛。王侯贵人多近臣，朝游北里暮南邻。陆贾分金将宴喜，陈遵投辖正留宾。赵李经过密，萧朱交结亲。（《全诗》

735）

根据用韵，该诗前后可以划分两个韵段，分别叶"墉钟重龙（锺）""臣邻宾亲（真）"。然而，中间两句诗"绮柱璇题粉壁映，镂金鸣玉王侯盛"的韵段归属成问题。"盛"，《广韵》去声劲韵承政切，"映"，去声映韵於敬切，韵读是和谐的。鲍明炜（1990：327）据此将二句划作一个韵段。这样划分值得商榷。此篇共16个韵段（不含这两句），除了在诗歌末尾部分有两处两句相押的韵段，其余14个韵段皆由多句构成偶句押韵。若此二句自成韵段，便不合该篇的主体韵式，且出现在中间，显得比较突兀，不大自然。再说，"王侯"与"粉壁"不构成对文，所以，这两句并非严格意义上的对仗。《全诗》"盛"字注："《渊海》一二五作宫。""宫"，东韵字，与"墉、钟"等韵脚字韵谐。从诗意上看，作者大肆铺陈帝京王侯宫殿的奢华场景，"王侯宫"可以将前面的写景坐实。下句"王侯贵人多近臣"，由景物切换到人事。此二句语义上亦属上一韵段，韵段与内容层次吻合。该本之所以作"盛"字，可能先是误将非韵的句末字"映"作为韵脚字，而后误谐所致。

（101）张鹭《游仙窟诗·文成咏五嫂》：触处尽开怀，何曾有不佳。机关太雅妙，行步绝娃飔。傍人一一丹罗袜，侍婢三三绿线鞋。黄龙透入黄金钏，白燕飞来白玉钗。（《全诗》1506）

该韵段叶"怀（皆）佳（佳）飔（豪）鞋钗（佳）"。除"飔"字外，其余韵脚字皆属蟹摄二等皆、佳韵。"飔"，《广韵》豪韵苏遭切"风声"。"飔"字韵读不谐，亦不合诗意。今人整理的《游仙窟》该诗"飔"作"婋"[①]。"婋"字《广韵》未收。《集韵》皆韵直皆切"娃婋，媚貌"。诗中若作"娃婋"，正合该词形。"行步绝娃婋"，形容"五嫂"步态身姿娇媚绝伦。"婋"字音义皆谐，作"婋"是。究其致误原因，也许是把上句句末字"妙"（笑韵字）当作韵脚字而谐之。

7.因文字脱衍而致误

（102）释义褒《合调李荣张惠元姚道士》：两人助一人，三愚成一智。

---

① （唐）张文成著，方诗铭校注《游仙窟》，中国古典文学出版社1955年第10页。

昔闻今始见,斯言无有从。(《全诗》539)

按一般的韵式,此韵段叶"智(真)从(锺)",然而韵读不谐。陈尚君《全唐诗补编》辑作"斯言无有从(一作'有从记')于时"①。此句长短和句法结构不类他句;"时"字属平声之韵,与"智"异调。陈尚君所辑本不大可信。刘林魁《集古今佛道论衡校注》:"无有从:资本、碛本、普本、南本、北本、径本、清本作'有从记'。"②"记",去声志韵字,韵读和谐。《全诗》及所据本衍"无"脱"记"。

8.因断句不当致使韵脚字判断等失误

有的韵脚字韵读不谐,缘于断句不当,致错判韵脚字,甚或使得韵段划分出现错误。

(103)释灵辩《嘲道士李荣》:老子两卷,本末研寻。庄生七篇,何曾披读。头戴死谷皮,欲似钝啄木。(《全诗》542)

按一般的韵式,此韵段叶"寻(侵)读木(屋)",然而韵读不谐。《大正新修大藏经》本释道宣《佛道论衡》卷丁断为:"老子两卷本末研寻,庄生七篇何曾披读。头戴死谷皮,欲似钝啄木。"③此叶"读木",屋韵字,韵读和谐。《大正新修大藏经》对该诗的文本处理可从。

(104)李澄霞《侍宴奉上寿歌》:今宵送故,明旦迎新。满移善积,年来庆臻。院梅开花,袭蕊檐竹。挺翠含筠,二圣欢娱。百福九族,献寿千春。(《全诗》595)

依偶句押韵,该诗歌叶"新(真)臻(臻)竹(屋)娱(虞)春(谆)"。其中,"竹、娱"二字不仅与前后阳声韵脚字韵读不谐,而且彼此韵读也不大和谐。初唐诗文通、遇二摄阴入相押仅1例:王梵志《诗五十八首》(四五)叶"女(语)促(烛)屋木覆(屋)护(暮)福(屋)误(暮)"(《全诗》409)。郭海文核校淮南公主墓志原石,将此篇断为:"今宵送故,明旦迎新。满移善

---

① 《全唐诗补编》,中华书局1992年第673页。

② 刘林魁《集古今佛道论衡校注》,中华书局2018年第275页。

③ (唐)释道宣《佛道论衡》,日本《大正新修大藏经》本。

积，年来庆臻。院梅开花袭蕊，檐竹挺翠含筠。二圣欢娱百福，九族献寿千春。”[①]《说文·竹部新附》：“筠，竹皮也。”《广韵》真韵为赟切：“筠，竹皮之美质也。”“袭蕊”与“开花”连文，陈述“梅”事，以“檐竹”作为“挺翠含筠”的主语，如此才切合描写对象。此韵段当叶“新（真）臻（臻）筠（真）春（谆）”。《全诗》断句不当，也导致了韵读失谐。

9.致误原因不明

（105）王梵志《诗九十二首》（五七）：他贫不得笑，他弱不得欺。但看人头数，即须受逢迎。（《全诗》449）

按一般的韵式，此韵段叶“欺迎”。“欺”为之韵字，“迎”为庚韵字，韵读不谐。《全诗》“迎”字之后注：“（该句）伯三六五六作太公未遇日，犹自独钓鱼。”“欺、鱼”分属《广韵》之、鱼二韵。初唐人笔下止、遇二摄字同用并不鲜见，例如，王绩《端坐咏思》叶“噫（之）如居虚书墟余舒（鱼）”（《全诗》208）。“太公未遇日，犹自独钓鱼”，言姜太公在渭水遇到周文王之前，也是寒微出身。这与该诗的前两句意思贯通，衔接自然。此例误用发生在句段层面，致误的具体原因不明[②]。

（106）释道世《惰慢篇颂》：一入百千年，万亿苦切逼。对苦悔无知，方由惰慢榍。（《全诗》561）

此韵段偶句押韵，叶“逼（职）榍（屑）”。初唐未见职屑同用例，山、曾二摄字相押仅见1例[③]。“榍”，《广韵》屑韵先结切“木名。《说文》：限也”，“限”即门槛。“榍”与句中的“惰慢”及“方由”不能配搭。《全诗》“榍”字注：“高丽藏本作‘得’，《要集》作‘媟’。”“媟”，薛韵私列切“狎也，慢也”。

① 郭海文《唐淮南大长公主墓志铭研究》，《社会科学战线》2017年第10期。

② 有专家在项目评阅中指出，“逢迎”可能是“逢谀”之误，“迎、谀”形近容易讹混。“谀”属虞韵，韵读可谐。这一意见很有启发性。今检北京大学CCL语料库“古代汉语”部分，采用“普通查询”方式，搜索“逢谀”，得到1条结果：“自古胡沙埋皓齿，不堪重唱蓬蓬歌。是时徽宗追咎蔡京等迎逢谀佫之失，将李明妃废为庶人……”在这则材料中，“迎逢谀佫”是由近义词“迎逢、谀佫”构成的并列短语，不大可能缩略为“逢谀”。“逢谀”可以是“逢迎”与“某谀”（如“阿谀”）的缩略。《汉语大词典》《辞源》均未见“逢谀”词条。

③ 宋璟《梅花赋》叶“植（职）枿（曷）色棘极（职）”（《全文》二〇七1）。

"媟、慢"同义。"媟"可与句中相关词语配搭。不过,诗题点明"惰慢",但不含"媟"字,则"媟"字亦可疑。再看"得"字。"得",德韵字,韵读和谐。"苦切"义"凄怆哀伤"(《汉语大词典》2007:5437)。苦(切)"方由惰慢"而获得,句法语义配搭得当。"得"字近是。至于何以误作"褐",原因不明。

(三)确定韵脚字的韵属

1.韵脚字诗文义与韵书义的匹配

音义匹配是确定韵脚字韵属的首要原则。音义匹配首先是意义匹配。

(107)王梵志《诗九十二首》(十八):亲中除父母,兄弟更无过。有莫相轻贱,无时始认他。(《全诗》439)

此首诗偶句押韵,叶"过他"。"过",《广韵》戈韵古禾切:"经也。又过所也。《释名》曰:过所,至关津以示之也,或曰:传过也,移所在识以为信也。"又过韵古卧切:"误也,越也,责也,度也。"诗句"兄弟更无过",《校注》(2010:401)按引白居易《祭符离六兄文》"亲莫爱于弟兄",大意是说,(除了父母)亲人中再没有超过兄弟的了。"过"是超越、超过的意思。依义取过韵[1]。"他",歌韵字。韵段平去相押。

韵书义具有概括性、多义性,诗文义依赖语境,往往是具体的、单义的。因此,需要结合上下文,判断诗文义跟韵书义的匹配关系。

(108)张柬之《东飞百劳歌》:青田白鹤丹山凤,婺女姮娥两相送。谁家绝世绮帐前,艳粉芳脂映宝钿。窈窕玉堂褰翠幕,参差绣户悬珠箔。绝世三五爱红妆,冶袖长裙兰麝香。春去花枝俄易改,可叹年光不相待。(《全诗》634)

该诗歌两句一换韵,第二韵段叶"前(先)钿(?)"。"钿",《广韵》平声先韵徒年切"金花";又去声霰韵堂练切"宝钿,以宝饰器"。堂练切符合"钿"字的现代音。堂练切即以"宝钿"为被释词。"宝钿"义为"以宝饰器",即用金银珠宝贝壳等镶嵌的器物(王力2000:1519)。诗句"艳粉芳脂映宝钿"可理解为:该"绝世"少女浓妆淡抹的面庞,映照着镶嵌宝物的妆奁饰

---

[1] 参看孙玉文(2015:1206~1212)。

品。至此,"宝钿"的意义匹配似可以坐实,"钿"字读霰韵。然而,"钿"读霰韵,与"前"字平去相押。该诗其他4个韵段均同韵相押,若独此异调相押,便显得不大自然。"钿"字还有一义,训"金花",意指用金银宝石等镶成的状如花朵的首饰(王力2000:1519)。这种首饰可以说是一种特殊的"宝钿",戴在头上光彩耀人。"艳粉"句集中描写少女头面,凸显其娇艳华丽之态,宛如一个特写镜头。"金花"相比于一般的"以宝饰器"的"宝钿",状物更具体,写人更有立体感。该义训更切合人物形象。此读先韵,为同韵相押。故"钿"字匹配徒年切音义。

　　(109)韩思彦《酬贺遂亮》:古人一言重,尝谓百年轻。今投欢会面,顾眄尽平生。簪裾非所托,琴酒冀相併。累日同游处,通宵款素诚。霜飘知柳脆,雪冒觉松贞。愿言何所道,幸得岁寒名。(《全诗》641)

　　此诗偶句押韵,叶"轻(清)生(庚)併(?)诚贞名(清)"。"轻、生"等5个韵脚字皆押平声。"併",《广韵》耿韵蒲幸切"併,俱也。或作併。罗列也";静韵必郢切"併合,和也";迥韵蒲迥切"立竝";劲韵畀政切"兼也,並也,皆也"。"俱",一起,副词;"併合"就是合并,和合;"立竝",即并行,并列;"兼",指同时进行几件事情或同时拥有几样东西。诗句"琴酒冀相併",意思是希望一起鼓琴饮酒,含有二子同游,如琴酒相伴,志合情投的意味,并非仅指兼具琴、酒二物。併合、和合之义更切合诗境。依此取上声静韵。此则平上相押。

　　(110)"苦"。《广韵》"苦"字有二音。姥韵康杜切:"粗也,勤也,患也。《说文》曰:大苦,苓也。""大苦"是其本义,一种野菜。"粗"为粗略,《集韵》以"苦"为"沽"的或体,姥韵果五切:"略也。或作苦,通作盬。"苦还有劳苦、辛苦、辛勤之义。"患",《广韵》谏韵胡惯切:"病也,亦祸也,忧也,恶也。"意即病痛、祸害、忧苦、憎恶。又暮韵苦故切:"困也。今之苦辛是。"《广雅·释诂》:"困,穷也。"意即困乏、艰难。"困",《广韵》慁韵苏困切:"乱也,逃也,病之甚也,悴也,极也。""悴"是疲倦之义。关于"今之苦辛是",余迺永(2008:836)校云:"《唐韵》、南宋祖本、钜宋本、巾箱本、黎氏所据本、景宋本作'今人苦车是'。"《集韵》暮韵苦故切:"困也。今人病不善乘曰苦车。""苦车"

即今之晕车。宋人姚宽《西溪丛语》卷上："今人不善乘船,谓之苦船;北人谓之苦车。"归纳起来,"苦"字表困乏、艰难、疲倦、病之甚及乘车船不适等义时,用去声暮韵,其他诸义当对应上声姥韵。

下面分析初唐相关韵例。例1,王梵志《诗五十二首》(二一):"少年生夜叉,老头自受苦。"(《全诗》467)据《校注》(2010:544)引《敦煌资料》第1辑《孔员信分三子遗物凭据》:"其三子不是不孝阿姨,只恐老头难活,全没衣食养命。"又《吴再昌养男契》:"今生孤独壹身,更无子息,忽至老头,无侍训养。""老头"犹云"老时"。诗句中"受苦"之"苦",当指生活困苦、困乏,读暮韵。例2,释道世《十恶篇两舌部习报颂》:"谗毁害人深,固受三涂苦。"(《全诗》570)"三涂"为佛教用语,指地狱、饿鬼、畜生(何九盈等2015:44)。这里所受"三涂"之"苦",义为痛苦,故取姥韵。例3,释善导《修西方十二时》(五):"无边业障自然消,岂要云为枉辛苦。"(《全诗》579)例4,释善导《修西方十劝》(五):"劝君五,莫辞念佛多辛苦。"(《全诗》580)例5,骆宾王《行军军中行路难》:"但令一被君王知,谁惮三边征战苦。"(《全诗》688)例6,释窥基《出家箴》:"哀父母,哀父母,咽苦吐甘大辛苦。"(《全诗》800)以上4例之"苦",当指劳苦、辛苦,取姥韵。例7,王勃《采莲曲》:"叶屿花潭极望平,江讴越吹相思苦。"(《全诗》1046)相思之"苦",当指内心忧苦,不是一般的疲倦或"病之甚",应读姥韵。例8,释怀玉《偈》:"我修道来经十劫,出示阎浮厌众苦。"(《全诗》1979)"众苦",佛教语,"指多种苦痛"(《汉语大词典》2007:5299),亦读姥韵。

韵脚字的诗文义与韵书义存在引申关系的,有时可视为意义匹配。

(111)蔡瑰《夏日闺怨》:君恋京师久留滞,妾怨高楼积年岁。非关曾入楚王宫,直为相思腰转细。(《全诗》128)

此诗叶"滞岁(祭)细(霁)"。"岁",《广韵》祭韵相锐切"《释名》曰:岁,越也,越故限也"。《集韵》祭韵须锐切"《说文》:木星";过韵苏卧切"歳岁,谷名";薛韵相绝切"年也"。《集韵》薛韵下的"年"义似与诗文匹配,但不合"岁"字后来的语音演变。《集韵》引《说文》是其本义,《广韵》引《释名》以明得名之由,反映岁星的运动特征,实际上是对"岁"字本义的另一种阐释。

诗句中的"岁"表示年月之年,与祭韵下"年"的本义形成引申关系,二义可以匹配。祭韵为是。

（112）则天皇后武曌《腊日宣诏幸上苑》:明朝游上苑,火急报春知。花须连夜发,莫待晓风吹。(《全诗》629)

此诗叶"知吹(支)"。"吹",《广韵》支韵昌垂切"吹嘘",又真韵尺伪切"鼓吹"[1]。《说文·欠部》:"吹,出气也。"此"吹嘘"之本义。"鼓吹"之"吹"有管乐、吹奏二义。诗句"莫待晓风吹"之"吹"指风吹,空气流动,是"吹嘘"的引申义(王力2000:109)。此义《广韵》《集韵》皆失载。今据其本义取支韵。

（113）崔湜《景云二年余自门下平章事削阶授江州员外司马寻拜襄州刺史春日赴襄阳途中言志》:幸逢休明时,朝野两荐推。一朝趋金门,十载奉瑶墀。入掌迁固笔,出参枚马词。吏部既三践,中书亦五期。进无负鼎说,退惭补衮诗。常恐婴悔吝,不得少酬私。(《全诗》2076)

此诗偶句押韵,首句入韵,叶"时(之)推(?)墀(脂)词期诗(之)私(脂)"。"推",《广韵》脂韵叉佳切[2]"排也";又灰韵他回切,无释义。《说文·手部》:"推,排也。"《说文·手部》:"排,挤也。"《广雅·释诂》:"排,推也。""推、排"互训,"推、排、挤"递训,三字同义。《王力古汉语字典》(2000:377)义项一释为"用手向外挤物移动",此"推"字本义,"引申为迁移";义项二为"举荐、推崇"。《汉语大字典》亦将"顺随;迁移"义列于"荐举;推选"之前。"推"字大概经历了"排→顺迁→举荐"的字义演变。诗中"荐推"当为"推荐"之同素逆序词。"推荐"义《广韵》失收[3]。此以《广韵》"推"字本义匹配诗文引申义,取脂韵。

今为繁简或正异关系而古音义不同的字,需要找到合适的字形才能达成音义匹配。

---

[1]　《集韵》支韵姝为切引《说文》"嘘也";真韵尺伪切"嘘也"。

[2]　余廼永(2008:58):"'叉'为'尺'字之误。"

[3]　"推",《集韵》脂韵川佳切"顺迁也,一曰穷诘";又灰韵通回切《说文》:排也。一曰进也"。

（114）宋之问《北邙古墓》：一朝形影化穷尘，昔时玉貌与朱唇。锦衾香覆青楼月，罗衣娇弄紫台云。越娃楚艳君不见，赵舞燕歌愁杀人。（《全诗》1380）

该韵段偶句押韵，首句入韵，叶"尘（谆）唇（真?）云（文）人（真）"。"唇"，《广韵》真韵侧邻切"惊也"；《集韵》真韵之人切"惊也"，又谆韵船伦切"惊也"。无论取真韵还是谆韵，韵读皆谐，但意义均不合。《说文·口部》："唇，惊也。""脣"今为"唇"的异体字。"脣"字，《广韵》谆韵食伦切"口脣"；《集韵》谆韵船伦切，义引《说文》"口耑也"。音义并谐[1]。

如果《广韵》没有可匹配的意义，或者引申关系过于疏远，或无法确定最佳匹配，或因复音词不见录，应查《集韵》及相关字书、音义书、传注中的音义，找到意义相匹配的音义材料，据义定音。

（115）张说《咏镜》：宝镜如明月，出自秦宫样。隐起双盘龙，衔珠俨相向。常恐君不察，匣中委清量。积翳掩菱花，虚心蔽尘状。倘蒙罗袖拂，光生玉台上。（《全诗》1892）

此韵段偶句押韵，叶"样向量状（漾）上（养?）"。"玉台"，镜台的美称。"玉台上"之"上"为方位名词。"上"，《广韵》养韵时长切"登也，升也"；漾韵时亮切"君也，犹天子也"。"登也，升也""君也"与表示高下之义的"上"，都有引申关系，但从引申关系上无法确定何为最佳匹配。查《集韵》，养韵是掌切"上"字引《说文》"高也"；漾韵时亮切"君也"。"高也"，在上之义。此依《集韵》读养韵。不过，上声养韵与其他4个韵脚字异调。"上"为禅母字，此全浊声母字可能变读去声漾韵。

---

[1] 类似的字如：净、凈。净，《广韵》耕韵楚耕切"冷也"，《集韵》耕韵初耕切"冷貌"。凈，《广韵》劲韵疾政切"无垢也"。忧、憂。忧，《广韵》宥韵于救切"动也"。余迺永（2008：434）注引《说文》"不动也"，云本注当补"不"字。《集韵》宥韵于救切"忧"训"不动也"。憂，《广韵》尤韵於求切"愁也"。庄、莊。庄，《广韵》耕韵薄萌切"平也"。莊，《广韵》阳韵侧羊切"严也，又莊田。《尔雅》曰：六达谓之莊"。圣、聖。圣，《广韵》没韵苦骨切"汝颍间谓致力于地曰圣"，《集韵》没韵苦骨切"《说文》：汝颍间谓致力于地曰圣"。聖，《广韵》劲韵式正切"生也，通也，声也。《风俗通》云：聖者，声也，言闻声知情，故曰聖"。无、無。无，《广韵》虞韵武夫切"虚无之道"，模韵莫胡切"南无，出释典"。無，《广韵》虞韵武夫切"有无也"。

（116）贺知章《皇朝秘书丞摄侍御史朱公妻太原郡君王氏墓志并序》：亦既埋魂，其悼闷闷。（《唐墓志》1403）

此叶"魂闷"。"闷"，《广韵》去声慁韵莫困切："《说文》曰："懑也。"《说文·心部》："懑，烦也。"诗句"其悼闷闷"，"悼"表示哀伤的情绪，"闷闷"用来形容这种情绪，而非指某种情绪，比如烦闷。"闷"的烦闷之义不合文意。查《集韵》，魂韵谟奔切"闷然，不觉貌。一曰有顷间也"；混韵母本切："闷然，混然"；恨韵莫困切"《说文》：懑也"。"闷然，混然"是形容事物的状态；"闷然，不觉貌"是形容人的状态，即因某种原因而失去对外界事物的感觉，呈现出一副忘我、麻木的状态，与失去至亲后极度悲痛的表现相吻合，符合文意。"闷"读魂韵，与韵脚字"魂"同韵①。

（117）陈叔达《太庙祼地歌辞》：清明既祼，郁鬯惟礼。大哉孝思，严恭祖祢。龙衮以祭，鸾刀斯启。发德朱弦，升歌丹陛。筵享粢盛，堂斟沉齐。降福穰穰，来仪济济。（《全诗》84）

该歌辞偶句押韵，叶"礼祢启陛（荠）齐（？）济（？）"。"济"，《广韵》荠韵子礼切"定也，止也，齐也，亦济济，多威仪貌"；霁韵子计切"渡也，定也，止也，又卦名既济"。诗句"来仪济济"，形容福祥降临，威仪美盛。"济"字依义取荠韵。再看"齐"字。从"筵享粢盛，堂斟沉齐"来看，"齐"字之义当涉及祭祀。"齐"，齐韵徂奚切"整也，中也，庄也，好也，疾也，等也，亦州名"；霁韵在诣切"火齐，似云母，重沓而开，色黄赤似金，出日南"。《集韵》作"粢"的异体，脂韵津资切"《说文》：稷也"；又才资切"等也"；齐韵前西切引《说文》"禾麦吐穗上平也"；霁韵在礼切"恭愨貌"；又子记切"和也。《周礼》：八珍之齐。徐邈读"。诸义均不合诗意。《周礼·地官·酒正》"辨五齐之名，一曰泛齐，二曰醴齐，三曰盎齐，四曰缇齐，五曰沉齐"，郑玄注："沉者，成而滓沉，如今造清矣。"《释名·释饮食》："沉齐，浊滓沉下，汁清在上也。"此"齐"指带糟的浊酒。《周礼·秋官·大行人》"以酒礼之"，郑玄注："酒谓齐酒也，和

---

① 《汉语大词典》（2007：7157）"闷闷"读阴平，义为"不作声，闷声不响"；读去声，义为"愚昧、浑噩貌"。

之不用郁邑耳。"陆德明释文："齐酒，才计反。"此"齐"之音义所本（参看孙玉文2015：959）。今读去声霁韵。该韵段上去相押。

（118）王梵志《诗五十二首》（二七）：贫穷田舍汉，庵子极孤恓。两共前生种，今世作夫妻……舍漏儿啼哭，重重逢苦灾。如此硬穷汉，村村一两枚。（《全诗》470）

该诗偶句押韵，叶"恓妻犁（齐）柴（佳）斋（皆）催（灰）开（咍）鞋（皆）灰（灰）搓（？）来（咍）倍【陪】（灰）妻（齐）灾（咍）枚（灰）"。"搓"，《广韵》歌韵七何切："手搓碎也。"诗句"里正被脚蹴，村头被拳搓"，"搓"当是击打之义。《广韵》义不合，韵读亦不谐。《集韵》皆韵初皆切："推击也。"义合，韵读和谐[①]。

（119）释道世《破斋篇颂》：亏功九仞罢崇山，顿驾千里倦长路。改涂悔善因芳音，易情染恶良妖姁。五福精修既不成，八关守戒谁能护。攸攸极夜尔何期，森森爱流安可度。（《全诗》577）

该诗偶句押韵，叶"路姁（遇）护（暮）度（？）"。诗句"森森爱流安可度"之"度"，过、渡过的意思。"度"，《广韵》暮韵徒故切"法度。又姓"；铎韵徒落切"度量也"。均不合诗意。《集韵》暮韵徒故切"《说文》：法制也。亦姓"；铎韵达各切"谋也"。亦乖诗意。《玉篇·广部》："度，唐故切。法度，又过也。"唐故、徒故同音。此据《玉篇》取暮韵。"度、渡"为古今字。王力（1982：238）："在度过的意义上，'度、渡'实同一词。后世分用，渡河不写作'度'。""渡"，《广韵》暮韵徒故切："渡，济也，过也，去也。"此据后起今字"渡"的音义匹配之。

（120）上官仪《故北平公挽歌》：木落园池旷，庭虚风露寒。北里清

[①] 《全诗》"搓"字注："伯三七二四作'摧'。""摧"，《广韵》皆韵五皆切："以拳加物。""摧、搓"二字音义相近。然"被拳搓"的是"村头"，与"以拳加物"的对象不合。疑此"搓"通作"扠"。"扠"，《广韵》佳韵丑佳切："以拳加人。亦作摣。""以拳加人"，合乎诗意。"搓"从"差"得声，"扠"从"叉"得声，"差、叉"佳韵楚佳切，同音。然则"搓"与佳韵"扠、摣"皆通用。《广韵》佳韵"摧"未作字头。"扠、摣"，《集韵》佳韵櫨佳切"以拳加物。或作摧"，义亦不可取。

音绝，南陔芳草残。远气犹标剑，浮云尚写冠。寂寂琴台晚，秋阴入井翰。
（《全诗》515）

　　该诗偶句押韵，叶"寒残（寒）冠（桓）翰（？）"。"翰"，《广韵》寒韵胡安切"天鸡，羽有五色"；又翰韵侯旰切"鸟毛也，高飞也，亦词翰。《说文》曰：天鸡，赤羽也。又姓"。《集韵》寒韵河干切、翰韵侯旰切皆训"天鸡"。以上诸义均不能合理解释"井翰"之"翰"。《全诗》"翰"字注："《英华》《全诗》作'幹'。""幹"，《广韵》只有去声翰韵古案切一读，训"茎干，又强也，又姓"，皆不合诗义。"幹"，《集韵》寒韵河干切"《说文》：井垣也"；旱韵古旱切"《字林》：箭笴也"；翰韵侯旰切"能事也，一曰草木茎，一曰助也，亦姓"。这些释义亦不合诗意。其实，"井幹"作为一个词，有其特定的意义，词义与字义（语素义）相去甚远。"井幹"亦作"井榦"，古有"井上围栏""构木所成的高架""井幹楼"（专名）"楼台"诸义（《汉语大词典》2007：144）。本诗泛指楼台。《文选·（班固）西都赋》"攀井幹而未半"，李善注："幹，音寒。"又《（鲍照）芜城赋》"井幹烽橹之勤"，五臣注："幹，音寒。""幹"取平声寒韵。

　　（121）王梵志《诗五十八首》（八）叶"上防养杖（养）当（？）正（劲）胱（唐）长（养）箱（阳）颒（唐）放（漾）"（《全诗》399）。"当"，《广韵》唐韵都郎切"敌也，直也，主也，值也，亦州……又姓也"；宕韵丁浪切"主当，又底也"。《集韵》音同，其平声音切下只引了《说文》"田相值也"，去声义项多了"中也"一义。诗句"食即众厨飧，童儿更护当"，意思是说，"佐史不仅自己在众厨就餐，兼以众厨食物饶益儿女"（《校注》2010：103）。"护当"，卫护。"当"："读去声，语助词，用在动词之后，不为义。"（《校注》2010：103）"当"的类似用法在唐以后时可见到。《汉语大字典》"当"字于唐韵都郎切下列一义项"助词。相当于'着'"，举张相《诗词曲语辞汇释》卷三辞例"当，语助词，犹着也"，并以唐姚合《寄狄拾遗》"睡当一席宽，觉乃千里窄"等为证。例中"当、乃"对文，"当"是虚词。又如，《元曲选·杀狗劝夫》第二折"你便十分的觑当他"，音释："当，去声。"[1]"觑当"之"当"用于动词后，应为助词。《元曲选》是明代万历年间戏曲家臧晋叔选编的一部元杂剧选集，臧氏精于声

----

① （明）臧晋叔《元曲选》，中华书局1958年第105、108页。

律,几乎每折杂剧和楔子后都附有"音释",为唱词念白中的某些字注上反切或直音等。"当"字作去声。但《广韵》《集韵》诸义与诗义均不匹配。

（122）司马承祯《灵草歌·海桃草》:灵枝号海桃,生服善治劳。不但添人寿,兼软汞与锚。(《全诗》984)

该诗叶"桃劳(豪)锚(?)"。《广韵》《集韵》未收"锚"字。"锚",《玉篇·金部》:"眉辽切。器。""锚"归萧韵。《正字通·金部》:"锚,即今船首尾四角叉,用铁锁贯之,投水中,使船不动摇者。"明宋应星《天工开物·舟车》:"凡舟行遇风难泊,则全身系命于锚。""锚"为后起字。

有时韵书义与诗文义匹配了,但韵读不和谐或不甚和谐。这里举异调相押的例子。

（123）陈子昂《感遇三十八首》(二一):蜻蛉游天地,与世本无患。飞飞未能去,黄雀来相干。穰侯富秦宠,金石比交欢。出入咸阳里,诸侯莫敢言。宁知山东客,激怒秦王肝。布衣取丞相,千载为辛酸。(《全诗》1539)

该诗偶句押韵,叶"患(?)干(寒)欢(桓)言(元)肝(寒)酸(桓)"。"患",《广韵》谏韵胡惯切"病也,亦祸也,忧也,恶也,苦也";《集韵》删韵胡关切"樊也",谏韵胡惯切《说文》:忧也"。依义取《广韵》谏韵。韵段惟"患"字去声,其余韵脚字皆读平声,异调。《感遇三十八首》40个韵段,只有包括本韵段在内的两个韵段为异调相押。

（124）魏征《享太庙乐章十三首·高祖大武皇帝酌献用大明》:大礼既饰,大乐已和。黑章扰圃,赤字浮河。功宣载籍,德被咏歌。克昌厥后,百禄是荷。(《全诗》145)

该首诗偶句押韵,叶"和河歌荷"。"河、歌",平声歌韵字。"和",戈韵户戈切"和顺也,谐也,不坚不柔也";过韵胡卧切"声相应"。"大礼既饰,大乐已和"之"和",取戈韵音义。"荷",歌韵胡歌切《尔雅》曰:荷,芙蕖";哿韵胡可切"负荷也"。诗句"百禄是荷"之"荷",承受之义,是负荷义的引申。

此取上声哿韵,为异调相押。

在某些特定的韵读条件下,韵脚字的韵读具有一定的倾向性,据此定其音,致使韵书义与诗文义不匹配,出现"音义错配"①。

（125）卢照邻《七日登乐游故墓》:四序周缇篇,三正纪璇耀。绿野变初黄,旸山开晓眺。中天擢露掌,匝地分星徽。汉寝眷遗灵,秦江想余吊。蚁泛青田酌,莺歌紫芝调。柳色摇岁华,冰文荡春照。远迹谢群动,高情符众妙。兰游澹未归,倾光下岩窈。(《全诗》767)

该诗偶句押韵,叶"耀(笑)眺徽吊调(啸)照妙(笑)窈(?)"。"窈",《广韵》篠韵乌皎切"窈窕,深也,静也";《集韵》篠韵伊鸟切"《说文》:深远也",又小韵於兆切"窈纠,舒姿也",又啸韵一叫切"《说文》:窅窔,深也"。"窈窕、窈纠、窅窔"是一组有同源关系的联绵词。"窈"可以用作语素。"岩窈"指"山的深处"(《汉语大词典》2007:1815),"窈"的基本义仍是"深"。此义与诗中"岩窈"之"窈"义同,依义叶上声篠韵。然该诗其他7个韵脚字皆读去声,从韵读的倾向性看,"窈"字叶去声的可能性较大。故"窈"字字义据《集韵》上声篠韵伊鸟切,韵读则叶去声啸韵。

（126）释道世《舍利篇颂》:金躯遗散骨,宝塔遍天龙。创开于十塔,

---

① 关于"音义错配"现象,学界早已关注。对这一现象的考察较早是基于近体诗平仄格律。王力指出,"有时候,依意义应读平声,在诗中则读仄声,或依意义该读仄声,在诗中则读平声","有时候,依意义应读上声,在诗中则读去声,或依意义应读去声,在诗中则读上声"。并引杜甫诗与仇兆鳌《杜诗详注》为例。杜甫《陪李金吾花下饮》:"细草偏称坐,香醪懒再沽。"仇注:"称,义从去声,读用平声。"《杜诗详注》引林时对曰:"古文用字,随义定音,如上下之'下'乃上声,而礼贤下士之'下'则去声也。杜诗'广文到官舍,系马堂阶下',又'朝来少试华轩下,未觉千金满高价',是借上声为去声矣。王维诗'公子为嬴停驷马,执辔愈恭意愈下',是借去声为上声矣。此类甚多,不可无辩。"(王力2015:148、149)仇兆鳌所谓的"随义定音"有字无定音、随意改读之嫌,不如看作"音义错配"现象顺洽。储泰松在考察唐五代关中诗人律诗失律现象时也观察到此类现象。他说:"多音字的平仄往往不能与韵书音义对应,正如《鸡肋编》卷上'杜诗押韵'条所云:'诗人拘于声律,取其意(今按,"意"当是"音"字而略其义也。'"(储泰松《唐五代关中诗人律诗失律现象研究》,《安徽师范大学学报(人文社会科学版)》,2004年第2期)李斐(2021)将此类现象称作"音义参差",并辟专节论析。刘晓南称之为"音义错位",并推及朱熹《诗集传》叶音(刘晓南《语音史考论》,上海教育出版社2021年第264~286页)。

终成八万兴。珠盖灵光变，刹柱吐芙蓉。屡开朝雾露，数示晓灵征。红霓相映发，风摇响和钟。仙鸾往往见，神僧数数從。独超群圣上，含识普生恭。砧椎击不碎，方知圣叵穷。(《全诗》558)

此韵段偶句押韵，叶"龙(锺)兴(蒸)蓉(锺)征(蒸)钟(锺)從(?)恭(锺)穷(东)"。"從",《广韵》锺韵疾容切"就也"；又即容切，同"纵"[①]；锺韵七恭切"從容"；用韵疾用切"随行也"。疾容切下有"从"字："古文。《说文》曰：相听也。""相听"即听从、顺从的意思。《左传·僖公二十四年》"即聋從昧"，孔颖达疏："從是依就之意也。"《广韵》训"就也"即为此义。《诗经·齐风·南山》"横從其亩"，"從"同"纵"。《广韵》"從"字所收诸义中，惟"随行也"与"神僧数数從"之"從"义同。据义当叶去声用韵。但是，该诗其他7个韵脚字皆读平声，"從"字很有可能叶平声。今"從"字依《广韵》去声用韵疾用切之义，叶读平声锺韵。

(127)王梵志《诗七十二首》(三五)：谗臣乱人国，妒妇破人家。客到双目肿，夫来两手挐。丑皮不忧敌，面面却憎花。亲姻共欢乐，夫妇作荣花。前身有何罪，色得鸠槃茶。(《全诗》424)

该首诗偶句押韵，叶"家挐花花茶"。"家、花、茶"，皆麻韵字。"挐",《广韵》鱼韵女余切"牵引"；又麻韵女加切"丝絮相牵"。从韵谐关系来看，"挐"字应取麻韵。该诗描写了一个"妒妇"形象。诗句"客到双目肿，夫来两手挐"，谓该妇人在客人来家时"皱眉拿脸色"，丈夫回家后，妇人"五指俱往叉取"其夫(《校注》2010：301、302)。《广韵》麻韵下的"丝絮相牵"义不合诗意。查《集韵》，"挐"字鱼韵人余切"《说文》：持也"；又女居切"牵也，烦也，持也"。《集韵》"挐"作"拏"的或体，麻韵女加切"《说文》：牵引也。或作挐"。以上诸音切中，惟麻韵女加切韵谐，但女加切对应的"牵引"义是否合诗意，尚不能断定。这里不妨考察一下"拏"字。《文选·(马融)长笛赋》"捽拏捄臧"，李善注："《苍颉篇》曰：拏，捽也，引也。奴家切。"《说文·手部》："捽，持头发也。""捄，推也。"又《臣部》："臧，善也。"从"捽拏捄臧"的字义关系看,"善"义不确。杨树达《释臧》:"盖臧本从臣从戈会意……甲文臧字皆象以戈刺臣之形,据形求义,初盖不得为善。以愚考之,臧当以臧获为本义也。"①"臧"字本义应表示一种行为,与"捽、捘"诸字近义或类义。如果说"捽"是"持头发","捘"表示"推",那么"挐"就是"引",即所谓"牵引"的意思。这几个字表示针对人的头部及肢体作出的几个连贯性动作。回看《广韵》,"挐"字鱼韵韵读固然不谐,然"牵引"义符合诗意。此姑据《广韵》"挐"字鱼韵女余切之义,叶读麻韵②。

2.相比于《广韵》所属之韵,《集韵》等所属之韵可谐或更谐,取《集韵》等所属之韵

《集韵》在《广韵》基础上增收了很多异读。如果《广韵》所属之韵不谐,一般应首查《集韵》③。

　　(128)释道世《千佛篇厌苦部之出游部北门僧颂》:俗幻生影空,忧绕心尘曀。于兹排四缠,去矣求三涅。下学背流心,方从窈冥别。已悲境相空,复作池空灭。(《全诗》552)

此诗叶"曀(霁?)涅(屑)别灭(薛)"。"曀",《广韵》霁韵於计切"阴风"。韵段去入相押,不谐。《集韵》至韵乙冀切"阴而风曰曀";霁韵於计切引《说文》"阴而风也";又屑韵一结切"风晦也"。以上诸义实同。尘曀"谓尘烟弥漫,阴晦不明"(《汉语大词典》2007:1245)。此据《集韵》叶屑韵,音义皆谐。

　　(129)张说《安乐郡主花烛行》:珊瑚刻盘青玉罇,因之假道入梁园。梁园山竹凝云汉,仰望楼台在天半。(《全诗》1908)

---

① 杨树达《积微居小学述林》,中华书局1983年第59页。

② "音义错配"以甲音配乙义,这是根据既有的古代音义材料分析得出的一种特殊的音义关系类型。其实,一个时期,字的音、义及其对应关系是开放的、发展变化的,因而也是无限丰富而异常复杂的。对此,任何一两部韵书都不可能包打天下,囊括无遗。有可能实际上是甲音配甲义,但甲音或甲义不见载于韵书等文献。音韵文献的"不足征"可能是造成"音义错配"假象的原因之一。还需要指出的是,所谓"音义错配",都是基于既有的音义材料,不是"随意改读",更非"叶音"。

③ 根据《集韵》音切进行音义匹配,应注意其异读复杂的来源和成因。参看张渭毅《〈集韵〉异读研究》,《中国语言学论丛》第二辑,北京语言文化大学出版社1999年。

此偶句押韵,首句入韵,叶"罇(魂)园(元)半(换?)"。第3句句末字"汉",去声翰韵字,与首句、第2句、末句韵脚字异调,不入韵。"半",《广韵》只有去声换韵博慢切一读"物中分也",义合而声调不谐。《集韵》桓韵捕婘切"中分也",音义皆谐。今据《集韵》叶桓韵。

(130)于志宁《唐故银青光禄大夫张府君碑》:天地初阐。光华方旦。破袁奇策。灭项神算。受脤除残。执柯静难。□□三杰。绩邻十乱。(《全文补》121)

此韵段偶句押韵,叶"旦(翰)算(缓?)难(翰)乱(换)"。"算",《广韵》惟上声缓韵苏管切,训"物之数也",符合诗意,然与其他韵脚字异调。《集韵》以"算"为"筭"之异体,去声换韵苏贯切,义引《说文》"长六寸,计历数者"。"计历数者"跟"物之数也"意思相近,而且具有引申关系。此据《集韵》异体字叶换韵,音义皆谐。

(131)杨晋《大唐开元十三年岁次乙丑六月癸丑朔二日甲寅赵州象城县光业寺碑并颂》:摩诃功德。不可思议。座满狮子。地尽琉璃。蜂王送蜜。树菓低枝。毛滴海水。芥纳须弥。无量劫数。未几毫厘。生灭为乐。城宅虚危。(《全文补》360)

该韵段偶句押韵,叶"议(寘?)璃枝弥(支)厘(之)危(支)"。"议",《广韵》寘韵宜寄切"谋也,择也,评也,语也",这里取"谋"义,然声调独异。《集韵》支韵"议"字鱼羁切"谋度也",音义皆谐。此据《集韵》叶支韵。

(132)王梵志《诗七十二首》(四六):天子与你官,俸禄由他授。饮飨不知足,贪婪得动手。每怀劫贼心,恒张饿狼口。枷锁忽然至,饭盖遭毒手。(《全诗》427)

此首诗偶句押韵,叶"授(宥?)手(有)口(厚)手(有)"。"授",《广韵》宥韵承呪切"付也。又姓"。此义合而声调不谐。《集韵》有韵是酉切"《说文》:予也";宥韵承呪切"付也。又姓"。"予、付"同义。此据《集韵》叶有韵,音义皆谐。

（133）宋之问《自湘源至潭州衡山县》：浮湘沿迅湍，逗浦凝远盼。渐见江势阔，行嗟水流漫。赤岸杂云霞，绿竹缘溪涧。向背群山转，应接良景晏。杳障连夜猿，平沙覆阳雁。纷吾望阙客，归桡速已惯。中道方溯洄，迟念自兹撰。赖欣衡阳美，持以蠲忧患。（《全诗》1354）

此诗偶句押韵，首句入韵，叶"湍（桓？）盼（裥）漫（换）涧晏雁惯撰患（谏）"。"湍"，《广韵》桓韵他端切"急濑也"；仙韵职缘切"水名"。桓韵之义合乎诗意，但平去异调。《集韵》桓韵他官切"《说文》：急濑也"；仙韵朱遄切"水名"；换韵吐玩切"急濑也"。此叶《集韵》换韵，音义皆谐。另外，"撰"，《广韵》潸韵雏鲩切"撰述"；狝韵士免切"述也，定也，持也"。诗句"迟念自兹撰"之"撰"，具有或持有的意思，依义当取狝韵。然其他韵脚字均为山摄一二等字，故宜取潸韵。又潸韵雏鲩切为崇母上声，初唐或变读去声，今姑作谏韵。

（134）魏征《奉和正日临朝应诏》：百灵侍轩后，万国会涂山。岂如今睿哲，迈古独光前。声教溢四海，朝宗别百川。锵洋鸣玉佩，灼烁耀金蝉。淑景辉雕辇，高旌扬翠烟。庭实超王会，广乐盛钧天。既欣东户日，复咏南风篇。愿奉光华庆，从斯万亿年。（《全诗》147）

此诗偶句押韵，叶"山（山？）前（先）川蝉（仙）烟天（先）篇（仙）年（先）"。该韵段是山摄二等韵"山"字与三四等先、仙韵字相押。类似韵例见于初唐诗文用韵的还有：张说《入海二首》（二）叶"山（山）仙全（仙）悬（先）迁（仙）年（先）然（仙）"（《全诗》1868），杨炯《浑天赋》叶"焉天（先）诠旋川（仙）千年（先）躔仙（仙）玄鹃（先）泉篇（仙）山（山）鞭迁（仙）田（先）然（仙）"（《全文》一九〇1），《唐同州长史宇文公神道碑其三》叶"贤渊（先）山（山）川（仙）"（《全文》一九三1），《常州刺史伯父东平杨公墓志铭》叶"山（山）天（先）泉（仙）贤（先）"（《全文》一九五14），和神剑《相州临河县井李村大像颂文》叶"山（山）天（先）禅（仙）千（先）"（《全文补》190）。"山"字与先、仙韵字相押并非个例，应该引起注意。孙玉文对此专门作过分析。他（2021:80）说："碰到这种情况，就应该去考察'山'有无异读。"《广韵》"山"字只有山韵所间切一音,而《集韵》还有仙韵所旃切音读。所以,"一个很长的韵段中(今按,或多个韵段中),其他的字都是先仙韵的字,只有'山'是二等字,由于'山'有三等读音,因此……应该处理为先仙互押,而不是山先仙互押。"此据《集韵》叶仙韵。

(135)张思讷《大唐故郑州荥阳县令上骑都尉张府君墓志铭》叶"秀冑蚖【玖】臭"(《全文补》128)。"秀、冑、臭"皆宥韵字。"玖",《广韵》有韵举有切"玉名"。《集韵》有韵己有切"《说文》:石之次玉黑者";又宥韵居又切"石之玉者"。诸义基本相同。今依《集韵》叶宥韵,音义皆谐。

(136)苏颋《大周故朝请大夫行鼎州三原县令卢府君墓志铭并序》:
芳岁不驻兮流川不舍,晨发高堂兮夕宿中墅。郁邛山之此路兮,聚群悲于松槚。(《唐墓志》989)

该韵段偶句押韵,首句入韵,叶"舍(马)墅(语?)槚(马)"。"墅",《广韵》语韵承与切"田庐",韵读不谐。《玉篇·土部》:"墅,余者切,田也。"《集韵》以"墅"为"野"之异体,马韵以者切:"《说文》:郊外也,或从土,古作壄(今按,予声)埜。"《篇海类编·地理类·里部》:"野,古墅字,以其借为郊野,字复加土字。"据此,野、墅为古今字。诗中"中墅"即"中野",意思是原野之中。此据《玉篇》《集韵》叶马韵,其音义皆谐。

(137)卢照邻《中和乐九章·歌东军第三》:退哉庙略,赫以台臣。横戈碣石,倚剑浮津。风丘拂篲,日域清尘。岛夷复祀,龙伯来宾。休兵宇县,献馘天闉。斾海凯入,耀辉震震。(《全诗》751)

此乐章偶句押韵,叶"臣津尘宾闉(真)震(震?)"。"震",《广韵》震韵章刃切:"雷震也,又动也,惧也,起也,威也。""震"读去声,其他韵脚字皆读平声,韵读不大和谐。唐人"震""震震",有平声一读。《汉书·叙传下》"电击雷震",颜师古注:"之人反。"《后汉书·班彪列传下》"凭怒雷震",李贤注:"音真。"《淮南子·兵略训》:"不袭堂堂之寇,不击填填之旗。""震震"与"填填"义同,都是整肃威严之义。据此,"震"叶真韵,音义皆谐。

（138）释道世《十恶篇恶口部习报颂》：恶口所触杵，地狱被烧然。人中有余报，还闻刀剑言。设令有谈论，诤讼被他怨。往报甘心受，改恶善自鲜。（《全诗》569～570）

此诗叶“然（仙）言怨（愿？）鲜（仙）”。“怨”，《广韵》元韵於袁切“怨雠”；又愿韵於愿切“恨也”。怨雠即仇敌。《左传·僖公二十八年》：“楚有三施，我有三怨，怨雠已多，将何以战？”“恨”古有怨恨和遗憾二义，动词。诗中“怨”当怨恨讲，依义读去声愿韵。然韵段平去相押，韵读不大和谐。此诗为《十恶篇》系列诗之一，作者历数“杀生、偷盗、邪淫、妄语”等“十恶”，每“恶”分“正报颂”和“习报颂”，如《十恶篇杀生部习报颂》《十恶篇偷盗部正报颂》《十恶篇偷盗部习报颂》等，共20首，每首皆五言8句，除此首诗外，其他诗均为同调相押，其中5首独用。此平去相押可疑。《集韵》元韵“怨”字於袁切“雠也，恚也”；愿韵纡愿切“《说文》：恚也”。《说文·心部》：“恚，恨也。”在“恚”义上，《集韵》“怨”字平去二音为不别义异读[①]。此据《集韵》叶元韵，音义皆谐。

3.字音超出《广韵》《集韵》所属之韵，根据押韵组合取韵

如果一个字的某个押韵组合屡次出现，该字的《广韵》《集韵》所属之韵并不和谐或不甚和谐，可认为该韵脚字的韵属成为了押韵组合中的某个韵，该韵超出了《广韵》《集韵》所属之韵。孙玉文（2021：74～75）证方音入韵导致“表面押韵不和谐而实和谐”的情况，所举唐五代“去”字跟止摄字相押数例[②]，实属此类。韵例（134）将山韵的“山”字与先、仙韵字相押“处理为先仙互押”，亦属此类。

（139）张说《奉和太行山中言志应制》：六龙鸣玉銮，九折步云端。河络南浮近，山经北上难。羽仪映松雪，戈甲带春寒。百谷晨笳动，千岩晓仗攒。皇心感韶节，敷藻念人安。既立省方馆，复建礼神坛。扈跸

① 详见下“4.不别义异读按韵谐要求定音”。

② 孙玉文（2021：74）举了6例，例寒山《自闻梁朝日》叶“士士使理（止）累（寘）尔（止）利（至）去（御）”。除了“去”字，其他韵脚字为止、寘、至韵字。拾得诗《人生浮世中》叶“贵（未）至（至）嗣（志）去（御）”，杜光庭《生死歌诀》叶“义（寘）气（未）泪（至）起（止）指（旨）去（御）”。这些韵段中，“去”字与止摄上、去声字相押。

参天老，承荣忝夏官。长勤百年意，思见一胜残。(《全诗》1797)

此诗偶句押韵，首句入韵，叶"銮端(桓)难寒(寒)攒(换?)安坛(寒)官(桓)残(寒)"。"攒"，《广韵》翰韵则旰切"讼也"；换韵在玩切"聚也"；《集韵》换韵则旰切"聚也"；又徂畔切"聚也"；缓韵子罕切"折也"。诗中之"攒"，当是聚集之义。据此"攒"读去声换韵。韵段平去相押。初唐"攒"与寒、桓韵字相押还有数例。如宋之问《下桂江县黎壁》叶"干(寒)攒(?)滩(寒)盘(桓)难(桓)安(寒)端(桓)峦团欢(寒)漫(桓)"，诗句"江回云壁转，天少雾峰攒"，"攒"，聚集义。蔡希寂《登福先寺上方然公禅室》叶"干(寒)攒(?)端(桓)寒安(寒)盘(桓)餐兰(寒)欢(桓)"，诗句"举目上方峻，森森青翠攒"，"攒"字还是聚集之义。《文选·(颜延年)阳给事诔》"攒锋成林"，集注引《音决》："攒，才官反。"《文选·(左思)蜀都赋》"良木攒于褒谷"，集注引《音决》："攒，在官反。"《文选·(颜延年)三月三日曲水诗序》"游泳之所攒萃"，集注引《音决》："攒，在丸反。"才官、在官、在丸诸反均切桓韵。这些句中的"攒"都是聚集义。以上表明，唐代"攒"字表聚集义有平声桓韵一读。《广韵》桓韵失收"攒"字，《集韵》亦失收。

4.不别义异读按韵谐要求定音

韵脚字是别义异读的，据义定音，已如上述。韵脚字是不别义异读的，则按韵谐要求定音。

(140)元希声《赠皇甫侍御赴都》：粤在古昔，分官厥初。刺邪矫枉，非贤勿居。棱棱直指，烈烈方书。苍玉鸣佩，绣衣登车。(《全诗》1667)

该韵段偶句押韵，叶"初居书(鱼)车(?)"。"车"，《广韵》鱼韵九鱼切"车辂"；麻韵尺遮切《古史考》曰：黄帝作车，引重致远"。《吕氏春秋·孟春》："乘鸾辂"，高诱注："辂，车也。"《广雅·释器》："辂，车也。"《广韵》训"车辂"，实指"引重致远"之"车"。《广韵》"车"字二音同义。"车"，《集韵》鱼韵丘於切"车也"；鱼韵斤於切"舆轮总称"；麻韵昌遮切引《说文》"舆轮之总名"。亦证"车"字鱼、麻韵之音切为不别义异读。显而易见，《广韵》《集韵》鱼、麻韵之"车"，即诗句"登车"之"车"。此按韵谐要求叶鱼韵。

（141）袁朗《奉和咏日午》：高天净秋色，长汉转曦车。玉树阴初正，桐圭影未斜。翠盖飞圆影，明镜发轻花。再中良表瑞，共仰璧晖赊。（《全诗》20）

此诗偶句押韵，叶"车（？）斜花赊（麻）"。"车"字《广韵》有二音（见上例），为不别义异读。《广韵》鱼、麻韵之"车"，即诗中"长汉转曦车"之"车"。此按韵谐要求叶麻韵。

（142）陈子昂《奉和皇帝丘礼抚事述怀应制》：大君忘自我，膺运居紫宸。揖让期明辟，讴歌且顺人。轩宫帝图盛，皇极礼容申。南面朝万国，东堂会百神。云陛旂常满，天庭玉帛陈。钟石和睿思，雷雨被深仁。承平信娱乐，王业本艰辛。愿罢瑶池宴，来观农扈春。卑宫昭夏德，尊老睦尧亲。微臣敢拜手，歌舞颂维新。（《全诗》1549）

此诗偶句押韵，叶"宸人申神（真）陈（？）仁辛（真）春（谆）亲新（真）"。"天庭玉帛陈"之"陈"，陈列，充斥之义。"陈"，《广韵》真韵直珍切"陈列也"；震韵直刃切"上同"。上一字条："敶，列也。""陈、敶"为异体字。此为不别义异读，其义与诗中"陈"字同。此按韵谐要求叶平声真韵。

（143）释道世《十恶篇两舌部习报颂》：谗毁害人深，固受三涂苦。设使得人身，余报仍依怙。眷属多弊恶，违逆恣瞋怒。但令恶不亡，地狱无古今。（《全诗》570）

此诗偶句押韵，叶"苦怙（姥）怒（？）古（姥）"。"怒"，姥韵奴古切"恚也"；暮韵乃故切"恚也"。"怒"字二音为不别义异读，其义与诗中"瞋怒"之"怒"同。此按韵谐要求叶平声姥韵。

（144）元伞《大唐齐州章丘县常白山醴泉寺志公之碑》：羲天兆昧。优花未披。但迷五蕴。孰辩三伊。哀彼火宅。耀我金仪。神足继轨。贺予扬羰。（《全文补》316）

该韵段偶句押韵，叶"披（支）伊（脂）仪（支）羰（？）"。《说文·生部》：

"豱，草木实豱豱也。"即"草木之实下垂的样子"（王力2000:738），段玉裁"豱"字注:"豱与蕤音义皆同。""扬蕤"同"扬豱"。"扬蕤"，义"显扬芳名"（《汉语大词典》2007:3701）。南朝梁江淹《伤友人赋》:"金虽重而见铸，桂徒芳而被折;百年一尽兮，贵扬蕤于后烈。"诗中用"扬蕤"同此。"豱"，《广韵》脂韵儒隹切引《说文》曰"草木实豱豱也";纸韵如累切引《说文》曰"草木实豱豱也";旨韵如累切引《说文》曰"草木实豱豱也"。此为不别义异读，其义与诗中之"豱"存在引申关系。此按韵谐要求叶平声脂韵。

（145）苏颋《奉和登蒲州逍遥楼应制》:在昔尧舜禹，遗尘成典谟。圣皇东巡狩，况乃经此都。楼观纷迤逦，河山几萦纡。缅怀祖宗业，相继文武图。恃德既无险，观风谅有孚。岂如汾水上，箫鼓事游娱。（《全诗》2047）

此韵段偶句押韵，叶"谟都（模）纡（虞）图孚（模）娱（?）"。"娱"，《广韵》虞韵遇俱切"娱乐";暮韵五故切"娱乐也"。此为不别义异读，其义与诗中"游娱"之"娱"同。今按韵谐要求叶平声虞韵。

（146）赵志《敬赠张皓兄》:淹留穷眺玩，丽藻方辉焕。逸唱子为轻，课拙余成惮。联翩限从役，云雨俄分散。各下潸然涕，共切离群叹。（《全诗》1982）

此韵段偶句押韵，首句入韵，叶"玩焕（换）惮（翰）散（?）叹（翰）"。"散"，《广韵》旱韵苏旱切"散诞。《说文》作㪔，分离也。又作散，杂肉也。今通作散";翰韵苏旰切之"散":"分离也。布也。《说文》作㪔，分离也。散，杂肉也。今通作散。"在"分离"的意义上，"散"字二读为不别义异读，其义与诗中"分散"之"散"同。今按韵谐要求叶去声翰韵。

（147）王梵志《诗二十三首》（十）:生时不共作荣华，死后随车强叫唤。齐头送到墓门回，分你钱财各头散。（《全诗》503）

该诗叶"唤散"。"唤"，去声换韵字。"散"字《广韵》有苏旱、苏旰二音切（见上），为不别义异读，其义与诗中"各头散"之"散"同。今按韵谐要求叶翰韵。

如果一个字在《集韵》中是不别义异读，其在《广韵》中有一个音切没有释义，便可以参照《集韵》定其为不别义异读。

　　（148）张思讷《大唐故郑州荥阳县令上骑都尉张府君墓志铭》：叶县凫飞。太丘星聚。座客恒满。鸣琴日抚。邑徙灾蝗。郊流泽雨。雅俗模楷。搢绅规矩。（《全文补》128）

此韵段偶句押韵，叶"聚（？）抚雨矩（麌）"。"聚"，《广韵》麌韵慈庾切："众也，共也，敛也。《说文》：会也，邑落云聚"；遇韵才句切，无释义。《集韵》麌韵在庾切"会也"；遇韵从遇切"《说文》：会也，邑落云聚"。遇韵才句切或从遇切可能是全浊上归去的音变。依《集韵》，《广韵》"聚"字作不别义异读。其义与诗中"星聚"之"聚"同。此按韵谐要求叶上声麌韵。

（149）王梵志《诗三十九首》（二三）叶"见见（霰）面（线）看（？）拣（霰）扇战（线）善（狝→线）贱（线）咽（霰）箭（线）现见遍殿（霰）便（线）"（《全诗》495）。"看"，《广韵》寒韵苦寒切"视也"；翰韵苦旰切下无释义。《集韵》寒韵丘寒切"《说文》：睎也，从手下目"；翰韵墟旰切"睎也"。依《集韵》，《广韵》"看"字作不别义异读。其义与诗句"终日向外看"之"看"相同。此按韵谐要求叶去声翰韵。

　　（150）李义《招谕有怀赠同行人》叶"谕戍驻树（遇）注（暮）趣雾蒩（遇）驱（？）骛（暮）"（《全诗》1448）。"驱"，《广韵》虞韵岂俱切"驱驰也"；遇韵区遇切无释义。《集韵》虞韵亏于切"《说文》：马驰也"；遇韵区遇切"马驰也"[1]。依《集韵》，《广韵》"驱"字作不别义异读。其义与诗句"骢马何常驱"之"驱"相同。此按韵谐要求叶去声遇韵。

　　5.韵脚字因上下文缺略而无法获知其义的，姑按韵谐要求定音

　　（151）王梵志《诗三十九首》（三六）：□□□□□，□□□□错。终归一聚尘，何用深棺椁。土下蝼蚁餐，但□□□□。□□□□死，平章自埋却。（《全诗》498）

---

[1] "驱"字《集韵》还有尤韵祛尤切一读，训"疾驰也"，与虞、遇韵二音切之义基本相同。

此诗阙字较多,可以确定是偶句押韵,叶"错(?)桿(铎)却(药)"。"错",《广韵》暮韵仓故切"金涂。又姓";铎韵仓各切"镯别名,又杂也,摩也。《诗》传云:东西为交,邪行为错。《说文》云:金涂也"。诗中"错"为何义,不得而知。今按韵谐要求叶铎韵。

6.据异体字、通假字、古今字、同源字取韵

(152)张说《岳州作二首》(一):水国生秋草,离居再及瓜。山川临洞穴,风日望长沙。物土南州异,关河北信赊。日昏闻鹏鸟,地热见修蛇。远人梦归路,瘦马嘶去家。正有江潭月,徘徊恋九华。(《全诗》1870)

此诗偶句押韵,叶"瓜沙(麻)赊(?)蛇家华(麻)"。《广韵》《集韵》无"赊"字形。"赊"本作"赊"。《说文·贝部》:"赊,贳买也。从贝余声。"《正字通·贝部》:"赊,俗从佘,作赊。""赊",《广韵》麻韵式车切"不交也",即"贳买"。此用"赊"字之音义,叶麻韵。

(153)张说《安乐郡主花烛行》:星昴殿冬献吉日,天桃秾李遥相疋。鸾辂凤传王子来,龙楼月伴天孙出。(《全诗》1908)

此韵段首句入韵,偶句押韵,叶"日(质)疋(?)出(术)"。"疋"字《广韵》和《集韵》诸音义皆不合。此字有异体字"匹"。《广韵》质韵譬吉切:"偶也,配也,合也,二也……俗作疋。"诗句"天桃秾李遥相疋"之"天桃秾李",语出《诗经·周南·桃夭》"桃之夭夭,灼灼其华",《召南·何彼秾矣》"何彼秾矣,华如桃李","常用来赞颂新人年少俊美"(何九盈等2015:972)。一对新人恰似"天桃"与"秾李",正相匹配。此用"匹"字,叶质韵,音义皆谐。

(154)王梵志《诗五十二首》(四九):五体一身内,蛆虫塞破袋。中间八万户,常无啾唧声。脓流遍身绕,六贼腹中停。两两相啖食,强弱自相征。平生事人我,何处有公名。(《全诗》480)

此诗偶句押韵,叶"袋(?)声(清)停(青)征名(清)"。"袋"字属《广韵》去声代韵,韵读不谐。我们先考虑有没有叶"内袋"的可能。"内",队韵字。初唐灰咍同用甚多,韵读上没有问题。然而,该组诗未有开头二句相

押而后换韵的韵例,韵式的规律性不支持"内袋"相押。据孙玉文(2021:73~74),"袋"字取训读,作"縢"。《说文·巾部》:"縢,囊也。"朱骏声《说文通训定声·升部》:"(縢)字又作帒,作袋,縢、代一声之转。""袋"是"縢"的同源滋生词。"袋、縢"分属上古职、蒸部,阳入对转。"縢",登韵徒登切"囊可带者〔香〕";嶝韵徒亘切"囊属"。为不别义异读。此用"縢"字,按韵谐要求叶平声登韵。

　　(155)谢士良《大周故右翊卫清庙台斋郎天官常选王豫墓志铭》:玉惟温润,珠有明洁,允矣吾甥,矫然世绝。艺撼龙颔,才探虎穴,雅量堂堂,贞规烈烈。小年擢秀,大成荾哲,急景霜凋,驰波电阅。邓林全瑰,干将中折,乘马连嘶,涂车委辙。悯附罗于松径,悲束楚于岩屺,孤兽咆而荒陇寒,扬鸟思而穷泉咽。(《唐墓志》918)

　　该韵段叶"洁(屑)绝(薛)穴(屑)烈哲阅折辙(薛)屺(?)咽(屑)"。"屺",《广韵》止韵墟里切"山无草木",韵读不谐。查碑文拓本,作"㟧"[1]。《集韵》止韵口已切:"屺,亦书作㟧。"《正字通·山部》:"㟧,同㟧。《沂原》作屺,《六书故》作品。"《广韵》屑韵子结切"㟧,高山貌";屑韵昨结切"品,山峰"。"屺、㟧、岋、㟧、品、品",诸字或形体相近,或部件相通,意义基本相同,可以视为异体字。此用"㟧"或"品"字,叶屑韵。
　　(156)王梵志《诗五十二首》(二七)叶"㤢妻犁(齐)柴(佳)斋(皆)催(灰)开(咍)鞋(佳)灰(灰)搓(皆)来(咍)倍(?)妻(齐)灾(咍)枚(灰)"(《全诗》470)。"倍",《广韵》海韵薄亥切:"子本等也。"除了"倍"字为上声,其他韵脚字均为平声,作为一个长韵段,"倍"字的声调显得颇不协调。"倍",《集韵》灰韵蒲枚切"河神名",韵谐而义未安。诗句"租调无处出,还须里正倍",大意是:租调之赋税没有办法缴纳,还得靠里正(古时乡里小吏)出资偿缴。这里的"倍"义为偿还、赔偿,但"倍"字古本无偿还、赔偿义。"倍"字不合诗意。赔偿、偿还义本作"陪"。《全诗》"倍"字注:"伯三七二四作'陪'。""陪"字表示赔偿、偿还用法的显例见于中唐。《白居易集》卷第六十七《判》:"得甲牛抵乙马死,〔乙〕请偿马价。甲云:在放牧处相抵,请

---
① 北京图书馆金石组《北京图书馆藏中国历代石刻拓本汇编》,中州古籍出版社1989年。

陪半价。乙不伏。"①字正作"陪"。《文苑英华》卷五四三《村人借罐判》："村人借邻家罐,未出门,打破。人索陪。"字亦作"陪"。《广韵》灰韵薄回切"陪厕也";《集韵》灰韵蒲枚切"《说文》重土也,一曰满也,臣也"。薄回切即蒲枚切,韵谐,然阙收赔偿、偿还义。"赔"字是由表赔偿、偿还义的"陪"孳乳而来的。陈垣《元典章校补释例》卷三:"赔字后起,元时赔偿之赔,均假作'陪',或作'倍'。"②此"倍"字当读为本字"陪",音义皆谐。

（157）王梵志《诗五十二首》（十九）:你道生胜死,我道死胜生。生即苦战死,死即无人征。十六作夫役,二十充府兵。碛里向前走,衣钾困须擎。白日趁食地,每夜悉知更。铁钵淹乾饭,同火共分诤。长头饥欲死,肚似破穷坑。遣儿我受苦,慈母不须生。（《全诗》466）

（158）王梵志《诗五十八首》（二八）:天下恶官职,不过是府兵。四面有贼动,当日即须行。有缘重相见,业薄即隔生。逢贼被打煞,五品无人诤。（《全诗》405）

这两首分别叶"生（庚）征（蒸）兵擎更（庚）诤（诤）坑生（庚）""兵行生（庚）诤（?）"。"诤",去声诤韵字,余皆平声字。韵读不大和谐。"诤"字,《广韵》诤韵侧进切"谏诤也,止也,亦作争";《集韵》诤韵亦侧进切"《说文》:止也。通作争"。"争、诤"古今字（王力1982:332）。《全诗》"同火共分诤"之"诤"字注:"伯三七二四作争。""争"字,平声耕韵侧茎切,训"竞也,引也"。《荀子·臣道》:"有能进言于君,用则可,不用则死,谓之争。"《文选·（王融）永明九年策秀才文》:"纷争空轸,疑论无归。"《校注》（2010:536）:"（分诤）亦作'纷争'。""分诤、纷争、纷诤"为同词异形。下一首"五品无人诤"之"诤",争夺的意思,该句说,五品官无人争夺,与开头"天下恶官职"照应。该组诗之三二、三三"分毫擘眼诤""分毫努眼诤",其"诤"字都是争夺义。表争夺义本作"争"。此二首用"诤"字,叶平声耕韵,音义皆谐。从王梵志诗"诤"押平声看,在他的口音里,"诤"字当有平声一读。

---

① 顾学颉校点《白居易集》（全四册）,中华书局1979年第1411页。今按,《全唐文》卷六七三《白居易》云"请备半价",字作"备",疑误。

② 此转引自《校注》（2010:562）。

（159）江满昌文《大唐大慈恩寺大师画赞》：慈恩大师尉迟氏，讳大乘基长安人。族贵五陵光三辅，鄂公敬德是其亲。智勇冠世超卫霍，李唐之初大功臣。文皇崇师称大圣，生立碑文垂丝纶。羯罗蓝位多正梦，漠月入口母方娠。金人持神珠宝杵，托于胎中吉兆频。身相圆满载诞育，彤云成盖覆果脣。眼浮紫电夏天影，面驻素娥秋夜轮。少少之时早拔萃，龆龀之间含慈惇。依止三藏学性相，三千徒里绝等伦。七十达者四贤圣，就中大师深入神。亚圣具体比颜子，穷源尽性同大钧。三性五重唯识义，博涉学海到要津。百部疏主五明祖，著述以来谁得均。字字句句不空置，皆有证据永因循。伯牙响琴徒秘典，卞和泣玉独沾巾。论鼓一振疑关破，他宗望风自委尘。对龙象众能降伏，升师子座檀嚫伸。每月必造慈氏像，一生偏慕兜率身。每日必诵菩萨戒，唯杖木叉制波旬。一时高楼秋灯下，有人窥见偷遂巡。大光普照观自在，金手染翰显其真。不图汉土化等觉，开甘露门利兆民。自书般若何所至，清凉山晓五台春。瑞光赫赫庆云起，文殊正现示宿因。游博陵原制玄赞，法华畴旨传远宾。当宝塔品人有梦，诸佛证明遍照邻。二十八字一挑句，文章微婉柢获麟。传导大师以此偈，千佛灭度赞大仁。不嫌暗漏作章疏，齿牙焕炳光曜新。咫尺龙颜奉凤诏，出入金殿陪紫震。天不与善化缘尽，岁五十三俄已泯。永淳二年十一月，仲旬三日为忌辰。先师慕侧行袝礼，风悲云愁惨松筠。本愿不回奉弥勒，生第四天奉华茵。名垂万古涉五竺，玄踪虽多尽难陈。（《全诗》801～802）①

这首长诗72句，偶句押韵，叶"人亲臣（真）纶（谆）娠频（真）脣轮惇伦（谆）神（真）钧（谆）津（真）均循（谆）巾尘伸身（真）旬巡（谆）真民（真）春（谆）因宾邻麟仁新（真）震（？）泯辰筠茵陈（真）"。除了"震"为去声震韵字，其他韵脚字均为平声真、谆韵字。"震"字韵读不大和谐。"震"，《广韵》震韵章刃切"雷震也，又动也，惧也，起也，威也"；《集韵》真韵升人切作"娠"的异体，引《说文》"女妊身动也"；又震韵之刃切"《说文》：劈历振物者"。"震"字叶真韵韵读和谐，但意思不合。诗句"咫尺龙颜奉凤诏，出入

---

① 《全诗》于该诗后按："此作者及诗颇可疑。"

金殿陪紫震",此二句状写慈恩大师尉迟氏陪侍帝王,出入皇宫之情状,"陪紫震"义当指陪侍皇帝,然"紫震"不辞。又,此二句当是对仗,其中,"出入"对"咫尺","金殿"对"龙颜","陪"对"奉",可"紫震"与"凤诏"失对,"诏"是名词,"震"一般作动词。"紫震"当作"紫宸"。"宸",真韵植临切:"屋宇,天子所居。""紫宸",本为"殿名。唐宋为皇帝接见群臣、外国使者朝见庆贺的内朝正殿。唐大明宫第三殿为紫宸殿",又为"帝王、帝位的代称"(何九盈等2015:3205)。《梁书·元帝纪》:"紫宸旷位,赤县无主,百灵耸动,万国回皇。"句中"紫宸"即指皇帝。我们认为,此"震"通"宸"。用"宸"字,叶平声真韵,音义皆谐。

(160)宋之问《早春泛镜湖》:远情自此多,景霁风物和。芦人收晚钓,棹女弄春歌。野外寒事少,湖间芳意多。杂花同烂熳,暄柳日逶迤。为客顿逢此,于思奈若何。(《全诗》1362)

此韵段偶句押韵,首句入韵,叶"多(歌)和(戈)歌多(歌)迤(?)何(歌)"。逶迤、逶迤、逶迤为连绵词,同词异形,"迤、迤、迤"只起音节符号的作用。《广韵》《集韵》均未收"迤"字。"迤",《广韵》支韵弋支切"逶迤";纸韵移尔切"逦迤,连接"。韵读皆不谐。"迤",歌韵徒河切"逶迤,行貌"。今用"迤"字,音义皆谐。

7.特定押韵条件下的全浊上声字可能读去声[1]

同声调相押的倾向性,可以体现在较长的韵段中。因此,在一个较长的

---

[1]　主流观点认为,"浊上归去"始于唐代。一些学者试图通过诗歌韵文浊上与去声押韵的事实,证明唐代浊上变去。这些用韵材料涵盖唐代初、盛、中、晚各时期。例如,初、盛唐湖北诗人用韵(见陈大为《初盛唐湖北诗文用韵浊上变去情况考》,《湖北广播电视大学学报》,2008年第5期),杜甫诗韵(见马重奇《从杜甫诗用韵看"浊上变去"问题》,《福建师大学报(哲学社会科学版)》,1982年第3期),中唐诗韵(刘根辉《从中唐诗韵看当时的"浊上变去"》,《语言研究》增刊,1999年),白居易诗韵(见周祖谟《关于唐代方言中的四声读法》,《文字音韵训诂论集》,北京大学出版社2000年第184页。鲍明炜《白居易、元稹诗的韵系》,《南京大学学报(社会科学版)》,1981年第2期。赖江基《从白居易诗用韵看浊上变去》,《暨南学报(哲学社会科学)》,1982年第4期)。唐代古体诗存在一些上去通押。王力(1985:259)认为,这不能证明浊上变去,只能说明唐代上声调值和去声调值相似,并举了两例:杜甫《乾元中寓居同谷县作歌》叶"命胫静"、白居易《琵琶行》叶"女住部妒数污度故妇"。今按,前一例上去相押,只有3个韵脚字,后一例杂入泥母上声语(转下页)

韵段中,如果全浊上声韵脚字只有一个,其他韵脚字均为去声,该全浊上声可能变读了去声。

（161）张说《奉和圣制义成校猎喜雪应制》:文教资武功,郊畋阅邦政。不知仁育久,徒看禽兽盛。夜霰氛埃灭,朝日山川静。绰仗飞走繁,抨弦筋角劲。帝射参神道,龙驰合人性。五犯连一发,百中皆先命。勇爵均万夫,雄图罗七圣。星为吉符老,雪作丰年庆。喜听行猎诗,威神入军令。（《全诗》1805）

该诗偶句押韵,叶"政盛（劲）静（静?）劲性（劲）命（映）圣（劲）庆（映）令（劲）"。除了"静"字是上声,其他韵脚字均为去声。"静",《广韵》静韵疾郢切:"安也,谋也,和也,息也。""静"为从母上声字,在这个长韵段中,可能变读去声[①]。

（162）王梵志《诗三十九首》（二三）:他见见我见,我见见他见……逢人即作动,心舌常交战。不肯自看身,看身善不善。如此痴冥人,只是可恶贱……所以得如斯,有大善方便。（《全诗》495）

该首诗偶句押韵,首句入韵,叶"见见（霰）面（线）看（翰）拣（霰）扇战（线）善（狝?）贱（线）咽（霰）箭（线）现见遍殿（霰）便（线）"。全诗16个韵脚字,除了"善"为上声字,其他皆为去声字。"善",《广韵》狝韵常演

（接上页）韵"女"字,均不符合我们认定的全浊上变去的特定押韵条件。唐代诗歌浊上与去声相押,到底是上去通押还是浊上变去?我们认为,晚唐已有浊上变去,应该没有疑议,甚至基本可以肯定中唐存在浊上变去的现象。韩愈《讳辩》"杜、度"同音、"雉、治"同音。对此,杨耐思先生指出:"这非常使人怀疑这是'浊上变去'现象的流露。"（杨耐思《北方话"浊上变去"来源试探》,《学术月刊》,1958年第2期）王力（2004:228）说得更加肯定:"远在第八世纪以前,这一种音变就已经完成了。"从语音演变的渐变性来看,在音变的初始阶段,只有极少数字音变,而绝大多数字没有音变,出现不平衡、不同步的"词汇扩散"现象。因此,初、盛唐露出该音变的征兆是完全可能的。本研究对初唐浊上变去采取审慎乐观的态度,强调浊上变去的特定押韵条件,而且仅作为一种可能的音变现象。

①　"朝日山川静"言晨曦中山河静谧,与"夜霰氛埃灭"一起营造出一个美妙的意境,可谓融情入景,情景交融。"山川静"与"禽兽盛""飞走繁""筋角劲"看似矛盾,实则是"鸟鸣山更幽",以"静"衬动。《全诗》"静"字注:"《英华》作净。""净",劲韵疾政切:"无垢也。""山川净"与"氛埃灭"相呼应。但这只是看到了表面现象,不若用"静"字更有情致。用"静"字音义皆合,无须改字。

切："良也,大也,佳也。""善"为禅母上声字,在这个长韵段中,可能变读去声线韵。

（163）释玄觉《证道歌》:无价珍,用无尽,利物应时终不吝。三身四智体中圆,八解六通心地印。上士一决一切了,中下多闻多不信,但自怀中解垢衣,谁能向外夸精进。(《全诗》1740)

此韵段偶句押韵,首句入韵("无价珍,用无尽"看作一句),叶"尽(轸?)吝印信进(震)"。除了"尽"字为上声,其他韵脚字皆为去声。"尽",《广韵》轸韵慈忍切"竭也,终也";轸韵即忍切《曲礼》曰:虚坐尽前"。依诗义取慈忍切,从母。在这个较长韵段中,"尽"字可能变读去声震韵。

（164）释玄觉《证道歌》:亦愚痴,亦小骏,空拳指上生实解。执指为月柱施功,根境法中虚捏怪。不见一法即如来,方得名为观自在。了即业障本来空,未了应须偿夙债。饥逢玉膳不能餐,病遇医王争得差。在欲行禅知见力,火中生莲终不坏。勇施犯重悟无生,早时成佛于今在。
(《全诗》1742)

该韵段偶句押韵,首句入韵("亦愚痴,亦小骏"看作一句),叶"骏(骇?)解(卦)怪(怪)在(代)债差(卦)坏(怪)在(代)"。除"骏"字为上声外,其他韵脚字皆为去声。"骏",《广韵》止韵床史切"趋行貌";骇韵五骇切"痴也"。依诗义取五骇切,崇母。在这个长韵段中,"骏"字可能变读为去声怪韵。

同声调相押的倾向性还可以体现在多韵段构成的组诗或文韵中。如果多韵段同调相押的倾向明显,则韵段中与去声字相押的个别全浊上声字可能变读了去声。其中,若多韵段首句入韵及同声调相押的倾向性强,首句句末全浊上声字可能变读去声。

（165）释窥基《出家箴》:佛真经,十二部,纵横指示菩提路。不习不学不依行,问君何日心开悟。(《全诗》800)

此韵段叶"部(姥?)路悟(暮)"。"部",《广韵》姥韵裴古切"部伍,又部曲";厚韵蒲口切"署也,又姓"。依诗义取裴古切,並母。该韵段虽然只有3个韵脚字,但《出家箴》除了本韵段,其他11个韵段均为同调相押,故"部"字可能变读去声暮韵。

（166）上官仪《八咏应制二首》（一）:罗荐已擘鸳鸯被,绮衣复有葡萄带。残红艳粉映帘中,戏蝶流莺聚窗外。(《全诗》518)

该首诗偶句叶"带外（泰）"。首句句末字"被",《广韵》纸韵皮彼切"寝衣也,又姓";又寘韵平议切"被服也,覆也"。关于寘韵平议切下的"被服",《汉语大词典》(2007:5326～5327)立有3个义项:"指被褥衣履等服用之物""感化;蒙受""负恃;信奉",何九盈等(2015:3715)立有两个义项:"指衾被衣服之类""以被服之不离身,喻亲身感受"。其中表示名词义的"被服"是个集合概念,并不单单指被子,表示其他义项的"被服"都是动词。可知《广韵》"被"字释义中,只有"寝衣"与诗中"鸳鸯被"之"被"同义。如果"被"字入韵,当据义取纸韵。那么,"被"字是否入韵? 首先,初唐泰、支相押虽未见别的韵例,但止摄与蟹摄一等灰、咍韵字有相押例,包括脂灰、止贿、微咍、脂之灰、脂灰咍、纸旨止贿同用,共7例,例如,朱宝积《弥勒尊佛碑其十》叶"龟（脂）堆（灰）逯湄（脂）"(《全文》二三四13)。可以说,泰、支相押,其韵读是和谐或基本和谐的。这是"被"字入韵的语音条件。其次,从韵式看,《八咏应制二首》有4个韵段,首韵段叶"杏影（梗）",首句不入韵,次韵段与末韵段分别叶"归晞归（微）""回（灰）来臺（咍）梅（灰）",首句均入韵。这符合换韵以首句入韵为多的规律。这3个韵段都是同声调相押。该首诗倾向于首句入韵,同调相押。故此,首句句末字"被"作为並母上声纸韵,可能变读去声寘韵。

（167）释窥基《出家箴》:哀哀父,哀哀母,咽苦吐甘大辛苦。就湿回干养育成,要袭门风继先祖。(《全诗》800)

该韵段叶"母（厚）苦祖（姥）"。"父"字是否入韵?《出家箴》12个韵段,除了开篇首句为七言（"舍家出家何所以"）,其余韵段的首句都是由两个三言短句构成。如果把此类六言句看作一个句子,全篇韵式可以描述为:

每4句一换韵，偶句押韵，除了首韵段，其他韵段首句均入韵，除"哀哀父"之外，第一个三言短句均不入韵。例如，韵段二，首句"去贪瞋，除鄙吝"，"吝"字入韵，"瞋"字不入韵；韵段三，首句"踵前贤，效先圣"，"圣"字入韵，"贤"字不入韵。由此推断，诗句"哀哀父，哀哀母"之"父"不入韵。但问题是，"父"，《广韵》並母上声麌韵字，可以与"母、苦、祖"相押，韵读和谐。因此，若要符合全篇诗的倾向性韵式——相关韵段第一个三言短句不入韵，"父"字很可能已变读去声。

（四）韵段的划分

1.根据韵读是否和谐划分韵段

（168）王梵志《诗五十二首》（二六）：富饶田舍儿，论情实好事。广种如屯田，宅舍青烟起。槽上饲肥马，仍更买奴婢。牛羊共成群，满圈养肫子。窖内多埋谷，寻常愿米贵。里正追役来，坐著南厅里。广设好饮食，多酒劝遣醉。追车即与车，须马即与马。须钱便与钱，和市亦不避。索面驴驮送，续后更有雉。官人应须物，当家皆具备。县官与恩泽，曹司一家事。纵有重差科，有钱不怕你。（《全诗》469）

根据偶韵韵式，可以划分出前后两个韵段，分别叶"事（志）起（止）婢（纸）子（止）贵（未）里（止）醉（至）""避（寘）雉（旨）备（至）事（志）你（纸）"。其间惟有"马"字明显不谐，属上属下均不合适。诗句"追车即与车，须马即与马"，"车"为麻韵字，"车、马"韵谐，两句划作一个韵段。

几组不同摄或不同韵尾的字是否相押，可否划为一个韵段，要看是否有同时代类似韵例或其他历史语音材料的佐证。

（169）王梵志《诗五十八首》（二五）：孝是前身缘，不由相放习。儿行不忆母，母恒行坐泣。儿行母亦征，项腮连脑急。闻道贼出来，母愁空有骨。儿回见母面，颜色肥没忽。（《全诗》404）

"习、泣、急"皆深摄缉韵字，"骨、忽"为臻摄没韵字。二者呈分开聚集分布（详下）。初唐诗文臻、深摄字相押有6例，其中入声字相押1例：王梵志《诗五十八首》（四十）叶"骨（没）窟（没）出（术）泣（缉）"。例中"泣、骨"

并见,"泣"字煞尾。此可证缉韵字与没、术韵字相押,韵读和谐,当划为一个韵段。

2.根据韵式的规律性划分韵段

多韵段韵文在韵段长度、换韵及声调格局等方面的倾向性、规律性,对划分韵段起到一定的类推作用。

（170）富嘉谟《明冰篇》:北陆苍茫河海凝,南山阑干昼夜冰,素彩峨峨明月升。深山穷谷不自见,安知采斲备嘉荐,阴房涸冱掩寒扇。阳春二月朝始暾,春光潭沲度千门,明冰时出御至尊。彤庭赫赫九仪备,腰玉煌煌千官事,明冰毕岁周在位。忆昔沙朔寒风涨,昆仑长河冰始壮,漫汗峻嶒积亭障。邕邕鸣雁江上来,禁苑池台冰复开,摇青涵绿映楼台。豳歌七月王风始,明冰藏用照物轨,四时不忒千万祀。（《全诗》1617～1618）

该诗篇可分7个韵段,依次叶"凝冰升（蒸）""见荐（霰）扇（线）""暾门尊（魂）""备（至）事（志）位（至）""涨壮障（漾）""来开台（咍）""始（止）轨（旨）祀（止）"。每3句1个韵段,句句押韵,韵式高度一致。

（171）王绩《灵龟四首》（三）:爰施长网,载沉密罗。于沼于沚,于江于沱。既剔既剥,是钻是灼。姑取供用,焉知其佗。（《全诗》193）

此首诗偶句押韵,叶"罗沱灼佗"。"灼"属宕摄入声药韵,余皆为歌韵字。一般来说,阴入通押算是比较特别的用韵。是否可以将"既剔既剥,是钻是灼"划为一个韵段,叶"剥灼"。"剥",觉韵字,江、宕摄入声字可以相押。如此划分韵段,该首诗便构成抱韵。全诗四首,每首8句,偶句押韵,首句不入韵,其余三首叶"坻（脂）时（之）著（脂）思（之）""府聚（麌）将（漾）辅（麌）""哲绝灭（薛）裔（祭）"。抱韵在四首中显得怪异,不可取。该首诗还是按偶韵韵式划分韵段为妥。

（172）李义府《唐故特进芮定公之碑》叶"疆（阳）□长（阳）昌（阳）""鄙（旨）史（止）轨（旨）祉（止）""素（暮）度（暮）□□""□昱（屋）复（屋）穆（屋）""陛（荠）米（荠）□□""□尚（漾）畅（漾）怆（漾）""直

（职）饰（职）域（职）□""□□云（文）勋（文）"（《全文补》134）。该碑铭共64句,韵脚字多有缺略,然其偶句押韵,每8句一换韵,极有规律。可据此划为8个韵段,一些省缺的韵脚字亦得以判定其韵段归属。

一般说来,韵式在韵段内具有一致性,韵式不同意味着换韵。

（173）王梵志《诗五十二首》（三）：□□□有死,来去不相离。常居五浊地,更亦取头皮。纵得百年活,须臾一向子。彭祖七百岁,终成老烂鬼。讬生得他乡,随生作名字。轮回转动急,生死不由你。身带无常苦,长命何须喜。（《全诗》460）

从偶句押韵的情况来看,"离、皮"押平声支韵,"子、鬼"押上声止、尾韵,"字"为去声志韵,"你、喜"为上声纸、止韵,都是止摄字,似可划为一个异调相押的韵段。不过,第一、三句句末字"死、地",分属上声旨韵、去声至韵,亦符合该诗同摄异调相押的情况,可以入韵。如此,前4句句句押韵,其后偶句押韵。前后韵式不同,可据此分为两个韵段。

组诗自然分段,换韵与自然段落一般是吻合的。

（174）张果《玄珠歌》：解采玄珠万恶除,尽令得道入清虚。乾符显出真金行,备在逍遥三卷书。/宫阙楼台表道躯,不留命本敌洪炉。元神散走枯庭在,抛尽玄珠一物无。/……（《全诗》1750）

《玄珠歌》有30个自然段,每段4句,一个自然段就是一个韵段。各韵段皆偶句押韵,首句入韵。

多韵段韵式的规律未必涵盖所有韵段,少数或个别韵段的韵式可能出现例外。

（175）刘希夷《孤松篇》：蚕月桑叶青,莺时柳花白。澹艳烟雨滋,敷芬阳春陌。……美人何时来,幽径委绿苔。吁嗟深涧底,捐弃广厦材。（《全诗》1113）

此诗篇分7个韵段,分别叶"白陌（陌）""起始（止）水（旨）""冥零青（青）""色直逼息食（职）""明（庚）清声（清）""岑心音（侵）""来苔材

（哈）"。各韵段偶句押韵，换韵均首句入韵。只有第四个韵段8句，其他韵段皆4句，韵段长度并非完全一致。

　　3.根据韵的分布格局划分韵段

　　韵脚字及其所属之韵的分布格局复杂多样，归纳起来有分开聚集、交错及离散等基本类型。分开聚集之韵可表示为AABB。A、B可以是一个韵，也可以是常在一起相押的韵与韵的组合即"韵组"，韵组中不同的韵可以视为同一个韵。AA、BB可以扩展。分开聚集分布之韵（组）不反复交替出现。骆宾王《代女道士王灵妃赠道士李荣》叶"丝持思（之）/绪许语（语）"，为之韵字和语韵字的分开聚集分布。释道世《惰慢篇颂》叶"逼（职）楜【得】（德）/律（术）日（质）"，是职德、质术两个韵组的分开聚集分布。

　　韵脚字所属之韵交替反复出现，就是所谓"交错"分布。交错分布有完全交错与不完全交错之分，完全交错分布是指所有的韵（组）项都实现了交替，形如AABBAAABB；不完全交错分布则是指：有的韵（组）项实现了交替，有的韵（组）项未实现交替，形如AABBAAA。交错分布还有整齐与参差之分，二者区别在于交替的韵（组）项是否等量，以及是否有严格的规律，交错整齐分布形如ABAB、ABBABB、AABBAABB、ABAABABAAB，交错参差分布形如ABBAB、ABABB、AABBAAB、ABABABAAB。王梵志《诗五十八首》（二一）叶"女（语）母（厚）语（语）母（厚）肚（姥）"，遇、流二摄韵字为交错整齐分布。释道世《舍利篇颂》叶"龙（锺）兴（蒸）蓉（锺）征（蒸）锺从恭（锺）穷（东）"，通、曾二摄韵字为交错参差分布。实际上，完全交错、不完全交错与交错整齐、交错参差两两结合，构成多种交错分布格局。根据我们的观察，一个韵（组）项是完全交错还是不完全交错，对韵段划分几乎不产生影响，一定程度上影响韵段划分的是韵（组）的交错参差分布。

　　还有一种情况，分开之韵（组）呈形如AB、ABB、AAB、AABCC、ABBCC、ABBC、AABCCAA、ABBCCBBC之类的分布格局。这种分布格局中，至少有一个韵只有一个韵脚字，即呈"离散"式分布，没有"聚集"。离散分布跟分开聚集分布是对立的，跟交错分布存在交叉关系。

　　韵（组）的分布格局往往是押韵关系的一种表征，其中的分开聚集、交错参差及离散等分布格局,一定程度上体现韵(组)与韵(组)分合的倾向,故可据以划分韵段。

(1)韵(组)的分开聚集分布

分开聚集分布显示几个韵(组)相对独立、彼此分开的倾向,往往起到韵段之分的提示作用。分开聚集分布的各韵(组)所属韵脚字越多,韵段分开的倾向就越明显。

(176)释道世《华香篇颂》:久厌无明树,方欣奈苑华。始入香山路,仍逢火宅车。慈父屡引接,幼子背恩赊。虽悟危藤鼠,终悲在箧蛇。鹿苑禅林茂,鹫岭动枝柯。定华发智果,乘空具度河。法雨时时落,香云片片多。若为将羽化,来济在尘罗。(《全诗》556)

此诗偶句押韵。麻韵字"华、车、赊"与歌韵字"蛇、柯、河、多、罗"呈分开聚集分布。隋唐分出歌ɑ、麻a二部(王力1985:218~219),两部音近但并不相同。此依分布格局分为两个韵段。

分开聚集分布只是体现韵(组)与韵(组)之分的可能性,最终是否分别韵段,主要得看韵谐情况。一般说来,韵读不谐或者不能确定韵读是否和谐的,宜分别韵段。

(177)释道世《惰慢篇颂》:惰学迷三教,问者不知一。合萼不结核,敷华何得实。徒生高慢心,陵他非好毕。坠落于闇道,关闭牢深密。一入百千年,万亿苦切逼。对苦悔无知,方由隋慢椆。圣人善取譬,愚智须明律。英雄慢法时,焉知悔今日。(《全诗》561)

此诗出自百卷佛教类书《法苑珠林》,书内有"颂"60余篇,基本上是一篇一个韵段。此诗偶句押韵。"一、实、毕、密",质韵字,"逼、椆",职、德韵字,"律、日",术、质韵字。3组韵脚字分开聚集分布,可以初步判为3个韵段。查初唐诗文,臻、曾二摄韵字无一例相押,故不宜合并为一个韵段。

如果分开聚集分布之韵(组)彼此韵读韵谐,则应合为一个韵段。此时分布格局对韵段划分不起正向作用。

（178）王梵志《诗二十九首》（十九）：食痴不肯舍，徒劳断酒肉。终日说他过，持斋空饿腹。三毒日日增，四蛇不可触。天堂未有因，箭射入地狱。（《全诗》485～486）

此诗偶句押韵。屋韵字"肉、腹"与烛韵字"触、狱"分开聚集分布。初唐诗文屋、烛韵字相押20例，例如，封希颜《六艺赋》叶"曲欲足俗（烛）穆（屋）"（《全文》二八二24）。该组诗29首，每首都是一个韵段。此合为一个韵段。

（179）司马承祯《灵草歌·聚珍草》：天降号聚珍，四季叶长青。凡人多不识，看似掌中金。服食添长命，生餐善治心。不是真仙本，世间少知音。（《全诗》984）

该诗偶句押韵，首句入韵。"珍"，真韵字，"青"，青韵字，"金、心、音"，侵韵字。初唐诗文臻、梗二摄同用7例，关系较近，"珍、青"可以看成一个韵组。该韵段真、青韵字与侵韵字分开聚集分布，有分别韵段的趋势。然而司马氏《灵草歌·黄芽草》叶"金（侵）人（真）"，知作者笔下真、侵韵字可押。故合为一个韵段。

（180）释怀玉《偈》：清净皎洁无尘垢，莲华化生为父母。我修道来经十劫，出示阎浮厌众苦。一生苦行超十劫，永离娑婆归净土。（《全诗》1979）

该诗偶句押韵，首句入韵。厚韵字"垢、母"与姥韵字"苦、土"分开聚集分布。分开聚集分布之韵各自只有两个韵脚字，韵段之分的趋势并不明显。初唐诗文遇、流二摄字同用20余例。如张说《赛江文》叶"土（姥）主雨（麌）亩（厚）庾（麌）枯浦（姥）"（《全文》二三三10）。此当合为一个韵段。

（181）释道世《送终篇颂》：高堂信逆旅，坏业理常牵。玉匣方委观，金台不复延。挽声随迢远，萝影带松悬。讵能留十念，唯应逐四缘。幻工作同异，变弄作多身。愚俗诤人我，谁复非谓真。谬者疑久固，达者

知幻宾。亲疏既无定,何劳非苍旻。(《全诗》576)

该诗偶句押韵。先、仙韵字"牵、延、悬、缘"与真韵字"身、真、宾、旻"分开聚集分布。初唐真韵字与先、仙韵字可以相押,释道世就有数例,例如《香灯篇颂》叶"鲜(仙)身(真)天烟莲(先)因(真)瞻(盐)年(先)",《发愿篇颂》叶"因(真)田(先)身(真)前千(先)然(仙)神(真)仙(仙)",《四生篇颂》叶"痓(仙)尘(真)泉(仙)身(真)"等。此当合为一个韵段。

某些字,比如不同等的字或洪、细音字,屡屡分开相押,呈分开聚集分布格局,可分别韵段。

(182)~(183)初唐止、蟹二摄细音字相押,但二摄洪、细音字多不相杂。骆宾王《帝京篇》"隈(灰)开台来(咍)回(灰)"与"訑市起(止)水(旨)里(止)"(《全诗》735),"待改在(海)"与"驰为知(支)"(《全诗》735),"气尉(未)"与"哉来(咍)媒回(灰)开才(咍)"(《全诗》735),《畴昔篇》"制(祭)丽帝(霁)艺势(祭)"与"开(咍)隈回(灰)台(咍)颓(灰)"(《全诗》739),都是止、蟹二摄洪、细音字分开相押,呈分开聚集分布格局,当分别韵段。

(2)韵(组)的交错参差分布

韵(组)的交错参差分布因其分布的规律性差,多提示韵段之合。交错分布越是参差,分布的规律性就越差,其对韵段之合的提示作用就越大。

(184)王梵志《诗五十二首》(二一):夫妇生五男,并有一双女。儿大须娶妻,女大须嫁处。户役差科来,牵挽我夫妇。妻即无褐被,夫体无裈袴。父母俱八十,儿年五十五。当头忧妻儿,不勤养父母。浑家少粮食,寻常空饿肚。男女一处生,恰似饿狼虎。粗饭众厨飡,美味当房弄。努眼看尊亲,只觅乳食处。少年生夜叉,老头自受苦。(《全诗》467)

此首诗偶句押韵,韵脚字为"女(语)、处(御)、妇(有)、袴(暮)、五(姥)、母(厚)、肚(姥)、虎(姥)、弄(语)、处(御)、苦(姥)"。将韵段中相邻的遇摄韵脚字视为一个韵组(A),该诗韵的分布格局可表示为

AABAABAAAAA。此为交错参差分布,也是离散分布①,宜合为一个韵段。初唐诗文遇、流二摄字可以相押,尤其是流摄唇音字,亦可为证。

(185)王梵志《诗五十二首》(二七):贫穷田舍汉,庵子极孤栖。两共前生种,今世作夫妻。妇即客春捣,夫即客扶犁,黄昏到家里,无米复无柴。男女空饿肚,状似一食斋。里正追庸调,村头共相催。幞头巾子露,衫破肚皮开。体上无裈袴,足下复无鞋。丑妇来恶骂,啾唧搦头灰。里正被脚蹴,村头被拳搓。驱将见明府,打脊趁回来。租调无处出,还须里正倍。门前见债主,入户见贫妻。舍漏儿啼哭,重重逢苦灾。如此更穷汉,村村一两枚。(《全诗》470)

此诗偶句押韵,韵脚字为"恓(齐)、妻(齐)、犁(齐)、柴(佳)、斋(皆)、催(灰)、开(咍)、鞋(皆)、灰(灰)、搓*(皆)、来(咍)、倍【陪】(灰)、妻(齐)、灾(咍)、枚(灰)"。用韵涉及蟹摄一二四等平声韵。从初唐用韵来看,佳皆同用2例,皆咍同用3例(含泰皆咍同用1例),皆灰咍同用1例,佳皆咍同用1例;灰咍同用126例,齐灰同用1例,齐灰咍同用1例;齐佳皆同用1例,另有齐祭佳同用1例,齐皆灰咍同用1例。佳皆与灰咍同用的数量多于分用的数量,二者关系较为接近;灰咍与齐分用的多,同用的少,灰咍与齐的关系较远;佳皆与齐的关系也不切近。但是,凭借上述用韵数量体现出来的韵与韵之间的远近关系,无法分出相应的韵段,比如将齐韵字与灰、咍及佳、皆韵字分开来。因为,该诗韵(组)的分布格局不是分开聚集分布,个别齐韵字是呈离散分布的。而且,如果将蟹摄一、二、四等字分别用A、B、C表示,该诗韵(组)的分布格局为CCCBBAABABAACAA,这是典型的交错参差分布。此当合为一个韵段。

(186)崔湜《杂诗》:鹊巢恶木巅,常窘一枝息。宁知倚梧凤,亦欲此栖宿,嗜嗜多好音,矫矫奋轻翼。上林岂不茂,胡为恋幽仄。处陋仍莫保,居华固陵偪。下流不可居,斯言可佩服。(《全诗》2073)

该诗偶句押韵,韵脚字是"息(职)、宿(屋)、翼(职)、仄(职)、偪(职)、

---

① 详见下"(3)韵的离散分布"。

服（屋）"。职、屋韵字呈 ABAAAB 分布格局，为交错参差分布，兼离散分布。初唐屋、职相押 4 例（不含本例），如释法融《答博陵王问》（一）叶"息（职）逐育（屋）"，王梵志《诗二十九首》（二二）叶"福（屋）食饰域（职）"，释道世《机辩篇颂》叶"伏目郁（屋）逼（职）馥熟穀腹（屋）"。今合为一个韵段。

（187）芮智璨《大唐贝□通直郎行沂州新太县令上护军张文珪奉为二亲敬造像碑铭》：爰属有隋。炎行告否。黔首交丧。绿林斯逸。猛噬波腾。群凶岳峙。眷言士庶。□□桑梓。（《全文补》214）

该韵段偶句押韵，韵脚字是"否（旨）、逸（质）、峙（止）、梓（止）"。将韵段中相邻的止摄韵脚字视为一个韵组（A），韵（组）呈 ABAA 的分布格局，此为交错参差及离散分布。初唐诗文止质同用 2 例（不含本例），如岑文本《唐故特进尚书右仆射上柱国虞恭公温公碑》叶"弼日室实（质）始（止）耕毕溢（质）"（《唐文拾遗》一五16）。此应合为一个韵段。

（3）韵的离散分布

由于离散的韵字具有很强的依附性，故离散分布格局的韵段划分一般从合。

（188）张说《再使蜀道》：眇眇葭萌道，苍苍褒斜谷。烟壑争晦深，云山共重复。古来风尘子，同眩望乡目。芸阁有儒生，轺车倦驰逐。青春客岷岭，白露摇江服。岁月镇羁孤，山川长返覆。鱼游恋深水，鸟游恋乔木。如何别亲爱，坐去文章国。蟋蟀鸣户庭，蟏蛸网琴筑。（《全诗》1861）

此诗偶句押韵，韵脚字是"谷（屋）、复（屋）、目（屋）、逐（屋）、服（屋）、覆（屋）、木（屋）、国（德）、筑（屋）"。屋、德韵字呈 AAAAAAABA 分布格局，为离散分布兼交错参差分布。初唐用韵虽未见其他屋、德相押例，然有屋、职相押数例。此诗合成一个韵段。

（189）孙思邈《保生铭》：饱则立小便。饥乃坐漩溺。行坐莫当风。居处无小隙。向北大小便。一生昏幂幂。日月固然忌。水火仍畏避。

每夜洗脚卧。饱食终无益。忍辱为上乘。谗言断亲戚。思虑最伤神。喜怒伤和息。每去鼻中毛。常习不唾地。(《全文》一五八 11)

此段铭文偶句押韵,韵脚字是"溺(锡)、隙(陌)、幂(锡)、避(寘)、益(昔)、戚(锡)、息(职)、地(至)"。从韵读的角度看,梗摄入声字彼此可以相押,梗、曾二摄入声字亦可以相押,但寘、至韵字与梗、曾摄入声字阴入相押,其韵读是否和谐,归属何韵段,不易作出判断。如果从韵的分布格局着眼,问题就不难解决了。将韵段中相邻的梗摄入声韵脚字视为一个韵组(A),该铭文韵字呈 AAABAACD 分布格局,此为离散分布兼交错参差分布。显然,处于中间位段的寘韵字"避",当依附于它前后的梗摄入声韵组,处于末尾的至韵字"地",应依附于它前面的梗摄入声韵组及职韵字。故此,该段铭文合为一个韵段。

应该指出,韵(组)的分布格局毕竟只是一种形式,划分韵段时宜将分布格局与韵读及其他因素结合起来分析。韵(组)的分布格局对于韵段划分只起辅助作用。对于韵谐关系显明的,比如灰咍同用,更是无需作分布格局的分析。

4. 根据声调的分布格局划分韵段

声调的分布格局及其在韵段划分中的运用,可以参照韵的分布格局及相关做法。实践中发现,声调的分布格局对韵段划分有辅助作用的主要是分开聚集分布。声调的分开聚集分布多提示韵段的转换。罗常培和周祖谟(2007:67)已注意到汉代诗文存在四声分用而换韵的现象,例如,贾谊《鹏鸟赋》"夏舍暇"与"故度去"上去分用,王褒《僮约》"脯笮"与"具窦斗"及"酒口斗偶"平上去分用,等等。李荣(1982:204~205)也指出隋代用韵存在此类情况。

(190)王元环《大周故处士南阳张君夫人吴郡孙氏墓志铭并序》:志狎山水,道存高尚,名利不居,琴书是玉。兰熏桂馥,霞明月亮,于焉□□,□然□□。□鸾□□,德耀连芳,俄悲壑徙,遽叹舟藏。两□□剑,双□凤皇,千年不朽,万代其昌。(《唐墓志》1002)

　　该铭文偶句押韵。韵脚字"尚、玉【王】、亮",去声漾韵字;"芳、藏、皇、昌",平声阳、唐韵字。"□然□□"句末韵脚字阙。此铭文16句,后8句押平声韵,前6句押去声韵,"□然□□"在前8句之末,以句号结句,可以推知,该句不仅归属前8句,其句末韵脚字亦当为宕摄去声字。此铭文声调呈平、去分开聚集分布格局。可据此分为两个韵段。

　　(191)□镇《大唐幽州大都督府云居寺石经堂碑》:西方之圣兮。彼皇者觉其正道兮。其道正兮。在我性兮。西方之仁兮。彼皇者觉其道真兮。其道真兮。在我身兮。(《全文补》391)

　　此碑文偶句押韵,韵脚字"圣(劲)、道【正】(劲)、正(劲)、性(劲)、仁(真)、真(真)、真(真)、身(真)"。前4句押-ŋ尾去声劲韵字,后4句押-n尾平声真韵字,无论是韵还是声调,均呈分开聚集分布格局。此外,前4句与后4句分别从"正"和"真"两方面,论"西方之圣道"与"西方之仁道",进而以此"正"我性,"真"我身。二者内容上密切关联而又彼此不同。声调和韵的分布格局所提示的韵段跟内容层次协同一致。据此分为两个韵段。

　　(192)李安期《大唐故右威卫大将军上柱国汉东郡开国公李公碑铭》:情超事□。智洞几先。参谟内帐。厕迹中涓。弓开月上。陈骇云襄。含霜履刃。击电舒鞭。灼灼英规。趫趫雄断。情隘云海。志凌霄汉。屡从神略。言凭庙算。禁暴除残。夷凶靖难。(《全文补》170)

　　此铭文偶句押韵,韵脚字是"先(先)、涓(先)、襄(仙)、鞭(仙)、断(换)、汉(翰)、算*(换)、难(翰)"。这些韵脚字都是山摄字,但声调呈平、去分开聚集分布格局,同时洪、细音字亦相应地呈分开聚集分布格局。据此当分为两个韵段。

　　(193)卢照邻《行路难》:倡家宝袜蛟龙帔,公子银鞍千万骑。黄莺一一向花娇,青鸟三三将子戏。千尺长条百尺枝,月桂星榆相蔽亏。珊瑚叶上鸳鸯鸟,凤皇巢里雏鹓儿。巢倾枝折飞凤去,条枯叶落任风吹。一朝憔悴无人问,万古摧残君讵知。人生贵贱无终始,倏忽须臾难久恃。

谁家能驻西山日,谁家能堰东流水。(《全诗》768)

《行路难》是乐府旧题,韵段多为4句,均偶句押韵,首句入韵。依整篇韵式,此可分3个韵段,分别叶"岐骑戏(寘)""枝亏儿吹知(支)""始恃(止)水(旨)"。这些韵脚字都是止摄字,但不能合为一个韵段,这不仅是受《行路难》规律性韵式制约的结果,相当程度上还是声调的分布格局使然。此诗韵脚字声调呈平、上、去分开聚集分布格局,声调分布格局与韵式互证。

(194)崔湜《景云二年余自门下平章事削阶授江州员外司马寻拜襄州刺史春日赴襄阳途中言志》:幸逢休明时,朝野两荐推。一朝趋金门,十载奉瑶墀。入掌迁固笔,出参枚马词。吏部既三践,中书亦五期。进无负鼎说,退惭补衮诗。常恐婴悔吝,不得少酬私。嗷嗷路傍子,讪谤纷无已。上动明主疑,下贻大臣耻。毫发顾无累,冰壶貌自持。(《全诗》2076)

此诗前面12句偶句押韵,首句入韵,叶"时(之)推墀(脂)词期诗(之)私(脂)",都是止摄平声之、脂韵字。后面6句句句押韵,叶"子已(止)疑(之)耻(止)累(寘)持(之)"[①],也都是止摄字,但声调有平、上、去之别,其声调的分布情况为"上上平上去平",呈现出形如AABACB的交错参差兼离散分布格局,划分韵段时应作为一个整体对待。综合起来看,前12句韵脚字声调同为平声,后6句韵脚字为异调相押,这相当于分开聚集分布,故应分为两个韵段。

5.根据语义层次及形式标记划分韵段

语义层次和韵段是不同性质的语言结构体,这两种结构体有时协同一致,而且,当语义层次转换伴有特定的词语出现时,可作为换韵的一种显性标记,起到辅助韵段划分的作用。

(195)陈元光《四灵为畜赋》:此四灵之为畜。彰品物之含惠。考之前代。甘露醴泉。紫芝丹桂。窃拟末流。难拟魁伟。饮休德以难名。绘奇功而莫啄。于戏。玄德四达。神光轩豁。大集厥祥。畜于郊墅。(《全

---

① 此句句押韵,参看韵例(22)。

文补》225）

根据韵读，止、蟹二摄细音韵脚字"惠（霁）、桂（霁）、伟（尾）、啄【喙】（废）"可划为一个韵段（"考之前代"不韵[1]），入声韵脚字"达（曷）、豁（末）、鏊（铎）"划为另一个韵段。值得注意的是两个韵段之间的"于戏"。"于戏"是个感叹词，在内容上承上启下，从上文对"四灵为畜"的描写，通过它过渡到下面的议论。语义层次与韵段一致，"于戏"既是语义层次推进的标记，也是换韵的标记。

（196）骆宾王《在江南赠宋五之问》：井络双源浚，阳侯九派长。沦波通地穴，输委下归塘。别岛笼朝蜃，连洲拥夕涨。韫珠成积润，让璧动浮光。浮光疑折水，积润疏圆沚。玉轮涵地开，剑匣连星起。风烟标迥秀，英灵信多美。怀德践遗芳，端操惭谋己。谋己谬观光……千里暴炎凉。炎凉几迁贸……邯郸通北千。北千平生亲……故人漳水滨。漳滨已辽远……雁起芦花晚。晚秋云日明……凄断泣秦声。秦声怀旧里……三冬足文史。文史盛纷纶……谁为听阳春。（《全诗》667～668）

此诗9个韵段，每8句一换韵，偶句押韵，换韵首句入韵。该诗叶"长塘涨光""水沚起美己""光惶忘伤凉""贸凑岫旧千【斗】[2]""亲津辛蘋滨""远返苑坂晚""明清情名声""里已土水史""纶尘贫因春"。韵段间的换韵处均使用了顶针辞格，王力（2015:534）将此类句子称作"连环句"。其顶针与韵段的关系可标示如下（韵段用数字序号表示）：①"浮光"②，②"谋己"③，③"炎凉"④，④"北千【斗】"⑤，⑤"漳滨"⑥，⑥"晚"⑦，⑦"秦声"⑧，⑧"文史"⑨。这些顶针格词语作为换韵的语言标志，对韵段划分起到提示与旁证的作用。

（197）骆宾王《夏日游德州赠高四》：日观邻全赵，星临俯旧吴。隔津开巨寝，稽阜镇名都。紫云浮剑匣，青山孕宝符。封疆恢霸道，问鼎竞雄图。神光包四大，皇威震八区。风烟通地轴，星象正天枢。天枢限

---

① 　参看韵例（55）。

② 　"千"当作"斗"，参看韵例（63）。

南北……抚膺长叹息。叹息将如何……生死翟公罗。罗悲翟公意……流水伯牙弦。牙弦忘道术……讵扫陈蕃室。虚室狎招寻……凤彩缀词林。林虚星华映……荷气上薰风。风月芳菲节……三月聊栖拙。栖拙隐金华……犹冀折疏麻。(《全诗》664)

此诗共11个韵段,依次叶"吴都符图区枢""北国德职识翼息""何多歌颇罗""意气畏渭贵""泉贤船筌弦""术逸室""寻沉心襟深金林""映净""红通空丛风""节悦别穴绝热拙""华查家瓜花赊"。其中8处换韵使用了顶针辞格。划分韵段时,应当充分利用这些词语标记。

有的形式标记以复叠方式出现。这种复叠除了分隔层次,还起到贯通篇章、突出强调、协和音韵等作用。复叠语句可以形成"遥韵",此多见于民歌、乐府。

6.嘲戏诗、回文诗的韵段划分

嘲戏诗一般为二人互嘲,各作两句或多句,往往合成一首,算是一种特殊的联句。

(198)王威德《戏贾元逊》:千具羖羺皮,唯裁一量鞾。(《全诗》250)贾元逊《戏王威德》:千丈黄杨木,空为一个梳。(《全诗》251)

《全诗》于《戏王威德》诗后注:"《启颜录》:国初,贾元逊、王威德俱有辩捷,旧不相识,先各知名,因无相见。元逊髭须甚多,威德鼻极长大,尝有一人置酒唤客,兼唤此二人,此二人在座,各问知姓名,然始相识。座上诸客及主人即请此二人言戏。威德即先云(略)。诸人问云:'馀皮既多,拟作何用?'威德答曰:'拟作元逊颊。'元逊即应声云(略)。诸人又问云:'馀木拟作何用?'元逊答云:'拟作威德枇子。'四座莫不大笑。"一人作两句,合并之才成完篇,故叶"鞾(末)梳(鱼)"。

(199)梁宝《嘲赵神德》:赵神德,天上既无云,闪电何以无准则。(《全诗》248)《又嘲》:官里科朱砂,半眼供一国。(《全诗》248)

　　赵神德《嘲梁宝》:向者入门来,案后唯见一挺墨。(《全诗》249)《又嘲》:磨公小拇指,涂得太社北。(《全诗》249)

梁宝与神德互嘲分两个回合，划分韵段时，《嘲赵神德》与《嘲梁宝》当合，两个《又嘲》当合。前者叶"德则墨（德）"，后者叶"国北（德）"。

回文诗是以回环往复的方式构造并呈现诗篇的特殊诗歌类型，无论顺读还是回诵，皆成文谐韵。回文诗的韵段划分，首先需要弄清楚其构造体制，依顺、逆二序，逐一谐读出诗篇，划分韵段。初唐未见回文诗。

最后强调两点。其一，无论判断句末字是否入韵，还是韵脚字校勘，确定韵脚字的韵属及划分韵段，都不是彼此孤立而是相互关联、相互影响的。韵脚字整理的诸原则及方法往往需要综合运用。譬如，韵段划分的结果会对判断句末字是否入韵产生影响。

（200）骆宾王《帝京篇》：平台戚里带崇墉，灼金馔玉待鸣钟。小堂绮帐三千万，大道青楼十二重。宝盖雕鞍金络马，兰窗绣柱玉盘龙。绮柱璇题粉壁映，锵金鸣玉王侯盛。王侯贵人多近臣，朝游北里暮南邻。陆贾分金将宴喜，陈遵投辖正留宾。赵李经过密，萧朱交结亲。（《全诗》735）

此诗韵脚字"墉钟重龙""臣邻宾亲"分别押钟、真韵，两组字韵读不谐，可据此分别韵段。对于"绮柱璇题粉壁映，锵金鸣玉王侯盛"二句的韵段划分，有不同的处理结果。鲍明炜（1990:327）将二句独立为一个韵段。"映、盛"分属去声映、劲韵。其前后韵脚字均为平声，此与前后韵组及其声调呈分开聚集分布格局，似可独立为一个韵段。但是，从全诗的主体韵式、韵脚字异文、诗义及层次等多方面看，"盛"当作"宫"[1]。"宫"，东韵字，与"墉、钟"等韵谐。无论"宝盖雕鞍、兰窗绣柱"，还是"绮柱璇题、锵金鸣玉"，都是形容"王侯宫"的，而自"王侯贵人多近臣"以下，转而写"王侯贵人"，层次划然。"盛"字作"宫"并属上，不仅韵读和谐，语义层次更加顺畅合理。"绮柱"领起的二句不能独立为一个韵段，造成的结果之一就是"映"字不入韵。

韵脚字整理某一方面出错，通常会引起连锁反应，导致其他方面出错。比如断句失误，可能对判断句末字是否入韵以及韵段划分产生误导作用。

---

[1] 参看韵例（100）。

（201）沈佺期《霹雳引》：岁七月火伏而金生，客有鼓瑟于门者，奏霹雳之商声。始戛羽以骁骜，终扣宫而砰磕。电耀耀兮龙跃，雷阗阗兮雨冥。气呜唅以会雅，态欻翕以横生。有如驱千旗，制五兵，截荒虺，斫长鲸。孰与广陵比意，别鹤俦精而已。俾我雄子魄动，毅夫发立，怀恩不浅，武义双辑，视胡若芥，剪羯如拾，岂徒慷慨中筵，备群娱之翕习哉。（《全诗》1311）

对于诗句"孰与广陵比意，别鹤俦精而已"，鲍明炜（1990：73）以《全唐诗》为据，断为"孰与广陵比，意别鹤俦精而已"，并独立为一个韵段，叶"比（旨）已（止）"。此断句未安。首先，"孰与、而已"可以看成复音"虚字"，除去这些"虚字"，就是四字句"广陵比意、别鹤俦精"，与其后"（俾我）雄子魄动、毅夫发立"等句子等长，构成宽对。若在"比"字后断开，句子就变得参差不齐，失去形式之美。其次，"广陵、别鹤"本指古琴曲《广陵散》《别鹤操》，后用来表示"人事凋零或事成绝响""夫妻分离"（何九盈等：1365、471）之意。"比"是并列、匹配的意思，"意"与"俦精"之"精"同义，即意象、情志，"俦"是类的意思。"俦"与"比"、"精"与"意"两两对文。"广陵比意、别鹤俦精"为对仗。两句大意是：古曲《广陵散》之意象与此"霹雳之商声"相比，谁更震撼人心？《广陵散》不过表达"别鹤孤鸾"之类情志罢了。这样的诗意表达也许才是诗作之本意。再次，《霹雳引》除去开头的"引子"①，诗歌部分由两个长韵段组成，都是偶句押韵。如果将"孰与广陵比，意别鹤俦精而已"划为一个韵段，韵式上就显得不够自然。总之，只有在"意"字后断句，才能对"精"字的韵脚字身份以及相关韵段的划分，作出正确的判断，否则，就会出现一系列的错误。

其二，韵脚字整理有时存在一定的主观性，处理方式及结论见仁见智。

（202）王勃《采莲曲》：相思苦，假期不可驻，塞外征夫犹未还，江南采莲今已暮。

此偶句押韵，叶"驻（遇）暮（暮）"。但首句句末字"苦"是否入韵？《采

① 此诗开头三句不韵，参看韵例（53）。

莲曲》共8个韵段,另有6个韵段首句入韵。首句入韵有一定的倾向性。前一韵段末句"江讴越吹相思苦"之"苦",是韵脚字,其叶"浦橹苦(姥)"。此"相思苦"承接上一句,采用了顶针手法。据此,可定"苦"字入韵。然从声调看,其他7个韵段均为同调相押,若该"苦"字入韵,就成为该篇唯一的异调相押韵段。若"苦"字不入韵,全篇就是同声调相押,却与另一韵段一起成为该篇首句不入韵的少数例外。此外,该"苦"字入韵,则是首句入韵,意味着其领起的4句划为一个韵段;若该"苦"字不入韵,此4句依然划为一个韵段,但为同声调相押,两个韵段在韵(组)及声调上呈分开聚集分布格局。"苦"字入韵与不入韵,可谓各有利弊。笔者作入韵处理。

根据上述韵脚字整理的原则、方法,得到初唐《全诗》作家307人,韵段2933个,《全文》作家183人,韵段3387个,《全文补》作家57人,韵段364个,《唐墓志》作家68人,韵段324个。共计作家476人,韵段7008个。

三、空间材料

空间材料指反映用韵空间分布普遍性状况的语言材料。用韵空间分布综合评价法是建立在对某个时期诗文用韵涉及的空间材料全面搜集与科学整理基础上的。空间材料的整理主要包括分区、作家与籍贯地的确定。

(一)初唐的分区

初唐分区的目的是划分境内空间范围大于州府的区域。这样的区域不应简单套用初唐的行政区划,也不能照搬初唐的方言分区。我们根据唐代方言区与一级地方政区"道"的对应关系,结合地理形便划分初唐的大区。大区之间的界线以相关道的边界为准,需要局部调整的以所涉州府的边界为准。

初唐分为十道:关内道、陇右道、河东道、河北道、河南道、山南道、淮南道、江南道、剑南道、岭南道。根据冯蒸(2002、2005、2007),唐代分六大方言区,即:西北方音区(包括河西方言和以长安音为代表的两个次方言区)、中原方音区(以洛阳音为代表)、江淮方音区(以扬州音为代表)、江南方音区

（吴音区）、东南方音区（闽音区）、西南方音区（以成都音为代表）[①]。将西北方音区的两个次方言区独立出来，作为以长安音为代表的西北方音区一和以河西方言为主体的西北方音区二，成为七个方言区。

唐代七大方言区与初唐十道存在对应关系。西北方音区一对应关内道，西北方音区二对应陇右道，据此划为关内区、陇西区。河东道、河北道位于黄河以东以北地区，并延伸到东北等地，据此设立河北道（河东道也是在黄河以北，只有个别州例外，见下）。中原方音区跟河南道及山南道东部大体对应，据此划出中原区。江淮方音区对应淮南道，划为江淮区。江南道横跨面很大，可据东南方音区、江南方音区及西南方音区将其三分，依次划为东南区、江南区及西南区。东南区辖东南沿海一带，包括今江、浙、沪、闽一带。将江南道所属今贵州部分地区与山南道西部、剑南道所属川渝地区合为西南区。江南道的其余部分作为江南区。根据岭南道设立岭南区。至此，分初唐为九大区：关内区、陇西区、河北区、中原区、江淮区、江南区、东南区、西南区、岭南区。从大区与方言区及道的对应关系可以看出，大区既不等同于方言区，也不是初唐政区道的翻版，而是兼有方言区和政区双重特性。

以盛唐十五道看初唐分区，京畿道和关内道归关内区，都畿道、河南道归中原区，山南东道除东南角的夔、万、忠三州外（详下），也归中原区。江南东道归东南区。江南西道和黔中道（今属湘鄂地区）归江南区。剑南道、山南西道（除凤、兴、梁、洋四州，详下）和黔中道大部（今贵州）归西南区。盛唐十五道与九大区的对应更为细致、严整，也解决了一些大区间的分界线问题。

有的大区与道并不完全对应，需要作局部调整。河东道的虢州，位于黄河以南，在陕州（属河南道）的正南方，右靠河南府，隋开皇三年（583）属陕州，贞观八年（634）归河南道，开元初，以巡按所便，改属河东道，今将虢州移出河北区，归入中原区。这样河北区全在黄河以北。凤州、兴州、梁州、洋州，位于山南道西北端，今属陕西，其左临陇右，北接京畿，与山南道东部连

[①]   冯蒸《唐代方音分区考略》，《龙宇纯先生七秩晋五寿庆论文集》，台湾学生书局2002年；冯蒸《〈尔雅音图〉与〈尔雅音释〉注音异同说略》，《音史新论》，学苑出版社2005年；冯蒸《论〈尔雅音图〉的音系基础》，《汉字文化》2007年第3期。

成一片，这四州处于腹地，偏移了"西南"，宜归入中原区。山南道东部西南角的夔州、万州和忠州今属重庆，紧贴山南道西部诸州，当从中原区移出，归入西南区。

初唐各大区所辖州府根据大区对应的道来确定，此以开元图（详参《中国历史地图集（五）》所附开元二十九年（741）全图）为准（理由详下[三]）。我们统计了开元图十五道所辖州府，包括都护府、部分羁縻都督府及个别侨寄的边州①，得到331个州府。初唐分区与方言区、道及州府的对应见下表（表中大区内不同道的州府用∥分隔，道后括注所辖州府数）。

表 1-13　初唐大区与方言区、道及州府对应表

序号	大区	方言区	道	州府
1	关内区	西北方音区一	京畿道（5）关内道（20）	京兆府 华州 同州 岐州 邠州∥陇州 泾州 原州 宁州 庆州 鄜州 坊州 丹州 延州 灵州 会州 盐州 夏州 绥州 银州 宥州 胜州 丰州 安北都护府 单于都护府
2	陇西区	西北方音区二	陇右道（21）	秦州 渭州 武州 成州 兰州 河州 鄯州 廓州 岷州 洮州 叠州 宕州 凉州 甘州 肃州 沙州 瓜州 伊州 西庭州 安西都护府
3	河北区		河东道（18）河北道（30）	太原府 蒲州 绛州 晋州 慈州 隰州 汾州 沁州 仪州 岚州 石州 忻州 代州 蔚州 朔州 云州 潞州 泽州∥魏州 相州 博州 卫州 贝州 恒州 冀州 深州 赵州 德州 棣州 定州 易州 沧州 妫州 檀州 幽州 蓟州 平州 莫州 瀛州 邢州 洺州 饶乐都督府 营州 安东都护府 室韦都督府 黑水都督府 松漠都督府 渤海都督府
4	中原区	中原方音区	都畿道（6）河南道（23）山南东道（13）山南西道（4）	河南府 虢州 陕州 汝州 郑州 怀州∥汴州 宋州 亳州 颍州 滑州 许州 陈州 豫州 徐州 泗州 郓州 兖州 青州 齐州 济州 曹州 濮州 密州 海州 沂州 莱州 淄州 登州∥襄州 邓州 复州 郢州 唐州 隋州 均州 房州 商州 金州 归州 峡州 荆州∥洋州 凤州 兴州 梁州
5	江淮区	江淮方音区	淮南道（14）	楚州 濠州 滁州 扬州 申州 光州 寿州 庐州 和州 安州 黄州 沔州 蕲州 舒州
6	江南区	江南方音区	江南西道（19）黔中道（6）	鄂州 岳州 洪州 饶州 虔州 吉州 江州 袁州 抚州 宣州 潭州 衡州 郴州 永州 连州 道州 邵州 澧州 朗州∥辰州 锦州 巫州 溪州 施州 业州

① 唐代在边远少数民族地区设羁縻府州，盛唐时达856个府州，分别隶属于六大都护府和若干边州都督府。北庭都护府不见于"陇右道西部"分图。

序号	大区	方言区	道	州府
7	东南区	东南方音区	江南东道(19)	润州 常州 苏州 杭州 湖州 歙州 睦州 越州 婺州 衢州 括州 温州 台州 明州 福州 建州 泉州 漳州 汀州
8	西南区	西南方音区	剑南道(35) 山南西道(13) 黔中道(10) 山南东道(3)	益州 彭州 蜀州 汉州 邛州 简州 资州 嘉州 戎州 雅州 眉州 松州 茂州 翼州 维州 当州 悉州 静州 柘州 恭州 奉州 黎州 寯州 姚州 梓州 剑州 绵州 遂州 普州 荣州 陵州 泸州 龙州 扶州 文州 ‖ 集州 壁州 巴州 蓬州 通州 开州 阆州 果州 利州 渠州 合州 渝州 涪州 ‖ 黔州 南州 溱州 珍州 思州 播州 夷州 费州 充州 黔州所领 ‖ 夔州 万州 忠州
9	岭南区		岭南道(72)	广州 循州 潮州 端州 康州 封州 韶州 春州 新州 雷州 罗州 高州 恩州 潘州 辩州 泷州 勤州 崖州 振州 儋州 万安州 桂州 梧州 贺州 昭州 象州 柳州 严州 融州 龚州 富州 蒙州 邕州 贵州 宾州 澄州 横州 钦州 浔州 交州 爱州 骥州 峰州 陆洲 山州 长州 武安州 唐林州 环州 桂州所领 宜州 田州 芝州 绣州 藤州 淳州 郁林州 平琴州 党州 牢州 容州 义州 禺州 窦州 冈州 笼州 白州 瀼州 廉州 武峨州 汤州 安南都护府

(二)作家的确定

1.作家姓名依诗文集。今据《全诗》"凡例",作家一般用本名或通用名,帝王、后妃以庙号、封号与姓名联署,僧侣用法名,冠以"释、尼"字样,外国人有汉名者称汉名。例如称唐睿宗李旦、则天皇后武曌、太宗皇后长孙氏、嗣泽王(李)润、释道世、薛瑶(新罗人)。《全文》有避清帝名讳而改名字的,今改回原名,如孙处元、严识元,因讳康熙名易"玄"为"元",今分别回改作孙处玄、严识玄。

2.同名的诗文作家,当查核是否为同一人。严识玄,《全文》避讳作严识元,作家小传未详其生卒年与籍贯,谓武后朝官,渭州刺史,后为兵部郎中。《全诗》谓冯翊重泉(今陕西大荔)人,高宗永淳间,以乡贡进士登第,历雍州长安尉,迁雍州栎阳令、洛州巩县令,授渭州司马,迁长史。玄宗先天间,拜兵部郎中。《全文》着笔简略,但所述仕履与《全诗》吻合,当系同一人。李畲,《全文》籍贯未详,字玉田,谓其初为汜水主簿,擢监察御史,国子司业,事母甚孝,母终,哀毁卒。《中国历代人名大辞典》(1999:930)谓赵州高邑人,字玉田,所载仕履等与《全文》同,此为同一人。

本节"一"之"(三)初唐诗文文本的界限"提到的崔镇,文见《全文补》卷三三《唐河南府温县尉房君故夫人崔氏墓志铭》(《唐墓志》开元三七一《唐河南府温县尉房君故夫人崔氏墓志铭》同)。其同名作家的韵文有《全文》卷三九五《尚书省梧桐赋》《北斗城赋》。《历代辞赋总汇(唐代卷)》亦收录二赋。《全文》卷三九五崔镇小传:"开元五年进士,天宝时官仓部员外郎。"《历代辞赋总汇(唐代卷)》崔镇小传:"博陵安平(治所在今河北安平)人。开元七年(719)进士,历仓部员外郎。"显然,这两个小传说的是同一人。《全文补》卷三三《唐河南府温县尉房君故夫人崔氏墓志铭》文末署:"陕州河北县尉崔镇撰。"《唐墓志》开元三七一崔镇文末亦署:"陕州河北县尉崔镇撰。"这个任"陕州河北县尉"的"崔镇",跟官至"仓部员外郎"的"崔镇"并非同一人。前者的河北县尉官衔(很可能是其生平所任最高官职)不见于后者小传,两者仕履不同,当是同名的两个作家。

3.联句诗为数人之作,首唱者一般名高位显,在联句诗制作中往往有"定基调"的作用。《全诗》将其归入首唱者名下,今从其例。《两仪殿宴突利可汗赋七言诗柏梁体》(《全诗》359),为唐太宗李世民、李神通、长孙无忌、房玄龄和萧瑀联制,依《全诗》归于太宗名下。

4.嘲戏诗与联句诗在诗歌创作方式上相类。嘲戏诗一般为二人互嘲,每人作数句,有的看似"残句",或押或否,合观乃成完篇。我们将互嘲诗句合并,归于互嘲双方名下。这是考虑到,嘲戏诗的用韵应该是双方都认可的,否则,就达不到互嘲的效果,而且,嘲戏诗不像联句唱和有"主从"之分。梁宝《嘲赵神德》:"赵神德,天上既无云,闪电何以无准则。"《又嘲》:"官里科朱砂,半眼供一国。"赵神德《嘲梁宝》:"向者入门来,案后唯见一挺墨。"《又嘲》:"磨公小拇指,涂得太社北。"《嘲赵神德》与《嘲梁宝》、两个《又嘲》当两两合并,前者叶"德则墨(德)",后者叶"国北(德)"。这两首诗同归于梁宝与赵神德名下。

(三)籍贯地的确定与"统一化"

籍贯地材料是本研究的基础性材料之一。籍贯地原始信息以《全诗》《全文》《全文补》中的作家小传为基本依据,必要时参酌《唐诗大辞典》(周勋初1990/2003）、《中国文学家大辞典（唐五代卷）》（周祖譔1992）、《中国历代人名大辞典》（张撝之等1999）、《全唐文作者小传正补（上）》（李德辉2011）等予以订补。

但是，作家小传等提供的籍贯信息既有不详、不实的问题，也有不符合本研究特定要求的情况。考察初唐诗文用韵空间分布普遍性状况，需要对用韵的空间分布情况作精细刻画和系统性描写，指出每个用韵分布在哪些大区，各大区分布着哪些州府，各州府分布着哪些县域，各县域分布着哪些作家，并在此基础上作进一步的统计和归纳。这不仅要求空间要素量详实，还要求不同地域层级的要素（量）符合当时行政区划的隶属关系，其中籍贯地是最需要考量的对象。众所周知，中国古代地方政区的废置、辖域及名称屡有变化，即使是初唐，也跨越近百年，部分州府、县域政区亦有变动。而相关载籍所提供的初唐作家籍贯地的区划及名称，林林总总，情况复杂，有一些沿用了唐以前或开元以后的区划及名称，比如郡与州府并提。姑且不考虑初唐近百年来行政区划及名称的变化，单就那些使用初唐前后区划及名称的，就有可能造成初唐作家籍贯地时空错杂、重复龃龉的情况。如果将籍贯地原始信息不加甄别，采取兼收并包"一锅煮"的做法，势必影响相关统计数据的可信度。例如陆揩，《全诗》小传谓其吴郡（今江苏苏州）人，置吴郡可以追溯到西汉，隋代沿用，唐代废郡，改为苏州。前代的吴郡与初唐的苏州，同地而异名，必须统一用苏州之名，否则，就会出现重复统计的情况（详见下"陆揩"条）。因此，有必要对籍贯地区划及名称按某一时间的政区版图作"统一化"处理。

初唐作家籍贯地"统一化"的标准是《中国历史地图集（五）》（谭其骧1982）。《中国历史地图集（五）》列有唐代总章二年（669）、开元二十九年（741）和元和十五年（820）三幅全图。总章全图只画出初唐的部分州治，不具辖境，没有分幅图。开元全图也只画出当时部分州府治所，辖境未详，但配列了23幅分图，这些分图画出了全境州府和县的治所与州府辖境。因而，要全面描写初唐用韵在大区、州府、县域的分布情况，必须参照开元分图（简称"开元图"）来定。从初唐末到开元二十九年（741）仅三十来年，州府的废置、辖域和名称不会有大的变动，我们对籍贯地材料整理的结果也证实了这一点。以开元图为参照系,相当于将初唐作家的籍贯地"投射"到开元图,可以解决籍贯地原始信息中的种种时空参差错杂的情况,为用韵空间分布的描写提供了精确而统一的时空坐标。

然而,初唐作家籍贯地原始信息错综复杂,开元图并不能囊括其显示的所有州、县名称,前代使用的郡名,更是不见于开元图。此类不见于开元图的籍贯地名称,在开元图中或初唐时期是何地名,需要查阅关于我国历史地名之沿革的工具书。本研究采用史为乐《中国历史地名大辞典》(2005)。该辞典"在规模之庞大、收词之广泛、考证之精深、释文之明确等方面,都已达到前所未有的水平"[1],可以起到沟通籍贯地原始信息与开元图的桥梁作用。下面分条例说籍贯地确定与"统一化"的具体办法[2]。

1.籍贯地原始信息所载州府、县域与开元图不符的,改用开元图州府及县域名

于志宁,雍州高陵(今属陕西[3])人。高陵县,战国时秦孝公置,治所在今西安高陵区西南一里,其后几经变迁,隋大业二年(606)复名高陵县,三年改属京兆郡,唐属京兆府(2175)。此作京兆。

武平一,并州文水(今属山西)人。文水县,隋开皇十年(590)改受阳县置,属并州,治所在今山西文水县东十里旧城庄,开元中属太原府(491)。开元图文水县属太原府。此作太原府。

令狐德棻,宜州华原(今陕西铜川)人。华原县,隋开皇六年(586)改泥阳县置,为宜州治,治所即今铜川市耀州区,大业初属京兆郡,开元元年(713)属京兆府(1021)。开元图华原县属京兆府。此作京兆。

释智常,信州贵溪(今属江西)人。贵溪县,唐永泰元年(765)分余干、弋阳二县地置,属信州,治所在今江西贵溪市西一里(1892)。开元图贵溪县在饶州。此作饶州。

李百药,定州安平(今属河北)人。安平县,西汉置,属涿郡,为都尉治,

---

① 史为乐《中国历史地名大辞典》,中国社会科学出版社2005年,陈桥驿"序二"第5～6页。
② 本小节籍贯地区划及名称沿革之内容均出自史为乐(2005)。根据需要对引用内容采用节录的方式,大体遵照原文,不加引号及省略号,末了以小字括注页码。下仿此。
③ 本小节作家条目籍贯地后括注的今地名一般照录诗文集作家小传,有的括注省、市两级地名,有的只括注省一级地名,不强做统一,特此说明。

治所即今河北安平县,东汉属安平国,三国魏属博陵郡,西晋为博陵国治,北魏为博陵郡治,隋属博陵郡,唐属深州(1106)。开元图安平县属深州。此作深州。

以上改州府名。下面是改县域名的。

张大安,魏州繁水(今河南南乐)人。繁水县,隋开皇六年(586)析昌乐县置,治今河南南乐县西北,属魏州,大业初属武阳郡,唐初复属魏州,贞观十八年(644)废(2940)。昌乐县,北魏太和二十一年(497)置,属魏郡,治所在今河南南乐县西北,北周为昌乐郡治,隋大业初废入繁水县,唐武德五年(622)复置,属魏州,六年(623)移治今南乐县(1532)。开元图魏州有昌乐县(今南乐县)。此作魏州昌乐。

欧阳询,潭州临湘(今湖南长沙)人。临湘,秦置,为长沙郡治,治所在今湖南长沙市,隋开皇九年(589)改为长沙县(1865)。长沙县,隋开皇九年(589)改临湘县置,为潭州治,治所即今长沙市,大业初为长沙郡治,唐复为潭州治,天宝初为长沙郡治,乾元初复为潭州治(430)。开元图潭州治长沙。此作潭州长沙。

宋务光,汾州西河(今山西汾阳)人。西河县,唐上元元年(760)改隰城县置,为汾州治,治所即今山西汾阳市(932)。隰城县,西晋改兹氏县置,属西河国,治所即今山西汾阳市,北魏为西河郡治,北周为介州治,隋为西河郡治,唐武德元年(618)为浩州治,三年(620)改为汾州治,上元元年(760)改为西河县(2930)。开元图汾州治隰城。此作汾州隰城。

王易从,京兆霸城(今陕西西安)人。霸城县,三国魏改霸陵县置,属京兆郡,治所在今陕西西安市东北新筑街道,北魏移京兆郡治此,北周建德二年(573)废(2972)。开元图无霸城(霸陵)县,霸城当属长安。此作京兆长安。

薛稷,蒲州汾阴(今山西万荣)人。汾阴县,西汉置,属河东郡,治所在今山西万荣县西南,十六国前赵废,北魏太和十一年(487)复置汾阴县,属北乡郡,北周改汾阴郡,隋开皇初属泰州,大业初属河东郡,唐属蒲州,开元十一年(723)改为宝鼎县(1342)。开元图置宝鼎县。此作蒲州宝鼎。

2.籍贯地原始信息用了郡名,改用开元图州府名

陆揩,吴郡(今江苏苏州)人。西汉初以会稽郡治所在吴县,故亦称吴

郡,东汉永建四年(129)分会稽郡置,治所在吴县(今江苏苏州),辖域相当今江苏省、上海市长江以南,大茅山以东,浙江长兴、吴兴、天目山以东,与建德市以北的钱塘江两岸,三国以后逐渐缩小(1262)。开元图吴郡属苏州。此作苏州。

封行高,渤海蓚(今河北景县)人。蓚县,东汉改蓚县置,属渤海郡,治所在今河北景县南,隋开皇五年(585)改脩县置,属冀州,治所在今河北景县(2652)。开元图蓚县属德州。此作德州。

陈文德,颍川(今属河南)人。颍川郡,秦始皇十七年(前230)置,治所在阳翟县,三国魏黄初二年(221)徙治许昌县(今河南许昌市东三十六里古城),西晋以后辖境缩小,北魏徙治长社县(今河南长葛市东北),武定七年(549)徙治颍阴县(今许昌市),为郑州治,北周为许州治,隋大业三年(607)改为颍川郡,唐初改为许州,天宝元年(742)复为颍川郡(2585)。此作许州。

崔玄童,博陵安平(今属河北)人。安平县,西汉置,属涿郡,为都尉治,治所即今河北安平县,三国魏属博陵郡,北魏为博陵郡治,隋属博陵郡,唐属深州(1106)。此作深州。

司马承祯,河内温(今属河南)人。温县,春秋时晋置,治所在今河南温县西南三十里古温城,西汉属河内郡,隋开皇六年(596)属怀州,大业初复归河内郡,十三年(617)徙治李城(今河南温县),唐属孟州(2611~2612)。但开元图温县属河南府。此作河南府。

杨师道,弘农华阴(今属陕西)人。华阴县,西汉高帝八年(前199)改宁秦县置,属京兆尹,为京辅都尉治,治所在今陕西华阴市东南五里,东汉改属弘农郡,隋大业五年(609)移治今华阴市,属京兆郡,唐属华州(1018)。此作华州。

陈叔达,吴兴长城(今浙江长兴)人。长城,西晋太康三年(282)分乌程县置,属吴兴郡,治所在富陂村(今浙江长兴县东十八里),隋仁寿二年(602)属湖州,大业初属吴郡,武德七年(624)属湖州,徙治今长兴县(435)。开元图长城县属湖州。此作湖州。

以下郡、县名均改。

卢羽客,河中蒲(今山西永济)人。此"蒲"当作"蒲坂"或"蒲反"①。
蒲坂县,秦置,属河东郡,治所在今山西永济市西南二十四里蒲州镇,西汉改
为蒲反县,东汉复为蒲坂县,隋属蒲州,开皇十六年(596)移治蒲州镇东,大
业二年(606)废(2658)。河东县,隋开皇十六年置,属蒲州,治所在今山西永
济市蒲州镇,唐乾元三年(760)属河中府(1652)。蒲坂/反县在开皇十六年
(596)后改河东县。开元图河东县为蒲州治所,亦今永济县。此作蒲州河东。

窦希玠,扶风平陵(今陕西咸阳)人。平陵县,西汉昭帝置,属右扶风,
治所在咸阳市西北,三国魏改为始平县(667)。始平县,三国魏黄初元年
(220)改平陵县置,属扶风郡,治所在今陕西咸阳市西北,十六国前秦苻坚移
治茂陵城(今兴平市东北),为始平郡治,北魏永安元年(528)属扶风郡,北
周大象二年(580)为扶风郡治,隋属京兆郡,大业九年(613)始移治今兴平
市,唐景龙二年(708)改名金城县(1733)。从平陵到始平再到金城,其辖域
虽有迁移,但大体相重。今兴平市亦属咸阳市。开元图置金城县。此作京
兆金城。

何鸾,庐江潜(今属安徽)人。潜为春秋楚国地,在今安徽霍山县东北
(2879)。东汉改灊县为潜县,西晋复为灊县,北魏改灊县置,为庐江郡治,唐
武德五年(622)复置,属霍州,贞观中废(2880)。霍山县,隋开皇初改岳安县
置,属庐州,治所即今安徽霍山县,大业初属庐江郡,唐神功初改为武昌县,
神龙初复为霍山县,开元二十七年(739)废入盛唐县,天宝元年(742)复置,
属寿州(2908)。开元图霍山县废入盛唐县,只留下一个聚邑,盛唐县归寿州。
此作寿州盛唐。

刘穆之,河间鄚县(今河北任丘)人。鄚县,西汉置,属涿郡,治所在今
河北任丘市北鄚州镇东北,东汉属河间国,北魏孝昌三年(527)移治今任丘
市东北,属河间郡,唐景云中为鄚州治,开元十三年(725)改为莫县(2515)。
开元图莫县在莫州。此作莫州莫县。

刘友贤,广平易阳(今河北邯郸)人。易阳县,西汉置,属赵国,建安十
七年(212)属魏郡,三国魏属广平郡,北魏初废,孝文帝复置,移治今邯郸市
永年区,东魏天平初改属魏郡,隋开皇六年(586)改为邯郸县(1536)。邯郸

① 见下"3"之"(3)卢羽客"条。

县,隋开皇六年(586)改易阳县置,属洺州,治所即今永年区(临洺关),十年(590)改为临洺县(1218)。开元图洺州有临洺县。此作洺州临洺。

释道会,犍为武阳(今四川彭山)人。武阳县,战国末秦置,属蜀郡,西汉太初四年(前101)为犍为郡治,南朝梁改为犍为县(1429)。犍为县,南朝梁改武阳县置,属西江阳郡,西魏改为隆山县(2564)。隆山县,西魏末改犍为县置,属灵石郡,治所即今眉山市彭山区,北周为隆山郡治,隋属隆山郡,唐武德元年(618)属陵州,贞观元年(627)省入通义县,次年复置,属眉州,先天元年(712)改为彭山县(2470)。开元图眉州有彭山县。此作眉州彭山。

吕太一,河东蒲州(今山西永济)人。此河东为郡。河东郡,战国魏置,后属秦,治所在安邑县,东晋义熙十四年(418)移治蒲坂县,辖境缩小到今山西西南部汾河下游至王屋山以西一角,隋开皇初废,大业三年(607)复置,治所在河东县(今永济市蒲州镇),唐武德元年(618)废,天宝元年(742)又改蒲州为河东郡,乾元元年(758)复改蒲州(1652)。河东县相当于今永济市。籍贯中的蒲州实为蒲州治所,亦河东县。此作蒲州河东。

3.籍贯地献疑①

(1)疑误作临近的州县

房玄龄,《全诗》小传谓齐州临淄(今山东淄博)人。临淄县,秦置,为临淄郡治,治所在今山东淄博市东北,西汉为齐郡治,东汉为齐国和青州治,南朝宋和北魏为齐郡治,北齐入益都,隋开皇十六年(596)复置,属青州,大业初属北海郡,唐属青州(1864)。开元图临淄在青州。此齐州疑误,当作青州。

释善导,《全诗》小传谓泗州(今江苏盱眙)人。盱眙县,本作盱台县,秦置,属东海郡,西汉改盱眙县置,属临淮郡,东汉复改盱台县,三国废,西晋复置盱眙县,为临淮郡治,东晋义熙七年(411)移治今盱眙县都梁山东北麓,为盱眙郡治,东晋兖州、宋南兖州、齐北兖州、陈北谯州均曾治此,隋属江都郡,唐武德四年(621)为西楚州治,后属楚州,建中二年(781)改属泗州(1520)。开元图盱眙县即今盱眙县。但古盱眙县初、盛唐并不属泗州。开元图盱眙

① 本小节内容及廖灵灵(2021)盛唐相关内容曾以《〈全唐五代诗〉〈全唐文〉初盛唐韵文作家籍贯献疑——以〈中国历史地图集(第五册隋·唐·五代十国时期)〉及〈中国历史地名大辞典〉为参照》为题,刊于《中国韵文学刊》,2023年第1期。此处有改动。

县图标位于河南道泗州与淮南道楚州接界处,"盱眙"字样落在淮南道楚州一侧。从唐武德四年到建中二年,盱眙县或属西楚州[①],或属楚州,无一属泗州。释善导的生活年代(613～681年)没有超出这一时期。泗州误,当作楚州。此作楚州盱眙。

宋善威、李义府,《全诗》小传谓瀛州饶阳(今属河北)人。饶阳县,西汉置,治所今河北饶阳县东南,东汉属安平国,三国魏属博陵郡,西晋属博陵国,北魏属博陵郡,北齐天保五年(554)移治今饶阳县,隋属河间郡,唐属深州(1949)。开元图饶阳在深州。此瀛州误,当作深州。

张锡、崔善为,《全诗》小传谓贝州武城(今河北清河)人。清河县,三国魏置,北齐改贝丘县,隋开皇六年(586)改武城县置,治所在今河北清河县城关乡西北十二里,唐咸通元年(860)移治今清河县城关乡(2428)。武城县,西晋太康中改东武城县置,属清河国,治所在今山东武城县西北,北齐天保七年(556)移故信成县(今清河县城关乡西北十二里),隋开皇六年(586)改清河县,并于武城县旧治复置武城县,属贝州,大业初属清河郡,唐调露元年(679)移治永济渠北义王桥西二里(今山东武城县西南)(1434)。在北齐以前,清河县在今山东临清市一带,武城县在今清河县及武城县一带,二者不相隶属。到了隋开皇六年,清河县西移,占据了原武城县部分地,武城县范围缩小。在这一变迁过程中,清河与武城亦不相属,并由此奠定了二县以后的地理分布格局。从开元图看,贝州有武城县(今河北武城)与清河县(今河北清河),二县相邻但不相属。如依古地名武城,则今地名亦当作武城,若依今地名清河,则古地名当为清河。今依古地名武城,今地名清河当作武城。

(2)疑误将前后时期有地域相重关系的古地名并列

卢藏用,《全诗》小传谓幽州范阳(今北京)人。范阳县,秦置,治所在河北定兴县西南固城镇,西汉属涿郡,三国魏属范阳郡,北齐武平七年(576)移治伏图城,在今固城镇北,隋开皇初置范阳县于涞水县,开皇六年(586)改为固安县,唐武德七年(624)改涿县置,属幽州,治所在今河北涿州市(1477)。范阳郡,三国魏黄初七年(226)改涿郡置,属幽州,治所在涿县,辖境相当今河北内长城以东,永清以西,霸州、保定、紫荆关以北,北京房山以南地区,西

---

① 西楚州,唐武德四年置,治所在盱眙县,武德八年(625)废(944)。

晋改为范阳国,十六国后赵复改为范阳郡,辖境缩小,隋开皇初废,唐天宝元年(742)改幽州置,治所在蓟县,辖境相当今北京市大部、天津市海河以北和河北霸州、雄县部分地,乾元元年(758)复为幽州(1478)。范阳县历代辖境虽有变化,但均未超出今河北涿州周边,与今北京市不相重,范阳郡在隋代以前与今北京市基本不相重(除了房山区),不过,天宝元年以后包括了今北京市大部,如果小传的今地名不误,则此处范阳当为郡。可是,包括今北京市的范阳郡并不隶属幽州,它是由之前的幽州"改置"过来的,换言之,此时的范阳郡与幽州是前后沿承,不是共时并存的。因此,这里不能将"幽州、范阳"并列,当作范阳(今北京),或幽州(今北京)。此作幽州(今北京)。

(3)疑误用简称

卢羽客,《全诗》小传谓河中蒲(今山西永济)人。河中,唐方镇名,至德二年(757)置,治所在蒲州(旋升河中府,治今山西永济市西南蒲州镇),辖域屡有变动,较长时期内领有今山西石楼、汾西、霍州以南和安泽、垣曲以西地区。河中府,唐开元八年(720)升蒲州置,治所在河东县(今蒲州镇),同年改蒲州,乾元三年(760)复置河中府(1650~1651)。河中作为方镇范围较大,应包括稍后的河中府,河中府大致相当于开元图的蒲州。蒲,西周时蒲国,春秋时灭于晋,为邑,在今山西隰县西北。又春秋卫邑,即今河南长垣市(2655)。蒲县,隋大业二年(606)改蒲子县置,属隰州,治所在今山西蒲县西南,三年改属龙泉郡,唐武德二年(619)移治今蒲县,为昌州治,贞观元年(627)改属隰州(2658)。开元图蒲县属隰州。蒲是个很古的邑名,早已废弃不用。蒲或蒲县所在(今隰县西北、河南长垣或蒲县)均与今山西永济市相去甚远。其实,对应于今永济市的是古"蒲坂"或"蒲反"。蒲坂县,秦置,属河东郡,治所在今永济市西南蒲州镇,西汉改为蒲反县,东汉复为蒲坂县,隋属蒲州,开皇十六年(596)移治蒲州镇东,大业二年(606)废(2658)。蒲坂/反县在开皇十六年后改河东县,唐乾元三年(760)属河中府(1652)。因此,如果认可今地名,则此"蒲"或"蒲县"当作"蒲坂"或"蒲反"。开元图河东县为蒲州治所,亦今永济市。依开元图作蒲州河东。

(4)疑因同地异名截头取尾而致误

薛收,《全文》小传谓蒲东汾阴人。汾阴县,西汉置,属河东郡,治所在今山西万荣县西南庙前村北古城,北周改属汾阴郡,移治今万荣县西南宝井村,隋大业初属河东郡,唐属蒲州(1342)。开元十一年(723)汾阴县改为宝鼎县(1342)。汾阴县为前代所置,故开元图不见。今万荣县辖域当跨蒲、绛二州。据开元图,蒲州驻所为河东。隋代的河东郡与唐代蒲州辖域基本相当。查《中国历史地名大辞典》,古无蒲东地名。《中国历代人名大辞典》(1999:2534)薛收籍贯正作蒲州汾阴。《全诗》薛曜、薛元超亦作蒲州汾阴。所谓"蒲东",大概是因为蒲州与河东这两个同地不同时代的名称,经截头取尾而导致的误称。还有一点需要说明,开元十一年(723)汾阴县改为宝鼎县(1342)。依开元图,当作蒲州宝鼎。

(5)疑因形近义近而误

李安期,《中国文学家大辞典(唐五代卷)》(1992:277)谓安州安平(今属河北)人,《中国历代人名大辞典》(1999:976)亦谓安州安平人。安平县,西汉置,属涿郡,治所即今河北安平县,东汉属安平国,三国属博陵郡,西晋为博陵国治,北魏为博陵郡治,隋属博陵郡,唐属深州。自秦至南北朝,置安平县者尚有七处,但均不属河北(1106)。南北朝至唐代有九处置安州,然无一处辖安平县(1113)。可知安州安平必有一误。据《中国文学家大辞典(唐五代卷)》等,李安期为李百药之子,李百药,定州安平(今属河北)人,故李安期籍贯当为定州安平。不过,唐代今属河北的安平县并不在定州,而在毗邻的深州,开元图即是。此"安州"之"安"或因与"定"形近义近而讹。此作深州安平。

4.个别作家的籍贯地用了县域以下的地名,今改用县域名

释怀玉,丹丘(今浙江宁海)人。宋《嘉定赤城志》卷22宁海县丹丘"在县南九十里。葛玄炼丹处。孙绰赋所谓'仍羽人于丹丘,寻不死之福庭'是也"(457~458)。丹丘应是聚邑,相当今乡镇甚至村落,开元图无显示。此作台州宁海。

5.郡县同名籍贯地的确定

(1)同名郡县独自使用且括注了今县域或与县域相当之地域名的,作为县

高正臣,广平(今河北鸡泽)人。广平县,西汉置,为广平国治,治所在今河北鸡泽县东南旧城营,东汉属钜鹿郡,西晋后废,北魏太和二十年(496)

复置,属广平郡,北齐废,隋开皇初复置,后改为鸡泽县(219)。鸡泽县,开皇十六年(596)改广平县置,属洺州,治所在今河北鸡泽县旧城营,大业初废,唐武德四年(621)复置,治冯郑堡(今鸡泽县西南)(1409)。开元图置鸡泽县。此作洺州鸡泽。

柳明献,河东(今山西永济)人。河东县相当今山西永济市。此作蒲州河东。

释慧立,新平(今陕西彬州)人。东汉兴平元年(194)置,治所在漆县,北魏属泾州,西魏属豳州,隋开皇三年(583)废,义宁二年(618)复置,治所在兴平县,唐初改为豳州(开元中改豳为邠),天宝元年(742)复邠州为兴平郡。隋开皇四年(584)改白土县置,为豳州治,治所即今陕西彬州(2722)。今为新平县。

（2）如果今地名是省、地级市,或未知今地名的,就不能确定古县域,一般定为郡

贾言淑,平阳(今山西临汾)人。平阳郡县同名。平阳郡,三国魏正始八年(247)分河东郡置,治所在平阳县(今山西临汾市西南金殿镇),唐武德元年(618)改晋州,四年(621)移治今临汾市,天宝元年(742)复为平阳郡,辖境相当今临汾、霍州二市及汾西、洪洞、古县、安泽、浮山等地。乾元元年(758)仍改为晋州(657)。平阳县,春秋晋顷公十二年(前514)置,治所在今临汾市金殿镇,秦汉属河东郡,三国魏属平阳郡,北魏太平真君六年(445)废,太和十一年(487)复置平阳县,隋开皇元年(581)改为平河县(656)。平阳郡县有地域相重关系。今山西临汾为地级市,辖十余县市。平阳当为郡。此作晋州。

房元阳,河南(今河南洛阳)人。河南郡县府同名。河南县,秦置,属三川郡,治所在今河南洛阳市西涧水东岸,西汉属河南郡,北魏太和中属河南尹,东魏天平初改属新安郡,天平二年(535)改名宜迁县,为河南郡治,北周复为河南县,大业初徙治东京(今河南洛阳),为河南郡治,后几经更名,至景龙元年(707)复为河南县,开元初与洛阳县并为河南府治(1658)。河南郡,汉高帝二年(前205)改河南国置,治所在洛阳县,东汉、三国魏、西晋、北魏建都洛阳,置尹,大业三年(607)改豫州为河南郡,治所在河南县(今洛阳市),唐初改为洛州(1659)。开元元年(713)改洛州置河南府,治所在洛阳、

河南二县（1658）。河南郡县府存在地域相重关系。今洛阳市辖十余区县，不能匹配唐代洛阳县或别的县。此当作河南府。

再如：

释灵辩，襄阳（今属湖北）人。襄阳为郡。此作襄州。

刘赋，南阳（今属河南）人。南阳为郡。此作邓州。

许天正，汝南（今属河南）人。汝南为郡。此作豫州。

朱君绪，余杭（今浙江杭州）人。余杭为郡。此作杭州。

陈子良，吴（今江苏苏州）人。吴为吴郡。此作苏州。

洪子舆，毗陵（今江苏常州）人。毗陵为郡。此作常州。

刘昇，彭城（今江苏徐州）人。彭城为郡，此作徐州。

以上是已知今地名为省、地级市的。下面是未知今地名的。

庞行基，南安人。南安为郡。此作泉州。今属福建。

于敬之，河南人。河南为郡或府。此作河南府。今属河南。

卢士牟、卢献，范阳人。范阳为郡。此作幽州。今属北京或河北[1]。

郑休文、郑万钧，荥阳人。荥阳为郡。此作郑州。今属河南。

司马太贞，河内人。河内为郡。此作怀州。今属河南。

关弁缡，河东人。河东为郡。此作蒲州。今属山西。

宋芬，广平人。广平为郡。此作洺州。今属河北。

不过也有例外。卢粲，《唐墓志》长安〇四三《大唐故蒲州猗氏县令□府君墓志铭并序铭》文首署"朝散大夫行麟台郎上柱国范阳卢粲撰"，依上述条例，卢粲籍贯为范阳郡。然而，《中国历代人名大辞典》（1999：387）谓卢粲幽州范阳人，没有给出今地名，此处范阳当为县域名而非范阳郡。《唐墓志》景云〇二〇《大唐故雍王赠章怀太子墓志铭》文末署"银青光禄大夫邠王师上柱国固安县开国男庐粲撰[2]"，此固安县即范阳县，其对应的今地名为

---

① 　见下"13 卢士牟、卢献"条。

② 　据古联公司《中华石刻数据库》所录该墓志拓片，字作"卢"，《唐墓志》录文作"庐"，误，当正。《新唐书》卷一百九十九《儒学传》云：卢粲神龙中累迁给事中，后因忤逆安乐公主出为陈州刺史，开元初为秘书少监，累封固安县侯，终邠王傅。唐武则天光宅元年（684）改秘书郎为麟台郎，中宗神龙元年（705）复名秘书郎。上文两方墓志首/末所署撰者"卢粲"当系同一人。

河北涿州,而非北京或河北。

（3）有地域相属关系的同名郡县与州府名连用时一般定为县,与县名连用时定为郡

唐人典型的籍贯地表达格式由州府和县域组成,州、郡是隋唐时期大致相当的行政区划,因此,不可能两个县域连用,也不应州、郡并称。

李敬玄,亳州谯（今安徽亳州）人。谯为谯县。

郑世翼,郑州荥阳（今属河南）人。荥阳为县。

张敬之、张柬之,襄州襄阳（今属湖北）人。襄阳为县。

刘知几,徐州彭城（今江苏徐州）人。彭城为县。

王知敬,怀州河内人。河内为县。

朱子奢、董思恭,苏州吴（今江苏苏州）人。吴为吴县。

宋之问,虢州弘农（今河南灵宝）人。弘农为县。

杨师道,弘农华阴（今属陕西）人。华阴为县,则弘农为郡。

司马承祯,河内温（今属河南）人。温为温县,则河内为郡。

严识玄,冯翊重泉（今陕西大荔）人。重泉为县,则冯翊为郡。

（4）同名郡县地域上没有相属关系的,就不能套用上述郡县同名的办法定籍贯,而要根据实际情况来定

邵昇、邵炅,安阳（今属河南）人,后徙居汝南（今属河南）。籍贯作安阳。安阳古郡县同名。据今地名,似当定为安阳郡。安阳郡,北魏永安三年（530）置,为郢州治,治所在安阳县（今河南正阳县西南陡沟镇）,辖境相当今河南正阳县地,东魏天平四年（537）废(1115)。开元图属豫州。东魏前的安阳郡辖境不大,实属汝南郡。这与邵氏后徙居汝南（郡）矛盾,故此安阳当为县。安阳县,秦置,属河内郡,治所在今河南安阳市西南,西汉废入荡阴县,三国魏复置,属魏郡,东魏天平初废入邺县,隋开皇十年（590）复置,属相州,移治今安阳市,大业初为魏郡治,唐为相州治(1114)。此安阳县与安阳郡相去甚远,故而才有"后徙居汝南"之说。此籍贯地安阳当是唐代相州治所的安阳县。今地名为河南安阳。另外,由此推论,邵大震,安阳（今属河南）人,当与"二邵"籍贯相同。

6.作家籍贯存在异说的,取通行说法或多数人所持之说,无通行说法或不确定多数人所持之说可资参考时,取晚近说法

唐高祖李渊①,《全诗》小传:自称陇西成纪(今甘肃秦安)人,或以为出赵郡(今河北赵县)。《唐诗大辞典》(1990:194)谓祖籍陇西成纪,徙居长安。《中国历代人名大辞典》(1999:2040)谓祖籍陇西成纪,迁狄道,又徙武川镇,后入中原,居南赵郡广阿。《中国历史大辞典(隋唐五代史)》(1995:646)谓陇西成纪(今甘肃通渭东北)人,后迁狄道(今甘肃临洮),先茔在赵郡昭庆(今河北隆尧),或说本北人,迁陇西。后人多从陇西成纪说。今从此说。

陈元光,《全诗》小传:其先为河东(今山西永济)人,祖洪,为义安丞,遂有落籍潮州,为揭阳(今属广东)人之说,或谓光州固始(今属河南)人。《中国历代人名大辞典》(1999:1364)谓光州人。"目前学界对此问题持光州固始说者,在人数上占多数"②。今从光州固始说。

李嗣真,《全文》小传谓其赵州柏人(今按,此柏人县,今河北隆尧县)。《中国历代人名大辞典》(1999:1013)谓其赵州柏人人,一说滑州匡城人。《中国历史大辞典(隋唐五代史)》(1995:372)谓邢州柏仁(今河北隆尧西)人,一说滑州匡城(今河南长垣西南)人。今取赵州柏人之说。

李尚一,《全文》小传谓赵郡元氏人。李义为其弟。《全诗》小传云李义为赵州房子人,与兄尚一、尚贞以文章见称,合撰《李氏花萼集》。《唐诗大辞典》(1990:158)亦谓李义赵州房子人。此据《全诗》等作赵州房子。

释善导,《全诗》小传:泗州(今江苏盱眙)人,一作临淄(今山东淄博)人。今从泗州说,不取"一作"之说。

释道宣,《全文》小传谓丹徒人,一云长城人。《中国历代人名大辞典》(1999:2350)亦谓润州丹徒人,一说湖州长城人。今从丹徒说,不取"一云"之说。

---

① 本著没有考察唐高祖李渊的诗文用韵,因其涉及下文"10"关于开国皇帝的子女及孙辈籍贯如何确定的问题,故列此条。

② 李玉诚《陈元光籍贯问题研究述评》,《信阳师范学院学报(哲学社会科学版)》,2018年第4期,第129页。

　　释慧立,《全文》小传谓天水（今甘肃天水）人,《中国文学家大辞典（唐五代卷）》（1992:814）谓新平（今陕西彬州市）人。其他几部工具书未收慧立。今取后说。

　　7.世居地或祖籍与本人生活地或青少年生活地不一致时,以后者为准。郡望多与本人生活地、青少年生活地及世居或祖籍异地,今不依郡望

　　杜审言,《全诗》小传谓祖籍襄阳（今属湖北）,迁居巩县（今河南巩义）。《唐诗大辞典》（1990:155）亦谓祖籍襄阳（今属湖北）,父迁居洛州巩县（今河南巩义）。巩县当为杜氏出生地。此作河南府巩县。

　　张说,《全诗》小传谓世居河东（今山西永济）,十四岁丧父,徙家洛阳。《唐诗大辞典》（1990:261）谓原籍范阳（今河北涿州）,世居河东（今山西永济西）,迁家洛阳。《中国历代人名大辞典》（1999:1227）谓河南洛阳人,先世范阳人,居河东。《张说年谱》辨张氏籍贯非范阳,亦非洛阳,而是河东,其父"骘四十而生说,五十二而卒。说幼年当随父在河东,'徙家洛阳',最早在调露二年（说十四岁）殡父于河东之后。说之高祖俊为河东郡从事（见《张骘传》）,曾祖弋、祖恪、父骘三代均居河东,说少年亦在河东度过"[1]。据此,河东为张说少年生活地。此作蒲州河东。

　　颜惟贞,《全文》谓曲阜人。《中国历代人名大辞典》（1999:2517）谓其京兆万年人。惟贞兄元孙,《中国文学家大辞典（唐五代卷）》（1992:822）谓京兆长安人,郡望琅邪临沂。惟贞子真卿,《唐诗大辞典》（1990:490）谓京兆长安,《中国文学家大辞典（唐五代卷）》（1992:824）亦谓京兆长安,其祖籍琅玡临沂。惟贞叔祖颜师古,《全诗》谓京兆万年人,其先琅琊临沂人。知曲阜为颜惟贞先祖之籍,非本人出生地。此作京兆万年。

　　王珪,《全诗》小传谓郡望太原祁（今山西祁县）,世居郿（今陕西眉县）。今以郿为其籍贯地。郿县,战国秦置,治所在今陕西眉县东十五里渭河北岸,西汉属右扶风,三国魏属扶风郡,其后名称几经变更,至大业二年（606）复为郿县,属岐州,三年属扶风郡,义宁二年（618）为郿城郡治,唐武德三年（620）移治今眉县,属稷州,七年改属岐州,至德后属凤翔府（2474）。此作岐州郿。

---

① 陈祖言《张说年谱》,香港中文大学出版社1984年第3、4页。

　　高迈,《全诗》小传籍贯信息无载,《唐诗大辞典》(2003:344)谓其郡望渤海(今河北沧州一带),《中国文学家大辞典(唐五代卷)》(1992:655)谓其郡望渤海(今山东阳信)。其籍贯作"不详"。

　　卢崇道,《全诗》小传谓郡望范阳(今河北涿州)。其籍贯作"不详"。

　　8.籍贯地原始信息只有州府或郡名,没有县域名,但提供了今地名中的县或县级市名,可据此查知对应的唐代县域名

　　赵神德,贝州(今河北清河)人。今清河初唐为清河县。清河县,三国魏置,为清河郡治,北齐改贝丘县,隋开皇六年(586)改武城县置,属贝州,治所在今河北清河城关乡西北十二里(2428)。开元图清河县紧邻今清河。此作贝州清河。

　　任希古,棣州(今山东阳信)人。今阳信初唐为阳信县。阳信县,西汉置,属渤海郡,治所在今山东无棣县北十七里信阳乡,北魏属乐陵郡,北齐移治马岭城(今山东阳信县东南三十五里),隋徙治今县南七里西程子坞,为棣州治,大业初为渤海郡治,唐初为棣州治,后属棣州。北宋大中祥符八年(1065)徙治今阳信县(1145)。开元图阳信县紧邻今阳信县。此作棣州阳信。

　　释本净,绛州(今山西新绛)人。今新绛县初唐为绛州治所绛州。新绛,即新田,在今山西侯马市西晋国遗址。1912年改绛州置,属山西河东道,治所在今山西新绛县(2740)。开元图绛州治所即今新绛县。此作绛州绛州。此例的县域恰为与州同名的治所。

　　王无竞,东莱(今山东莱州)人。今莱州市为县级市,初唐为掖县。莱州,隋开皇五年(585)改光州置,治所在掖县(今山东莱州市)(2062)。东莱郡,汉高帝分齐郡置,治所在掖县,东汉徙治黄县(今山东龙口市东南),西晋改为东莱国,还治掖县,南朝宋复为郡,移治曲城县(今山东莱州市东北六十里),北魏还治掖县,隋开皇初废,大业初复改莱州置,唐武德四年(621)改为莱州,天宝初复为东莱郡,乾元初改为莱州(698)。掖县,西汉置,为东莱郡治,治所即今山东莱州市,唐为莱州治,1988年改设莱州市(2271)。开元图置莱州,莱州治所为掖县。此作莱州掖县。

　　释慧能,新州(今广东新兴)人。新兴县,东晋永和七年(351)分临允县置,属新宁郡,治所即今广东新兴县,南齐改为新成县,梁复为新兴县,为

新宁郡及新州治，隋属信安郡，唐初为新州治，天宝初为新兴郡治，乾元初复为新州治。1920年直属广东省（2727）。开元图置新兴县，属新州治。此作新州新兴。

吴少微，新安（今安徽歙县）人。今安徽歙县初唐亦为歙县。歙县，秦置，属鄣郡，西晋太康元年（280）属新安郡，隋开皇九年（589）废，十一年（591）复置，属歙州，隋末为新安郡治，唐武德四年（621）为歙州治，1928年直属安徽省（2919）。新安郡开元图作歙州。此作歙州歙县。

稍微特殊一点的是，籍贯地为京兆府，今地名是西安，今作京兆长安。这里的长安作县域看待。例如杜之松、张敬忠，京兆（今陕西西安）人，此作京兆长安。长安，西汉高帝五年（前202）置长安县，七年（前200）定都于此，在今陕西西安市西北，隋开皇二年（582）于汉长安故城东南营建新都，号大兴城，相当于今西安城和城东、南、西一带（428）。今陕西西安与唐代长安大体相当。崔沔、韩思复、韩休等的原始籍贯信息均为京兆长安（陕西西安）人，是其证。

9.作家籍贯未知的，可依其父母兄弟儿孙籍贯来定

陈文德，《全文》小传未载其籍贯。陈氏撰《唐故朝请大夫陈府君墓志铭》云："君讳护，颍川人也……子文德，仰高天而垂吊。"今依其父籍贯作颍川。

程彦先，《全文》小传未载其籍贯。程氏撰《大周故处士程先生墓志铭（并序）》云："先生讳玄景，字师朗，京兆长安人……有子彦先等，趋庭阙训，陟岵无依。"今依其父籍贯作京兆长安。

庞行基，《全文》小传未明其籍贯。庞行基《大唐故上护军庞府君墓志铭（并序）》载，"君讳德威，字二哥，南安人也"，"孤子行基等，仰苍穹而无色，擗黄壤以崩心"。此依其父籍贯作南安。

郭汉章，《全文》小传未明其籍贯。郭汉章《唐故银青光禄大夫凉州刺史定远县开国子郭公墓志铭》载，"公讳云，字仲翔，京兆万年县人"，"嗣子汉章，痛风木之不停，虑陵原之倏变"。此依其父籍贯作京兆万年。

杨誉，《全文》谓赠华州刺史，志诚父，官右卫副帅，慈汾二州刺史，谥曰静，然未言其籍贯。张说《赠太州刺史杨公神道碑》云"公讳志诚，字某，弘农华阴人"，"大王父，隋直阁将军……邢国公讳贵。大父故右卫副率，慈汾

二州刺史,静公讳誉"。据此知杨誉为志诚之祖父,《全文》误作其父。此依其孙籍贯作弘农华阴。

10.开国皇帝及其早年所生子女依原籍贯,其登基后所生子女及孙辈以京城为籍贯地

唐高祖李渊及其子女,以李渊原籍陇西成纪为籍贯。

李元礼,高祖李渊第十子,籍贯地为陇西成纪。

李澄霞,高祖李渊第十二女,籍贯地为陇西成纪。

李贞,太宗李世民第八子,籍贯地为京兆长安。

李贤,高宗李治第六子,籍贯地为京兆长安。

嗣泽王李润,为泽王上金之曾孙,光禄卿李漵之子,官恩王府司马,而泽王上金为高宗第三子,其籍贯地为京兆长安。

11.道仙籍贯不明的,姑以其主要活动地为准

张果,《全诗》小传谓其武后时,隐于中条山,往来汾晋间,复居恒山,玄宗开元二十一年,被招入东都。归恒州蒲吾县,不久即卒。此见《旧唐书》卷一九一。张果的前后活动轨迹包括汾晋间的中条山及恒山与恒州蒲吾县的广大区域。该区域涉及晋州、绛州、云州及恒州等多个州,这些州属河东道与河北道,同属河北区。此作河北区。

12.外国来华人士以其在华主要活动地为准

薛瑶,《全诗》小传谓新罗(韩国南部)人,其父薛永冲,高宗时入唐,官左武卫将军,瑶年十五,父卒,乃出家为尼,年二十一返俗,嫁郭元振为妾。此小传信息源出《陈伯玉集》卷六《馆陶郭公姬薛氏墓志铭》[①]。郭公姬薛氏即薛瑶,据此知郭元振里籍为馆陶。薛瑶主要生活地当为馆陶,姑以馆陶为准。

13.籍贯不见于作家小传等,或籍贯信息不全的,据其他文籍相关记述补充加详

卢士牟,作家小传未载其籍贯。据《全文》卷一五六卢士牟《段干木庙记》,内署"将仕郎前守河南府伊阳县主簿范阳卢士牟",知卢氏为范阳人。

卢献,《唐墓志》永淳〇二二《大唐故巫州龙标县令崔君墓志铭并序》文

---

① 《陈伯玉集》,《四部丛刊》影明弘治杨澄刻本。

末署"尚书兵部员外郎范阳卢献制文",知卢献为范阳人。

郑万钧,《全文》小传谓尚睿宗第四女永昌公主,拜驸马都尉秘书少监。然未载其籍贯。据《全文》卷二二五张说《石刻般若心经序》"秘书少监驸马都尉荥阳郑万钧,深艺之士也",知郑氏为荥阳人。

李承嗣,《全文》小传谓陇西人。据李德辉(2011:185～186),《全文》卷二六〇李承嗣《造像记》、《唐墓志》万岁通天〇二五《大周前承务郎……故李夫人(五娘)墓志铭并序》,及《唐墓志》开元四八一、《补遗》第四辑李再昌《大唐故(前)吏部常选陇西李府君(敬固)吴兴朱夫人墓志铭并序》,此三志所记李承嗣系同一人,据后二志知李氏为陇西成纪人。

辛怡谏,《全文》小传谓陇西人。据李德辉(2011:184),《元和姓纂》卷三辛氏"陇西狄道:……兴生澄、良。澄生元庆、元同。元庆生怡谏",知辛怡谏祖籍陇西狄道。此作陇西狄道。

14.有的籍贯只能确定大区

只能确定大区的有两种情况:一是作家小传等只提供了相当于大区的籍贯信息;二是提供了郡的信息,但其郡在开元图或唐代分为几个州,同时又未提供可以识别州府的今地名,不能确定州府,只能定其所属大区。

李俨、李行言、李审几,诗文集小传仅给出陇西人的籍贯地信息,或兼注今属甘肃。陇西即陇右,相当于陇右道,即便是限定了今属甘肃,然今甘肃在开元图辖有十余州,无法确定作家归属何州,只能定为陇西区。

尹悆,河间(今属河北)人。此为河间郡,西汉高帝置,治所在乐成县(今河北献县东南),后几经更名,北魏复为郡,移治武垣县(今河北河间市南),大业初及唐天宝、至德间皆改瀛州为河间郡,治所在河间县(今河间市)(1657)。然开元图河间郡并非都归瀛州。譬如刘穆之,河间鄚(今河北任丘)人,今任丘属河间郡,开元图却归莫州。瀛州、莫州均属今河北省。此作河北区。

封希颜,《全文》小传不载封氏籍贯,其为睿宗朝人,官至右乐丞,开元中历侍御史内供奉,迁户部员外郎。据《中国历代人名大辞典》(1999:1621),封希颜为渤海人,中宗时为大乐丞,睿宗先天末为右补阙,玄宗时官至吏部侍郎,曾任监察御史、户部员外郎等职。"右乐丞"即"大乐丞"(太乐丞)。

两书所传封希颜为同时代人,官职有重叠,应是同一人。对比初唐作家小传,有三个作家籍贯为渤海蓨(今河北景县),其渤海为郡,则封氏之属渤海亦当为郡。查渤海郡,隋大业二年(606)改沧州置,治所在阳信县(今山东阳信县南七里西程子坞),辖境相当今山东滨州、商河以北,乐陵及河北南皮以东,沧州、黄骅以南,东至海,唐武德四年(621)改名棣州(2609)。按照隋大业二年的辖境,开元图渤海郡至少跨沧州和棣州,只能确定其所属大区。此作河北区。

崔巍士,《全文补》谓博陵(今属河北)人。博陵,郡县同名,小传无今地名,作博陵郡。博陵郡,东汉本初元年(146)置,治所在博陵县(今河北蠡县南十五里),西晋改为博陵国,北魏复为博陵郡,治所在鲁口城(今河北饶阳县),辖境相当今河北安平、深州、饶阳、安国等地,北齐移治安平县(今河北安平县),属定州,隋开皇初废,大业初及唐天宝、至德时又改定州为博陵郡(2497)。不过,除了今安国在开元图属定州,今安平、深州、饶阳开元图均属深州。因此,博陵郡在开元图当跨定州和深州。此作河北区。

根据上述空间材料整理的原则、办法,在初唐476个诗文作家中整理出有籍贯地可考者343人,分布在9个大区、84个州府、153个县。以上州府、县域数为"统一化"的开元二十九年(741)的数据。初唐诗文作家生卒年及籍贯详见附录1。

第二章　初唐诗文韵部(上)

　　本章运用用韵空间分布综合评价法,分摄归纳阴声韵部[①]。各摄先罗列用韵的空间分布情况,再计算空间分布度,继而提取韵部,接着对有二次计算的进行二次计算,最后列举韵部韵例。

第一节　止摄

一、止摄用韵的空间分布

(一)支(72/49/37/9)[②]

1.关内区

京兆府长安:释道世1、唐高宗李治

1、袁朗1

京兆府万年:韦安石1、颜师古1

京兆府武功:苏颋2

---

① 研究表明,唐代诗文用韵除了佳、元、月等极少数韵存在跨摄归部的情况外,其他韵的归部一般不超出一摄之范围(详见第五章第一节),故本章及下一章分摄归纳韵部。断代诗文韵部研究论著按摄罗列韵谱、归纳韵系时,对于摄的次序安排主要有两种:一种是依据《广韵》韵目的次序,如鲍明炜(1990);另一种是李荣《隋韵谱》(1982)的次序:果、假、遇、蟹、止、效、流、咸、深、山、臻、江、宕、梗、曾、通。后一种次序与《方言调查字表》(1981)基本一致,不同仅在于宕与江、曾与梗互换了位置。韵摄以《广韵》为次,可以追溯到元代刘鉴《经史正音切韵指南》。这种次序符合中古音研究的传统。《隋韵谱》大概是根据当时修订的《方言调查字表》而稍作变动形成的一种次序,该次序切合方言调查实际,通用于汉语方言语音研究。金恩柱(1998)采用的次序不同于上述两种:梗、宕、江、通、曾、山、臻、止、流、遇、蟹、效、假、果、咸、深,但作者没有说明这种摄次安排的依据。尉迟治平"隋唐五代汉语语音史"研究团队归纳盛、中、晚唐诗韵系各26部,这26部对应的摄(阳声韵部与入声韵部相配)依次为:果、假、遇、流、止、蟹、效、通、曾、宕(含江)、梗、深、咸、臻、山(孙捷、尉迟治平2001,刘根辉、尉迟治平1999,赵蓉、尉迟治平1999)。本章阴声韵部及下章阳声韵部与入声韵部于摄的排序依《广韵》次序。

② "支(72/49/37/9)"表示支独用涉及作家数量72、县域数量49、州府数量37、大区(转下页)

华州华阴：杨炯3、杨师道1

同州冯翊：乔师望1、芮智璨1

2.陇西区

秦州成纪：唐太宗李世民3

兰州狄道：辛怡谏1

府县不详：李行言1

3.河北区

太原府文水：则天皇后武曌1

蒲州宝鼎：薛稷1、薛曜1

蒲州河东：张说4

绛州龙门：王勃5、王绩3

绛州闻喜：裴漼1

魏州贵乡：郭震1

相州安阳：邵昇1

相州洹水：张蕴古1

卫州黎阳：王梵志2

卫州卫县：谢偃3

贝州临清：路敬淳1

深州安平：李百药4

深州饶阳：李义府1

德州蓨：高峤1、高瑾1

定州安喜：崔湜2

定州新乐：郎余令1

沧州东光：苗神客1

沧州南皮：郑愔1

幽州范阳：卢照邻8

幽州：卢藏用1、王适1

邢州柏仁：李景伯1

洺州鸡泽：高正臣1、封希颜1、张果1

4.中原区

虢州弘农：宋之问7

陕州陕县：上官婉儿1、上官仪1

陕州硖石：姚崇1

郑州阳武：韦承庆1

郑州：郑万钧1

宋州宁陵：刘宪2

宋州宋城：魏元忠1

徐州彭城：刘知几2

荆州江陵：岑文本1

5.江淮区

扬州江都：李邕1

6.江南区

宣州溧阳：史巋1

7.东南区

润州延陵：释法融3

常州义兴：许景先1

苏州：陈子良1

杭州钱塘：褚亮1、褚遂良1

杭州新城：许敬宗6

湖州长城：太宗贤妃徐惠1

越州永兴：贺知章2

越州余姚：虞世南3

（接上页）数量9。籍贯不详的作家只计入作家数量，其他要素量无数据计入，阙名者列入籍贯不详的作家中统计，一个用韵不管有多少个阙名，均算作一个籍贯不详的作家。州府、县域名均为"统一化"的名称。作家后面的数字为用韵数量。后仿此。

婺州义乌:骆宾王1

8.西南区

梓州射洪:陈子昂2

9.岭南区

新州新兴:释慧能3

泷州开阳:陈集源1

10.籍贯不详

刘行敏1、明濬1、杨晋1、杨敬述1、张
　思讷1、郑万英1

（二）纸(3/2/2/1)

1.河北区

卫州卫县:谢偃1

幽州范阳:卢照邻1

2.籍贯不详

封抱一1

（三）真(5/5/5/4)

1.陇西区

秦州成纪:唐太宗李世民1

2.河北区

蒲州河东:张说1

幽州范阳:卢照邻1

3.中原区

虢州弘农:宋之问1

4.东南区

润州延陵:释法融1

（四）脂(3/3/3/2)

1.关内区

京兆府武功:苏颋1

2.河北区

深州安平:李百药1

赵州赞皇:李峤1

（五）旨(3/3/3/1)

1.河北区①

太原府文水:则天皇后武曌1

蒲州猗氏:张嘉贞1

幽州范阳:卢照邻1

（六）至(34/26/24/8)

1.关内区

京兆府长安:韩休1

京兆府武功:苏颋3

华州华阴:杨炯1

同州冯翊:芮智璨2

2.陇西区

秦州成纪:唐太宗李世民1

3.河北区

蒲州宝鼎:薛曜1

蒲州河东:张说2

绛州龙门:王勃2、王绩3

绛州闻喜:裴漼1

魏州馆陶:魏征1

卫州卫县:谢偃3

赵州赞皇:李峤2

定州鼓城:郭正一1

幽州范阳:卢照邻3

瀛州:朱宝积1

4.中原区

---

①　用韵只涉及1个大区的,为便于统计,亦标上序号1。

河南府温县:司马承祯1

河南府:于敬之1

虢州弘农:宋之问1

郑州阳武:韦承庆1

宋州宋城:郑惟忠2

齐州全节:崔融1

5.江淮区

扬州江都:李邕2

光州固始:陈元光1

6.东南区

湖州长城:陈叔达1

越州永兴:贺知章1

婺州义乌:骆宾王1

7.西南区

梓州射洪:陈子昂1

8.岭南区

新州新兴:释慧能1

9.籍贯不详

高庶几1、黄元之1、李孝伦1、刘待价
　1、潘行臣1

(七)之(42/33/27/6)

1.关内区

京兆府长安:韩休1、韦展1

京兆府武功:苏颋2

华州华阴:杨誉1

同州重泉:严识玄1

2.河北区

蒲州宝鼎:薛曜1

蒲州河东:张说3

绛州龙门:王勃2、王绩1

绛州正平:马吉甫1

汾州隰城:宋务光1

魏州馆陶:魏征2

相州洹水:张蕴古1

相州临漳:源乾曜1

相州内黄:沈佺期1

卫州黎阳:王梵志1

恒州井陉:崔行功1

深州安平:李百药3

深州陆泽:张鷟2

赵州房子:李乂1

赵州赞皇:李峤1

定州安喜:崔湜2

幽州范阳:卢照邻4

邢州南和:宋璟1

3.中原区

河南府洛阳:胡皓1

河南府温县:司马承祯2

虢州弘农:宋之问1

陕州陕县:上官婉儿2

汝州:刘希夷1

兖州瑕丘:徐彦伯1

齐州全节:崔融1

4.江南区

潭州长沙:欧阳询1

5.东南区

润州丹徒:马怀素1

常州义兴:许景先1

苏州:张泚1

婺州义乌:骆宾王1

6.西南区

梓州射洪:陈子昂2

7.籍贯不详

柳绍先1、潘行臣1、魏归仁1、张嘉之
　　1、赵志1

（八）止（61/42/31/8）

1.关内区

京兆府高陵:于志宁3

京兆府泾阳:李迥秀1

京兆府武功:苏颋3

华州华阴:杨炯5

2.陇西区

秦州成纪:唐太宗李世民1

府县不详:李俨1

3.河北区

太原府祁:温翁念1

太原府文水:武三思1、则天皇后武
　　曌1

蒲州宝鼎:薛稷1、薛收1、薛曜1

蒲州河东:冯待征1、张说11

蒲州猗氏:张嘉贞1

绛州龙门:王勃9、王绩1、王勋1

绛州闻喜:裴漼1

魏州馆陶:魏征4

相州洹水:张蕴古1

卫州黎阳:王梵志1

卫州卫县:谢偃4

深州安平:李百药2

赵州房子:李乂1

赵州栾城:阎朝隐1

赵州:徐峤之1

幽州范阳:卢照邻3

4.中原区

河南府巩县:刘允济1

河南府洛阳:元希声1

河南府温县:司马逸客1

河南府:于敬之1

虢州弘农:宋之问7

陕州陕县:上官仪1

陕州硖石:姚崇2

汝州:刘希夷2

郑州阳武:韦承庆1

汴州陈留:申屠玚1

兖州瑕丘:徐彦伯1

齐州全节:员半千1

荆州江陵:岑文本1、岑羲1

5.江淮区

扬州江都:李邕1

6.江南区

宣州溧阳:史崟1

潭州长沙:欧阳询1

7.东南区

润州延陵:释法融2

杭州钱塘:褚亮2

杭州新城:许敬宗3

湖州长城:徐坚1

越州永兴:贺知章2

越州余姚:虞世南2

婺州义乌:骆宾王3

泉州:庞行基1

8.西南区

梓州射洪:陈子昂5

9.籍贯不详

韩覃2、柳绍先1、明濬1、阙名3、王昕
　1、谢佑1、赵志1

(九)志(1/1/1/1)

1.河北区

绛州绛州:释本净1

(十)微(71/48/35/8)

1.关内区

京兆府长安:韩思复1、韩休1、唐高
　宗李治3、萧德言1

京兆府高陵:于志宁1

京兆府华原:令狐德棻2

京兆府金城:祝钦明1

京兆府蓝田:苏晋1

京兆府武功:苏瑰1、苏颋3

华州华阴:杨炯5

同州冯翊:乔知之2

2.陇西区

秦州成纪:唐太宗李世民1

西州高昌:麹瞻1

府县不详:李审几1

3.河北区

太原府文水:武三思1、则天皇后武

曌2

蒲州宝鼎:薛收1、薛元超1

蒲州河东:张说13

绛州稷山:裴守真1

绛州龙门:王勃5、王绩2

相州内黄:沈佺期1

卫州黎阳:王梵志1

卫州卫县:谢偃1

恒州井陉:崔行功1

深州安平:李百药2

深州饶阳:李义府2

赵州栾城:阎朝隐1

赵州赞皇:李峤3

棣州阳信:任希古1

幽州范阳:卢照邻4、张果1

4.中原区

河南府洛阳:元希声1

河南府:房元阳1

虢州弘农:宋之问8

陕州陕县:上官仪2

陕州硖石:姚崇1

汝州梁县:孟诜1

汝州:刘希夷5

怀州河内:王知敬1

宋州宁陵:刘宪2

宋州宋城:郑惟忠2

许州鄢陵:崔泰之1

徐州彭城:刘知几2

兖州瑕丘:徐彦伯1

齐州历城:于季子1

襄州襄阳:张敬之1

荆州江陵:蔡允恭1、岑羲1

5.江淮区

扬州江都:李邕1

6.江南区

宣州秋浦:胡楚宾1

7.东南区

苏州吴县:董思恭1、朱子奢1

苏州:陈子良3、张泌1

杭州钱塘:褚亮1

杭州新城:许敬宗7

湖州武康:释明解1

越州余姚:虞世南2

越州:万齐融3

婺州义乌:骆宾王3

8.西南区

梓州射洪:陈子昂1

9.籍贯不详

蔡瑰1、刘待价1、潘行臣1、王匡国1、
　　王绍望1、辛学士1、张文恭1

（十一）未（9/8/8/4）

1.关内区

华州华阴:杨炯2

2.河北区

蒲州河东:张说3

卫州黎阳:王梵志1

赵州栾城:阎朝隐1

定州安喜:崔湜1

3.中原区

齐州全节:员半千1

4.东南区

越州余姚:虞世南1

婺州义乌:骆宾王1

5.籍贯不详

张嘉之1

（十二）支脂（12/11/11/4）

1.关内区

京兆府武功:富嘉谟1

华州华阴:杨炯1

同州冯翊:乔知之1

2.河北区

蒲州河东:张说1

卫州黎阳:王梵志2

深州陆泽:张鷟1

幽州范阳:卢照邻2

邢州南和:宋璟1

3.东南区

歙州歙县:吴少微1

越州永兴:贺知章1

4.西南区

梓州射洪:陈子昂2

5.籍贯不详

元伞1

（十三）纸旨（2/2/2/1）

1.河北区

蒲州宝鼎:薛稷1

绛州绛州:释本净1

（十四）真至（14/10/10/5）

1.河北区

蒲州河东：张说1

卫州黎阳：王梵志1

定州鼓城：郭正一1

幽州范阳：卢照邻1

2.中原区

兖州瑕丘：徐彦伯1

齐州全节：崔融1

3.江淮区

扬州江都：李邕1

光州固始：陈元光1

4.东南区

常州晋陵：释义褒1

5.岭南区

新州新兴：释慧能1

6.籍贯不详

东方虬1、高迈1、和神剑1、释彦琮1

（十五）支之（9/8/7/3）

1.关内区

同州冯翊：乔知之1

2.河北区

绛州龙门：王勃3

相州内黄：沈佺期1

卫州黎阳：王梵志1

卫州卫县：谢偃1

3.中原区

河南府温县：司马承祯3

虢州弘农：宋之问1

齐州山茌：释义净1

4.籍贯不详

杨晋1

（十六）支止（1/1/1/1）

1.河北区

卫州黎阳：王梵志1

（十七）纸止（11/10/7/4）

1.关内区

京兆府长安：韩休1

京兆府华原：孙思邈1

京兆府武功：富嘉谟1、苏颋1

华州华阴：杨炯1

2.河北区

蒲州河东：张说1

卫州黎阳：王梵志2

卫州卫县：谢偃1

深州陆泽：张鷟1

3.东南区

歙州歙县：吴少微1

4.西南区

梓州射洪：陈子昂1

（十八）真之（1/1/1/1）

1.河北区

卫州黎阳：王梵志1

（十九）真止（2/2/2/2）

1.河北区

蒲州河东：张说1

2.东南区

温州永嘉：释玄觉1

（二十）真志（2/2/2/1）

1. 东南区

润州延陵：释法融 1

常州晋陵：释义褒 1

（二十一）支微（12/10/11/5）

1. 关内区

京兆府长安：李贤 1

2. 河北区

绛州龙门：王绩 1

卫州黎阳：王梵志 3

幽州范阳：卢照邻 1

府县不详：张果 1

3. 中原区

河南府温县：司马承祯 1

虢州弘农：宋之问 1

齐州全节：崔融 1

荆州：刘孝孙 1

4. 东南区

苏州吴县：朱子奢 1

温州永嘉：释玄觉 2

5. 西南区

梓州射洪：陈子昂 1

（二十二）支遇（1/1/1/1）

1. 江淮区

光州固始：陈元光 1

（二十三）支齐（1/1/1/1）

1. 东南区

润州延陵：释法融 1

（二十四）纸荠（1/1/1/1）

1. 河北区

瀛州乐寿：尹元凯 1

（二十五）真祭（1/1/1/1）

1. 关内区

京兆府长安：释窥基 1

（二十六）真泰（1/1/1/1）

1. 中原区

陕州陕县：上官仪 1

（二十七）脂至（2/1/1/1）

1. 东南区

苏州吴县：朱子奢 1

2. 籍贯不详

阙名 1

（二十八）脂之（41/29/28/8）

1. 关内区

京兆府长安：韩休 1、张敬忠 1

京兆府蓝田：苏珦 1

京兆府武功：富嘉谟 1、苏颋 4

同州冯翊：芮智璨 2

2. 陇西区

秦州成纪：唐太宗李世民 2

3. 河北区

蒲州河东：冯待征 1、任知古 1、张说 15

绛州龙门：王勃 6、王绩 3

相州内黄：沈佺期 3

卫州黎阳：王梵志 2

深州陆泽：张鷟 1

赵州赞皇:李峤3

定州安喜:崔湜1

幽州范阳:卢照邻8

幽州:卢藏用3

4.中原区

河南府巩县:刘允济1

虢州弘农:宋之问2

陕州硖石:姚崇2

汝州:刘希夷4

郑州阳武:韦承庆1

徐州彭城:刘知几1

兖州瑕丘:徐彦伯1

兖州:释慧斌1

齐州全节:崔融1

5.江淮区

扬州江都:李邕4、王绍宗1

6.江南区

宣州溧阳:史崟1

7.东南区

润州丹徒:释道宣1

苏州:陆掯1

杭州钱塘:褚亮2

湖州长城:陈叔达1

越州山阴:孔绍安1

越州余姚:虞世南1

越州:万齐融2

婺州义乌:骆宾王1

8.西南区

梓州射洪:陈子昂9

9.籍贯不详

赵志1

（二十九）旨止（61/42/33/8）

1.关内区

京兆府长安:韩思复1、韩休1、释道
　　世2、王德真1

京兆府高陵:于志宁3

京兆府万年:韦元旦1

京兆府武功:富嘉谟1、苏颋6

华州华阴:杨炯7

同州冯翊:乔知之1、芮智璨1

2.陇西区

秦州成纪:唐太宗李世民2

3.河北区

蒲州河东:张说10

蒲州猗氏:张嘉贞1

绛州龙门:王勃6、王绩1

绛州闻喜:裴漼1

相州洹水:杜正伦1

相州内黄:沈佺期1

卫州黎阳:王梵志3

贝州临清:路敬淳1

恒州井陉:崔行功1

深州安平:李百药1

深州陆泽:张鷟1

深州饶阳:李义府1

赵州房子:李义1

赵州高邑:李至远1

赵州赞皇:李峤2

定州安喜：崔湜1

幽州范阳：卢照邻7

幽州：卢藏用2、卢献1、王适1

莫州莫县：刘穆之1

府县不详：封希颜1

4.中原区

河南府温县：司马承祯1

虢州弘农：宋之问3

陕州硖石：姚崇1

汝州：刘希夷3

宋州宁陵：刘宪1

滑州灵昌：崔日用1

徐州彭城：刘知几3

兖州瑕丘：徐彦伯2

齐州全节：崔融1

曹州冤句：贾膺福2

5.江淮区

扬州江都：李邕2

扬州：张若虚1

6.江南区

宣州秋浦：胡楚宾1

7.东南区

润州延陵：释法融1

苏州：陈子良2

越州山阴：贺纪1

越州余姚：虞世南3

越州：万齐融1

婺州义乌：骆宾王3

温州永嘉：释玄觉1

8.西南区

梓州射洪：陈子昂1

9.籍贯不详

释法宣1、王安仁1、王匡国1、张泰1、
寇泚1

（三十）旨御（1/1/1/1）

1.江淮区

扬州江都：李邕1

（三十一）至止（3/3/3/2）

1.河北区

蒲州河东：张说1

卫州黎阳：王梵志1

2.中原区

河南府巩县：刘允济1

（三十二）至志（37/29/24/6）

1.关内区

京兆府长安：韩休1、李密1

京兆府三原：于知微1

京兆府武功：富嘉谟1、苏颋1

华州华阴：杨炯1、杨誉1

同州冯翊：乔知之2

2.陇西区

秦州成纪：唐太宗李世民3

兰州狄道：辛怡谏1

3.河北区

太原府文水：则天皇后武曌1

蒲州宝鼎：薛收1

蒲州河东：张说8

绛州龙门：王勃1

魏州馆陶:魏征1

深州安平:李百药1

深州饶阳:李义府1

赵州房子:李义2

赵州赞皇:李峤2

幽州范阳:卢照邻1

4.中原区

郑州阳武:韦承庆1

郑州:郑休文1

徐州彭城:刘知几1

兖州瑕丘:徐彦伯2

齐州全节:崔融1

5.江淮区

楚州盱眙:释善导2

扬州江都:李邕1

6.东南区

润州延陵:释法融1

苏州:张泚1

杭州钱塘:褚亮1

杭州新城:许敬宗3

越州余姚:虞世南3

婺州义乌:骆宾王2

温州永嘉:释玄觉1

7.籍贯不详

杜澄1、魏归仁1、赵志1

(三十三)脂微(7/6/6/2)

1.河北区

太原府文水:则天皇后武曌1

蒲州河东:张说1

绛州龙门:王勃1

赵州赞皇:李峤1

府县不详:张果1

2.东南区

杭州钱塘:褚遂良1

婺州义乌:骆宾王1

(三十四)至未(2/2/2/2)

1.河北区

绛州龙门:王勃1

2.江淮区

楚州盱眙:释善导1

(三十五)至虞(1/1/1/1)

1.东南区

杭州钱塘:褚遂良1

(三十六)至霁(1/1/1/1)

1.河北区

邢州南和:宋璟1

(三十七)至祭(2/1/1/1)

1.中原区

河南府温县:司马承祯1

2.籍贯不详

李行廉1

(三十八)脂灰(1/1/1/1)

1.河北区

瀛州:朱宝积1

(三十九)至昔(1/0/0/0)

1.籍贯不详

和神剑1

（四十）止志（2/2/2/2）

1.关内区

华州华阴:杨炯1

2.河北区

绛州龙门:王绩1

（四十一）之微（11/10/10/5）

1.关内区

京兆府长安:释道世1、唐高宗李治1

2.河北区

蒲州河东:张说1

绛州龙门:王绩1

相州内黄:沈佺期1

博州聊城:梁载言1

莫州莫县:张柬贞1

3.中原区

河南府偃师:杜嗣先1

虢州弘农:宋之问2

4.东南区

歙州歙县:吴少微1

5.西南区

梓州射洪:陈子昂1

（四十二）止尾（3/2/2/2）

1.关内区

京兆府长安:王德真1

2.河北区

绛州龙门:王勃2

3.籍贯不详

康子元1

（四十三）止未（1/1/1/1）

1.河北区

卫州黎阳:王梵志1

（四十四）志未（6/5/5/3）

1.河北区

蒲州河东:张说1

恒州井陉:崔行功1

深州安平:李百药1

2.中原区

河南府温县:司马承祯1、司马逸客1

3.东南区

婺州义乌:骆宾王1

（四十五）之鱼（2/2/2/1）

1.河北区

绛州龙门:王绩1

卫州黎阳:王梵志1

（四十六）止贿（1/1/1/1）

1.河北区

卫州黎阳:王梵志1

（四十七）止质（1/1/1/1）

1.中原区

荆州江陵:岑文本1

（四十八）微鱼（1/1/1/1）

1.籍贯不详

曹琰1

（四十九）微模（1/0/0/0）

1.籍贯不详

张思讷1

（五十）微咍（1/1/1/1）

1.河北区

卫州黎阳：王梵志1

（五十一）未物（1/0/1/1）

1.东南区

杭州：朱君绪1

（五十二）支旨至（1/1/1/1）

1.河北区

卫州黎阳：王梵志1

（五十三）真旨至（2/2/2/2）

1.河北区

卫州黎阳：王梵志1

2.岭南区

新州新兴：释慧能1

（五十四）支脂之（13/12/12/6）

1.关内区

京兆府长安：释道世1、释窥基1

同州冯翊：乔知之1

2.陇西区

秦州成纪：唐太宗李世民2

3.河北区

绛州龙门：王勃1

卫州黎阳：王梵志4

幽州范阳：卢照邻1

4.中原区

河南府洛阳：元万顷1

虢州弘农：宋之问1

莱州掖县：王无竞2

5.江淮区

扬州江都：李邕1

6.东南区

常州义兴：许景先1

杭州钱塘：褚遂良1

（五十五）支旨止（1/1/1/1）

1.河北区

定州鼓城：郭正一1

（五十六）纸旨止（13/10/8/5）

1.关内区

京兆府长安：韩休1

京兆府泾阳：李大亮1

京兆府万年：李适2

京兆府武功：苏颋1

2.河北区

蒲州：关弁缛1

相州内黄：沈佺期1

卫州黎阳：王梵志3

幽州范阳：卢照邻2

府县不详：崔毖士1

3.中原区

虢州弘农：宋之问2

4.江淮区

楚州盱眙：释善导1

5.西南区

梓州射洪：陈子昂2

6.籍贯不详

高迈1

（五十七）纸旨志（1/1/1/1）

1.东南区

温州永嘉:释玄觉1

（五十八）纸至止（3/3/3/2）

1.河北区

绛州龙门:王绩1

卫州黎阳:王梵志1

2.东南区

温州永嘉:释玄觉1

（五十九）真旨止（1/1/1/1）

1.河北区

卫州黎阳:王梵志1

（六十）至止志（2/2/2/1）

1.河北区

蒲州河东:张说2

卫州黎阳:王梵志1

（六十一）真至志（8/6/7/4）

1.关内区

京兆府长安:释窥基1

华州华阴:杨炯1

2.河北区

绛州龙门:王勃1

卫州黎阳:王梵志1

幽州:卢藏用1

3.中原区

河南府巩县:杜审言1

4.江淮区

扬州江都:李邕1

5.籍贯不详

顾升1

（六十二）支脂微（3/2/2/2）

1.河北区

卫州黎阳:王梵志2

2.中原区

河南府温县:司马承祯1

3.籍贯不详

李义表1

（六十三）纸旨尾（1/1/1/1）

1.河北区

卫州黎阳:王梵志1

（六十四）真至未（2/2/2/1）

1.河北区

魏州昌乐:李咸1

赵州赞皇:李峤1

（六十五）纸旨齐（1/1/1/1）

1.河北区

绛州龙门:王勃1

（六十六）纸止志（1/1/1/1）

1.江淮区

楚州盱眙:释善导1

（六十七）纸之止（1/1/1/1）

1.中原区

莱州掖县:王无竞1

（六十八）真之止（1/1/1/1）

1.河北区

定州安喜:崔湜1

（六十九）支之微（5/4/4/4）

1.关内区

京兆府长安:释道世1

2.河北区

卫州黎阳：王梵志1

3.中原区

河南府温县：司马承祯1

4.西南区

梓州射洪：陈子昂1

5.籍贯不详

阙名1

（七十）纸止尾（1/0/0/0）

1.籍贯不详

高迈1

（七十一）纸止未（1/1/1/1）

1.河北区

卫州黎阳：王梵志1

（七十二）寘志未（1/1/1/1）

1.河北区

卫州黎阳：王梵志1

（七十三）支之鱼（1/1/1/1）

1.河北区

卫州黎阳：王梵志1

（七十四）纸止莽（1/1/1/1）

1.河北区

绛州龙门：王绩1

（七十五）寘微霁（1/1/1/1）

1.江淮区

光州固始：陈元光1

（七十六）脂之止（1/1/1/1）

1.东南区

润州延陵：释法融1

（七十七）脂之志（1/1/1/1）

1.西南区

梓州射洪：陈子昂1

（七十八）脂旨之（1/1/1/1）

1.关内区

京兆府武功：苏颋1

（七十九）旨至止（1/1/1/1）

1.河北区

卫州黎阳：王梵志1

（八十）旨止志（4/4/4/2）

1.河北区

蒲州河东：张说1

卫州黎阳：王梵志1

2.中原区

陕州硖石：姚崇1

宋州宋城：郑惟忠1

（八十一）脂之微（5/5/5/3）

1.河北区

太原府文水：武平一1

蒲州河东：张说1

绛州龙门：王勃1

2.东南区

杭州新城：许敬宗1

3.西南区

梓州射洪：陈子昂1

（八十二）旨止尾（4/3/3/2）

1.河北区

太原府文水：则天皇后武曌1

绛州龙门：王勃1

2.中原区

郑州阳武：韦承庆1

3.籍贯不详

释灵廓1

（八十三）旨止未（1/0/0/0）

1.籍贯不详

吴扬吾1

（八十四）至志未（6/5/5/3）

1.关内区

京兆府长安：韩休1

京兆府华原：孙思邈1

2.河北区

太原府文水：武三思1

绛州龙门：王勃2

卫州黎阳：王梵志2

3.东南区

越州：万齐融1

（八十五）至志遇（1/0/0/0）

1.籍贯不详

高迈1

（八十六）旨止虞（1/1/1/1）

1.东南区

婺州义乌：骆宾王1

（八十七）旨止茟（1/1/1/1）

1.河北区

绛州龙门：王勃1

（八十八）至志霁（1/1/1/1）

1.东南区

苏州：陈子良1

（八十九）脂之灰（1/1/1/1）

1.河北区

幽州范阳：卢照邻1

（九十）旨止质（1/1/1/1）

1.关内区

同州冯翊：芮智璨1

（九十一）至未祭（1/0/1/1）

1.河北区

幽州：卢士牟1

（九十二）旨至霁（1/1/1/1）

1.中原区

河南府温县：司马承祯1

（九十三）脂灰咍（2/1/1/1）

1.河北区

幽州范阳：卢照邻1

幽州：卢藏用1

（九十四）至质术（1/1/1/1）

1.陇西区

秦州成纪：唐太宗李世民1

（九十五）止阳唐（1/1/1/1）

1.东南区

杭州新城：许敬宗1

（九十六）尾霁废（1/1/1/1）

1.江淮区

光州固始：陈元光1

（九十七）支纸脂之（1/1/1/1）

1.关内区

京兆府长安：释道世1

（九十八）纸真至志（ 1/1/1/1 ）

1.河北区

卫州黎阳:王梵志1

（九十九）纸旨至志（ 1/1/1/1 ）

1.河北区

卫州黎阳:王梵志1

（一○○）纸旨止志（ 1/1/1/1 ）

1.河北区

卫州黎阳:王梵志1

（一○一）真旨至志（ 1/1/1/1 ）

1.江淮区

扬州江都:李邕1

（一○二）支脂之微（ 4/4/4/3 ）

1.关内区

京兆府长安:释道世1

2.河北区

卫州黎阳:王梵志4

深州饶阳:李义府1

3.中原区

陕州硖石:姚崇1

（一○三）纸旨止尾（ 1/1/1/1 ）

1.河北区

卫州黎阳:王梵志1

（一○四）纸旨止未（ 1/1/1/1 ）

1.西南区

梓州射洪:陈子昂1

（一○五）真至志未（ 3/3/3/3 ）

1.陇西区

秦州成纪:李元礼1

2.河北区

定州义丰:张昌宗1

3.江淮区

扬州江都:李邕1

（一○六）纸旨止荠（ 1/1/1/1 ）

1.河北区

卫州黎阳:王梵志1

（一○七）纸旨止贿（ 1/1/1/1 ）

1.河北区

蒲州河东:张说1

（一○八）纸旨尾未（ 1/1/1/1 ）

1.河北区

卫州黎阳:王梵志1

（一○九）真至霁祭（ 1/1/1/1 ）

1.河北区

绛州龙门:王勃1

（一一○）纸止志尾（ 1/1/1/1 ）

1.河北区

卫州黎阳:王梵志1

（一一一）旨志尾荠（ 1/1/1/1 ）

1.河北区

卫州黎阳:王梵志1

（一一二）旨止尾薛（ 1/1/1/1 ）

1.河北区

卫州黎阳:王梵志1

（一一三）纸真旨至志（ 1/1/1/1 ）

1.河北区

卫州黎阳:王梵志1

（一一四）纸旨至止志（1/1/1/1）

1.河北区

卫州黎阳:王梵志1

（一一五）纸旨至止尾（1/1/1/1）

1.河北区

卫州黎阳:王梵志1

（一一六）纸旨至止未（1/1/1/1）

1.河北区

卫州黎阳:王梵志1

（一一七）纸至止志未（1/1/1/1）

1.河北区

卫州黎阳:王梵志1

（一一八）纸寘止志尾（1/1/1/1）

1.河北区

卫州黎阳:王梵志1

（一一九）屋止质术物没（1/1/1/1）

1.河北区

卫州黎阳:王梵志1

（一二〇）支纸旨至止志（1/1/1/1）

1.河北区

卫州黎阳:王梵志1

（一二一）寘至陌昔锡职（1/1/1/1）

1.关内区

京兆府华原:孙思邈1

（一二二）纸寘至未御荠祭（1/1/1/1）

1.关内区

京兆府咸阳:崔敦礼1

综合止摄用韵的空间分布数据,得到下表。

表 2-1-1　止摄用韵的空间分布数据①

用韵	作家数量	县域数量	州府数量	大区数量
支	72	49	37	9
纸	3	2	2	1
寘	5	5	5	4
脂	3	3	3	2
旨	3	3	3	1
至	34	26	24	8
之	42	33	27	6
止	61	42	31	8

① 因作家所属县域不详导致县域数量少于州府数量的,将县域数量调至与州府数量相等;
因作家所属州府不详导致州府数量少于大区数量的,将州府数量调至与大区数量相等。
这样更接近实际。原县域数量、州府数量括注在调整后的县域数量、州府数量之后。下表
分单元的用韵空间分布数据与此同,而且县域总量少于州府总量的,州府总量少于大区
总量的,亦各自调至相等,将原县域总量、州府总量括注其后。后仿此。

续表

用韵	作家数量	县域数量	州府数量	大区数量
志	1	1	1	1
微	71	48	35	8
未	9	8	8	4
支脂	12	11	11	4
纸旨	2	2	2	1
寘至	14	10	10	5
支之	9	8	7	3
支止	1	1	1	1
纸止	11	10	7	4
寘之	1	1	1	1
寘止	2	2	2	2
寘志	2	2	2	1
支微	12	11(10)	11	5
支遇	1	1	1	1
支齐	1	1	1	1
纸荠	1	1	1	1
寘祭	1	1	1	1
寘泰	1	1	1	1
脂至	2	1	1	1
脂之	41	29	28	8
旨止	61	42	33	8
旨御	1	1	1	1
至止	3	3	3	2
至志	37	29	24	6
脂微	7	6	6	2
至未	2	2	2	2
至虞	1	1	1	1
至霁	1	1	1	1
至祭	2	1	1	1
脂灰	1	1(0)	1	1

用韵	作家数量	县域数量	州府数量	大区数量
至昔	1	0	0	0
止志	2	2	2	2
之微	11	10	10	5
止尾	3	2	2	2
止未	1	1	1	1
志未	6	5	5	3
之鱼	2	2	2	1
止贿	1	1	1	1
止质	1	1	1	1
微鱼	1	1	1	1
微模	1	0	0	0
微咍	1	1	1	1
未物	1	0	1	1
支旨至	1	1	1	1
寘旨至	2	2	2	2
支脂之	13	12	12	6
支旨止	1	1	1	1
纸旨止	13	10	8	5
纸旨志	1	1	1	1
纸至止	3	3	3	2
寘旨止	1	1	1	1
至止志	2	2	2	1
寘至志	8	7（6）	7	4
支脂微	3	2	2	2
纸旨尾	1	1	1	1
寘至未	2	2	2	1
纸旨齐	1	1	1	1
纸止志	1	1	1	1
纸之止	1	1	1	1
寘之止	1	1	1	1

续表

用韵	作家数量	县域数量	州府数量	大区数量
支之微	5	4	4	4
纸止尾	1	0	0	0
纸止未	1	1	1	1
寘志未	1	1	1	1
支之鱼	1	1	1	1
纸止荠	1	1	1	1
寘微霁	1	1	1	1
脂之止	1	1	1	1
脂之志	1	1	1	1
脂旨之	1	1	1	1
旨至止	1	1	1	1
旨止志	4	4	4	2
脂之微	5	5	5	3
旨止尾	4	3	3	2
旨止未	1	0	0	0
至志未	6	5	5	3
至志遇	1	0	0	0
旨止虞	1	1	1	1
旨止荠	1	1	1	1
至志霁	1	1(0)	1	1
脂之灰	1	1	1	1
旨止质	1	1	1	1
至未祭	1	0	1	1
旨至霁	1	1	1	1
脂灰哈	2	1	1	1
至质术	1	1	1	1
止阳唐	1	1	1	1
尾霁废	1	1	1	1
支纸脂之	1	1	1	1

用韵	作家数量	县域数量	州府数量	大区数量
纸寘至志	1	1	1	1
纸旨至志	1	1	1	1
纸旨止志	1	1	1	1
寘旨至志	1	1	1	1
支脂之微	4	4	4	3
纸旨止尾	1	1	1	1
纸旨止未	1	1	1	1
寘至志未	3	3	3	3
纸旨止荠	1	1	1	1
纸旨止贿	1	1	1	1
纸旨尾未	1	1	1	1
寘至霁祭	1	1	1	1
纸止志尾	1	1	1	1
旨志尾荠	1	1	1	1
旨止尾薛	1	1	1	1
纸寘旨至志	1	1	1	1
纸旨至止志	1	1	1	1
纸旨至止尾	1	1	1	1
纸旨至止未	1	1	1	1
纸至止志未	1	1	1	1
纸寘止志尾	1	1	1	1
屋止质术物没	1	1	1	1
支纸旨至止志	1	1	1	1
寘至陌昔锡职	1	1	1	1
纸寘至未御荠祭	1	1	1	1

二、止摄用韵的空间分布度

按空间单元整理止摄用韵的空间分布数据（另含用韵数量），用韵举平以赅上去，将用韵的各要素量及各要素总量去重，得到下表：

表 2-1-2　止摄诸单元用韵的空间分布数据

空间单元	用韵	用韵数量	作家数量	县域数量	州府数量	大区数量
支单元	支	122	66	49	37	9
	支脂	29	20	20	19	7
	支之	33	23	22	19	6
	支微	15	12	11（10）	11	5
	支虞	1	1	1	1	1
	支齐	2	2	2	2	2
	支祭	1	1	1	1	1
	支泰	1	1	1	1	1
	支脂之	60	29	23	19	7
	支脂微	7	4	4	4	2
	支脂齐	1	1	1	1	1
	支之微	8	4	4	4	4
	支之鱼	1	1	1	1	1
	支之齐	1	1	1	1	1
	支微齐	1	1	1	1	1
	支脂之微	15	8	8	8	6
	支脂之齐	1	1	1	1	1
	支脂之灰	1	1	1	1	1
	支脂齐祭	1	1	1	1	1
	支脂陌昔锡职	1	1	1	1	1
	支脂微鱼齐祭	1	1	1	1	1
	总量	303	101	74	47	9
脂单元	脂	50	33	30	27	8
	支脂	29	20	20	19	7
	脂之	271	82	57	40	8
	脂微	9	8	7	7	3
	脂鱼	1	1	1	1	1
	脂虞	1	1	1	1	1
	脂齐	2	2	2	2	2

空间单元	用韵	用韵数量	作家数量	县域数量	州府数量	大区数量
	脂祭	1	1	1	1	1
	脂灰	1	1	1（0）	1	1
	支脂之	60	29	23	19	7
	支脂微	7	4	4	4	2
	支脂齐	1	1	1	1	1
	脂之微	16	12	9	9	5
	脂之虞	1	1	1	1	1
	脂之齐	2	2	2（1）	2	2
	脂之灰	1	1	1	1	1
	脂之质	1	1	1	1	1
	脂微祭	1	1	1（0）	1	1
	脂灰咍	2	2	1	1	1
	脂质术	1	1	1	1	1
	支脂之微	15	8	8	8	6
	支脂之齐	1	1	1	1	1
	支脂之灰	1	1	1	1	1
	支脂齐祭	1	1	1	1	1
	脂之微齐	1	1	1	1	1
	脂之微薛	1	1	1	1	1
	支脂微鱼齐祭	1	1	1	1	1
	支脂陌昔锡职	1	1	1	1	1
	总量	480	115	75	47	9
之单元	之	164	75	56	38	8
	支之	33	23	22	19	6
	脂之	271	82	57	40	8
	之微	22	19	15	14	5
	之鱼	2	2	2	2	1
	之灰	1	1	1	1	1
	之质	1	1	1	1	1

续表

空间单元	用韵	用韵数量	作家数量	县域数量	州府数量	大区数量
	支脂之	60	29	23	19	7
	支之微	8	4	4	4	4
	支之鱼	1	1	1	1	1
	支之齐	1	1	9	9	5
	脂之微	16	12	1	1	1
	脂之虞	1	1	1	1	1
	脂之齐	2	2	2(1)	2	2
	脂之灰	1	1	1	1	1
	脂之质	1	1	1	1	1
	之阳唐	1	1	1	1	1
	支脂之微	15	8	8	8	6
	支脂之齐	1	1	1	1	1
	支脂之灰	1	1	1	1	1
	脂之微齐	1	1	1	1	1
	脂之微薛	1	1	1	1	1
	屋之质术物没	1	1	1	1	1
	总量	606	137	83	50	8
微单元	微	138	66	50	36	8
	支微	15	12	11(10)	11	5
	脂微	9	8	7	7	3
	之微	22	19	15	14	5
	微哈	1	1	1	1	1
	微物	1	1	1(0)	1	1
	支脂微	7	4	4	4	2
	支之微	8	4	4	4	4
	支微齐	1	1	1	1	1
	脂之微	16	12	9	9	5
	脂微祭	1	1	1(0)	1	1
	微齐废	1	1	1	1	1

空间单元	用韵	用韵数量	作家数量	县域数量	州府数量	大区数量
	支脂之微	15	8	8	8	6
	脂之微齐	1	1	1	1	1
	脂之微薛	1	1	1	1	1
	支脂微鱼齐祭	1	1	1	1	1
	总量	238	90	62	44	8

运用用韵空间分布综合评价法,计算止摄诸单元用韵各项指标评价值与空间分布度数值并排序,得到下表:

表 2-1-3　止摄诸单元用韵各项指标评价值与空间分布度数据表

空间单元	用韵	作家绝对数	县域绝对数	州府绝对数	大区绝对数	县域拓展	州府拓展	大区拓展	空间分布度	排序
支单元	支	1.272	1.540	1.939	2.554	1.001	1.012	1.022	10.035	1
	支脂	1.140	1.329	1.657	2.364	1.013	1.027	1.061	6.555	3
	支之	1.155	1.350	1.657	2.254	1.012	1.021	1.046	6.290	4
	支微	1.088	1.205	1.456	2.131	1.010	1.031	1.081	4.577	5
	支虞	0.865	0.813	0.827	1.298	1.013	1.031	1.160	0.916	10
	支齐	0.922	0.911	0.974	1.607	1.013	1.031	1.160	1.595	9
	支祭	0.865	0.813	0.827	1.298	1.013	1.031	1.160	0.916	10
	支泰	0.865	0.813	0.827	1.298	1.013	1.031	1.160	0.916	10
	支脂之	1.180	1.360	1.657	2.364	1.003	1.018	1.061	6.807	2
	支脂微	0.983	1.021	1.147	1.607	1.013	1.031	1.090	2.107	8
	支脂齐	0.865	0.813	0.827	1.298	1.013	1.031	1.160	0.916	10
	支之微	0.983	1.021	1.147	1.990	1.013	1.031	1.160	2.777	7
	支之鱼	0.865	0.813	0.827	1.298	1.013	1.031	1.160	0.916	10
	支之齐	0.865	0.813	0.827	1.298	1.013	1.031	1.160	0.916	10
	支微齐	0.865	0.813	0.827	1.298	1.013	1.031	1.160	0.916	10
	支脂之微	1.048	1.144	1.351	2.254	1.013	1.031	1.131	4.312	6
	支脂之齐	0.865	0.813	0.827	1.298	1.013	1.031	1.160	0.916	10
	支脂之灰	0.865	0.813	0.827	1.298	1.013	1.031	1.160	0.916	10

空间单元	用韵	作家绝对数	县域绝对数	州府绝对数	大区绝对数	县域拓展	州府拓展	大区拓展	空间分布度	排序
	支脂齐祭	0.865	0.813	0.827	1.298	1.013	1.031	1.160	0.916	10
	支脂陌昔锡职	0.865	0.813	0.827	1.298	1.013	1.031	1.160	0.916	10
	支脂微鱼齐祭	0.865	0.813	0.827	1.298	1.013	1.031	1.160	0.916	10
脂单元	脂	1.211	1.486	1.926	2.691	1.014	1.025	1.040	10.088	2
	支脂	1.157	1.391	1.773	2.583	1.019	1.028	1.061	8.183	4
	脂之	1.317	1.651	2.113	2.691	1.003	1.008	1.004	12.548	1
	脂微	1.063	1.171	1.401	1.990	1.013	1.032	1.075	3.897	7
	脂鱼	0.878	0.851	0.885	1.418	1.019	1.032	1.160	1.144	12
	脂虞	0.878	0.851	0.885	1.418	1.019	1.032	1.160	1.144	12
	脂齐	0.936	0.953	1.042	1.756	1.019	1.032	1.160	1.991	9
	脂祭	0.878	0.851	0.885	1.418	1.019	1.032	1.160	1.144	12
	脂灰	0.878	0.851	0.885	1.418	1.019	1.032	1.160	1.144	12
	支脂之	1.197	1.423	1.773	2.583	1.008	1.019	1.061	8.498	3
	支脂微	0.998	1.068	1.227	1.756	1.019	1.032	1.090	2.631	8
	支脂齐	0.878	0.851	0.885	1.418	1.019	1.032	1.160	1.144	12
	脂之微	1.104	1.220	1.486	2.329	1.006	1.032	1.101	5.324	6
	脂之虞	0.878	0.851	0.885	1.418	1.019	1.032	1.160	1.144	12
	脂之齐	0.936	0.953	1.042	1.756	1.019	1.032	1.160	1.991	9
	脂之灰	0.878	0.851	0.885	1.418	1.019	1.032	1.160	1.144	12
	脂之质	0.878	0.851	0.885	1.418	1.019	1.032	1.160	1.144	12
	脂微祭	0.878	0.851	0.885	1.418	1.019	1.032	1.160	1.144	12
	脂灰咍	0.936	0.851	0.885	1.418	0.989	1.032	1.160	1.183	11
	脂真谆	0.878	0.851	0.885	1.418	1.019	1.032	1.160	1.144	12
	支脂之微	1.063	1.197	1.446	2.463	1.019	1.032	1.131	5.383	5
	支脂之齐	0.878	0.851	0.885	1.418	1.019	1.032	1.160	1.144	12
	支脂之灰	0.878	0.851	0.885	1.418	1.019	1.032	1.160	1.144	12
	支脂齐祭	0.878	0.851	0.885	1.418	1.019	1.032	1.160	1.144	12

空间单元	用韵	作家绝对数	县域绝对数	州府绝对数	大区绝对数	县域拓展	州府拓展	大区拓展	空间分布度	排序
	脂之微齐	0.878	0.851	0.885	1.418	1.019	1.032	1.160	1.144	12
	脂之微薛	0.878	0.851	0.885	1.418	1.019	1.032	1.160	1.144	12
	支脂微鱼齐祭	0.878	0.851	0.885	1.418	1.019	1.032	1.160	1.144	12
	支脂陌昔锡职	0.878	0.851	0.885	1.418	1.019	1.032	1.160	1.144	12
之单元	之	1.262	1.568	1.964	2.627	1.009	1.008	1.025	10.648	2
	支之	1.132	1.345	1.668	2.404	1.020	1.024	1.063	6.783	4
	脂之	1.273	1.572	1.988	2.627	1.006	1.010	1.020	10.839	1
	之微	1.113	1.263	1.552	2.273	1.011	1.030	1.075	5.550	5
	之鱼	0.904	0.908	0.981	1.384	1.022	1.035	1.108	1.305	10
	之灰	0.849	0.810	0.833	1.384	1.022	1.035	1.179	0.988	12
	之质	0.849	0.810	0.833	1.384	1.022	1.035	1.179	0.988	12
	支脂之	1.157	1.355	1.668	2.521	1.012	1.021	1.078	7.340	3
	支之微	0.964	1.017	1.155	2.122	1.022	1.035	1.179	2.995	8
	支之鱼	0.849	0.810	0.833	1.384	1.022	1.035	1.179	0.988	12
	支之齐	0.849	1.162	1.398	2.273	1.123	1.035	1.119	4.071	7
	脂之微	1.067	0.810	0.833	1.384	0.918	1.035	1.179	1.116	11
	脂之虞	0.849	0.810	0.833	1.384	1.022	1.035	1.179	0.988	12
	脂之齐	0.904	0.908	0.981	1.714	1.022	1.035	1.179	1.720	9
	脂之灰	0.849	0.810	0.833	1.384	1.022	1.035	1.179	0.988	12
	脂之质	0.849	0.810	0.833	1.384	1.022	1.035	1.179	0.988	12
	之阳唐	0.849	0.810	0.833	1.384	1.022	1.035	1.179	0.988	12
	支脂之微	1.028	1.139	1.360	2.404	1.022	1.035	1.149	4.650	6
	支脂之齐	0.849	0.810	0.833	1.384	1.022	1.035	1.179	0.988	12
	支脂之灰	0.849	0.810	0.833	1.384	1.022	1.035	1.179	0.988	12
	脂之微齐	0.849	0.810	0.833	1.384	1.022	1.035	1.179	0.988	12
	脂之微薛	0.849	0.810	0.833	1.384	1.022	1.035	1.179	0.988	12
	屋之质术物没	0.849	0.810	0.833	1.384	1.022	1.035	1.179	0.988	12

续表

空间单元	用韵	作家绝对数	县域绝对数	州府绝对数	大区绝对数	县域拓展	州府拓展	大区拓展	空间分布度	排序
微单元	微	1.254	1.521	1.835	2.349	1.004	1.001	1.018	8.415	1
	支微	1.072	1.187	1.387	2.032	1.012	1.023	1.086	4.035	3
	脂微	1.033	1.102	1.247	1.736	1.010	1.023	1.080	2.752	6
	之微	1.118	1.249	1.468	2.032	1.006	1.019	1.063	4.537	2
	微咍	0.853	0.801	0.788	1.238	1.016	1.023	1.166	0.807	9
	微物	0.853	0.801	0.788	1.238	1.016	1.023	1.166	0.807	9
	支脂微	0.969	1.005	1.092	1.533	1.016	1.023	1.095	1.858	8
	支之微	0.969	1.005	1.092	1.897	1.016	1.023	1.166	2.448	7
	支微齐	0.853	0.801	0.788	1.238	1.016	1.023	1.166	0.807	9
	脂之微	1.072	1.148	1.323	2.032	1.004	1.023	1.106	3.759	5
	脂微祭	0.853	0.801	0.788	1.238	1.016	1.023	1.166	0.807	9
	微齐废	0.853	0.801	0.788	1.238	1.016	1.023	1.166	0.807	9
	支脂之微	1.033	1.126	1.287	2.150	1.016	1.023	1.136	3.801	4
	脂之微齐	0.853	0.801	0.788	1.238	1.016	1.023	1.166	0.807	9
	脂之微薛	0.853	0.801	0.788	1.238	1.016	1.023	1.166	0.807	9
	支脂微鱼齐祭	0.853	0.801	0.788	1.238	1.016	1.023	1.166	0.807	9

三、止摄韵部

支单元用韵空间分布度排序为：支10.416＞支脂之7.065＞支脂6.803……，提取支为韵部。脂单元用韵空间分布度排序为：脂12.188＞脂9.799＞支脂之8.254……，提取脂之为韵部。之单元用韵空间分布度排序为：脂之10.839＞之10.648＞支脂之7.340……，提取脂之为韵部。微单元用韵空间分布度排序为：微8.415＞之微4.537＞支微4.035……，提取微为韵部。止摄初次提取支、脂之、微。

初唐诗文止摄用韵以支、脂之、微为韵部。

四、止摄韵部韵例

（一）支部

支。骆宾王《帝京篇》驰为知（支）（《全诗》736）

纸。卢照邻《五悲文·悲才难》彼此（纸）（《全文》一六六19）

寘。卢照邻《行路难》峻骑戏（寘）（《全诗》768）

（二）脂之部

脂之。冯待征《虞姬怨》辞时（之）悲（脂）（《全诗》1977）

脂。李峤《懿德太子哀册文》资著师祇（脂）（《全文》二四九17）

旨。卢照邻《病梨树赋》轨否（旨）（《全文》一六六4）

至。陈子昂《祭率府孙录事文》遂致（至）（《全文》二一六19）

脂至。朱子奢《昭仁寺碑铭》誉（至）绥（脂）（《全文》一三五15）

之。崔融《嵩山启母庙碑其十三》之欺辞基（之）（《全文》二二〇5）

止。岑文本《三元颂》纪始（止）（《全文》一五〇4）

志。释本净《四大无主偈》意事（志）（《全诗》1932）

止志。王绩《游北山赋》置志（志）喜（止）（《全文》一三一6）

旨止。崔日用《赐宴自歌》梓士（止）死（旨）（《全诗》2099）

至志。褚亮《祭太社乐章八首·迎俎用雍和》事（志）地馈遂（至）（《全诗》47）

至止。刘允济《明堂赋》祉峙祀（止）致（至）（《全文》一六四13）

脂之志。陈子昂《感遇三十八首》（十）颐（之）嚱（志）持（之）锥（脂）时（之）（《全诗》1535）

脂之止。释法融《答博陵王问（十三首）》（六）思（志）起（止）迟（脂）（《全诗》297）

脂旨之。苏颋《封东岳朝觐颂》脽（脂）鄙（旨）师坻（脂）时思厘（之）（《全文》二五〇2）

旨至止。王梵志《诗五十二首》（四十）喜（止）地（至）死水（旨）（《全诗》477）

旨止志。姚崇《弹琴诫》徵（止）治（志）美（旨）子（止）（《全文》二

○六 11 ）

（三）微部

微。蔡允恭《奉和出颍至淮应令》圻依稀归（微）（《全诗》153 ）

未。崔湜《野燎赋》畏气歊谓（未）（《全文》二八○四）

第二节　遇摄

一、遇摄用韵的空间分布

（一）鱼（ 48/33/27/8 ）

1.关内区

京兆府长安：崔沔 1、韩休 1、王德真 1、韦展 1

京兆府蓝田：苏晋 1

京兆府武功：苏颋 2

华州华阴：杨炯 5

同州冯翊：乔备 1

2.陇西区

秦州成纪：唐太宗李世民 2

3.河北区

太原府文水：武三思 1、则天皇后武曌 2

蒲州宝鼎：薛稷 1

蒲州河东：张说 1

绛州龙门：王勃 3、王绩 2

魏州昌乐：张文琮 1

卫州黎阳：王梵志 1

卫州卫县：谢偃 1

恒州井陉：崔行功 1

深州安平：李百药 2

赵州房子：李尚一 1

赵州赞皇：李峤 1

幽州范阳：卢照邻 2

幽州：卢献 1

府县不详：张果 3

4.中原区

河南府洛阳：贾曾 1、元希声 1

虢州弘农：宋之问 3

陕州陕县：上官仪 2

宋州宁陵：刘宪 2

宋州宋城：郑惟忠 2

兖州瑕丘：徐彦伯 1

齐州全节：崔融 2

襄州：释灵辩 1

荆州江陵：岑文本 1

5.江淮区

扬州江都：李邕 1

6.江南区

宣州秋浦：胡楚宾 1

7.东南区

苏州吴县:董思恭1

杭州钱塘:褚遂良1

杭州新城:许敬宗1

越州永兴:贺知章1

8.岭南区

新州新兴:释慧能1

9.籍贯不详

崔知贤1、东方虬1、高迈1、贺遂亮1、

刘秀1、魏归仁1

（二）语（26/22/19/6）

1.关内区

京兆府长安:韩休1、唐高宗李治2、

唐睿宗李旦1

京兆府武功:苏颋2

华州华阴:杨炯4

2.陇西区

秦州成纪:唐太宗李世民1

3.河北区

蒲州宝鼎:薛稷1

蒲州河东:张说3

绛州龙门:王勃5、王绩3

魏州馆陶:魏征2

卫州黎阳:王梵志1

卫州卫县:谢偃1

贝州临清:路敬淳1

深州安平:李百药2

定州鼓城:郭正一1

幽州范阳:卢照邻1

4.中原区

宋州宋城:郑惟忠1

徐州彭城:刘知几1

襄州襄阳:张柬之1

荆州江陵:岑文本1

5.东南区

杭州钱塘:褚亮1

越州余姚:虞世南1

婺州义乌:骆宾王1

6.西南区

梓州射洪:陈子昂1

7.籍贯不详

赵志1

（三）御（9/7/8/3）

1.河北区

绛州龙门:王绩1

魏州馆陶:魏征2

卫州黎阳:王梵志1

深州安平:李百药1

幽州范阳:卢照邻1

2.中原区

河南府:于敬之1

3.东南区

杭州钱塘:褚亮2

越州永兴:贺知章1

4.籍贯不详

阙名1

（四）虞（18/14/13/7）

1.关内区

华州华阴:杨炯1

2.河北区

蒲州河东:任知古1

深州安平:李安期1

赵州房子:李乂1

赵州栾城:阎朝隐1

赵州赞皇:李峤1

府县不详:张果1

3.中原区

河南府温县:司马承祯1

兖州瑕丘:徐彦伯1

4.江淮区

扬州江都:李邕1

5.江南区

宣州:刘处约1

6.东南区

润州延陵:释法融2

常州义兴:许景先1

歙州歙县:吴少微1

越州余姚:虞世南1

7.西南区

梓州射洪:陈子昂1

8.籍贯不详

张秦客1、张泰1

(五)虞(19/16/15/5)

1.关内区

京兆府三原:于知微1

华州华阴:杨炯3

2.陇西区

秦州上邽:姜晞2

3.河北区

太原府文水:则天皇后武曌1

蒲州宝鼎:薛曜1

蒲州河东:张说3

绛州龙门:王勃3

相州内黄:沈佺期1

深州饶阳:李义府1

幽州范阳:卢照邻2

莫州莫县:刘穆之2

瀛州:朱宝积1

4.中原区

河南府巩县:刘允济1

河南府济源:张廷珪1

郑州原武:娄师德1

齐州全节:崔融1

5.东南区

越州永兴:贺知章1

6.籍贯不详

慕容知晦1、张思讷1

(六)遇(15/14/12/4)

1.关内区

京兆府长安:释道世1

京兆府华原:令狐德棻1

京兆府武功:苏颋3

2.河北区

绛州龙门:王绩1

卫州黎阳:王梵志1

贝州临清:路敬淳1

恒州井陉：崔行功1

深州安平：李百药1

赵州赞皇：李峤1

定州新乐：郎余令1

幽州范阳：卢照邻1

3.中原区

虢州弘农：宋之问2

陕州陕县：上官仪1

4.江淮区

扬州江都：李邕1

5.籍贯不详

江旻1

（七）模（13/9/9/4）

1.关内区

京兆府蓝田：梁朱宾1

华州华阴：杨炯1

2.河北区

太原府文水：则天皇后武曌1

蒲州河东：张说1

深州安平：李百药1

幽州范阳：卢照邻1

府县不详：张果1

3.中原区

陕州陕县：上官婉儿1

郑州阳武：韦承庆1

4.西南区

梓州射洪：陈子昂2

5.籍贯不详

黄元之1、权龙襄1、王昕1

（八）姥（17/13/10/4）

1.关内区

京兆府长安：释道世1

京兆府三原：于知微1

京兆府武功：苏诜1、苏颋1

华州华阴：杨炯2

2.河北区

蒲州宝鼎：薛稷1

绛州龙门：王勃2

赵州房子：李乂1

赵州赞皇：李峤3

幽州范阳：卢粲1、卢照邻1

3.中原区

河南府洛阳：贾曾1

兖州瑕丘：徐彦伯1

4.江淮区

楚州盱眙：释善导1

扬州江都：李邕1

5.籍贯不详

李行廉1、王匡国1

（九）暮（45/29/27/5）

1.关内区

京兆府长安：释窥基1、唐高宗李治2、袁朗1

京兆府武功：富嘉谟2、苏颋3

华州华阴：杨炯2

2.河北区

蒲州宝鼎：薛稷1、薛收1、薛元超1

蒲州河东：任知古1、张说3

绛州绛州：释本净1

绛州龙门：王勃2

魏州馆陶：魏征1

相州洹水：张蕴古1

卫州卫县：谢偃1

深州安平：李百药1

深州饶阳：李义府1

赵州房子：李义1

赵州赞皇：李峤1

赵州：李□袭1

定州安喜：崔液1

幽州范阳：卢照邻4

邢州南和：宋璟3

洺州：宋芬1

府县不详：崔曼士1

3.中原区

河南府巩县：刘允济1

陕州陕县：上官仪2

郑州：郑万钧1

汴州陈留：申屠场1

齐州全节：员半千1

荆州江陵：岑文本1

4.东南区

润州延陵：释法融2

苏州：陈子良1

杭州钱塘：褚亮1

歙州歙县：吴少微2

越州永兴：贺知章1

婺州义乌：骆宾王2

温州永嘉：释玄觉1

5.西南区

益州成都：闾丘均1

6.籍贯不详

李孝伦1、裴略1、王允元1、元伞1、赵志1

（十）虞遇（2/1/2/2）

1.关内区

华州华阴：杨炯1

2.东南区

越州：万齐融1

（十一）旨御（1/1/1/1）

1.江淮区

扬州江都：李邕1

（十二）支遇（1/1/1/1）

1.江淮区

光州固始：陈元光1

（十三）至虞（1/1/1/1）

1.东南区

杭州钱塘：褚遂良1

（十四）之鱼（2/2/2/1）

1.河北区

绛州龙门：王绩1

卫州黎阳：王梵志1

（十五）微鱼（1/1/1/1）

1.籍贯不详

曹琰1

（十六）微模（1/1/1/1）

1.籍贯不详

张思讷1

（十七）鱼语（2/2/2/2）

1.关内区

京兆府长安:韩休2

2.东南区

杭州钱塘:褚亮1

（十八）鱼虞（9/8/8/5）

1.关内区

京兆府万年:颜师古1

2.陇西区

秦州成纪:唐太宗李世民2

3.河北区

卫州黎阳:王梵志3

4.中原区

河南府温县:司马承祯3

虢州弘农:宋之问1

宋州宋城:郑惟忠1

5.东南区

润州延陵:释法融1

越州永兴:贺知章1

6.籍贯不详

江旻1

（十九）语虞（11/10/11/4）

1.河北区

太原府文水:武三思1

蒲州河东:张说1

绛州龙门:王勃1

相州临漳:源乾曜1

定州鼓城:郭正一1

2.中原区

河南府:于敬之1

齐州全节:员半千1

3.江淮区

扬州江都:李邕1

光州固始:陈元光1

4.东南区

杭州新城:许敬宗1

湖州长城:太宗贤妃徐惠1

（二十）御虞（1/1/1/1）

1.河北区

卫州黎阳:王梵志1

（二十一）御遇（5/5/5/4）

1.关内区

京兆府长安:唐高宗李治1

同州冯翊:乔知之1

2.陇西区

秦州成纪:唐太宗李世民1

3.河北区

蒲州河东:张说1

4.东南区

温州永嘉:释玄觉1

（二十二）鱼模（3/3/3/2）

1.河北区

绛州龙门:王绩1

卫州黎阳:王梵志1

2.东南区

湖州长城:徐坚1

（二十三）语姥（2/1/2/2）

1.东南区

苏州:陈子良1

2.西南区

梓州射洪:陈子昂1

（二十四）御暮（5/5/5/4）

1.河北区

蒲州河东:张说1

2.中原区

虢州弘农:宋之问1

3.江南区

宣州溧阳:史巘1

4.东南区

润州延陵:释法融1

杭州钱塘:褚遂良2

（二十五）鱼末（2/1/1/1）

1.籍贯不详

贾元逊1、王威德1

（二十六）鱼尤（1/1/1/1）

1.关内区

京兆府长安:释道世1

（二十七）鱼候（1/1/1/1）

1.关内区

京兆府长安:韩休1

（二十八）虞模（44/36/27/7）

1.关内区

京兆府长安:唐高宗李治2、唐中宗
　李显1

京兆府万年:韦虚心1

京兆府武功:苏颋4

华州华阴:杨炯9、杨誉1

2.陇西区

府县不详:李审几1

3.河北区

太原府文水:则天皇后武曌1

蒲州宝鼎:薛元超1

蒲州河东:张说7

绛州龙门:王勃9、王绩3

魏州昌乐:李咸2

相州内黄:沈佺期1

卫州黎阳:王梵志2

赵州房子:李乂1

赵州高邑:李至远1

赵州栾城:阎朝隐1

赵州赞皇:李峤1

定州安喜:崔湜1

幽州范阳:卢照邻4、张果1

4.中原区

河南府巩县:刘允济1

河南府温县:司马承祯1

虢州弘农:宋之问3

陕州陕县:上官仪2

郑州管城:凌敬1

郑州阳武:韦承庆1

宋州宁陵:刘宪1

滑州灵昌:崔日用1

徐州彭城:刘知几1

兖州瑕丘:徐彦伯2

莱州掖县：王无竞1

襄州：释灵辩1

荆州江陵：岑文本1

5.江淮区

扬州江都：李邕2、王绍宗1

6.东南区

杭州钱塘：褚遂良1

杭州新城：许敬宗3

越州山阴：贺敳1

越州余姚：虞世南1

婺州义乌：骆宾王1

7.西南区

梓州射洪：陈子昂3

8.籍贯不详

赵元淑1

（二十九）虞姥（28/24/21/8）

1.关内区

京兆府长安：唐高宗李治1、袁朗1

京兆府华原：令狐德棻2

京兆府武功：苏颋1

华州华阴：杨炯5

2.陇西区

秦州成纪：唐太宗李世民1

3.河北区

蒲州河东：张说14

绛州龙门：王勃5

魏州馆陶：魏征1

卫州黎阳：王梵志1

卫州卫县：谢偃1

贝州临清：路敬淳1

恒州井陉：崔行功1

幽州范阳：卢照邻1

幽州：卢藏用1

4.中原区

河南府巩县：刘允济1

兖州瑕丘：徐彦伯1

荆州江陵：岑羲1

5.江淮区

扬州江都：李邕2

光州固始：陈元光1

6.江南区

宣州秋浦：胡楚宾1

7.东南区

杭州新城：许敬宗2

越州余姚：虞世南1

婺州义乌：骆宾王2

温州永嘉：释玄觉1

8.西南区

梓州射洪：陈子昂1

9.籍贯不详

高迈2、贺遂亮1

（三十）遇暮（35/27/22/7）

1.关内区

京兆府长安：韩休1、释道世2、唐高
　宗李治1

京兆府万年：颜师古1

京兆府武功：富嘉谟1

华州华阴：杨炯2

同州冯翊：芮智璨2

2.陇西区

秦州成纪：唐太宗李世民4

3.河北区

蒲州河东：张说5

绛州龙门：王勃7

魏州馆陶：魏征1

魏州贵乡：郭震1

赵州房子：李乂1

赵州赞皇：李峤1

棣州阳信：任希古1

定州安喜：崔湜1

幽州范阳：卢照邻2

4.中原区

虢州弘农：宋之问1

兖州瑕丘：徐彦伯1

齐州全节：崔融1

齐州山茌：释义净1

荆州江陵：岑文本1

5.江淮区

扬州江都：李邕2

扬州：张若虚1

6.东南区

润州延陵：释法融1

常州义兴：许景先1

苏州吴县：朱子奢1

苏州：陈子良1

越州余姚：虞世南2

越州：万齐融1

7.西南区

益州成都：闾丘均1

梓州射洪：陈子昂1

8.籍贯不详

和神剑1、释法宣1、张泰1

（三十一）虞漾（1/1/1/1）

1.河北区

绛州龙门：王绩1

（三十二）姥暮（4/4/4/4）

1.关内区

京兆府华原：孙思邈1

2.河北区

绛州龙门：王勃1

3.江淮区

楚州盱眙：释善导1

4.东南区

温州永嘉：释玄觉1

（三十三）模物（1/1/1/1）

1.河北区

绛州闻喜：裴炎1

（三十四）暮铎（1/1/1/1）

1.河北区

蒲州河东：张说1

（三十五）姥宥（1/1/1/1）

1.关内区

京兆府万年：颜师古1

（三十六）姥厚（3/1/1/2）

1.河北区

府县不详：崔翍士1

2.东南区

台州宁海:释怀玉1

3.籍贯不详

王友方1

（三十七）支之鱼（1/1/1/1）

1.河北区

卫州黎阳:王梵志1

（三十八）至志遇（1/1/1/1）

1.籍贯不详

高迈1

（三十九）旨止虞（1/1/1/1）

1.东南区

婺州义乌:骆宾王1

（四十）御虞遇（1/1/1/1）

1.河北区

绛州龙门:王勃1

（三十一）鱼虞模（5/3/3/3）

1.关内区

京兆府万年:颜师古1

2.河北区

卫州黎阳:王梵志2

3.东南区

越州余姚:虞世南1

4.籍贯不详

高迈1、张元一1

（四十二）语虞姥（7/5/5/4）

1.关内区

京兆府长安:唐高宗李治1

京兆府万年:颜师古1

2.河北区

绛州龙门:王勃1

幽州:卢藏用1

3.江淮区

扬州江都:李邕1

4.江南区

宣州溧阳:史㠜1

5.籍贯不详

史仲谋1

（四十三）御遇暮（1/1/1/1）

1.中原区

虢州弘农:宋之问2

（四十四）语虞宥（1/1/1/1）

1.河北区

卫州黎阳:王梵志1

（四十五）语姥厚（1/1/1/1）

1.河北区

卫州黎阳:王梵志1

（四十六）虞姥厚（2/2/2/2）

1.关内区

京兆府长安:释窥基1

2.河北区

蒲州河东:张说1

（四十七）鱼尤幽（1/1/1/1）

1.关内区

京兆府长安:释道世1

（四十八）遇姥暮（1/1/1/1）

1.河北区

绛州龙门:王勃1

（四十九）虞模尤（2/2/2/2）

1.关内区

京兆府长安：释道世1

2.西南区

梓州射洪：陈子昂1

（五十）遇暮候（1/1/1/1）

1.关内区

京兆府武功：富嘉谟1

（五十一）虞尤侯（1/1/1/1）

1.河北区

卫州黎阳：王梵志1

（五十二）姥有厚（1/1/1/1）

1.河北区

蒲州河东：张说1

（五十三）御虞遇姥（1/1/1/1）

1.河北区

卫州黎阳：王梵志1

（五十四）御虞姥暮（1/1/1/1）

1.河北区

卫州黎阳：王梵志1

（五十五）语虞姥厚（1/1/1/1）

1.河北区

卫州黎阳：王梵志1

（五十六）语暮屋烛（1/1/1/1）

1.河北区

卫州黎阳：王梵志1

（五十七）语姥有厚（1/1/1/1）

1.河北区

卫州黎阳：王梵志1

（五十八）虞姥暮厚（1/1/1/1）

1.河北区

绛州龙门：王勃1

（五十九）虞质术栉（1/1/1/1）

1.东南区

杭州钱塘：褚遂良1

（六十）语姥暮有厚（1/1/1/1）

1.河北区

卫州黎阳：王梵志1

（六十一）语遇姥暮有厚（1/1/1/1）

1.河北区

卫州黎阳：王梵志1

（六十二）御遇姥暮有候（1/1/1/1）

1.河北区

卫州黎阳：王梵志1

（六十三）语御姥暮有厚（1/1/1/1）

1.河北区

卫州黎阳：王梵志1

（六十四）纸真至未御荠祭（1/1/1/1）

1.关内区

京兆府咸阳：崔敦礼1

综合遇摄用韵的空间分布数据，得到下表：

表 2-2-1　遇摄用韵的空间分布数据

用韵	作家数量	县域数量	州府数量	大区数量
鱼	48	33	27	8
语	26	22	19	6
御	9	8（7）	8	3
虞	18	14	13	7
麌	19	16	15	5
遇	15	14	12	4
模	13	9	9	4
姥	17	13	10	4
暮	45	29	27	5
麌遇	2	2（1）	2	2
支遇	1	1	1	1
旨御	1	1	1	1
至虞	1	1	1	1
之鱼	2	2	2	1
微鱼	1	1	1	1
微模	1	1	1	1
鱼语	2	2	2	2
鱼虞	9	8	8	5
语麌	11	11（10）	11	4
御麌	1	1	1	1
御遇	5	5	5	4
鱼模	3	3	3	2
语姥	2	2（1）	2	2
御暮	5	5	5	4
鱼末	2	1	1	1
鱼尤	1	1	1	1
鱼候	1	1	1	1
虞模	44	36	27	7
麌姥	28	24	21	8
遇暮	35	27	22	7

用韵	作家数量	县域数量	州府数量	大区数量
麌漾	1	1	1	1
姥暮	4	4	4	4
模物	1	1	1	1
暮铎	1	1	1	1
姥宥	1	1	1	1
姥厚	3	1	1	2
支之鱼	1	1	1	1
至志遇	1	1	1	1
旨止虞	1	1	1	1
御麌遇	1	1	1	1
鱼虞模	5	3	3	3
语麌姥	7	5	5	4
御遇暮	1	1	1	1
语麌宥	1	1	1	1
语姥厚	1	1	1	1
麌姥厚	2	2	2	2
鱼尤幽	1	1	1	1
遇姥暮	1	1	1	1
虞模尤	2	2	2	2
遇暮候	1	1	1	1
虞尤侯	1	1	1	1
姥有厚	1	1	1	1
御麌遇姥	1	1	1	1
御麌姥暮	1	1	1	1
语麌姥厚	1	1	1	1
语暮屋烛	1	1	1	1
语姥有厚	1	1	1	1
麌姥暮厚	1	1	1	1
麌质术栉	1	1	1	1
语姥暮有厚	1	1	1	1

用韵	作家数量	县域数量	州府数量	大区数量
语遇姥暮有厚	1	1	1	1
御遇姥暮有候	1	1	1	1
语御姥暮有厚	1	1	1	1
纸寘至未御荠祭	1	1	1	1

二、遇摄用韵的空间分布度

按空间单元整理遇摄用韵的空间分布数据（另含用韵数量），用韵举平以赅上去，将用韵的各空间要素量及各空间要素总量去重，得到下表：

表 2-2-2　遇摄诸单元用韵的空间分布数据

空间单元	用韵	用韵数量	作家数量	县域数量	州府数量	大区数量
鱼单元	鱼	115	54	41	32	9
	脂鱼	1	1	1	1	1
	之鱼	2	2	2	2	1
	鱼虞	31	22	21	20	6
	鱼模	11	10	10（9）	10	5
	鱼尤	1	1	1	1	1
	鱼侯	1	1	1	1	1
	支之鱼	1	1	1	1	1
	鱼虞模	14	9	8	8	6
	鱼虞尤	1	1	1	1	1
	鱼模侯	3	3	3	3	2
	鱼尤幽	1	1	1	1	1
	鱼虞模侯	2	2	2	2	1
	鱼模屋烛	1	1	1	1	1
	鱼模尤侯	3	1	1	1	1
	鱼虞模尤侯	2	1	1	1	1
	支脂微鱼齐祭	1	1	1	1	1
	总量	190	84	51	37	9

空间单元	用韵	用韵数量	作家数量	县域数量	州府数量	大区数量
虞单元	虞	62	44	37	29	8
	支虞	1	1	1	1	1
	脂虞	1	1	1	1	1
	鱼虞	31	22	21	20	6
	虞模	188	71	54	40	8
	虞阳	1	1	1	1	1
	脂之虞	1	1	1	1	1
	鱼虞模	14	9	8	8	6
	鱼虞尤	1	1	1	1	1
	虞模尤	2	2	2	2	2
	虞模侯	1	1	1	1	1
	虞尤侯	1	1	1	1	1
	鱼虞模侯	2	2	2	2	1
	虞质术栉	1	1	1	1	1
	鱼虞模尤侯	2	2	1	1	1
	总量	309	95	69	45	8
模单元	模	91	55	39	32	6
	鱼模	11	10	9	10	5
	虞模	188	71	54	40	8
	模物	1	1	1	1	1
	模铎	1	1	1	1	1
	模尤	1	1	1	1	1
	模侯	2	2	1	1	2
	鱼虞模	14	9	8	8	6
	鱼模侯	3	3	3	3	2
	虞模尤	2	2	2	2	2
	虞模侯	1	1	1	1	1
	模尤侯	1	1	1	1	1
	鱼虞模侯	2	2	2	2	1

空间单元	用韵	用韵数量	作家数量	县域数量	州府数量	大区数量
	鱼模屋烛	1	1	1	1	1
	鱼模尤侯	3	1	1	1	1
	鱼虞模尤侯	2	1	1	1	1
	总量	324	102	70	48	8

运用用韵空间分布综合评价法，计算遇摄诸单元用韵各项指标评价值与空间分布度数值并排序，得到下表：

表 2-2-3　遇摄诸单元用韵各项指标评价值与空间分布度数据表

空间单元	用韵	作家绝对数	县域绝对数	州府绝对数	大区绝对数	县域拓展	州府拓展	大区拓展	空间分布度	排序
鱼单元	鱼	1.246	1.535	1.886	2.393	1.010	1.005	1.013	8.877	1
	脂鱼	0.863	0.835	0.832	1.216	1.022	1.022	1.136	0.865	8
	之鱼	0.920	0.936	0.980	1.216	1.022	1.022	1.067	1.143	6
	鱼虞	1.147	1.376	1.688	2.112	1.020	1.018	1.019	5.955	2
	鱼模	1.067	1.218	1.433	1.997	1.022	1.022	1.067	4.144	3
	鱼尤	0.863	0.835	0.832	1.216	1.022	1.022	1.136	0.865	8
	鱼侯	0.863	0.835	0.832	1.216	1.022	1.022	1.136	0.865	8
	支之鱼	0.863	0.835	0.832	1.216	1.022	1.022	1.136	0.865	8
	鱼虞模	1.057	1.175	1.360	2.112	1.017	1.022	1.107	4.097	4
	鱼虞尤	0.863	0.835	0.832	1.216	1.022	1.022	1.136	0.865	8
	鱼模侯	0.955	1.000	1.079	1.506	1.022	1.022	1.095	1.773	5
	鱼尤幽	0.863	0.835	0.832	1.216	1.022	1.022	1.136	0.865	8
	鱼虞模侯	0.920	0.936	0.980	1.216	1.022	1.022	1.067	1.143	6
	鱼模屋烛	0.863	0.835	0.832	1.216	1.022	1.022	1.136	0.865	8
	鱼模尤侯	0.863	0.835	0.832	1.216	1.022	1.022	1.136	0.865	8
	鱼虞模尤侯	0.863	0.835	0.832	1.216	1.022	1.022	1.136	0.865	8
	支脂微鱼齐祭	0.863	0.835	0.832	1.216	1.022	1.022	1.136	0.865	8

空间单元	用韵	作家绝对数	县域绝对数	州府绝对数	大区绝对数	县域拓展	州府拓展	大区拓展	空间分布度	排序
虞单元	虞	1.195	1.408	1.708	2.303	1.006	1.012	1.040	7.014	2
	支虞	0.844	0.779	0.772	1.214	1.014	1.029	1.168	0.750	7
	脂虞	0.844	0.779	0.772	1.214	1.014	1.029	1.168	0.750	7
	鱼虞	1.121	1.283	1.565	2.107	1.012	1.026	1.048	5.160	3
	虞模	1.249	1.498	1.843	2.303	1.002	1.009	1.011	8.107	1
	虞阳	0.844	0.779	0.772	1.214	1.014	1.029	1.168	0.750	7
	脂之虞	0.844	0.779	0.772	1.214	1.014	1.029	1.168	0.750	7
	鱼虞模	1.033	1.095	1.260	2.107	1.009	1.029	1.138	3.550	4
	鱼虞尤	0.844	0.779	0.772	1.214	1.014	1.029	1.168	0.750	7
	虞模尤	0.899	0.872	0.909	1.502	1.014	1.029	1.168	1.306	5
	虞模侯	0.844	0.779	0.772	1.214	1.014	1.029	1.168	0.750	7
	虞尤侯	0.844	0.779	0.772	1.214	1.014	1.029	1.168	0.750	7
	鱼虞模侯	0.899	0.872	0.909	1.214	1.014	1.029	1.098	0.991	6
	虞质术栉	0.844	0.779	0.772	1.214	1.014	1.029	1.168	0.750	7
	鱼虞模尤侯	0.844	0.779	0.772	1.214	1.014	1.029	1.168	0.750	7
模单元	模	1.219	1.432	1.748	2.150	1.001	1.012	1.011	6.720	2
	鱼模	1.042	1.126	1.329	2.032	1.012	1.033	1.104	3.654	4
	虞模	1.248	1.510	1.843	2.349	1.004	1.005	1.017	8.374	1
	模物	0.843	0.785	0.772	1.238	1.016	1.026	1.175	0.775	9
	模铎	0.843	0.785	0.772	1.238	1.016	1.026	1.175	0.775	9
	模尤	0.843	0.785	0.772	1.238	1.016	1.026	1.175	0.775	9
	模侯	0.899	0.785	0.772	1.533	0.986	1.026	1.251	1.056	7
	鱼虞模	1.032	1.104	1.260	2.150	1.011	1.026	1.145	3.667	3
	鱼模侯	0.933	0.940	1.000	1.533	1.016	1.026	1.133	1.587	5
	虞模尤	0.899	0.880	0.909	1.533	1.016	1.026	1.175	1.348	6
	虞模侯	0.843	0.785	0.772	1.238	1.016	1.026	1.175	0.775	9
	模尤侯	0.843	0.785	0.772	1.238	1.016	1.026	1.175	0.775	9
	鱼虞模侯	0.899	0.880	0.909	1.238	1.016	1.026	1.104	1.023	8

续表

空间单元	用韵	作家绝对数	县域绝对数	州府绝对数	大区绝对数	县域拓展	州府拓展	大区拓展	空间分布度	排序
	鱼模屋烛	0.843	0.785	0.772	1.238	1.016	1.026	1.175	0.775	9
	鱼模尤侯	0.843	0.785	0.772	1.238	1.016	1.026	1.175	0.775	9
	鱼虞模尤侯	0.843	0.785	0.772	1.238	1.016	1.026	1.175	0.775	9

三、遇摄韵部

鱼单元用韵空间分布度排序为：鱼8.877＞鱼虞5.955＞鱼模4.144＞……，提取鱼为韵部。虞单元用韵空间分布度排序为：虞模8.107＞虞7.014＞鱼虞5.160＞……，提取虞模为韵部。模单元用韵空间分布度排序为：虞模8.374＞模6.720＞鱼虞模3.667＞……，提取虞模为韵部。遇摄初次提取鱼、虞模。

初唐诗文遇摄用韵以鱼、虞模为韵部。

四、遇摄韵部韵例

（一）鱼部

鱼。岑文本《奉述飞白书势》书鱼疏余（鱼）（《全诗》300）

语。岑文本《三元颂》敬俎举（语）（《全文》五〇4）

御。卢照邻《行路难》署处去（御）（《全诗》768）

鱼语。韩休《奉和圣制喜雨赋》疏除余（鱼）暑（语）（《全文》二九五2）

（二）虞模部

虞。陈子昂《韦虔上翁文》愚殊（虞）（《全文》二一六17）

麌。贺知章《奉和御制春台望》武数（麌）（《全诗》1601）

遇。卢照邻《病梨树赋》树雾（遇）（《全文》一六六4）

麌遇。杨炯《青苔赋》舞（麌）赴（遇）（《全文》一九〇11）

虞模。崔日用《享龙池乐章》符枢珠虞（虞）湖（模）（《全诗》2095）

遇暮。陈子昂《国殇文》暮（暮）惧（遇）（《全文》二一六16）

虞姥。陈子昂《酬晖上人夏日林泉见赠》宇（虞）古户杜（姥）(《全诗》1566）

遇姥暮。王勃《采莲曲》苦（姥）驻（遇）暮（暮）(《全诗》1046）

第三节　蟹摄

一、蟹摄用韵的空间分布

（一）齐（28/21/19/6）

1.关内区

京兆府长安：韩休1

京兆府三原：田游岩1

京兆府武功：苏颋1

华州华阴：杨炯1

同州冯翊：乔知之3

2.陇西区

秦州成纪：唐太宗李世民1

府县不详：李行言1

3.河北区

蒲州河东：吕太一1、张说1

绛州龙门：王绩1

卫州卫县：谢偃1

赵州赞皇：李峤2

赵州：徐峤之1

定州新乐：郎余令1

幽州范阳：卢照邻2

4.中原区

河南府洛阳：元希声1

陕州陕县：上官婉儿1、上官仪1

齐州全节：崔融1

襄州襄阳：杜易简1

荆州江陵：刘泊1

5.江南区

饶州贵溪：释智常1

6.东南区

润州延陵：释法融1

杭州新城：许敬宗1

婺州义乌：骆宾王2

7.籍贯不详

卢崇道1、王昕1、魏奉古1

（二）荠（14/14/11/4）

1.关内区

京兆府高陵：于志宁1

京兆府武功：苏颋1

华州华阴：杨炯1

2.河北区

蒲州宝鼎：薛元超1

蒲州猗氏：张嘉贞1

绛州龙门：王绩1

魏州馆陶：魏征1

深州安平:李百药1

深州饶阳:李义府1

赵州赞皇:李峤1

3.中原区

河南府洛阳:贾曾1

虢州弘农:宋之问2

兖州瑕丘:徐彦伯1

4.东南区

越州永兴:贺知章3

（三）霁（8/7/6/3）

1.关内区

京兆府高陵:于志宁1

京兆府武功:苏颋2

2.河北区

蒲州河东:张说1

绛州龙门:王勃1

幽州范阳:卢照邻1

3.中原区

河南府巩县:刘允济1

齐州山荏:释义净1

4.籍贯不详

元伞1

（四）祭（19/13/12/4）

1.关内区

京兆府武功:苏颋1

华州华阴:杨炯1

2.河北区

太原府文水:则天皇后武曌1

蒲州河东:张说1

绛州龙门:王勃1

魏州馆陶:魏征1

深州安平:李百药1

赵州柏人:李嗣真1

赵州高邑:李至远1

3.中原区

兖州瑕丘:徐彦伯1

4.东南区

苏州:陈子良1

杭州钱塘:褚亮1

越州永兴:贺知章1

越州余姚:虞世南1

5.籍贯不详

高迈1、李义表1、明潯1、郑璞1、郑万英1

（五）泰（22/19/18/5）

1.关内区

京兆府长安:唐高宗李治1、唐睿宗李旦1

京兆府武功:苏颋1

华州华阴:杨炯2

2.陇西区

秦州成纪:唐太宗李世民1

3.河北区

蒲州河东:张说2

绛州龙门:王勃2

魏州馆陶:魏征1

相州洹水:张蕴古1

卫州卫县:谢偃2

深州安平:李百药1

赵州赞皇:李峤2

幽州范阳:卢照邻1

4.中原区

虢州弘农:宋之问1

陕州硖石:姚崇1

兖州瑕丘:徐彦伯2

齐州全节:崔融1

荆州江陵:岑文本1

5.东南区

润州延陵:释法融2

婺州义乌:骆宾王1

6.籍贯不详

高迈1、释道恭1

(六)皆(3/3/3/3)

1.关内区

京兆府三原:于知微1

2.河北区

卫州黎阳:王梵志1

3.东南区

婺州义乌:骆宾王1

(七)灰(1/0/1/1)

1.河北区

幽州:卢藏用1

(八)贿(1/1/1/1)

1.岭南区

新州新兴:释慧能1

(九)队(6/5/6/5)

1.陇西区

秦州成纪:唐太宗李世民1

2.河北区

蒲州河东:张说1

3.中原区

郑州:郑万钧1

徐州彭城:刘知几1

4.江淮区

扬州江都:李邕1

5.东南区

婺州义乌:骆宾王1

(十)咍(33/25/25/8)

1.关内区

京兆府长安:韩休2

京兆府武功:富嘉谟1

2.陇西区

秦州成纪:唐太宗李世民1

3.河北区

太原府文水:武三思1

蒲州河东:任知古1、张说5

绛州龙门:王勃4

相州洹水:张蕴古1

相州内黄:沈佺期1

卫州黎阳:王梵志2

深州安平:李百药1

赵州赞皇:李峤1

沧州东光:苗神客1

幽州范阳:卢照邻3

幽州:卢藏用1

府县不详:张果1

4.中原区

河南府温县：司马承祯1

陕州陕县：上官仪1

汝州：刘希夷1

郑州荥泽：郑元祷1

郑州阳武：韦承庆1

宋州宋城：郑惟忠1

兖州瑕丘：徐彦伯1

齐州全节：员半千1

襄州襄阳：杜易简1

5.江淮区

扬州江都：李邕2

6.东南区

苏州：张法1

杭州新城：许敬宗2

越州：万齐融1

7.西南区

梓州射洪：陈子昂7

8.岭南区

新州新兴：释慧能3

9.籍贯不详

康子元1、潘行臣1

（十一）海（21/13/12/7）

1.关内区

华州华阴：杨炯1

2.陇西区

府县不详：李审几1

3.河北区

蒲州河东：冯待征1、张说4

绛州龙门：王勃2

赵州房子：李乂1

赵州栾城：阎朝隐1

赵州赞皇：李峤1

幽州范阳：卢照邻1

幽州：卢藏用2、王适1

4.中原区

虢州弘农：宋之问1

汝州：刘希夷3

齐州全节：员半千1

襄州襄阳：张柬之1

5.东南区

婺州义乌：骆宾王1

6.西南区

梓州射洪：陈子昂1

7.岭南区

新州新兴：释慧能1

8.籍贯不详

黄元之1、李孝伦1、杨晋1

（十二）代（5/5/3/3）

1.关内区

京兆府华原：孙思邈1

京兆府武功：苏颋1

2.陇西区

秦州成纪：唐太宗李世民1

3.河北区

蒲州河东：张说1

蒲州猗氏：张嘉贞1

（十三）支齐（1/1/1/1）

1.东南区

润州延陵:释法融1

（十四）纸荠（1/1/1/1）

1.河北区

瀛州乐寿:尹元凯1

（十五）真祭（1/1/1/1）

1.关内区

京兆府长安:释窥基1

（十六）真泰（1/1/1/1）

1.中原区

陕州陕县:上官仪1

（十七）至霁（1/1/1/1）

1.河北区

邢州南和:宋璟1

（十八）至祭（2/1/1/1）

1.中原区

河南府温县:司马承祯1

2.籍贯不详

李行廉1

（十九）脂灰（1/0/1/1）

1.河北区

瀛州:朱宝积1

（二十）止贿（1/1/1/1）

1.河北区

卫州黎阳:王梵志1

（二十一）微咍（1/1/1/1）

1.河北区

卫州黎阳:王梵志1

（二十二）荠霁（1/1/1/1）

1.东南区

湖州长城:陈叔达1

（二十三）荠祭（1/1/1/1）

1.岭南区

新州新兴:释慧能1

（二十四）霁祭（30/23/21/6）

1.关内区

京兆府长安:韩休1、王德真1

京兆府高陵:于志宁3

京兆府武功:苏颋3

华州华阴:杨炯3

2.陇西区

秦州成纪:唐太宗李世民2

3.河北区

蒲州河东:张说4

绛州龙门:王勃1

魏州馆陶:魏征1

卫州卫县:谢偃1

深州安平:李安期1

赵州房子:李尚一1

赵州赞皇:李峤2

沧州东光:苗神客1

幽州范阳:卢粲1

4.中原区

虢州弘农:宋之问2

陕州陕县:上官仪1

兖州瑕丘:徐彦伯1

青州临淄:房玄龄1

5.江南区

宣州溧阳:史嶷1

6.东南区

常州:萧璟1

杭州钱塘:褚亮1、褚遂良1

湖州长城:太宗贤妃徐惠1

越州余姚:虞世南1

婺州义乌:骆宾王3

7.籍贯不详

蔡瓌1、张泰1、张仵鼎1、赵志1

（二十五）霁队（1/1/1/1）

1.岭南区

新州新兴:释慧能1

（二十六）霁职（1/1/1/1）

1.河北区

绛州龙门:王勃1

（二十七）祭废（1/1/1/1）

1.关内区

京兆府长安:韩休1

（二十八）祭薛（1/1/1/1）

1.河北区

绛州龙门:王绩1

（二十九）泰怪（1/1/1/1）

1.河北区

绛州龙门:王勃1

（三十）泰队（3/2/3/2）

1.河北区

蒲州猗氏:张嘉贞1

幽州:卢士牟1

2.江淮区

扬州江都:李邕1

（三十一）泰代（3/3/3/3）

1.关内区

京兆府泾阳:李大亮1

2.河北区

蒲州河东:张说1

3.东南区

越州余姚:虞世南1

（三十二）泰质（1/1/1/1）

1.河北区

深州安平:李百药1

（三十三）佳皆（2/1/1/1）

1.河北区

深州陆泽:张鷟1

2.籍贯不详

窦昉1

（三十四）卦海（1/1/1/1）

1.河北区

卫州黎阳:王梵志1

（三十五）佳麻（2/2/2/2）

1.中原区

虢州弘农:宋之问1

2.江淮区

扬州江都:李邕1

（三十六）怪夬（2/2/2/2）

1.陇西区

秦州成纪:唐太宗李世民1

2.河北区

蒲州猗氏:张嘉贞1

(三十七)皆咍(1/1/1/1)

1.河北区

卫州黎阳:王梵志1

(三十八)骇海(1/1/1/1)

1.河北区

蒲州河东:张说1

(三十九)贿队(2/2/2/2)

1.关内区

京兆府武功:苏颋1

2.岭南区

新州新兴:释慧能1

(四十)灰咍(62/39/30/7)

1.关内区

京兆府长安:韩休1、李贞1、唐高宗
　　李治2、唐中宗李显1、萧至忠1、袁
　　朗1

京兆府高陵:于志宁2

京兆府泾阳:李迥秀1

京兆府武功:苏颋4

华州华阴:杨炯6、杨师道1

同州冯翊:乔知之1

2.陇西区

凉州姑臧:李夔1

3.河北区

太原府文水:则天皇后武曌1

蒲州宝鼎:薛稷1

蒲州河东:张说7

绛州龙门:王勃2、王绩5

相州安阳:邵炅1

相州内黄:沈佺期3

卫州黎阳:王梵志4

卫州卫县:谢偃2

深州安平:李百药1

深州陆泽:张鷟2

赵州赞皇:李峤4

德州蓨:高瑾1

定州安喜:崔湜2、崔液1

幽州范阳:卢照邻9

幽州:王适1

4.中原区

河南府巩县:刘允济2

河南府洛阳:贾曾1

河南府偃师:杜嗣先1

虢州弘农:宋之问6

陕州陕县:上官婉儿1、上官仪1

汝州:刘希夷1

郑州荥阳:郑世翼1

宋州宁陵:刘宪1

宋州宋城:郑惟忠1

齐州历城:于季子1

齐州全节:崔融2、员半千1

莱州掖县:王无竞1

荆州江陵:岑羲1

5.江淮区

扬州江都:李邕3、王绍宗1

扬州:张若虚1

6.东南区

苏州:陈子良2

杭州新城:许敬宗3

歙州歙县:吴少微1

越州永兴:贺知章1

婺州义乌:骆宾王5

7.西南区

梓州射洪:陈子昂5

8.籍贯不详

杜澄1、韩覃1、贾无名1、毛明素1、释
　灵廓1、王绍望1、王允元1、朱怀隐1

（四十一）贿海(1/1/1/1)

1.河北区

蒲州河东:张说1

（四十二）队代(10/8/8/5)

1.河北区

绛州绛州:释本净1

绛州龙门:王勃1、王绩1

赵州房子:李乂1

2.中原区

郑州原武:娄师德1

兖州瑕丘:徐彦伯1

3.江淮区

扬州江都:王绍宗1

申州义阳:胡元范1

4.江南区

宣州溧阳:史巍1

5.东南区

苏州:陈子良1

（四十三）海代(1/1/1/1)

1.河北区

蒲州河东:张说1

（四十四）哈唐(1/1/1/1)

1.陇西区

西州高昌:麴崇裕1

（四十五）纸旨齐(1/1/1/1)

1.河北区

绛州龙门:王勃1

（四十六）纸止荠(1/1/1/1)

1.河北区

绛州龙门:王绩1

（四十七）真微霁(1/1/1/1)

1.江淮区

光州固始:陈元光1

（四十八）旨止荠(1/1/1/1)

1.河北区

绛州龙门:王勃1

（四十九）至志霁(1/0/1/1)

1.东南区

苏州:陈子良1

（五十）脂之灰(1/1/1/1)

1.河北区

幽州范阳:卢照邻1

（五十一）至未祭(1/0/1/1)

1.河北区

幽州:卢士牟1

（五十二）旨至霁(1/1/1/1)

1.中原区

河南府温县:司马承祯1

（五十三）脂灰咍（2/1/1/1）

1.河北区

幽州范阳:卢照邻1

幽州:卢藏用1

（五十四）尾霁废（1/1/1/1）

1.江淮区

光州固始:陈元光1

（五十五）荠霁祭（1/1/1/1）

1.江淮区

扬州江都:李邕1

（五十六）霁祭卦（1/1/1/1）

1.东南区

温州永嘉:释玄觉1

（五十七）荠蟹骇（1/1/1/1）

1.河北区

卫州黎阳:王梵志1

（五十八）祭泰队（1/1/1/1）

1.东南区

温州永嘉:释玄觉1

（五十九）泰怪代（1/1/1/1）

1.东南区

温州永嘉:释玄觉1

（六十）蟹卦骇（1/1/1/1）

1.河北区

卫州黎阳:王梵志1

（六十一）卦怪代（1/1/1/1）

1.东南区

温州永嘉:释玄觉1

（六十二）皆灰咍（1/1/1/1）

1.河北区

蒲州河东:张说1

（六十三）夬队代（1/1/1/1）

1.河北区

绛州龙门:王勃1

（六十四）贿队海（1/1/1/1）

1.江淮区

楚州盱眙:释善导1

（六十五）纸旨止荠（1/1/1/1）

1.河北区

卫州黎阳:王梵志1

（六十六）纸旨止贿（1/1/1/1）

1.河北区

蒲州河东:张说1

（六十七）真至霁祭（1/1/1/1）

1.河北区

绛州龙门:王勃1

（六十八）旨志尾荠（1/1/1/1）

1.河北区

卫州黎阳:王梵志1

（六十九）齐皆灰咍（1/1/1/1）

1.河北区

卫州黎阳:王梵志1

（七十）霁贿海代（1/1/1/1）

1.河北区

卫州黎阳:王梵志1

（七十一）祭月屑薛（1/1/1/1）

1.关内区

京兆府万年:李适1

（七十二）齐佳皆灰咍（1/1/1/1）

1.河北区

卫州黎阳:王梵志1

（七十三）海箇戈果过（1/1/1/1）

1.河北区

卫州黎阳:王梵志1

（七十四）纸真至未御荠祭（1/1/1/1）

1.关内区

京兆府咸阳:崔敦礼1

综合蟹摄用韵的空间分布数据,得到下表:

表 2-3-1　蟹摄用韵的空间分布数据

用韵	作家数量	县域数量	州府数量	大区数量
齐	28	21	19	6
荠	14	14	11	4
霁	8	7	6	3
祭	19	13	12	4
泰	22	19	18	5
皆	3	3	3	3
灰	1	1(0)	1	1
贿	1	1	1	1
队	6	6(5)	6	5
咍	33	25	25	8
海	21	13	12	7
代	5	5	3	3
支齐	1	1	1	1
纸荠	1	1	1	1
寘祭	1	1	1	1
寘泰	1	1	1	1
至霁	1	1	1	1
至祭	2	1	1	1
脂灰	1	1(0)	1	1
止贿	1	1	1	1
微咍	1	1	1	1

用韵	作家数量	县域数量	州府数量	大区数量
荠霁	1	1	1	1
荠祭	1	1	1	1
霁祭	30	23	21	6
霁队	1	1	1	1
霁职	1	1	1	1
祭废	1	1	1	1
祭薛	1	1	1	1
泰怪	1	1	1	1
泰队	3	3（2）	3	2
泰代	3	3	3	3
泰质	1	1	1	1
佳皆	2	1	1	1
卦海	1	1	1	1
佳麻	2	2	2	2
怪夬	2	2	2	2
皆哈	1	1	1	1
骇海	1	1	1	1
贿队	2	2	2	2
灰哈	62	39	30	7
贿海	1	1	1	1
队代	10	8	8	5
海代	1	1	1	1
哈唐	1	1	1	1
纸旨齐	1	1	1	1
纸止荠	1	1	1	1
寘微霁	1	1	1	1
旨止荠	1	1	1	1
至志霁	1	1（0）	1	1
脂之灰	1	1	1	1

用韵	作家数量	县域数量	州府数量	大区数量
至未祭	1	1（0）	1	1
旨至霁	1	1	1	1
脂灰咍	2	1	1	1
尾霁废	1	1	1	1
荠霁祭	1	1	1	1
霁祭卦	1	1	1	1
荠蟹骇	1	1	1	1
祭泰队	1	1	1	1
泰怪代	1	1	1	1
蟹卦骇	1	1	1	1
卦怪代	1	1	1	1
皆灰咍	1	1	1	1
夬队代	1	1	1	1
贿队海	1	1	1	1
纸旨止荠	1	1	1	1
纸旨止贿	1	1	1	1
寘至霁祭	1	1	1	1
旨志尾荠	1	1	1	1
齐皆灰咍	1	1	1	1
霁贿海代	1	1	1	1
祭月屑薛	1	1	1	1
齐佳皆灰咍	1	1	1	1
海简戈果过	1	1	1	1
纸寘至未御荠祭	1	1	1	1

二、蟹摄用韵的空间分布度

按空间单元整理蟹摄用韵的空间分布数据（另含用韵数量），用韵举平以赅上去，将用韵的各空间要素量及各空间要素总量去重，得到下表：

表 2-3-2　蟹摄诸单元用韵的空间分布数据

空间单元	用韵	用韵数量	作家数量	县域数量	州府数量	大区数量
齐单元	齐	56	39	33	25	6
	支齐	2	2	2	2	2
	脂齐	2	2	2	2	2
	齐祭	42	28	25	23	8
	齐灰	1	1	1	1	1
	齐职	1	1	1	1	1
	支脂齐	1	1	1	1	1
	支之齐	1	1	1	1	1
	支微齐	1	1	1	1	1
	脂之齐	2	2	2	2	2
	微齐废	1	1	1	1	1
	齐祭佳	1	1	1	1	1
	齐佳皆	1	1	1	1	1
	齐灰咍	1	1	1	1	1
	支脂之齐	1	1	1	1	1
	支脂齐祭	1	1	1	1	1
	脂之微齐	1	1	1	1	1
	齐皆灰咍	1	1	1	1	1
	齐佳皆灰咍	1	1	1	1	1
	支脂微鱼齐祭	1	1	1	1	1
	总量	119	61	49	36	8
祭单元	祭	14	14	13	12	4
	支祭	1	1	1	1	1
	脂祭	1	1	1	1	1
	齐祭	42	28	25	23	8
	祭废	1	1	1	1	1
	祭薛	1	1	1	1	1
	脂微祭	1	1	1(0)	1	1
	齐祭佳	1	1	1	1	1

空间单元	用韵	用韵数量	作家数量	县域数量	州府数量	大区数量
	祭泰灰	1	1	1	1	1
	支脂齐祭	1	1	1	1	1
	祭月屑薛	1	1	1	1	1
	支脂微鱼齐祭	1	1	1	1	1
	总量	66	41	33	27	8
泰单元	泰	27	20	19	18	5
	支泰	1	1	1	1	1
	泰皆	1	1	1	1	1
	泰灰	3	3	2	3	2
	泰咍	3	3	3	3	3
	泰质	1	1	1	1	1
	祭泰灰	1	1	1	1	1
	泰皆咍	1	1	1	1	1
	总量	38	27	25	21	6
佳单元	佳皆	2	2	2	2	1
	佳咍	1	1	1	1	1
	佳麻	2	2	2	2	2
	齐祭佳	1	1	1	1	1
	齐佳皆	1	1	1	1	1
	佳皆咍	1	1	1	1	1
	齐佳皆灰咍	1	1	1	1	1
	总量	9	6	5	5	4
皆单元	皆	3	3	3	3	3
	泰皆	1	1	1	1	1
	佳皆	2	2	2	2	1
	皆夬	2	2	2	2	2
	皆咍	2	2	2	2	1
	齐佳皆	1	1	1	1	1
	泰皆咍	1	1	1	1	1

空间单元	用韵	用韵数量	作家数量	县域数量	州府数量	大区数量
	佳皆哈	1	1	1	1	1
	皆灰哈	1	1	1	1	1
	齐皆灰哈	1	1	1	1	1
	齐佳皆灰哈	1	1	1	1	1
	总量	16	9	9	8	4
夬单元	皆夬	2	2	2	2	2
	夬灰哈	1	1	1	1	1
	总量	3	3	3	3	2
灰单元	灰	10	9	9(7)	9	7
	脂灰	1	1	1(0)	1	1
	之灰	1	1	1	1	1
	齐灰	1	1	1	1	1
	泰灰	3	3	3(2)	3	2
	灰哈	126	61	46	34	8
	脂之灰	1	1	1	1	1
	脂灰哈	2	2	1	1	1
	齐灰哈	1	1	1	1	1
	祭泰灰	1	1	1	1	1
	皆灰哈	1	1	1	1	1
	夬灰哈	1	1	1	1	1
	支脂之灰	1	1	1	1	1
	齐皆灰哈	1	1	1	1	1
	齐佳皆灰哈	1	1	1	1	1
	总量	152	70	51	39	9
哈单元	哈	83	43	32	28	8
	微哈	1	1	1	1	1
	泰哈	3	3	3	3	3
	佳哈	1	1	1	1	1
	皆哈	2	2	2	2	1

空间单元	用韵	用韵数量	作家数量	县域数量	州府数量	大区数量
	灰咍	126	61	46	34	8
	咍唐	1	1	1	1	1
	脂灰咍	2	2	1	1	1
	齐灰咍	1	1	1	1	1
	泰皆咍	1	1	1	1	1
	佳皆咍	1	1	1	1	1
	皆灰咍	1	1	1	1	1
	夬灰咍	1	1	1	1	1
	咍歌戈	1	1	1	1	1
	齐皆灰咍	1	1	1	1	1
	齐佳皆灰咍	1	1	1	1	1
	总量	227	86	60	40	9
废单元	祭废	1	1	1	1	1
	微齐废	1	1	1	1	1
	总量	2	2	2	2	2

运用用韵空间分布综合评价法，计算蟹摄诸单元用韵各项指标评价值与空间分布度数值并排序，得到下表：

表 2-3-3　蟹摄诸单元用韵各项指标评价值与空间分布度数据表

空间单元	用韵	作家绝对数	县域绝对数	州府绝对数	大区绝对数	县域拓展	州府拓展	大区拓展	空间分布度	排序
齐单元	齐	1.264	1.537	1.861	2.303	1.003	1.001	1.007	8.415	2
	支齐	0.962	0.971	1.025	1.642	1.010	1.019	1.145	1.853	3
	脂齐	0.962	0.971	1.025	1.642	1.010	1.019	1.145	1.853	3
	齐祭	1.226	1.469	1.824	2.516	1.005	1.014	1.041	8.773	1
	齐灰	0.902	0.866	0.870	1.326	1.010	1.019	1.145	1.064	6
	齐职	0.902	0.866	0.870	1.326	1.010	1.019	1.145	1.064	6
	支脂齐	0.902	0.866	0.870	1.326	1.010	1.019	1.145	1.064	6
	支之齐	0.902	0.866	0.870	1.326	1.010	1.019	1.145	1.064	6
	支微齐	0.902	0.866	0.870	1.326	1.010	1.019	1.145	1.064	6

空间单元	用韵	作家绝对数	县域绝对数	州府绝对数	大区绝对数	县域拓展	州府拓展	大区拓展	空间分布度	排序
	脂之齐	0.962	0.866	1.025	1.642	0.981	1.068	1.145	1.682	5
	微齐废	0.902	0.866	0.870	1.326	1.010	1.019	1.145	1.064	6
	齐祭佳	0.902	0.866	0.870	1.326	1.010	1.019	1.145	1.064	6
	齐佳皆	0.902	0.866	0.870	1.326	1.010	1.019	1.145	1.064	6
	齐灰咍	0.902	0.866	0.870	1.326	1.010	1.019	1.145	1.064	6
	支脂之齐	0.902	0.866	0.870	1.326	1.010	1.019	1.145	1.064	6
	支脂齐祭	0.902	0.866	0.870	1.326	1.010	1.019	1.145	1.064	6
	脂之微齐	0.902	0.866	0.870	1.326	1.010	1.019	1.145	1.064	6
	齐皆灰咍	0.902	0.866	0.870	1.326	1.010	1.019	1.145	1.064	6
	齐佳皆灰咍	0.902	0.866	0.870	1.326	1.010	1.019	1.145	1.064	6
	支脂微鱼齐祭	0.902	0.866	0.870	1.326	1.010	1.019	1.145	1.064	6
祭单元	祭	1.139	1.290	1.484	1.736	1.006	1.008	1.011	3.882	2
	支祭	0.893	0.847	0.826	1.133	1.009	1.014	1.116	0.808	3
	脂祭	0.893	0.847	0.826	1.133	1.009	1.014	1.116	0.808	3
	齐祭	1.214	1.436	1.731	2.150	1.004	1.008	1.015	6.661	1
	祭废	0.893	0.847	0.826	1.133	1.009	1.014	1.116	0.808	3
	祭薛	0.893	0.847	0.826	1.133	1.009	1.014	1.116	0.808	3
	脂微祭	0.893	0.847	0.826	1.133	1.009	1.014	1.116	0.808	3
	齐祭佳	0.893	0.847	0.826	1.133	1.009	1.014	1.116	0.808	3
	祭泰灰	0.893	0.847	0.826	1.133	1.009	1.014	1.116	0.808	3
	支脂齐祭	0.893	0.847	0.826	1.133	1.009	1.014	1.116	0.808	3
	祭月屑薛	0.893	0.847	0.826	1.133	1.009	1.014	1.116	0.808	3
	支脂微鱼齐祭	0.893	0.847	0.826	1.133	1.009	1.014	1.116	0.808	3
泰单元	泰	1.178	1.344	1.575	1.794	1.001	1.008	0.997	4.504	1
	支泰	0.894	0.830	0.796	1.093	1.003	1.012	1.119	0.733	4
	泰皆	0.894	0.830	0.796	1.093	1.003	1.012	1.119	0.733	4
	泰灰	0.989	0.929	1.032	1.353	0.986	1.040	1.079	1.420	3
	泰咍	0.989	0.993	1.032	1.533	1.003	1.012	1.119	1.766	2

空间单元	用韵	作家绝对数	县域绝对数	州府绝对数	大区绝对数	县域拓展	州府拓展	大区拓展	空间分布度	排序
	泰质	0.894	0.830	0.796	1.093	1.003	1.012	1.119	0.733	4
	祭泰灰	0.894	0.830	0.796	1.093	1.003	1.012	1.119	0.733	4
	泰皆咍	0.894	0.830	0.796	1.093	1.003	1.012	1.119	0.733	4
佳单元	佳皆	1.081	1.184	1.275	1.188	1.008	1.000	0.959	1.873	2
	佳咍	1.014	1.057	1.083	1.188	1.008	1.000	1.020	1.418	3
	佳麻	1.081	1.184	1.275	1.471	1.008	1.000	1.020	2.468	1
	齐祭佳	1.014	1.057	1.083	1.188	1.008	1.000	1.020	1.418	3
	齐佳皆	1.014	1.057	1.083	1.188	1.008	1.000	1.020	1.418	3
	佳皆咍	1.014	1.057	1.083	1.188	1.008	1.000	1.020	1.418	3
	齐佳皆灰咍	1.014	1.057	1.083	1.188	1.008	1.000	1.020	1.418	3
皆单元	皆	1.127	1.237	1.397	1.915	1.000	1.008	1.064	4.004	1
	泰皆	1.019	1.033	1.078	1.366	1.000	1.008	1.064	1.663	5
	佳皆	1.086	1.158	1.270	1.366	1.000	1.008	1.000	2.197	3
	皆夬	1.086	1.158	1.270	1.691	1.000	1.008	1.064	2.895	2
	皆咍	1.086	1.158	1.270	1.366	1.000	1.008	1.000	2.197	3
	齐佳皆	1.019	1.033	1.078	1.366	1.000	1.008	1.064	1.663	5
	泰皆咍	1.019	1.033	1.078	1.366	1.000	1.008	1.064	1.663	5
	佳皆咍	1.019	1.033	1.078	1.366	1.000	1.008	1.064	1.663	5
	皆灰咍	1.019	1.033	1.078	1.366	1.000	1.008	1.064	1.663	5
	齐皆灰咍	1.019	1.033	1.078	1.366	1.000	1.008	1.064	1.663	5
	齐佳皆灰咍	1.019	1.033	1.078	1.366	1.000	1.008	1.064	1.663	5
夬单元	皆夬	1.027	1.048	1.070	1.238	1.000	1.000	1.037	1.479	1
	夬灰咍	0.963	0.936	0.909	1.000	1.000	1.000	1.037	0.850	2
灰单元	灰	1.062	1.173	1.341	2.131	1.014	1.018	1.116	4.099	2
	脂灰	0.868	0.818	0.798	1.170	1.014	1.018	1.141	0.781	5
	之灰	0.868	0.818	0.798	1.170	1.014	1.018	1.141	0.781	5
	齐灰	0.868	0.818	0.798	1.170	1.014	1.018	1.141	0.781	5
	泰灰	0.960	0.980	1.034	1.449	1.014	1.018	1.100	1.601	3

空间单元	用韵	作家绝对数	县域绝对数	州府绝对数	大区绝对数	县域拓展	州府拓展	大区拓展	空间分布度	排序
	灰咍	1.267	1.533	1.834	2.221	1.001	0.998	1.002	7.918	1
	脂之灰	0.868	0.818	0.798	1.170	1.014	1.018	1.141	0.781	5
	脂灰咍	0.925	0.818	0.798	1.170	0.984	1.018	1.141	0.808	4
	齐灰咍	0.868	0.818	0.798	1.170	1.014	1.018	1.141	0.781	5
	祭泰灰	0.868	0.818	0.798	1.170	1.014	1.018	1.141	0.781	5
	皆灰咍	0.868	0.818	0.798	1.170	1.014	1.018	1.141	0.781	5
	夬灰咍	0.868	0.818	0.798	1.170	1.014	1.018	1.141	0.781	5
	支脂之灰	0.868	0.818	0.798	1.170	1.014	1.018	1.141	0.781	5
	齐皆灰咍	0.868	0.818	0.798	1.170	1.014	1.018	1.141	0.781	5
	齐佳皆灰咍	0.868	0.818	0.798	1.170	1.014	1.018	1.141	0.781	5
咍单元	咍	1.211	1.421	1.769	2.265	1.003	1.018	1.022	7.194	2
	微咍	0.857	0.805	0.806	1.194	1.016	1.028	1.144	0.792	6
	泰咍	0.948	0.964	1.044	1.675	1.016	1.028	1.144	1.906	3
	佳咍	0.857	0.805	0.806	1.194	1.016	1.028	1.144	0.792	6
	皆咍	0.913	0.902	0.949	1.194	1.016	1.028	1.075	1.046	4
	灰咍	1.250	1.509	1.851	2.265	1.003	1.007	1.004	8.025	1
	咍唐	0.857	0.805	0.806	1.194	1.016	1.028	1.144	0.792	6
	脂灰咍	0.913	0.805	0.806	1.194	0.986	1.028	1.144	0.819	5
	齐灰咍	0.857	0.805	0.806	1.194	1.016	1.028	1.144	0.792	6
	泰皆咍	0.857	0.805	0.806	1.194	1.016	1.028	1.144	0.792	6
	佳皆咍	0.857	0.805	0.806	1.194	1.016	1.028	1.144	0.792	6
	皆灰咍	0.857	0.805	0.806	1.194	1.016	1.028	1.144	0.792	6
	夬灰咍	0.857	0.805	0.806	1.194	1.016	1.028	1.144	0.792	6
	咍歌戈	0.857	0.805	0.806	1.194	1.016	1.028	1.144	0.792	6
	齐皆灰咍	0.857	0.805	0.806	1.194	1.016	1.028	1.144	0.792	6
	齐佳皆灰咍	0.857	0.805	0.806	1.194	1.016	1.028	1.144	0.792	6
废单元	祭废	1.000	1.000	1.000	1.000	1.000	1.000	1.000	1.000	1
	微齐废	1.000	1.000	1.000	1.000	1.000	1.000	1.000	1.000	1

三、蟹摄韵部

齐单元用韵空间分布度排序为：齐祭 8.773＞齐 8.415＞支齐 1.853＝脂齐＞……，提取齐祭为韵部。祭单元用韵空间分布度排序为：齐祭 6.661＞祭 3.882＞支祭 0.808＝脂祭……，提取齐祭为韵部。泰单元用韵空间分布度排序为：泰 4.504＞泰哈 1.766＞泰灰 1.420＞……，提取泰为韵部。佳单元用韵空间分布度排序为：佳麻 2.468＞佳皆 1.873＞佳哈 1.418＝齐祭佳……，提取佳麻为韵部。皆单元用韵空间分布度排序为：皆 4.004＞皆夬 2.895＞佳皆 2.197＝皆哈＞……，提取皆为韵部。夬单元用韵空间分布度排序为：皆夬 1.479＞夬灰哈 0.850，提取皆夬为韵部。灰单元用韵空间分布度排序为：灰哈 7.918＞灰 4.099＞泰灰 1.601＞……，提取灰哈为韵部。哈单元用韵空间分布度排序为：灰哈 8.025＞哈 7.194＞泰哈 1.906＞……，提取灰哈为韵部。废单元各用韵空间要素量均为 1，不能提取韵部。蟹摄初次提取齐祭、泰、佳麻、皆、皆夬、灰哈。

在初次提取的韵部中，皆与皆夬构成包孕关系，二次提取皆夬为韵部。佳麻与假摄麻单元初次提取的麻构成包孕关系，拟二次提取佳麻部。但此包孕关系韵部在要素量及用韵数量上均相差颇为悬殊，故采用从权的办法，麻单元提取麻部，佳单元提取佳皆部。皆、佳皆、皆夬构成包孕或交叉关系，二次提取佳皆夬为韵部。

初唐诗文蟹摄用韵以齐祭、泰、佳皆夬、灰哈为韵部。废韵韵部归属不明。

四、蟹摄二次计算

将佳皆、皆、皆夬的要素量并入佳皆夬并去重，二次计算佳皆夬部所涉单元用韵的空间分布数据（另含用韵数量），得到下表：

表 2-3-4 二次计算佳皆夬部所涉单元用韵的空间分布数据

空间单元	用韵	用韵数量	作家数量	县域数量	州府数量	大区数量
佳单元	佳皆	2	2	2	2	1

空间单元	用韵	用韵数量	作家数量	县域数量	州府数量	大区数量
	佳咍	1	1	1	1	1
	佳麻	2	2	2	2	2
	齐祭佳	1	1	1	1	1
	齐佳皆	1	1	1	1	1
	佳皆夬	7	6	6	6	4
	佳皆咍	1	1	1	1	1
	齐佳皆灰咍	1	1	1	1	1
	总量	16	9	9	9	6
皆单元	皆	3	3	3	3	3
	泰皆	1	1	1	1	1
	佳皆	2	2	2	2	1
	皆夬	2	2	2	2	2
	皆咍	2	2	2	2	1
	齐佳皆	1	1	1	1	1
	泰皆咍	1	1	1	1	1
	佳皆夬	7	6	6	6	4
	佳皆咍	1	1	1	1	1
	皆灰咍	1	1	1	1	1
	齐皆灰咍	1	1	1	1	1
	齐佳皆灰咍	1	1	1	1	1
	总量	23	9	9	8	4
夬单元	皆夬	2	2	2	2	2
	佳皆夬	7	6	6	6	4
	夬灰咍	1	1	1	1	1
	总量	10	7	7	7	4

　　佳皆夬部是从权提取的韵部,其所涉单元用韵各项指标评价值与空间分布度不做二次计算。

五、蟹摄韵部韵例

（一）齐祭部

齐。崔融《塞上寄内》西闺（齐）（《全诗》1165）

荠。贾曾《水镜赋》底洗（荠）（《全文》二七七1）

霁。卢照邻《五悲文·悲才难》棣翳惠济（霁）（《全文》一六六19）

荠霁。陈叔达《太庙裸地歌辞》礼袮启陛（荠）齐（霁）济（荠）（《全诗》84）

祭。王勃《采莲赋》逝际滞（祭）（《全文》一七七11）

荠祭。释慧能《无相颂》例（祭）体洗（荠）（《全诗》810）

霁祭。韩休《惠宣太子哀册文》系（霁）裔（祭）（《全文》二九五13）

荠霁祭。李邕《石赋》砌丽（霁）陛（荠）蕙（霁）曳（祭）（《全文》二六一1）

（二）泰部

泰。岑文本《三元颂》蔼带（泰）（《全文》一五4）

（三）佳皆夬部

皆。王梵志《诗九十二首》（七九）鞋斋（皆）（《全诗》454）

佳皆。张鷟《游仙窟诗·文成咏五嫂》怀（皆）佳（佳）飔【嬦】（皆）鞋钗（佳）（《全诗》1506）

怪夬。张嘉贞《北岳庙碑》败（夬）介（怪）（《全文》二九九15）

蟹卦骇。王梵志《诗九十二首》（二九）骇（骇）解罢（蟹）卖（卦）解（蟹）（《全诗》488）

（四）灰咍部

灰咍。崔液《代春闺》来开（咍）回（灰）苔（咍）（《全诗》2122）

灰。卢藏用《祭拾遗陈公文》回摧（灰）（《全文》二三八27）

贿。释慧能《无相颂》悔罪（贿）（《全诗》810）

队。唐太宗李世民《屏风疏赞》昧悔退对（队）（《全文补》24）

贿队。释慧能《无相颂》罪罪（贿）碎（队）（《全诗》811）

咍。唐太宗李世民《赐李百药诗》才来（咍）（《全诗》357）

海。陈子昂《临邛县令封君遗爱碑》海在宰（海）(《全文》二一五4)

代。唐太宗李世民《皇德颂》代载（代）(《全文》四6)

海代。张说《赠潘州刺史冯君墓志铭》彩海（海）逮（代）(《全文》二三一14)

队代。胡元范《奉和太子纳妃》爱（代）佩海（队）载（代）(《全诗》631)

贿队海。释善导《修西方十二时（十二首）》(十)亥（海）眛（队）罪（贿）(《全诗》579)

贿海。张说《开元乐章十九首奉敕撰·亚献终献武舞凯安之乐四章》(四)海（海）罪（贿）改在（海）(《全诗》1917)

第四节　效摄

一、效摄用韵的空间分布

（一）萧(1/0/0/0)

1.籍贯不详

张秦客1

（二）篠(1/1/1/1)

1.中原区

兖州瑕丘:徐彦伯1

（三）宵(6/5/4/2)

1.河北区

蒲州宝鼎:薛稷1

蒲州河东:张说3

绛州龙门:王勃2

深州陆泽:张鷟2

2.中原区

郑州阳武:韦承庆1

3.籍贯不详

慕容知晦1

（四）小(4/3/3/3)

1.河北区

蒲州河东:张说2

2.中原区

荆州江陵:岑文本1

3.东南区

越州余姚:虞世南1

4.籍贯不详

王博1

（五）笑(8/7/7/4)

1.关内区

京兆府武功:苏颋1

2.河北区

蒲州河东:张说1

幽州:卢藏用1

3.中原区

河南府温县:司马承祯2

郑州荥阳:郑繇1

宋州宁陵:刘宪1

4.东南区

润州延陵:释法融1

5.籍贯不详

甘子布1

（六）肴（2/1/1/1）

1.关内区

京兆府万年:韦虚心1

2.籍贯不详

席元明1

（七）效（3/3/3/3）

1.关内区

京兆府武功:苏颋1

2.河北区

绛州绛州:释本净1

3.中原区

陕州硖石:姚崇2

（八）豪（10/7/7/5）

1.关内区

华州华阴:杨炯1

2.河北区

蒲州河东:柳明献1、张说2

绛州龙门:王勃1、王绩1

3.中原区

汝州:刘希夷1

4.东南区

婺州义乌:骆宾王1

5.西南区

益州成都:朱桃椎1

梓州射洪:陈子昂1

6.籍贯不详

张嘉之1

（九）皓（43/33/28/7）

1.关内区

京兆府长安:韩休2、释道世1、唐高
　　宗李治2、袁朗1

京兆府泾阳:李大亮1

京兆府武功:苏颋3

京兆府:杜践言1

华州华阴:杨炯2

同州冯翊:乔知之1

2.陇西区

秦州成纪:唐太宗李世民2

3.河北区

蒲州河东:张说12

绛州绛州:释本净1

绛州龙门:王勃3、王绩3

魏州昌乐:张文琮1

相州内黄:沈佺期2

卫州黎阳:王梵志3

恒州井陉:崔行功1

深州安平:李百药4

赵州房子:李尚一1、李乂1

赵州栾城:阎朝隐1

赵州赞皇:李峤1

定州安喜:崔湜2

幽州范阳:卢照邻4

4.中原区

河南府温县:司马承祯3

虢州弘农:宋之问3

汝州:刘希夷4

汴州浚仪:吴兢1

徐州彭城:刘知几2

兖州瑕丘:徐彦伯1

5.东南区

润州延陵:释法融1

杭州钱塘:褚亮1

杭州新城:许敬宗1

越州余姚:虞世南3

婺州义乌:骆宾王1

6.西南区

益州成都:闾丘均1

梓州射洪:陈子昂1

7.岭南区

新州新兴:释慧能2

泷州开阳:陈集源1

8.籍贯不详

刘秀1、王承烈1、□镇1

(十)号(1/0/0/0)

1.籍贯不详

杨晋1

(十一)萧宵(18/15/13/5)

1.关内区

京兆府华原:令狐德棻2

2.陇西区

府县不详:李俨1

3.河北区

蒲州河东:张说3

绛州龙门:王勃1

恒州真定:释慧净1

深州安平:李百药1

赵州赞皇:李峤1

幽州范阳:卢照邻2、张果1

4.中原区

河南府巩县:刘允济1

郑州管城:凌敬1

郑州阳武:韦嗣立1

5.东南区

常州义兴:许景先1

苏州吴县:董思恭1

杭州钱塘:褚遂良2

杭州新城:许敬宗1

越州余姚:虞世南1

6.籍贯不详

张宣明1

(十二)篠小(10/7/7/4)

1.关内区

华州华阴:杨炯1

2.河北区

蒲州河东:张说1

绛州龙门:王勃2

赵州房子:李乂1

赵州赞皇:李峤1

3.中原区

汝州:刘希夷1

荆州江陵:岑文本1

4.西南区

益州成都:闾丘均1

5.籍贯不详

曹琰1、高庶几1

（十三）啸笑（10/10/7/2）

1.河北区

蒲州宝鼎:薛收1

蒲州河东:张说1

蒲州猗氏:张嘉贞1

绛州龙门:王勃1

卫州黎阳:王梵志1

深州安平:李百药2

幽州范阳:卢照邻2

2.东南区

越州山阴:贺纪1

越州余姚:虞世南1

婺州义乌:骆宾王1

（十四）萧豪（2/2/2/2）

1.中原区

河南府温县:司马承祯1

2.西南区

益州成都:朱桃椎1

（十五）萧皓（1/1/1/1）

1.河北区

卫州黎阳:王梵志1

（十六）宵肴（1/1/1/1）

1.关内区

同州冯翊:乔知之1

（十七）宵豪（3/3/3/3）

1.关内区

京兆府华原:孙思邈1

2.河北区

卫州黎阳:王梵志1

3.中原区

河南府温县:司马承祯1

（十八）小巧（1/1/1/1）

1.江淮区

楚州盱眙:释善导1

（十九）小皓（2/2/2/2）

1.河北区

卫州黎阳:王梵志3

2.东南区

婺州义乌:骆宾王1

（二十）笑效（3/3/3/3）

1.河北区

蒲州河东:张说3

2.中原区

陕州硖石:姚崇1

3.江淮区

扬州江都:李邕1

（二十一）豪皓（5/4/4/4）

1.关内区

京兆府长安：韩休1

2.河北区

蒲州河东：张说1

3.中原区

齐州全节：员半千1

4.东南区

苏州吴县：朱子奢1

5.籍贯不详

郑万英1

（二十二）皓号（1/1/1/1）

1.河北区

卫州黎阳：王梵志2

（二十三）号宥（1/1/1/1）

1.河北区

卫州黎阳：王梵志1

（二十四）萧宵豪（1/1/1/1）

1.河北区

卫州黎阳：王梵志1

（二十五）萧小皓（1/1/1/1）

1.河北区

卫州黎阳：王梵志1

（二十六）篠小皓（3/3/3/2）

1.河北区

蒲州河东：张说1

卫州黎阳：王梵志1

2.西南区

益州成都：闾丘均1

（二十七）啸小皓（1/1/1/1）

1.河北区

卫州黎阳：王梵志1

（二十八）啸笑号（2/2/2/1）

1.东南区

湖州长城：陈叔达1

婺州义乌：骆宾王1

（二十九）宵药铎（1/1/1/1）

1.东南区

常州晋陵：释义褒1

（三十）巧皓号（1/1/1/1）

1.河北区

卫州黎阳：王梵志1

（三十一）篠笑皓号（1/1/1/1）

1.河北区

卫州黎阳：王梵志1

（三十二）宵小皓号（1/1/1/1）

1.河北区

卫州黎阳：王梵志1

（三十三）啸小效皓号（1/1/1/1）

1.河北区

卫州黎阳：王梵志1

　　综合效摄用韵的空间分布数据，得到下表：

表 2-4-1 效摄用韵的空间分布数据

用韵	作家数量	县域数量	州府数量	大区数量
萧	1	1（0）	1（0）	1（0）
篠	1	1	1	1
宵	6	5	4	2
小	4	3	3	3
笑	8	6	7	4
肴	2	1	1	1
效	3	3	3	3
豪	10	6	7	5
皓	43	33	28	7
号	1	1（0）	1（0）	1（0）
萧宵	18	15	13	5
篠小	10	7	7	4
啸笑	10	10	7	2
萧豪	2	2	2	2
萧皓	1	1	1	1
宵肴	1	1	1	1
宵豪	3	3	3	3
小巧	1	1	1	1
小皓	2	2	2	2
笑效	3	3	3	3
豪皓	5	4	4	4
皓号	1	1	1	1
号宥	1	1	1	1
萧宵豪	1	1	1	1
萧小皓	1	1	1	1
篠小皓	3	3	3	2
啸小皓	1	1	1	1
啸笑号	2	2	2	1
宵药铎	1	1	1	1

续表

用韵	作家数量	县域数量	州府数量	大区数量
巧皓号	1	1	1	1
篠笑皓号	1	1	1	1
宵小皓号	1	1	1	1
啸小效皓号	1	1	1	1

二、效摄用韵的空间分布度

按空间单元整理效摄用韵的空间分布数据(另含用韵数量),用韵举平以赅上去,将用韵的各空间要素量及各空间要素总量去重,得到下表:

表 2-4-2　效摄诸单元用韵的空间分布数据

空间单元	用韵	用韵数量	作家数量	县域数量	州府数量	大区数量
萧单元	萧	1	1	1	1	1
	萧宵	43	27	24	19	6
	萧豪	3	3	3	3	3
	萧宵豪	9	5	5	5	3
	萧宵肴豪	1	1	1	1	1
	总量	57	31	27	21	6
宵单元	宵	21	13	12	11	4
	萧宵	43	27	24	19	6
	宵肴	7	5	5	5	4
	宵豪	8	4	4	4	4
	萧宵豪	9	5	5	5	3
	宵药铎	1	1	1	1	1
	萧宵肴豪	1	1	1	1	1
	总量	90	43	36	26	7
肴单元	肴	5	4	4	3	3
	宵肴	7	5	5	5	4
	肴豪	1	1	1	1	1

空间单元	用韵	用韵数量	作家数量	县域数量	州府数量	大区数量
	萧宵肴豪	1	1	1	1	1
	总量	14	9	9	8	4
豪单元	豪	98	44	35	30	7
	萧豪	3	3	3	3	3
	宵豪	8	4	4	4	4
	肴豪	1	1	1	1	1
	豪尤	1	1	1	1	1
	萧宵豪	9	5	5	5	3
	萧宵肴豪	1	1	1	1	1
	总量	121	46	37	31	7

运用用韵空间分布综合评价法，计算效摄诸单元用韵各项指标评价值与空间分布度数值并排序，得到下表：

表 2-4-3　效摄诸单元用韵各项指标评价值与空间分布度数据表

空间单元	用韵	作家绝对数	县域绝对数	州府绝对数	大区绝对数	县域拓展	州府拓展	大区拓展	空间分布度	排序
萧单元	萧	0.845	0.758	0.713	0.945	1.006	1.017	1.119	0.495	4
	萧宵	1.145	1.277	1.428	1.642	1.001	1.001	1.009	3.466	1
	萧豪	0.935	0.908	0.924	1.326	1.006	1.017	1.119	1.191	3
	萧宵豪	0.980	0.987	1.042	1.326	1.006	1.017	1.069	1.463	2
	萧宵肴豪	0.845	0.758	0.713	0.945	1.006	1.017	1.119	0.495	4
宵单元	宵	1.071	1.149	1.292	1.533	1.004	1.016	1.027	2.556	2
	萧宵	1.146	1.287	1.470	1.736	1.003	1.006	1.014	3.854	1
	宵肴	0.981	0.995	1.073	1.533	1.008	1.022	1.103	1.824	3
	宵豪	0.961	0.960	1.018	1.533	1.008	1.022	1.125	1.667	4
	萧宵豪	0.981	0.995	1.073	1.403	1.008	1.022	1.075	1.627	5
	宵药铎	0.846	0.764	0.734	1.000	1.008	1.022	1.125	0.550	6
	萧宵肴豪	0.846	0.764	0.734	1.000	1.008	1.022	1.125	0.550	6

续表

空间单元	用韵	作家绝对数	县域绝对数	州府绝对数	大区绝对数	县域拓展	州府拓展	大区拓展	空间分布度	排序
肴单元	肴	1.054	1.099	1.100	1.403	1.000	0.989	1.064	1.882	2
	宵肴	1.076	1.140	1.241	1.533	1.000	1.008	1.043	2.454	1
	肴豪	0.928	0.875	0.849	1.000	1.000	1.008	1.064	0.740	3
	萧宵肴豪	0.928	0.875	0.849	1.000	1.000	1.008	1.064	0.740	3
豪单元	豪	1.191	1.363	1.571	1.821	1.000	1.002	1.003	4.664	1
	萧豪	0.930	0.911	0.912	1.403	1.009	1.012	1.143	1.267	4
	宵豪	0.955	0.955	0.976	1.533	1.009	1.012	1.143	1.595	2
	肴豪	0.841	0.761	0.704	1.000	1.009	1.012	1.143	0.526	5
	豪尤	0.841	0.761	0.704	1.000	1.009	1.012	1.143	0.526	5
	萧宵豪	0.975	0.991	1.029	1.403	1.009	1.012	1.092	1.556	3
	萧宵肴豪	0.841	0.761	0.704	1.000	1.009	1.012	1.143	0.526	5

三、效摄韵部

萧单元用韵空间分布度排序为:萧宵3.466＞萧宵豪1.463＞萧豪1.191＞……,提取萧宵为韵部。宵单元用韵空间分布度排序为:萧宵3.854＞宵2.556＞宵肴1.824＞……,提取萧宵为韵部。肴单元用韵空间分布度排序为:宵肴2.454＞肴1.882＞肴豪0.740=萧宵肴豪,提取宵肴为韵部。豪单元用韵空间分布度排序为:豪4.664＞宵豪1.595＞萧宵豪1.556＞……,提取豪为韵部。效摄初次提取萧宵、宵肴、豪。

在初次提取的韵部中,萧宵与宵肴构成交叉关系,二次提取萧宵肴为韵部。

初唐诗文效摄用韵以萧宵肴、豪为韵部。

四、效摄二次计算

将萧宵与宵肴的要素量并入萧宵肴并去重,二次计算萧宵肴部所涉单元用韵的空间分布数据(另含用韵数量),得到下表:

表2-4-4　二次计算萧宵肴部所涉单元用韵的空间分布数据

空间单元	用韵	用韵数量	作家数量	县域数量	州府数量	大区数量
萧单元	萧	1	1	1	1	1
	萧宵	43	27	24	19	6
	萧豪	3	3	3	3	3
	萧宵肴	50	31	28	23	7
	萧宵豪	9	5	5	5	3
	萧宵肴豪	1	1	1	1	1
	总量	107	35	31	25	7
宵单元	宵	21	13	12	11	4
	萧宵	43	27	24	19	6
	宵肴	7	5	5	5	4
	宵豪	8	4	4	4	4
	萧宵肴	50	31	28	23	7
	萧宵豪	9	5	5	5	3
	宵药铎	1	1	1	1	1
	萧宵肴豪	1	1	1	1	1
	总量	96	43	36	26	7
肴单元	肴	5	4	4	3	3
	宵肴	7	5	5	5	4
	肴豪	1	1	1	1	1
	萧宵肴	50	31	28	23	7
	萧宵肴豪	1	1	1	1	1
	总量	61	34	31	23	7

运用用韵空间分布综合评价法，二次计算萧宵肴部所涉单元用韵各项指标评价值与空间分布度数值并排序，得到下表：

表 2-4-5　二次计算萧宵肴部所涉单元用韵各项指标评价值
与空间分布度数据表

空间单元	用韵	作家绝对数	县域绝对数	州府绝对数	大区绝对数	县域拓展	州府拓展	大区拓展	空间分布度	排序
萧单元	萧	0.850	0.764	0.714	0.954	1.005	1.015	1.121	0.506	5
	萧宵	1.151	1.286	1.431	1.656	1.000	0.999	1.011	3.543	2
	萧豪	0.941	0.915	0.925	1.338	1.005	1.015	1.121	1.218	4
	萧宵肴	1.166	1.319	1.497	1.736	1.001	1.001	1.008	4.037	1
	萧宵豪	0.986	0.995	1.044	1.338	1.005	1.015	1.071	1.496	3
	萧宵肴豪	0.850	0.764	0.714	0.954	1.005	1.015	1.121	0.506	5
宵单元	宵	1.085	1.175	1.333	1.597	1.004	1.016	1.027	2.844	3
	萧宵	1.160	1.316	1.517	1.809	1.003	1.006	1.014	4.288	2
	宵肴	0.993	1.017	1.107	1.597	1.008	1.022	1.103	2.030	4
	宵豪	0.973	0.981	1.050	1.597	1.008	1.022	1.125	1.855	5
	萧宵肴	1.175	1.350	1.587	1.897	1.003	1.009	1.011	4.885	1
	萧宵豪	0.993	1.017	1.107	1.462	1.008	1.022	1.075	1.810	6
	宵药铎	0.857	0.781	0.757	1.042	1.008	1.022	1.125	0.612	7
	萧宵肴豪	0.857	0.781	0.757	1.042	1.008	1.022	1.125	0.612	7
肴单元	肴	0.952	0.931	0.904	1.265	1.004	1.001	1.113	1.133	3
	宵肴	0.972	0.965	1.020	1.382	1.004	1.020	1.091	1.478	2
	肴豪	0.838	0.741	0.698	0.902	1.004	1.020	1.113	0.446	4
	萧宵肴	1.150	1.281	1.462	1.642	1.000	1.007	1.000	3.556	1
	萧宵肴豪	0.838	0.741	0.698	0.902	1.004	1.020	1.113	0.446	4

五、效摄韵部韵例

（一）萧宵肴部

篠。徐彦伯《大唐永泰公主志石文》窈晓（篠）（《唐墓志》1059）

宵。韦承庆《灵台赋》标霄（宵）（《全文》一八八1）

小。虞世南《狮子赋》表扰（小）（《全文》一三八1）

笑。苏颋《惠文太子哀册文》照燎（笑）（《全文》二五八24）

肴。韦虚心《北岳府君碑》哮郊巢峥（肴）（《全文》二六九15）

效。苏颋《先师曾参字子舆赞》教孝貌效（效）（《全文》二五六11）

萧宵。董思恭《咏雪》朝飘（宵）条（萧）销（宵）（《全诗》528）

篠小。李峤《早发苦竹馆》晓鸟窕篠皎（篠）少沼渺小表（小）（《全诗》926）

啸笑。骆宾王《萤火赋》照（笑）吊（啸）燿（笑）（《全文》一九七2）

笑效。姚崇《执镜诫》照（笑）效（效）（《全文》二〇六12）

宵肴。乔知之《拟古赠陈子昂》飘（宵）郊梢（肴）（《全诗》1681）

小巧。释善导《修西方十二时（十二首）》（二）卯（巧）少扰（小）（《全诗》579）

（二）豪部

豪。陈子昂《临邛县令封君遗爱碑》劳蒿号敷高（豪）（《全文》二一五4）

皓。陈子昂《燕然军人画像铭》道宝（皓）（《全文》二一四16）

豪皓。韩休《驾幸华清宫赋》早镐道（皓）傺（豪）老澡考（皓）（《全文》二九五1）

皓号。王梵志《诗五十八首》（五七）老道宝（皓）到（号）道恼（皓）（《全诗》412）

第五节 果摄

一、果摄用韵的空间分布

（一）歌（12/12/12/4）

1.关内区

京兆府长安：释道世1

华州华阴：杨炯2

2.河北区

蒲州河东：张说2

卫州黎阳：王梵志1

赵州赞皇：李峤1

定州安喜：崔湜1

幽州范阳：卢照邻4

3.中原区

虢州弘农：宋之问1

陕州陕县:上官婉儿1

宋州宋城:郑惟忠1

兖州瑕丘:徐彦伯1

4.西南区

梓州射洪:陈子昂1

(二)哿(1/1/1/1)

1.关内区

京兆府武功:苏颋1

(三)戈(1/1/1/1)

1.岭南区

新州新兴:释慧能1

(四)果(1/1/1/1)

1.东南区

温州永嘉:释玄觉1

(五)过(4/4/4/3)

1.河北区

蒲州河东:张说1

卫州黎阳:王梵志1

2.东南区

越州:万齐融1

3.岭南区

新州新兴:释慧能1

(六)歌戈(34/29/23/7)

1.关内区

京兆府武功:富嘉谟1、苏颋2

华州华阴:杨炯1、杨师道1

同州冯翊:乔备1

2.陇西区

秦州成纪:唐太宗李世民1

3.河北区

太原府文水:武三思1、则天皇后武曌1

蒲州宝鼎:薛稷1

蒲州河东:张说5

蒲州猗氏:张嘉贞1

绛州龙门:王勃3、王绩3

相州内黄:沈佺期1

卫州黎阳:王梵志2

卫州卫县:谢偃1

深州陆泽:张鷟2

幽州范阳:卢照邻2

4.中原区

河南府洛阳:胡皓1

河南府温县:司马承祯1

虢州弘农:宋之问3

兖州瑕丘:徐彦伯2

齐州山茌:释义净1

5.江淮区

扬州江都:李邕1

6.东南区

润州丹徒:马怀素1

润州江宁:释智威1

润州延陵:释法融1

杭州新城:许敬宗2

湖州长城:徐坚1

越州余姚:虞世南1

婺州义乌:骆宾王5

7.西南区

益州成都:闾丘均1

梓州射洪:陈子昂4

8.籍贯不详

李义表1

（七）哿果(1/1/1/1)

1.河北区

卫州黎阳:王梵志2

（八）箇过(4/4/4/3)

1.关内区

京兆府华原:令狐德棻2

2.河北区

蒲州河东:张说1

卫州黎阳:王梵志1

3.岭南区

新州新兴:释慧能1

（九）箇祃(1/0/0/0)

1.籍贯不详

和神剑1

（十）歌药(1/1/1/1)

1.河北区

绛州龙门:王绩1

（十一）歌哿戈(1/1/1/1)

1.河北区

魏州馆陶:魏征2

（十二）哿果过(1/1/1/1)

1.河北区

卫州黎阳:王梵志2

（十三）歌戈麻(1/1/1/1)

1.河北区

相州内黄:沈佺期1

（十四）箇过祃(1/1/1/1)

1.河北区

幽州范阳:卢照邻1

（十五）海箇戈果过(1/1/1/1)

1.河北区

卫州黎阳:王梵志1

综合果摄用韵的空间分布数据,得到下表:

表 2-5-1　果摄用韵的空间分布数据

用韵	作家数量	县域数量	州府数量	大区数量
歌	12	12	12	4
哿	1	1	1	1
戈	1	1	1	1
果	1	1	1	1
过	4	3	4	3
歌戈	34	29	23	7
哿果	1	1	1	1

用韵	作家数量	县域数量	州府数量	大区数量
箇过	4	4	4	3
箇祃	1	1(0)	1(0)	1(0)
歌药	1	1	1	1
歌哿戈	1	1	1	1
哿果过	1	1	1	1
歌戈麻	1	1	1	1
箇过祃	1	1	1	1
海箇戈果过	1	1	1	1

二、果摄用韵的空间分布度

按空间单元整理果摄用韵的空间分布数据（另含用韵数量），用韵举平以赅上去，将用韵的各要素量及各要素总量去重，得到下表：

表 2-5-2　果摄诸单元用韵的空间分布数据

空间单元	用韵	用韵数量	作家数量	县域数量	州府数量	大区数量
歌单元	歌	18	13	13	12	4
	歌戈	68	36	32	25	8
	歌药	1	1	1	1	1
	哈歌戈	1	1	1	1	1
	歌戈麻	2	2	2	2	1
	总量	90	41	37	29	8
戈单元	戈	6	5	5(4)	5	3
	歌戈	68	36	32	25	8
	哈歌戈	1	1	1	1	1
	歌戈麻	2	2	2	2	1
	总量	77	38	33	26	8

运用用韵空间分布综合评价法，计算果摄诸单元用韵各项指标评价值与空间分布度数值并排序，得到下表：

表 2-5-3　果摄诸单元用韵各项指标评价值与空间分布度数据表

空间单元	用韵	作家绝对数	县域绝对数	州府绝对数	大区绝对数	县域拓展	州府拓展	大区拓展	空间分布度	排序
歌单元	歌	1.043	1.097	1.187	1.326	1.004	1.011	1.017	1.861	2
	歌戈	1.146	1.271	1.412	1.642	0.999	1.000	1.013	3.419	1
	歌药	0.824	0.720	0.660	0.865	1.004	1.016	1.123	0.389	4
	哈歌戈	0.824	0.720	0.660	0.865	1.004	1.016	1.123	0.389	4
	歌戈麻	0.878	0.807	0.778	0.865	1.004	1.016	1.055	0.514	3
戈单元	戈	0.943	0.921	0.940	1.133	1.006	1.016	1.062	1.004	2
	歌戈	1.130	1.249	1.374	1.533	1.001	0.999	1.004	2.985	1
	哈歌戈	0.813	0.707	0.643	0.808	1.006	1.016	1.112	0.339	4
	歌戈麻	0.866	0.793	0.757	0.808	1.006	1.016	1.045	0.449	3

三、果摄韵部

歌单元用韵空间分布度排序为：歌戈 3.419＞歌 1.861＞歌戈麻 0.514 ＞……，提取歌戈为韵部。戈单元用韵空间分布度排序为：歌戈 2.985＞戈 0.973＞歌戈麻 0.449＞……，提取歌戈为韵部。果摄初次提取歌戈。

初唐诗文果摄用韵以歌戈为韵部。

四、果摄韵部韵例

（一）歌戈部

歌。陈子昂《国殇文》何阿（歌）（《全文》二一六 16）

哿。苏颋《从叔任偃师主簿以马鞭等奉别赞五首·银卷荷杯一》可我 （哿）（《全文》二五六 13）

戈。释慧能《自心见真佛解脱颂》魔过（戈）（《全诗》815）

果。释玄觉《证道歌》果祸火（果）（《全诗》1741）

过。王梵志《诗五十八首》（七）过卧（过）（《全诗》398）

歌戈。徐坚《棹歌行》波（戈）多歌（歌）（《全诗》1488）

箇过。王梵志《诗二十三首》（二一）个（箇）破（过）（《全诗》506）

哿果。王梵志《诗七十二首》（五四）火（果）我（哿）（《全诗》430）

哿果过。王梵志《诗七十二首》(六五)卧(过)坐火(果)破(过)颗(果)我(哿)(《全诗》432)

歌哿戈。魏征《暮秋言怀》河多荷歌(歌)(《全诗》148)

第六节 假摄

一、假摄用韵的空间分布

(一)麻(60/38/31/8)

1.关内区

京兆府长安:韩休1、释道世2、唐高宗李治1、韦展1

京兆府高陵:于志宁1

京兆府武功:苏颋1

京兆府:杜践言1

华州华阴:杨炯4

同州冯翊:乔知之1

2.陇西区

秦州成纪:唐太宗李世民1

3.河北区

太原府文水:则天皇后武曌2

蒲州河东:张说2

绛州龙门:王勃6、王绩5

绛州闻喜:裴漼1

相州内黄:沈佺期1

卫州黎阳:王梵志5

卫州卫县:谢偃2

贝州漳南:周思钧1

深州安平:李百药2

深州饶阳:李义府1

赵州:李□袭1

德州蓨:高峤1、高瑾1

定州鼓城:郭正一1

定州新乐:郎余令1

幽州范阳:卢照邻3

洺州鸡泽:高正臣1

洺州临洺:刘友贤1

4.中原区

河南府温县:司马承祯1

虢州弘农:宋之问2

陕州陕县:上官婉儿1、上官仪1

陕州硖石:姚崇1

汝州:刘希夷3

怀州河内:王知敬1

宋州宁陵:刘宪1

齐州全节:崔融1

5.江淮区

扬州江都:李邕1

扬州:张若虚1

6.东南区

杭州钱塘:褚亮1

越州永兴:贺知章1

越州余姚:虞世南2

越州:万齐融1

婺州义乌:骆宾王5

括州括苍:叶法善1

7.西南区

益州成都:闾丘均2

梓州射洪:陈子昂3

8.岭南区

新州新兴:释慧能1

9.籍贯不详

陈嘉言1、樊望之1、高球1、弓嗣初1、
　韩仲宣2、梁践耜1、史仲谋1、徐皓
　1、张元琰1、赵志1、周彦昭1

（二）马(30/22/20/7)

1.关内区

京兆府长安:释道世1

京兆府万年:韦虚心1

京兆府武功:苏颋1

华州华阴:杨炯7

2.陇西区

兰州狄道:辛怡谏1

3.河北区

蒲州河东:吕太一1、张说8

绛州龙门:王勃8

相州内黄:沈佺期1

深州安平:李百药2

赵州赞皇:李峤1

赵州:李□袭1

定州安喜:崔湜1

幽州范阳:卢照邻1

4.中原区

河南府洛阳:元希声1

河南府温县:司马逸客1

汝州:刘希夷1

徐州彭城:刘知几1

襄州襄阳:释法琳1

5.东南区

润州丹徒:马怀素1

杭州新城:许敬宗1

越州余姚:虞世南2

越州:万齐融1

温州永嘉:释玄觉1

6.西南区

梓州射洪:陈子昂2

7.岭南区

新州新兴:释慧能1

8.籍贯不详

释灵廓2、杨晋1、赵志1、朱怀隐1

（三）祃(18/12/10/3)

1.关内区

京兆府长安:韩休1

京兆府武功:苏颋2

2.河北区

蒲州河东:张说1

绛州龙门:王勃2

魏州贵乡:郭震1

卫州黎阳:王梵志1

恒州井陉:崔行功1

赵州高邑:李至远1

幽州范阳:卢照邻1

幽州:卢藏用1

邢州南和:宋璟1

3.东南区

越州永兴:贺知章1

越州余姚:虞世南1

4.籍贯不详

崔悬黎1、刘待价1、明濬1、阙名1、郑
璡1

(四)佳麻(2/2/2/2)

1.中原区

虢州弘农:宋之问1

2.江淮区

扬州江都:李邕1

(五)箇祃(1/0/0/0)

1.籍贯不详

和神剑1

(六)麻马(2/2/2/2)

1.河北区

卫州黎阳:王梵志1

2.中原区

河南府洛阳:胡皓1

(七)歌戈麻(1/1/1/1)

1.河北区

相州内黄:沈佺期1

(八)箇过祃(1/1/1/1)

1.河北区

幽州范阳:卢照邻1

综合假摄用韵的空间分布数据,得到下表:

表2-6-1　假摄用韵的空间分布数据

用韵	作家数量	县域数量	州府数量	大区数量
麻	60	38	31	8
马	30	22	20	7
祃	18	12	10	3
佳麻	2	2	2	2
箇祃	1	1(0)	1(0)	1(0)
麻马	2	2	2	2
歌戈麻	1	1	1	1
箇过祃	1	1	1	1

二、假摄用韵的空间分布度

按空间单元整理假摄用韵的空间分布数据（另含用韵数量），用韵举平以赅上去，将用韵的各空间要素量及各空间要素总量去重，得到下表：

表2-6-2　假摄诸单元用韵的空间分布数据

空间单元	用韵	用韵数量	作家数量	县域数量	州府数量	大区数量
麻单元	麻	149	67	52	39	8
	佳麻	2	2	2	2	2
	歌戈麻	2	2	2	2	1
	总量	153	67	52	39	8

运用用韵空间分布综合评价法，计算假摄诸单元用韵各项指标评价值与空间分布度数值并排序，得到下表：

表2-6-3　假摄诸单元用韵各项指标评价值与空间分布度数据表

空间单元	用韵	作家绝对数	县域绝对数	州府绝对数	大区绝对数	县域拓展	州府拓展	大区拓展	空间分布度	排序
麻单元	麻	1.106	1.197	1.296	1.403	1.000	1.000	1.000	2.408	1
	佳麻	0.801	0.702	0.643	0.915	1.011	1.019	1.153	0.393	2
	歌戈麻	0.801	0.702	0.643	0.739	1.011	1.019	1.083	0.298	3

三、假摄韵部

麻单元用韵空间分布度排序为：麻2.408＞佳麻0.393＞歌戈麻0.298＞……，提取麻为韵部。假摄初次提取麻。

此麻部与蟹摄初次提取的佳麻部构成包孕关系。鉴于佳麻与麻在要素量上相差巨大，故用从权的办法提取麻作为韵部[1]。

初唐诗文假摄用韵以麻为韵部。

---

[1]　关于麻部的提取，详见第一章第三节之"韵部提取"及第二章第三节的相关内容。

四、假摄韵部韵例

（一）麻部

麻。褚亮《咏花烛》斜车纱花（麻）（《全诗》53）

马。崔湜《野燎赋》马野（马）（《全文》二八〇4）

祃。韩休《惠宣太子哀册文》夜榭（祃）（《全文》二九五13）

第七节　流摄

一、流摄用韵的空间分布

（一）尤（56/41/33/9）

1.关内区

京兆府长安：崔沔1、李贞1、释道世1、唐高宗李治1、唐睿宗李旦1、唐中宗李显1、王德真1

京兆府高陵：于志宁2

京兆府泾阳：李迥秀1

京兆府武功：苏瑰1

华州华阴：杨炯3

同州冯翊：乔知之1

同州重泉：严识玄1

2.陇西区

秦州成纪：唐太宗李世民2

兰州狄道：辛怡谏1

3.河北区

太原府文水：则天皇后武曌2

蒲州宝鼎：薛元超1

蒲州河东：张说4

绛州龙门：王勃4、王绩6

绛州闻喜：裴漼1

魏州馆陶：魏征3

相州内黄：沈佺期1

卫州黎阳：王梵志3

恒州真定：释慧净1

深州安平：李百药3

深州陆泽：张鷟1

赵州栾城：阎朝隐1

赵州赞皇：李峤1

幽州范阳：卢照邻5

4.中原区

河南府温县：司马承祯2

虢州弘农：宋之问3

陕州陕县：上官仪1

汴州陈留：申屠场1

宋州宋城：郑惟忠1

徐州彭城：刘知几1

泗州涟水：王义方1

兖州瑕丘：徐彦伯1

齐州全节：崔融1

齐州山茌：释义净2

襄州襄阳：杜易简1

邓州：刘斌1

5.江淮区

扬州江都：李邕2

申州义阳：胡元范1

6.江南区

宣州秋浦：胡楚宾1

7.东南区

苏州吴县：朱子奢1

婺州义乌：骆宾王3

8.西南区

梓州射洪：陈子昂2

9.岭南区

新州新兴：释慧能2

10.籍贯不详

高迈1、高叔夏1、韩覃1、寇洮1、柳绍
　先1、赵志1、郑万英1

（二）有（20/13/13/6）

1.关内区

京兆府长安：唐高宗李治1、韦展1

京兆府武功：苏颋2

华州华阴：杨炯3

2.河北区

太原府文水：则天皇后武曌1

蒲州河东：张说3

蒲州猗氏：张嘉贞1

绛州龙门：王勃3、王绩1

卫州黎阳：王梵志1

幽州：王适1

3.中原区

虢州弘农：宋之问2

汝州：刘希夷2

4.江淮区

楚州盱眙：释善导2

5.东南区

越州永兴：贺知章1

婺州义乌：骆宾王2

6.西南区

梓州射洪：陈子昂1

7.籍贯不详

黄元之1、姚略1、赵氏1

（三）宥（14/10/8/5）

1.关内区

京兆府长安：唐高宗李治1

京兆府泾阳：李迴秀1

2.陇西区

秦州成纪：唐太宗李世民1

3.河北区

蒲州宝鼎：薛元超1

蒲州河东：张说1

深州饶阳：李义府2

赵州房子：李尚一1

赵州：李□袭1

邢州南和：宋璟1

4.中原区

齐州全节:崔融1

5.西南区

梓州射洪:陈子昂1

6.籍贯不详

杜澄1、张思讷1、张元琰1

（四）侯（4/3/3/1）

1.河北区

蒲州宝鼎:薛收1

深州陆泽:张鷟2

赵州赞皇:李峤1

2.籍贯不详

裴玄智1

（五）厚（4/4/4/2）

1.河北区

蒲州河东:张说1

相州内黄:沈佺期1

幽州范阳:卢照邻1

2.东南区

温州永嘉:释玄觉1

（六）鱼尤（1/1/1/1）

1.关内区

京兆府长安:释道世1

（七）鱼候（1/1/1/1）

1.关内区

京兆府长安:韩休1

（八）姥宥（1/1/1/1）

1.关内区

京兆府万年:颜师古1

（九）姥厚（3/1/1/2）

1.河北区

府县不详:崔焱士1

2.东南区

台州宁海:释怀玉1

3.籍贯不详

王友方1

（十）号宥（1/1/1/1）

1.河北区

卫州黎阳:王梵志1

（十一）有宥（1/1/1/1）

1.河北区

相州内黄:沈佺期1

（十二）尤侯（37/28/24/8）

1.关内区

京兆府长安:崔沔1

京兆府武功:苏颋1

华州华阴:杨炯1、杨思玄1、杨誉1

同州冯翊:乔知之1

2.陇西区

秦州成纪:唐太宗李世民1

3.河北区

蒲州河东:张说7

绛州绛州:释本净1

绛州龙门:王勃4、王绩2

相州内黄:沈佺期1

卫州黎阳:王梵志3

卫州卫县:谢偃1

赵州房子:李义2

赵州栾城:阎朝隐1

沧州南皮:郑愔1

幽州范阳:卢照邻3

邢州柏仁:李怀远1

邢州南和:宋璟1

4.中原区

陕州陕县:上官仪1

汝州:刘希夷2

兖州瑕丘:徐彦伯3

邓州:刘斌1

5.江淮区

扬州江都:李邕2

扬州:张若虚1

6.江南区

饶州贵溪:释智常1

7.东南区

常州:萧钧1

杭州新城:许敬宗2

湖州长城:徐坚1

越州山阴:孔绍安1

越州永兴:贺知章1

越州余姚:虞世南4

婺州义乌:骆宾王3

8.西南区

梓州射洪:陈子昂4

9.籍贯不详

阙名1、张宣明1

（十三）有厚（25/23/17/5）

1.关内区

京兆府长安:唐高宗李治1

京兆府华原:令狐德棻1

京兆府武功:苏颋3

华州华阴:杨炯1

2.河北区

蒲州河东:张说7

绛州绛州:释本净1

绛州龙门:王勃1、王绩3

魏州昌乐:李咸1

相州洹水:张蕴古1

相州内黄:沈佺期1

卫州黎阳:王梵志5

深州安平:李百药1

深州陆泽:张鷟1

赵州栾城:阎朝隐1

赵州赞皇:李峤3

幽州范阳:卢照邻1

3.中原区

河南府洛阳:贾曾1

陕州硖石:姚崇2

徐州彭城:刘知几1

兖州瑕丘:徐彦伯1

4.江淮区

楚州盱眙:释善导1

扬州江都:李邕2

5.东南区

越州余姚:虞世南3

6.籍贯不详

高迈1

（十四）有候（1/0/1/1）

1.东南区

越州：万齐融1

（十五）宥候（15/12/11/5）

1.关内区

京兆府长安：韦展1

京兆府高陵：于志宁1

华州华阴：杨炯1

2.河北区

绛州龙门：王勃2

魏州馆陶：魏征1

恒州井陉：崔行功1

赵州赞皇：李峤1

定州鼓城：郭正一1

3.中原区

兖州瑕丘：徐彦伯1

4.江南区

宣州溧阳：史嶷1

5.东南区

杭州新城：许敬宗3

婺州义乌：骆宾王1

6.籍贯不详

阙名2、王允元1、张秀1

（十六）尤幽（14/9/9/5）

1.关内区

京兆府长安：韩休1、释道世1

京兆府武功：苏颋1

华州华阴：杨炯2

2.河北区

蒲州河东：张说1

绛州龙门：王勃2、王绩1

幽州：卢藏用1

3.中原区

郑州阳武：韦承庆1

兖州瑕丘：徐彦伯2

4.东南区

婺州义乌：骆宾王1

5.西南区

梓州射洪：陈子昂2

6.籍贯不详

阙名1、释彦琮1

（十七）有黝（1/1/1/1）

1.河北区

绛州龙门：王勃1

（十八）侯厚（1/1/1/1）

1.中原区

齐州全节：崔融1

（十九）语麌宥（1/1/1/1）

1.河北区

卫州黎阳：王梵志1

（二十）语姥厚（1/1/1/1）

1.河北区

卫州黎阳：王梵志1

（二十一）麌姥厚（2/2/2/2）

1.关内区

京兆府长安：释窥基1

2.河北区

蒲州河东：张说1

（二十二）鱼尤幽（1/1/1/1）

1.关内区

京兆府长安：释道世1

（二十三）虞模尤（2/2/2/2）

1.关内区

京兆府长安：释道世1

2.西南区

梓州射洪：陈子昂1

（二十四）遇暮候（1/1/1/1）

1.关内区

京兆府武功：富嘉谟1

（二十五）虞尤侯（1/1/1/1）

1.河北区

卫州黎阳：王梵志1

（二十六）姥有厚（1/1/1/1）

1.河北区

蒲州河东：张说1

（二十七）有厚候（1/1/1/1）

1.河北区

卫州黎阳：王梵志1

（二十八）尤侯幽（8/7/7/4）

1.关内区

华州华阴：杨续1

2.河北区

蒲州宝鼎：薛稷1

蒲州河东：张说2

赵州赞皇：李峤1

3.中原区

河南府巩县：刘允济1

虢州弘农：宋之问1

汝州：刘希夷1

4.东南区

婺州义乌：骆宾王1

（二十九）有宥黝（1/0/0/0）

1.籍贯不详

韦敬一1

（三十）语麌姥厚（1/1/1/1）

1.河北区

卫州黎阳：王梵志1

（三十一）语姥有厚（1/1/1/1）

1.河北区

卫州黎阳：王梵志1

（三十二）麌姥暮厚（1/1/1/1）

1.河北区

绛州龙门：王勃1

（三十三）语姥暮有厚（1/1/1/1）

1.河北区

卫州黎阳：王梵志1

（三十四）语遇姥暮有厚（1/1/1/1）

1.河北区

卫州黎阳：王梵志1

（三十五）御遇姥暮有候（1/1/1/1）

1.河北区

卫州黎阳：王梵志1

（三十六）语御姥暮有厚（1/1/1/1）

1.河北区

卫州黎阳：王梵志1

综合流摄用韵的空间分布数据,得到下表:

表 2-7-1　流摄用韵的空间分布数据

用韵	作家数量	县域数量	州府数量	大区数量
尤	56	41	33	9
有	20	13	13	6
宥	14	10	8	5
侯	4	3	3	1
厚	4	4	4	2
鱼尤	1	1	1	1
鱼候	1	1	1	1
姥宥	1	1	1	1
姥厚	3	1	1	2
号宥	1	1	1	1
有宥	1	1	1	1
尤侯	37	28	24	8
有厚	25	23	17	5
有候	1	1(0)	1	1
宥候	15	12	11	5
尤幽	14	9	9	5
有黝	1	1	1	1
侯厚	1	1	1	1
语麌宥	1	1	1	1
语姥厚	1	1	1	1
麌姥厚	2	2	2	2
鱼尤幽	1	1	1	1
虞模尤	2	2	2	2
遇暮候	1	1	1	1
虞尤侯	1	1	1	1
姥有厚	1	1	1	1
有厚候	1	1	1	1
尤侯幽	8	7	7	4

用韵	作家数量	县域数量	州府数量	大区数量
有宥黝	1	1（0）	1（0）	1（0）
语麌姥厚	1	1	1	1
语姥有厚	1	1	1	1
麌姥暮厚	1	1	1	1
语姥暮有厚	1	1	1	1
语遇姥暮有厚	1	1	1	1
御遇姥暮有候	1	1	1	1
语御姥暮有厚	1	1	1	1

二、流摄用韵的空间分布度

按空间单元整理流摄用韵的空间分布数据（另含用韵数量），用韵举平以赅上去，将用韵的各空间要素量及各空间要素总量去重，得到下表：

表 2-7-2　流摄诸单元用韵的空间分布数据

空间单元	用韵	用韵数量	作家数量	县域数量	州府数量	大区数量
尤单元	尤	125	60	47	37	9
	鱼尤	1	1	1	1	1
	模尤	1	1	1	1	1
	豪尤	1	1	1	1	1
	尤侯	124	53	43	32	8
	尤幽	17	12	9	9	5
	鱼虞尤	1	1	1	1	1
	鱼尤幽	1	1	1	1	1
	虞模尤	2	2	2	2	2
	虞尤侯	1	1	1	1	1
	模尤侯	1	1	1	1	1
	尤侯幽	9	8	7	7	4
	鱼模尤侯	3	1	1	1	1
	鱼虞模尤侯	2	1	1	1	1
	总量	289	90	67	44	9

空间单元	用韵	用韵数量	作家数量	县域数量	州府数量	大区数量
侯单元	侯	9	8	8	7	3
	鱼侯	1	1	1	1	1
	模侯	2	2	1	1	2
	尤侯	124	53	43	32	8
	鱼模侯	3	3	3	3	2
	虞模侯	1	1	1	1	1
	虞尤侯	1	1	1	1	1
	模尤侯	1	1	1	1	1
	尤侯幽	9	8	7	7	4
	鱼虞模侯	2	2	2	2	1
	鱼模尤侯	3	1	1	1	1
	鱼虞模尤侯	2	1	1	1	1
	总量	158	65	49	36	8
幽单元	尤幽	17	12	9	9	5
	鱼尤幽	1	1	1	1	1
	尤侯幽	9	8	7	7	4
	总量	27	18	13	13	5

运用用韵空间分布综合评价法,计算流摄诸单元用韵各项指标评价值与空间分布度数值并排序,得到下表:

表2-7-3　流摄诸单元用韵各项指标评价值与空间分布度数据表

空间单元	用韵	作家绝对数	县域绝对数	州府绝对数	大区绝对数	县域拓展	州府拓展	大区拓展	空间分布度	排序
尤单元	尤	1.228	1.454	1.789	2.254	1.002	1.012	1.016	7.425	1
	鱼尤	0.843	0.774	0.763	1.146	1.013	1.029	1.154	0.685	6
	模尤	0.843	0.774	0.763	1.146	1.013	1.029	1.154	0.685	6
	豪尤	0.843	0.774	0.763	1.146	1.013	1.029	1.154	0.685	6
	尤侯	1.214	1.433	1.729	2.174	1.004	1.008	1.018	6.743	2
	尤幽	1.059	1.109	1.282	1.881	1.000	1.029	1.094	3.188	3

空间单元	用韵	作家绝对数	县域绝对数	州府绝对数	大区绝对数	县域拓展	州府拓展	大区拓展	空间分布度	排序
	鱼虞尤	0.843	0.774	0.763	1.146	1.013	1.029	1.154	0.685	6
	鱼尤幽	0.843	0.774	0.763	1.146	1.013	1.029	1.154	0.685	6
	虞模尤	0.898	0.867	0.899	1.418	1.013	1.029	1.154	1.193	5
	虞尤侯	0.843	0.774	0.763	1.146	1.013	1.029	1.154	0.685	6
	模尤侯	0.843	0.774	0.763	1.146	1.013	1.029	1.154	0.685	6
	尤侯幽	1.020	1.064	1.208	1.756	1.007	1.029	1.097	2.617	4
	鱼模尤侯	0.843	0.774	0.763	1.146	1.013	1.029	1.154	0.685	6
	鱼虞模尤侯	0.843	0.774	0.763	1.146	1.013	1.029	1.154	0.685	6
侯单元	侯	1.037	1.117	1.221	1.589	1.012	1.012	1.061	2.441	3
	鱼侯	0.856	0.794	0.772	1.133	1.012	1.021	1.145	0.703	7
	模侯	0.912	0.794	0.772	1.403	0.982	1.021	1.219	0.958	5
	尤侯	1.233	1.471	1.748	2.150	1.003	1.001	1.011	6.921	1
	鱼模侯	0.947	0.951	1.000	1.403	1.012	1.021	1.104	1.441	4
	虞模侯	0.856	0.794	0.772	1.133	1.012	1.021	1.145	0.703	7
	虞尤侯	0.856	0.794	0.772	1.133	1.012	1.021	1.145	0.703	7
	模尤侯	0.856	0.794	0.772	1.133	1.012	1.021	1.145	0.703	7
	尤侯幽	1.037	1.092	1.221	1.736	1.006	1.021	1.089	2.686	2
	鱼虞模侯	0.912	0.890	0.909	1.133	1.012	1.021	1.076	0.929	6
	鱼模尤侯	0.856	0.794	0.772	1.133	1.012	1.021	1.145	0.703	7
	鱼虞模尤侯	0.856	0.794	0.772	1.133	1.012	1.021	1.145	0.703	7
幽单元	尤幽	1.066	1.127	1.188	1.403	1.002	1.000	1.034	2.073	1
	鱼尤幽	0.848	0.786	0.707	0.854	1.014	1.000	1.090	0.445	3
	尤侯幽	1.027	1.082	1.120	1.309	1.008	1.000	1.036	1.702	2

三、流摄韵部

尤单元用韵空间分布度排序为：尤7.425＞尤侯6.743＞尤幽3.188＞……，提取尤为韵部。侯单元用韵空间分布度排序为：尤侯6.921＞尤侯幽2.686＞侯2.441＞……，提取尤侯为韵部。幽单元用韵空间分布度排序为：尤幽2.073＞尤侯幽1.702＞鱼尤幽0.445，提取尤幽为韵部。流摄初次提取尤、尤侯、尤幽。

在初次提取的韵部中，尤、尤侯、尤幽构成包孕或交叉关系，二次提取尤侯幽为韵部。

初唐诗文流摄用韵以尤侯幽为韵部。

四、流摄二次计算

将尤、尤侯、尤幽的要素量并入尤侯幽并去重，二次计算尤侯幽部所涉单元用韵的空间分布数据（另含用韵数量），得到下表：

表2-7-4　二次计算尤侯幽部所涉单元用韵的空间分布数据

空间单元	用韵	用韵数量	作家数量	县域数量	州府数量	大区数量
尤单元	尤	125	60	47	37	9
	鱼尤	1	1	1	1	1
	模尤	1	1	1	1	1
	豪尤	1	1	1	1	1
	尤侯	124	53	43	32	8
	尤幽	17	12	9	9	5
	鱼虞尤	1	1	1	1	1
	鱼尤幽	1	1	1	1	1
	虞模尤	2	2	2	2	2
	虞尤侯	1	1	1	1	1
	模尤侯	1	1	1	1	1
	尤侯幽	275	89	66	44	9
	鱼模尤侯	3	1	1	1	1
	鱼虞模尤侯	2	1	1	1	1
	总量	555	90	67	44	9
侯单元	侯	9	8	8	7	3
	鱼侯	1	1	1	1	1

空间单元	用韵	用韵数量	作家数量	县域数量	州府数量	大区数量
	模侯	2	2	1	1	2
	尤侯	124	53	43	32	8
	鱼模侯	3	3	3	3	2
	虞模侯	1	1	1	1	1
	虞尤侯	1	1	1	1	1
	模尤侯	1	1	1	1	1
	尤侯幽	275	89	66	44	9
	鱼虞模侯	2	2	2	2	1
	鱼模尤侯	3	1	1	1	1
	鱼虞模尤侯	2	1	1	1	1
	总量	424	95	68	46	9
幽单元	尤幽	17	12	9	9	5
	鱼尤幽	1	1	1	1	1
	尤侯幽	275	89	66	44	9
	总量	293	89	66	44	9

　　运用用韵空间分布综合评价法，二次计算尤侯幽部所涉单元用韵各项指标评价值与空间分布度数值并排序，得到下表：

表 2-7-5　二次计算尤侯幽部所涉单元用韵各项指标评价值
与空间分布度数据表

空间单元	用韵	作家绝对数	县域绝对数	州府绝对数	大区绝对数	县域拓展	州府拓展	大区拓展	空间分布度	排序
尤单元	尤	1.228	1.454	1.789	2.254	1.002	1.012	1.016	7.425	2
	鱼尤	0.843	0.774	0.763	1.146	1.013	1.029	1.154	0.685	6
	模尤	0.843	0.774	0.763	1.146	1.013	1.029	1.154	0.685	6
	豪尤	0.843	0.774	0.763	1.146	1.013	1.029	1.154	0.685	6
	尤侯	1.214	1.433	1.729	2.174	1.004	1.008	1.018	6.743	3
	尤幽	1.059	1.109	1.282	1.881	1.000	1.029	1.094	3.188	4
	鱼虞尤	0.843	0.774	0.763	1.146	1.013	1.029	1.154	0.685	6

续表

空间单元	用韵	作家绝对数	县域绝对数	州府绝对数	大区绝对数	县域拓展	州府拓展	大区拓展	空间分布度	排序
	鱼尤幽	0.843	0.774	0.763	1.146	1.013	1.029	1.154	0.685	6
	虞模尤	0.898	0.867	0.899	1.418	1.013	1.029	1.154	1.193	5
	虞尤侯	0.843	0.774	0.763	1.146	1.013	1.029	1.154	0.685	6
	模尤侯	0.843	0.774	0.763	1.146	1.013	1.029	1.154	0.685	6
	尤侯幽	1.273	1.538	1.864	2.254	1.000	1.001	1.000	8.237	1
	鱼模尤侯	0.843	0.774	0.763	1.146	1.013	1.029	1.154	0.685	6
	鱼虞模尤侯	0.843	0.774	0.763	1.146	1.013	1.029	1.154	0.685	6
侯单元	侯	1.001	1.058	1.153	1.533	1.014	1.017	1.073	2.073	3
	鱼侯	0.827	0.752	0.728	1.093	1.014	1.027	1.158	0.597	7
	模侯	0.881	0.752	0.728	1.353	0.985	1.027	1.233	0.814	5
	尤侯	1.191	1.394	1.650	2.073	1.005	1.006	1.022	5.877	2
	鱼模侯	0.915	0.901	0.944	1.353	1.014	1.027	1.117	1.223	4
	虞模侯	0.827	0.752	0.728	1.093	1.014	1.027	1.158	0.597	7
	虞尤侯	0.827	0.752	0.728	1.093	1.014	1.027	1.158	0.597	7
	模尤侯	0.827	0.752	0.728	1.093	1.014	1.027	1.158	0.597	7
	尤侯幽	1.249	1.496	1.779	2.150	1.002	0.999	1.004	7.178	1
	鱼虞模侯	0.881	0.843	0.858	1.093	1.014	1.027	1.088	0.789	6
	鱼模尤侯	0.827	0.752	0.728	1.093	1.014	1.027	1.158	0.597	7
	鱼虞模尤侯	0.827	0.752	0.728	1.093	1.014	1.027	1.158	0.597	7
幽单元	尤幽	0.920	0.864	0.891	1.170	1.000	1.028	1.094	0.932	2
	鱼尤幽	0.732	0.602	0.531	0.713	1.013	1.028	1.154	0.200	3
	尤侯幽	1.106	1.197	1.296	1.403	1.000	1.000	1.000	2.408	1

五、流摄韵部韵例

（一）尤侯幽部

尤。王义方《祭海文》浮修舟尤流羞（尤）（《全文》一六一20）

有。陈子昂《临邛县令封君遗爱碑》友寿守牖咎（有）（《全文》二一五4）

宥。宋璟《梅花赋》臭寿（宥）（《全文》二〇七1）

有宥。沈佺期《曝衣篇》绤（有）绣昼（宥）（《全诗》1312）

侯。李峤《拟古东飞伯劳西飞燕》楼头（侯）（《全诗》930）

厚。卢照邻《五悲文·悲才难》偶口后取垢（厚）（《全文》一六六19）

侯厚。崔融《登东阳沈隐侯八咏楼》楼（侯）厚口斗薮后（厚）（《全诗》1158）

尤侯。孔绍安《结客少年场行》钩头（侯）浮牛流（尤）侯（侯）（《全诗》110）

有厚。卢照邻《同崔少监作双槿树赋》友（有）斗后（厚）（《全文》一六六1）

有候。万齐融《阿育王寺常住田碑》糇受（有）后（候）有（有）（《全文》三三五1）

宥候。李峤《攀龙台碑其十》守祐（宥）寇（候）兽（宥）（《全文》二四九1）

有厚候。王梵志《诗五十二首》（二五）口（厚）急【嗽】（候）丑酒（有）走（厚）首（有）狗（厚）口（厚）手（有）（《全诗》468）

尤幽。骆宾王《至分陕》畴鸠（尤）樛（幽）周（尤）（《全诗》684）

有黝。王勃《青苔赋》久（有）纠（黝）友守受（有）（《全文》一七七17）

尤侯幽。刘希夷《夏弹琴》幽（幽）秋流（尤）投（侯）收丘游（尤）（《全诗》1109）

第三章　初唐诗文韵部(下)

本章分摄归纳阳声韵部与入声韵部。

第一节　通摄

一、通摄用韵的空间分布

（一）东(98/57/38/9)

1.关内区

京兆府长安：释道世2、唐高宗李治
　　5、袁朗3

京兆府高陵：于志宁1

京兆府华原：令狐德棻2

京兆府万年：郭汉章1、颜师古1

京兆府武功：苏颋6

华州华阴：杨炯7、杨齐悊1、杨师道2

同州重泉：严识玄1

2.陇西区

秦州成纪：唐太宗李世民7

府县不详：李俨2

3.河北区

太原府文水：武三思2、则天皇后武
　　曌3

蒲州宝鼎：薛稷1

蒲州河东：冯待征1、张说20

绛州龙门：王勃5、王绩2

魏州昌乐：张文琮1

相州安阳：邵大震1

相州洹水：张蕴古1

相州内黄：沈佺期3

卫州黎阳：王梵志6

卫州卫县：谢偃1

贝州武城：张锡1

深州安平：李安期1、李百药8

深州陆泽：张鷟1

深州饶阳：李义府2

赵州栾城：阎朝隐2

赵州赞皇：李峤6

赵州：李□袭1

定州义丰：张易之1

幽州范阳：卢照邻6

幽州：卢藏用2

莫州莫县：刘穆之1、封希颜1、张果2

4.中原区

河南府巩县：刘允济1

河南府洛阳：贾曾1

河南府温县：司马承祯6

河南府：于敬之1

虢州阌乡：释万回1

虢州弘农：宋之问9

陕州陕县：上官婉儿1、上官仪1

陕州硖石：姚崇3

汝州：刘希夷5

郑州荥阳：郑世翼1、郑繇1

郑州阳武：韦承庆1

怀州河内：王知敬2

宋州宁陵：刘宪1

兖州瑕丘：徐彦伯3

齐州全节：崔融4、员半千1

曹州冤句：贾膺福1

5.江淮区

扬州江都：李邕7

6.江南区

宣州溧阳：史巎1

宣州秋浦：胡楚宾1

7.东南区

润州江宁：庾抱1

润州延陵：释法融1

苏州：陈子良1、陆余庆1

杭州钱塘：褚亮7

杭州新城：许敬宗8

湖州长城：陈叔达2、太宗贤妃徐惠1

歙州歙县：吴少微1

越州山阴：孔绍安1

越州永兴：贺知章1

越州余姚：虞世南3

越州：万齐融2

婺州义乌：骆宾王5

温州永嘉：释玄觉3

8.西南区

梓州射洪：陈子昂6

9.岭南区

新州新兴：释慧能1

10.籍贯不详

杜澄1、甘子布1、高迈2、李孝伦1、刘秀1、刘元节1、慕容知晦1、阙名1、释法轮1、王拊1、王利贞1、魏奉古1、谢佑1、杨晋1、张秦客1、赵志1、郑璵1、朱怀隐1

（二）董（2/1/1/1）

1.河北区

卫州黎阳：王梵志1

2.籍贯不详

张元一1

（三）送（7/5/5/3）

1.河北区

蒲州河东：张说1

绛州龙门：王勃2

赵州赞皇：李峤1

2.中原区

襄州襄阳：张柬之1

3.东南区

越州永兴：贺知章1

4.籍贯不详

何茂1、郎南金1

（四）屋（50/39/28/5）

1.关内区

京兆府长安：韩休2

京兆府高陵：于志宁1

京兆府蓝田：苏晋1

京兆府万年：颜师古1

京兆府武功：富嘉谟1

京兆府咸阳：崔敦礼1

华州华阴：杨炯6

同州冯翊：寇泚1、乔知之1

2.河北区

蒲州河东：任知古1、张说11

绛州龙门：王勃3

绛州闻喜：裴漼1

魏州馆陶：魏征2

相州内黄：沈佺期1

卫州黎阳：王梵志2

深州安平：李百药4

深州饶阳：李义府5

赵州房子：李义1

赵州赞皇：李峤2

定州安喜：崔湜1

定州鼓城：郭正一1

幽州范阳：卢照邻2

3.中原区

河南府巩县：刘允济1

河南府洛阳：胡皓2

河南府：元行冲1

虢州弘农：宋之问3

陕州陕县：上官仪1

郑州阳武：韦承庆1

郑州原武：娄师德1

徐州彭城：刘知几1

兖州瑕丘：徐彦伯1

齐州全节：崔融1

襄州襄阳：释法琳1

荆州江陵：岑文本1

4.东南区

润州江宁：孙处玄2

杭州新城：许敬宗4

杭州：朱君绪1

歙州歙县：吴少微1

越州山阴：孔绍安1

婺州义乌：骆宾王2

5.西南区

益州成都：闾丘均1

梓州射洪：陈子昂1

6.籍贯不详

东方虬1、刘待价1、柳绍先1、裴略1、
　释灵廓1、魏奉古1、赵志1

（五）冬（2/2/2/2）

1.关内区

京兆府武功：富嘉谟1

2.东南区

歙州歙县：吴少微1

（六）锺（31/23/19/6）

1.关内区

京兆府长安：释道世1

京兆府高陵：于志宁1

京兆府万年：颜师古1

京兆府武功：苏颋2

华州华阴：杨炯2

2.河北区

太原府文水：武三思2、则天皇后武曌1

蒲州河东：张说5

绛州龙门：王勃5、王绩1、王勔1

绛州闻喜：裴漼1

恒州真定：释慧净1

赵州高邑：李至远1

赵州赞皇：李峤3

幽州范阳：卢照邻6

3.中原区

虢州弘农：宋之问2

汝州梁县：孟诜1

汝州：刘希夷2

郑州：郑休文1

宋州宋城：郑惟忠1

徐州彭城：刘知几1

兖州瑕丘：徐彦伯1

4.江淮区

扬州江都：李邕1

光州固始：陈元光1

5.东南区

杭州钱塘：褚亮2

越州永兴：贺知章3

6.西南区

梓州射洪：陈子昂2

7.籍贯不详

甘子布1、柳绍先1、元思敳2

（七）肿（9/7/7/4）

1.关内区

同州重泉：严识玄1

2.河北区

太原府文水：则天皇后武曌1

蒲州河东：张说4

绛州龙门：王勃2

沧州东光：苗神客1

3.江淮区

扬州江都：李邕1

4.东南区

婺州义乌：骆宾王1

5.籍贯不详

阙名1、释法宣1

（八）用（4/3/3/3）

1.中原区

徐州彭城：刘知几1

2.东南区

润州延陵：释法融1

3.西南区

梓州射洪：陈子昂1

4.籍贯不详

潘行臣1

（九）烛（36/23/20/5）

1.关内区

京兆府高陵：于志宁1

京兆府武功：苏颋1

华州华阴：杨炯4

2.陇西区

秦州成纪：唐太宗李世民1

3.河北区

蒲州宝鼎：薛稷1

蒲州河东：张说3

绛州龙门：王勃3、王绩4

相州内黄：沈佺期1

卫州卫县：谢偃3

深州陆泽：张鷟1

赵州赞皇：李峤2

沧州南皮：郑愔1

幽州范阳：卢照邻2

4.中原区

虢州弘农：宋之问7

陕州硤石：姚崇1

汝州：刘希夷5

郑州阳武：韦承庆1

郑州原武：娄师德1

兖州瑕丘：徐彦伯2

齐州全节：崔融1

5.东南区

常州晋陵：刘祎之1

杭州钱塘：褚亮1

越州永兴：贺知章1

越州余姚：虞世南1

越州：贺朝1、万齐融1

6.籍贯不详

东方虬1、黄元之1、刘元节1、明濬1、阙名1、释灵廓1、杨晋1、杨廷玉1、赵志1

（十）东冬（12/9/9/6）

1.关内区

京兆府长安：唐高宗李治1

2.河北区

太原府文水：则天皇后武曌1

绛州龙门：王勃1、王绩1

深州安平：崔玄童1

赵州赞皇：李峤1

3.中原区

河南府温县：司马承祯1

4.江淮区

光州固始：陈元光1

5.西南区

梓州射洪：陈子昂1

6.岭南区

新州新兴：释慧能1

7.籍贯不详

贾无名1、阙名1

(十一)东锺(19/15/14/6)

1.关内区

京兆府长安:释道世2

京兆府高陵:于志宁1

华州华阴:杨炯1

2.河北区

蒲州河东:张说1

绛州龙门:王勃1、王绩1

卫州黎阳:王梵志1

深州陆泽:张鷟1

3.中原区

河南府温县:司马承祯2

豫州:许天正1

徐州彭城:刘知几1

4.江淮区

扬州江都:李邕1

光州固始:陈元光2、丁儒1

5.东南区

杭州钱塘:褚亮1

杭州新城:许敬宗1

婺州义乌:骆宾王1

6.西南区

梓州射洪:陈子昂1

7.籍贯不详

张思讷1

(十二)东肿(1/1/1/1)

1.关内区

京兆府长安:韩休1

(十三)东文(1/1/1/1)

1.河北区

卫州黎阳:王梵志1

(十四)东阳(1/0/0/0)

1.籍贯不详

梁践趄1

(十五)东蒸(1/1/1/1)

1.关内区

京兆府长安:释道世1

(十六)董肿(2/2/2/2)

1.江淮区

扬州江都:王绍宗1

2.西南区

益州成都:闾丘均1

(十七)送用(1/1/1/1)

1.河北区

绛州龙门:王勃1

(十八)屋沃(5/4/4/3)

1.关内区

华州华阴:杨炯1

2.河北区

幽州范阳:卢照邻1

3.中原区

虢州弘农:宋之问3

齐州全节:崔融1

4.籍贯不详

王绍望1

(十九)屋烛(13/8/8/4)

1.河北区

蒲州河东:张说1

绛州龙门:王勃1

卫州黎阳:王梵志4

幽州范阳:卢照邻2

幽州:卢藏用1

府县不详:封希颜1

2.中原区

郑州阳武:韦承庆1

郑州:郑万钧1

3.江淮区

楚州盱眙:释善导1

扬州江都:李邕4

4.东南区

婺州义乌:骆宾王1

5.籍贯不详

赵氏1、赵志1

（二十）屋职（5/5/5/4）

1.关内区

京兆府长安:释道世1

2.河北区

卫州黎阳:王梵志1

定州安喜:崔湜1

3.东南区

润州延陵:释法融1

4.西南区

梓州射洪:陈子昂1

（二十一）屋德（1/1/1/1）

1.河北区

蒲州河东:张说1

（二十二）冬锺（2/2/2/2）

1.河北区

蒲州河东:张说1

2.东南区

越州永兴:贺知章1

（二十三）沃烛（2/2/2/2）

1.关内区

京兆府长安:释道世1

2.河北区

卫州黎阳:王梵志1

（二十四）锺江（1/1/1/1）

1.河北区

蒲州河东:张说2

（二十五）肿用（1/1/1/1）

1.河北区

绛州龙门:王勃1

（二十六）烛觉（6/6/5/3）

1.关内区

京兆府高陵:于志宁2

2.河北区

蒲州河东:张说1

卫州黎阳:王梵志1

卫州卫县:谢偃1

赵州赞皇:李峤1

3.西南区

梓州射洪:陈子昂1

（二十七）锺唐（1/1/1/1）

1.河北区

赵州栾城:阎朝隐1

（二十八）烛职（1/1/1/1）

1.河北区

卫州黎阳：王梵志1

（二十九）东冬锺（3/2/2/2）

1.中原区

河南府温县：司马承祯1

2.江淮区

扬州江都：李邕1

3.籍贯不详

阙名1

（三十）东锺蒸（1/1/1/1）

1.关内区

京兆府长安：释道世1

（三十一）董肿用（1/1/1/1）

1.岭南区

新州新兴：释慧能1

（三十二）屋沃烛（3/3/3/2）

1.关内区

京兆府长安：释道世1

2.河北区

蒲州河东：张说1

深州陆泽：张鷟1

（三十三）屋烛觉（1/1/1/1）

1.河北区

卫州黎阳：王梵志2

（三十四）冬锺江（1/1/1/1）

1.河北区

蒲州河东：张说3

（三十五）锺用讲（1/1/1/1）

1.河北区

卫州黎阳：王梵志1

（三十六）董送肿绛（1/1/1/1）

1.河北区

卫州黎阳：王梵志1

（三十七）董送用讲（1/1/1/1）

1.河北区

卫州黎阳：王梵志1

（三十八）语暮屋烛（1/1/1/1）

1.河北区

卫州黎阳：王梵志1

（三十九）董送肿用讲（1/1/1/1）

1.河北区

卫州黎阳：王梵志1

（四十）屋止质术物没（1/1/1/1）

1.河北区

卫州黎阳：王梵志1

综合通摄用韵的空间分布数据，得到下表：

表 3-1-1　通摄用韵的空间分布数据

用韵	作家数量	县域数量	州府数量	大区数量
东	98	57	38	9
董	2	1	1	1

续表

用韵	作家数量	县域数量	州府数量	大区数量
送	7	5	5	3
屋	50	39	28	5
冬	2	2	2	2
锺	31	23	19	6
肿	9	7	7	4
用	4	3	3	3
烛	36	23	20	5
东冬	12	9	9	6
送用	1	1	1	1
屋沃	5	4	4	3
东锺	19	15	14	6
东肿	1	1	1	1
董肿	2	2	2	2
屋烛	13	8	8	4
东文	1	1	1	1
东阳	1	1(0)	1(0)	1(0)
东蒸	1	1	1	1
屋职	5	5	5	4
屋德	1	1	1	1
冬锺	2	2	2	2
沃烛	2	2	2	2
肿用	1	1	1	1
锺江	1	1	1	1
烛觉	6	6	5	3
锺唐	1	1	1	1
烛职	1	1	1	1
东冬锺	3	2	2	2
屋沃烛	3	3	3	2
董肿用	1	1	1	1

用韵	作家数量	县域数量	州府数量	大区数量
屋烛觉	1	1	1	1
东锺蒸	1	1	1	1
冬锺江	1	1	1	1
锺用讲	1	1	1	1
董送肿绛	1	1	1	1
董送用讲	1	1	1	1
语暮屋烛	1	1	1	1
董送肿用讲	1	1	1	1
屋止质术物没	1	1	1	1

二、通摄用韵的空间分布度

按空间单元整理通摄用韵的空间分布数据（另含用韵数量），阳声韵举平以赅上去，入声韵单列，将用韵的各空间要素量及各空间要素总量去重，得到下表：

表 3-1-2 通摄阳声韵诸单元用韵的空间分布数据

空间单元	用韵	用韵数量	作家数量	县域数量	州府数量	大区数量
东单元	东	228	81	58	39	9
	东冬	11	10	9	9	6
	东锺	25	22	17	16	7
	东文	1	1	1	1	1
	东蒸	1	1	1	1	1
	东冬锺	2	2	2	2	2
	东锺江	3	1	1	1	1
	东锺蒸	1	1	1	1	1
	总量	272	89	61	43	9
冬单元	冬	2	2	2	2	2
	东冬	11	10	9	9	6
	冬锺	2	2	2	2	2

空间单元	用韵	用韵数量	作家数量	县域数量	州府数量	大区数量
	东冬锺	2	2	2	2	2
	冬锺江	3	1	1	1	1
	总量	20	15	13	13	7
锺单元	锺	67	32	27	23	6
	东锺	25	22	17	16	7
	冬锺	2	2	2	2	2
	锺江	3	2	2	2	1
	锺唐	1	1	1	1	1
	东冬锺	2	2	2	2	2
	东锺江	3	1	1	1	1
	东锺蒸	1	1	1	1	1
	冬锺江	3	1	1	1	1
	总量	107	43	34	29	7

表 3-1-3　通摄入声韵诸单元用韵的空间分布数据

空间单元	用韵	用韵数量	作家数量	县域数量	州府数量	大区数量
屋单元	屋	80	43	39	28	5
	屋沃	6	4	4	4	3
	屋烛	18	11	8	8	4
	屋职	5	5	5	5	4
	屋德	1	1	1	1	1
	屋沃烛	3	3	3	3	2
	屋烛觉	2	1	1	1	1
	鱼模屋烛	1	1	1	1	1
	屋之质术物没	1	1	1	1	1
	总量	117	51	43	30	6
沃单元	屋沃	6	4	4	4	3
	沃烛	2	2	2	2	2
	屋沃烛	3	3	3	3	2
	总量	11	8	8	8	3

空间单元	用韵	用韵数量	作家数量	县域数量	州府数量	大区数量
烛单元	烛	52	27	23	20	5
	屋烛	18	11	8	8	4
	沃烛	2	2	2	2	2
	烛觉	7	6	6	5	3
	烛职	1	1	1	1	1
	屋沃烛	3	3	3	3	2
	屋烛觉	2	1	1	1	1
	鱼模屋烛	1	1	1	1	1
	总量	86	36	29	24	7

运用用韵空间分布综合评价法，计算通摄诸单元用韵各项指标评价值与空间分布度数值并排序，得到下表：

表 3-1-4　通摄诸单元用韵各项指标评价值与空间分布度数据表

空间单元	用韵	作家绝对数	县域绝对数	州府绝对数	大区绝对数	县域拓展	州府拓展	大区拓展	空间分布度	排序
东单元	东	1.200	1.395	1.596	1.897	1.002	0.997	1.009	5.109	1
	东冬	0.990	1.028	1.129	1.675	1.012	1.024	1.110	2.212	3
	东锺	1.065	1.141	1.294	1.756	1.005	1.020	1.069	3.021	2
	东文	0.801	0.717	0.672	0.964	1.016	1.024	1.151	0.446	5
	东蒸	0.801	0.717	0.672	0.964	1.016	1.024	1.151	0.446	5
	东冬锺	0.854	0.803	0.792	1.194	1.016	1.024	1.151	0.776	4
	东锺江	0.801	0.717	0.672	0.964	1.016	1.024	1.151	0.446	5
	东锺蒸	0.801	0.717	0.672	0.964	1.016	1.024	1.151	0.446	5
冬单元	冬	0.963	0.958	0.940	1.116	1.006	1.000	1.057	1.030	2
	东冬	1.117	1.226	1.341	1.566	1.002	1.000	1.019	2.934	1
	冬锺	0.963	0.958	0.940	1.116	1.006	1.000	1.057	1.030	2
	东冬锺	0.963	0.958	0.940	1.116	1.006	1.000	1.057	1.030	2
	冬锺江	0.904	0.855	0.798	0.902	1.006	1.000	1.057	0.592	5

续表

空间单元	用韵	作家绝对数	县域绝对数	州府绝对数	大区绝对数	县域拓展	州府拓展	大区拓展	空间分布度	排序
锺单元	锺	1.191	1.381	1.590	1.876	1.003	1.000	1.007	4.955	1
	东锺	1.151	1.280	1.460	1.967	0.999	1.007	1.055	4.487	2
	冬锺	0.923	0.901	0.894	1.338	1.010	1.011	1.136	1.153	3
	锺江	0.923	0.901	0.894	1.080	1.010	1.011	1.068	0.875	5
	锺唐	0.866	0.804	0.759	1.080	1.010	1.011	1.136	0.662	6
	东冬锺	0.923	0.901	0.894	1.338	1.010	1.011	1.136	1.153	3
	东锺江	0.866	0.804	0.759	1.080	1.010	1.011	1.136	0.662	6
	东锺蒸	0.866	0.804	0.759	1.080	1.010	1.011	1.136	0.662	6
	冬锺江	0.866	0.804	0.759	1.080	1.010	1.011	1.136	0.662	6
屋单元	屋	1.205	1.411	1.652	1.860	1.003	1.002	0.990	5.199	1
	屋沃	0.968	0.971	1.044	1.589	1.007	1.024	1.126	1.814	4
	屋烛	1.063	1.088	1.230	1.736	0.994	1.024	1.086	2.730	2
	屋职	0.989	1.007	1.100	1.736	1.007	1.024	1.133	2.225	3
	屋德	0.852	0.774	0.753	1.133	1.007	1.024	1.156	0.671	6
	屋沃烛	0.943	0.927	0.975	1.403	1.007	1.024	1.114	1.375	5
	屋烛觉	0.852	0.774	0.753	1.133	1.007	1.024	1.156	0.671	6
	鱼模屋烛	0.852	0.774	0.753	1.133	1.007	1.024	1.156	0.671	6
	屋之质术物没	0.852	0.774	0.753	1.133	1.007	1.024	1.156	0.671	6
沃单元	屋沃	1.038	1.069	1.100	1.403	1.000	1.000	1.064	1.823	1
	沃烛	0.974	0.954	0.934	1.238	1.000	1.000	1.092	1.174	3
	屋沃烛	1.011	1.020	1.028	1.238	1.000	1.000	1.053	1.382	2
烛单元	烛	1.179	1.354	1.565	1.711	1.002	1.003	0.986	4.239	1
	屋烛	1.086	1.139	1.260	1.597	0.996	1.013	1.050	2.634	2
	沃烛	0.928	0.907	0.909	1.290	1.009	1.013	1.117	1.127	5
	烛觉	1.027	1.086	1.128	1.462	1.009	1.000	1.067	1.981	3
	烛职	0.871	0.810	0.772	1.042	1.009	1.013	1.117	0.647	6
	屋沃烛	0.963	0.969	1.000	1.290	1.009	1.013	1.077	1.327	4
	屋烛觉	0.871	0.810	0.772	1.042	1.009	1.013	1.117	0.647	6
	鱼模屋烛	0.871	0.810	0.772	1.042	1.009	1.013	1.117	0.647	6

三、通摄韵部

东单元用韵空间分布度排序为：东5.109＞东锺3.021＞东冬2.212＞……，提取东为韵部。冬单元用韵空间分布度排序为：东冬2.934＞冬1.030＝东冬锺＝冬锺＞冬锺江0.592，提取东冬为韵部。锺单元用韵空间分布度排序为：锺4.955＞东锺4.487＞冬锺1.153＝东冬锺＞……，提取锺为韵部。屋单元用韵空间分布度排序为：屋5.199＞屋烛2.730＞屋职2.225＞……，提取屋为韵部。沃单元用韵空间分布度排序为：屋沃1.823＞屋沃烛1.382＞沃烛1.174，提取屋沃为韵部。烛单元用韵空间分布度排序为：烛4.239＞屋烛2.634＞烛觉1.981＞……，提取烛为韵部。通摄初次提取东、东冬、锺、屋、屋沃、烛。

在初次提取的韵部中，东与东冬构成包孕关系，二次提取东冬为韵部。屋与屋沃构成包孕关系，二次提取屋沃为韵部。

初唐诗文通摄用韵以东冬、锺、屋沃、烛为韵部。

四、通摄二次计算

将东的要素量并入东冬并去重，东冬部所涉单元用韵的空间分布数据（另含用韵数量），得到下表：

表 3-1-5　二次计算东冬部所涉单元用韵的空间分布数据

空间单元	用韵	用韵数量	作家数量	县域数量	州府数量	大区数量
东单元	东	228	81	58	39	9
	东冬	239	83	59	40	9
	东锺	25	22	17	16	7
	东文	1	1	1	1	1
	东蒸	1	1	1	1	1
	东冬锺	2	2	2	2	2
	东锺江	3	1	1	1	1
	东锺蒸	1	1	1	1	1
	总量	500	89	61	43	9

空间单元	用韵	用韵数量	作家数量	县域数量	州府数量	大区数量
冬单元	冬	2	2	2	2	2
	东冬	239	83	59	40	9
	冬锺	2	2	2	2	2
	东冬锺	2	2	2	2	2
	冬锺江	3	1	1	1	1
	总量	248	84	59	40	9

将屋的要素量并入屋沃并去重,二次计算屋沃部所涉单元用韵的空间分布数据(另含用韵数量),得到下表:

表 3-1-6　二次计算屋沃部所涉单元用韵的空间分布数据

空间单元	用韵	用韵数量	作家数量	县域数量	州府数量	大区数量
屋单元	屋	80	43	39	28	5
	屋沃	86	43	39	28	5
	屋烛	18	11	8	8	4
	屋职	5	5	5	5	4
	屋德	1	1	1	1	1
	屋沃烛	3	3	3	3	2
	屋烛觉	2	1	1	1	1
	鱼模屋烛	1	1	1	1	1
	屋之质术物没	1	1	1	1	1
	总量	197	51	43	30	6
沃单元	屋沃	86	43	39	28	5
	沃烛	2	2	2	2	2
	屋沃烛	3	3	3	3	2
	总量	91	45	40	28	5

运用用韵空间分布综合评价法,二次计算东冬部、屋沃部所涉单元用韵各项指标评价值与空间分布度数值并排序,得到下表:

表 3-1-7　二次计算东冬部、屋沃部所涉单元用韵各项指标评价值

与空间分布度数据表

空间单元	用韵	作家绝对数	县域绝对数	州府绝对数	大区绝对数	县域拓展	州府拓展	大区拓展	空间分布度	排序
东单元	东	1.200	1.395	1.596	1.897	1.002	0.997	1.009	5.109	2
	东冬	1.203	1.399	1.606	1.897	1.002	0.997	1.007	5.155	1
	东锺	1.065	1.141	1.294	1.756	1.005	1.020	1.069	3.021	3
	东文	0.801	0.717	0.672	0.964	1.016	1.024	1.151	0.446	5
	东蒸	0.801	0.717	0.672	0.964	1.016	1.024	1.151	0.446	5
	东冬锺	0.854	0.803	0.792	1.194	1.016	1.024	1.151	0.776	4
	东锺江	0.801	0.717	0.672	0.964	1.016	1.024	1.151	0.446	5
	东锺蒸	0.801	0.717	0.672	0.964	1.016	1.024	1.151	0.446	5
冬单元	冬	0.822	0.747	0.721	1.033	1.015	1.026	1.144	0.545	2
	东冬	1.158	1.302	1.462	1.642	1.001	1.000	1.000	3.622	1
	冬锺	0.822	0.747	0.721	1.033	1.015	1.026	1.144	0.545	2
	东冬锺	0.822	0.747	0.721	1.033	1.015	1.026	1.144	0.545	2
	冬锺江	0.771	0.667	0.612	0.834	1.015	1.026	1.144	0.313	5
屋单元	屋	1.205	1.411	1.652	1.860	1.003	1.002	0.990	5.199	1
	屋沃	1.205	1.411	1.652	1.860	1.003	1.002	0.990	5.199	1
	屋烛	1.063	1.088	1.230	1.736	0.994	1.024	1.086	2.730	3
	屋职	0.989	1.007	1.100	1.736	1.007	1.024	1.133	2.225	4
	屋德	0.852	0.774	0.753	1.133	1.007	1.024	1.156	0.671	6
	屋沃烛	0.943	0.927	0.975	1.403	1.007	1.024	1.114	1.375	5
	屋烛觉	0.852	0.774	0.753	1.133	1.007	1.024	1.156	0.671	6
	鱼模屋烛	0.852	0.774	0.753	1.133	1.007	1.024	1.156	0.671	6
	屋之质术物没	0.852	0.774	0.753	1.133	1.007	1.024	1.156	0.671	6
沃单元	屋沃	1.102	1.192	1.296	1.403	1.001	1.002	1.000	2.394	1
	沃烛	0.831	0.733	0.695	1.058	1.005	1.024	1.168	0.538	3
	屋沃烛	0.862	0.783	0.765	1.058	1.005	1.024	1.126	0.633	2

五、通摄韵部韵例

(一)东冬部

东冬。陈元光《圣作物睹赋》功隆丰(东)农(冬)通(东)(《全文补》224)

东。陈子良《隋新城郡东曹掾萧平仲诔》通穷风空(东)(《全文》一三四8)

董。王梵志《诗二首》(一)孔董(董)(《全诗》500)

送。李峤《拟古东飞伯劳西飞燕》凤梦(送)(《全诗》930)

冬。吴少微、富嘉谟《有唐朝散大夫守汝州长史上柱国安平县开国男赠卫尉少卿崔公墓志》宗农(冬)(《唐墓志》1802)

送用。王勃《九成宫颂其七》众梦栋(送)共(用)(《全文》一七八23)

(二)锺部

锺。陈元光《圣作物睹赋》颂龙(锺)(《全文补》224)

肿。李邕《斗鸭赋》种重勇(肿)(《全文》二六一6)

用。陈子昂《国殇文》用纵(用)(《全文》二一六16)

肿用。王勃《观音大士神歌赞》捧种(肿)供(用)(《全诗》1078)

(三)屋沃部

屋沃。卢照邻《释疾文·命曰》哭(屋)梏(沃)卜木觫(屋)(《全文》一六七6)

屋。崔融《瓦松赋》族屋(屋)(《全文》二一七1)

(四)烛部

烛。崔融《嵩山启母庙碑其十二》曲躅玉烛(烛)(《全文》二二〇5)

第二节　江摄

一、江摄用韵的空间分布

(一)江(3/2/3/3)　　　　　华州华阴:杨炯1

1.关内区　　　　　　　　　2.河北区

相州内黄：沈佺期1

3.东南区

越州：万齐融1

（二）觉（9/9/8/6）

1.关内区

华州华阴：杨炯3

2.陇西区

秦州成纪：李承嗣1

3.河北区

深州安平：李百药2

赵州栾城：阎朝隐1

赵州赞皇：李峤2

4.中原区

齐州全节：崔融2

5.江淮区

扬州江都：李邕2

6.东南区

越州余姚：虞世南1

温州永嘉：释玄觉1

（三）锺江（1/1/1/1）

1.河北区

蒲州河东：张说2

（四）烛觉（6/6/5/3）

1.关内区

京兆府高陵：于志宁2

2.河北区

蒲州河东：张说1

卫州黎阳：王梵志1

卫州卫县：谢偃1

赵州赞皇：李峤1

3.西南区

梓州射洪：陈子昂1

（五）觉药（1/1/1/1）

1.河北区

卫州黎阳：王梵志1

（六）觉铎（3/3/3/3）

1.河北区

卫州黎阳：王梵志1

2.中原区

宋州宁陵：刘宪1

3.东南区

杭州钱塘：褚亮1

（七）屋烛觉（1/1/1/1）

1.河北区

卫州黎阳：王梵志2

（八）冬锺江（1/1/1/1）

1.河北区

蒲州河东：张说3

（九）锺用讲（1/1/1/1）

1.河北区

卫州黎阳：王梵志1

（十）江阳唐（1/1/1/1）

1.江南区

宣州溧阳：史岩1

（十一）觉药铎（3/3/3/2）

1.江淮区

扬州江都：李邕1

2.东南区

润州延陵：释法融2

苏州吴县：朱子奢1

（十二）董送肿绛（1/1/1/1）

1.河北区

卫州黎阳：王梵志1

（十三）董送用讲（1/1/1/1）

1.河北区

卫州黎阳：王梵志1

（十四）董送肿用讲（1/1/1/1）

1.河北区

卫州黎阳：王梵志1

综合江摄用韵的空间分布数据，得到下表：

表 3-2-1　江摄用韵的空间分布数据

用韵	作家数量	县域数量	州府数量	大区数量
江	3	2	3	3
觉	9	9	8	6
锺江	1	1	1	1
烛觉	6	6	5	3
觉药	1	1	1	1
觉铎	3	3	3	3
屋烛觉	1	1	1	1
冬锺江	1	1	1	1
锺用讲	1	1	1	1
江阳唐	1	1	1	1
觉药铎	3	3	3	2
董送肿绛	1	1	1	1
董送用讲	1	1	1	1
董送肿用讲	1	1	1	1

二、江摄用韵的空间分布度

按空间单元整理江摄用韵的空间分布数据（另含用韵数量），阳声韵举平以赅上去，入声韵单列，将用韵的各空间要素量及各空间要素总量去重，得到下表：

表 3-2-2 江摄阳声韵诸单元用韵的空间分布数据

空间单元	用韵	用韵数量	作家数量	县域数量	州府数量	大区数量
江单元	江	3	3	3（2）	3	3
	锺江	3	2	2	2	1
	东锺江	3	1	1	1	1
	冬锺江	3	1	1	1	1
	江阳唐	1	1	1	1	1
	总量	13	6	6（5）	6	4

表 3-2-3 江摄入声韵诸单元用韵的空间分布数据

空间单元	用韵	用韵数量	作家数量	县域数量	州府数量	大区数量
觉单元	觉	15	9	9	8	6
	烛觉	7	6	6	5	3
	觉药	1	1	1	1	1
	觉铎	3	3	3	3	3
	屋烛觉	2	1	1	1	1
	觉药铎	4	3	3	3	2
	总量	32	18	18	16	7

运用用韵空间分布综合评价法，计算江摄诸单元用韵各项指标评价值与空间分布度数值并排序，得到下表：

表 3-2-4 江摄诸单元用韵各项指标评价值与空间分布度数据表

空间单元	用韵	作家绝对数	县域绝对数	州府绝对数	大区绝对数	县域拓展	州府拓展	大区拓展	空间分布度	排序
江单元	江	1.088	1.162	1.241	1.502	1.000	1.000	1.037	2.446	1
	锺江	1.048	1.087	1.128	1.071	1.000	1.000	0.974	1.342	2
	东锺江	0.983	0.971	0.958	1.071	1.000	1.000	1.037	1.016	3
	冬锺江	0.983	0.971	0.958	1.071	1.000	1.000	1.037	1.016	3
	江阳唐	0.983	0.971	0.958	1.071	1.000	1.000	1.037	1.016	3

续表

空间 单元	用韵	作家绝 对数	县域绝 对数	州府绝 对数	大区绝 对数	县域拓 展	州府拓 展	大区拓 展	空间分 布度	排序
觉单 元	觉	1.106	1.197	1.296	1.656	1.000	1.000	1.050	2.984	1
	烛觉	1.066	1.120	1.160	1.338	1.000	0.996	1.029	1.898	2
	觉药	0.904	0.835	0.793	0.954	1.000	1.008	1.077	0.620	5
	觉铎	1.000	1.000	1.028	1.338	1.000	1.008	1.077	1.493	3
	屋烛觉	0.904	0.835	0.793	0.954	1.000	1.008	1.077	0.620	5
	觉药铎	1.000	1.000	1.028	1.181	1.000	1.008	1.039	1.271	4

三、江摄韵部

江单元用韵空间分布度排序为:江2.446＞锺江1.342＞东锺江1.016=冬锺江……,提取江为韵部。觉单元用韵空间分布度排序为:觉2.984＞烛觉1.898＞觉铎1.493＞……,提取觉为韵部。江摄初次提取江、觉。

初唐诗文江摄用韵以江、觉为韵部。

四、江摄韵部韵例

(一)江部

江。杨炯《从弟去盈墓志铭》双江邦(江)(《全文》一九五5)

(二)觉部

觉。虞世南《琵琶赋》乐学角(觉)(《全文》一三八3)

第三节　臻摄

一、臻摄用韵的空间分布

(一)真(77/50/37/8)

1.关内区

京兆府长安:韩思复1、唐高宗李治

1、唐睿宗李旦1、唐中宗李显1

京兆府泾阳:李迥秀1

京兆府万年:韦挺1、颜师古1

京兆府武功:苏颋6

华州华阴:杨炯2

邠州新平:释慧立1

2.河北区

太原府文水:则天皇后武曌1

蒲州宝鼎:薛稷1

蒲州河东:吕太一1、张说13

绛州龙门:王勃4、王绩6

绛州闻喜:裴漼1、裴炎1

魏州馆陶:魏征4

魏州贵乡:郭震1

相州安阳:邵昇1

卫州黎阳:王梵志14

卫州卫县:谢偃1

贝州临清:路敬淳1

深州安平:李百药3

深州陆泽:张鷟4

深州饶阳:李义府2

赵州栾城:阎朝隐1

赵州赞皇:李峤1

定州安喜:崔湜1

幽州范阳:卢照邻5

幽州:卢藏用1

瀛州:朱宝积1

府县不详:张果3

3.中原区

河南府巩县:刘允济1

河南府济源:张廷珪1

河南府洛阳:贾曾1

河南府温县:司马承祯4

虢州弘农:宋之问1

陕州陕县:上官婉儿1

陕州硖石:姚崇1

汝州:刘希夷1

徐州彭城:刘知几2

徐州:刘昇1

兖州瑕丘:徐彦伯1

青州临淄:房玄龄1

齐州山茌:释义净2

襄州襄阳:释法琳2、席豫1

荆州江陵:岑羲1

4.江淮区

楚州盱眙:释善导3

5.江南区

潭州长沙:欧阳询1

6.东南区

润州延陵:释法融3

常州晋陵:刘子翼1

苏州吴县:陆景初1

杭州钱塘:褚亮2

歙州歙县:吴少微1

越州永兴:贺知章1

越州余姚:虞世南1

婺州义乌:骆宾王6

温州永嘉:释玄觉2

7.西南区

梓州射洪:陈子昂4

8.岭南区

新州新兴:释慧能1

9.籍贯不详

淳于敬一1、高迈1、江旻1、阙名1、释
　　彦琮1、王匡国1、□镇1、韦均1、
　　谢士良1、谢佑1、姚略1、元续1、
　　赵颐1、郑万英1

（二）轸（7/6/5/3）

1.关内区

京兆府长安:释道世1

2.河北区

蒲州河东:张说1

恒州井陉:崔行功1

赵州高邑:李至远1

赵州赞皇:李峤1

3.东南区

苏州吴县:朱子奢1

4.籍贯不详

张神安1

（三）震（14/11/10/4）

1.关内区

京兆府长安:释窥基1

京兆府武功:富嘉谟1

华州华阴:杨师道1、杨续1

华州:常文贞1

同州冯翊:乔知之1

2.河北区

蒲州河东:张说2

卫州卫县:谢偃1

3.中原区

河南府济源:张廷珪1

徐州彭城:刘知几1

荆州江陵:无行1

4.东南区

杭州钱塘:褚亮1

温州永嘉:释玄觉1

5.籍贯不详

王绍望1

（四）质（39/26/24/9）

1.关内区

京兆府长安:崔沔1、释道世1

京兆府泾阳:李大亮1

京兆府武功:苏颋1

华州华阴:杨炯2

2.陇西区

秦州成纪:唐太宗李世民1

府县不详:李审几1

3.河北区

太原府文水:则天皇后武曌1

蒲州河东:吕太一1、张说2

蒲州猗氏:张嘉贞1

绛州龙门:王勃2

绛州闻喜:裴漼1

魏州馆陶:魏征1

相州洹水:张蕴古1

相州临漳:源光裕1

卫州黎阳:王梵志2

卫州卫县:谢偃2

深州安平:李百药1

赵州栾城：阎朝隐1

幽州范阳：卢照邻3

洛州：宋芬1、崔湜士1

4.中原区

河南府洛阳：胡皓1、元希声1

陕州硖石：姚崇2

汝州：刘希夷1

荆州江陵：岑文本1

5.江淮区

楚州盱眙：释善导2

6.江南区

潭州长沙：欧阳询1

7.东南区

常州：萧钧1

苏州：陈子良2

杭州新城：许敬宗1

8.西南区

梓州射洪：陈子昂2

9.岭南区

新州新兴：释慧能1

10.籍贯不详

刘待价1、阙名2、冉元一1、□镇1

（五）谆（3/3/3/3）

1.河北区

太原府文水：则天皇后武曌1

2.中原区

陕州陕县：上官仪1

3.东南区

杭州新城：许敬宗1

（六）文（60/37/30/7）

1.关内区

京兆府长安：韩思复1、唐高宗李治
　　2、唐睿宗李旦1

京兆府高陵：于志宁2

京兆府万年：李适1

京兆府武功：苏颋1

华州华阴：杨炯5

同州冯翊：乔师望1、芮智璨2

2.陇西区

秦州成纪：唐太宗李世民1

秦州上邽：姜晞1

3.河北区

太原府文水：则天皇后武曌1

蒲州宝鼎：薛稷1、薛收1、薛曜1

蒲州河东：张说14

绛州龙门：王勃4、王绩2

魏州馆陶：魏征1

相州内黄：沈佺期2

卫州卫县：谢偃1

深州安平：李百药1

深州陆泽：张鷟1

深州饶阳：李义府2

赵州栾城：苏味道1

赵州赞皇：李峤3

沧州东光：苗神客1

沧州南皮：郑愔1

幽州范阳：卢照邻7

幽州：王适1

洺州:宋芬1

府县不详:张果2

4.中原区

河南府温县:司马承祯1

虢州弘农:宋之问6

汝州:刘希夷2

郑州:郑万钧1

宋州宋城:郑惟忠1

徐州彭城:刘知几1

兖州瑕丘:徐彦伯3

齐州全节:崔融2

5.江淮区

扬州江都:李邕3

扬州:张若虚1

6.东南区

苏州吴县:释法恭1

杭州钱塘:褚亮1、褚遂良1

杭州新城:许敬宗1

湖州长城:徐坚1

越州山阴:孔绍安1

越州:万齐融1

婺州义乌:骆宾王4

7.西南区

梓州射洪:陈子昂4

8.籍贯不详

东方虬1、刘待价1、慕容知晦1、权龙
襄1、释法宣1、王干1、姚略1、张
元琰1、朱怀隐1

（七）问（2/2/2/2）

1.关内区

华州华阴:杨炯1

2.河北区

蒲州河东:张说2

（八）物（2/2/2/2）

1.中原区

兖州瑕丘:徐彦伯1

2.东南区

越州永兴:贺知章1

（九）魂（25/17/15/6）

1.关内区

京兆府长安:韩休1、唐睿宗李旦1

京兆府武功:富嘉谟1、苏颋1

华州华阴:杨炯2

2.河北区

绛州龙门:王勃1

卫州黎阳:王梵志2

卫州卫县:谢偃1

深州安平:李百药1

赵州高邑:李畲1

幽州范阳:卢照邻1

府县不详:张果1

3.中原区

虢州弘农:宋之问2

陕州硖石:姚崇1

郑州荥阳:郑繇1

襄州襄阳:杜易简1

4.江淮区

扬州江都：李邕2

5.东南区

越州永兴：贺知章1

婺州义乌：骆宾王1

6.岭南区

澄州无虞：韦敬辨2

7.籍贯不详

黄元之1、浚泰1、明濬1、王安仁1、元
伞1

（十）混（5/5/4/3）

1.关内区

京兆府华原：令狐德棻2

京兆府泾阳：李大亮1

华州华阴：杨炯1

2.河北区

蒲州宝鼎：薛稷1

3.中原区

荆州江陵：岑文本1

（十一）东文（1/1/1/1）

1.河北区

卫州黎阳：王梵志1

（十二）止质（1/1/1/1）

1.中原区

荆州江陵：岑文本1

（十三）未物（1/0/1/1）

1.东南区

杭州：朱君绪1

（十四）模物（1/1/1/1）

1.河北区

绛州闻喜：裴炎1

（十五）泰质（1/1/1/1）

1.河北区

深州安平：李百药1

（十六）真震（1/1/1/1）

1.江淮区

光州固始：陈元光1

（十七）真谆（84/56/39/7）

1.关内区

京兆府长安：唐高宗李治1、唐睿宗
李旦1

京兆府高陵：于志宁3

京兆府华原：令狐德棻2

京兆府泾阳：李大亮1

京兆府武功：富嘉谟1、苏颋4

京兆府咸阳：崔敦礼1

华州华阴：杨炯7

同州冯翊：乔侃1、乔知之1

2.陇西区

秦州成纪：唐太宗李世民6

甘州张掖：赵彦昭1

3.河北区

太原府祁：王熊1

太原府文水：则天皇后武曌1

蒲州河东：冯待征1、任知古1、张说7

蒲州猗氏：张嘉贞1

绛州龙门：王勃5、王绩9

绛州闻喜：裴炎1

相州洹水：张蕴古1

相州内黄：沈佺期1

卫州黎阳：王梵志3

卫州卫县：谢偃1

恒州井陉：崔行功1

深州安平：李百药4

深州陆泽：张鷟2

赵州栾城：阎朝隐1

赵州赞皇：李峤5

德州蓨：高瑾1

棣州阳信：任希古1

幽州范阳：卢照邻7

幽州：卢藏用3

莫州莫县：刘穆之1

邢州南和：宋璟1

府县不详：封希颜1

4.中原区

河南府巩县：刘允济1

河南府洛阳：胡皓1、贾曾1、长孙贞隐1

河南府温县：司马承祯1

虢州弘农：宋之问8

陕州陕县：张齐贤1、上官仪1

汝州：刘希夷5

郑州管城：凌敬1

郑州荥阳：郑繇1

郑州：郑万钧1、郑休文1

汴州尉氏：刘晃1

宋州宁陵：刘宪2

滑州灵昌：崔日知1

兖州瑕丘：徐彦伯1

齐州历城：于季子1

齐州全节：崔融2、员半千1

5.江淮区

扬州江都：李邕2、王绍宗1

扬州：张若虚1

6.东南区

润州江宁：孙处玄1、庾抱1

常州义兴：许景先1

苏州吴县：董思恭1

苏州：陈子良1

杭州钱塘：褚亮2

杭州新城：许敬宗3

歙州歙县：吴少微1

越州山阴：孔绍安1

越州余姚：虞世南2

越州：贺朝1

婺州义乌：骆宾王5

温州永嘉：释玄觉1

7.西南区

益州成都：朱桃椎1

梓州射洪：陈子昂4

8.籍贯不详

崔悬黎1、崔知贤1、韩筼1、韩仲宣1、江满昌文1、刘待价1、唐远悊1、赵志1

（十八）真稕（1/1/1/1）

1.河北区

卫州黎阳：王梵志1

（十九）轸准（1/1/1/1）

1.关内区

京兆府蓝田:梁朱宾1

（二十）震准（2/1/1/1）

1.河北区

蒲州河东:任知古1、张说1

（二十一）震稕（14/10/8/4）

1.关内区

京兆府长安:韩休1、唐中宗李显1

京兆府万年:韦虚心1

京兆府武功:苏颋1

2.河北区

蒲州河东:张说2

绛州闻喜:裴漼1

深州安平:李百药1

3.中原区

兖州瑕丘:徐彦伯1

4.东南区

杭州钱塘:褚遂良1

越州余姚:虞世南1

婺州义乌:骆宾王1

5.籍贯不详

刘元节1、王允元1、赵志1

（二十二）质术（44/33/26/7）

1.关内区

京兆府长安:释道世1

京兆府华原:令狐德棻2

京兆府蓝田:苏珦1

京兆府万年:颜师古1

京兆府武功:苏颋3

华州华阴:杨炯6

2.陇西区

秦州成纪:唐太宗李世民1

3.河北区

太原府文水:武三思1、则天皇后武曌1

蒲州河东:张说3

绛州龙门:王勃5、王绩3

相州洹水:张蕴古1

卫州卫县:谢偃2

深州安平:李安期1、李百药3

深州陆泽:张鷟1

赵州房子:李义1

赵州赞皇:李峤2

幽州范阳:卢照邻4

幽州:王适1

4.中原区

河南府巩县:刘允济2

河南府济源:张廷珪1

虢州弘农:宋之问3

陕州陕县:上官仪1

汝州:刘希夷1

郑州阳武:韦承庆1

兖州瑕丘:徐彦伯2

青州临淄:房玄龄1

荆州江陵:岑文本1

5.江淮区

楚州盱眙:释善导1

扬州江都:李邕2

6.东南区

常州义兴:许景先1

杭州新城:许敬宗1

越州永兴:贺知章1

越州余姚:虞世南2

婺州义乌:骆宾王2

7.西南区

益州成都:朱桃椎1

8.籍贯不详

浚泰1、康子元1、阙名1、赵志1、郑南
　金1、朱怀隐1

(二十三)真臻(4/3/4/3)

1.关内区

京兆府长安:韩思复1

岐州郿:王珪1

2.河北区

蒲州河东:张说2

3.东南区

越州:万齐融1

(二十四)质栉(5/4/4/3)

1.关内区

京兆府长安:袁朗1

2.河北区

绛州龙门:王勃1

卫州卫县:谢偃1

3.西南区

梓州射洪:陈子昂1

4.籍贯不详

明濬1

(二十五)真文(7/7/7/5)

1.关内区

京兆府长安:释道世1

华州华阴:杨炯1

2.河北区

蒲州河东:吕太一1

卫州黎阳:王梵志2

3.中原区

河南府温县:司马承祯1

4.江淮区

光州固始:陈元光1

5.西南区

梓州射洪:陈子昂1

(二十六)轸吻(1/1/1/1)

1.关内区

同州冯翊:乔知之1

(二十七)轸问(1/1/1/1)

1.关内区

京兆府武功:富嘉谟1

(二十八)震问(2/1/2/1)

1.河北区

蒲州河东:张说1

幽州:卢藏用1

(二十九)质问(1/1/1/1)

1.关内区

京兆府长安:韩休1

(三十)质物(3/3/3/2)

1.江淮区

扬州江都：李邕1

2.东南区

歙州歙县：吴少微1

温州永嘉：释玄觉1

（三十一）真欣（3/2/2/1）

1.河北区

太原府文水：则天皇后武曌2

幽州范阳：卢照邻1

2.籍贯不详

梁践愆1

（三十二）轸隐（1/1/1/1）

1.关内区

京兆府万年：颜师古1

（三十三）真魂（2/2/2/2）

1.河北区

卫州黎阳：王梵志1

2.岭南区

新州新兴：释慧能1

（三十四）质没（1/1/1/1）

1.关内区

京兆府长安：释道世1

（三十五）真痕（1/1/1/1）

1.东南区

温州永嘉：释玄觉1

（三十六）真先（4/2/2/1）

1.河北区

蒲州河东：张说1

卫州黎阳：王梵志1

府县不详：崔众士1

2.籍贯不详

王友方1

（三十七）震狝（1/1/1/1）

1.河北区

蒲州河东：张说1

（三十八）真仙（1/1/1/1）

1.关内区

京兆府长安：释道世1

（三十九）震证（1/1/1/1）

1.河北区

幽州范阳：卢照邻1

（四十）质职（1/1/1/1）

1.东南区

润州延陵：释法融1

（四十一）真侵（3/2/3/2）

1.河北区

卫州黎阳：王梵志1

定州鼓城：郭正一1

2.东南区

杭州：朱君绪2

（四十二）谆文（6/3/3/1）

1.中原区

虢州弘农：宋之问1

齐州山茌：释义净2

襄州襄阳：释法琳1

2.籍贯不详

韩覃1、和神剑1、阙名1

（四十三）稕问（3/3/3/3）

1.河北区

深州安平:李百药1

2.中原区

虢州弘农:宋之问1

3.江淮区

扬州江都:李邕2

(四十四)术物(1/1/1/1)

1.籍贯不详

郎南金1

(四十五)谆欣(1/1/1/1)

1.中原区

宋州宋城:郑惟忠1

(四十六)谆魂(2/2/2/2)

1.关内区

华州华阴:杨炯1

2.河北区

魏州馆陶:魏征1

(四十七)物月(1/1/1/1)

1.河北区

蒲州猗氏:张嘉贞1

(四十八)文魂(3/2/2/2)

1.关内区

京兆府武功:苏颋1

2.江淮区

扬州江都:李邕1

3.籍贯不详

张嘉之1

(四十九)问恩(1/0/0/0)

1.东南区

温州永嘉:释玄觉1

(五十)物没(4/3/3/2)

1.河北区

绛州龙门:王绩1

卫州黎阳:王梵志1

2.东南区

温州永嘉:释玄觉1

3.籍贯不详

东方虬1

(五十一)文先(1/1/1/1)

1.河北区

蒲州河东:张说1

(五十二)文庚(1/1/1/1)

1.河北区

绛州龙门:王勃1

(五十三)问映(2/2/2/2)

1.关内区

京兆府高陵:于志宁1

2.河北区

深州安平:李百药2

(五十四)问劲(1/1/1/1)

1.河北区

深州饶阳:李义府1

(五十五)文侵(1/1/1/1)

1.西南区

梓州射洪:陈子昂1

(五十六)文覃(1/0/0/0)

1.籍贯不详

权龙襄1

（五十七）元魂（39/33/27/8）

1.关内区

京兆府高陵：于志宁1

京兆府华原：令狐德棻2

京兆府武功：苏颋2

同州冯翊：乔知之1

2.陇西区

府县不详：李俨1

3.河北区

蒲州河东：张说6

绛州龙门：王勃1、王绩1

绛州闻喜：裴炎1

相州内黄：沈佺期1

卫州卫县：谢偃1

深州陆泽：张鷟1

赵州房子：李乂1

赵州赞皇：李峤1

定州安喜：崔湜1

幽州范阳：卢照邻3

邢州南和：宋璟1

4.中原区

河南府巩县：刘允济1

河南府温县：司马承祯3

陕州陕县：上官仪1

陕州硖石：姚崇1

汝州：刘希夷1

怀州：司马太贞1

兖州瑕丘：徐彦伯1

齐州全节：员半千1

荆州江陵：岑文本1

荆州：刘孝孙1

5.江淮区

扬州江都：李邕2

6.江南区

潭州长沙：欧阳询1

7.东南区

润州延陵：释法融2

苏州昆山：张后胤1

苏州吴县：董思恭1

杭州钱塘：褚亮1

杭州新城：许敬宗1

湖州长城：陈叔达1

越州永兴：贺知章1

婺州义乌：骆宾王1

8.西南区

梓州射洪：陈子昂3

9.籍贯不详

李行廉1

（五十八）月没（5/5/5/3）

1.关内区

京兆府万年：韦元旦1

2.河北区

蒲州河东：张说2

深州饶阳：李义府1

3.中原区

虢州弘农：宋之问2

兖州瑕丘：徐彦伯1

(五十九)魂痕(5/2/1/2)

1.陇西区

府县不详:李审几1

2.河北区

蒲州河东:张说1

蒲州猗氏:张嘉贞1、张果2

3.籍贯不详

高迈1

(六十)魂庚(1/1/1/1)

1.江淮区

扬州江都:李邕1

(六十一)缉没(1/1/1/1)

1.河北区

卫州黎阳:王梵志1

(六十二)旨止质(1/1/1/1)

1.关内区

同州冯翊:芮智璨1

(六十三)至质术(1/1/1/1)

1.陇西区

秦州成纪:唐太宗李世民1

(六十四)真谆臻(4/4/4/3)

1.陇西区

秦州成纪:李澄霞1

2.河北区

卫州卫县:谢偃1

深州安平:李百药1

3.江淮区

扬州江都:李邕1

(六十五)质术栉(10/10/9/5)

1.关内区

京兆府泾阳:李迥秀1

京兆府武功:苏颋1

华州华阴:杨炯1

2.陇西区

秦州成纪:唐太宗李世民1

3.河北区

相州内黄:沈佺期1

恒州井陉:崔行功1

深州安平:李百药1

赵州赞皇:李峤1

4.中原区

虢州弘农:宋之问1

5.西南区

梓州射洪:陈子昂1

(六十六)真谆文(3/3/3/3)

1.关内区

京兆府长安:唐高宗李治1

2.河北区

魏州馆陶:薛瑶1

3.中原区

虢州弘农:宋之问1

(六十七)震稕问(7/6/4/4)

1.关内区

京兆府长安:韩休1

京兆府万年:颜师古1

2.河北区

蒲州宝鼎:薛元超1

蒲州河东:张说3

3.中原区

郑州阳武:韦承庆1

4.江南区

潭州长沙:欧阳询1

5.籍贯不详

阙名1

（六十八）质术物（5/5/5/2）

1.河北区

蒲州猗氏:张嘉贞1

魏州昌乐:李咸1

卫州黎阳:王梵志2

赵州赞皇:李峤1

2.江淮区

扬州江都:李邕1

（六十九）真谆欣（5/4/4/3）

1.河北区

卫州卫县:谢偃1

2.中原区

徐州彭城:刘知几1

3.东南区

常州义兴:许景先1

婺州义乌:骆宾王1

4.籍贯不详

上官灵芝1

（七十）轸准隐（1/1/1/1）

1.关内区

京兆府长安:释道世1

（七十一）震稕焮（2/2/2/2）

1.中原区

兖州瑕丘:徐彦伯1

2.江淮区

扬州江都:李邕1

（七十二）真谆魂（1/1/1/1）

1.中原区

齐州山茌:释义净1

（七十三）真谆先（1/1/1/1）

1.关内区

京兆府长安:释道世1

（七十四）真谆庚（1/1/1/1）

1.陇西区

兰州狄道:辛怡谏1

（七十五）质术陌（1/1/1/1）

1.东南区

婺州义乌:骆宾王1

（七十六）质术昔（1/1/1/1）

1.河北区

太原府文水:武平一1

（七十七）质术职（1/1/1/1）

1.河北区

卫州卫县:谢偃1

（七十八）真臻欣（1/1/1/1）

1.东南区

越州永兴:贺知章1

（七十九）质物没（1/1/1/1）

1.河北区

卫州黎阳:王梵志1

（八十）真元先（1/1/1/1）

1.关内区

京兆府长安：释道世 1

（八十一）真寒侵（1/1/1/1）

1.河北区

卫州黎阳：王梵志 1

（八十二）真先仙（1/1/1/1）

1.关内区

京兆府长安：释道世 2

（八十三）真庚清（2/2/2/2）

1.关内区

京兆府武功：苏颋 1

2.中原区

河南府温县：司马承祯 1

（八十四）真清青（1/1/1/1）

1.中原区

河南府温县：司马承祯 1

（八十五）质昔职（1/1/1/1）

1.关内区

京兆府咸阳：崔敦礼 1

（八十六）真青侵（1/1/1/1）

1.中原区

河南府温县：司马承祯 1

（八十七）谆文魂（1/1/1/1）

1.河北区

卫州黎阳：王梵志 1

（八十八）稕问慁（1/0/0/0）

1.籍贯不详

释仁俭 1

（八十九）术物没（1/1/1/1）

1.河北区

卫州黎阳：王梵志 1

（九十）谆元魂（1/1/1/1）

1.河北区

幽州范阳：卢照邻 1

（九十一）术没缉（1/1/1/1）

1.河北区

卫州黎阳：王梵志 1

（九十二）文元魂（1/1/1/1）

1.关内区

京兆府长安：韩休 1

（九十三）元魂痕（10/7/8/6）

1.关内区

京兆府武功：苏颋 1

2.陇西区

秦州成纪：唐太宗李世民 1

3.河北区

蒲州河东：张说 2

魏州馆陶：魏征 1

4.中原区

虢州弘农：宋之问 1

荆州：刘孝孙 1

5.江淮区

扬州江都：李邕 1

6.东南区

越州余姚：虞世南 1

7.籍贯不详

杜澄 1、张泰 1

（九十四）元魂桓(1/1/1/1)

1.河北区

蒲州河东:张说1

（九十五）元魂先(2/1/2/2)

1.关内区

京兆府长安:释道世1

2.东南区

杭州:朱君绪1

（九十六）元魂仙(1/1/1/1)

1.中原区

郑州阳武:韦嗣立1

（九十七）元魂侵(2/2/2/2)

1.河北区

绛州龙门:王勃1

2.东南区

杭州新城:许敬宗1

（九十八）月没葉(1/1/1/1)

1.河北区

相州内黄:沈佺期1

（九十九）魂痕仙(1/1/1/1)

1.关内区

京兆府华原:孙思邈1

（一〇〇）麠质术枋(1/1/1/1)

1.东南区

杭州钱塘:褚遂良1

（一〇一）真谆臻文(1/1/1/1)

1.西南区

梓州射洪:陈子昂1

（一〇二）真文欣痕(1/1/1/1)

1.河北区

卫州黎阳:王梵志1

（一〇三）真文元魂(1/1/1/1)

1.关内区

京兆府长安:释道世1

（一〇四）真文元痕(1/1/1/1)

1.关内区

京兆府长安:释道世1

（一〇五）真文魂痕(1/0/1/1)

1.中原区

许州:陈文德1

（一〇六）真元先仙(1/1/1/1)

1.关内区

京兆府长安:释道世1

（一〇七）真先仙盐(1/1/1/1)

1.关内区

京兆府长安:释道世1

（一〇八）真庚清青(1/1/1/1)

1.中原区

河南府温县:司马承祯1

（一〇九）真庚清登(1/1/1/1)

1.中原区

河南府温县:司马承祯1

（一一〇）真清青蒸(1/1/1/1)

1.中原区

河南府温县:司马承祯1

（一一一）谆元魂痕(2/2/2/2)

1.关内区

京兆府长安:唐高宗李治1

2.河北区

太原府文水:武平一1

（一一二）真谆文欣魂（1/1/1/1）

1.西南区

梓州射洪:陈子昂1

（一一三）真谆文欣山（1/1/1/1）

1.河北区

蒲州河东:张说1

（一一四）真谆文元痕（1/1/1/1）

1.江南区

潭州长沙:欧阳询1

（一一五）屋止质术物没（1/1/1/1）

1.河北区

卫州黎阳:王梵志1

综合臻摄用韵的空间分布数据,得到下表:

表 3-3-1　臻摄用韵的空间分布数据

用韵	作家数量	县域数量	州府数量	大区数量
真	77	50	37	8
轸	7	6	5	3
震	14	11	10	4
质	39	26	24	9
谆	3	3	3	3
文	60	37	30	7
问	2	2	2	2
物	2	2	2	2
魂	25	17	15	6
混	5	5	4	3
东文	1	1	1	1
止质	1	1	1	1
未物	1	1（0）	1	1
模物	1	1	1	1
泰质	1	1	1	1
真震	1	1	1	1
真谆	84	56	39	7
真稕	1	1	1	1

续表

用韵	作家数量	县域数量	州府数量	大区数量
轸准	1	1	1	1
震准	2	1	1	1
震稕	14	10	8	4
质术	44	33	26	7
真臻	4	4（3）	4	3
质栉	5	4	4	3
真文	7	7	7	5
轸吻	1	1	1	1
轸问	1	1	1	1
震问	2	2（1）	2	1
质问	1	1	1	1
质物	3	3	3	2
真欣	3	2	2	1
轸隐	1	1	1	1
真魂	2	2	2	2
质没	1	1	1	1
真痕	1	1	1	1
真先	4	2	2	1
震狝	1	1	1	1
真仙	1	1	1	1
震证	1	1	1	1
质职	1	1	1	1
真侵	3	3（2）	3	2
谆文	6	3	3	1
稕问	3	3	3	3
术物	1	1（0）	1（0）	1（0）
谆欣	1	1	1	1
谆魂	2	2	2	2

用韵	作家数量	县域数量	州府数量	大区数量
物月	1	1	1	1
文魂	3	2	2	2
问恳	1	1	1	1
物没	4	3	3	2
文先	1	1	1	1
文庚	1	1	1	1
问映	2	2	2	2
问劲	1	1	1	1
文侵	1	1	1	1
文覃	1	1（0）	1（0）	1（0）
元魂	39	33	27	8
月没	5	5	5	3
魂痕	5	2	1	2
魂庚	1	1	1	1
缉没	1	1	1	1
旨止质	1	1	1	1
至质术	1	1	1	1
真谆臻	4	4	4	3
质术栉	10	10	9	5
真谆文	3	3	3	3
震稕问	7	6	4	4
质术物	5	5	5	2
真谆欣	5	4	4	3
轸准隐	1	1	1	1
震稕焮	2	2	2	2
真谆魂	1	1	1	1
真谆先	1	1	1	1
真谆庚	1	1	1	1

用韵	作家数量	县域数量	州府数量	大区数量
质术陌	1	1	1	1
质术昔	1	1	1	1
质术职	1	1	1	1
真臻欣	1	1	1	1
质物没	1	1	1	1
真元先	1	1	1	1
真寒侵	1	1	1	1
真先仙	1	1	1	1
真庚清	2	2	2	2
真清青	1	1	1	1
质昔职	1	1	1	1
真青侵	1	1	1	1
谆文魂	1	1	1	1
稕问恩	1	1（0）	1（0）	1（0）
术物没	1	1	1	1
谆元魂	1	1	1	1
术没缉	1	1	1	1
文元魂	1	1	1	1
元魂痕	10	8（7）	8	6
元魂桓	1	1	1	1
元魂先	2	2（1）	2	2
元魂仙	1	1	1	1
元魂侵	2	2	2	2
月没葉	1	1	1	1
魂痕仙	1	1	1	1
虞质术栉	1	1	1	1
真谆臻文	1	1	1	1
真文欣痕	1	1	1	1

用韵	作家数量	县域数量	州府数量	大区数量
真文元魂	1	1	1	1
真文元痕	1	1	1	1
真文魂痕	1	1（0）	1	1
真元先仙	1	1	1	1
真先仙盐	1	1	1	1
真庚清青	1	1	1	1
真庚清登	1	1	1	1
真清青蒸	1	1	1	1
谆元魂痕	2	2	2	2
真谆文欣魂	1	1	1	1
真谆文欣山	1	1	1	1
真谆文元痕	1	1	1	1
屋止质术物没	1	1	1	1

二、臻摄用韵的空间分布度

按空间单元整理臻摄用韵的空间分布数据（另含用韵数量），阳声韵举平以赅上去，入声韵单列，将用韵的各空间要素量及各空间要素总量去重，得到下表：

表 3-3-2　臻摄阳声韵诸单元用韵的空间分布数据

空间单元	用韵	用韵数量	作家数量	县域数量	州府数量	大区数量
真单元	真	158	75	53	39	8
	真谆	170	82	59	40	7
	真臻	5	4	4（3）	4	3
	真文	12	11	9	9	5
	真欣	4	2	3	3	2
	真魂	2	1	2	2	2
	真痕	1	3	1	1	1
	真先	4	1	2	2	1

空间单元	用韵	用韵数量	作家数量	县域数量	州府数量	大区数量
	真仙	1	1	1	1	1
	真蒸	1	3	1	1	1
	真侵	4	4	3（2）	3	2
	真谆臻	4	9	4	4	3
	真谆文	11	7	8	6	4
	真谆欣	7	1	7	7	5
	真谆魂	1	1	1	1	1
	真谆先	1	1	1	1	1
	真谆庚	1	1	1	1	1
	真臻欣	1	1	1	1	1
	真元先	1	1	1	1	1
	真寒侵	1	1	1	1	1
	真先仙	2	1	1	1	1
	真庚清	2	2	2	2	2
	真清青	1	1	1	1	1
	真青侵	1	1	1	1	1
	真谆臻文	1	1	1	1	1
	真文欣痕	1	1	1	1	1
	真文元魂	1	1	1	1	1
	真文元痕	1	1	1	1	1
	真文魂痕	1	1	1（0）	1	1
	真元先仙	1	1	1	1	1
	真先仙盐	1	1	1	1	1
	真庚清青	1	1	1	1	1
	真庚清登	1	1	1	1	1
	真清青蒸	1	1	1	1	1
	真谆文欣魂	1	1	1	1	1
	真谆文欣山	1	1	1	1	1
	真谆文元痕	1	1	1	1	1
	总量	409	134	85	55	9

空间单元	用韵	用韵数量	作家数量	县域数量	州府数量	大区数量
谆单元	谆	3	3	3	3	3
	真谆	170	82	58	39	7
	谆文	8	5	5	5	3
	谆欣	1	1	1	1	1
	谆魂	2	2	2	2	2
	真谆臻	4	4	4	4	3
	真谆文	11	9	8	6	4
	真谆欣	7	7	7	7	5
	真谆魂	1	1	1	1	1
	真谆先	1	1	1	1	1
	真谆庚	1	1	1	1	1
	谆文魂	1	1	1	1	1
	谆元魂	1	1	1	1	1
	真谆臻文	1	1	1	1	1
	谆元魂痕	2	2	2	2	2
	真谆文欣魂	1	1	1	1	1
	真谆文欣山	1	1	1	1	1
	真谆文元痕	1	1	1	1	1
	总量	217	96	67	44	8
臻单元	真臻	5	4	4（3）	4	3
	真谆臻	4	4	4	4	3
	真臻欣	1	1	1	1	1
	真谆臻文	1	1	1	1	1
	总量	11	10	9	9	6
文单元	文	106	51	37	30	7
	东文	1	1	1	1	1
	真文	12	11	9	9	5
	质文	1	1	1	1	1
	谆文	8	5	5	5	3
	文魂	3	3	3	3	3

续表

空间单元	用韵	用韵数量	作家数量	县域数量	州府数量	大区数量
	文先	1	1	1	1	1
	文庚	4	3	3	3	2
	文清	1	1	1	1	1
	文侵	1	1	1	1	1
	真谆文	11	9	8	6	4
	谆文魂	1	1	1	1	1
	文元魂	1	1	1	1	1
	真谆臻文	1	1	1	1	1
	真文欣痕	1	1	1	1	1
	真文元魂	1	1	1	1	1
	真文元痕	1	1	1	1	1
	真文魂痕	1	1	1（0）	1	1
	真谆文欣魂	1	1	1	1	1
	真谆文欣山	1	1	1	1	1
	真谆文元痕	1	1	1	1	1
	总量	159	68	44	35	8
欣单元	真欣	4	3	3	3	2
	谆欣	1	1	1	1	1
	真谆欣	7	7	7	7	5
	真臻欣	1	1	1	1	1
	真文欣痕	1	1	1	1	1
	真谆文欣魂	1	1	1	1	1
	真谆文欣山	1	1	1	1	1
	总量	16	15	15	13	6
魂单元	魂	31	24	21	17	6
	真魂	2	2	2	2	2
	谆魂	2	2	2	2	2
	文魂	3	3	3	3	3
	元魂	53	38	33	27	8

空间单元	用韵	用韵数量	作家数量	县域数量	州府数量	大区数量
	魂痕	5	4	2	2(1)	2
	魂庚	1	1	1	1	1
	真谆魂	1	1	1	1	1
	谆文魂	1	1	1	1	1
	谆元魂	1	1	1	1	1
	文元魂	1	1	1	1	1
	元魂痕	9	8	8(7)	8	6
	元魂桓	1	1	1	1	1
	元魂先	2	2	2(1)	2	2
	元魂仙	1	1	1	1	1
	元魂侵	2	2	2	2	2
	魂痕仙	1	1	1	1	1
	真文元魂	1	1	1	1	1
	真文魂痕	1	1	1(0)	1	1
	谆元魂痕	2	2	2	2	2
	真谆文欣魂	1	1	1	1	1
	总量	122	67	53	38	9
痕单元	真痕	1	1	1	1	1
	魂痕	5	4	2	2(1)	2
	元魂痕	9	8	8(7)	8	6
	魂痕仙	1	1	1	1	1
	真文欣痕	1	1	1	1	1
	真文元痕	1	1	1	1	1
	真文魂痕	1	1	1(0)	1	1
	谆元魂痕	2	2	2	2	2
	真谆文元痕	1	1	1	1	1
	总量	22	19	14	13	7

表 3-3-3 臻摄入声韵诸单元用韵的空间分布数据

空间单元	用韵	用韵数量	作家数量	县域数量	州府数量	大区数量
质单元	质	46	35	26	24	9
	之质	1	1	1	1	1
	泰质	1	1	1	1	1
	质术	67	38	33	26	7
	质栉	4	4	4	4	3
	质文	3	3	1	1	1
	质物	3	3	3	3	2
	质没	1	1	1	1	1
	质职	1	1	1	1	1
	脂之质	1	1	1	1	1
	脂质术	1	1	1	1	1
	质术栉	10	10	10	9	5
	质术物	6	5	5	5	2
	质术陌	1	1	1	1	1
	质术昔	1	1	1	1	1
	质术职	1	1	1	1	1
	质物没	1	1	1	1	1
	质昔职	1	1	1	1	1
	虞质术栉	1	1	1	1	1
	屋之质术物没	1	1	1	1	1
	总量	150	81	54	37	9
术单元	质术	67	38	33	26	7
	脂质术	1	1	1	1	1
	质术栉	10	10	10	9	5
	质术物	6	5	5	5	2
	质术陌	1	1	1	1	1
	质术昔	1	1	1	1	1
	质术职	1	1	1	1	1
	术物没	1	1	1	1	1

续表

空间单元	用韵	用韵数量	作家数量	县域数量	州府数量	大区数量
	术没缉	1	1	1	1	1
	虞质术栉	1	1	1	1	1
	屋之质术物没	1	1	1	1	1
	总量	91	47	41	29	7
栉单元	质栉	4	4	4	4	3
	质术栉	10	10	10	9	5
	虞质术栉	1	1	1	1	1
	总量	15	14	14	12	6
物单元	物	2	2	2	2	2
	微物	1	1	1(0)	1	1
	模物	1	1	1	1	1
	质物	3	3	3	3	2
	物月	1	1	1	1	1
	物没	3	3	3	3	2
	质术物	6	5	5	5	2
	质物没	1	1	1	1	1
	术物没	1	1	1	1	1
	屋之质术物没	1	1	1	1	1
	总量	20	12	11	11	4
没单元	质没	1	1	1	1	1
	物没	3	3	3	3	2
	月没	7	5	5	5	3
	没缉	1	1	1	1	1
	质物没	1	1	1	1	1
	术物没	1	1	1	1	1
	术没缉	1	1	1	1	1
	月没葉	1	1	1	1	1
	屋之质术物没	1	1	1	1	1
	总量	17	10	10	9	4

运用用韵空间分布综合评价法，计算臻摄诸单元用韵各项指标评价值与空间分布度数值并排序，得到下表：

表 3-3-4 臻摄诸单元用韵各项指标评价值与空间分布度数据表

空间单元	用韵	作家绝对数	县域绝对数	州府绝对数	大区绝对数	县域拓展	州府拓展	大区拓展	空间分布度	排序
真单元	真	1.322	1.673	2.162	2.933	1.005	1.009	1.021	14.499	1
	真谆	1.332	1.703	2.175	2.814	1.005	1.003	1.006	14.093	2
	真臻	1.009	1.095	1.263	2.168	1.020	1.030	1.147	3.645	7
	真文	1.108	1.251	1.530	2.537	1.011	1.030	1.116	6.249	3
	真欣	0.947	1.045	1.180	1.913	1.038	1.030	1.135	2.708	9
	真魂	0.888	0.978	1.073	1.913	1.051	1.030	1.177	2.269	11
	真痕	0.983	0.872	0.911	1.546	0.973	1.030	1.177	1.423	13
	真先	0.888	0.978	1.073	1.546	1.051	1.030	1.106	1.722	12
	真仙	0.888	0.872	0.911	1.546	1.020	1.030	1.177	1.348	15
	真蒸	0.983	0.872	0.911	1.546	0.973	1.030	1.177	1.423	13
	真侵	1.009	1.045	1.180	1.913	1.007	1.030	1.135	2.802	8
	真谆臻	1.087	1.095	1.263	2.168	0.985	1.030	1.147	3.792	6
	真谆文	1.063	1.227	1.390	2.369	1.026	1.010	1.135	5.046	5
	真谆欣	0.888	1.200	1.441	2.537	1.109	1.030	1.142	5.084	4
	真谆魂	0.888	0.872	0.911	1.546	1.020	1.030	1.177	1.348	15
	真谆先	0.888	0.872	0.911	1.546	1.020	1.030	1.177	1.348	15
	真谆庚	0.888	0.872	0.911	1.546	1.020	1.030	1.177	1.348	15
	真臻欣	0.888	0.872	0.911	1.546	1.020	1.030	1.177	1.348	15
	真元先	0.888	0.872	0.911	1.546	1.020	1.030	1.177	1.348	15
	真寒侵	0.888	0.872	0.911	1.546	1.020	1.030	1.177	1.348	15
	真先仙	0.888	0.872	0.911	1.546	1.020	1.030	1.177	1.348	15
	真庚清	0.947	0.978	1.073	1.913	1.020	1.030	1.177	2.347	10
	真清青	0.888	0.872	0.911	1.546	1.020	1.030	1.177	1.348	15
	真青侵	0.888	0.872	0.911	1.546	1.020	1.030	1.177	1.348	15
	真谆臻文	0.888	0.872	0.911	1.546	1.020	1.030	1.177	1.348	15
	真文欣痕	0.888	0.872	0.911	1.546	1.020	1.030	1.177	1.348	15

空间单元	用韵	作家绝对数	县域绝对数	州府绝对数	大区绝对数	县域拓展	州府拓展	大区拓展	空间分布度	排序
	真文元魂	0.888	0.872	0.911	1.546	1.020	1.030	1.177	1.348	15
	真文元痕	0.888	0.872	0.911	1.546	1.020	1.030	1.177	1.348	15
	真文魂痕	0.888	0.872	0.911	1.546	1.020	1.030	1.177	1.348	15
	真元先仙	0.888	0.872	0.911	1.546	1.020	1.030	1.177	1.348	15
	真先仙盐	0.888	0.872	0.911	1.546	1.020	1.030	1.177	1.348	15
	真庚清青	0.888	0.872	0.911	1.546	1.020	1.030	1.177	1.348	15
	真庚清登	0.888	0.872	0.911	1.546	1.020	1.030	1.177	1.348	15
	真清青蒸	0.888	0.872	0.911	1.546	1.020	1.030	1.177	1.348	15
	真谆文欣魂	0.888	0.872	0.911	1.546	1.020	1.030	1.177	1.348	15
	真谆文欣山	0.888	0.872	0.911	1.546	1.020	1.030	1.177	1.348	15
	真谆文元痕	0.888	0.872	0.911	1.546	1.020	1.030	1.177	1.348	15
谆单元	谆	0.948	0.965	1.050	1.801	1.016	1.029	1.166	2.107	6
	真谆	1.286	1.569	1.923	2.338	1.001	1.002	0.999	9.075	1
	谆文	0.994	1.050	1.184	1.801	1.016	1.029	1.113	2.587	4
	谆欣	0.857	0.806	0.810	1.284	1.016	1.029	1.166	0.875	9
	谆魂	0.914	0.903	0.954	1.589	1.016	1.029	1.166	1.523	7
	真谆臻	0.974	1.012	1.123	1.801	1.016	1.029	1.136	2.365	5
	真谆文	1.049	1.134	1.236	1.967	1.010	1.009	1.124	3.315	3
	真谆欣	1.025	1.109	1.282	2.107	1.016	1.029	1.131	3.630	2
	真谆魂	0.857	0.806	0.810	1.284	1.016	1.029	1.166	0.875	9
	真谆先	0.857	0.806	0.810	1.284	1.016	1.029	1.166	0.875	9
	真谆庚	0.857	0.806	0.810	1.284	1.016	1.029	1.166	0.875	9
	谆文魂	0.857	0.806	0.810	1.284	1.016	1.029	1.166	0.875	9
	谆元魂	0.857	0.806	0.810	1.284	1.016	1.029	1.166	0.875	9
	真谆臻文	0.857	0.806	0.810	1.284	1.016	1.029	1.166	0.875	9
	谆元魂痕	0.914	0.903	0.954	1.589	1.016	1.029	1.166	1.523	7
	真谆文欣魂	0.857	0.806	0.810	1.284	1.016	1.029	1.166	0.875	9
	真谆文欣山	0.857	0.806	0.810	1.284	1.016	1.029	1.166	0.875	9
	真谆文元痕	0.857	0.806	0.810	1.284	1.016	1.029	1.166	0.875	9

空间单元	用韵	作家绝对数	县域绝对数	州府绝对数	大区绝对数	县域拓展	州府拓展	大区拓展	空间分布度	排序
臻单元	真臻	1.044	1.099	1.145	1.238	1.005	1.000	1.011	1.652	1
	真谆臻	1.044	1.099	1.145	1.238	1.005	1.000	1.011	1.652	1
	真臻欣	0.919	0.875	0.826	0.883	1.005	1.000	1.037	0.611	3
	真谆臻文	0.919	0.875	0.826	0.883	1.005	1.000	1.037	0.611	3
文单元	文	1.289	1.601	1.978	2.451	1.005	1.001	1.002	10.087	1
	东文	0.898	0.886	0.886	1.346	1.019	1.015	1.142	1.121	7
	真文	1.119	1.270	1.489	2.210	1.010	1.015	1.083	5.196	2
	质文	0.898	0.886	0.886	1.346	1.019	1.015	1.142	1.121	7
	谆文	1.041	1.153	1.296	1.888	1.019	1.015	1.091	3.315	4
	文魂	0.993	1.061	1.149	1.888	1.019	1.015	1.142	2.699	5
	文先	0.898	0.886	0.886	1.346	1.019	1.015	1.142	1.121	7
	文庚	0.993	1.061	1.149	1.667	1.019	1.015	1.101	2.297	6
	文清	0.898	0.886	0.886	1.346	1.019	1.015	1.142	1.121	7
	文侵	0.898	0.886	0.886	1.346	1.019	1.015	1.142	1.121	7
	真谆文	1.099	1.246	1.353	2.063	1.014	0.996	1.101	4.248	3
	谆文魂	0.898	0.886	0.886	1.346	1.019	1.015	1.142	1.121	7
	文元魂	0.898	0.886	0.886	1.346	1.019	1.015	1.142	1.121	7
	真谆臻文	0.898	0.886	0.886	1.346	1.019	1.015	1.142	1.121	7
	真文欣痕	0.898	0.886	0.886	1.346	1.019	1.015	1.142	1.121	7
	真文元魂	0.898	0.886	0.886	1.346	1.019	1.015	1.142	1.121	7
	真文元痕	0.898	0.886	0.886	1.346	1.019	1.015	1.142	1.121	7
	真文魂痕	0.898	0.886	0.886	1.346	1.019	1.015	1.142	1.121	7
	真谆文欣魂	0.898	0.886	0.886	1.346	1.019	1.015	1.142	1.121	7
	真谆文欣山	0.898	0.886	0.886	1.346	1.019	1.015	1.142	1.121	7
	真谆文元痕	0.898	0.886	0.886	1.346	1.019	1.015	1.142	1.121	7
欣单元	真欣	1.031	1.057	1.120	1.298	1.000	1.010	1.034	1.654	2
	谆欣	0.932	0.883	0.864	1.049	1.000	1.010	1.072	0.807	3
	真谆欣	1.115	1.214	1.368	1.721	1.000	1.010	1.040	3.348	1
	真臻欣	0.932	0.883	0.864	1.049	1.000	1.010	1.072	0.807	3

空间单元	用韵	作家绝对数	县域绝对数	州府绝对数	大区绝对数	县域拓展	州府拓展	大区拓展	空间分布度	排序
	真文欣痕	0.932	0.883	0.864	1.049	1.000	1.010	1.072	0.807	3
	真谆文欣魂	0.932	0.883	0.864	1.049	1.000	1.010	1.072	0.807	3
	真谆文欣山	0.932	0.883	0.864	1.049	1.000	1.010	1.072	0.807	3
魂单元	魂	1.204	1.415	1.697	2.254	1.004	1.008	1.037	6.841	2
	真魂	0.958	0.963	1.024	1.607	1.010	1.023	1.138	1.784	6
	谆魂	0.958	0.963	1.024	1.607	1.010	1.023	1.138	1.784	6
	文魂	0.994	1.029	1.127	1.821	1.010	1.023	1.138	2.468	4
	元魂	1.256	1.524	1.892	2.463	1.004	1.009	1.020	9.224	1
	魂痕	1.021	0.963	1.024	1.607	0.980	1.023	1.138	1.846	5
	魂庚	0.899	0.859	0.869	1.298	1.010	1.023	1.138	1.025	11
	真谆魂	0.899	0.859	0.869	1.298	1.010	1.023	1.138	1.025	11
	谆文魂	0.899	0.859	0.869	1.298	1.010	1.023	1.138	1.025	11
	谆元魂	0.899	0.859	0.869	1.298	1.010	1.023	1.138	1.025	11
	文元魂	0.899	0.859	0.869	1.298	1.010	1.023	1.138	1.025	11
	元魂痕	1.088	1.208	1.420	2.254	1.010	1.023	1.109	4.824	3
	元魂桓	0.899	0.859	0.869	1.298	1.010	1.023	1.138	1.025	11
	元魂先	0.958	0.963	1.024	1.607	1.010	1.023	1.138	1.784	6
	元魂仙	0.899	0.859	0.869	1.298	1.010	1.023	1.138	1.025	11
	元魂侵	0.958	0.963	1.024	1.607	1.010	1.023	1.138	1.784	6
	魂痕仙	0.899	0.859	0.869	1.298	1.010	1.023	1.138	1.025	11
	真文元魂	0.899	0.859	0.869	1.298	1.010	1.023	1.138	1.025	11
	真文魂痕	0.899	0.859	0.869	1.298	1.010	1.023	1.138	1.025	11
	谆元魂痕	0.958	0.963	1.024	1.607	1.010	1.023	1.138	1.784	6
	真谆文欣魂	0.899	0.859	0.869	1.298	1.010	1.023	1.138	1.025	11
痕单元	真痕	0.934	0.930	0.917	1.080	1.013	1.005	1.057	0.926	4
	魂痕	1.061	1.042	1.080	1.338	0.983	1.005	1.057	1.668	2
	元魂痕	1.130	1.308	1.498	1.876	1.013	1.005	1.030	4.359	1
	魂痕仙	0.934	0.930	0.917	1.080	1.013	1.005	1.057	0.926	4
	真文欣痕	0.934	0.930	0.917	1.080	1.013	1.005	1.057	0.926	4

空间单元	用韵	作家绝对数	县域绝对数	州府绝对数	大区绝对数	县域拓展	州府拓展	大区拓展	空间分布度	排序
	真文元痕	0.934	0.930	0.917	1.080	1.013	1.005	1.057	0.926	4
	真文魂痕	0.934	0.930	0.917	1.080	1.013	1.005	1.057	0.926	4
	谆元魂痕	0.995	1.042	1.080	1.338	1.013	1.005	1.057	1.612	3
	真谆文元痕	0.934	0.930	0.917	1.080	1.013	1.005	1.057	0.926	4
质单元	质	1.219	1.450	1.831	2.516	1.005	1.020	1.040	8.679	1
	之质	0.879	0.850	0.865	1.279	1.018	1.026	1.136	0.979	8
	泰质	0.879	0.850	0.865	1.279	1.018	1.026	1.136	0.979	8
	质术	1.229	1.508	1.866	2.329	1.011	1.009	1.009	8.293	2
	质栉	0.999	1.067	1.200	1.794	1.018	1.026	1.107	2.648	4
	质文	0.973	0.850	0.865	1.279	0.971	1.026	1.136	1.034	7
	质物	0.879	1.017	1.121	1.583	1.067	1.026	1.095	1.902	6
	质没	0.879	0.850	0.865	1.279	1.018	1.026	1.136	0.979	8
	质职	0.879	0.850	0.865	1.279	1.018	1.026	1.136	0.979	8
	脂之质	0.879	0.850	0.865	1.279	1.018	1.026	1.136	0.979	8
	脂质术	0.879	0.850	0.865	1.279	1.018	1.026	1.136	0.979	8
	质术栉	1.087	1.240	1.453	2.099	1.018	1.018	1.077	4.586	3
	质术物	1.020	1.106	1.264	1.583	1.018	1.026	1.046	2.465	5
	质术陌	0.879	0.850	0.865	1.279	1.018	1.026	1.136	0.979	8
	质术昔	0.879	0.850	0.865	1.279	1.018	1.026	1.136	0.979	8
	质术职	0.879	0.850	0.865	1.279	1.018	1.026	1.136	0.979	8
	质物没	0.879	0.850	0.865	1.279	1.018	1.026	1.136	0.979	8
	质昔职	0.879	0.850	0.865	1.279	1.018	1.026	1.136	0.979	8
	虞质术栉	0.879	0.850	0.865	1.279	1.018	1.026	1.136	0.979	8
	屋之质术物没	0.879	0.850	0.865	1.279	1.018	1.026	1.136	0.979	8
术单元	质术	1.223	1.430	1.716	2.093	1.000	1.007	1.010	6.387	1
	脂质术	0.875	0.806	0.796	1.149	1.006	1.023	1.136	0.754	4
	质术栉	1.081	1.176	1.336	1.887	1.006	1.016	1.078	3.532	2
	质术物	1.015	1.049	1.163	1.423	1.006	1.023	1.047	1.898	3
	质术陌	0.875	0.806	0.796	1.149	1.006	1.023	1.136	0.754	4

空间单元	用韵	作家绝对数	县域绝对数	州府绝对数	大区绝对数	县域拓展	州府拓展	大区拓展	空间分布度	排序
	质术昔	0.875	0.806	0.796	1.149	1.006	1.023	1.136	0.754	4
	质术职	0.875	0.806	0.796	1.149	1.006	1.023	1.136	0.754	4
	术物没	0.875	0.806	0.796	1.149	1.006	1.023	1.136	0.754	4
	术没缉	0.875	0.806	0.796	1.149	1.006	1.023	1.136	0.754	4
	虞质术栉	0.875	0.806	0.796	1.149	1.006	1.023	1.136	0.754	4
	屋之质术物没	0.875	0.806	0.796	1.149	1.006	1.023	1.136	0.754	4
栉单元	质栉	0.986	0.975	1.000	1.133	1.000	1.010	1.037	1.141	2
	质术栉	1.073	1.133	1.211	1.326	1.000	1.003	1.010	1.977	1
	虞质术栉	0.868	0.777	0.721	0.808	1.000	1.010	1.064	0.422	3
物单元	物	1.048	1.103	1.152	1.642	1.004	1.000	1.095	2.403	4
	微物	0.983	0.984	0.978	1.326	1.004	1.000	1.095	1.380	5
	模物	0.983	0.984	0.978	1.326	1.004	1.000	1.095	1.380	5
	质物	1.088	1.179	1.267	1.642	1.004	1.000	1.056	2.828	2
	物月	0.983	0.984	0.978	1.326	1.004	1.000	1.095	1.380	5
	物没	1.088	1.179	1.267	1.642	1.004	1.000	1.056	2.828	2
	质术物	1.140	1.282	1.430	1.642	1.004	1.000	1.009	3.473	1
	质物没	0.983	0.984	0.978	1.326	1.004	1.000	1.095	1.380	5
	术物没	0.983	0.984	0.978	1.326	1.004	1.000	1.095	1.380	5
	屋之质术物没	0.983	0.984	0.978	1.326	1.004	1.000	1.095	1.380	5
没单元	质没	0.990	0.983	1.000	1.284	1.000	1.007	1.076	1.354	3
	物没	1.096	1.177	1.296	1.589	1.000	1.007	1.037	2.774	2
	月没	1.148	1.280	1.462	1.801	1.000	1.007	1.027	4.003	1
	没缉	0.990	0.983	1.000	1.284	1.000	1.007	1.076	1.354	3
	质物没	0.990	0.983	1.000	1.284	1.000	1.007	1.076	1.354	3
	术物没	0.990	0.983	1.000	1.284	1.000	1.007	1.076	1.354	3
	术没缉	0.990	0.983	1.000	1.284	1.000	1.007	1.076	1.354	3
	月没葉	0.990	0.983	1.000	1.284	1.000	1.007	1.076	1.354	3
	屋之质术物没	0.990	0.983	1.000	1.284	1.000	1.007	1.076	1.354	3

三、臻摄韵部

真单元用韵空间分布度排序为：真14.499＞真谆14.093＞真文6.249＞……，提取真为韵部。谆单元用韵空间分布度排序为：真谆9.075＞真谆欣3.630＞真谆文3.315＞……，提取真谆为韵部。臻单元用韵空间分布度排序为：真臻1.652＝真谆臻＞真臻欣0.611＝真谆臻文，提取真臻、真谆臻为韵部。文单元用韵空间分布度排序为：文10.087＞真文5.196＞真谆文4.248＞……，提取文为韵部。欣单元用韵空间分布度排序为：真谆欣3.348＞真欣1.654＞谆欣0.807＝真臻欣……，提取真谆欣为韵部。魂单元用韵空间分布度排序为：元魂9.224＞魂6.841＞元魂痕4.824＞……，提取元魂为韵部。痕单元用韵空间分布度排序为：元魂痕4.359＞谆元魂痕1.612＞魂痕1.439＞……，提取元魂痕为韵部。质单元用韵空间分布度排序为：质8.679＞质术8.293＞质术栉4.586＞……，提取质为韵部。术单元用韵空间分布度排序为：质术6.387＞质术栉3.532＞质术物1.898＞……，提取质术为韵部。栉单元用韵空间分布度排序为：质术栉1.977＞质栉1.141＞虞质术栉0.422＞……，提取质术栉为韵部。物单元用韵空间分布度排序为：质术物3.473＞质物2.828＝物没＞物2.403＞……，提取质术物为韵部。迄韵未见相关用韵。没单元用韵空间分布度排序为：月没4.003＞物没2.774＞质没1.354＝没缉……，提取月没为韵部。臻摄初次提取真、真谆、真臻、真谆臻、文、真谆欣、元魂、元魂痕、质、质术、质术栉、质术物、月没。

在初次提取的韵部中，真、真谆、真臻、真谆臻、真谆欣构成包孕或交叉关系，二次提取真谆臻欣为韵部。元魂与元魂痕构成包孕关系，二次提取元魂痕为韵部。质、质术、质术栉、质术物构成包孕或交叉关系，二次提取质术栉物为韵部。月没与山摄初次提取的月构成包孕关系，二次提取月没为韵部。

初唐诗文臻摄用韵以真谆臻欣、文、元魂痕（跨摄）、质术栉物、月没（跨摄）为韵部。迄韵韵部归属不明。

四、臻摄二次计算

将真、真谆、真臻、真谆臻、真谆欣的要素量并入真谆臻欣并去重,二次计算真谆臻欣部所涉单元用韵的空间分布数据(另含用韵数量),得到下表:

表 3-3-5　二次计算真谆臻欣部所涉单元用韵的空间分布数据

空间单元	用韵	用韵数量	作家数量	县域数量	州府数量	大区数量
真单元	真	158	75	53	39	8
	真谆	170	82	59	40	7
	真臻	5	4	4(3)	4	3
	真文	12	11	9	9	5
	真欣	4	3	3	3	2
	真魂	2	2	2	2	2
	真痕	1	1	1	1	1
	真先	4	3	2	2	1
	真仙	1	1	1	1	1
	真蒸	1	1	1	1	1
	真侵	4	3	3(2)	3	2
	真谆臻	4	4	4	4	3
	真谆文	11	9	8	6	4
	真谆欣	7	7	7	7	5
	真谆魂	1	1	1	1	1
	真谆先	1	1	1	1	1
	真谆庚	1	1	1	1	1
	真臻欣	1	1	1	1	1
	真元先	1	1	1	1	1
	真寒侵	1	1	1	1	1
	真先仙	2	1	1	1	1
	真庚清	2	2	2	2	2
	真清青	1	1	1	1	1

空间单元	用韵	用韵数量	作家数量	县域数量	州府数量	大区数量
	真青侵	1	1	1	1	1
	真谆臻文	1	1	1	1	1
	真谆臻欣	344	126	82	53	9
	真文欣痕	1	1	1	1	1
	真文元魂	1	1	1	1	1
	真文元痕	1	1	1	1	1
	真文魂痕	1	1	1（0）	1	1
	真元先仙	1	1	1	1	1
	真先仙盐	1	1	1	1	1
	真庚清青	1	1	1	1	1
	真庚清登	1	1	1	1	1
	真清青蒸	1	1	1	1	1
	真谆文欣魂	1	1	1	1	1
	真谆文欣山	1	1	1	1	1
	真谆文元痕	1	1	1	1	1
	总量	753	134	85	55	9
谆单元	谆	3	3	3	3	3
	真谆	170	82	58	39	7
	谆文	8	5	5	5	3
	谆欣	1	1	1	1	1
	谆魂	2	2	2	2	2
	真谆臻	4	4	4	4	3
	真谆文	11	9	8	6	4
	真谆欣	7	7	7	7	5
	真谆魂	1	1	1	1	1
	真谆先	1	1	1	1	1
	真谆庚	1	1	1	1	1

空间单元	用韵	用韵数量	作家数量	县域数量	州府数量	大区数量
	谆文魂	1	1	1	1	1
	谆元魂	1	1	1	1	1
	真谆臻文	1	1	1	1	1
	真谆臻欣	344	126	82	53	9
	谆元魂痕	2	2	2	2	2
	真谆文欣魂	1	1	1	1	1
	真谆文欣山	1	1	1	1	1
	真谆文元痕	1	1	1	1	1
	总量	561	132	85	54	9
臻单元	真臻	5	4	4(3)	4	3
	真谆臻	4	4	4	4	3
	真臻欣	1	1	1	1	1
	真谆臻文	1	1	1	1	1
	真谆臻欣	344	126	82	53	9
	总量	355	126	82	53	9
欣单元	真欣	4	3	3	3	2
	谆欣	1	1	1	1	1
	真谆欣	7	7	7	7	5
	真臻欣	1	1	1	1	1
	真谆臻欣	344	126	82	53	9
	真文欣痕	1	1	1	1	1
	真谆文欣魂	1	1	1	1	1
	真谆文欣山	1	1	1	1	1
	总量	360	127	83	53	9

　　将元魂的要素量并入元魂痕并去重,二次计算元魂痕部所涉单元用韵的空间分布数据(另含用韵数量),得到下表:

表 3-3-6　二次计算元魂痕部所涉单元用韵的空间分布数据[①]

空间单元	用韵	用韵数量	作家数量	县域数量	州府数量	大区数量
魂单元	魂	31	24	21	17	6
	真魂	2	2	2	2	2
	谆魂	2	2	2	2	2
	文魂	3	3	3	3	3
	元魂	53	38	33	27	8
	魂痕	5	4	2	2(1)	2
	魂庚	1	1	1	1	1
	真谆魂	1	1	1	1	1
	谆文魂	1	1	1	1	1
	谆元魂	1	1	1	1	1
	文元魂	1	1	1	1	1
	元魂痕	62	42	37	30	8
	元魂桓	1	1	1	1	1
	元魂先	2	2	2(1)	2	2
	元魂仙	1	1	1	1	1
	元魂侵	2	2	2	2	2
	魂痕仙	1	1	1	1	1
	真文元魂	1	1	1	1	1
	真文魂痕	1	1	1(0)	1	1
	谆元魂痕	2	2	2	2	2
	真谆文欣魂	1	1	1	1	1
	总量	175	67	53	38	9
痕单元	真痕	1	1	1	1	1
	魂痕	5	4	2	2(1)	2
	元魂痕	62	42	37	30	8
	魂痕仙	1	1	1	1	1
	真文欣痕	1	1	1	1	1

[①]　此表仅列魂、痕二单元的空间分布数据，元单元的相关数据见表3-4-5。下表3-3-9元魂痕部亦只列魂、痕二单元的数据。

空间单元	用韵	用韵数量	作家数量	县域数量	州府数量	大区数量
	真文元痕	1	1	1	1	1
	真文魂痕	1	1	1（0）	1	1
	谆元魂痕	2	2	2	2	2
	真谆文元痕	1	1	1	1	1
	总量	75	52	42	33	8

将质、质术、质术栉、质术物的要素量并入质术栉物并去重，二次计算质术栉物部所涉单元用韵的空间分布数据（另含用韵数量），得到下表：

表 3-3-7　二次计算质术栉物部所涉单元用韵的空间分布数据

空间单元	用韵	用韵数量	作家数量	县域数量	州府数量	大区数量
质单元	质	46	35	26	24	9
	之质	1	1	1	1	1
	泰质	1	1	1	1	1
	质术	67	38	33	26	7
	质栉	4	4	4	4	3
	质文	3	3	1	1	1
	质物	3	3	3	3	2
	质没	1	1	1	1	1
	质职	1	1	1	1	1
	脂之质	1	1	1	1	1
	脂质术	1	1	1	1	1
	质术栉	10	10	10	9	5
	质术物	6	5	5	5	2
	质术陌	1	1	1	1	1
	质术昔	1	1	1	1	1
	质术职	1	1	1	1	1
	质物没	1	1	1	1	1
	质昔职	1	1	1	1	1

空间单元	用韵	用韵数量	作家数量	县域数量	州府数量	大区数量
	虞质术栉	1	1	1	1	1
	质术栉物	129	62	48	33	9
	屋之质术物没	1	1	1	1	1
	总量	279	71	54	37	9
术单元	质术	67	38	33	26	7
	脂质术	1	1	1	1	1
	质术栉	10	10	10	9	5
	质术物	6	5	5	5	2
	质术陌	1	1	1	1	1
	质术昔	1	1	1	1	1
	质术职	1	1	1	1	1
	术物没	1	1	1	1	1
	术没缉	1	1	1	1	1
	虞质术栉	1	1	1	1	1
	质术栉物	129	62	48	33	9
	屋之质术物没	1	1	1	1	1
	总量	220	64	49	33	9
栉单元	质栉	4	4	4	4	3
	质术栉	10	10	10	9	5
	虞质术栉	1	1	1	1	1
	质术栉物	129	62	48	33	9
	总量	141	64	49	33	9
物单元	物	2	2	2	2	2
	微物	1	1	1(0)	1	1
	模物	1	1	1	1	1
	质物	3	3	3	3	2
	物月	1	1	1	1	1
	物没	3	3	3	3	2

续表

空间单元	用韵	用韵数量	作家数量	县域数量	州府数量	大区数量
	质术物	6	5	5	5	2
	质物没	1	1	1	1	1
	术物没	1	1	1	1	1
	质术栉物	129	62	48	33	9
	屋之质术物没	1	1	1	1	1
	总量	149	66	50	35	9

将月的要素量并入月没并去重,二次计算月没部所涉单元用韵的空间分布数据(另含用韵数量),得到下表:

表3-3-8　二次计算月没部所涉单元用韵的空间分布数据①

空间单元	用韵	用韵数量	作家数量	县域数量	州府数量	大区数量
	质没	1	1	1	1	1
	物没	3	3	3	3	2
	月没	26	16	14	12	4
	没缉	1	1	1	1	1
没单元	质物没	1	1	1	1	1
	术物没	1	1	1	1	1
	术没缉	1	1	1	1	1
	月没茉	1	1	1	1	1
	屋之质术物没	1	1	1	1	1
	总量	36	21	18	16	4

运用用韵空间分布综合评价法,二次计算真谆臻欣、(元)魂痕、质术栉物、(月)没部所涉单元用韵各项指标评价值与空间分布度数值并排序,得到下表(元魂痕部仅列魂、痕二单元的数据):

---

① 此表只列没单元的空间分布数据,月单元的相关数据见表3-4-6。下表3-3-9月部亦只列没单元的数据。

表 3-3-9　二次计算真谆臻欣部、元魂痕部、质术栉物部所涉单元用韵
各项指标评价值与空间分布度数据表

空间单元	用韵	作家绝对数	县域绝对数	州府绝对数	大区绝对数	县域拓展	州府拓展	大区拓展	空间分布度	排序
	真	1.325	1.681	2.176	2.957	1.005	1.009	1.021	14.811	2
	真谆	1.336	1.710	2.189	2.838	1.005	1.003	1.006	14.397	3
	真臻	1.012	1.100	1.271	2.186	1.020	1.030	1.147	3.723	7
	真文	1.110	1.256	1.539	2.558	1.011	1.030	1.116	6.384	4
	真欣	0.985	1.049	1.188	1.929	1.020	1.030	1.135	2.822	9
	真魂	0.949	0.982	1.079	1.929	1.020	1.030	1.177	2.398	11
	真痕	0.891	0.876	0.916	1.558	1.020	1.030	1.177	1.377	14
	真先	0.985	0.982	1.079	1.558	1.002	1.030	1.106	1.856	13
	真仙	0.891	0.876	0.916	1.558	1.020	1.030	1.177	1.377	14
	真蒸	0.891	0.876	0.916	1.558	1.020	1.030	1.177	1.377	14
	真侵	0.985	1.049	1.188	1.929	1.020	1.030	1.135	2.822	9
	真谆臻	1.012	1.100	1.271	2.186	1.020	1.030	1.147	3.723	7
真单元	真谆文	1.090	1.232	1.399	2.388	1.015	1.010	1.135	5.219	6
	真谆欣	1.065	1.206	1.451	2.558	1.020	1.030	1.142	5.714	5
	真谆魂	0.891	0.876	0.916	1.558	1.020	1.030	1.177	1.377	14
	真谆先	0.891	0.876	0.916	1.558	1.020	1.030	1.177	1.377	14
	真谆庚	0.891	0.876	0.916	1.558	1.020	1.030	1.177	1.377	14
	真臻欣	0.891	0.876	0.916	1.558	1.020	1.030	1.177	1.377	14
	真元先	0.891	0.876	0.916	1.558	1.020	1.030	1.177	1.377	14
	真寒侵	0.891	0.876	0.916	1.558	1.020	1.030	1.177	1.377	14
	真先仙	0.891	0.876	0.916	1.558	1.020	1.030	1.177	1.377	14
	真庚清	0.949	0.982	1.079	1.929	1.020	1.030	1.177	2.398	11
	真清青	0.891	0.876	0.916	1.558	1.020	1.030	1.177	1.377	14
	真青侵	0.891	0.876	0.916	1.558	1.020	1.030	1.177	1.377	14
	真谆臻文	0.891	0.876	0.916	1.558	1.020	1.030	1.177	1.377	14
	真谆臻欣	1.390	1.805	2.339	3.066	1.001	1.000	1.003	18.068	1

空间单元	用韵	作家绝对数	县域绝对数	州府绝对数	大区绝对数	县域拓展	州府拓展	大区拓展	空间分布度	排序
	真文欣痕	0.891	0.876	0.916	1.558	1.020	1.030	1.177	1.377	14
	真文元魂	0.891	0.876	0.916	1.558	1.020	1.030	1.177	1.377	14
	真文元痕	0.891	0.876	0.916	1.558	1.020	1.030	1.177	1.377	14
	真文魂痕	0.891	0.876	0.916	1.558	1.020	1.030	1.177	1.377	14
	真元先仙	0.891	0.876	0.916	1.558	1.020	1.030	1.177	1.377	14
	真先仙盐	0.891	0.876	0.916	1.558	1.020	1.030	1.177	1.377	14
	真庚清青	0.891	0.876	0.916	1.558	1.020	1.030	1.177	1.377	14
	真庚清登	0.891	0.876	0.916	1.558	1.020	1.030	1.177	1.377	14
	真清青蒸	0.891	0.876	0.916	1.558	1.020	1.030	1.177	1.377	14
	真谆文欣魂	0.891	0.876	0.916	1.558	1.020	1.030	1.177	1.377	14
	真谆文欣山	0.891	0.876	0.916	1.558	1.020	1.030	1.177	1.377	14
	真谆文元痕	0.891	0.876	0.916	1.558	1.020	1.030	1.177	1.377	14
谆单元	谆	0.926	0.937	1.013	1.766	1.019	1.031	1.175	1.914	7
	真谆	1.255	1.522	1.855	2.292	1.004	1.004	1.007	8.243	2
	谆文	0.970	1.018	1.143	1.766	1.019	1.031	1.122	2.350	5
	谆欣	0.837	0.782	0.782	1.259	1.019	1.031	1.175	0.795	10
	谆魂	0.892	0.876	0.920	1.558	1.019	1.031	1.175	1.384	8
	真谆臻	0.950	0.982	1.084	1.766	1.019	1.031	1.145	2.148	6
	真谆文	1.024	1.100	1.193	1.929	1.014	1.011	1.133	3.011	4
	真谆欣	1.001	1.076	1.237	2.066	1.019	1.031	1.140	3.297	3
	真谆魂	0.837	0.782	0.782	1.259	1.019	1.031	1.175	0.795	10
	真谆先	0.837	0.782	0.782	1.259	1.019	1.031	1.175	0.795	10
	真谆庚	0.837	0.782	0.782	1.259	1.019	1.031	1.175	0.795	10
	谆文魂	0.837	0.782	0.782	1.259	1.019	1.031	1.175	0.795	10
	谆元魂	0.837	0.782	0.782	1.259	1.019	1.031	1.175	0.795	10
	真谆臻文	0.837	0.782	0.782	1.259	1.019	1.031	1.175	0.795	10
	真谆臻欣	1.306	1.611	1.995	2.477	1.000	1.001	1.002	10.426	1
	谆元魂痕	0.892	0.876	0.920	1.558	1.019	1.031	1.175	1.384	8

空间单元	用韵	作家绝对数	县域绝对数	州府绝对数	大区绝对数	县域拓展	州府拓展	大区拓展	空间分布度	排序
	真谆文欣魂	0.837	0.782	0.782	1.259	1.019	1.031	1.175	0.795	10
	真谆文欣山	0.837	0.782	0.782	1.259	1.019	1.031	1.175	0.795	10
	真谆文元痕	0.837	0.782	0.782	1.259	1.019	1.031	1.175	0.795	10
臻单元	真臻	0.844	0.793	0.795	1.170	1.019	1.030	1.143	0.747	2
	真谆臻	0.844	0.793	0.795	1.170	1.019	1.030	1.143	0.747	2
	真臻欣	0.743	0.632	0.573	0.834	1.019	1.030	1.173	0.276	4
	真谆臻文	0.743	0.632	0.573	0.834	1.019	1.030	1.173	0.276	4
	真谆臻欣	1.160	1.302	1.462	1.642	1.000	1.000	1.000	3.624	1
欣单元	真欣	0.858	0.816	0.829	1.194	1.018	1.031	1.131	0.823	3
	谆欣	0.775	0.681	0.640	0.964	1.018	1.031	1.173	0.401	4
	真谆欣	0.927	0.938	1.013	1.583	1.018	1.031	1.138	1.666	2
	真臻欣	0.775	0.681	0.640	0.964	1.018	1.031	1.173	0.401	4
	真谆臻欣	1.210	1.404	1.634	1.897	1.000	1.001	1.000	5.267	1
	真文欣痕	0.775	0.681	0.640	0.964	1.018	1.031	1.173	0.401	4
	真谆文欣魂	0.775	0.681	0.640	0.964	1.018	1.031	1.173	0.401	4
	真谆文欣山	0.775	0.681	0.640	0.964	1.018	1.031	1.173	0.401	4
魂单元	魂	1.204	1.415	1.697	2.254	1.004	1.008	1.037	6.841	3
	真魂	0.958	0.963	1.024	1.607	1.010	1.023	1.138	1.784	6
	谆魂	0.958	0.963	1.024	1.607	1.010	1.023	1.138	1.784	6
	文魂	0.994	1.029	1.127	1.821	1.010	1.023	1.138	2.468	4
	元魂	1.256	1.524	1.892	2.463	1.004	1.009	1.020	9.224	2
	魂痕	1.021	0.963	1.024	1.607	0.980	1.023	1.138	1.846	5
	魂庚	0.899	0.859	0.869	1.298	1.010	1.023	1.138	1.025	11
	真谆魂	0.899	0.859	0.869	1.298	1.010	1.023	1.138	1.025	11
	谆文魂	0.899	0.859	0.869	1.298	1.010	1.023	1.138	1.025	11
	谆元魂	0.899	0.859	0.869	1.298	1.010	1.023	1.138	1.025	11
	文元魂	0.899	0.859	0.869	1.298	1.010	1.023	1.138	1.025	11

空间单元	用韵	作家绝对数	县域绝对数	州府绝对数	大区绝对数	县域拓展	州府拓展	大区拓展	空间分布度	排序
	元魂痕	1.268	1.553	1.940	2.463	1.005	1.008	1.011	9.633	1
	元魂桓	0.899	0.859	0.869	1.298	1.010	1.023	1.138	1.025	11
	元魂先	0.958	0.963	1.024	1.607	1.010	1.023	1.138	1.784	6
	元魂仙	0.899	0.859	0.869	1.298	1.010	1.023	1.138	1.025	11
	元魂侵	0.958	0.963	1.024	1.607	1.010	1.023	1.138	1.784	6
	魂痕仙	0.899	0.859	0.869	1.298	1.010	1.023	1.138	1.025	11
	真文元魂	0.899	0.859	0.869	1.298	1.010	1.023	1.138	1.025	11
	真文魂痕	0.899	0.859	0.869	1.298	1.010	1.023	1.138	1.025	11
	谆元魂痕	0.958	0.963	1.024	1.607	1.010	1.023	1.138	1.784	6
	真谆文欣魂	0.899	0.859	0.869	1.298	1.010	1.023	1.138	1.025	11
痕单元	真痕	0.851	0.777	0.736	1.037	1.009	1.016	1.136	0.588	4
	魂痕	0.967	0.870	0.867	1.284	0.980	1.016	1.136	1.059	2
	元魂痕	1.200	1.404	1.642	1.967	1.004	1.002	1.009	5.525	1
	魂痕仙	0.851	0.777	0.736	1.037	1.009	1.016	1.136	0.588	4
	真文欣痕	0.851	0.777	0.736	1.037	1.009	1.016	1.136	0.588	4
	真文元痕	0.851	0.777	0.736	1.037	1.009	1.016	1.136	0.588	4
	真文魂痕	0.851	0.777	0.736	1.037	1.009	1.016	1.136	0.588	4
	谆元魂痕	0.907	0.870	0.867	1.284	1.009	1.016	1.136	1.023	3
	真谆文元痕	0.851	0.777	0.736	1.037	1.009	1.016	1.136	0.588	4
质单元	质	1.240	1.461	1.852	2.554	0.999	1.020	1.040	9.083	2
	之质	0.894	0.857	0.875	1.298	1.012	1.026	1.136	1.025	9
	泰质	0.894	0.857	0.875	1.298	1.012	1.026	1.136	1.025	9
	质术	1.249	1.520	1.887	2.364	1.006	1.009	1.009	8.679	3
	质栉	1.016	1.075	1.213	1.821	1.012	1.026	1.107	2.771	5
	质文	0.989	0.857	0.875	1.298	0.965	1.026	1.136	1.082	8
	质物	0.894	1.026	1.134	1.607	1.061	1.026	1.095	1.990	7

续表

空间单元	用韵	作家绝对数	县域绝对数	州府绝对数	大区绝对数	县域拓展	州府拓展	大区拓展	空间分布度	排序
	质没	0.894	0.857	0.875	1.298	1.012	1.026	1.136	1.025	9
	质职	0.894	0.857	0.875	1.298	1.012	1.026	1.136	1.025	9
	脂之质	0.894	0.857	0.875	1.298	1.012	1.026	1.136	1.025	9
	脂质术	0.894	0.857	0.875	1.298	1.012	1.026	1.136	1.025	9
	质术栉	1.105	1.249	1.469	2.131	1.012	1.018	1.077	4.799	4
	质术物	1.037	1.115	1.279	1.607	1.012	1.026	1.046	2.579	6
	质术陌	0.894	0.857	0.875	1.298	1.012	1.026	1.136	1.025	9
	质术昔	0.894	0.857	0.875	1.298	1.012	1.026	1.136	1.025	9
	质术职	0.894	0.857	0.875	1.298	1.012	1.026	1.136	1.025	9
	质物没	0.894	0.857	0.875	1.298	1.012	1.026	1.136	1.025	9
	质昔职	0.894	0.857	0.875	1.298	1.012	1.026	1.136	1.025	9
	虞质术栉	0.894	0.857	0.875	1.298	1.012	1.026	1.136	1.025	9
	质术栉物	1.307	1.616	1.997	2.554	1.001	1.000	1.010	10.893	1
	屋之质术物没	0.894	0.857	0.875	1.298	1.012	1.026	1.136	1.025	9
术单元	质术	1.198	1.409	1.699	1.990	1.005	1.011	0.999	5.791	2
	脂质术	0.857	0.794	0.788	1.093	1.012	1.027	1.124	0.684	5
	质术栉	1.060	1.158	1.323	1.794	1.012	1.020	1.066	3.202	3
	质术物	0.994	1.034	1.152	1.353	1.012	1.027	1.035	1.721	4
	质术陌	0.857	0.794	0.788	1.093	1.012	1.027	1.124	0.684	5
	质术昔	0.857	0.794	0.788	1.093	1.012	1.027	1.124	0.684	5
	质术职	0.857	0.794	0.788	1.093	1.012	1.027	1.124	0.684	5
	术物没	0.857	0.794	0.788	1.093	1.012	1.027	1.124	0.684	5
	术没缉	0.857	0.794	0.788	1.093	1.012	1.027	1.124	0.684	5
	虞质术栉	0.857	0.794	0.788	1.093	1.012	1.027	1.124	0.684	5
	质术栉物	1.253	1.498	1.798	2.150	1.000	1.001	1.000	7.268	1
	屋之质术物没	0.857	0.794	0.788	1.093	1.012	1.027	1.124	0.684	5

空间单元	用韵	作家绝对数	县域绝对数	州府绝对数	大区绝对数	县域拓展	州府拓展	大区拓展	空间分布度	排序
栉单元	质栉	0.880	0.832	0.843	1.093	1.012	1.027	1.095	0.768	3
	质术栉	0.958	0.967	1.021	1.279	1.012	1.020	1.066	1.330	2
	虞质术栉	0.775	0.663	0.608	0.779	1.012	1.027	1.124	0.284	4
	质术栉物	1.133	1.251	1.387	1.533	1.000	1.001	1.000	3.018	1
物单元	物	0.904	0.874	0.896	1.317	1.012	1.024	1.130	1.092	5
	微物	0.848	0.780	0.761	1.064	1.012	1.024	1.130	0.627	6
	模物	0.848	0.780	0.761	1.064	1.012	1.024	1.130	0.627	6
	质物	0.938	0.934	0.986	1.317	1.012	1.024	1.090	1.285	3
	物月	0.848	0.780	0.761	1.064	1.012	1.024	1.130	0.627	6
	物没	0.938	0.934	0.986	1.317	1.012	1.024	1.090	1.285	3
	质术物	0.983	1.016	1.113	1.317	1.012	1.024	1.041	1.578	2
	质物没	0.848	0.780	0.761	1.064	1.012	1.024	1.130	0.627	6
	术物没	0.848	0.780	0.761	1.064	1.012	1.024	1.130	0.627	6
	质术栉物	1.240	1.472	1.737	2.093	1.001	0.999	1.005	6.666	1
	屋之质术物没	0.848	0.780	0.761	1.064	1.012	1.024	1.130	0.627	6
没单元	质没	0.925	0.893	0.873	1.284	1.007	1.008	1.133	1.064	3
	物没	1.023	1.069	1.131	1.589	1.007	1.008	1.092	2.180	2
	月没	1.194	1.376	1.569	1.967	1.001	0.998	1.026	5.197	1
	没缉	0.925	0.893	0.873	1.284	1.007	1.008	1.133	1.064	3
	质物没	0.925	0.893	0.873	1.284	1.007	1.008	1.133	1.064	3
	术物没	0.925	0.893	0.873	1.284	1.007	1.008	1.133	1.064	3
	术没缉	0.925	0.893	0.873	1.284	1.007	1.008	1.133	1.064	3
	月没葉	0.925	0.893	0.873	1.284	1.007	1.008	1.133	1.064	3
	屋之质术物没	0.925	0.893	0.873	1.284	1.007	1.008	1.133	1.064	3

五、臻摄韵部韵例

（一）真谆臻欣部

真。岑羲《大周故清苑公刘府君夫人岑氏墓志铭》人宾筠邻（真）（《全文补》325）

轸。李至远《唐维州刺史安侯神道碑》殒轸尽忍（轸）（《全文》四三五8）

震。刘知几《京兆试慎所好赋》信吝（震）（《全文》二七四8）

真震。陈元光《明王慎德四夷咸宾赋》刃阵仞（震）风【尘】（真）讯振荩（震）（《全文补》224）

谆。上官仪《假作屏风诗》春轮（谆）（《全诗》521）

真谆。崔敦礼《种松赋》辰（真）沦（谆）（《全文》一三五17）

真稕。王梵志《诗七十二首》（三二）焌（稕）人（真）（《全诗》423）

轸准。梁朱宾《大唐故朝议郎行泽王府主簿上柱国梁府君并夫人唐氏墓志铭其四》准（准）尽（轸）紧（《全文》二三四10）

震准。任知古《宁义寺经藏碑其九》允（准）镇信仞（震）（《全文》二三六13）

震稕。韦虚心《北岳府君碑》镇仞（震）峻（稕）（《全文》二六九15）

真臻。王珪《咏汉高祖》鳞秦宾人伸尘辛陈（真）榛（臻）（《全诗》78）

真欣。卢照邻《释疾文·命曰》嶙辰仁（真）勤（欣）身噸（真）（《全文》一六七6）

轸隐。颜师古《圣德颂》隐（隐）尽轸悯（轸）谨（隐）（《全文》一四七7）

谆欣。郑惟忠《泥赋》沦（谆）斤（欣）（《全文》一六八20）

真谆臻。李邕《大昭禅师塔铭其六》臻（臻）轮（谆）绅尘（真）（《全文》二六二10）

震稕焮。李邕《中大夫上柱国鄂州刺史卢府君神道碑》俊（稕）信阵进印迅心憖（震）近（焮）（《全文》二六五1）

真谆欣。刘知几《思慎赋》伦（谆）珍津（真）斤（欣）仁真人身（真）

询（谆）绅（真）（《全文》二七四1）

轸准隐。释道世《舍生篇颂》尽殒菌憼泯忍（轸）谨（隐）朕（准）（《全诗》576）

真臻欣。贺知章《禅社首山祭地祇乐章·皇帝酌献用寿和》殷（欣）裡亲（真）臻（臻）（《全诗》1599）

（二）文部

文。郑惟忠《古石赋》分文云（文）（《全文》一六八19）

问。杨炯《李怀州墓志铭其四》运郡愠问（问）（《全文》一九六1）

（三）元魂痕部

元魂痕。李邕《春赋》园轩翻（元）恩（痕）存樽（魂）言（元）（《全文》二六一3）

元。魏征《道观内柏树赋》园原喧言（元）（《全文》一三九1）

阮。岑文本《藉田颂》反远（阮）（《全文》一五〇4）

阮愿。虞世南《门有车马客》远苑（阮）（《全诗》16）

魂。杜易简《嘲格辅元》门浑村婚蹲（魂）（《全诗》533）

混。岑文本《藉田颂》本蓑（混）（《全文》一五〇4）

元魂。陈叔达《大唐宗圣观铭》门（魂）元言（元）魂昆（魂）（《全文》一三三3）

魂痕。张说《开元乐章十九首奉敕撰·皇帝受福酒胙福和之乐一章》尊存（魂）恩（痕）（《全诗》1916）

（四）质术栉物部

质。李百药《笙赋》律室日疾逸滕溢（质）（《全文》一四二7）

物。徐彦伯《汾水新船赋》物郁（物）（《全文》二六七20）

质术。岑文本《藉田颂》一日秩（质）术（术）（《全文》一五〇4）

质栉。陈子昂《尘尾赋》实（质）瑟（栉）日（质）（《全文》二〇九1）

质物。李邕《鹛赋》物（物）逸疾失（质）（《全文》二六一2）

质术栉。李百药《登叶县故城谒沈诸梁庙》日（质）瑟（栉）出（术）吉室逸质（质）（《全诗》61）

质术物。李邕《春赋》质吉（质）物（物）恤（术）（《全文》二六一3）

（五）月没部

月没。宋之问《明河篇》歇（月）没（没）月（月）（《全诗》1369）

月。骆宾王《畴昔篇》月阙发越歇（月）（《全诗》739）

第四节　山摄

一、山摄用韵的空间分布

（一）元（6/4/5/3）

1.关内区

华州华阴：杨炯3

2.河北区

蒲州宝鼎：薛稷1

魏州馆陶：魏征1

赵州：李□袭1

3.中原区

曹州冤句：贾膺福1

4.籍贯不详

蔡瑰1

（二）阮（14/13/12/4）

1.关内区

京兆府武功：苏颋1

华州华阴：杨炯3

2.河北区

太原府文水：则天皇后武曌1

绛州龙门：王勃2、王绩1

深州安平：李百药1

幽州范阳：卢照邻1

3.中原区

河南府巩县：杜审言1

河南府温县：司马承祯1

齐州山荏：释义净1

荆州江陵：岑文本1

4.东南区

杭州钱塘：褚亮1

越州永兴：贺知章1

婺州义乌：骆宾王2

（三）月（13/11/11/4）

1.关内区

京兆府长安：韩休1、王德真1、王易
　从1

2.河北区

魏州昌乐：张文琮1

深州陆泽：张鷟2

赵州赞皇：李峤1

定州鼓城：郭正一1

3.中原区

虢州弘农：宋之问5

陕州陕县：上官仪1

郑州荥阳：郑繇1

兖州瑕丘:徐彦伯2

4.东南区

杭州新城:许敬宗1

婺州义乌:骆宾王1

（四）寒（12/10/11/4）

1.关内区

同州冯翊:乔知之1

2.河北区

绛州龙门:王勃1、王绩1

卫州黎阳:王梵志2

深州陆泽:张鷟1

幽州范阳:卢照邻1

3.中原区

虢州弘农:宋之问1

齐州山茌:释义净1

襄州:释灵辩1

4.东南区

润州延陵:释法融1

歙州歙县:吴少微1

婺州义乌:骆宾王2

（五）翰（7/6/6/4）

1.关内区

华州华阴:杨炯1

2.河北区

相州内黄:沈佺期1

深州饶阳:李义府2

3.中原区

宋州宋城:郑惟忠1

4.东南区

润州江宁:孙处玄1

越州永兴:贺知章1

5.籍贯不详

王允元1

（六）桓（7/6/6/5）

1.关内区

京兆府泾阳:李大亮1

华州华阴:杨炯1

2.河北区

府县不详:张果1

3.中原区

河南府温县:司马承祯1

4.东南区

越州永兴:贺知章1

婺州义乌:骆宾王1

5.西南区

绵州巴西:李荣1

（七）缓（5/5/5/3）

1.河北区

蒲州河东:张说1

绛州龙门:王勃1

幽州范阳:卢照邻1

2.中原区

虢州弘农:宋之问1

3.东南区

婺州义乌:骆宾王2

（八）末（1/1/1/1）

1.河北区

卫州黎阳:王梵志1

（九）删（6/6/6/3）

1.河北区

蒲州河东：张说1

绛州龙门：王勃1

恒州井陉：崔行功1

赵州赞皇：李峤3

2.中原区

兖州瑕丘：徐彦伯1

3.东南区

婺州义乌：骆宾王1

（十）山（5/4/4/3）

1.河北区

蒲州河东：张说1

绛州龙门：王绩1

2.中原区

虢州弘农：宋之问1

3.东南区

越州永兴：贺知章1

越州：贺朝1

（十一）先（25/18/14/4）

1.关内区

京兆府长安：释道世1

京兆府蓝田：苏珦1

京兆府武功：富嘉谟1、苏颋1

华州华阴：杨炯4

2.河北区

蒲州河东：张说2

蒲州猗氏：张嘉贞1

绛州龙门：王勃1

深州陆泽：张鷟1

深州饶阳：宋善威1

赵州：徐峤之1

幽州范阳：卢照邻4

3.中原区

河南府陆浑：丘悦1

河南府温县：司马承祯1、司马逸客1

齐州全节：崔融1

襄州襄阳：张柬之1

4.东南区

常州义兴：许景先1

杭州钱塘：褚亮1

杭州新城：许敬宗1

越州：万齐融1

婺州义乌：骆宾王1

5.籍贯不详

高球1、公孙杲1、慕容知晦1

（十二）霰（11/10/11/5）

1.关内区

华州华阴：杨炯1

同州冯翊：乔知之2

2.河北区

蒲州河东：吕太一1

绛州龙门：王勃1

相州内黄：沈佺期2

赵州赞皇：李峤1

3.中原区

河南府洛阳：元希声1

4.江淮区

扬州:张若虚1

5.东南区

常州义兴:许景先1

歙州歙县:吴少微1

越州永兴:贺知章1

(十三)仙(18/13/13/6)

1.关内区

京兆府武功:苏颋3

2.河北区

蒲州宝鼎:薛收1

蒲州河东:张说1

绛州龙门:王勃2

相州内黄:沈佺期1

恒州井陉:崔行功1

幽州:卢士牟1

3.中原区

宋州宋城:郑惟忠2

荆州江陵:岑文本1

4.江淮区

扬州江都:李邕1

5.东南区

杭州新城:许敬宗1

越州余姚:虞世南1

婺州义乌:骆宾王1

6.西南区

梓州射洪:陈子昂1

7.籍贯不详

曹琠1、东方虬2、高迈1、明瓒1

(十四)狝(3/3/3/3)

1.关内区

京兆府高陵:于志宁1

2.江淮区

扬州江都:李邕1

3.东南区

湖州长城:徐坚1

(十五)线(7/4/5/3)

1.关内区

京兆府长安:唐高宗李治1

2.河北区

卫州黎阳:王梵志1

幽州范阳:卢照邻1

幽州:卢藏用1

3.东南区

苏州:陈子良1

婺州义乌:骆宾王1

4.籍贯不详

王匡国1

(十六)薛(6/5/6/2)

1.河北区

绛州龙门:王勃1

相州内黄:沈佺期1

赵州:李□袭1

幽州范阳:卢照邻1

2.东南区

杭州新城:许敬宗1

温州永嘉:释玄觉1

（十七）鱼末（2/0/0/0）

1.籍贯不详

贾元逊1、王威德1

（十八）祭薛（1/1/1/1）

1.河北区

绛州龙门：王绩1

（十九）真先（4/2/2/1）

1.河北区

蒲州河东：张说1

卫州黎阳：王梵志1

府县不详：崔羡士1

2.籍贯不详

王友方1

（二十）震狝（1/1/1/1）

1.河北区

蒲州河东：张说1

（二十一）真仙（1/1/1/1）

1.关内区

京兆府长安：释道世1

（二十二）物月（1/1/1/1）

1.河北区

蒲州猗氏：张嘉贞1

（二十三）文先（1/1/1/1）

1.河北区

蒲州河东：张说1

（二十四）阮愿（1/1/1/1）

1.东南区

越州余姚：虞世南1

（二十五）元魂（39/33/27/8）

1.关内区

京兆府高陵：于志宁1

京兆府华原：令狐德棻2

京兆府武功：苏颋2

同州冯翊：乔知之1

2.陇西区

府县不详：李俨1

3.河北区

蒲州河东：张说6

绛州龙门：王勃1、王绩1

绛州闻喜：裴炎1

相州内黄：沈佺期1

卫州卫县：谢偃1

深州陆泽：张鷟1

赵州房子：李乂1

赵州赞皇：李峤1

定州安喜：崔湜1

幽州范阳：卢照邻3

邢州南和：宋璟1

4.中原区

河南府巩县：刘允济1

河南府温县：司马承祯3

陕州陕县：上官仪1

陕州硖石：姚崇1

汝州：刘希夷1

怀州：司马太贞1

兖州瑕丘：徐彦伯1

齐州全节：员半千1

荆州江陵:岑文本1

荆州:刘孝孙1

5.江淮区

扬州江都:李邕2

6.江南区

潭州长沙:欧阳询1

7.东南区

润州延陵:释法融2

苏州昆山:张后胤1

苏州吴县:董思恭1

杭州钱塘:褚亮1

杭州新城:许敬宗1

湖州长城:陈叔达1

越州永兴:贺知章1

婺州义乌:骆宾王1

8.西南区

梓州射洪:陈子昂3

9.籍贯不详

李行廉1

（二十六）月没(5/5/5/3)

1.关内区

京兆府万年:韦元旦1

2.河北区

蒲州河东:张说2

深州饶阳:李义府1

3.中原区

虢州弘农:宋之问2

兖州瑕丘:徐彦伯1

（二十七）阮缓(1/0/0/0)

1.籍贯不详

贾无名1

（二十八）月末(1/1/1/1)

1.东南区

温州永嘉:释玄觉1

（二十九）元删(1/1/1/1)

1.河北区

深州陆泽:张鷟1

（三十）阮产(1/1/1/1)

1.中原区

襄州襄阳:释法琳1

（三十一）元先(1/1/1/1)

1.关内区

京兆府长安:释道世1

（三十二）月屑(3/3/3/2)

1.河北区

蒲州河东:张说1

绛州龙门:王勃1

2.中原区

郑州原武:杨再思1

（三十三）元仙(2/2/2/2)

1.关内区

京兆府长安:释道世1

2.西南区

梓州射洪:陈子昂1

（三十四）月薛(6/4/4/2)

1.河北区

绛州闻喜:裴炎1

魏州贵乡:郭震1

定州安喜:崔湜1

2.中原区

虢州弘农:宋之问1

3.籍贯不详

浚泰1、韦敬一2

(三十五)寒桓(31/27/22/7)

1.关内区

京兆府长安:韩休1

京兆府高陵:于志宁1

2.河北区

蒲州宝鼎:薛稷1

蒲州河东:张说2

绛州龙门:王绩4

相州洹水:张蕴古1

相州内黄:沈佺期1

卫州黎阳:王梵志5

深州安平:李安期1

深州陆泽:张鷟1

深州饶阳:李义府1

赵州房子:李乂1

定州新乐:郎余令1

幽州范阳:卢照邻1

3.中原区

河南府温县:司马承祯2

虢州弘农:宋之问1

陕州陕县:上官仪1

汝州:刘希夷1

宋州宁陵:刘宪1

青州益都:崔信明1

4.江南区

宣州秋浦:胡楚宾1

5.东南区

常州晋陵:刘祎之1

杭州新城:许敬宗1

越州山阴:贺纪1

越州余姚:虞世南1

越州:贺朝1

婺州义乌:骆宾王5

6.西南区

梓州射洪:陈子昂1

7.岭南区

澄州无虞:韦敬辨4

8.籍贯不详

王允元1、郑璵1

(三十六)旱缓(1/1/1/1)

1.河北区

蒲州河东:张说1

(三十七)翰换(15/9/9/5)

1.关内区

京兆府长安:释道世1

京兆府高陵:于志宁1

华州华阴:杨炯1

2.河北区

卫州黎阳:王梵志5

深州安平:李安期1

赵州房子:李乂1

3.中原区

宋州宁陵:刘宪1

4.东南区

苏州:张泚1

杭州新城:许敬宗1

5.西南区

梓州射洪:陈子昂1

6.籍贯不详

曹琰1、崔悬黎1、明瀿1、释灵廓1、赵志1

（三十八）曷末(2/2/2/2)

1.关内区

京兆府长安:释窥基1

2.河北区

卫州黎阳:王梵志2

（三十九）寒山(1/1/1/1)

1.关内区

同州冯翊:寇泚1

（四十）寒先(3/0/0/1)

1.河北区

府县不详:张果1

2.籍贯不详

甘洽1、王仙客1

（四十一）翰霰(1/1/1/1)

1.东南区

温州永嘉:释玄觉1

（四十二）曷职(1/1/1/1)

1.河北区

邢州南和:宋璟1

（四十三）桓仙(1/1/1/1)

1.中原区

河南府温县:司马承祯1

（四十四）换线(1/0/0/0)

1.籍贯不详

张元一1

（四十五）删山(19/15/14/4)

1.关内区

京兆府万年:韦虚心1

京兆府长安:李贞1

京兆府武功:苏颋1

2.河北区

蒲州河东:冯待征1

绛州龙门:王勃1

相州内黄:沈佺期1

赵州:徐峤之1

定州安喜:崔湜1、崔液1

定州义丰:张昌宗1

幽州范阳:卢照邻1

3.中原区

河南府洛阳:胡皓1

虢州弘农:宋之问1

滑州灵昌:卢怀慎1

莱州掖县:王无竞1

汝州:刘希夷1

兖州瑕丘:徐彦伯1

4.东南区

歙州歙县:吴少微1

5.籍贯不详

张秦客1

（四十六）山先（1/1/1/1）

1.中原区

河南府温县:司马承祯1

（四十七）山仙（1/1/1/1）

1.岭南区

新州新兴:释慧能1

（四十八）先仙（85/51/39/7）

1.关内区

京兆府长安:杜淹1、韩休1、释道世4、释窥基1、唐高宗李治1、唐中宗李显1

京兆府蓝田:苏晋1

京兆府万年:颜师古1

华州华阴:孟利贞1

同州冯翊:乔知之1

2.陇西区

秦州成纪:唐太宗李世民3

秦州上邽:姜晞1

3.河北区

太原府文水:武三思1、则天皇后武曌1

蒲州宝鼎:薛曜1

蒲州河东:卢羽客1、张说10

蒲州:关弁繻1

绛州龙门:王勃2、王绩7

绛州闻喜:裴潾2

魏州馆陶:魏征2

魏州贵乡:郭震2

相州洹水:杜正伦1

相州内黄:沈佺期1

博州聊城:梁载言1

卫州黎阳:王梵志7

恒州井陉:崔行功2

恒州真定:释慧净1

深州安平:李安期1、李百药1

深州陆泽:张鷟7

深州饶阳:李义府1

赵州赞皇:李峤1

棣州阳信:任希古1

定州安喜:崔湜1

定州鼓城:郭正一1

定州新乐:郎余令1

沧州南皮:郑愔1

幽州范阳:卢粲1、卢照邻7

府县不详:张果1

4.中原区

河南府洛阳:胡皓4

河南府温县:司马承祯3

河南府:房元阳1

虢州弘农:宋之问5

陕州陕县:上官婉儿1、上官仪3

汝州:刘希夷3

郑州管城:凌敬1

郑州阳武:韦嗣立1

汴州陈留:申屠场1

宋州宁陵:刘宪2

亳州谯:李敬玄1

许州鄢陵：崔泰之1

兖州瑕丘：徐彦伯1

襄州：释灵辩1

荆州：刘孝孙1

5.江淮区

申州义阳：胡元范1

寿州盛唐：何鸾1

6.东南区

常州晋陵：刘子翼1

常州：释僧凤1

杭州钱塘：褚亮3

杭州新城：许敬宗2

湖州长城：徐坚2

越州余姚：虞世南3

婺州义乌：骆宾王9

温州永嘉：释玄觉1

7.西南区

梓州射洪：陈子昂3

8.籍贯不详

杜澄1、高庶几1、郭瑜1、韩覃1、和
　神剑1、康子元1、马友鹿1、潘行臣
　1、史宝定2、释灵廓1、韦敬一1、杨
　晋1、张仵鼎1、张秀1、张循宪1、
　赵志2

（四十九）铣狝（3/3/3/3）

1.陇西区

秦州成纪：唐太宗李世民3

2.河北区

蒲州河东：张说1

3.江南区

宣州秋浦：胡楚宾1

（五十）霰线（25/15/16/7）

1.关内区

京兆府长安：李贞1、唐高宗李治1、
　袁朗1

京兆府武功：富嘉谟1

同州冯翊：乔知之1

2.陇西区

秦州成纪：唐太宗李世民1

3.河北区

太原府文水：则天皇后武曌1

蒲州河东：张说2

魏州馆陶：魏征1

卫州黎阳：王梵志1

幽州范阳：卢粲1、卢照邻1

府县不详：尹悊1

4.中原区

虢州弘农：宋之问4

陕州陕县：上官仪1

汝州：刘希夷2

5.江南区

宣州秋浦：胡楚宾1

6.东南区

常州：洪子舆1、萧璟1

杭州钱塘：褚亮4

婺州义乌：骆宾王2

7.岭南区

新州新兴：释慧能2

8.籍贯不详

樊望之1、郭瑜1、贺朝清1

（五十一）屑薛（29/20/19/6）

1.关内区

京兆府长安:释道世6

京兆府华原:令狐德棻1

京兆府武功:苏颋1

华州:常文贞1

2.陇西区

秦州成纪:唐太宗李世民5

3.河北区

太原府文水:武三思1

蒲州河东:冯待征1、张说2

蒲州猗氏:张嘉贞1

绛州龙门:王勃1、王绩2

相州洹水:杜正伦1

卫州黎阳:王梵志1

恒州井陉:崔行功1

深州安平:李安期1

深州饶阳:李义府1

幽州:卢献1

4.中原区

汝州:刘希夷1

郑州阳武:韦承庆1

宋州宁陵:刘宪1

5.东南区

润州延陵:释法融1

越州余姚:虞世南2

越州:贺朝1

婺州义乌:骆宾王1

温州永嘉:释玄觉2

6.西南区

梓州射洪:陈子昂1

7.籍贯不详

裴略1、谢士良1、郑善玉1

（五十二）先侵（1/1/1/1）

1.中原区

郑州阳武:韦承庆1

（五十三）真谆先（1/1/1/1）

1.关内区

京兆府长安:释道世1

（五十四）真元先（1/1/1/1）

1.关内区

京兆府长安:释道世1

（五十五）真寒侵（1/1/1/1）

1.河北区

卫州黎阳:王梵志1

（五十六）真先仙（1/1/1/1）

1.关内区

京兆府长安:释道世2

（五十七）谆元魂（1/1/1/1）

1.河北区

幽州范阳:卢照邻1

（五十八）文元魂（1/1/1/1）

1.关内区

京兆府长安:韩休1

（五十九）元魂痕（10/7/8/6）

1.关内区

京兆府武功：苏颋1

2.陇西区

秦州成纪：唐太宗李世民1

3.河北区

蒲州河东：张说2

魏州馆陶：魏征1

4.中原区

虢州弘农：宋之问1

荆州：刘孝孙1

5.江淮区

扬州江都：李邕1

6.东南区

越州余姚：虞世南1

7.籍贯不详

杜澄1、张泰1

（六十）元魂桓（1/1/1/1）

1.河北区

蒲州河东：张说1

（六十一）元魂先（2/1/2/2）

1.关内区

京兆府长安：释道世1

2.东南区

杭州：朱君绪1

（六十二）元魂仙（1/1/1/1）

1.中原区

郑州阳武：韦嗣立1

（六十三）元魂侵（2/2/2/2）

1.河北区

绛州龙门：王勃1

2.东南区

杭州新城：许敬宗1

（六十四）月没荬（1/1/1/1）

1.河北区

相州内黄：沈佺期1

（六十五）月曷薛（1/1/1/1）

1.岭南区

新州新兴：释慧能1

（六十六）元先仙（16/14/14/5）

1.关内区

京兆府长安：释道世1

华州华阴：杨炯1

同州冯翊：乔知之1

2.河北区

蒲州猗氏：张嘉贞1

绛州龙门：王勃1

贝州临清：路敬淳1、路敬潜1

赵州柏人：李嗣真1

邢州南和：宋璟1

3.中原区

河南府巩县：刘允济1

滑州灵昌：崔日知1

齐州全节：员半千1

4.东南区

杭州新城：许敬宗1

越州余姚：虞世南1

5.岭南区

新州新兴：释慧能1

6.籍贯不详

王友方1

（六十七）月屑薛（4/4/4/3）

1.关内区

京兆府武功：苏颋1

同州冯翊：乔知之1

2.河北区

绛州龙门：王勃1

3.中原区

虢州弘农：宋之问1

（六十八）魂痕仙（1/1/1/1）

1.关内区

京兆府华原：孙思邈1

（六十九）寒翰桓（1/1/1/1）

1.东南区

越州余姚：虞世南1

（七十）翰缓换（2/1/1/1）

1.河北区

卫州黎阳：王梵志2

2.籍贯不详

□镇1

（七十一）寒桓删（1/1/1/1）

1.河北区

太原府文水：武三思1

（七十二）曷末黠（1/0/0/0）

1.籍贯不详

潘行臣1

（七十三）曷末铩（1/1/1/1）

1.江淮区

光州固始：陈元光1

（七十四）寒删山（1/1/1/1）

1.河北区

蒲州河东：张说1

（七十五）寒山仙（1/1/1/1）

1.东南区

温州永嘉：释玄觉1

（七十六）寒先仙（1/1/1/1）

1.中原区

河南府温县：司马承祯1

（七十七）曷屑薛（1/1/1/1）

1.关内区

京兆府长安：释道世1

（七十八）删山仙（1/1/1/1）

1.中原区

虢州弘农：宋之问1

（七十九）黠铩乏（1/1/1/1）

1.江淮区

楚州盱眙：释善导1

（八十）删先仙（2/2/2/2）

1.河北区

绛州龙门：王勃1

2.中原区

河南府温县：司马承祯1

（八十一）山先仙（2/2/2/2）

1.关内区

华州华阴：杨炯3

2.河北区

卫州卫县：谢偃1

（八十二）薛陌麦（1/1/1/1）

1.河北区

绛州龙门：王勃1

（八十三）旨止尾薛（1/1/1/1）

1.河北区

卫州黎阳：王梵志1

（八十四）祭月屑薛（1/1/1/1）

1.关内区

京兆府万年：李适1

（八十五）真文元魂（1/1/1/1）

1.关内区

京兆府长安：释道世1

（八十六）真文元痕（1/1/1/1）

1.关内区

京兆府长安：释道世1

（八十七）真元先仙（1/1/1/1）

1.关内区

京兆府长安：释道世1

（八十八）真先仙盐（1/1/1/1）

1.关内区

京兆府长安：释道世1

（八十九）谆元魂痕（2/2/2/2）

1.关内区

京兆府长安：唐高宗李治1

2.河北区

太原府文水：武平一1

（九十）元寒桓谏（1/1/1/1）

1.西南区

梓州射洪：陈子昂1

（九十一）元删先仙（1/1/1/1）

1.中原区

汴州浚仪：白履忠1

（九十二）月陌昔锡（1/1/1/1）

1.河北区

定州安喜：崔湜1

（九十三）翰霰狝线（1/1/1/1）

1.河北区

卫州黎阳：王梵志1

（九十四）换谏裥线（1/1/1/1）

1.中原区

虢州弘农：宋之问1

（九十五）真谆文欣山（1/1/1/1）

1.河北区

蒲州河东：张说1

（九十六）真谆文元痕（1/1/1/1）

1.江南区

潭州长沙：欧阳询1

　　综合山摄用韵的空间分布数据，得到下表：

表3-4-1　山摄用韵的空间分布数据

用韵	作家数量	县域数量	州府数量	大区数量
元	6	5(4)	5	3

用韵	作家数量	县域数量	州府数量	大区数量
阮	14	13	12	4
月	13	11	11	4
寒	12	11（10）	11	4
翰	7	6	6	4
桓	7	6	6	5
缓	5	5	5	3
末	1	1	1	1
删	6	6	6	3
山	5	4	4	3
先	25	18	14	4
霰	11	11（10）	11	5
仙	18	13	13	6
狝	3	3	3	3
线	7	5（4）	5	3
薛	6	6（5）	6	2
鱼末	2	1（0）	1（0）	1（0）
祭薛	1	1	1	1
真先	4	2	2	1
震狝	1	1	1	1
真仙	1	1	1	1
物月	1	1	1	1
文先	1	1	1	1
阮愿	1	1	1	1
元魂	39	33	27	8
月没	5	5	5	3
阮缓	1	1（0）	1（0）	1（0）
月末	1	1	1	1
元删	1	1	1	1
阮产	1	1	1	1
元先	1	1	1	1

用韵	作家数量	县域数量	州府数量	大区数量
月屑	3	3	3	2
元仙	2	2	2	2
月薛	6	4	4	2
寒桓	31	27	22	7
旱缓	1	1	1	1
翰换	15	9	9	5
曷末	2	2	2	2
寒山	1	1	1	1
寒先	3	1(0)	1(0)	1
翰霰	1	1	1	1
曷职	1	1	1	1
桓仙	1	1	1	1
换线	1	1(0)	1(0)	1(0)
删山	19	15	14	4
山先	1	1	1	1
山仙	1	1	1	1
先仙	85	51	39	7
铣狝	3	3	3	3
霰线	25	16(15)	16	7
屑薛	29	20	19	6
先侵	1	1	1	1
真谆先	1	1	1	1
真元先	1	1	1	1
真寒侵	1	1	1	1
真先仙	1	1	1	1
谆元魂	1	1	1	1
文元魂	1	1	1	1
元魂痕	10	8(7)	8	6
元魂桓	1	1	1	1
元魂先	2	2(1)	2	2

用韵	作家数量	县域数量	州府数量	大区数量
元魂仙	1	1	1	1
元魂侵	2	2	2	2
月没箊	1	1	1	1
月曷薛	1	1	1	1
元先仙	16	14	14	5
月屑薛	4	4	4	3
魂痕仙	1	1	1	1
寒翰桓	1	1	1	1
翰缓换	2	1	1	1
寒桓删	1	1	1	1
曷末黠	1	1（0）	1（0）	1（0）
曷末铎	1	1	1	1
寒删山	1	1	1	1
寒山仙	1	1	1	1
寒先仙	1	1	1	1
曷屑薛	1	1	1	1
删山仙	1	1	1	1
黠镥乏	1	1	1	1
删先仙	2	2	2	2
山先仙	2	2	2	2
薛陌麦	1	1	1	1
旨止尾薛	1	1	1	1
祭月屑薛	1	1	1	1
真文元魂	1	1	1	1
真文元痕	1	1	1	1
真元先仙	1	1	1	1
真先仙盐	1	1	1	1
谆元魂痕	2	2	2	2
元寒桓谏	1	1	1	1
元删先仙	1	1	1	1

用韵	作家数量	县域数量	州府数量	大区数量
月陌昔锡	1	1	1	1
翰霰狝线	1	1	1	1
换谏裥线	1	1	1	1
真谆文欣山	1	1	1	1
真谆文元痕	1	1	1	1

二、山摄用韵的空间分布度

按空间单元整理山摄用韵的空间分布数据（另含用韵数量），阳声韵举平以赅上去，入声韵单列，将用韵的各空间要素量及各空间要素总量去重，得到下表：

表 3-4-2　山摄阳声韵诸单元用韵的空间分布数据

空间单元	用韵	用韵数量	作家数量	县域数量	州府数量	大区数量
元单元	元	26	19	17	16	4
	元魂	53	38	33	27	8
	元删	1	1	1	1	1
	元山	1	1	1	1	1
	元先	1	1	1	1	1
	元仙	2	2	2	2	2
	真元先	1	1	1	1	1
	谆元魂	1	1	1	1	1
	文元魂	1	1	1	1	1
	元魂痕	9	8	8（7）	8	6
	元魂桓	1	1	1	1	1
	元魂先	2	2	2（1）	2	2
	元魂仙	1	1	1	1	1
	元魂侵	2	2	2	2	2
	元先仙	15	15	14	14	5
	真文元魂	1	1	1	1	1

空间单元	用韵	用韵数量	作家数量	县域数量	州府数量	大区数量
	真文元痕	1	1	1	1	1
	真元先仙	1	1	1	1	1
	谆元魂痕	2	2	2	2	2
	元寒桓删	1	1	1	1	1
	元删先仙	1	1	1	1	1
	真谆文元痕	1	1	1	1	1
	总量	125	64	52	39	9
寒单元	寒	21	18	16	15	4
	寒桓	63	32	28	24	7
	寒山	1	1	1	1	1
	寒先	2	2	1	1	2
	真寒侵	1	1	1	1	1
	寒桓删	1	1	1	1	1
	寒删山	1	1	1	1	1
	寒山仙	1	1	1	1	1
	寒先仙	2	2	2	2	2
	元寒桓删	1	1	1	1	1
	总量	94	45	37	31	7
桓单元	桓	13	11	10	10	5
	寒桓	63	32	28	24	7
	桓仙	1	1	1	1	1
	元魂桓	1	1	1	1	1
	寒桓删	1	1	1	1	1
	元寒桓删	1	1	1	1	1
	桓删山仙	1	1	1	1	1
	总量	81	38	32	26	7
删单元	删	8	6	6	6	3
	元删	1	1	1	1	1
	删山	18	18	15	14	4
	寒桓删	1	1	1	1	1

空间单元	用韵	用韵数量	作家数量	县域数量	州府数量	大区数量
	寒删山	1	1	1	1	1
	删山仙	1	1	1	1	1
	删先仙	2	2	2	2	2
	元寒桓删	1	1	1	1	1
	元删先仙	1	1	1	1	1
	桓删山仙	1	1	1	1	1
	总量	35	27	23	20	5
山单元	山	5	5	4	4	3
	元山	1	1	1	1	1
	寒山	1	1	1	1	1
	删山	18	18	15	14	4
	山先	1	1	1	1	1
	山仙	1	1	1	1	1
	寒删山	1	1	1	1	1
	寒山仙	1	1	1	1	1
	删山仙	1	1	1	1	1
	山先仙	4	2	2	2	2
	桓删山仙	1	1	1	1	1
	真谆文欣山	1	1	1	1	1
	总量	36	29	23	21	5
先单元	先	42	30	24	18	5
	真先	4	3	2	2	1
	文先	1	1	1	1	1
	元先	1	1	1	1	1
	寒先	2	2	1	1	2
	山先	1	1	1	1	1
	先仙	179	77	54	41	9
	先侵	1	1	1	1	1
	真谆先	1	1	1	1	1
	真元先	1	1	1	1	1

空间单元	用韵	用韵数量	作家数量	县域数量	州府数量	大区数量
	真先仙	2	1	1	1	1
	元魂先	2	2	2（1）	2	2
	元先仙	15	15	14	14	5
	寒先仙	2	2	2	2	2
	删先仙	2	2	2	2	2
	山先仙	4	2	2	2	2
	真元先仙	1	1	1	1	1
	真先仙盐	1	1	1	1	1
	元删先仙	1	1	1	1	1
	总量	263	106	68	47	9
仙单元	仙	27	21	18	16	6
	真仙	1	1	1	1	1
	元仙	2	2	2	2	2
	桓仙	1	1	1	1	1
	山仙	1	1	1	1	1
	先仙	179	77	54	41	9
	真先仙	2	1	1	1	1
	元魂仙	1	1	1	1	1
	元先仙	15	15	14	14	5
	魂痕仙	1	1	1	1	1
	寒山仙	1	1	1	1	1
	寒先仙	2	2	2	2	2
	删山仙	1	1	1	1	1
	删先仙	2	2	2	2	2
	山先仙	4	2	2	2	2
	真元先仙	1	1	1	1	1
	真先仙盐	1	1	1	1	1
	元删先仙	1	1	1	1	1
	桓删山仙	1	1	1	1	1
	总量	244	98	68	47	9

表 3-4-3　山摄入声韵诸单元用韵的空间分布数据

空间单元	用韵	用韵数量	作家数量	县域数量	州府数量	大区数量
月单元	月	19	13	11	11	4
	物月	1	1	1	1	1
	月没	7	5	5	5	3
	月末	1	1	1	1	1
	月屑	3	3	3	3	2
	月薛	4	4	4	4	2
	月没葉	1	1	1	1	1
	月曷薛	1	1	1	1	1
	月屑薛	4	4	4	4	3
	祭月屑薛	1	1	1	1	1
	月陌昔锡	1	1	1	1	1
	总量	43	28	25	17	5
曷单元	曷末	3	2	2	2	2
	曷职	1	1	1	1	1
	月曷薛	1	1	1	1	1
	曷末铎	1	1	1	1	1
	曷屑薛	1	1	1	1	1
	总量	7	6	5	5	4
末单元	末	1	1	1	1	1
	月末	1	1	1	1	1
	曷末	3	2	2	2	2
	曷末铎	1	1	1	1	1
	总量	6	4	4	4	4
黠单元	黠鎋乏	1	1	1	1	1
	总量	1	1	1	1	1
鎋单元	黠鎋乏	1	1	1	1	1
	总量	1	1	1	1	1
屑单元	月屑	3	3	3	3	2
	屑薛	39	26	20	19	6
	月屑薛	4	4	4	4	3

空间单元	用韵	用韵数量	作家数量	县域数量	州府数量	大区数量
	曷屑薛	1	1	1	1	1
	祭月屑薛	1	1	1	1	1
	总量	48	30	24	21	6
薛单元	薛	6	6	6(5)	6	2
	祭薛	1	1	1	1	1
	月薛	4	4	4	4	2
	屑薛	39	26	20	19	6
	月曷薛	1	1	1	1	1
	月屑薛	4	4	4	4	3
	曷屑薛	1	1	1	1	1
	薛陌麦	1	1	1	1	1
	脂之微薛	1	1	1	1	1
	祭月屑薛	1	1	1	1	1
	总量	59	37	30	26	7

运用用韵空间分布综合评价法，计算山摄诸单元用韵各项指标评价值与空间分布度数值并排序，得到下表：

表 3-4-4 山摄诸单元用韵各项指标评价值与空间分布度数据表

空间单元	用韵	作家绝对数	县域绝对数	州府绝对数	大区绝对数	县域拓展	州府拓展	大区拓展	空间分布度	排序
元单元	元	1.188	1.382	1.681	2.018	1.004	1.015	1.007	5.722	3
	元魂	1.267	1.541	1.902	2.499	1.003	1.006	1.023	9.568	1
	元删	0.906	0.868	0.874	1.317	1.009	1.019	1.141	1.063	9
	元山	0.906	0.868	0.874	1.317	1.009	1.019	1.141	1.063	9
	元先	0.906	0.868	0.874	1.317	1.009	1.019	1.141	1.063	9
	元仙	0.966	0.973	1.029	1.630	1.009	1.019	1.141	1.851	5
	真元先	0.906	0.868	0.874	1.317	1.009	1.019	1.141	1.063	9
	谆元魂	0.906	0.868	0.874	1.317	1.009	1.019	1.141	1.063	9
	文元魂	0.906	0.868	0.874	1.317	1.009	1.019	1.141	1.063	9
	元魂痕	1.098	1.221	1.427	2.287	1.009	1.019	1.112	5.003	4

空间单元	用韵	作家绝对数	县域绝对数	州府绝对数	大区绝对数	县域拓展	州府拓展	大区拓展	空间分布度	排序
	元魂桓	0.906	0.868	0.874	1.317	1.009	1.019	1.141	1.063	9
	元魂先	0.966	0.973	1.029	1.630	1.009	1.019	1.141	1.851	5
	元魂仙	0.906	0.868	0.874	1.317	1.009	1.019	1.141	1.063	9
	元魂侵	0.966	0.973	1.029	1.630	1.009	1.019	1.141	1.851	5
	元先仙	1.163	1.339	1.629	2.162	1.006	1.019	1.040	5.847	2
	真文元魂	0.906	0.868	0.874	1.317	1.009	1.019	1.141	1.063	9
	真文元痕	0.906	0.868	0.874	1.317	1.009	1.019	1.141	1.063	9
	真元先仙	0.906	0.868	0.874	1.317	1.009	1.019	1.141	1.063	9
	谆元魂痕	0.966	0.973	1.029	1.630	1.009	1.019	1.141	1.851	5
	元寒桓删	0.906	0.868	0.874	1.317	1.009	1.019	1.141	1.063	9
	元删先仙	0.906	0.868	0.874	1.317	1.009	1.019	1.141	1.063	9
	真谆文元痕	0.906	0.868	0.874	1.317	1.009	1.019	1.141	1.063	9
寒单元	寒	1.136	1.271	1.451	1.711	1.003	1.008	1.015	3.678	2
	寒桓	1.198	1.394	1.621	2.032	1.003	1.002	1.023	5.651	1
	寒山	0.871	0.807	0.766	1.116	1.008	1.012	1.143	0.701	5
	寒先	0.928	0.807	0.766	1.382	0.979	1.012	1.217	0.955	4
	真寒侵	0.871	0.807	0.766	1.116	1.008	1.012	1.143	0.701	5
	寒桓删	0.871	0.807	0.766	1.116	1.008	1.012	1.143	0.701	5
	寒删山	0.871	0.807	0.766	1.116	1.008	1.012	1.143	0.701	5
	寒山仙	0.871	0.807	0.766	1.116	1.008	1.012	1.143	0.701	5
	寒先仙	0.928	0.904	0.902	1.382	1.008	1.012	1.143	1.220	3
	元寒桓删	0.871	0.807	0.766	1.116	1.008	1.012	1.143	0.701	5
桓单元	桓	1.067	1.137	1.263	1.642	1.003	1.014	1.057	2.707	2
	寒桓	1.177	1.346	1.553	1.821	1.002	1.004	1.007	4.538	1
	桓仙	0.856	0.779	0.734	1.000	1.007	1.014	1.125	0.563	3
	元魂桓	0.856	0.779	0.734	1.000	1.007	1.014	1.125	0.563	3
	寒桓删	0.856	0.779	0.734	1.000	1.007	1.014	1.125	0.563	3
	元寒桓删	0.856	0.779	0.734	1.000	1.007	1.014	1.125	0.563	3
	桓删山仙	0.856	0.779	0.734	1.000	1.007	1.014	1.125	0.563	3

空间单元	用韵	作家绝对数	县域绝对数	州府绝对数	大区绝对数	县域拓展	州府拓展	大区拓展	空间分布度	排序
删单元	删	1.076	1.170	1.296	1.736	1.007	1.009	1.064	3.066	2
	元删	0.913	0.872	0.849	1.238	1.007	1.009	1.133	0.964	4
	删山	1.191	1.360	1.583	1.897	0.999	1.005	1.012	4.941	1
	寒桓删	0.913	0.872	0.849	1.238	1.007	1.009	1.133	0.964	4
	寒删山	0.913	0.872	0.849	1.238	1.007	1.009	1.133	0.964	4
	删山仙	0.913	0.872	0.849	1.238	1.007	1.009	1.133	0.964	4
	删先仙	0.973	0.977	1.000	1.533	1.007	1.009	1.133	1.678	3
	元寒桓删	0.913	0.872	0.849	1.238	1.007	1.009	1.133	0.964	4
	元删先仙	0.913	0.872	0.849	1.238	1.007	1.009	1.133	0.964	4
	桓删山仙	0.913	0.872	0.849	1.238	1.007	1.009	1.133	0.964	4
山单元	山	1.069	1.128	1.215	1.837	1.000	1.006	1.109	3.005	2
	元山	0.922	0.899	0.876	1.309	1.010	1.006	1.138	1.100	4
	寒山	0.922	0.899	0.876	1.309	1.010	1.006	1.138	1.100	4
	删山	1.203	1.401	1.634	2.007	1.002	1.001	1.017	5.638	1
	山先	0.922	0.899	0.876	1.309	1.010	1.006	1.138	1.100	4
	山仙	0.922	0.899	0.876	1.309	1.010	1.006	1.138	1.100	4
	寒删山	0.922	0.899	0.876	1.309	1.010	1.006	1.138	1.100	4
	寒山仙	0.922	0.899	0.876	1.309	1.010	1.006	1.138	1.100	4
	删山仙	0.922	0.899	0.876	1.309	1.010	1.006	1.138	1.100	4
	山先仙	0.983	1.007	1.032	1.621	1.010	1.006	1.138	1.914	3
	桓删山仙	0.922	0.899	0.876	1.309	1.010	1.006	1.138	1.100	4
	真谆文欣山	0.922	0.899	0.876	1.309	1.010	1.006	1.138	1.100	4
先单元	先	1.167	1.366	1.597	2.066	1.010	1.005	1.034	5.526	2
	真先	0.945	0.909	0.951	1.259	1.002	1.025	1.090	1.151	9
	文先	0.854	0.811	0.808	1.259	1.019	1.025	1.160	0.854	10
	元先	0.854	0.811	0.808	1.259	1.019	1.025	1.160	0.854	10
	寒先	0.910	0.811	0.808	1.558	0.989	1.025	1.235	1.164	8
	山先	0.854	0.811	0.808	1.259	1.019	1.025	1.160	0.854	10

空间单元	用韵	作家绝对数	县域绝对数	州府绝对数	大区绝对数	县域拓展	州府拓展	大区拓展	空间分布度	排序
	先仙	1.273	1.561	1.940	2.477	1.004	1.006	1.012	9.762	1
	先侵	0.854	0.811	0.808	1.259	1.019	1.025	1.160	0.854	10
	真谆先	0.854	0.811	0.808	1.259	1.019	1.025	1.160	0.854	10
	真元先	0.854	0.811	0.808	1.259	1.019	1.025	1.160	0.854	10
	真先仙	0.854	0.811	0.808	1.259	1.019	1.025	1.160	0.854	10
	元魂先	0.910	0.909	0.951	1.558	1.019	1.025	1.160	1.486	4
	元先仙	1.095	1.251	1.505	2.066	1.016	1.025	1.058	4.695	3
	寒先仙	0.910	0.909	0.951	1.558	1.019	1.025	1.160	1.486	4
	删先仙	0.910	0.909	0.951	1.558	1.019	1.025	1.160	1.486	4
	山先仙	0.910	0.909	0.951	1.558	1.019	1.025	1.160	1.486	4
	真元先仙	0.854	0.811	0.808	1.259	1.019	1.025	1.160	0.854	10
	真先仙盐	0.854	0.811	0.808	1.259	1.019	1.025	1.160	0.854	10
	元删先仙	0.854	0.811	0.808	1.259	1.019	1.025	1.160	0.854	10
仙单元	仙	1.138	1.303	1.554	2.186	1.009	1.017	1.062	5.491	2
	真仙	0.860	0.811	0.808	1.259	1.016	1.025	1.160	0.857	8
	元仙	0.917	0.909	0.951	1.558	1.016	1.025	1.160	1.492	4
	桓仙	0.860	0.811	0.808	1.259	1.016	1.025	1.160	0.857	8
	山仙	0.860	0.811	0.808	1.259	1.016	1.025	1.160	0.857	8
	先仙	1.282	1.561	1.940	2.477	1.000	1.006	1.012	9.800	1
	真先仙	0.860	0.811	0.808	1.259	1.016	1.025	1.160	0.857	8
	元魂仙	0.860	0.811	0.808	1.259	1.016	1.025	1.160	0.857	8
	元先仙	1.103	1.251	1.505	2.066	1.013	1.025	1.058	4.713	3
	魂痕仙	0.860	0.811	0.808	1.259	1.016	1.025	1.160	0.857	8
	寒山仙	0.860	0.811	0.808	1.259	1.016	1.025	1.160	0.857	8
	寒先仙	0.917	0.909	0.951	1.558	1.016	1.025	1.160	1.492	4
	删山仙	0.860	0.811	0.808	1.259	1.016	1.025	1.160	0.857	8
	删先仙	0.917	0.909	0.951	1.558	1.016	1.025	1.160	1.492	4
	山先仙	0.917	0.909	0.951	1.558	1.016	1.025	1.160	1.492	4

空间单元	用韵	作家绝对数	县域绝对数	州府绝对数	大区绝对数	县域拓展	州府拓展	大区拓展	空间分布度	排序
真元先仙		0.860	0.811	0.808	1.259	1.016	1.025	1.160	0.857	8
真先仙盐		0.860	0.811	0.808	1.259	1.016	1.025	1.160	0.857	8
元删先仙		0.860	0.811	0.808	1.259	1.016	1.025	1.160	0.857	8
桓删山仙		0.860	0.811	0.808	1.259	1.016	1.025	1.160	0.857	8
月单元	月	1.162	1.295	1.589	1.954	0.998	1.026	1.019	4.876	1
	物月	0.918	0.874	0.902	1.275	1.005	1.026	1.116	1.062	6
	月没	1.064	1.138	1.319	1.788	1.005	1.026	1.066	3.141	2
	月末	0.918	0.874	0.902	1.275	1.005	1.026	1.116	1.062	6
	月屑	1.015	1.047	1.169	1.578	1.005	1.026	1.076	2.177	5
	月薛	1.042	1.097	1.252	1.578	1.005	1.026	1.049	2.444	4
	月没薛	0.918	0.874	0.902	1.275	1.005	1.026	1.116	1.062	6
	月曷薛	0.918	0.874	0.902	1.275	1.005	1.026	1.116	1.062	6
	月屑薛	1.042	1.097	1.252	1.788	1.005	1.026	1.088	2.872	3
	祭月屑薛	0.918	0.874	0.902	1.275	1.005	1.026	1.116	1.062	6
	月陌昔锡	0.918	0.874	0.902	1.275	1.005	1.026	1.116	1.062	6
曷单元	曷末	1.048	1.120	1.178	1.326	1.008	1.000	1.020	1.886	1
	曷职	0.983	1.000	1.000	1.071	1.008	1.000	1.020	1.083	2
	月曷薛	0.983	1.000	1.000	1.071	1.008	1.000	1.020	1.083	2
	曷末铎	0.983	1.000	1.000	1.071	1.008	1.000	1.020	1.083	2
	曷屑薛	0.983	1.000	1.000	1.071	1.008	1.000	1.020	1.083	2
末单元	末	1.000	1.000	1.000	1.000	1.000	1.000	1.000	1.000	2
	月末	1.000	1.000	1.000	1.000	1.000	1.000	1.000	1.000	2
	曷末	1.066	1.120	1.178	1.238	1.000	1.000	1.000	1.741	1
	曷末铎	1.000	1.000	1.000	1.000	1.000	1.000	1.000	1.000	2
黠单元	黠锡乏	1.000	1.000	1.000	1.000	1.000	1.000	1.000	1.000	1
锡单元	黠锡乏	1.000	1.000	1.000	1.000	1.000	1.000	1.000	1.000	1

续表

空间单元	用韵	作家绝对数	县域绝对数	州府绝对数	大区绝对数	县域拓展	州府拓展	大区拓展	空间分布度	排序
屑单元	月屑	0.938	0.926	0.924	1.170	1.010	1.009	1.079	1.032	3
	屑薛	1.144	1.264	1.428	1.642	0.998	1.006	1.009	3.434	1
	月屑薛	0.963	0.971	0.989	1.326	1.010	1.009	1.091	1.362	2
	曷屑薛	0.848	0.773	0.713	0.945	1.010	1.009	1.119	0.504	4
	祭月屑薛	0.848	0.773	0.713	0.945	1.010	1.009	1.119	0.504	4
薛单元	薛	1.045	1.120	1.218	1.382	1.009	1.010	1.019	2.048	2
	祭薛	0.887	0.835	0.798	1.116	1.009	1.010	1.125	0.756	5
	月薛	1.007	1.048	1.107	1.382	1.009	1.010	1.057	1.740	4
	屑薛	1.196	1.365	1.599	1.938	0.998	1.006	1.014	5.154	1
	月曷薛	0.887	0.835	0.798	1.116	1.009	1.010	1.125	0.756	5
	月屑薛	1.007	1.048	1.107	1.566	1.009	1.010	1.097	2.044	3
	曷屑薛	0.887	0.835	0.798	1.116	1.009	1.010	1.125	0.756	5
	薛陌麦	0.887	0.835	0.798	1.116	1.009	1.010	1.125	0.756	5
	脂之微薛	0.887	0.835	0.798	1.116	1.009	1.010	1.125	0.756	5
	祭月屑薛	0.887	0.835	0.798	1.116	1.009	1.010	1.125	0.756	5

三、山摄韵部

元单元用韵空间分布度排序为：元魂9.568＞元先仙5.847＞元5.722＞……，提取元魂为韵部。寒单元用韵空间分布度排序为：寒桓5.651＞寒3.678＞寒先仙1.220＞……，提取寒桓为韵部。桓单元用韵空间分布度排序为：寒桓4.538＞桓2.707＞桓仙0.563＝元魂桓＝寒桓删……，提取寒桓为韵部。删单元用韵空间分布度排序为：删山4.941＞删3.066＞删先仙1.678＞……，提取删山为韵部。山单元用韵空间分布度排序为：删山5.638＞山3.005＞山先仙1.914＞……，提取删山为韵部。先单元用韵空间分布度排序为：先仙9.762＞先5.526＞元先仙4.695＞……，提取先仙为韵部。仙单元用韵空间分布度排序为：先仙9.800＞仙5.491＞元先仙4.713＞……，提取先仙为韵部。月单元用韵空间分布度排序为：月4.876＞月没3.141＞月屑薛2.872＞……，提取月为韵部。曷单元用韵空间分布度排序为：曷末1.886＞曷职1.083＝月曷薛……，提取曷末为韵部。末单元用韵空间分布度排序为：曷末1.741＞末1.000＝曷末＝曷末铎，提取曷末为韵部。黠单元、镕单元各用韵要素量均为1，不能提取韵部。屑单元用韵空间分布度排序为：屑薛3.434＞月屑薛1.362＞月屑1.032＞……，提取屑薛为韵部。薛单元用韵空间分布度排序为：屑薛5.154＞月屑薛2.044＞薛1.996＞……，提取屑薛为韵部。山摄初次提取元魂、寒桓、删山、先仙、月、曷末、屑薛。

在初次提取的韵部中，元魂与臻摄提取的元魂痕构成包孕关系，二次提取元魂痕为韵部。月与臻摄提取的月没构成包孕关系，二次提取月没为韵部。

初唐诗文山摄用韵以元魂痕（跨摄）、寒桓、删山、先仙、月没（跨摄）、曷末、屑薛为韵部。黠、镕的韵部归属不明。

四、山摄二次计算

将元魂的要素量并入元魂痕并去重，二次计算元魂痕部所涉单元用韵的空间分布数据（另含用韵数量），得到下表：

表3-4-5　元魂痕部所涉单元用韵的空间分布数据[1]

空间单元	用韵	用韵数量	作家数量	县域数量	州府数量	大区数量
元单元	元	26	19	17	16	4
	元魂	53	38	33	27	8
	元删	1	1	1	1	1
	元山	1	1	1	1	1
	元先	1	1	1	1	1
	元仙	2	2	2	2	2
	真元先	1	1	1	1	1
	谆元魂	1	1	1	1	1

[1] 此表仅列元单元的空间分布数据，魂、痕二单元的相关数据见表3-3-6。下表3-4-7元魂痕部亦只列元单元的数据。

续表

空间单元	用韵	用韵数量	作家数量	县域数量	州府数量	大区数量
	文元魂	1	1	1	1	1
	元魂痕	62	42	37	30	8
	元魂桓	1	1	1	1	1
	元魂先	2	2	2(1)	2	2
	元魂仙	1	1	1	1	1
	元魂侵	2	2	2	2	2
	元先仙	15	15	14	14	5
	真文元魂	1	1	1	1	1
	真文元痕	1	1	1	1	1
	真元先仙	1	1	1	1	1
	谆元魂痕	2	2	2	2	2
	元寒桓删	1	1	1	1	1
	元删先仙	1	1	1	1	1
	真谆文元痕	1	1	1	1	1
	总量	178	64	52	39	9

　　将月的要素量并入月没并去重,二次计算月没部所涉单元用韵的空间分布数据(另含用韵数量),得到下表(表中仅列月单元的数据):

表 3-4-6　月没部所涉单元用韵的空间分布数据①

空间单元	用韵	用韵数量	作家数量	县域数量	州府数量	大区数量
	月	19	13	11	11	4
	物月	1	1	1	1	1
月单元	月没	26	16	14	12	4
	月末	1	1	1	1	1
	月屑	3	3	3	3	2

① 此表只列月单元的空间分布数据,没单元的相关数据见表3-3-9。下表3-4-7月设部亦只
　列月单元的数据。

空间单元	用韵	用韵数量	作家数量	县域数量	州府数量	大区数量
	月薛	4	4	4	4	2
	月没薛	1	1	1	1	1
	月曷薛	1	1	1	1	1
	月屑薛	4	4	4	4	3
	祭月屑薛	1	1	1	1	1
	月陌昔锡	1	1	1	1	1
	总量	62	28	25	17	5

运用用韵空间分布综合评价法，二次计算元（魂痕）、月（没）部所涉单元用韵各项指标评价值与空间分布度数值并排序，得到下表：

表 3-4-7　二次计算元魂痕部元单元、月没部月单元用韵

各项指标评价值与空间分布度数据表

空间单元	用韵	作家绝对数	县域绝对数	州府绝对数	大区绝对数	县域拓展	州府拓展	大区拓展	空间分布度	排序
元单元	元	1.188	1.382	1.681	2.018	1.004	1.015	1.007	5.722	4
	元魂	1.267	1.541	1.902	2.499	1.003	1.006	1.023	9.568	2
	元删	0.906	0.868	0.874	1.317	1.009	1.019	1.141	1.063	9
	元山	0.906	0.868	0.874	1.317	1.009	1.019	1.141	1.063	9
	元先	0.906	0.868	0.874	1.317	1.009	1.019	1.141	1.063	9
	元仙	0.966	0.973	1.029	1.630	1.009	1.019	1.141	1.851	5
	真元先	0.906	0.868	0.874	1.317	1.009	1.019	1.141	1.063	9
	谆元魂	0.906	0.868	0.874	1.317	1.009	1.019	1.141	1.063	9
	文元魂	0.906	0.868	0.874	1.317	1.009	1.019	1.141	1.063	9
	元魂痕	1.278	1.570	1.949	2.499	1.003	1.005	1.013	9.992	1
	元魂桓	0.906	0.868	0.874	1.317	1.009	1.019	1.141	1.063	9
	元魂先	0.966	0.973	1.029	1.630	1.009	1.019	1.141	1.851	5
	元魂仙	0.906	0.868	0.874	1.317	1.009	1.019	1.141	1.063	9
	元魂侵	0.966	0.973	1.029	1.630	1.009	1.019	1.141	1.851	5
	元先仙	1.163	1.339	1.629	2.162	1.006	1.019	1.040	5.847	3

空间单元	用韵	作家绝对数	县域绝对数	州府绝对数	大区绝对数	县域拓展	州府拓展	大区拓展	空间分布度	排序
	真文元魂	0.906	0.868	0.874	1.317	1.009	1.019	1.141	1.063	9
	真文元痕	0.906	0.868	0.874	1.317	1.009	1.019	1.141	1.063	9
	真元先仙	0.906	0.868	0.874	1.317	1.009	1.019	1.141	1.063	9
	谆元魂痕	0.966	0.973	1.029	1.630	1.009	1.019	1.141	1.851	5
	元寒桓删	0.906	0.868	0.874	1.317	1.009	1.019	1.141	1.063	9
	元删先仙	0.906	0.868	0.874	1.317	1.009	1.019	1.141	1.063	9
	真谆文元痕	0.906	0.868	0.874	1.317	1.009	1.019	1.141	1.063	9
月单元	月	1.162	1.295	1.589	1.954	0.998	1.026	1.019	4.876	2
	物月	0.918	0.874	0.902	1.275	1.005	1.026	1.116	1.062	6
	月没	1.184	1.347	1.622	1.954	0.999	1.016	1.011	5.190	1
	月末	0.918	0.874	0.902	1.275	1.005	1.026	1.116	1.062	6
	月屑	1.015	1.047	1.169	1.578	1.005	1.026	1.076	2.177	5
	月薛	1.042	1.097	1.252	1.578	1.005	1.026	1.049	2.444	4
	月没薛	0.918	0.874	0.902	1.275	1.005	1.026	1.116	1.062	6
	月曷薛	0.918	0.874	0.902	1.275	1.005	1.026	1.116	1.062	6
	月屑薛	1.042	1.097	1.252	1.788	1.005	1.026	1.088	2.872	3
	祭月屑薛	0.918	0.874	0.902	1.275	1.005	1.026	1.116	1.062	6
	月陌昔锡	0.918	0.874	0.902	1.275	1.005	1.026	1.116	1.062	6

五、山摄韵部韵例

(一)元魂痕部

（见臻摄"元魂痕部"）

(二)寒桓部

寒桓。崔信明《送金敬陵入蜀》安难（寒）冠（桓）寒残（寒）（《全诗》257）

寒。王勃《春思赋》安看鞍兰（寒）（《全文》一七七2）

翰。沈佺期《长安道》汉旦散看（翰）（《全诗》1306）

桓。骆宾王《畴昔篇》冠欢端丸（桓）（《全诗》738）

缓。卢照邻《释疾文·悲夫》暖满断（缓）（《全文》一六七4）

翰换。陈子昂《酬李参军崇嗣旅馆见赠》畔（换）汉（翰）（《全诗》1565）

旱缓。张说《行从方秀川与刘评事文同宿》罕（旱）断（缓）散（旱）暖满管短（缓）坦诞（旱）缓（缓）（《全诗》1821）

翰缓换。王梵志《诗五十二首》（三五）半贯役【贯】（换）伴（缓）唤（换）算（缓）散汉案（翰）（《全诗》475）

寒翰桓。虞世南《拟费昶秋夜听捣衣》兰单（寒）宽欢端（桓）寒残难（寒）叹（翰）（《全诗》27）

（三）删山部

删。王勃《春思赋》还关颜（删）（《全文》一七七2）

山。王绩《山家夏日九首》（四）闲间斓山（山）（《全诗》212）

删山。崔湜《大漠行》间【閒】（山）关还（删）山（山）（《全诗》2074）

（四）先仙部

先。富嘉谟《丽色赋附歌》莲田（先）（《全诗》1618）

霰。王勃《寒夜怀友二首》（二）宴见（霰）（《全诗》1051）

仙。陈子昂《祭率府孙录事文》传仙（仙）（《全文》二一六19）

狝。李邕《唐故白马寺主翻译惠沼神塔碑》演辇选（狝）□（《全文补》433）

线。卢藏用《纪信碑》战变（线）（《全文》二三八10）

先仙。崔湜《大漠行》边天（先）川（仙）（《全诗》2074）

铣狝。胡楚宾《大唐润州仁静观魏法师碑》显（铣）辇践缅（狝）（《全文补》210）

霰线。富嘉谟《明冰篇》见荐（霰）扇（线）（《全诗》1617）

（五）月没部

（见臻摄"月没部"）

（六）曷末部

末。王梵志《诗二十九首》（五）活脱撮聒（末）（《全诗》483）

曷末。释窥基《出家箴》钵脱（末）达（曷）(《全诗》800）

（七）屑薛部

薛。王勃《倬彼我系》哲辙烈绁（薛）(《全诗》1041）

屑薛。贺朝《从军行》节咽（屑）雪（薛）(《全诗》2108）

第五节　宕摄

一、宕摄用韵的空间分布

（一）阳(55/39/28/7)

1.关内区

京兆府长安:崔沔1、唐高宗李治1

京兆府高陵:于志宁1

京兆府万年:颜师古2

京兆府武功:苏颋3

华州华阴:杨炯5

同州冯翊:乔知之2

岐州郿:王珪1

2.河北区

蒲州河东:张说7

绛州龙门:王勃3

魏州馆陶:魏征1

魏州贵乡:郭震1

相州内黄:沈佺期1

卫州黎阳:王梵志4

卫州卫县:谢偃1

深州安平:李安期1、李百药2

深州陆泽:张鷟2

深州饶阳:李义府2

赵州房子:李乂2

赵州高邑:李至远1

赵州栾城:苏味道1、阎朝隐1

赵州赞皇:李峤1

幽州范阳:卢照邻5

幽州:卢藏用1

3.中原区

河南府巩县:刘允济1

河南府温县:司马承祯1、司马逸客1

虢州弘农:宋之问2

陕州陕县:上官仪1

汝州:刘希夷2

郑州阳武:韦承庆1

齐州全节:崔融1

襄州襄阳:释法琳2、张柬之1

4.江淮区

扬州江都:李邕3

5.江南区

潭州长沙:欧阳询1

6.东南区

常州义兴:蒋挺1

苏州吴县:朱子奢1

苏州:陈子良1

杭州钱塘:褚亮1

杭州新城:许敬宗2

湖州武康:释明解1

越州余姚:虞世南2

婺州义乌:骆宾王1

7.岭南区

韶州曲江:释法海1

8.籍贯不详

蔡瑰1、高迈1、阙名2、元伞1、张泰
　1、张秀1、朱怀隐1、朱使欣1

（二）养（30/20/20/7）

1.关内区

京兆府长安:李贞1

华州华阴:杨炯3

2.河北区

蒲州宝鼎:薛收1

蒲州河东:吕太一1、张说7

绛州龙门:王勃3、王绩2

晋州:贾言淑1

魏州馆陶:魏征2

卫州卫县:谢偃1

恒州井陉:崔行功1

幽州范阳:卢照邻1

瀛州:朱宝积1

3.中原区

虢州弘农:宋之问1

陕州硖石:姚崇1

汴州浚仪:释昙伦1

齐州山茌:释义净1

曹州冤句:贾膺福1

4.江淮区

扬州江都:李邕1

5.东南区

杭州钱塘:褚亮1

杭州新城:许敬宗1

婺州义乌:骆宾王1

6.西南区

梓州射洪:陈子昂1

7.岭南区

新州新兴:释慧能1

8.籍贯不详

崔悬黎1、东方虬1、高迈1、释灵廓2、
　张元琰1、赵志1

（三）漾（33/27/20/5）

1.关内区

京兆府长安:唐高宗李治2

京兆府万年:颜师古1

京兆府武功:富嘉谟1、苏颋1

华州华阴:杨炯2

2.河北区

太原府文水:则天皇后武曌1

蒲州宝鼎:薛稷1

蒲州河东:张说3

绛州龙门:王勃2、王绩1

相州洹水:张蕴古1

相州内黄:沈佺期1

恒州井陉:崔行功1

深州安平:李百药3

深州饶阳:李义府1

赵州栾城:阎朝隐2

赵州赞皇:李峤1

定州新乐:郎余令1

幽州范阳:卢照邻3

3.中原区

陕州硖石:姚崇1

汝州梁县:孟诜1

宋州宋城:郑惟忠1

兖州瑕丘:徐彦伯1

齐州全节:崔融1

齐州山茌:释义净1

4.江淮区

扬州江都:李邕2

5.东南区

润州延陵:释法融2

杭州新城:许敬宗1

温州永嘉:释玄觉1

6.籍贯不详

和神剑1、李行廉1、明濬1、王元环1

(四)药(2/1/1/1)

1.河北区

绛州龙门:王勃2

2.籍贯不详

慕容知晦1

(五)唐(8/7/6/3)

1.关内区

京兆府三原:于知微1

京兆府武功:苏颋2

华州华阴:杨炯1

2.河北区

蒲州宝鼎:薛元超1

蒲州河东:张说1

绛州龙门:王勃1

3.中原区

郑州:郑万钧1

兖州瑕丘:徐彦伯1

(六)荡(3/2/3/3)

1.关内区

京兆府长安:韩休1

2.陇西区

秦州上邽:姜晞2

3.河北区

幽州:卢藏用1

(七)铎(36/24/21/5)

1.关内区

京兆府长安:释窥基1、唐高宗李治2

京兆府武功:苏颋1

华州华阴:杨炯4

2.河北区

太原府文水:武三思1

蒲州宝鼎:薛元超1

蒲州河东:张说6

绛州龙门:王勃7、王绩2

相州内黄：沈佺期1

卫州黎阳：王梵志1

深州安平：李安期1、李百药1

赵州高邑：李至远1

赵州栾城：阎朝隐1

赵州赞皇：李峤2

定州安喜：崔湜2

幽州范阳：卢照邻2

瀛州：朱宝积1

3.中原区

河南府济源：张廷珪1

河南府洛阳：胡皓1

虢州弘农：宋之问8

郑州：郑休文1

兖州瑕丘：徐彦伯1

齐州全节：崔融1

莱州掖县：王无竞1

襄州襄阳：张柬之1

4.江淮区

扬州江都：李邕3

5.东南区

婺州义乌：骆宾王1

6.籍贯不详

刘秀1、裴翰1、阙名2、王昕1、韦敬一 1、张仵鼎1、郑万英1

（八）东阳(1/0/0/0)

1.籍贯不详

梁践犹1

（九）锺唐(1/1/1/1)

1.河北区

赵州栾城：阎朝隐1

（十）觉药(1/1/1/1)

1.河北区

卫州黎阳：王梵志1

（十一）觉铎(3/3/3/3)

1.河北区

卫州黎阳：王梵志1

2.中原区

宋州宁陵：刘宪1

3.东南区

杭州钱塘：褚亮1

（十二）虞漾(1/1/1/1)

1.河北区

绛州龙门：王绩1

（十三）暮铎(1/1/1/1)

1.河北区

蒲州河东：张说1

（十四）哈唐(1/1/1/1)

1.陇西区

西州高昌：麴崇裕1

（十五）歌药(1/1/1/1)

1.河北区

绛州龙门：王绩1

（十六）养漾(3/3/3/3)

1.河北区

绛州龙门：王勃1

2.中原区

滑州灵昌：崔日用1

3.东南区

苏州吴县：董思恭1

（十七）阳唐(119/67/46/8)

1.关内区

京兆府长安：程彦先1、崔沔2、韩思
　复1、韩休3、释道世4、嗣泽王李润
　1、唐高宗李治3、唐睿宗李旦1、唐
　中宗李显1

京兆府高陵：于志宁2

京兆府泾阳：李迥秀1

京兆府蓝田：梁朱宾1

京兆府万年：颜惟贞1

京兆府武功：富嘉谟1、苏颋11

华州华阴：杨炯21、杨师道1

华州：常文贞1

同州冯翊：乔知之4

2.陇西区

秦州成纪：李元嘉1、唐太宗李世民9

秦州上邽：姜晞1

兰州狄道：辛怡谏1

府县不详：李俨1

3.河北区

太原府文水：武三思3、则天皇后武
　曌2

蒲州宝鼎：薛收2、薛曜1

蒲州河东：吕太一1、张说21

绛州稷山：裴守真1

绛州龙门：王勃9、王绩10

绛州闻喜：裴漼1

魏州昌乐：张文琮2

魏州馆陶：魏征4

相州临漳：卢俌1

相州内黄：沈佺期3

卫州黎阳：王梵志8

卫州卫县：谢偃5

贝州武城：崔善为1

恒州井陉：崔行功1

深州安平：李百药9

深州陆泽：魏知古1、张鷟1

赵州栾城：阎朝隐3

赵州赞皇：李峤6

德州蓨：高士廉1

定州安喜：崔液1

定州鼓城：郭正一2

沧州景城：王晙1

幽州范阳：卢粲2、卢照邻14

幽州：卢藏用1、卢士牟1、王适1

邢州南和：宋璟1

4.中原区

河南府巩县：杜审言1、刘允济2

河南府洛阳：贾曾2、元万顷1、长孙
　无忌2

河南府温县：司马承祯1

河南府偃师：杜嗣先1

虢州弘农：宋之问6

陕州陕县：上官仪2

陕州硖石：姚崇2

汝州:刘希夷2

郑州原武:娄师德1、杨再思1

宋州宁陵:刘宪3

亳州谯:李敬玄1

许州鄢陵:崔泰之1

徐州彭城:刘知几2

兖州瑕丘:徐彦伯4

齐州全节:崔融4、员半千2

曹州冤句:贾膺福2

莱州掖县:王无竞1

荆州江陵:岑文本3、刘洎1

5.江淮区

扬州江都:李邕5

光州固始:陈元光2

6.江南区

潭州长沙:欧阳询1

7.东南区

常州义兴:许景先1

苏州吴县:董思恭1、朱子奢1

杭州钱塘:褚亮3、褚遂良1

杭州新城:许敬宗7

湖州武康:沈叔安1

湖州长城:陈叔达1

歙州歙县:吴少微2

越州永兴:贺知章3

越州余姚:虞世南2

越州:万齐融1

婺州义乌:骆宾王3

8.西南区

梓州射洪:陈子昂8

绵州巴西:李荣1

9.籍贯不详

崔坚1、甘子布1、韩筼1、贺遂亮1、靳翰1、李行廉1、李义表1、权龙襄1、阙名4、王绍望1、王元环1、卫晋1、谢佑1、元道1、张仵鼎1、张愃1、赵志1、赵中虚1、郑仁轨1、郑万英1

（十八）养荡（23/19/16/7）

1.关内区

京兆府长安:释道世1、唐高宗李治1

京兆府蓝田:苏珦1

京兆府万年:颜师古1

京兆府武功:苏颋1

2.陇西区

秦州成纪:唐太宗李世民1

府县不详:李审几1

3.河北区

蒲州河东:张说3

相州洹水:张蕴古1

卫州卫县:谢偃1

深州饶阳:李义府2

赵州房子:李义1

幽州范阳:卢照邻2

4.中原区

河南府巩县:刘允济1

陕州硖石:姚崇1

郑州原武:娄师德1

5.江南区

宣州秋浦:胡楚宾1

6.东南区

杭州新城:许敬宗1

越州余姚:虞世南1

婺州义乌:骆宾王1

7.西南区

梓州射洪:陈子昂1

8.籍贯不详

和神剑1、释法宣1

（十九）漾宕（20/17/12/6）

1.关内区

京兆府长安:释窥基1

京兆府万年:颜师古1

京兆府武功:苏颋1

华州华阴:杨炯1、杨誉1

2.河北区

蒲州河东:张说3

蒲州猗氏:张嘉贞2

绛州龙门:王勃1

卫州黎阳:王梵志1

卫州卫县:谢偃1

深州安平:李百药1

幽州范阳:卢照邻1

府县不详:封希颜1

3.中原区

郑州荥阳:郑世翼1

郑州:郑万钧1

宋州宁陵:刘宪1

4.江淮区

扬州江都:李邕1

5.东南区

杭州钱塘:褚亮1

杭州新城:许敬宗1

6.岭南区

新州新兴:释慧能1

（二十）药铎（31/26/23/7）

1.关内区

京兆府华原:孙思邈1

华州华阴:杨炯1、杨誉1

同州冯翊:乔知之1

2.河北区

蒲州宝鼎:薛收1

蒲州河东:张说4

蒲州猗氏:张嘉贞1

绛州龙门:王勃1

相州内黄:沈佺期1

卫州黎阳:王梵志13

卫州卫县:谢偃2

恒州井陉:崔行功1

深州安平:李百药2

赵州栾城:阎朝隐1

定州鼓城:郭正一1

邢州南和:宋璟1

3.中原区

河南府巩县:刘允济1

虢州弘农:宋之问1

陕州陕县:上官仪1

徐州彭城:刘知几1

兖州瑕丘:徐彦伯1

4.江淮区

扬州江都:李邕3

5.东南区

常州义兴:许景先1

歙州歙县:吴少微1

婺州义乌:骆宾王2

6.西南区

益州成都:朱桃椎1

7.岭南区

新州新兴:释慧能1

8.籍贯不详

魏归仁1、张泰1、赵氏1、赵志2

（二十一）阳庚(1/0/0/0)

1.籍贯不详

王绍望1

（二十二）铎葉(1/1/1/1)

1.岭南区

泷州开阳:陈集源1

（二十三）江阳唐(1/1/1/1)

1.江南区

宣州溧阳:史巑1

（二十四）觉药铎(3/3/3/2)

1.江淮区

扬州江都:李邕1

2.东南区

润州延陵:释法融2

苏州吴县:朱子奢1

（二十五）止阳唐(1/1/1/1)

1.东南区

杭州新城:许敬宗1

（二十六）曷末铎(1/1/1/1)

1.江淮区

光州固始:陈元光1

（二十七）宵药铎(1/1/1/1)

1.东南区

常州晋陵:释义褒1

（二十八）阳养漾(1/1/1/1)

1.河北区

蒲州河东:张说1

（二十九）养漾荡(1/1/1/1)

1.河北区

绛州龙门:王勃1

（三十）养唐荡(1/0/0/0)

1.籍贯不详

和神剑1

（三十一）药昔锡(1/1/1/1)

1.河北区

卫州黎阳:王梵志1

（三十二）铎陌麦(1/1/1/1)

1.河北区

蒲州河东:张说1

（三十三）阳养漾唐劲(1/1/1/1)

1.河北区

卫州黎阳:王梵志1

综合宕摄用韵的空间分布数据,得到下表:

表 3-5-1　宕摄用韵的空间分布数据

用韵	作家数量	县域数量	州府数量	大区数量
阳	55	39	28	7
养	30	20	20	7
漾	33	27	20	5
药	2	1	1	1
唐	8	7	6	3
荡	3	3(2)	3	3
铎	36	24	21	5
东阳	1	1(0)	1(0)	1(0)
锺唐	1	1	1	1
觉药	1	1	1	1
觉铎	3	3	3	3
麌漾	1	1	1	1
暮铎	1	1	1	1
哈唐	1	1	1	1
歌药	1	1	1	1
养漾	3	3	3	3
阳唐	119	67	46	8
养荡	23	19	16	7
漾宕	20	17	12	6
药铎	31	26	23	7
阳庚	1	1(0)	1(0)	1(0)
铎莱	1	1	1	1
江阳唐	1	1	1	1
觉药铎	3	3	3	2
止阳唐	1	1	1	1
曷末铎	1	1	1	1
宵药铎	1	1	1	1

用韵	作家数量	县域数量	州府数量	大区数量
阳养漾	1	1	1	1
养漾荡	1	1	1	1
养唐荡	1	1（0）	1（0）	1（0）
药昔锡	1	1	1	1
铎陌麦	1	1	1	1
阳养漾唐劲	1	1	1	1

二、宕摄用韵的空间分布度

按空间单元整理宕摄用韵的空间分布数据（另含用韵数量），阳声韵举平以赅上去，入声韵单列，将用韵的各空间要素量及各空间要素总量去重，得到下表：

表 3-5-2　宕摄阳声韵诸单元用韵的空间分布数据

空间单元	用韵	用韵数量	作家数量	县域数量	州府数量	大区数量
阳单元	阳	162	72	56	42	8
	虞阳	1	1	1	1	1
	阳唐	336	113	74	48	9
	江阳唐	1	1	1	1	1
	之阳唐	1	1	1	1	1
	阳唐庚	1	1	1	1	1
	总量	502	139	89	57	9
唐单元	唐	13	11	9	8	4
	锺唐	1	1	1	1	1
	哈唐	1	1	1	1	1
	阳唐	336	113	74	48	9
	江阳唐	1	1	1	1	1
	之阳唐	1	1	1	1	1
	阳唐庚	1	1	1	1	1
	总量	354	117	77	49	9

表 3-5-3　宕摄入声韵诸单元用韵的空间分布数据

空间单元	用韵	用韵数量	作家数量	县域数量	州府数量	大区数量
药单元	药	2	1	1	1	1
	觉药	1	1	1	1	1
	歌药	1	1	1	1	1
	药铎	47	27	26	23	7
	觉药铎	4	3	3	3	2
	宵药铎	1	1	1	1	1
	药昔锡	1	1	1	1	1
	总量	57	31	29	25	7
铎单元	铎	57	29	24	21	5
	觉铎	3	3	3	3	3
	模铎	1	1	1	1	1
	药铎	47	27	26	23	7
	铎萛	1	1	1	1	1
	觉药铎	4	3	3	3	2
	曷末铎	1	1	1	1	1
	宵药铎	1	1	1	1	1
	铎陌麦	1	1	1	1	1
	总量	116	52	45	36	7

　　运用用韵空间分布综合评价法,计算宕摄诸单元用韵各项指标评价值与空间分布度数值并排序,得到下表:

表 3-5-4　宕摄诸单元用韵各项指标评价值与空间分布度数据表

空间单元	用韵	作家绝对数	县域绝对数	州府绝对数	大区绝对数	县域拓展	州府拓展	大区拓展	空间分布度	排序
阳单元	阳	1.110	1.243	1.420	1.675	1.008	1.011	1.017	3.402	2
	虞阳	0.749	0.643	0.588	0.883	1.019	1.030	1.181	0.310	3
	阳唐	1.157	1.302	1.466	1.736	1.001	1.001	1.016	3.899	1
	江阳唐	0.749	0.643	0.588	0.883	1.019	1.030	1.181	0.310	3

空间单元	用韵	作家绝对数	县域绝对数	州府绝对数	大区绝对数	县域拓展	州府拓展	大区拓展	空间分布度	排序
	之阳唐	0.749	0.643	0.588	0.883	1.019	1.030	1.181	0.310	3
	阳唐庚	0.749	0.643	0.588	0.883	1.019	1.030	1.181	0.310	3
唐单元	唐	0.962	0.968	1.032	1.418	1.009	1.023	1.094	1.540	2
	锺唐	0.772	0.675	0.632	0.926	1.018	1.031	1.165	0.372	3
	咍唐	0.772	0.675	0.632	0.926	1.018	1.031	1.165	0.372	3
	阳唐	1.192	1.367	1.575	1.821	1.000	1.001	1.002	4.688	1
	江阳唐	0.772	0.675	0.632	0.926	1.018	1.031	1.165	0.372	3
	之阳唐	0.772	0.675	0.632	0.926	1.018	1.031	1.165	0.372	3
	阳唐庚	0.772	0.675	0.632	0.926	1.018	1.031	1.165	0.372	3
药单元	药	0.872	0.792	0.741	1.000	1.003	1.010	1.121	0.581	3
	觉药	0.872	0.792	0.741	1.000	1.003	1.010	1.121	0.581	3
	歌药	0.872	0.792	0.741	1.000	1.003	1.010	1.121	0.581	3
	药铎	1.181	1.352	1.552	1.821	1.001	1.002	1.008	4.558	1
	觉药铎	0.965	0.948	0.960	1.238	1.003	1.010	1.081	1.191	2
	宵药铎	0.872	0.792	0.741	1.000	1.003	1.010	1.121	0.581	3
	药昔锡	0.872	0.792	0.741	1.000	1.003	1.010	1.121	0.581	3
铎单元	铎	1.160	1.293	1.479	1.774	0.998	1.006	1.018	4.025	2
	觉铎	0.941	0.920	0.934	1.516	1.006	1.015	1.159	1.451	3
	模铎	0.851	0.768	0.721	1.080	1.006	1.015	1.159	0.603	5
	药铎	1.152	1.310	1.511	1.967	1.005	1.007	1.041	4.728	1
	铎葉	0.851	0.768	0.721	1.080	1.006	1.015	1.159	0.603	5
	觉药铎	0.941	0.920	0.934	1.338	1.006	1.015	1.117	1.235	4
	曷末铎	0.851	0.768	0.721	1.080	1.006	1.015	1.159	0.603	5
	宵药铎	0.851	0.768	0.721	1.080	1.006	1.015	1.159	0.603	5
	铎陌麦	0.851	0.768	0.721	1.080	1.006	1.015	1.159	0.603	5

三、宕摄韵部

阳单元用韵空间分布度排序为：阳唐3.899＞阳3.402＞虞阳0.310＝江阳唐……，提取阳唐为韵部。唐单元用韵空间分布度排序为：阳唐4.688＞唐1.540＞锺唐0.372＝哈唐……，提取阳唐为韵部。药单元用韵空间分布度排序为：药铎4.558＞觉药铎1.191＞药0.581＝觉药……，提取药铎为韵部。铎单元用韵空间分布度排序为：药铎4.728＞铎4.025＞觉铎1.451＞……，提取药铎为韵部。宕摄初次提取阳唐、药铎。

初唐诗文宕摄用韵以阳唐、药铎为韵部。

四、宕摄韵部韵例

（一）阳唐部

阳唐。崔善为《答王无功冬夜载酒乡馆》乡望疆（阳）桑棠（唐）（《全诗》95）

阳。韦承庆《枯井赋》床芳羊王（阳）（《全文》一八八4）

养。陈子昂《祭孙府君文》往赏飨（养）（《全文》二一六17）

漾。李峤《宣州大云寺碑其七》望壮匠相（漾）（《全文》二四八8）

养漾。崔日用《乞金鱼词》相（漾）赏（养）（《全诗》2100）

阳养漾。张说《开元乐章十九首奉敕撰·酌瓒登歌肃和之章》享（养）将（阳）凼（漾）芗阳尝忘＊（阳）（《全诗》1911）

唐。王勃《寒夜怀友二首》（一）芒苍（唐）（《全诗》1050）

荡。韩休《驾幸华清宫赋》广朗荡（荡）（《全文》二九五1）

养荡。胡楚宾《大唐润州仁静观魏法师碑》荡（荡）往上象（养）（《全文补》210）

漾宕。封希颜《六艺赋》壮上望向（漾）广旷（宕）（《全文》二八二24）

养漾荡。王勃《释迦佛赋》广（荡）响（养）相（漾）（《全文》一七七六）

（二）药铎部

药铎。宋璟《梅花赋》柞（铎）药若（药）托（铎）（《全文》二〇七1）

药。王勃《七夕赋》籥弱烁鹊酌药雀约缚（药）（《全文》一七七8）

铎。崔融《嵩山启母庙碑其四》凿作错讬（铎）（《全文》二二〇5）

第六节　梗摄

一、梗摄用韵的空间分布

（一）庚（29/22/19/6）

1.关内区

京兆府长安：韩休1

京兆府武功：富嘉谟1

京兆府：杜践言1

华州华阴：杨炯1

2.河北区

太原府交城：释惟岸1

太原府文水：则天皇后武曌1

蒲州河东：吕太一1

绛州龙门：王勃1、王绩2

相州临漳：卢从愿1

卫州黎阳：王梵志4

深州陆泽：张鷟1

3.中原区

河南府温县：司马承祯1

陕州陕县：上官仪1

陕州硖石：姚崇2

郑州原武：娄师德1

齐州全节：崔融1

襄州：释灵辩1

4.江淮区

扬州江都：李邕2

扬州：张若虚1

5.东南区

润州延陵：释法融2

杭州钱塘：褚亮1

杭州新城：许敬宗1

湖州武康：沈叔安1

歙州歙县：吴少微1

6.西南区

梓州射洪：陈子昂1

7.籍贯不详

高迈2、高庶几1、浚泰1

（二）梗（3/3/3/3）

1.关内区

京兆府华原：令狐德棻1

2.河北区

绛州龙门：王勃1

3.中原区

陕州陕县：上官仪1

（三）映（10/9/7/4）

1.关内区

京兆府长安：韩休1

京兆府泾阳：李大亮1

京兆府武功：苏颋1

2.河北区

蒲州河东：张说1

蒲州猗氏：张嘉贞1

卫州黎阳：王梵志1

3.中原区

荆州江陵：岑文本1

4.东南区

润州延陵：释法融1

杭州钱塘：褚亮1

越州：万齐融1

（四）陌（8/7/7/3）

1.河北区

蒲州宝鼎：薛稷1

蒲州河东：张说1

绛州闻喜：裴漼1

卫州黎阳：王梵志4

2.中原区

虢州弘农：宋之问2

汝州：刘希夷1

3.东南区

润州丹徒：马怀素1

越州永兴：贺知章1

（五）麦（2/2/2/2）

1.河北区

恒州井陉：崔行功1

2.中原区

怀州河内：王知敬1

（六）清（39/28/19/5）

1.关内区

京兆府长安：释道世1

京兆府蓝田：苏珦1

京兆府万年：颜师古1

京兆府武功：富嘉谟1

华州华阴：杨师道1、杨续1

同州冯翊：乔知之1

2.陇西区

秦州成纪：唐太宗李世民1

3.河北区

太原府文水：则天皇后武曌1

蒲州河东：张说2

绛州龙门：王勃3、王绩2

绛州闻喜：裴漼1

卫州黎阳：王梵志1

深州安平：李百药1

深州陆泽：张鷟2

深州饶阳：李义府1

赵州栾城：阎朝隐1

赵州赞皇：李峤1

幽州范阳：卢粲1

幽州：王适1

府县不详：张果1

4.中原区

河南府巩县：刘允济1

河南府缑氏：释玄奘1

河南府洛阳：长孙无忌1

河南府：于敬之1

陕州陕县：上官婉儿4、上官仪1

陕州硖石：姚崇1

汝州：刘希夷1

郑州原武：娄师德1

郑州：郑休文1

齐州山茌：释义净1

5.东南区

杭州新城：许敬宗1

歙州歙县：吴少微1

婺州义乌：骆宾王1

6.籍贯不详

寇淑1、裴翰1、魏奉古1

（七）静（2/2/2/2）

1.江淮区

扬州江都：李邕1

2.西南区

梓州射洪：陈子昂1

（八）劲（8/7/5/3）

1.关内区

京兆府长安：唐高宗李治2

京兆府蓝田：苏珦1

2.河北区

蒲州宝鼎：薛收1

蒲州河东：张说2

魏州昌乐：张文琮1

3.中原区

河南府巩县：刘允济1

汝州梁县：孟诜1

4.籍贯不详

□镇1

（九）昔（25/17/16/6）

1.关内区

京兆府长安：崔沔1、韦展1

京兆府蓝田：苏晋1

京兆府武功：苏颋3

华州华阴：杨炯2

2.陇西区

秦州成纪：唐太宗李世民3

3.河北区

蒲州河东：吕太一1、张说1

蒲州猗氏：张嘉贞1

绛州龙门：王勃5

深州安平：李百药2

赵州房子：李尚一1

瀛州：朱宝积1

洺州：宋芬1

4.中原区

河南府巩县：刘允济1

河南府：于敬之1

陕州陕县：上官仪1

宋州宋城：郑惟忠1

荆州江陵：岑文本1

5.江淮区

扬州江都：李邕1

6.东南区

常州义兴：许景先1

越州余姚：虞世南1

7.籍贯不详

高叔夏1、魏奉古1、张愃1

（十）青（23/16/15/6）

1.关内区

京兆府长安：崔沔1、王德真1

京兆府泾阳：李迥秀1

华州华阴：杨炯5

2.河北区

太原府文水：则天皇后武曌1

蒲州宝鼎：薛克构1

蒲州河东：张说6

绛州龙门：王勃1、王绩2

赵州房子：李乂1

幽州范阳：卢照邻4

府县不详：张果1

3.中原区

虢州弘农：宋之问2

陕州硖石：姚崇1

汝州：刘希夷1

兖州瑕丘：徐彦伯1

4.江淮区

扬州江都：王绍宗1

5.东南区

杭州钱塘：褚亮2

越州余姚：虞世南1

越州：贺朝1

6.西南区

梓州射洪：陈子昂1

7.籍贯不详

刘元节1、阙名2

（十一）锡（7/5/4/3）

1.关内区

京兆府泾阳：李迥秀1

京兆府武功：苏颋1

2.河北区

蒲州宝鼎：薛稷1

绛州龙门：王绩1

3.中原区

怀州河内：王知敬1

4.籍贯不详

李行廉1、释法宣1

（十二）至昔（1/0/0/0）

1.籍贯不详

和神剑1

（十三）震证（1/1/1/1）

1.河北区

幽州范阳：卢照邻1

（十四）文庚（1/1/1/1）

1.河北区

绛州龙门：王勃1

（十五）问映（2/2/2/2）

1.关内区

京兆府高陵：于志宁1

2.河北区

深州安平：李百药2

（十六）问劲（1/1/1/1）

1.河北区

深州饶阳：李义府1

（十七）魂庚(1/1/1/1)

1.江淮区

扬州江都:李邕1

（十八）阳庚(1/0/0/0)

1.籍贯不详

王绍望1

（十九）庚耕(5/3/3/2)

1.关内区

京兆府长安:释道世1

2.河北区

蒲州河东:张说2

卫州黎阳:王梵志3

府县不详:张果1

3.籍贯不详

□镇1

（二十）陌麦(4/4/3/3)

1.关内区

京兆府长安:唐高宗李治1

京兆府万年:韦虚心1

2.河北区

蒲州河东:张说1

3.中原区

齐州全节:崔融1

（二十一）庚清(99/60/44/9)

1.关内区

京兆府长安:崔沔1、李贞1、石抱忠1、唐高宗李治5、唐中宗李显1

京兆府高陵:于志宁1

京兆府华原:令狐德棻2

京兆府金城:窦希玠1

京兆府蓝田:梁朱宾1

京兆府三原:于知微1

京兆府万年:韦虚心1

京兆府武功:富嘉谟1、苏诜1、苏颋9

华州华阴:杨炯8、杨师道1

同州冯翊:乔师望1

同州重泉:严识玄1

泾州安定:梁知微1

2.陇西区

秦州成纪:唐太宗李世民2

府县不详:李审几1、李俨1

3.河北区

太原府文水:则天皇后武曌4

蒲州宝鼎:薛收1

蒲州河东:张说25

蒲州桑泉:陈述1

蒲州猗氏:张嘉贞1

绛州龙门:王勃6、王绩4

魏州昌乐:张大安1、张文琮1

魏州馆陶:魏征4

相州临漳:卢从愿1

卫州黎阳:王梵志3

恒州井陉:崔行功1

深州安平:李百药9

深州饶阳:李义府1

赵州房子:李尚一1、李义1

赵州栾城:阎朝隐1

赵州赞皇:李峤3

定州安喜:崔湜3

沧州东光:苗神客1

幽州范阳:卢粲1、卢照邻8

幽州:卢献1、王适2

瀛州:朱宝积1、张果2

4.中原区

河南府巩县:刘允济1

河南府洛阳:胡皓2、元万顷1、张循
　之1

河南府温县:司马承祯1、司马逸客1

虢州弘农:宋之问6

陕州陕县:上官婉儿1

汝州:刘希夷4

郑州荥阳:郑世翼1

怀州河内:王知敬1

徐州彭城:刘知几2

兖州瑕丘:徐彦伯2

齐州全节:崔融1、员半千1

齐州山茌:释义净1

襄州襄阳:席豫1

邓州:刘斌1

荆州江陵:岑文本2

荆州:刘孝孙1

5.江淮区

扬州江都:李邕4

6.江南区

宣州溧阳:史巃1

7.东南区

润州延陵:释法融2

常州晋陵:刘祎之1

苏州:陈子良2

杭州钱塘:褚亮3

杭州新城:许敬宗7

歙州歙县:吴少微1

越州永兴:贺知章2

越州余姚:虞世南5

越州:贺朝2

婺州义乌:骆宾王3

括州括苍:叶法善2

温州永嘉:释玄觉1

8.西南区

眉州彭山:释道会1

梓州射洪:陈子昂6

9.岭南区

新州新兴:释慧能1

10.籍贯不详

东方虬1、甘子布1、高迈5、江旻1、明
　濬1、释法宣1、王元环1、杨濬1、
　张思讷1、张秀1、张愃1、赵志1、
　郑万英1

(二十二)梗静(11/8/8/4)

1.关内区

京兆府长安:唐高宗李治1

华州华阴:杨炯1

同州冯翊:芮智璨2

2.河北区

绛州龙门:王勃6

相州内黄:沈佺期1

3.东南区

润州延陵：释法融1

越州余姚：虞世南1

4.岭南区

泷州开阳：陈集源1

5.籍贯不详

蔡瑰1、甘子布1、元伞1

（二十三）映劲（46/34/23/7）

1.关内区

京兆府长安：崔沔1、韩休1、唐高宗
　　李治2

京兆府高陵：于志宁1

京兆府华原：令狐德棻1

京兆府蓝田：梁朱宾1

京兆府武功：富嘉谟1、苏颋6

华州华阴：杨炯9

同州重泉：严识玄1

2.陇西区

秦州成纪：唐太宗李世民1

府县不详：李审几1、李俨2

3.河北区

太原府文水：则天皇后武曌1

蒲州河东：张说9

蒲州猗氏：张嘉贞1

绛州稷山：裴守真1

绛州龙门：王勃5

绛州闻喜：裴漼1、裴炎1

魏州馆陶：魏征2

相州洹水：张蕴古1

深州安平：李百药7

深州饶阳：李义府1

4.中原区

河南府陆浑：丘悦1

河南府洛阳：贾曾1

陕州陕县：上官仪1

徐州彭城：刘知几1

兖州瑕丘：徐彦伯2

齐州全节：崔融1

曹州冤句：贾膺福1

荆州江陵：岑文本2

5.江淮区

扬州江都：李邕2

6.江南区

宣州溧阳：史嶷1

7.东南区

苏州吴县：董思恭1

杭州钱塘：褚亮5、褚遂良1

杭州新城：许敬宗2

越州永兴：贺知章2

越州余姚：虞世南3

婺州义乌：骆宾王1

8.籍贯不详

崔悬黎1、和神剑1、贺遂亮1、柳绍先
　　1、王友方1

（二十四）陌昔（26/19/17/6）

1.关内区

京兆府长安：唐高宗李治1

京兆府三原：于知微1

京兆府武功：富嘉谟1、苏颋6

华州华阴：杨炯2

同州重泉：严识玄1

2.河北区

蒲州河东：张说3

绛州龙门：王勃4、王绩1

相州内黄：沈佺期1

卫州卫县：谢偃1

恒州井陉：崔行功1

赵州赞皇：李峤3

幽州范阳：卢粲1、卢照邻2

3.中原区

虢州弘农：宋之问1

兖州瑕丘：徐彦伯1

曹州冤句：贾膺福1

4.江淮区

扬州江都：王绍宗1

5.东南区

杭州新城：许敬宗1

婺州义乌：骆宾王1

6.岭南区

泷州开阳：陈集源1

7.籍贯不详

杜澄1、韩覃1、康子元1、释彦琮1

（二十五）庚青（15/13/11/6）

1.关内区

京兆府咸阳：崔敦礼1

2.河北区

蒲州宝鼎：薛稷1

蒲州河东：张说1

绛州龙门：王勃1

卫州黎阳：王梵志1

赵州赞皇：李峤1

幽州范阳：卢照邻1

3.中原区

河南府温县：司马承祯1

徐州彭城：刘知几1

4.江南区

潭州长沙：欧阳询1

5.东南区

杭州钱塘：褚亮1

杭州新城：许敬宗1

杭州：朱君绪1

6.西南区

梓州射洪：陈子昂1

7.籍贯不详

东方虬1

（二十六）陌锡（1/0/0/0）

1.籍贯不详

史宝定1

（二十七）陌职（1/1/1/1）

1.西南区

梓州射洪：陈子昂1

（二十八）耕清（1/1/1/1）

1.中原区

虢州弘农：宋之问1

（二十九）麦昔（6/4/3/3）

1.关内区

京兆府万年:颜师古1

京兆府武功:苏诜1、苏颋1

2.江淮区

扬州江都:李邕1

3.东南区

越州余姚:虞世南1

越州:贺朝1

(三十)耕蒸(1/0/0/0)

1.籍贯不详

东方虬1

(三十一)清青(23/16/15/5)

1.关内区

京兆府长安:程彦先1、杜之松1、释道世5

华州华阴:杨炯2

同州冯翊:乔知之1

2.河北区

太原府文水:则天皇后武曌2

蒲州河东:吕太一1

蒲州猗氏:张嘉贞1

绛州绛州:释本净1

卫州黎阳:王梵志6

卫州卫县:谢偃1

深州陆泽:张鷟1

赵州:李□袭1

幽州范阳:卢照邻1

府县不详:张果1

3.中原区

河南府温县:司马承祯2

陕州陕县:上官仪1

荆州江陵:岑文本1

4.江淮区

扬州江都:李邕1

5.西南区

梓州射洪:陈子昂1

6.籍贯不详

淳于敬一1、樊望之1、韦敬一1

(三十二)静迥(1/1/1/1)

1.关内区

京兆府长安:释道世1

(三十三)劲径(2/2/2/2)

1.关内区

京兆府长安:唐中宗李显1

2.江淮区

扬州江都:李邕1

(三十四)昔锡(21/18/17/7)

1.关内区

京兆府长安:释道世1、唐高宗李治1

华州华阴:杨炯2

同州冯翊:乔知之1

2.陇西区

秦州成纪:唐太宗李世民1

3.河北区

蒲州河东:张说2

绛州龙门:王勃2

卫州黎阳:王梵志4

卫州卫县:谢偃1

深州安平:李百药1

赵州柏人:李嗣真1

赵州赞皇:李峤2

幽州范阳:卢照邻1

4.中原区

虢州弘农:宋之问3

汝州:刘希夷1

徐州彭城:刘知几1

5.江淮区

扬州江都:李邕2、王绍宗1

6.东南区

杭州新城:许敬宗1

温州永嘉:释玄觉2

7.西南区

梓州射洪:陈子昂1

(三十五)清蒸(1/1/1/1)

1.江淮区

光州固始:陈元光1

(三十六)劲证(1/1/1/1)

1.关内区

京兆府长安:释窥基1

(三十七)昔职(2/2/2/2)

1.关内区

京兆府咸阳:崔敦礼1

2.河北区

绛州龙门:王勃1

(三十八)真谆庚(1/1/1/1)

1.陇西区

兰州狄道:辛怡谏1

(三十九)质术陌(1/1/1/1)

1.东南区

婺州义乌:骆宾王1

(四十)质术昔(1/1/1/1)

1.河北区

太原府文水:武平一1

(四十一)真庚清(2/2/2/2)

1.关内区

京兆府武功:苏颋1

2.中原区

河南府温县:司马承祯1

(四十二)真清青(1/1/1/1)

1.中原区

河南府温县:司马承祯1

(四十三)质昔职(1/1/1/1)

1.关内区

京兆府咸阳:崔敦礼1

(四十四)真青侵(1/1/1/1)

1.中原区

河南府温县:司马承祯1

(四十五)薛陌麦(1/1/1/1)

1.河北区

绛州龙门:王勃1

(四十六)药昔锡(1/1/1/1)

1.河北区

卫州黎阳:王梵志1

(四十七)铎陌麦(1/1/1/1)

1.河北区

蒲州河东:张说1

（四十八）庚耕清（9/8/8/5）

1.关内区

华州华阴：杨师道1

2.陇西区

秦州成纪：唐太宗李世民2

3.河北区

绛州龙门：王绩1

幽州范阳：卢照邻2

府县不详：张果1

4.中原区

河南府洛阳：太宗皇后长孙氏1

虢州弘农：宋之问1

5.东南区

杭州新城：许敬宗2

温州永嘉：释玄觉1

（四十九）映诤劲（2/2/2/2）

1.陇西区

秦州成纪：唐太宗李世民1

2.河北区

蒲州河东：张说1

（五十）陌麦昔（12/9/8/5）

1.关内区

华州华阴：杨炯1

2.陇西区

府县不详：李俨1

3.河北区

卫州黎阳：王梵志2

赵州房子：李义1

赵州赞皇：李峤1、封希颜1

4.中原区

虢州弘农：宋之问1

徐州彭城：刘知几1

兖州瑕丘：徐彦伯1

5.东南区

杭州钱塘：褚遂良1

温州永嘉：释玄觉1

6.籍贯不详

谢佑1

（五十一）庚耕蒸（1/1/1/1）

1.河北区

卫州黎阳：王梵志1

（五十二）陌麦德（1/1/1/1）

1.河北区

卫州黎阳：王梵志1

（五十三）庚清静（1/1/1/1）

1.中原区

邓州南阳：韩思彦1

（五十四）庚清青（39/28/24/7）

1.关内区

京兆府长安：释道世2、唐高宗李治2

京兆府华原：孙思邈1

华州华阴：杨炯13

2.陇西区

秦州成纪：唐太宗李世民3

3.河北区

太原府文水：则天皇后武曌1

蒲州河东：张说1

绛州龙门：王勃1、王绩2

魏州馆陶:魏征1

相州洹水:张蕴古1

相州内黄:沈佺期1

卫州黎阳:王梵志1

卫州卫县:谢偃1

深州安平:李百药1

定州安喜:崔湜1

定州鼓城:郭正一1

幽州:卢藏用1、卢士牟1

4.中原区

河南府巩县:刘允济1

河南府洛阳:胡皓1、长孙无忌1

徐州彭城:刘知几1

兖州瑕丘:徐彦伯1

曹州冤句:贾膺福1

沂州临沂:王元宗1

5.江淮区

扬州江都:李邕2

寿州安丰:释智通1

6.东南区

苏州吴县:朱子奢1

杭州钱塘:褚亮1

湖州长城:太宗贤妃徐惠1

婺州义乌:骆宾王1

7.西南区

梓州射洪:陈子昂8

8.籍贯不详

权龙襄1、阙名3、史仲谋1、萧楚材1、
　张神安1、张□1

(五十五)梗静迥(1/1/1/1)

　1.籍贯不详

刘秀1

(五十六)映劲径(7/7/7/5)

　1.关内区

京兆府高陵:于志宁2

华州华阴:杨炯2

　2.陇西区

秦州成纪:唐太宗李世民1

　3.河北区

蒲州河东:张说2

卫州卫县:谢偃1

　4.江淮区

扬州江都:李邕1

　5.岭南区

新州新兴:释慧能1

(五十七)陌昔锡(5/4/4/3)

　1.关内区

华州华阴:杨炯1

　2.河北区

定州安喜:崔湜2

幽州范阳:卢照邻1

　3.江淮区

扬州江都:李邕2

　4.籍贯不详

赵志1

(五十八)庚清蒸(1/1/1/1)

　1.江淮区

扬州江都:李邕1

（五十九）梗映径（1/0/1/1）

1.中原区

怀州：司马太贞1

（六十）耕蒸登（2/2/2/2）

1.河北区

蒲州河东：张说1

2.江淮区

扬州江都：李邕1

（六十一）清青蒸（1/1/1/1）

1.关内区

京兆府长安：释道世1

（六十二）清青登（1/1/1/1）

1.河北区

卫州黎阳：王梵志1

（六十三）劲蒸证（1/1/1/1）

1.中原区

曹州冤句：贾膺福1

（六十四）昔职德（2/2/2/1）

1.河北区

绛州龙门：王绩1

深州陆泽：张鷟1

（六十五）真庚清青（1/1/1/1）

1.中原区

河南府温县：司马承祯1

（六十六）真庚清登（1/1/1/1）

1.中原区

河南府温县：司马承祯1

（六十七）真清青蒸（1/1/1/1）

1.中原区

河南府温县：司马承祯1

（六十八）月陌昔锡（1/1/1/1）

1.河北区

定州安喜：崔湜1

（六十九）庚耕清青（2/2/2/2）

1.江淮区

扬州江都：李邕1

2.西南区

梓州射洪：陈子昂2

（七十）陌麦昔锡（3/3/3/2）

1.河北区

魏州昌乐：李咸1

2.中原区

郑州阳武：韦承庆1

徐州彭城：刘知几1

（七十一）庚耕清蒸（1/0/1/1）

1.东南区

苏州：陈子良1

（七十二）陌昔锡德（1/1/1/1）

1.江淮区

扬州江都：李邕1

（七十三）庚映清劲（1/1/1/1）

1.关内区

京兆府长安：韩休1

（七十四）梗映静迥（1/1/1/1）

1.河北区

相州内黄：沈佺期1

（七十五）阳养漾唐劲（1/1/1/1）

1.河北区

卫州黎阳:王梵志1

（七十六）**梗映静劲径**（1/1/1/1）

1.关内区

京兆府华原:孙思邈1

（七十七）**真至陌昔锡职**（1/1/1/1）

1.关内区

京兆府华原:孙思邈1

综合梗摄用韵的空间分布数据,得到下表:

表 3-6-1　梗摄用韵的空间分布数据

用韵	作家数量	县域数量	州府数量	大区数量
庚	29	22	19	6
梗	3	3	3	3
映	10	9	7	4
陌	8	7	7	3
麦	2	2	2	2
清	39	28	19	5
静	2	2	2	2
劲	8	7	5	3
昔	25	17	16	6
青	23	16	15	6
锡	7	5	4	3
至昔	1	1(0)	1(0)	1(0)
震证	1	1	1	1
文庚	1	1	1	1
问映	2	2	2	2
问劲	1	1	1	1
魂庚	1	1	1	1
阳庚	1	1(0)	1(0)	1(0)
庚耕	5	3	3	2
陌麦	4	4	3	3
庚清	99	60	44	9

用韵	作家数量	县域数量	州府数量	大区数量
梗静	11	8	8	4
映劲	46	34	23	7
陌昔	26	19	17	6
庚青	15	13	11	6
陌锡	1	1（0）	1（0）	1（0）
陌职	1	1	1	1
耕清	1	1	1	1
麦昔	6	4	3	3
耕蒸	1	1（0）	1（0）	1（0）
清青	23	16	15	5
静迥	1	1	1	1
劲径	2	2	2	2
昔锡	21	18	17	7
清蒸	1	1	1	1
劲证	1	1	1	1
昔职	2	2	2	2
真谆庚	1	1	1	1
质术陌	1	1	1	1
质术昔	1	1	1	1
真庚清	2	2	2	2
真清青	1	1	1	1
质昔职	1	1	1	1
真青侵	1	1	1	1
薛陌麦	1	1	1	1
药昔锡	1	1	1	1
铎陌麦	1	1	1	1
庚耕清	9	8	8	5
映净劲	2	2	2	2

续表

用韵	作家数量	县域数量	州府数量	大区数量
陌麦昔	12	9	8	5
庚耕蒸	1	1	1	1
陌麦德	1	1	1	1
庚清静	1	1	1	1
庚清青	39	28	24	7
梗静迥	1	1(0)	1(0)	1(0)
映劲径	7	7	7	5
陌昔锡	5	4	4	3
庚清蒸	1	1	1	1
梗映径	1	1(0)	1	1
耕蒸登	2	2	2	2
清青蒸	1	1	1	1
清青登	1	1	1	1
劲蒸证	1	1	1	1
昔职德	2	2	2	1
真庚清青	1	1	1	1
真庚清登	1	1	1	1
真清青蒸	1	1	1	1
月陌昔锡	1	1	1	1
庚耕清青	2	2	2	2
陌麦昔锡	3	3	3	2
庚耕清蒸	1	1(0)	1	1
陌昔锡德	1	1	1	1
庚映清劲	1	1	1	1
梗映静迥	1	1	1	1
阳养漾唐劲	1	1	1	1
梗映静劲径	1	1	1	1
真至陌昔锡职	1	1	1	1

二、梗摄用韵的空间分布度

按空间单元整理梗摄用韵的空间分布数据（另含用韵数量），阳声韵举平以赅上去，入声韵单列，将用韵的各空间要素量及各空间要素总量去重，得到下表：

表 3-6-2　梗摄阳声韵诸单元用韵的空间分布数据

空间单元	用韵	用韵数量	作家数量	县域数量	州府数量	大区数量
庚单元	庚	46	33	26	21	6
	文庚	4	3	3	3	2
	魂庚	1	1	1	1	1
	庚耕	7	4	3	3	2
	庚清	309	101	69	46	9
	庚青	15	15	13	12	6
	真谆庚	1	1	1	1	1
	真庚清	2	2	2	2	2
	阳唐庚	1	1	1	1	1
	庚耕清	14	10	9	9	5
	庚耕蒸	1	1	1	1	1
	庚清青	70	35	30	25	8
	庚清蒸	1	1	1	1	1
	真庚清青	1	1	1	1	1
	真庚清登	1	1	1	1	1
	庚耕清青	3	2	2	2	2
	庚耕清蒸	1	1	1(0)	1	1
	总量	478	130	83	51	9
耕单元	耕	2	2	2	2	2
	庚耕	7	4	3	3	2
	耕清	1	1	1	1	1
	庚耕清	14	10	9	9	5

续表

空间单元	用韵	用韵数量	作家数量	县域数量	州府数量	大区数量
	庚耕蒸	1	1	1	1	1
	耕蒸登	2	2	2	2	2
	庚耕清青	3	2	2	2	2
	庚耕清蒸	1	1	1(0)	1	1
	总量	31	17	16(15)	16	7
清单元	清	55	42	33	22	7
	文清	1	1	1	1	1
	庚清	309	101	69	46	9
	耕清	1	1	1	1	1
	清青	35	21	16	15	5
	清蒸	3	3	3	3	3
	真庚清	2	2	2	2	2
	真清青	1	1	1	1	1
	庚耕清	14	10	9	9	5
	庚清青	70	35	30	25	8
	庚清蒸	1	1	1	1	1
	清青蒸	1	1	1	1	1
	清青登	1	1	1	1	1
	真庚清青	1	1	1	1	1
	真庚清登	1	1	1	1	1
	真清青蒸	1	1	1	1	1
	庚耕清青	3	2	2	2	2
	庚耕清蒸	1	1	1(0)	1	1
	总量	501	131	81	50	9
青单元	青	36	21	16	15	6
	庚青	15	15	13	12	6
	清青	35	21	16	15	5
	真清青	1	1	1	1	1

空间单元	用韵	用韵数量	作家数量	县域数量	州府数量	大区数量
	真青侵	1	1	1	1	1
	庚清青	70	35	30	25	8
	清青蒸	1	1	1	1	1
	清青登	1	1	1	1	1
	真庚清青	1	1	1	1	1
	真清青蒸	1	1	1	1	1
	庚耕清青	3	2	2	2	2
	总量	165	67	48	34	9

表 3-6-3　梗摄入声韵诸单元用韵的空间分布数据

空间单元	用韵	用韵数量	作家数量	县域数量	州府数量	大区数量
陌单元	陌	12	8	7	7	3
	陌麦	4	4	4	3	3
	陌昔	36	22	19	17	6
	陌职	1	1	1	1	1
	质术陌	1	1	1	1	1
	薛陌麦	1	1	1	1	1
	铎陌麦	1	1	1	1	1
	陌麦昔	12	11	9	8	5
	陌麦德	1	1	1	1	1
	陌昔锡	6	4	4	4	3
	月陌昔锡	1	1	1	1	1
	陌麦昔锡	3	3	3	3	2
	陌昔锡德	1	1	1	1	1
	支脂陌昔锡职	1	1	1	1	1
	总量	81	42	35	27	8
麦单元	陌麦	4	4	4	3	3
	麦昔	6	6	4	3	3
	薛陌麦	1	1	1	1	1

空间单元	用韵	用韵数量	作家数量	县域数量	州府数量	大区数量
	铎陌麦	1	1	1	1	1
	陌麦昔	12	11	9	8	5
	陌麦德	1	1	1	1	1
	陌麦昔锡	3	3	3	3	2
	陌昔锡德	1	1	1	1	1
	总量	29	24	19	16	6
昔单元	昔	32	22	17	16	6
	陌昔	36	22	19	17	6
	麦昔	6	6	4	3	3
	昔锡	32	21	18	17	7
	昔职	2	2	2	2	2
	质术昔	1	1	1	1	1
	质昔职	1	1	1	1	1
	药昔锡	1	1	1	1	1
	陌麦昔	12	11	9	8	5
	陌昔锡	6	4	4	4	3
	昔职德	2	2	2	2	1
	月陌昔锡	1	1	1	1	1
	陌麦昔锡	3	3	3	3	2
	支脂陌昔锡职	1	1	1	1	1
	总量	136	62	45	35	8
锡单元	锡	5	5	5	4	3
	昔锡	32	21	18	17	7
	药昔锡	1	1	1	1	1
	陌昔锡	6	4	4	4	3
	月陌昔锡	1	1	1	1	1
	陌麦昔锡	3	3	3	3	2
	陌昔锡德	1	1	1	1	1
	支脂陌昔锡职	1	1	1	1	1
	总量	50	30	26	21	7

运用用韵空间分布综合评价法，计算梗摄诸单元用韵各项指标评价值与空间分布度数值并排序，得到下表：

表 3-6-4 梗摄诸单元用韵各项指标评价值与空间分布度数据表

空间单元	用韵	作家绝对数	县域绝对数	州府绝对数	大区绝对数	县域拓展	州府拓展	大区拓展	空间分布度	排序
庚单元	庚	1.144	1.316	1.583	2.112	1.009	1.018	1.044	5.401	3
	文庚	0.918	0.923	1.000	1.506	1.019	1.033	1.127	1.514	7
	魂庚	0.829	0.771	0.772	1.216	1.019	1.033	1.169	0.739	10
	庚耕	0.942	0.923	1.000	1.506	1.007	1.033	1.127	1.536	6
	庚清	1.268	1.544	1.905	2.393	1.003	1.005	1.009	9.083	1
	庚青	1.064	1.174	1.387	2.112	1.013	1.028	1.098	4.186	4
	真谆庚	0.829	0.771	0.772	1.216	1.019	1.033	1.169	0.739	10
	真庚清	0.884	0.864	0.909	1.506	1.019	1.033	1.169	1.287	8
	阳唐庚	0.829	0.771	0.772	1.216	1.019	1.033	1.169	0.739	10
	庚耕清	1.025	1.106	1.296	1.997	1.015	1.033	1.109	3.409	5
	庚耕蒸	0.829	0.771	0.772	1.216	1.019	1.033	1.169	0.739	10
	庚清青	1.150	1.347	1.649	2.308	1.013	1.021	1.055	6.431	2
	庚清蒸	0.829	0.771	0.772	1.216	1.019	1.033	1.169	0.739	10
	真庚清青	0.829	0.771	0.772	1.216	1.019	1.033	1.169	0.739	10
	真庚清登	0.829	0.771	0.772	1.216	1.019	1.033	1.169	0.739	10
	庚耕清青	0.884	0.864	0.909	1.506	1.019	1.033	1.169	1.287	8
	庚耕清蒸	0.829	0.771	0.772	1.216	1.019	1.033	1.169	0.739	10
耕单元	耕	0.994	1.000	1.000	1.290	1.003	1.000	1.077	1.385	3
	庚耕	1.060	1.069	1.100	1.290	0.990	1.000	1.039	1.654	2
	耕清	0.933	0.893	0.849	1.042	1.003	1.000	1.077	0.796	6
	庚耕清	1.153	1.280	1.426	1.711	0.998	1.000	1.022	3.671	1
	庚耕蒸	0.933	0.893	0.849	1.042	1.003	1.000	1.077	0.796	6
	耕蒸登	0.994	1.000	1.000	1.290	1.003	1.000	1.077	1.385	3
	庚耕清青	0.994	1.000	1.000	1.290	1.003	1.000	1.077	1.385	3
	庚耕清蒸	0.933	0.893	0.849	1.042	1.003	1.000	1.077	0.796	6

空间单元	用韵	作家绝对数	县域绝对数	州府绝对数	大区绝对数	县域拓展	州府拓展	大区拓展	空间分布度	排序
清单元	清	1.175	1.386	1.630	2.254	1.010	1.005	1.053	6.398	3
	文清	0.833	0.781	0.786	1.238	1.021	1.033	1.167	0.779	9
	庚清	1.274	1.565	1.940	2.436	1.004	1.005	1.008	9.577	1
	耕清	0.833	0.781	0.786	1.238	1.021	1.033	1.167	0.779	9
	清青	1.102	1.231	1.489	2.032	1.009	1.028	1.057	4.505	4
	清蒸	0.922	0.936	1.018	1.736	1.021	1.033	1.167	1.876	6
	真庚清	0.888	0.875	0.925	1.533	1.021	1.033	1.167	1.357	7
	真清青	0.833	0.781	0.786	1.238	1.021	1.033	1.167	0.779	9
	庚耕清	1.030	1.120	1.320	2.032	1.016	1.033	1.107	3.595	5
	庚清青	1.155	1.365	1.680	2.349	1.014	1.020	1.053	6.781	2
	庚清蒸	0.833	0.781	0.786	1.238	1.021	1.033	1.167	0.779	9
	清青蒸	0.833	0.781	0.786	1.238	1.021	1.033	1.167	0.779	9
	清青登	0.833	0.781	0.786	1.238	1.021	1.033	1.167	0.779	9
	真庚清青	0.833	0.781	0.786	1.238	1.021	1.033	1.167	0.779	9
	真庚清登	0.833	0.781	0.786	1.238	1.021	1.033	1.167	0.779	9
	真清青蒸	0.833	0.781	0.786	1.238	1.021	1.033	1.167	0.779	9
	庚耕清青	0.888	0.875	0.925	1.533	1.021	1.033	1.167	1.357	7
	庚耕清蒸	0.833	0.781	0.786	1.238	1.021	1.033	1.167	0.779	9
青单元	青	1.121	1.237	1.452	1.847	1.003	1.019	1.038	3.943	2
	庚青	1.086	1.196	1.377	1.847	1.008	1.018	1.059	3.593	4
	清青	1.121	1.237	1.452	1.746	1.003	1.019	1.021	3.667	3
	真清青	0.847	0.785	0.766	1.064	1.014	1.023	1.127	0.634	6
	真青侵	0.847	0.785	0.766	1.064	1.014	1.023	1.127	0.634	6
	庚清青	1.175	1.372	1.638	2.018	1.008	1.011	1.017	5.520	1
	清青蒸	0.847	0.785	0.766	1.064	1.014	1.023	1.127	0.634	6
	清青登	0.847	0.785	0.766	1.064	1.014	1.023	1.127	0.634	6
	真庚清青	0.847	0.785	0.766	1.064	1.014	1.023	1.127	0.634	6
	真清青蒸	0.847	0.785	0.766	1.064	1.014	1.023	1.127	0.634	6
	庚耕清青	0.903	0.880	0.902	1.317	1.014	1.023	1.127	1.104	5

续表

空间单元	用韵	作家绝对数	县域绝对数	州府绝对数	大区绝对数	县域拓展	州府拓展	大区拓展	空间分布度	排序
陌单元	陌	1.094	1.184	1.356	1.667	1.002	1.018	1.034	3.086	3
	陌麦	1.027	1.080	1.110	1.667	1.008	0.998	1.116	2.302	5
	陌昔	1.201	1.395	1.671	2.063	1.002	1.010	1.016	5.936	1
	陌职	0.904	0.860	0.856	1.188	1.008	1.018	1.116	0.905	7
	质术陌	0.904	0.860	0.856	1.188	1.008	1.018	1.116	0.905	7
	薛陌麦	0.904	0.860	0.856	1.188	1.008	1.018	1.116	0.905	7
	铎陌麦	0.904	0.860	0.856	1.188	1.008	1.018	1.116	0.905	7
	陌麦昔	1.127	1.234	1.399	1.950	0.999	1.010	1.069	4.093	2
	陌麦德	0.904	0.860	0.856	1.188	1.008	1.018	1.116	0.905	7
	陌昔锡	1.027	1.080	1.188	1.667	1.008	1.018	1.087	2.448	4
	月陌昔锡	0.904	0.860	0.856	1.188	1.008	1.018	1.116	0.905	7
	陌麦昔锡	1.000	1.030	1.110	1.471	1.008	1.018	1.076	1.856	6
	陌昔锡德	0.904	0.860	0.856	1.188	1.008	1.018	1.116	0.905	7
	支脂陌昔锡职	0.904	0.860	0.856	1.188	1.008	1.018	1.116	0.905	7
麦单元	陌麦	1.027	1.089	1.100	1.533	1.010	0.992	1.092	2.065	3
	麦昔	1.066	1.089	1.100	1.533	0.993	0.992	1.092	2.107	2
	薛陌麦	0.904	0.868	0.849	1.093	1.010	1.012	1.092	0.812	5
	铎陌麦	0.904	0.868	0.849	1.093	1.010	1.012	1.092	0.812	5
	陌麦昔	1.127	1.244	1.387	1.794	1.001	1.004	1.047	3.671	1
	陌麦德	0.904	0.868	0.849	1.093	1.010	1.012	1.092	0.812	5
	陌麦昔锡	1.000	1.039	1.100	1.353	1.010	1.012	1.053	1.664	4
	陌昔锡德	0.904	0.868	0.849	1.093	1.010	1.012	1.092	0.812	5
昔单元	昔	1.159	1.314	1.550	2.063	1.003	1.013	1.046	5.170	3
	陌昔	1.159	1.338	1.572	2.063	1.008	1.009	1.040	5.320	2
	麦昔	1.028	1.037	1.044	1.667	0.996	0.998	1.142	2.105	6
	昔锡	1.154	1.326	1.572	2.163	1.007	1.013	1.054	5.601	1
	昔职	0.929	0.925	0.949	1.471	1.014	1.017	1.142	1.413	8

续表

空间单元	用韵	作家绝对数	县域绝对数	州府绝对数	大区绝对数	县域拓展	州府拓展	大区拓展	空间分布度	排序
	质术昔	0.872	0.826	0.806	1.188	1.014	1.017	1.142	0.812	10
	质昔职	0.872	0.826	0.806	1.188	1.014	1.017	1.142	0.812	10
	药昔锡	0.872	0.826	0.806	1.188	1.014	1.017	1.142	0.812	10
	陌麦昔	1.087	1.184	1.316	1.950	1.005	1.009	1.095	3.668	4
	陌昔锡	0.991	1.037	1.117	1.667	1.014	1.017	1.113	2.194	5
	昔职德	0.929	0.925	0.949	1.188	1.014	1.017	1.073	1.072	9
	月陌昔锡	0.872	0.826	0.806	1.188	1.014	1.017	1.142	0.812	10
	陌麦昔锡	0.965	0.989	1.044	1.471	1.014	1.017	1.101	1.663	7
	支脂陌昔锡职	0.872	0.826	0.806	1.188	1.014	1.017	1.142	0.812	10
锡单元	锡	1.027	1.073	1.105	1.462	1.006	0.999	1.076	1.924	2
	昔锡	1.172	1.324	1.554	1.897	1.000	1.011	1.019	4.710	1
	药昔锡	0.886	0.824	0.796	1.042	1.006	1.014	1.104	0.682	5
	陌昔锡	1.006	1.035	1.105	1.462	1.006	1.014	1.076	1.845	3
	月陌昔锡	0.886	0.824	0.796	1.042	1.006	1.014	1.104	0.682	5
	陌麦昔锡	0.980	0.987	1.032	1.290	1.006	1.014	1.064	1.398	4
	陌昔锡德	0.886	0.824	0.796	1.042	1.006	1.014	1.104	0.682	5
	支脂陌昔锡职	0.886	0.824	0.796	1.042	1.006	1.014	1.104	0.682	5

三、梗摄韵部

庚单元用韵空间分布度排序为：庚清9.083＞庚清青6.431＞庚5.401＞……，提取庚清为韵部。耕单元用韵空间分布度排序为：庚耕清3.671＞庚耕1.654＞耕1.385＝耕蒸登＝庚耕清青＞……，提取庚耕清为韵部。清单元用韵空间分布度排序为：庚清9.577＞庚清青6.781＞清6.398＞……，提取庚清为韵部。青单元用韵空间分布度排序为：庚清青5.520＞青3.943＞清青3.667＞……，提取庚清青为韵部。陌单元用韵空间分布度排序为：陌昔5.936＞陌麦昔4.093＞陌3.086＞……，提取陌昔为韵部。麦单元用韵空间分布度排序为：陌麦昔3.671＞麦昔2.107＞陌麦2.065＞……，提取陌麦昔为韵部。昔单元用韵空间分布度排序为：昔锡5.601＞陌昔5.320＞昔5.170＞……，提取昔锡为韵部。锡单元用韵空间分布度排序为：昔锡4.710＞锡1.924＞陌昔锡1.845＞……，提取昔锡为韵部。梗摄初次提取庚清、庚耕清、庚清青、陌昔、陌麦昔、昔锡。

在初次提取的韵部中，庚清、庚清青、庚耕清构成包孕或交叉关系，二次提取庚耕清青为韵部。陌昔、昔锡、陌麦昔构成包孕或交叉关系，二次提取陌麦昔锡为韵部。

初唐诗文梗摄用韵以庚耕清青、陌麦昔锡为韵部。

四、梗摄二次计算

将庚清、庚耕清、庚清青的要素量并入庚耕清青并去重，二次计算庚耕清青部所涉单元用韵的空间分布数据（另含用韵数量），得到下表：

表 3-6-5　二次计算庚耕清青部所涉单元用韵的空间分布数据

空间单元	用韵	用韵数量	作家数量	县域数量	州府数量	大区数量
庚单元	庚	46	33	26	21	6
	文庚	4	3	3	3	2
	魂庚	1	1	1	1	1
	庚耕	7	4	3	3	2
	庚清	309	101	69	46	9
	庚青	15	15	13	12	6
	真谆庚	1	1	1	1	1
	真庚清	2	2	2	2	2
	阳唐庚	1	1	1	1	1
	庚耕清	14	10	9	9	5
	庚耕蒸	1	1	1	1	1
	庚清青	70	35	30	25	8
	庚清蒸	1	1	1	1	1
	真庚清青	1	1	1	1	1

续表

空间单元	用韵	用韵数量	作家数量	县域数量	州府数量	大区数量
	真庚清登	1	1	1	1	1
	庚耕清青	396	113	74	49	9
	庚耕清蒸	1	1	1（0）	1	1
	总量	871	130	83	51	9
耕单元	耕	2	2	2	2	2
	庚耕	7	4	3	3	2
	耕清	1	1	1	1	1
	庚耕清	14	10	9	9	5
	庚耕蒸	1	1	1	1	1
	耕蒸登	2	2	2	2	2
	庚耕清青	396	113	74	49	9
	庚耕清蒸	1	1	1（0）	1	1
	总量	424	113	74	49	9
清单元	清	55	42	33	22	7
	文清	1	1	1	1	1
	庚清	309	101	69	46	9
	耕清	1	1	1	1	1
	清青	35	21	16	15	5
	清蒸	3	3	3	3	3
	真庚清	2	2	2	2	2
	真清青	1	1	1	1	1
	庚耕清	14	10	9	9	5
	庚清青	70	35	30	25	8
	庚清蒸	1	1	1	1	1
	清青蒸	1	1	1	1	1
	清青登	1	1	1	1	1
	真庚清青	1	1	1	1	1
	真庚清登	1	1	1	1	1

空间单元	用韵	用韵数量	作家数量	县域数量	州府数量	大区数量
	真清青蒸	1	1	1	1	1
	庚耕清青	396	113	74	49	9
	庚耕清蒸	1	1	1（0）	1	1
	总量	894	131	81	50	9
青单元	青	36	21	16	15	6
	庚青	15	15	13	12	6
	清青	35	21	16	15	5
	真清青	1	1	1	1	1
	真青侵	1	1	1	1	1
	庚清青	70	35	30	25	8
	清青蒸	1	1	1	1	1
	清青登	1	1	1	1	1
	真庚清青	1	1	1	1	1
	真清青蒸	1	1	1	1	1
	庚耕清青	396	113	74	49	9
	总量	558	130	80	50	9

将陌昔、陌麦昔、昔锡的要素量并入陌麦昔锡并去重，二次计算陌麦昔锡部所涉单元用韵的空间分布数据（另含用韵数量），得到下表：

表 3-6-6　二次计算陌麦昔锡部所涉单元用韵的空间分布数据

空间单元	用韵	用韵数量	作家数量	县域数量	州府数量	大区数量
	陌	12	8	7	7	3
	陌麦	4	4	4	3	3
	陌昔	36	22	19	17	6
陌单元	陌职	1	1	1	1	1
	质术陌	1	1	1	1	1
	薛陌麦	1	1	1	1	1
	铎陌麦	1	1	1	1	1

空间单元	用韵	用韵数量	作家数量	县域数量	州府数量	大区数量
	陌麦昔	12	11	9	8	5
	陌麦德	1	1	1	1	1
	陌昔锡	6	4	4	4	3
	月陌昔锡	1	1	1	1	1
	陌麦昔锡	83	39	31	25	8
	陌昔锡德	1	1	1	1	1
	支脂陌昔锡职	1	1	1	1	1
	总量	161	47	39	29	8
麦单元	陌麦	4	4	4	3	3
	麦昔	6	6	4	3	3
	薛陌麦	1	1	1	1	1
	铎陌麦	1	1	1	1	1
	陌麦昔	12	11	9	8	5
	陌麦德	1	1	1	1	1
	陌麦昔锡	83	39	31	25	8
	陌昔锡德	1	1	1	1	1
	总量	109	45	34	27	8
昔单元	昔	32	22	17	16	6
	陌昔	36	22	19	17	6
	麦昔	6	6	4	3	3
	昔锡	32	21	18	17	7
	昔职	2	2	2	2	2
	质术昔	1	1	1	1	1
	质昔职	1	1	1	1	1
	药昔锡	1	1	1	1	1
	陌麦昔	12	11	9	8	5
	陌昔锡	6	4	4	4	3
	昔职德	2	2	2	2	1

空间单元	用韵	用韵数量	作家数量	县域数量	州府数量	大区数量
	月陌昔锡	1	1	1	1	1
	陌麦昔锡	83	39	31	25	8
	支脂陌昔锡职	1	1	1	1	1
	总量	216	62	45	35	8
锡单元	锡	5	5	5	4	3
	昔锡	32	21	18	17	7
	药昔锡	1	1	1	1	1
	陌昔锡	6	4	4	4	3
	月陌昔锡	1	1	1	1	1
	陌麦昔锡	83	39	31	25	8
	陌昔锡德	1	1	1	1	1
	支脂陌昔锡职	1	1	1	1	1
	总量	130	44	36	27	8

运用用韵空间分布综合评价法，二次计算庚耕清青部、陌麦昔锡部所涉单元用韵各项指标评价值与空间分布度数值并排序，得到下表：

表 3-6-7　二次计算庚耕清青部、陌麦昔锡部所涉单元用韵

各项指标评价值与空间分布度数据表

空间单元	用韵	作家绝对数	县域绝对数	州府绝对数	大区绝对数	县域拓展	州府拓展	大区拓展	空间分布度	排序
庚单元	庚	1.144	1.316	1.583	2.112	1.009	1.018	1.044	5.401	4
	文庚	0.918	0.923	1.000	1.506	1.019	1.033	1.127	1.514	8
	魂庚	0.829	0.771	0.772	1.216	1.019	1.033	1.169	0.739	10
	庚耕	0.942	0.923	1.000	1.506	1.007	1.033	1.127	1.536	7
	庚清	1.268	1.544	1.905	2.393	1.003	1.005	1.009	9.083	2
	庚青	1.064	1.174	1.387	2.112	1.013	1.028	1.098	4.186	5
	真谆庚	0.829	0.771	0.772	1.216	1.019	1.033	1.169	0.739	10
	真庚清	0.884	0.864	0.909	1.506	1.019	1.033	1.169	1.287	9

空间单元	用韵	作家绝对数	县域绝对数	州府绝对数	大区绝对数	县域拓展	州府拓展	大区拓展	空间分布度	排序
	阳唐庚	0.829	0.771	0.772	1.216	1.019	1.033	1.169	0.739	10
	庚耕清	1.025	1.106	1.296	1.997	1.015	1.033	1.109	3.409	6
	庚耕蒸	0.829	0.771	0.772	1.216	1.019	1.033	1.169	0.739	10
	庚清青	1.150	1.347	1.649	2.308	1.013	1.021	1.055	6.431	3
	庚清蒸	0.829	0.771	0.772	1.216	1.019	1.033	1.169	0.739	10
	真庚清青	0.829	0.771	0.772	1.216	1.019	1.033	1.169	0.739	10
	真庚清登	0.829	0.771	0.772	1.216	1.019	1.033	1.169	0.739	10
	庚耕清青	1.281	1.562	1.933	2.393	1.001	1.005	1.004	9.348	1
	庚耕清蒸	0.829	0.771	0.772	1.216	1.019	1.033	1.169	0.739	10
耕单元	耕	0.835	0.778	0.768	1.194	1.018	1.028	1.165	0.726	4
	庚耕	0.890	0.831	0.845	1.194	1.006	1.028	1.123	0.867	3
	耕清	0.784	0.694	0.652	0.964	1.018	1.028	1.165	0.417	6
	庚耕清	0.969	0.996	1.095	1.583	1.014	1.028	1.105	1.925	2
	庚耕蒸	0.784	0.694	0.652	0.964	1.018	1.028	1.165	0.417	6
	耕蒸登	0.835	0.778	0.768	1.194	1.018	1.028	1.165	0.726	4
	庚耕清青	1.211	1.406	1.634	1.897	1.000	1.000	1.000	5.278	1
	庚耕清蒸	0.784	0.694	0.652	0.964	1.018	1.028	1.165	0.417	6
清单元	清	1.175	1.386	1.630	2.254	1.010	1.005	1.053	6.398	4
	文清	0.833	0.781	0.786	1.238	1.021	1.033	1.167	0.779	9
	庚清	1.274	1.565	1.940	2.436	1.004	1.005	1.008	9.577	2
	耕清	0.833	0.781	0.786	1.238	1.021	1.033	1.167	0.779	9
	清青	1.102	1.231	1.489	2.032	1.009	1.028	1.057	4.505	5
	清蒸	0.922	0.936	1.018	1.736	1.021	1.033	1.167	1.876	7
	真庚清	0.888	0.875	0.925	1.533	1.021	1.033	1.167	1.357	8
	真清青	0.833	0.781	0.786	1.238	1.021	1.033	1.167	0.779	9
	庚耕清	1.030	1.120	1.320	2.032	1.016	1.033	1.107	3.595	6
	庚清青	1.155	1.365	1.680	2.349	1.014	1.020	1.053	6.781	3

空间单元	用韵	作家绝对数	县域绝对数	州府绝对数	大区绝对数	县域拓展	州府拓展	大区拓展	空间分布度	排序
	庚清蒸	0.833	0.781	0.786	1.238	1.021	1.033	1.167	0.779	9
	清青蒸	0.833	0.781	0.786	1.238	1.021	1.033	1.167	0.779	9
	清青登	0.833	0.781	0.786	1.238	1.021	1.033	1.167	0.779	9
	真庚清青	0.833	0.781	0.786	1.238	1.021	1.033	1.167	0.779	9
	真庚清登	0.833	0.781	0.786	1.238	1.021	1.033	1.167	0.779	9
	真清青蒸	0.833	0.781	0.786	1.238	1.021	1.033	1.167	0.779	9
	庚耕清青	1.287	1.583	1.969	2.436	1.002	1.005	1.002	9.856	1
	庚耕清蒸	0.833	0.781	0.786	1.238	1.021	1.033	1.167	0.779	9
青单元	青	1.054	1.138	1.325	1.847	1.009	1.028	1.075	3.273	3
	庚青	1.022	1.100	1.257	1.847	1.015	1.026	1.096	2.982	5
	清青	1.054	1.138	1.325	1.746	1.009	1.028	1.057	3.044	4
	真清青	0.797	0.722	0.700	1.064	1.021	1.032	1.167	0.527	6
	真青侵	0.797	0.722	0.700	1.064	1.021	1.032	1.167	0.527	6
	庚清青	1.105	1.262	1.495	2.018	1.014	1.019	1.053	4.582	2
	清青蒸	0.797	0.722	0.700	1.064	1.021	1.032	1.167	0.527	6
	清青登	0.797	0.722	0.700	1.064	1.021	1.032	1.167	0.527	6
	真庚清青	0.797	0.722	0.700	1.064	1.021	1.032	1.167	0.527	6
	真清青蒸	0.797	0.722	0.700	1.064	1.021	1.032	1.167	0.527	6
	庚耕清青	1.231	1.463	1.753	2.093	1.003	1.004	1.002	6.661	1
陌单元	陌	1.083	1.163	1.333	1.667	1.002	1.020	1.040	2.977	4
	陌麦	1.016	1.061	1.091	1.667	1.008	1.001	1.123	2.221	6
	陌昔	1.189	1.370	1.643	2.063	1.002	1.012	1.022	5.727	2
	陌职	0.895	0.845	0.842	1.188	1.008	1.020	1.123	0.874	7
	质术陌	0.895	0.845	0.842	1.188	1.008	1.020	1.123	0.874	7
	薛陌麦	0.895	0.845	0.842	1.188	1.008	1.020	1.123	0.874	7
	铎陌麦	0.895	0.845	0.842	1.188	1.008	1.020	1.123	0.874	7
	陌麦昔	1.115	1.212	1.376	1.950	0.999	1.012	1.076	3.949	3
	陌麦德	0.895	0.845	0.842	1.188	1.008	1.020	1.123	0.874	7

空间单元	用韵	作家绝对数	县域绝对数	州府绝对数	大区绝对数	县域拓展	州府拓展	大区拓展	空间分布度	排序
	陌昔锡	1.016	1.061	1.168	1.667	1.008	1.020	1.094	2.362	5
	月陌昔锡	0.895	0.845	0.842	1.188	1.008	1.020	1.123	0.874	7
	陌麦昔锡	1.253	1.485	1.800	2.254	0.998	1.005	1.013	7.678	1
	陌昔锡德	0.895	0.845	0.842	1.188	1.008	1.020	1.123	0.874	7
	支脂陌昔锡职	0.895	0.845	0.842	1.188	1.008	1.020	1.123	0.874	7
麦单元	陌麦	0.969	0.990	0.973	1.403	1.012	0.996	1.116	1.473	4
	麦昔	1.006	0.990	0.973	1.403	0.995	0.996	1.116	1.502	3
	薛陌麦	0.853	0.789	0.750	1.000	1.012	1.016	1.116	0.579	5
	铎陌麦	0.853	0.789	0.750	1.000	1.012	1.016	1.116	0.579	5
	陌麦昔	1.064	1.131	1.226	1.642	1.003	1.008	1.069	2.618	2
	陌麦德	0.853	0.789	0.750	1.000	1.012	1.016	1.116	0.579	5
	陌麦昔锡	1.195	1.385	1.604	1.897	1.002	1.001	1.007	5.090	1
	陌昔锡德	0.853	0.789	0.750	1.000	1.012	1.016	1.116	0.579	5
昔单元	昔	1.159	1.314	1.550	2.063	1.003	1.013	1.046	5.170	4
	陌昔	1.159	1.338	1.572	2.063	1.008	1.009	1.040	5.320	3
	麦昔	1.028	1.037	1.044	1.667	0.996	0.998	1.142	2.105	7
	昔锡	1.154	1.326	1.572	2.163	1.007	1.013	1.054	5.601	2
	昔职	0.929	0.925	0.949	1.471	1.014	1.017	1.142	1.413	8
	质术昔	0.872	0.826	0.806	1.188	1.014	1.017	1.142	0.812	10
	质昔职	0.872	0.826	0.806	1.188	1.014	1.017	1.142	0.812	10
	药昔锡	0.872	0.826	0.806	1.188	1.014	1.017	1.142	0.812	10
	陌麦昔	1.087	1.184	1.316	1.950	1.005	1.009	1.095	3.668	5
	陌昔锡	0.991	1.037	1.117	1.667	1.014	1.017	1.113	2.194	6
	昔职德	0.929	0.925	0.949	1.188	1.014	1.017	1.073	1.072	9
	月陌昔锡	0.872	0.826	0.806	1.188	1.014	1.017	1.142	0.812	10
	陌麦昔锡	1.222	1.450	1.722	2.254	1.004	1.002	1.031	7.133	1
	支脂陌昔锡职	0.872	0.826	0.806	1.188	1.014	1.017	1.142	0.812	10

续表

空间单元	用韵	作家绝对数	县域绝对数	州府绝对数	大区绝对数	县域拓展	州府拓展	大区拓展	空间分布度	排序
锡单元	锡	0.991	1.017	1.041	1.403	1.009	1.004	1.087	1.622	3
	昔锡	1.131	1.255	1.465	1.821	1.002	1.016	1.030	3.969	2
	药昔锡	0.855	0.781	0.750	1.000	1.009	1.019	1.116	0.575	5
	陌昔锡	0.971	0.981	1.041	1.403	1.009	1.019	1.087	1.555	4
	月陌昔锡	0.855	0.781	0.750	1.000	1.009	1.019	1.116	0.575	5
	陌麦昔锡	1.197	1.372	1.604	1.897	0.999	1.005	1.007	5.055	1
	陌昔锡德	0.855	0.781	0.750	1.000	1.009	1.019	1.116	0.575	5
	支脂陌昔锡职	0.855	0.781	0.750	1.000	1.009	1.019	1.116	0.575	5

五、梗摄韵部韵例

（一）庚耕清青部

庚。杨炯《浑天赋》行生（庚）（《全文》一九〇1）

梗。王勃《山亭夜宴》永静影景（梗）（《全诗》1043）

映。韩休《奉和圣制喜雨赋》镜命（映）（《全文》二九五2）

清。杨续《咏琴》名声成（清）（《全诗》75）

静。陈子昂《酬晖上人秋夜山亭有赠》静屏冷整（静）（《全诗》1564）

劲。刘允济《明堂赋》令姓盛令（劲）（《全文》一六四13）

青。陈子昂《祭外姑宇文夫人文》馨灵（青）（《全文》二一六18）

庚耕。释道世《愚戆篇颂》明盲（庚）萌（耕）英（庚）（《全诗》560）

庚清。陈述《咏美人照镜》生（庚）声名（清）（《全诗》270）

映劲。董思恭《日》庆镜映（映）正（劲）（《全诗》526）

梗静。陈集源《龙龛道场铭》境（梗）整井静（静）（《全文》二〇3 2）

庚清静。韩思彦《酬贺遂亮》轻（清）生（庚）併（静）诚贞名（清）（《全诗》641）

庚映清劲。韩休《惠宣太子哀册文》政（劲）名（清）明（庚）庆（映）

（《全文》二九五 13 ）

庚青。陈子昂《感遇三十八首》（二二）青（青）英（庚）暝宁（青）（《全诗》1539 ）

梗映径。司马太贞《纪功碑》命（映）境（梗）定（径）獍（映）（《全文》一六二 10 ）

耕清。宋之问《奉使嵩山途经缑岭》声（清）生（庚）情（清）耕（耕）（《全诗》1354 ）

清青。岑文本《龙门山三龛记》城（清）星（青）（《全文》一五 19 ）

静迥。释道世《十使篇颂》岭颈（静）顶（迥）井瘿颖岭静（静）（《全诗》566 ）

劲径。李邕《嵩岳寺碑》径（径）圣（劲）（《全文》二六三 13 ）

庚耕清。王绩《阶前石竹》平荣英生（庚）情（清）萌（耕）营（清）（《全诗》205

映净劲。唐太宗李世民《皇德颂》命（映）争（净）圣政（劲）（《全文》四 6 ）

庚清青。陈子昂《感遇三十八首》（八）冥（青）生（庚）冥（青）明（庚）成（清）停（青）（《全诗》1534 ）

映劲径。唐太宗李世民《小山赋》迳瞑（径）正（劲）镜（映）（《全文》四 4 ）

梗映静迥。沈佺期《峡山赋》静（静）酪（迥）竞（映）境（梗）（《全文》二三五 10 ）

梗映静劲径。孙思邈《存神炼气铭》定（径）静（静）永（梗）圣（劲）命（映）性（劲）竞（映）（《全文》一五八 10 ）

庚耕清青。李邕《鹘赋》名征（清）争（耕）鸣（庚）形（青）（《全文》二六一 2 ）

（二）陌麦昔锡部

陌。刘希夷《孤松篇》白陌（陌）（《全诗》1113 ）

麦。崔行功《赠太师鲁国孔宣公碑》革麦赜册（麦）（《全文》一七五 1 ）

昔。韦展《日月如合璧赋》迹籍释益璧（昔）（《全文》一八九 10 ）

锡。苏颋《净信变赞》觌壁（锡）（《全文》二五六12）

陌麦。崔融《则天大圣皇后哀册文》责亢革（麦）宅赫（陌）（《全文》二二〇15）

陌昔。陈集源《龙龛道场铭》益（昔）帛（陌）石斁（昔）（《全文》二〇三2）

麦昔。贺朝《从军行》客（陌）帝（昔）策（麦）（《全诗》2108）

昔锡。陈子昂《祭外姑宇文夫人文》戚（锡）积（昔）（《全文》二一六18）

陌麦昔。李乂《节愍太子哀册文》辟（昔）册（麦）宅柏（陌）（《全文》二六六12）

陌昔锡。卢照邻《秋霖赋》客（陌）石（昔）寂甓（锡）（《全文》一六六6）

陌麦昔锡。李咸《田获三狐赋》击（锡）隙（陌）历（锡）陌（陌）惕（锡）射（昔）获（麦）（《全文》二七六1）

第七节　曾摄

一、曾摄用韵的空间分布

（一）蒸（22/19/14/6）

1.关内区

京兆府长安:释道世1

京兆府华原:令狐德棻1

京兆府武功:富嘉谟1、苏颋3

2.陇西区

秦州成纪:唐太宗李世民1

3.河北区

太原府文水:则天皇后武曌1

蒲州宝鼎:薛稷1

蒲州河东:张说3

魏州馆陶:魏征1

恒州井陉:崔行功1

深州安平:李百药1

赵州房子:李尚一1

赵州赞皇:李峤2

定州安喜:崔湜1

幽州范阳:卢照邻3

4.中原区

河南府巩县:刘允济1

河南府洛阳：胡皓1

5.东南区

杭州钱塘：褚亮1、褚遂良1

越州余姚：虞世南1

6.西南区

梓州射洪：陈子昂1

7.籍贯不详

郭瑜1

（二）证（3/3/3/3）

1.关内区

京兆府长安：韦展1

2.江淮区

扬州江都：李邕1

3.东南区

温州永嘉：释玄觉1

（三）职（62/43/31/9）

1.关内区

京兆府长安：韩休1、释道世1

京兆府高陵：于志宁1

京兆府万年：颜师古1

京兆府武功：苏颋3

华州华阴：杨炯5

同州冯翊：乔师望1、乔知之1

同州重泉：严识玄1

2.陇西区

兰州狄道：辛怡谏1

府县不详：李俨1

3.河北区

太原府文水：则天皇后武曌2

蒲州宝鼎：薛稷1、薛曜1、薛元超1

蒲州河东：任知古1、张说6

蒲州猗氏：张嘉贞1

绛州龙门：王勃5

魏州昌乐：李咸1

魏州馆陶：魏征3

魏州贵乡：郭震1

相州内黄：沈佺期1

卫州黎阳：王梵志1

卫州卫县：谢偃1

深州安平：李百药1

深州饶阳：李义府2

赵州栾城：阎朝隐1

赵州赞皇：李峤5

德州蓨：封行高1

定州安喜：崔湜3

幽州范阳：卢照邻6

幽州：卢藏用2、王适1

4.中原区

河南府巩县：刘允济2

河南府洛阳：胡皓1

虢州弘农：宋之问3

汝州梁县：孟诜1

汝州：刘希夷3

郑州阳武：韦承庆1

郑州原武：娄师德1

怀州：司马太贞1

宋州宋城：郑惟忠1

兖州瑕丘：徐彦伯1

齐州全节:崔融3

5.江淮区

扬州江都:李邕3

6.江南区

潭州长沙:欧阳询1

7.东南区

杭州钱塘:褚亮1

杭州:朱君绪1

歙州歙县:吴少微1

越州余姚:虞世南1

越州:万齐融1

婺州义乌:骆宾王3

8.西南区

梓州射洪:陈子昂1

9.岭南区

澄州无虞:韦敬辨2

10.籍贯不详

韩覃1、贾无名1、郎南金1、阙名2、韦
　　敬一1、张嘉之1、赵志1

（四）登(3/3/3/2)

1.陇西区

秦州上邦:姜晞1

2.中原区

河南府温县:司马承祯1

宋州宁陵:刘宪1

（五）嶝(1/1/1/1)

1.西南区

梓州射洪:陈子昂1

（六）德(42/30/24/7)

1.关内区

京兆府长安:韩休1、唐高宗李治1、
　　唐睿宗李旦1

京兆府高陵:于志宁2

京兆府泾阳:李大亮1

京兆府蓝田:苏晋1

京兆府武功:苏颋4

华州华阴:杨炯5

2.陇西区

秦州成纪:唐太宗李世民1

3.河北区

蒲州宝鼎:薛稷1、薛收1、薛元超1

蒲州河东:张说7

卫州黎阳:王梵志2

贝州清河:赵神德2

深州安平:李百药5

赵州赞皇:李峤1

赵州:徐峤之1

定州鼓城:郭正一1

定州新乐:郎余令1

幽州范阳:卢照邻1

幽州:卢士牟1

莫州莫县:刘穆之1

4.中原区

河南府洛阳:贾曾1、元希声1

陕州硖石:姚崇1

郑州阳武:韦承庆1

宋州宋城:郑惟忠1

徐州彭城:刘知几1

兖州瑕丘:徐彦伯2

齐州全节:崔融4

荆州江陵:岑文本2

5.江淮区

扬州江都:李邕1

6.江南区

潭州长沙:欧阳询1

7.东南区

常州:萧璟1

杭州新城:许敬宗2

越州永兴:贺知章1

越州余姚:虞世南1

8.籍贯不详

高迈1、寇淑1、梁宝2、张神安1

(七)东蒸(1/1/1/1)

1.关内区

京兆府长安:释道世1

(八)屋职(5/5/5/4)

1.关内区

京兆府长安:释道世1

2.河北区

卫州黎阳:王梵志1

定州安喜:崔湜1

3.东南区

润州延陵:释法融1

4.西南区

梓州射洪:陈子昂1

(九)屋德(1/1/1/1)

1.河北区

蒲州河东:张说1

(十)烛职(1/1/1/1)

1.河北区

卫州黎阳:王梵志1

(十一)霁职(1/1/1/1)

1.河北区

绛州龙门:王勃1

(十二)质职(1/1/1/1)

1.东南区

润州延陵:释法融1

(十三)曷职(1/1/1/1)

1.河北区

邢州南和:宋璟1

(十四)陌职(1/1/1/1)

1.西南区

梓州射洪:陈子昂1

(十五)耕蒸(1/0/0/0)

1.籍贯不详

东方虬1

(十六)清蒸(1/1/1/1)

1.江淮区

光州固始:陈元光1

(十七)劲证(1/1/1/1)

1.关内区

京兆府长安:释窥基1

(十八)昔职(2/2/2/2)

1.关内区

京兆府咸阳：崔敦礼1

2.河北区

绛州龙门：王勃1

（十九）蒸登（10/8/8/6）

1.关内区

京兆府长安：韩休1

华州华阴：杨誉1

2.河北区

恒州井陉：崔行功1

3.中原区

河南府巩县：刘允济1

齐州全节：崔融1、员半千1

4.江淮区

扬州江都：李邕3

5.东南区

温州永嘉：释玄觉1

6.西南区

梓州射洪：陈子昂1

7.籍贯不详

□镇1

（二十）职德（48/35/25/6）

1.关内区

京兆府长安：释道世2、释窥基1、唐
　中宗李显1

京兆府高陵：于志宁4

京兆府三原：于知微1

京兆府武功：苏颋1

华州华阴：杨炯3

2.河北区

蒲州宝鼎：薛稷1

蒲州河东：吕太一1、张说6

蒲州猗氏：张嘉贞1

蒲州虞乡县：赵隐仕1

绛州龙门：王勃7、王绩2

绛州闻喜：裴漼1

汾州隰城：宋务光1

魏州馆陶：魏征1

相州洹水：张蕴古1

相州临漳：源乾曜1

相州内黄：沈佺期1

卫州黎阳：王梵志5

卫州卫县：谢偃1

恒州井陉：崔行功1

深州陆泽：张鷟1

赵州栾城：阎朝隐1

幽州范阳：卢照邻5

幽州：卢士牟1、王适1

3.中原区

河南府巩县：刘允济1

河南府温县：司马承祯3

虢州弘农：宋之问4

陕州硖石：姚崇4

徐州彭城：刘知几1

襄州襄阳：释法琳1

荆州江陵：岑文本1、岑羲1

4.江淮区

扬州江都：李邕5

光州固始：陈元光1

5.东南区

越州永兴:贺知章1

婺州义乌:骆宾王3

温州永嘉:释玄觉5

泉州:庞行基1

6.西南区

梓州射洪:陈子昂5

7.籍贯不详

杜澄1、甘子布1、高迈1、元伞1、张恒
　1

(二十一)职缉(3/2/2/2)

1.关内区

京兆府长安:袁朗1

2.陇西区

秦州成纪:唐太宗李世民1

3.籍贯不详

阙名1

(二十二)东锺蒸(1/1/1/1)

1.关内区

京兆府长安:释道世1

(二十三)质术职(1/1/1/1)

1.河北区

卫州卫县:谢偃1

(二十四)质昔职(1/1/1/1)

1.关内区

京兆府咸阳:崔敦礼1

(二十五)庚耕蒸(1/1/1/1)

1.河北区

卫州黎阳:王梵志1

(二十六)陌麦德(1/1/1/1)

1.河北区

卫州黎阳:王梵志1

(二十七)庚清蒸(1/1/1/1)

1.江淮区

扬州江都:李邕1

(二十八)耕蒸登(2/2/2/2)

1.河北区

蒲州河东:张说1

2.江淮区

扬州江都:李邕1

(二十九)清青蒸(1/1/1/1)

1.关内区

京兆府长安:释道世1

(三十)清青登(1/1/1/1)

1.河北区

卫州黎阳:王梵志1

(三十一)劲蒸证(1/1/1/1)

1.中原区

曹州冤句:贾膺福1

(三十二)昔职德(2/2/2/1)

1.河北区

绛州龙门:王绩1

深州陆泽:张鷟1

(三十三)真庚清登(1/1/1/1)

1.中原区

河南府温县:司马承祯1

(三十四)真清青蒸(1/1/1/1)

1.中原区

河南府温县:司马承祯1

（三十五）庚耕清蒸（1/0/1/1）

1.东南区

苏州:陈子良1

（三十六）陌昔锡德（1/1/1/1）

1.江淮区

扬州江都:李邕1

（三十七）寘至陌昔锡职（1/1/1/1）

1.关内区

京兆府华原:孙思邈1

综合曾摄用韵的空间分布数据,得到下表:

表 3-7-1　曾摄用韵的空间分布数据

用韵	作家数量	县域数量	州府数量	大区数量
蒸	22	19	14	6
证	3	3	3	3
职	62	43	31	9
登	3	3	3	2
嶝	1	1	1	1
德	42	30	24	7
东蒸	1	1	1	1
屋职	5	5	5	4
屋德	1	1	1	1
烛职	1	1	1	1
霁职	1	1	1	1
质职	1	1	1	1
曷职	1	1	1	1
陌职	1	1	1	1
耕蒸	1	1(0)	1(0)	1(0)
清蒸	1	1	1	1
劲证	1	1	1	1
昔职	2	2	2	2
蒸登	10	8	8	6
职德	48	35	25	6
职缉	3	2	2	2

用韵	作家数量	县域数量	州府数量	大区数量
东锺蒸	1	1	1	1
质术职	1	1	1	1
质昔职	1	1	1	1
庚耕蒸	1	1	1	1
陌麦德	1	1	1	1
庚清蒸	1	1	1	1
耕蒸登	2	2	2	2
清青蒸	1	1	1	1
清青登	1	1	1	1
劲蒸证	1	1	1	1
昔职德	2	2	2	1
真庚清登	1	1	1	1
真清青蒸	1	1	1	1
庚耕清蒸	1	1（0）	1	1
陌昔锡德	1	1	1	1
寘至陌昔锡职	1	1	1	1

二、曾摄用韵的空间分布度

按空间单元整理曾摄用韵的空间分布数据（另含用韵数量），阳声韵举平以赅上去，入声韵单列，将用韵的各空间要素量及各空间要素总量去重，得到下表：

表3-7-2 曾摄阳声韵诸单元用韵的空间分布数据

空间单元	用韵	用韵数量	作家数量	县域数量	州府数量	大区数量
蒸单元	蒸	31	24	21	16	7
	东蒸	1	1	1	1	1
	真蒸	1	1	1	1	1
	清蒸	3	3	3	3	3

空间单元	用韵	用韵数量	作家数量	县域数量	州府数量	大区数量
	蒸登	11	9	8	8	6
	东锺蒸	1	1	1	1	1
	庚耕蒸	1	1	1	1	1
	庚清蒸	1	1	1	1	1
	耕蒸登	2	2	2	2	2
	清青蒸	1	1	1	1	1
	真清青蒸	1	1	1	1	1
	庚耕清蒸	1	1	1(0)	1	1
	总量	55	34	27	22	7
登单元	登	4	4	4	4	3
	蒸登	11	9	8	8	6
	耕蒸登	2	2	2	2	2
	清青登	1	1	1	1	1
	真庚清登	1	1	1	1	1
	总量	19	14	13	12	7

表 3-7-3 曾摄入声韵诸单元用韵的空间分布数据

空间单元	用韵	用韵数量	作家数量	县域数量	州府数量	大区数量
	职	98	55	43	31	9
	屋职	5	5	5	5	4
	烛职	1	1	1	1	1
	齐职	1	1	1	1	1
职单元	质职	1	1	1	1	1
	曷职	1	1	1	1	1
	陌职	1	1	1	1	1
	昔职	2	2	2	2	2
	职德	91	43	35	25	6
	职缉	2	2	2	2	2

空间单元	用韵	用韵数量	作家数量	县域数量	州府数量	大区数量
	质术职	1	1	1	1	1
	质昔职	1	1	1	1	1
	昔职德	2	2	2	2	1
	支脂陌昔锡职	1	1	1	1	1
	总量	208	84	64	43	9
德单元	德	64	38	30	24	7
	屋德	1	1	1	1	1
	职德	91	43	35	25	6
	陌麦德	1	1	1	1	1
	昔职德	2	2	2	2	1
	陌昔锡德	1	1	1	1	1
	总量	160	68	52	36	8

运用用韵空间分布综合评价法，计算曾摄诸单元用韵各项指标评价值与空间分布度数值并排序，得到下表：

表 3-7-4　曾摄诸单元用韵各项指标评价值与空间分布度数据表

空间单元	用韵	作家绝对数	县域绝对数	州府绝对数	大区绝对数	县域拓展	州府拓展	大区拓展	空间分布度	排序
蒸单元	蒸	1.217	1.442	1.667	2.150	1.004	0.996	1.029	6.474	1
	东蒸	0.909	0.875	0.867	1.181	1.010	1.014	1.109	0.924	5
	真蒸	0.909	0.875	0.867	1.181	1.010	1.014	1.109	0.924	5
	清蒸	1.005	1.048	1.123	1.656	1.010	1.014	1.109	2.225	3
	蒸登	1.112	1.231	1.416	2.050	1.005	1.014	1.080	4.374	2
	东锺蒸	0.909	0.875	0.867	1.181	1.010	1.014	1.109	0.924	5
	庚耕蒸	0.909	0.875	0.867	1.181	1.010	1.014	1.109	0.924	5
	庚清蒸	0.909	0.875	0.867	1.181	1.010	1.014	1.109	0.924	5
	耕蒸登	0.968	0.981	1.021	1.462	1.010	1.014	1.109	1.609	4
	清青蒸	0.909	0.875	0.867	1.181	1.010	1.014	1.109	0.924	5
	真清青蒸	0.909	0.875	0.867	1.181	1.010	1.014	1.109	0.924	5
	庚耕清蒸	0.909	0.875	0.867	1.181	1.010	1.014	1.109	0.924	5

空间单元	用韵	作家绝对数	县域绝对数	州府绝对数	大区绝对数	县域拓展	州府拓展	大区拓展	空间分布度	排序
登单元	登	1.033	1.073	1.128	1.265	1.003	1.005	1.023	1.632	2
	蒸登	1.113	1.202	1.329	1.566	0.998	1.005	1.023	2.858	1
	耕蒸登	0.970	0.958	0.958	1.116	1.003	1.005	1.050	1.051	3
	清青登	0.910	0.855	0.813	0.902	1.003	1.005	1.050	0.604	4
	真庚清登	0.910	0.855	0.813	0.902	1.003	1.005	1.050	0.604	4
职单元	职	1.226	1.444	1.726	2.254	1.001	1.005	1.030	7.136	1
	屋职	0.983	1.015	1.122	1.756	1.012	1.027	1.128	2.305	3
	烛职	0.848	0.779	0.767	1.146	1.012	1.027	1.151	0.695	7
	齐职	0.848	0.779	0.767	1.146	1.012	1.027	1.151	0.695	7
	质职	0.848	0.779	0.767	1.146	1.012	1.027	1.151	0.695	7
	曷职	0.848	0.779	0.767	1.146	1.012	1.027	1.151	0.695	7
	陌职	0.848	0.779	0.767	1.146	1.012	1.027	1.151	0.695	7
	昔职	0.904	0.873	0.904	1.418	1.012	1.027	1.151	1.210	4
	职德	1.199	1.396	1.640	1.990	1.003	1.004	1.012	5.568	2
	职缉	0.904	0.873	0.904	1.418	1.012	1.027	1.151	1.210	4
	质术职	0.848	0.779	0.767	1.146	1.012	1.027	1.151	0.695	7
	质昔职	0.848	0.779	0.767	1.146	1.012	1.027	1.151	0.695	7
	昔职德	0.904	0.873	0.904	1.146	1.012	1.027	1.082	0.918	6
	支脂陌昔锡职	0.848	0.779	0.767	1.146	1.012	1.027	1.151	0.695	7
德单元	德	1.118	1.226	1.387	1.667	1.001	1.010	1.025	3.282	1
	屋德	0.800	0.702	0.655	0.915	1.012	1.025	1.145	0.400	4
	职德	1.131	1.257	1.400	1.589	1.003	1.002	1.007	3.201	2
	陌麦德	0.800	0.702	0.655	0.915	1.012	1.025	1.145	0.400	4
	昔职德	0.852	0.786	0.772	0.915	1.012	1.025	1.076	0.528	3
	陌昔锡德	0.800	0.702	0.655	0.915	1.012	1.025	1.145	0.400	4

三、曾摄韵部

蒸单元用韵空间分布度排序为：蒸6.474＞蒸登4.374＞清蒸2.225＞……，提取蒸为韵部。登单元用韵空间分布度排序为：蒸登2.858＞登1.632＞耕蒸登1.051＞……，提取蒸登为韵部。职单元用韵空间分布度排序为：职7.136＞职德5.568＞屋职2.305＞……，提取职为韵部。德单元用韵空间分布度排序为：德3.282＞职德3.201＞昔职德0.528＞……，提取德为韵部。曾摄初次提取蒸、蒸登、职、德。

在初次提取的韵部中，蒸与蒸登构成包孕关系，二次提取蒸登为韵部。

初唐诗文曾摄用韵以蒸登、职、德为韵部。

四、曾摄二次计算

将蒸的要素量并入蒸登并去重，二次计算蒸登部所涉单元用韵的空间分布数据（另含用韵数量），得到下表：

表3-7-5　二次计算蒸登部所涉单元用韵的空间分布数据

空间单元	用韵	用韵数量	作家数量	县域数量	州府数量	大区数量
蒸单元	蒸	31	24	21	16	7
	东蒸	1	1	1	1	1
	真蒸	1	1	1	1	1
	清蒸	3	3	3	3	3
	蒸登	42	28	23	18	7
	东锺蒸	1	1	1	1	1
	庚耕蒸	1	1	1	1	1
	庚清蒸	1	1	1	1	1
	耕蒸登	2	2	2	2	2
	清青蒸	1	1	1	1	1
	真清青蒸	1	1	1	1	1
	庚耕清蒸	1	1	1(0)	1	1
	总量	86	34	27	22	7

续表

空间单元	用韵	用韵数量	作家数量	县域数量	州府数量	大区数量
登单元	登	4	4	4	4	3
	蒸登	42	28	23	18	7
	耕蒸登	2	2	2	2	2
	清青登	1	1	1	1	1
	真庚清登	1	1	1	1	1
	总量	50	32	27	20	7

运用用韵空间分布综合评价法，二次计算蒸登部所涉单元用韵各项指标评价值与空间分布度数值并排序，得到下表：

表 3-7-6　二次计算蒸登部所涉单元用韵各项指标评价值
与空间分布度数据表

空间单元	用韵	作家绝对数	县域绝对数	州府绝对数	大区绝对数	县域拓展	州府拓展	大区拓展	空间分布度	排序
蒸单元	蒸	1.217	1.442	1.667	2.150	1.004	0.996	1.029	6.474	2
	东蒸	0.909	0.875	0.867	1.181	1.010	1.014	1.109	0.924	5
	真蒸	0.909	0.875	0.867	1.181	1.010	1.014	1.109	0.924	5
	清蒸	1.005	1.048	1.123	1.656	1.010	1.014	1.109	2.225	3
	蒸登	1.235	1.464	1.714	2.150	1.001	0.997	1.018	6.775	1
	东锺蒸	0.909	0.875	0.867	1.181	1.010	1.014	1.109	0.924	5
	庚耕蒸	0.909	0.875	0.867	1.181	1.010	1.014	1.109	0.924	5
	庚清蒸	0.909	0.875	0.867	1.181	1.010	1.014	1.109	0.924	5
	耕蒸登	0.968	0.981	1.021	1.462	1.010	1.014	1.109	1.609	4
	清青蒸	0.909	0.875	0.867	1.181	1.010	1.014	1.109	0.924	5
	真清青蒸	0.909	0.875	0.867	1.181	1.010	1.014	1.109	0.924	5
	庚耕清蒸	0.909	0.875	0.867	1.181	1.010	1.014	1.109	0.924	5
登单元	登	0.958	0.952	1.000	1.265	1.007	1.020	1.071	1.269	2
	蒸登	1.145	1.268	1.426	1.642	0.999	1.004	1.010	3.442	1
	耕蒸登	0.899	0.850	0.849	1.116	1.007	1.020	1.099	0.817	3
	清青登	0.843	0.758	0.721	0.902	1.007	1.020	1.099	0.469	4
	真庚清登	0.843	0.758	0.721	0.902	1.007	1.020	1.099	0.469	4

五、曾摄韵部韵例

（一）蒸登部

蒸登。陈子昂《国殇文》凭陵膺（蒸）腾（登）（《全文》二一六 16）

蒸。陈子昂《感遇三十八首》（一）升凝兴徵（蒸）（《全诗》1532）

证。李邕《唐赠太子少保刘知柔神道碑》胜称（证）（《全文》二六四 16）

登。姜晞《大唐故吏部尚书姜府君之碑》能鹏腾登（登）（《全文补》336）

嶝。陈子昂《同宋参军之问梦赵六赠卢陈二子之作》蹬懵（嶝）（《全诗》1569）

（二）职部

职。陈子昂《尘尾赋》测极（职）（《全文》二〇九 1）

（三）德部

德。韩休《惠宣太子哀册文》德国则（德）（《全文》二九五 13）

第八节　深摄

一、深摄用韵的空间分布

（一）侵（83/52/37/7）

1.关内区

京兆府长安：韩思复 1、韩休 1、李峤

　1、释道世 3、唐高宗李治 3、王德真

　1、袁朗 1

京兆府泾阳：李迥秀 1

京兆府蓝田：苏晋 1

京兆府武功：苏颋 1

华州华阴：杨炯 5、杨齐悊 1、杨师道

　2、杨续 1

同州冯翊：乔知之 1

2.陇西区

秦州成纪：唐太宗李世民 5

府县不详：李俨 1

3.河北区

太原府文水：则天皇后武曌 4

蒲州宝鼎：薛收 1、薛元超 1

蒲州河东：吕太一 1、张说 11

蒲州猗氏：张嘉贞1
绛州龙门：王勃7、王绩4
魏州昌乐：张文琮1
魏州馆陶：魏征1
魏州贵乡：郭震1
相州洹水：张蕴古2
相州内黄：沈佺期2
卫州黎阳：王梵志1
卫州卫县：谢偃3
贝州武城：崔善为1
恒州井陉：崔行功1
深州安平：李百药4
深州陆泽：张鷟6
深州饶阳：李义府2
赵州栾城：阎朝隐1
赵州赞皇：李峤1
定州义丰：张易之1
沧州南皮：郑愔1
幽州范阳：卢粲1、卢照邻3
瀛州：朱宝积1
邢州柏仁：李怀远1
邢州南和：宋璟1

4. 中原区

河南府洛阳：陆坚1
河南府温县：司马承祯3、司马逸客1
虢州弘农：宋之问7
陕州陕县：上官仪2
陕州硖石：姚崇1
汝州：刘希夷3
郑州阳武：韦承庆1
怀州河内：王知敬1
徐州彭城：刘知几1
兖州瑕丘：徐彦伯5
齐州全节：崔融2、员半千2

5. 江淮区

扬州江都：李邕4
光州固始：陈元光2

6. 东南区

润州延陵：释法融2
苏州吴县：董思恭1
苏州：陈子良2、张汯1
杭州钱塘：褚亮4、褚遂良1
杭州新城：许敬宗3
越州山阴：孔绍安1
越州永兴：贺知章1
越州余姚：虞世南5
婺州义乌：骆宾王7
泉州：庞行基1

7. 西南区

梓州射洪：陈子昂5

8. 籍贯不详

崔悬黎1、樊望之1、贺遂亮1、刘秀1、刘夷道1、刘元节1、柳绍先1、张泰1、赵志1

（二）寝（2/2/2/2）

1. 关内区

华州华阴：杨炯1

2. 河北区

赵州柏人:李嗣真1

(三)缉(31/21/20/6)

1.关内区

京兆府万年:颜师古1

京兆府武功:苏颋1

京兆府:杜践言1

华州华阴:杨炯3

同州冯翊:乔师望1

2.河北区

太原府文水:武三思2

蒲州河东:张说1

蒲州猗氏:张嘉贞1

魏州馆陶:魏征1

相州内黄:沈佺期1

卫州黎阳:王梵志1

恒州井陉:崔行功1

深州饶阳:李义府2

赵州高邑:李至远1

沧州东光:苗神客1

幽州范阳:卢照邻1

幽州:卢藏用1、王适1

3.中原区

虢州弘农:宋之问2

汝州:刘希夷1

兖州瑕丘:徐彦伯2

4.江淮区

楚州盱眙:释善导1

5.东南区

苏州:陈子良1

越州永兴:贺知章1

越州余姚:虞世南1

越州:万齐融1

6.西南区

益州成都:朱桃椎1

7.籍贯不详

曹琰1、郎南金1、柳绍先1、阙名1

(四)真侵(3/2/3/2)

1.河北区

卫州黎阳:王梵志1

定州鼓城:郭正一1

2.东南区

杭州:朱君绪2

(五)文侵(1/1/1/1)

1.西南区

梓州射洪:陈子昂1

(六)缉没(1/1/1/1)

1.河北区

卫州黎阳:王梵志1

(七)先侵(1/1/1/1)

1.中原区

郑州阳武:韦承庆1

(八)职缉(3/2/2/2)

1.关内区

京兆府长安:袁朗1

2.陇西区

秦州成纪:唐太宗李世民1

3.籍贯不详

阙名1

（九）侵覃（1/1/1/1）

1.江淮区

扬州江都:李邕1

（十）震准侵（1/1/1/1）

1.河北区

蒲州河东:张说1

（十一）真寒侵（1/1/1/1）

1.河北区

卫州黎阳:王梵志1

（十二）真青侵（1/1/1/1）

1.中原区

河南府温县:司马承祯1

（十三）术没缉（1/1/1/1）

1.河北区

卫州黎阳:王梵志1

（十四）元魂侵（2/2/2/2）

1.河北区

绛州龙门:王勃1

2.东南区

杭州新城:许敬宗1

综合深摄用韵的空间分布数据,得到下表:

表3-8-1　深摄用韵的空间分布数据

用韵	作家数量	县域数量	州府数量	大区数量
侵	83	52	37	7
寝	2	2	2	2
缉	31	21	20	6
真侵	3	3（2）	3	2
文侵	1	1	1	1
缉没	1	1	1	1
先侵	1	1	1	1
职缉	3	2	2	2
侵覃	1	1	1	1
震准侵	1	1	1	1
真寒侵	1	1	1	1
真青侵	1	1	1	1
术没缉	1	1	1	1
元魂侵	2	2	2	2

二、深摄用韵的空间分布度

按空间单元整理深摄用韵的空间分布数据（另含用韵数量），阳声韵举平以赅上去，入声韵单列，将用韵的各空间要素量及各空间要素总量去重，得到下表：

表 3-8-2　深摄阳声韵诸单元用韵的空间分布数据

空间单元	用韵	用韵数量	作家数量	县域数量	州府数量	大区数量
侵单元	侵	168	75	53	37	7
	真侵	4	3	3（2）	3	2
	文侵	1	1	1	1	1
	先侵	1	1	1	1	1
	侵覃	1	1	1	1	1
	真寒侵	1	1	1	1	1
	真青侵	1	1	1	1	1
	元魂侵	2	2	2	2	2
	总量	179	78	54	37	7

表 3-8-3　深摄入声韵诸单元用韵的空间分布数据

空间单元	用韵	用韵数量	作家数量	县域数量	州府数量	大区数量
缉单元	缉	33	27	21	20	6
	没缉	1	1	1	1	1
	职缉	2	2	2	2	2
	术没缉	1	1	1	1	1
	总量	37	29	23	21	7

运用用韵空间分布综合评价法，计算深摄诸单元用韵各项指标评价值与空间分布度数值并排序，得到下表：

表 3-8-4　深摄诸单元用韵各项指标评价值与空间分布度数据表

空间单元	用韵	作家绝对数	县域绝对数	州府绝对数	大区绝对数	县域拓展	州府拓展	大区拓展	空间分布度	排序
侵单元	侵	1.206	1.402	1.634	1.897	1.001	1.001	1.000	5.254	1
	真侵	0.897	0.875	0.903	1.290	1.016	1.026	1.120	1.068	2
	文侵	0.811	0.731	0.697	1.042	1.016	1.026	1.162	0.521	4
	先侵	0.811	0.731	0.697	1.042	1.016	1.026	1.162	0.521	4
	侵覃	0.811	0.731	0.697	1.042	1.016	1.026	1.162	0.521	4
	真寒侵	0.811	0.731	0.697	1.042	1.016	1.026	1.162	0.521	4
	真青侵	0.811	0.731	0.697	1.042	1.016	1.026	1.162	0.521	4
	元魂侵	0.864	0.819	0.820	1.290	1.016	1.026	1.162	0.907	3
缉单元	缉	1.129	1.237	1.371	1.462	0.999	1.003	0.991	2.776	1
	没缉	0.833	0.751	0.676	0.842	1.010	1.006	1.104	0.399	3
	职缉	0.888	0.841	0.796	1.042	1.010	1.006	1.104	0.695	2
	术没缉	0.833	0.751	0.676	0.842	1.010	1.006	1.104	0.399	3

三、深摄韵部

侵单元用韵空间分布度排序为：侵 5.254 ＞真侵 1.068 ＞元魂侵 0.907 ＞……，提取侵为韵部。缉单元用韵空间分布度排序为：缉 2.776 ＞职缉 0.695 ＞没缉 0.399= 术没缉……，提取缉为韵部。深摄初次提取侵、缉。

初唐诗文深摄用韵以侵、缉为韵部。

四、深摄韵部韵例

（一）侵部

侵。崔善为《答王无功九日》寻金斟林（侵）（《全诗》95）

寝。杨炯《从弟去盈墓志铭》枕寝饮锦（寝）（《全文》一九五 5）

（二）缉部

缉。陈子良《隋新城郡东曹掾萧平仲诔》泣集及（缉）（《全文》一三四 8）

第九节　咸摄

一、咸摄用韵的空间分布

（一）覃（3/3/3/2）

1.河北区

相州内黄：沈佺期1

卫州黎阳：王梵志1

2.中原区

兖州瑕丘：徐彦伯1

（二）合（3/3/3/3）

1.关内区

京兆府长安：韦展1

2.河北区

绛州龙门：王勃1

3.中原区

河南府洛阳：贾曾1

（三）谈（1/1/1/1）

1.中原区

陕州陕县：上官仪1

（四）盐（1/1/1/1）

1.河北区

蒲州河东：张说1

（五）琰（2/2/1/1）

1.关内区

京兆府长安：释道世1

京兆府武功：苏颋1

（六）葉（1/1/1/1）

1.关内区

同州冯翊：乔知之2、乔知之2

（七）帖（1/1/1/1）

1.河北区

绛州龙门：王勃1

（八）业（2/2/1/1）

1.关内区

京兆府蓝田：苏珦1

京兆府武功：苏颋1

（九）文覃（1/0/0/0）

1.籍贯不详

权龙襄1

（十）铎葉（1/1/1/1）

1.岭南区

泷州开阳：陈集源1

（十一）侵覃（1/1/1/1）

1.江淮区

扬州江都：李邕1

（十二）覃谈（8/8/8/4）

1.关内区

京兆府长安：唐睿宗李旦1

2.河北区

魏州昌乐：李咸1

卫州黎阳:王梵志1

幽州范阳:卢照邻1

3.中原区

滑州灵昌:崔日用1

青州临淄:李伯鱼1

齐州全节:崔融1

4.江淮区

楚州盱眙:释善导1

（十三）合业(2/2/2/2)

1.关内区

京兆府武功:苏颋1

2.西南区

梓州射洪:陈子昂1

（十四）盐添(1/1/1/1)

1.河北区

绛州龙门:王绩1

（十五）琰忝(1/1/1/1)

1.河北区

卫州卫县:谢偃1

（十六）葉帖(2/2/2/1)

1.河北区

绛州龙门:王勃1

赵州赞皇:李峤1

（十七）艳酽(1/0/1/1)

1.东南区

越州:万齐融1

（十八）葉业(1/1/1/1)

1.河北区

绛州龙门:王勃1

（十九）葉乏(1/1/1/1)

1.河北区

蒲州河东:张说1

（二十）洽狎(1/1/1/1)

1.河北区

相州内黄:沈佺期1

（二十一）业乏(2/2/2/2)

1.关内区

京兆府长安:唐睿宗李旦1

2.东南区

温州永嘉:释玄觉1

（二十二）月没葉(1/1/1/1)

1.河北区

相州内黄:沈佺期1

（二十三）黠镩乏(1/1/1/1)

1.江淮区

楚州盱眙:释善导1

（二十四）合盍业(1/1/1/1)

1.河北区

绛州龙门:王勃1

（二十五）合葉业(1/1/1/1)

1.关内区

京兆府长安:释道世1

（二十六）敢艳梵(1/1/1/1)

1.东南区

温州永嘉:释玄觉1

（二十七）葉帖业(1/1/1/1)

1.中原区

兖州瑕丘:徐彦伯1

(二十八)盐咸严(1/1/1/1)

1.江淮区

扬州江都:李邕1

(二十九)葉业乏(1/1/1/1)

1.河北区

赵州赞皇:李峤1

(三十)真先仙盐(1/1/1/1)

1.关内区

京兆府长安:释道世1

(三十一)合葉业乏(1/1/1/1)

1.东南区

温州永嘉:释玄觉1

(三十二)葉帖狎业(1/1/1/1)

1.河北区

绛州龙门:王勃1

(三十三)葉帖业乏(1/0/0/0)

1.籍贯不详

杨晋1

综合咸摄用韵的空间分布数据,得到下表:

表 3-9-1　咸摄用韵的空间分布数据

用韵	作家数量	县域数量	州府数量	大区数量
覃	3	3	3	2
合	3	3	3	3
谈	1	1	1	1
盐	1	1	1	1
琰	2	2	1	1
葉	1	1	1	1
帖	1	1	1	1
业	2	2	1	1
文覃	1	1(0)	1(0)	1(0)
铎葉	1	1	1	1
侵覃	1	1	1	1
覃谈	8	8	8	4
合业	2	2	2	2
盐添	1	1	1	1
琰忝	1	1	1	1
葉帖	2	2	2	1
艳酽	1	1(0)	1	1

续表

用韵	作家数量	县域数量	州府数量	大区数量
葉业	1	1	1	1
葉乏	1	1	1	1
洽狎	1	1	1	1
业乏	2	2	2	2
月没葉	1	1	1	1
黠镈乏	1	1	1	1
合盍业	1	1	1	1
合葉业	1	1	1	1
敢艳梵	1	1	1	1
葉帖业	1	1	1	1
盐咸严	1	1	1	1
葉业乏	1	1	1	1
真先仙盐	1	1	1	1
合葉业乏	1	1	1	1
葉帖狎业	1	1	1	1
葉帖业乏	1	1（0）	1（0）	1（0）

二、咸摄用韵的空间分布度

按空间单元整理咸摄用韵的空间分布数据（另含用韵数量），阳声韵举平以赅上去，入声韵单列，将用韵的各空间要素量及各空间要素总量去重，得到下表：

表 3-9-2　咸摄阳声韵诸单元用韵的空间分布数据

空间单元	用韵	用韵数量	作家数量	县域数量	州府数量	大区数量
覃单元	覃	3	3	3	3	2
	侵覃	1	1	1	1	1
	覃谈	8	8	8	8	4
	总量	12	11	11	11	4

空间单元	用韵	用韵数量	作家数量	县域数量	州府数量	大区数量
谈单元	谈	1	1	1	1	1
	覃谈	8	8	8	8	4
	谈盐凡	1	1	1	1	1
	总量	10	10	10	10	5
盐单元	盐	3	3	3	2	2
	盐添	2	2	2	2	1
	盐严	1	1	1(0)	1	1
	谈盐凡	1	1	1	1	1
	盐咸严	1	1	1	1	1
	真先仙盐	1	1	1	1	1
	总量	9	8	7	7	4
添单元	盐添	2	2	2	2	1
	总量	2	2	2	2	1
咸单元	盐咸严	1	1	1	1	1
	总量	1	1	1	1	1
严单元	盐严	1	1	1(0)	1	1
	盐咸严	1	1	1	1	1
	总量	2	2	2(1)	2	2
凡单元	谈盐凡	1	1	1	1	1
	总量	1	1	1	1	1

表 3-9-3　咸摄入声韵诸单元用韵的空间分布数据

空间单元	用韵	用韵数量	作家数量	县域数量	州府数量	大区数量
合单元	合	3	3	3	3	3
	合业	2	2	2	2	2
	合盍业	1	1	1	1	1
	合葉业	1	1	1	1	1
	合葉业乏	1	1	1	1	1
	总量	8	7	7	7	5

空间单元	用韵	用韵数量	作家数量	县域数量	州府数量	大区数量
盍单元	合盍业	1	1	1	1	1
	总量	1	1	1	1	1
葉单元	葉	2	1	1	1	1
	铎葉	1	1	1	1	1
	葉帖	2	2	2	2	1
	葉业	1	1	1	1	1
	葉乏	1	1	1	1	1
	月没葉	1	1	1	1	1
	合葉业	1	1	1	1	1
	葉帖业	1	1	1	1	1
	合葉业乏	1	1	1	1	1
	葉帖狎业	1	1	1	1	1
	总量	13	9	9	9	5
帖单元	帖	1	1	1	1	1
	葉帖	2	2	2	2	1
	葉帖业	1	1	1	1	1
	葉帖狎业	1	1	1	1	1
	总量	5	3	3	3	2
洽单元	洽狎	1	1	1	1	1
	总量	1	1	1	1	1
狎单元	洽狎	1	1	1	1	1
	葉帖狎业	1	1	1	1	1
	总量	2	2	2	2	1
业单元	业	2	2	2	1	1
	合业	2	2	2	2	2
	葉业	1	1	1	1	1
	业乏	2	2	2	2	2
	合盍业	1	1	1	1	1
	合葉业	1	1	1	1	1

续表

空间单元	用韵	用韵数量	作家数量	县域数量	州府数量	大区数量
	葉帖业	1	1	1	1	1
	葉业乏	1	1	1	1	1
	合葉业乏	1	1	1	1	1
	葉帖狎业	1	1	1	1	1
	总量	13	9	8	6	5
乏单元	葉乏	1	1	1	1	1
	业乏	2	2	2	2	2
	點鎋乏	1	1	1	1	1
	葉业乏	1	1	1	1	1
	合葉业乏	1	1	1	1	1
	总量	6	5	5	5	4

　　运用用韵空间分布综合评价法,计算咸摄诸单元用韵各项指标评价值与空间分布度数值并排序,得到下表:

表 3-9-4　咸摄诸单元用韵各项指标评价值与空间分布度数据表

空间单元	用韵	作家绝对数	县域绝对数	州府绝对数	大区绝对数	县域拓展	州府拓展	大区拓展	空间分布度	排序
覃单元	覃	0.982	0.968	0.954	1.133	1.000	1.000	1.056	1.084	2
	侵覃	0.887	0.808	0.736	0.915	1.000	1.000	1.095	0.529	3
	覃谈	1.074	1.136	1.202	1.403	1.000	1.000	1.029	2.119	1
谈单元	谈	0.895	0.821	0.753	0.854	1.000	1.000	1.064	0.503	2
	覃谈	1.084	1.154	1.230	1.309	1.000	1.000	1.000	2.015	1
	谈盐凡	0.895	0.821	0.753	0.854	1.000	1.000	1.064	0.503	2
盐单元	盐	1.077	1.168	1.136	1.403	1.006	0.973	1.052	2.063	1
	盐添	1.038	1.092	1.136	1.133	1.006	1.000	0.988	1.450	2
	盐严	0.974	0.975	0.964	1.133	1.006	1.000	1.052	1.097	3
	谈盐凡	0.974	0.975	0.964	1.133	1.006	1.000	1.052	1.097	3
	盐咸严	0.974	0.975	0.964	1.133	1.000	1.000	1.052	1.097	3
	真先仙盐	0.974	0.975	0.964	1.133	1.006	1.000	1.052	1.097	3

空间单元	用韵	作家绝对数	县域绝对数	州府绝对数	大区绝对数	县域拓展	州府拓展	大区拓展	空间分布度	排序
添单元	盐添	1.000	1.000	1.000	1.000	1.000	1.000	1.000	1.000	1
咸单元	盐咸严	1.000	1.000	1.000	1.000	1.000	1.000	1.000	1.000	1
严单元	盐严	1.000	1.000	1.000	1.000	1.000	1.000	1.000	1.000	1
	盐咸严	1.000	1.000	1.000	1.000	1.000	1.000	1.000	1.000	1
凡单元	谈盐凡	1.000	1.000	1.000	1.000	1.000	1.000	1.000	1.000	1
合单元	合	1.073	1.133	1.197	1.403	1.000	1.000	1.031	2.104	1
	合业	1.033	1.060	1.088	1.238	1.000	1.000	1.031	1.521	2
	合盍业	0.970	0.946	0.924	1.000	1.000	1.000	1.031	0.873	3
	合葉业	0.970	0.946	0.924	1.000	1.000	1.000	1.031	0.873	3
	合葉业乏	0.970	0.946	0.924	1.000	1.000	1.000	1.031	0.873	3
盍单元	合盍业	1.000	1.000	1.000	1.000	1.000	1.000	1.000	1.000	1
葉单元	葉	1.019	1.033	1.048	1.275	1.000	1.000	1.054	1.484	2
	铎葉	1.019	1.033	1.048	1.275	1.000	1.000	1.054	1.484	2
	葉帖	1.086	1.158	1.235	1.275	1.000	1.000	0.991	1.960	1
	葉业	1.019	1.033	1.048	1.275	1.000	1.000	1.054	1.484	2
	葉乏	1.019	1.033	1.048	1.275	1.000	1.000	1.054	1.484	2
	月没葉	1.019	1.033	1.048	1.275	1.000	1.000	1.054	1.484	2
	合葉业	1.019	1.033	1.048	1.275	1.000	1.000	1.054	1.484	2
	葉帖业	1.019	1.033	1.048	1.275	1.000	1.000	1.054	1.484	2
	葉业乏	1.019	1.033	1.048	1.275	1.000	1.000	1.054	1.484	2
	合葉业乏	1.019	1.033	1.048	1.275	1.000	1.000	1.054	1.484	2
	葉帖狎业	1.019	1.033	1.048	1.275	1.000	1.000	1.054	1.484	2
帖单元	帖	1.027	1.048	1.070	1.238	1.000	1.000	1.037	1.479	2
	葉帖	1.094	1.175	1.260	1.238	1.000	1.000	0.974	1.955	1
	葉帖业	1.027	1.048	1.070	1.238	1.000	1.000	1.037	1.479	2
	葉帖狎业	1.027	1.048	1.070	1.238	1.000	1.000	1.037	1.479	2
洽单元	洽狎	1.000	1.000	1.000	1.000	1.000	1.000	1.000	1.000	1

续表

空间单元	用韵	作家绝对数	县域绝对数	州府绝对数	大区绝对数	县域拓展	州府拓展	大区拓展	空间分布度	排序
狎单元	洽狎	1.000	1.000	1.000	1.238	1.000	1.000	1.064	1.318	1
	葉帖狎业	1.000	1.000	1.000	1.238	1.000	1.000	1.064	1.318	1
业单元	业	1.076	1.162	1.128	1.238	1.005	0.973	1.017	1.737	3
	合业	1.076	1.162	1.329	1.533	1.005	1.019	1.017	2.653	1
	葉业	1.010	1.037	1.128	1.238	1.005	1.019	1.017	1.524	4
	业乏	1.076	1.162	1.329	1.533	1.005	1.019	1.017	2.653	1
	合盍业	1.010	1.037	1.128	1.238	1.005	1.019	1.017	1.524	4
	合葉业	1.010	1.037	1.128	1.238	1.005	1.019	1.017	1.524	4
	葉帖业	1.010	1.037	1.128	1.238	1.005	1.000	1.017	1.524	4
	葉业乏	1.010	1.037	1.128	1.238	1.005	1.019	1.017	1.524	4
	合葉业乏	1.010	1.037	1.128	1.238	1.005	1.019	1.017	1.524	4
	葉帖狎业	1.010	1.037	1.128	1.238	1.005	1.000	1.017	1.524	4
乏单元	葉乏	1.000	1.000	1.000	1.071	1.000	1.000	1.020	1.093	2
	业乏	1.066	1.120	1.178	1.326	1.000	1.000	1.020	1.903	1
	點鍺乏	1.000	1.000	1.000	1.071	1.000	1.000	1.020	1.093	2
	葉业乏	1.000	1.000	1.000	1.071	1.000	1.000	1.020	1.093	2
	合葉业乏	1.000	1.000	1.000	1.071	1.000	1.000	1.020	1.093	2

三、咸摄韵部

覃单元用韵空间分布度排序为：覃谈2.119＞覃1.084＞侵覃1.084，提取覃谈为韵部。谈单元用韵空间分布度排序为：覃谈2.015＞谈0.503＝谈盐凡，提取覃谈为韵部。盐单元用韵空间分布度排序为：盐2.063＞盐添1.450＞盐严1.097＝谈盐凡……，提取盐为韵部。添单元用韵空间分布度排序为：盐添1.000，提取盐添为韵部。衔韵未见相关用韵。咸单元、严单元、凡单元用韵空间要素量均为1，不能提取韵部。合单元用韵空间分布度排序为：合2.104＞合业1.521＞合盍业0.873＝合葉业……，提取合为韵部。盍单元用韵空间要素量均为1，不能提取韵部。葉单元用韵空间分布度排序为：葉帖

1.960＞葉1.484=铎葉……，提取葉帖为韵部。帖单元用韵空间分布度排序为：葉帖1.955＞帖1.479=葉帖业……，提取葉帖为韵部。洽单元、狎单元用韵空间要素量均为1，不能提取韵部。业单元用韵空间分布度排序为：合业2.653=业乏＞业1.737＞葉业1.524=合盍业……，提取合业、业乏为韵部。乏单元用韵空间分布度排序为：业乏1.903＞葉乏1.093=黠镨乏……，提取业乏为韵部。咸摄初次提取覃谈、盐、盐添、合、葉帖、合业、业乏为韵部。

在初次提取的韵部中，盐与盐添构成包孕关系，二次提取盐添为韵部。合、合业、业乏构成包孕或交叉关系，二次提取合业乏为韵部。

初唐诗文咸摄用韵以覃谈、盐添、合业乏、葉帖为韵部。咸、衔、严、凡、盍、洽、狎的韵部归属不明。

四、咸摄二次计算

将盐的要素量并入盐添并去重，二次计算盐添部所涉单元用韵的空间分布数据（另含用韵数量），得到下表：

表 3-9-5　二次计算盐添部所涉单元用韵的空间分布数据

空间单元	用韵	用韵数量	作家数量	县域数量	州府数量	大区数量
盐单元	盐	3	3	3	2	2
	盐添	5	5	5	4	2
	盐严	1	1	1(0)	1	1
	谈盐凡	1	1	1	1	1
	盐咸严	1	1	1	1	1
	真先仙盐	1	1	1	1	1
	总量	12	8	7	7	4
添单元	盐添	5	5	5	4	2
	总量	5	5	5	4	2

将合、合业、业乏的要素量并入合业乏并去重，二次计算合业乏部所涉单元用韵的空间分布数据（另含用韵数量），得到下表：

表 3-9-6　二次计算合业乏部所涉单元用韵的空间分布数据

空间单元	用韵	用韵数量	作家数量	县域数量	州府数量	大区数量
合单元	合	3	3	3	3	3
	合业	2	2	2	2	2
	合盍业	1	1	1	1	1
	合葉业	1	1	1	1	1
	合业乏	7	7	6	5	5
	合葉业乏	1	1	1	1	1
	总量	15	8	6	5	5
业单元	业	2	2	2	1	1
	合业	2	2	2	2	2
	葉业	1	1	1	1	1
	业乏	2	2	2	2	2
	合盍业	1	1	1	1	1
	合葉业	1	1	1	1	1
	合业乏	7	7	6	5	5
	葉帖业	1	1	1	1	1
	葉业乏	1	1	1	1	1
	合葉业乏	1	1	1	1	1
	葉帖狎业	1	1	1	1	1
	总量	21	11	9	7	5
乏单元	葉乏	1	1	1	1	1
	业乏	2	2	2	2	2
	黠镨乏	1	1	1	1	1
	合业乏	7	7	6	5	5
	葉业乏	1	1	1	1	1
	合葉业乏	1	1	1	1	1
	总量	13	10	9	8	6

运用用韵空间分布综合评价法,二次计算盐添部、合业乏部所涉单元用韵各项指标评价值与空间分布度数值并排序,得到下表:

表 3-9-7 二次计算盐添部、合业乏部所涉单元用韵

各项指标评价值与空间分布度数据表

空间单元	用韵	作家绝对数	县域绝对数	州府绝对数	大区绝对数	县域拓展	州府拓展	大区拓展	空间分布度	排序
盐单元	盐	1.077	1.168	1.136	1.403	1.006	0.973	1.052	2.063	2
	盐添	1.129	1.270	1.337	1.403	1.006	0.985	0.988	2.633	1
	盐严	0.974	0.975	0.964	1.133	1.006	1.000	1.052	1.097	3
	谈盐凡	0.974	0.975	0.964	1.133	1.006	1.000	1.052	1.097	3
	盐咸严	0.974	0.975	0.964	1.133	1.006	1.000	1.052	1.097	3
	真先仙盐	0.974	0.975	0.964	1.133	1.006	1.000	1.052	1.097	3
添单元	盐添	1.000	1.000	1.000	1.000	1.000	1.000	1.000	1.000	1
合单元	合	1.077	1.197	1.353	1.484	1.012	1.012	1.000	2.654	2
	合业	1.038	1.120	1.230	1.309	1.012	1.012	1.000	1.919	3
	合盍业	0.974	1.000	1.044	1.058	1.012	1.012	1.000	1.102	4
	合葉业	0.974	1.000	1.044	1.058	1.012	1.012	1.000	1.102	4
	合业乏	1.165	1.342	1.526	1.736	1.006	1.000	1.000	4.166	1
	合葉业乏	0.974	1.000	1.044	1.058	1.012	1.012	1.000	1.102	4
业单元	业	1.066	1.158	1.113	1.275	1.009	0.971	1.031	1.767	4
	合业	1.066	1.158	1.310	1.578	1.009	1.017	1.031	2.698	2
	葉业	1.000	1.033	1.113	1.275	1.009	1.017	1.031	1.550	5
	业乏	1.066	1.158	1.310	1.578	1.009	1.017	1.031	2.698	2
	合盍业	1.000	1.033	1.113	1.275	1.009	1.017	1.031	1.550	5
	合葉业	1.000	1.033	1.113	1.275	1.009	1.017	1.031	1.550	5
	合业乏	1.196	1.386	1.627	2.093	1.002	1.005	1.031	5.858	1
	葉帖业	1.000	1.033	1.113	1.275	1.009	1.017	1.031	1.550	5
	葉业乏	1.000	1.033	1.113	1.275	1.009	1.017	1.031	1.550	5
	合葉业乏	1.000	1.033	1.113	1.275	1.009	1.017	1.031	1.550	5
	葉帖狎业	1.000	1.033	1.113	1.275	1.009	1.017	1.031	1.550	5

续表

空间单元	用韵	作家绝对数	县域绝对数	州府绝对数	大区绝对数	县域拓展	州府拓展	大区拓展	空间分布度	排序
乏单元	葉乏	0.954	0.936	0.934	1.000	1.005	1.008	1.026	0.867	3
	业乏	1.017	1.048	1.100	1.238	1.005	1.008	1.026	1.509	2
	黠锗乏	0.954	0.936	0.934	1.000	1.005	1.008	1.026	0.867	3
	合业乏	1.141	1.255	1.366	1.642	0.998	0.996	1.026	3.276	1
	葉业乏	0.954	0.936	0.934	1.000	1.005	1.008	1.026	0.867	3
	合葉业乏	0.954	0.936	0.934	1.000	1.005	1.008	1.026	0.867	3

五、咸摄韵部韵例

（一）覃谈部

覃谈。崔日用《乞金鱼词》谙龛（覃）三（谈）（《全诗》2100）

覃。沈佺期《峡山寺赋》潭涵（覃）（《全文》二三五9）

谈。上官仪《假作美人诗》谈惭（谈）（《全诗》522）

（二）盐添部

盐添。王绩《寻苗道士山居》潜廉檐（盐）添（添）簪签蟾（盐）兼（添）（《全诗》207）

盐。张说《节愍太子妃杨氏墓志铭》渐纤瞻沾奁（盐）（《全文》二三二13）

琰。释道世《受斋篇颂》俭敛掩险（琰）（《全诗》549）

琰忝。谢偃《尘赋》渐敛掩篸（《全文》一五六12）

（三）合业乏部

合。贾曾《水镜赋》杂合（合）（《全文》二七七1）

业。苏颋《净信变赞》劫业（业）（《全文》二五六12）

合业。陈子昂《国殇文》合沓（合）怯业（业）（《全文》二一六16）

业乏。释玄觉《证道歌》法（乏）业劫（业）（《全诗》1739）

（四）葉帖部

葉帖。李峤《大周降禅碑》浃箧（帖）蹑叶（葉）（《全文》二四八1）

葉。乔知之《定情篇》葉妾（葉）(《全诗》1679）

帖。王勃《采莲曲》叠颊（帖）(《全诗》1046）

综合第二章、第三章韵部提取的结果，得到支、脂之、微等43个韵部。其中，阴声韵14部，阳声韵15部，入声韵14部。迄、衔未见相关用韵，废、黠、镒、咸、严、凡、盇、洽、狎所在单元要素量都是1，均未能提取韵部，其韵部归属不明。初唐诗文43韵部详见下表：

表 3-10　初唐诗文韵部系统

摄	阴声韵部	摄	阳声韵部	入声韵部
止	支	通	东冬	屋沃
	脂之		锺	烛
	微	江	江	觉
遇	鱼	臻	真谆臻欣	质术栉物
	虞模		文	
蟹	齐祭	山	元魂痕	月没
	泰		（元魂痕）	（月没）
	佳皆夬		寒桓	曷末
	灰咍		删山	
效	萧宵肴		先仙	屑薛
	豪	宕	阳唐	药铎
果	歌戈	梗	庚耕清青	陌麦昔锡
假	麻	曾	蒸登	职
流	尤侯幽			德
		深	侵	缉
		咸	覃谈	合业乏
			盐添	葉帖

第四章　初唐诗文韵系的通用性质

开篇从断代诗文韵部研究现状出发,提出了"通用韵部的确定性"问题,本章拟从研究方法和空间分布数据两方面,分析、确认本初唐诗文韵系(以下简称"本初唐韵系"或"本韵系")的通用性质。

第一节　用韵空间分布综合评价法与通用韵部的确定性

本初唐韵系具有通用性质,从根本上讲,这是由用韵空间分布综合评价法决定的。

首先,用韵空间分布综合评价法的研究理念与通用韵部的本质属性高度一致。一个韵部是否具有通用性质,主要看它是否在一个较大范围内得到普遍使用,也就是其空间分布是否广泛。我们从语言的通用性与空间分布普遍性的内在一致性原理出发,将"空间分布"作为核心理念引入断代诗文韵部研究中,提出了反映用韵空间分布普遍性程度的"空间分布度"概念,为本研究方法奠定了理论基石。

其次,用韵空间分布综合评价法把归纳断代诗文通用韵部作为首要目标,根据这一研究目标,创设了多层次多侧面反映用韵空间分布普遍性状况的空间指标体系。该指标体系包括广度绝对数和广度拓展两个一级指标,作家绝对数、县域绝对数等7个二级指标,能够全面反映用韵的通用性状况。

再次,用韵空间分布综合评价法以用韵空间分布综合评价指标即空间分布度为韵部提取的客观依据,提取单元内空间分布度数值排序第一的用韵作为韵部,从而保证了韵部的通用性质。

最后,用韵空间分布综合评价法对各指标观测值作了无量纲化处理,使原本不同量纲的指标值变得可综合、可比较。根据各指标对于用韵通用性程度的影响力大小和重要性差异,拟定指标的权重。根据指标间的关联程度等因素,选定综合评价值合成的方法。还对二次提取韵部环节可能出现的不合理结果加以矫正。这些处理办法保证了用韵空间分布综合评价的准确性、科学性。

综上,用韵空间分布综合评价法做到了理念、方法和目标的有机统一,运用此方法归纳的韵部系统具有通用性质。

第二节　韵部通用性的空间分布数据验证

本初唐诗文韵部的通用性质可以通过空间分布数据的比较加以验证。我们只需要将单元内空间分布度数值排第一的韵部与排第二的用韵进行比较,观察两者在空间要素量和空间分布度上的数量差距,韵部的通用性就一目了然了。

前文已经指出,要素量对于直接评价用韵的通用性存在局限,但如果两组要素量多少呈现“一边倒”及其类似情形,对于判断用韵的通用性大小仍有参考价值,故空间分布数据引入要素量。经过了二次计算的韵部/用韵,其空间分布数据取二次计算的。

一、阴声韵部通用性的空间分布数据验证

(一)止摄

将止摄各韵部的空间分布数据与单元内空间分布度数值排第二的用韵进行对比,得到下表:

表 4-1　止摄韵部与相关用韵空间分布数据对比表

单元	韵部/用韵①	空间要素量				空间分布度
		作家数量	县域数量	州府数量	大区数量	
支	支	66	49	37	9	10.416
	支脂之	29	23	19	7	7.065
脂	脂之	82	57	40	8	12.188
	脂	33	30	27	8	9.799
之	脂之	82	57	40	8	10.839
	之	75	56	38	8	10.648
微	微	66	50	36	8	8.415
	之微	19	15	14	5	4.537

据上表,支单元,支部的4个要素量均超过支脂之的1.285倍,空间分布度数值支部约为支脂之的1.474倍。脂单元,脂之部除了大区数量与脂相等,其余要素量均超过脂的1.481倍,空间分布度数值脂之部约为脂的1.244倍。之单元,脂之部除了大区数量与之相等,其余要素量均超过之的1.017倍,空间分布度数值脂之部约为之的1.018倍。微单元,微部的4个要素量均超过之微的1.600倍,空间分布度数值微部约为之微的1.855倍。

(二)遇摄

将遇摄各韵部的空间分布数据与单元内空间分布度数值排第二的用韵进行对比,得到下表:

表 4-2　遇摄韵部与相关用韵空间分布数据对比表

单元	韵部/用韵	空间要素量				空间分布度
		作家数量	县域数量	州府数量	大区数量	
鱼	鱼	54	41	32	9	8.877
	鱼虞	22	21	20	6	5.955
虞	虞模	71	54	40	8	8.107
	虞	44	37	29	8	7.014

---

① 单元首列韵部,次列空间分布度排序第二的用韵,如支单元,支为韵部,支脂之为空间分布度排第二的用韵。后仿此。

单元	韵部/用韵	空间要素量				空间分布度
		作家数量	县域数量	州府数量	大区数量	
模	虞模	71	54	40	8	8.374
	模	55	39	32	6	6.720

据上表，鱼单元，鱼部的4个要素量均超过鱼虞的1.500倍，空间分布度数值鱼部约为鱼虞的1.491倍。虞单元，虞模部除了大区数量与虞相等，其余要素量均超过虞的1.379倍，空间分布度数值虞模部约为虞的1.156倍。模单元，虞模部的4个要素量均超过模的1.250倍，空间分布度数值虞模部约为模的1.246倍。

（三）蟹摄

将蟹摄各韵部的空间分布数据与单元内空间分布度数值排第二的用韵进行对比，得到下表：

表 4–3　蟹摄韵部与相关用韵空间分布数据对比表

单元	韵部/用韵	空间要素量				空间分布度
		作家数量	县域数量	州府数量	大区数量	
齐	齐祭	28	25	23	8	8.773
	齐	39	33	25	6	8.415
祭	齐祭	28	25	23	8	6.661
	祭	14	13	12	4	3.882
泰	泰	20	19	18	5	4.504
	泰哈	3	3	3	3	1.766
佳	佳皆夬	6	6	6	4	——
	佳麻	2	2	2	2	——
皆	佳皆夬	7	6	6	4	——
	皆	3	3	3	3	——
夬	佳皆夬	7	6	6	4	——
	皆夬	2	2	2	2	——
灰	灰哈	61	46	34	8	7.918
	灰	9	9	9	7	4.099
哈	灰哈	61	46	34	8	8.025
	哈	43	32	28	8	7.194

据上表,齐单元,齐祭部的前3个要素量均少于齐,但大区数量多于齐,空间分布度数值齐祭部约为齐的1.043倍。祭单元,齐祭部的4个要素量均超过祭的1.916倍,空间分布度数值齐祭部约为祭的1.716倍。泰单元,泰部的4个要素量均超过泰哈的1.666倍,空间分布度数值泰部约为泰哈的2.550倍。佳单元,佳皆夬部的4个要素量均超过佳麻的2倍。皆单元,佳皆夬部的4个要素量均超过皆的1.3倍。夬单元,佳皆夬部的4个要素量均超过夬灰哈的2倍。灰单元,灰哈部的4个要素量均超过灰的1.142倍,空间分布度数值灰哈部约为灰的1.932倍。哈单元,灰哈部除了大区数量与哈相等,其余要素量均超过哈的1.214倍,空间分布度数值灰哈部约为哈的1.116倍。

（四）效摄

将效摄各韵部的空间分布数据与单元内空间分布度数值排第二的用韵进行对比,得到下表:

表 4-4　效摄韵部与相关用韵空间分布数据对比表

单元	韵部/用韵	空间要素量				空间分布度
		作家数量	县域数量	州府数量	大区数量	
萧	萧宵肴	31	28	23	7	4.037
	萧宵	27	24	19	6	3.543
宵	萧宵肴	31	28	23	7	4.885
	萧宵	27	24	19	6	4.288
肴	萧宵肴	31	28	23	7	3.556
	宵肴	5	5	5	4	1.478
豪	豪	44	35	30	7	4.664
	宵豪	4	4	4	4	1.595

据上表,萧单元,萧宵肴部的4个要素量均超过萧宵的1.148倍,空间分布度数值萧宵肴部约为萧宵的1.139倍。宵单元,萧宵肴部的4个要素量均超过萧宵的1.148倍,空间分布度数值萧宵肴部约为萧宵的1.139倍。肴单元,萧宵肴部的4个要素量均超过宵肴的1.750倍,空间分布度数值萧宵肴部约为宵肴的2.406倍。豪单元,豪部的4个要素量均超过宵豪的1.750倍,空

间分布度数值豪部约为宵豪的 2.924 倍。

（五）果摄

将果摄各韵部的空间分布数据与单元内空间分布度数值排第二的用韵进行对比,得到下表:

表 4-5　果摄韵部与相关用韵空间分布数据对比表

单元	韵部/用韵	空间要素量				空间分布度
		作家数量	县域数量	州府数量	大区数量	
歌	歌戈	36	32	25	8	3.419
	歌	13	13	12	4	1.861
戈	歌戈	36	32	25	8	2.985
	戈	5	5	5	3	1.004

据上表,歌单元,歌戈部的 4 个要素量均超过歌的 2.000 倍,空间分布度数值歌戈部约为歌的 1.837 倍。戈单元,歌戈部的 4 个要素量均超过戈的 2.666 倍,空间分布度数值歌戈部约为戈的 2.973 倍。

（六）假摄

将假摄各韵部的空间分布数据与单元内空间分布度数值排第二的用韵进行对比,得到下表:

表 4-6　假摄韵部与相关用韵空间分布数据对比表

单元	韵部/用韵	空间要素量				空间分布度
		作家数量	县域数量	州府数量	大区数量	
麻	麻	67	52	39	8	2.408
	佳麻	2	2	2	2	——

据上表,麻单元,麻部的前 3 个要素量均超过佳麻的 19 倍,其中,作家数量为佳麻的 33.5 倍,大区数量为佳麻的 4 倍。

（七）流摄

将流摄各韵部的空间分布数据与单元内空间分布度数值排第二的用韵进行对比,得到下表:

表 4-7　流摄韵部与相关用韵空间分布数据对比表

单元	韵部/用韵	空间要素量				空间分布度
		作家数量	县域数量	州府数量	大区数量	
尤	尤侯幽	89	66	44	9	8.237
	尤	60	47	37	9	7.425
侯	尤侯幽	89	66	44	9	7.178
	尤侯	53	43	32	8	5.877
幽	尤侯幽	89	66	44	9	2.408
	尤幽	12	9	9	5	0.932

据上表，尤单元，尤侯幽部除了大区数量与尤相等，其余要素量均超过尤的1.189倍，空间分布度数值尤侯幽部约为尤的1.109倍。侯单元，尤侯幽部的4个要素量均超过尤侯的1.125倍，空间分布度数值尤侯幽部约为尤侯的1.221倍。幽单元，尤侯幽部的4个要素量均超过尤幽的1.800倍，空间分布度数值尤侯幽部约为幽的2.584倍。

二、阳声韵部与入声韵部通用性的空间分布数据验证

（一）通摄

将通摄各韵部的空间分布数据与单元内空间分布度数值排第二的用韵进行对比，得到下表：

表 4-8　通摄韵部与相关用韵空间分布数据对比表

单元	韵部/用韵	空间要素量				空间分布度
		作家数量	县域数量	州府数量	大区数量	
东	东冬	83	59	40	9	5.155
	东	81	58	39	9	5.109
冬	东冬	83	59	40	9	3.622
	冬	2	2	2	2	0.545
锺	锺	32	27	23	6	4.955
	东锺	22	17	16	7	4.487

续表

单元	韵部/用韵	空间要素量				空间分布度
		作家数量	县域数量	州府数量	大区数量	
屋	屋沃/屋	43	39	28	5	5.199
	屋烛	11	8	8	4	2.730
沃	屋沃	43	39	28	5	2.394
	屋沃烛	3	3	3	2	0.633
烛	烛	27	23	20	5	4.239
	屋烛	11	8	8	4	2.730

　　据上表,东单元,东冬部除了大区数量与东相等,其余要素量均超过东的1.017倍,空间分布度数值东冬部约为东的1.009倍。冬单元,东冬部的4个要素量均超过冬的4.500倍,空间分布度数值东冬部约为冬的6.646倍。锺单元,锺部除了大区数量少1个,其余要素量均超过东锺的0.857倍,空间分布度数值锺部约为东锺的1.104倍。屋单元,屋沃部的4个要素量及空间分布度数值与屋都相等,并列第一,屋沃部的4个要素量均超过屋烛0.25倍,空间分布度数值屋沃部约为屋烛的1.904倍。沃单元,屋沃部的4个要素量均超过屋沃烛的2.500倍,空间分布度数值屋沃部约为屋沃烛的3.782倍。烛单元,烛部的4个要素量均超过屋烛的1.250倍,空间分布度数值烛部约为屋烛的1.609倍。

(二)江摄

　　将江摄各韵部的空间分布数据与单元内空间分布度数值排第二的用韵进行对比,得到下表:

表 4-9　江摄韵部与相关用韵空间分布数据对比表

单元	韵部/用韵	空间要素量				空间分布度
		作家数量	县域数量	州府数量	大区数量	
江	江	3	3	3	3	2.446
	锺江	2	2	2	1	1.342
觉	觉	9	9	8	6	2.984
	烛觉	6	6	5	3	1.898

据上表，江单元，江部的4个要素量均超过锺江的1.500倍，空间分布
度数值江部约为锺江的1.822倍。觉单元，觉部的4个要素量均超过烛觉的
1.500倍，空间分布度数值觉部约为烛觉的1.572倍。

（三）臻摄

将臻摄各韵部的空间分布数据与单元内空间分布度数值排第二的用韵
进行对比，得到下表：

表 4-10　臻摄韵部与相关用韵空间分布数据对比表

单元	韵部/用韵	空间要素量				空间分布度
		作家数量	县域数量	州府数量	大区数量	
真	真谆臻欣	126	82	53	9	18.068
	真	75	53	39	8	14.811
谆	真谆臻欣	126	82	53	9	10.426
	真谆	82	58	39	7	8.243
臻	真谆臻欣	126	82	53	9	3.624
	真臻	4	4	4	3	0.747
	真谆臻	4	4	4	3	0.747
文	文	51	37	30	7	10.087
	真文	11	9	9	5	5.196
欣	真谆臻欣	126	82	53	9	5.267
	真谆欣	7	7	7	5	1.666
魂	元魂痕	42	37	30	8	9.633
	元魂	38	33	27	8	9.224
痕	元魂痕	42	37	30	8	5.525
	谆元魂痕	2	2	2	2	1.023
质	质术栉物	62	48	33	9	10.893
	质	35	26	24	9	9.083
术	质术栉物	62	48	33	9	7.268
	质术	38	33	26	7	5.791
栉	质术栉物	62	48	33	9	3.018
	质术栉	10	10	9	5	1.330

单元	韵部/用韵	空间要素量				空间分布度
		作家数量	县域数量	州府数量	大区数量	
物	质术栉物	62	48	33	9	6.666
	质术物	5	5	5	2	1.578
没	月没	5	5	5	3	5.197
	物没	3	3	3	2	2.180

据上表,真单元,真谆臻欣部的4个要素量均超过真的1.125倍,空间分布度数值真谆臻欣部约为真的1.220倍。谆单元,真谆臻欣部的4个要素量均超过真谆的1.285倍,空间分布度数值真谆臻欣部约为真谆的1.265倍。臻单元,真谆臻欣部的4个要素量均超过真臻(真谆臻)的3.000倍,空间分布度数值真谆臻欣部约为真臻(真谆臻)的4.851倍。文单元,文部的4个要素量均超过真文的1.400倍,空间分布度数值文部约为真文的1.941倍。欣单元,真谆臻欣部的4个要素量均超过真谆欣的1.800倍,空间分布度数值真谆臻欣部约为真谆欣的3.161倍。魂单元,元魂痕部除了大区数量与元魂相等,其余要素量均超过元魂的1.105倍,空间分布度数值元魂痕部约为元魂的1.044倍。痕单元,元魂痕部的4个要素量均超过谆元魂痕的4.000倍,空间分布度数值元魂痕部约为谆元魂痕的5.401倍。质单元,质术栉物部除了大区数量与质相等,其余要素量均超过质的1.375倍,空间分布度数值质术栉物部约为质的1.199倍。术单元,质术栉物部的4个要素量均超过质术的1.269倍,空间分布度数值质术栉物部约为质术的1.255倍。栉单元,质术栉物部的4个要素量均超过质术栉的1.800倍,空间分布度数值质术栉物部约为质术栉的2.269倍。物单元,质术栉物部的4个要素量均超过质术物的4.500倍,空间分布度数值质术栉物部约为质术物的4.224倍。没单元,月没部的4个要素量均超过物没的1倍,空间分布度数值月没部约为物没的2.384倍。

(四)山摄

将山摄各韵部的空间分布数据与单元内空间分布度数值排第二的用韵进行对比,得到下表:

表 4-11 山摄韵部与相关用韵空间分布数据对比表

单元	韵部/用韵	空间要素量				空间分布度
		作家数量	县域数量	州府数量	大区数量	
元	元魂痕	42	37	30	8	9.992
	元魂	38	33	27	8	9.568
寒	寒桓	32	28	24	7	5.651
	寒	18	16	15	4	3.678
桓	寒桓	32	28	24	7	4.538
	桓	11	10	10	5	2.707
删	删山	18	15	14	4	4.941
	删	6	6	6	3	3.066
山	删山	18	15	14	4	5.638
	山	5	4	4	3	3.005
先	先仙	77	54	41	9	9.762
	先	30	24	18	5	5.526
仙	先仙	77	54	41	9	9.800
	仙	21	18	16	6	5.491
月	月没	16	14	12	4	5.190
	月	13	11	11	4	4.876
曷	曷末	2	2	2	2	1.886
	曷职	1	1	1	1	1.083
末	曷末	2	2	2	2	1.741
	末	1	1	1	1	1.000
屑	屑薛	26	20	19	6	3.434
	月屑薛	4	4	4	3	1.362
薛	屑薛	26	20	19	6	5.154
	薛	6	6	6	2	2.048

据上表,元单元,元魂痕部除了大区数量与元魂相等,其余要素量均超过元魂的 1.105 倍,空间分布度数值元魂痕部约为元魂的 1.044 倍。寒单元,寒桓部的 4 个要素量均超过寒的 1.600 倍,空间分布度数值寒桓部约为寒的

1.536倍。桓单元，寒桓部的4个要素量均超过桓的1.400倍，空间分布度数值寒桓部约为桓的1.676倍。删单元，删山部的4个要素量均超过删的1.333倍，空间分布度数值删山部约为删的1.612倍。山单元，删山部的4个要素量均超过山的1.333倍，空间分布度数值删山部约为山的1.876倍。先单元，先仙部的4个要素量均超过先的1.800倍，空间分布度数值先仙部约为先的1.767倍。仙单元，先仙部的4个要素量均超过仙的1.500倍，空间分布度数值先仙部约为仙的1.785倍。月单元，月没部除了大区数量与月相等，其余要素量均超过月的1.090倍，空间分布度数值月没部约为月的1.064倍。曷单元，曷末部的4个要素量均超过曷职的2.000倍，空间分布度数值曷末部约为曷职的1.741倍。末单元，曷末部的4个要素量均超过末的2.000倍，空间分布度数值曷末部约为末的1.741倍。屑单元，屑薛部的4个要素量均超过月屑薛的2.000倍，空间分布度数值屑薛部约为月屑薛的2.521倍。薛单元，屑薛部的4个要素量均超过薛的3.000倍，空间分布度数值屑薛部约为薛的2.517倍。

（五）宕摄

将宕摄各韵部的空间分布数据与单元内空间分布度数值排第二的用韵进行对比，得到下表：

表 4-12　宕摄韵部与相关用韵空间分布数据对比表

单元	韵部/用韵	空间要素量				空间分布度
		作家数量	县域数量	州府数量	大区数量	
阳	阳唐	113	74	48	9	3.899
	阳	72	56	42	8	3.402
唐	阳唐	113	74	48	9	4.688
	唐	11	9	8	4	1.540
药	药铎	27	26	23	7	4.558
	觉药铎	3	3	3	2	1.191
铎	药铎	27	26	23	7	4.728
	铎	29	24	21	5	4.025

据上表，阳单元，阳唐部的4个要素量均超过阳的1.125倍，空间分布度数值阳唐部约为阳的1.146倍。唐单元，阳唐部的4个要素量均超过唐的2.250倍，空间分布度数值阳唐部约为唐的3.044倍。药单元，药铎部的4个要素量均超过觉药铎的3.500倍，空间分布度数值药铎部约为觉药铎的3.827倍。铎单元，药铎部的4个要素量均超过铎的0.931倍，空间分布度数值药铎部约为铎的1.175倍。

（六）梗摄

将梗摄各韵部的空间分布数据与单元内空间分布度数值排第二的用韵进行对比，得到下表：

表4-13　梗摄韵部与相关用韵空间分布数据对比表

单元	韵部/用韵	空间要素量				空间分布度
		作家数量	县域数量	州府数量	大区数量	
庚	庚耕清青	113	74	49	9	9.348
	庚清	101	69	46	9	9.083
耕	庚耕清青	113	74	49	9	5.278
	庚耕清	10	9	9	5	1.925
清	庚耕清青	113	74	49	9	9.856
	庚清	101	69	46	9	9.577
青	庚耕清青	113	74	49	9	6.661
	庚清青	35	30	25	8	4.582
陌	陌麦昔锡	39	31	25	8	7.678
	陌昔	22	19	17	6	5.727
麦	陌麦昔锡	39	31	25	8	5.090
	陌麦昔	11	9	8	5	2.618
昔	陌麦昔锡	39	31	25	8	7.133
	昔锡	21	18	17	7	5.601
锡	陌麦昔锡	39	31	25	8	5.055
	昔锡	21	18	17	7	3.969

据上表，庚单元，庚耕清青部除了大区数量与庚清相等，其余要素量均

超过庚清的1.065倍，空间分布度数值庚耕清青部约为庚清的1.029倍。耕单元，庚耕清青部的4个要素量均超过庚耕清的1.800倍，空间分布度数值庚耕清青部约为庚耕清的2.742倍。清单元，庚耕清青部除了大区数量与庚清相等，其余要素量均超过庚清的1.065倍，空间分布度数值庚耕清青部约为庚清的1.029倍。青单元，庚耕清青部的4个要素量均超过庚清青的1.125倍，空间分布度数值庚耕清青部约为庚清青的1.454倍。陌单元，陌麦昔锡部的4个要素量均超过陌昔的1.333倍，空间分布度数值陌麦昔锡部约为陌昔的1.341倍。麦单元，陌麦昔锡部的4个要素量均超过陌麦昔的1.600倍，空间分布度数值陌麦昔锡部约为陌麦昔的1.944倍。昔单元，陌麦昔锡部的4个要素量均超过昔锡的1.142倍，空间分布度数值陌麦昔锡部约为昔锡的1.274倍。锡昔单元，陌麦昔锡部的4个要素量均超过昔锡的1.142倍，空间分布度数值陌麦昔锡部约为昔锡的1.274倍。

（七）曾摄

将曾摄各韵部的空间分布数据与单元内空间分布度数值排第二的用韵进行对比，得到下表：

表4-14　曾摄韵部与相关用韵空间分布数据对比表

单元	韵部/用韵	空间要素量				空间分布度
		作家数量	县域数量	州府数量	大区数量	
蒸	蒸登	28	23	18	7	6.775
	蒸	24	21	16	7	6.474
登	蒸登	28	23	18	7	3.442
	登	4	4	4	3	1.269
职	职	55	43	31	9	7.136
	职德	43	35	25	6	5.568
德	德	38	30	24	7	3.282
	职德	43	35	25	6	3.201

据上表，蒸单元，蒸登部除了大区数量与蒸相等，其余要素量均超过蒸的1.095倍，空间分布度数值蒸登部约为蒸的1.046倍。登单元，蒸登部的4个要素量均超过登的2.333倍，空间分布度数值蒸登部约为登的2.712倍。

职单元,职部的4个要素量均超过职德的1.228倍,空间分布度数值职部约为职德的1.282倍。德单元,德部的4个要素量均超过职德的0.857倍,空间分布度数值德部约为职德的1.025倍。

(八)深摄

将深摄各韵部的空间分布数据与单元内空间分布度数值排第二的用韵进行对比,得到下表:

表4-15　深摄韵部与相关用韵空间分布数据对比表

单元	韵部/用韵	空间要素量				空间分布度
		作家数量	县域数量	州府数量	大区数量	
侵	侵	75	53	37	7	5.254
	真侵	3	3	3	2	1.068
缉	缉	27	21	20	6	2.776
	职缉	2	2	2	2	0.695

据上表,侵单元,侵部的4个要素量均超过真侵的3.500倍,空间分布度数值侵部约为真侵的4.919倍。缉单元,缉部的4个要素量均超过职缉的3.000倍,空间分布度数值缉部约为职缉的3.994倍。

(九)咸摄

将咸摄各韵部的空间分布数据与单元内空间分布度数值排第二的用韵进行对比,得到下表:

表4-16　咸摄韵部与相关用韵空间分布数据对比表

单元	韵部/用韵	空间要素量				空间分布度
		作家数量	县域数量	州府数量	大区数量	
覃	覃谈	8	8	8	4	2.119
	覃	3	3	3	2	1.084
谈	覃谈	8	8	8	4	2.015
	谈	1	1	1	1	0.503
盐	盐添	5	5	4	2	2.633
	盐	3	3	2	2	2.063

续表

单元	韵部/用韵	空间要素量				空间分布度
		作家数量	县域数量	州府数量	大区数量	
添	盐添	5	5	4	2	1.000
合	合业乏	7	6	5	5	4.166
	合	3	3	3	3	2.654
葉	葉帖	2	2	2	1	1.960
	葉	1	1	1	1	1.484
帖	葉帖	2	2	2	1	1.955
	帖	1	1	1	1	1.479
业	合业乏	7	6	5	5	5.858
	合业	2	2	2	2	2.698
乏	合业乏	7	6	5	5	3.276
	业乏	2	2	2	2	1.509

据上表，覃单元，覃谈部的4个要素量均超过覃的2.000倍，空间分布度数值覃谈部约为覃的1.955倍。谈单元，覃谈部的4个要素量均超过谈的4.000倍，空间分布度数值覃谈部约为谈的4.006倍。盐单元，盐添部除了大区数量与盐相等，其余要素量均超过盐的1.666倍，空间分布度数值盐添部约为盐的1.276倍。添单元只有韵部盐添，不作对比。合单元，合业乏部的4个要素量均超过合的1.666倍，空间分布度数值合业乏部约为合的1.570倍。葉单元，葉帖部除了大区数量与葉相等，其余要素量均超过葉的2.000倍，空间分布度数值葉帖部约为葉的1.321倍。帖单元，葉帖部除了大区数量与帖相等，其余要素量均超过帖的2.000倍，空间分布度数值葉帖部约为帖的1.322倍。业单元，合业乏部的4个要素量均超过合业的2.500倍，空间分布度数值合业乏部约为合业的2.171倍。乏单元中，合业乏部的4个要素量均超过业乏的2.500倍，空间分布度数值合业乏部约为业乏的2.171倍。

综上，除了屋单元屋沃部的空间分布度数值与屋相等，其余79个单元，本初唐韵部的空间分布度数值均大于空间分布度数值排第二的用韵，占可比较的80个单元的98.75%[①]。本初唐韵部的要素量与单元内空间分布度数值排第二的用韵相等的有：虞模部与虞（虞，大区[②]），灰咍部与咍（咍，大区），尤侯幽部与尤（尤，大区），东冬部与东（东，大区），元魂痕部与元魂（魂，大区），质术栉物部与质（质，大区），月没部与月（月，大区），庚耕清青部与庚清（庚，大区），庚耕清青部与庚清（清，大区），蒸登部与蒸（蒸，大区），盐添部与盐（盐，大区），葉帖部与葉（葉，大区），葉帖部与帖（帖，大区）。此外，屋单元屋沃部与屋的4个要素量各自对应相等。本初唐韵部的要素量少于单元内空间分布度数值排第二的用韵的有：齐祭部与齐（齐，作家、县域、州府）。以上涉及15个单元20组要素量。其余300组要素量均为本初唐韵部的要素量大于空间分布度数值排第二的用韵，占可比较的320组要素量的93.75%。其实，本初唐韵部与相关用韵的空间分布度数值及要素量相等的情况，并不能否定本初唐韵部的通用性。齐单元齐祭部的前3个要素量略少于齐，但大区数量比齐多2个。相对于其他要素量，大区数量对于反映用韵空间分布普遍性来说最重要，故齐祭部的空间分布度依然高于齐。因此，总的来看，本初唐韵系的通用性是确定的。

---

① 95个单元减去韵部归属不明的韵所涉11个单元、从权提取的佳皆夬部所涉3个单元，以及只有盐添一个用韵的添单元，余下80个单元可作比较。

② "（虞，大区）"表示虞单元的大区数量相等。下仿此。

第五章　相关韵系的比较

本章将本初唐韵系与相关韵系进行比较。韵系比较分为三类。一类是与几家初唐诗文韵系作比较，旨在确定各家初唐韵系中哪些是通用韵部，哪些不是通用韵部。第二类是与《广韵》"独用、同用"系统、与本著基于用韵疏密关系比较法的初唐韵系作比较，目的是考察《广韵》"独用、同用"的语音根据，以及本研究方法与用韵疏密关系比较法对于分部结果的实际影响。第三类是与基于本研究方法的盛唐韵系作比较，初步揭示通用韵部由初唐到盛唐的演变轨迹。除了《广韵》"独用、同用"系统的比较，其他各类比较均基于空间分布数据。最后综合比较初唐韵系分部异同等情况。

第一节　与诸家初唐韵系的比较

本初唐韵系具有"通用韵部的确定性"，可以作为判定其他初唐韵部是否为通用韵部的参照系。

本节取公开发表或出版的四家初唐诗文韵系研究成果（以下简称某初唐韵系或某韵系）作比较。四家初唐韵系是鲍明炜（1986、1990）、耿志坚（1987）、金恩柱（1999）、李蕊（2021），同时参考金恩柱（1998）、李蕊（2019b）。韵部比较分三种情况：一是被比较韵部与本初唐韵部相同，即定为通用韵部；二是被比较韵部与本初唐韵部不同，但见于本研究所涉的初唐诗文用韵，即以该用韵的空间分布数据作为被比较韵部的空间分布数据，通过数据对比，显示被比较韵部的非通用性质；三是被比较韵部与本初唐韵部不同，且不见于本研究所涉的初唐诗文用韵，其相关数据记作0。

本研究坚持一个韵部只有一个主元音（当然也只有一个韵基）的原则。

但诸家初唐韵系有的在韵部自注或拟音中显示了主元音的差别。为了比较的"对等",我们将这类韵部按主元音的差别拆分为几个韵部[①]。

韵部比较的细则是:涉及二次计算的韵部或用韵,以二次计算的数据为准。韵部归属不明的用韵不作比较。被比较的用韵为同用时,取其所涉单元的空间分布度数值最大值作比较;本初唐韵部为同用时,亦取其所涉单元的空间分布度数值最大值作比较。要素量的数量比较结果只呈现数量差距最大和最小的。为了进一步证实被比较韵部的非通用性,详尽罗列要素量空间分布异同的具体情况。

一、与鲍明炜初唐韵系的比较

鲍明炜(1986、1990)以《全唐诗》(含《全唐诗逸》)《全唐诗外编》《校辑》《全文》(含《拾遗》《续拾》)中所收初唐韵文为研究对象,运用用韵疏密关系比较法,分析归纳初唐诗文韵部,得到古体诗(含文韵)韵部22个,其中阴声韵10部,阳声韵12部(阳声韵赅入声韵)。作者指出,有的韵部韵与韵之间是"有界限、有差别"的,"止摄各韵古体诗同用,但支、脂、之与微之间,支与脂、之之间是有界限的"(1990:400);"古体诗鱼虞模三韵同用,但鱼与虞模之间有界限,虞模两韵关系密切"(1990:408);"泰与灰咍之间是有界限的"(1990:412);"真谆和文之间显然有差别。殷与真谆的关系和文与真谆的关系差不多,和文的关系并不特别密切"(1990:415);"山摄各韵,古体诗大体是通押的,但其通押关系可分为寒桓、删山、元、先仙四组,各组之间有程度不同的关系","寒桓与先仙之间一、四等通押,主元音相距很远,这种押韵是很宽的"(1990:421、422);"古体诗萧宵肴同用,萧宵与肴之间有界限"(1990:426)。所谓"有界限、有差别",是一个笼统的说法,其真实含义应该是"程度不同的关系"。例如,"寒桓与先仙之间","主元音相距很远","真谆和文之间显然有差别",欣"和文的关系并不特别密切"。从本韵系及下文将要比较的诸家初唐韵诗文系来看,寒桓与先仙、真谆与文固然应分属不同韵部,欣与文、微与支及脂之、支与脂及之、鱼与虞及模、泰与灰咍、

---

① 古体诗文存在合韵现象,有的韵部可能不只一个主元音,但通用韵部因其通用性,不存在合韵现象,一个韵部只有一个主元音、一个韵基。

寒桓与删山及先仙,亦当各自分属不同韵部或"韵母",只有肴与萧宵、欣与真谆的韵部分合存在较大差异。因此,这些彼此"有界限、有差别"的用韵原则上应划为不同韵部。也可以说,这样的"界限"或"差别"体现在主元音上,而且基本上是音位性的"差别"。由此得到鲍明炜(1986、1990)阴声韵15部,阴声韵16部,入声韵独立出来为16部,共47部。鲍明炜韵系与本韵系韵部异同见下表:

表5-1-1　鲍明炜韵系与本韵系韵部异同表

	鲍明炜韵系	本韵系
阴声韵部	支	支
	脂之	脂之
	微	微
	鱼	鱼
	虞模	虞模
	齐祭	齐祭
	泰	泰
	佳皆(夬)①	佳皆夬
	灰咍	灰咍
	萧宵	萧宵肴
	肴	
	豪	豪
	歌戈	歌戈
	麻	麻
	尤侯幽	尤侯幽
阳声韵部	东冬锺	东冬
		锺
	江	江
	真谆臻	真谆臻欣
	欣	

---

① 鲍明炜韵系未出现夬韵,今据其等次,将夬附于佳皆部。后仿此。

续表

	鲍明炜韵系	本韵系
	文	文
	元魂痕	元魂痕
	寒桓	寒桓
	删山	删山
	先仙	先仙
	阳唐	阳唐
	庚耕清青	庚耕清青
	蒸	蒸登
	登	
	侵	侵
	覃谈	覃谈
	盐添	盐添
入声韵部	屋沃烛	屋沃
		烛
	觉	觉
	质术栉	质术栉物
	物	
	迄	
	月没	月没
	曷末	曷末
	黠镈	
	屑薛	屑薛
	药铎	药铎
	陌麦昔锡	陌麦昔锡
	职	职
	德	德
	缉	缉
	合盍	合业乏
	葉帖	葉帖

鲍明炜韵系与本韵系相同的韵部有支、脂之、微、鱼、虞模、齐祭、泰、佳皆（夬）、灰咍、豪、歌戈、麻、尤侯幽、江、文、元魂痕、寒桓、删山、先仙、阳唐、庚耕清青、侵、覃谈、盐添、觉、月没、曷末、屑薛、药铎、陌麦昔锡、职、德、缉、葉帖，共34个。这些韵部具有通用性质。相同韵部约占鲍明炜韵系韵部总数的72.3%，除去迄、黠镲二部，相同韵部约占鲍明炜韵系可比较韵部总数的75.6%。

鲍明炜韵系萧宵、肴、东冬锺等11个韵部（不含迄、黠镲二部）与本韵系相应韵部不同。这些韵部当为非通用韵部。下面分摄比较这些韵部与本韵系相应韵部的空间分布数据，以显示这些韵部的非通用性质。本韵系没有与迄、黠镲相对应的韵部，此二部不作比较。

（一）效摄

效摄本韵系分萧宵肴、豪二部，鲍明炜韵系分萧宵、肴、豪三部。萧宵肴与萧宵、肴相对应。

萧宵肴部的空间分布度取最大值4.885，萧宵的空间分布度取最大值4.288，肴的空间分布度为1.133。本韵系萧宵肴部与鲍明炜韵系萧宵、肴的空间分布数据对比如下表：

表5-1-2　本韵系萧宵肴与鲍明炜韵系萧宵、肴空间分布数据对比表

韵部/用韵		空间要素量				空间分布度
		作家数量	县域数量	州府数量	大区数量	
本韵系	萧宵肴	31	28	23	7	4.885
鲍明炜韵系	萧宵	27	24	19	6	4.288
	肴	4	4	3	3	1.133

萧宵肴部与萧宵相比，大区数量差距最大，萧宵肴部约为萧宵的1.2倍，作家数量差距最小，萧宵肴部约为萧宵的1.1倍。空间分布度萧宵肴部约为萧宵的1.1倍。

萧宵肴部与肴相比，作家数量差距最大，萧宵肴部为肴的7.8倍，大区差距最小，萧宵肴部约为肴的2.3倍。空间分布度萧宵肴部约为肴的4.3倍。

萧宵肴部与萧宵要素量异同的具体情况如下：

相同作家27人：岑文本、褚遂良、董思恭、贺纪、李百药、李峤、李俨、李义、凌敬、令狐德棻等。不同作家4人。其中，只见于本韵系的4人：李邕、乔知之、释善导、姚崇；只见于鲍明炜韵系的0人。

相同县域24个：安平、宝鼎、成都、范阳、房子、巩县、管城、河东、华阴、华原等。不同县域4个。其中，只见于本韵系的4个：冯翊、江都、碛石、盱眙；只见于鲍明炜韵系的0个。

相同州府19个：常州、杭州、河南府、恒州、华州、绛州、京兆府、荆州、蒲州、汝州等。不同州府4个。其中，只见于本韵系的4个：楚州、陕州、同州、扬州；只见于鲍明炜韵系的0个。

相同大区6个：东南区、关内区、河北区、陇西区、西南区、中原区。不同大区1个。其中，只见于本韵系的1个：江淮区；只见于鲍明炜韵系的0个。

萧宵肴部与肴要素量异同的具体情况如下：

相同作家1人：姚崇。不同作家33人。其中，只见于本韵系的30人：岑文本、褚遂良、董思恭、贺纪、李百药、李峤、李俨、李义、凌敬、令狐德棻、刘希夷、刘允济、卢照邻、骆宾王、闾丘均、释慧净、王勃、王梵志、韦嗣立、许景先、许敬宗、薛收、杨炯、虞世南、张果、张嘉贞、张说、李邕、乔知之、释善导；只见于鲍明炜韵系的3人：释本净、苏颋、韦虚心。

相同县域1个：碛石。不同县域30个。其中，只见于本韵系的27个：安平、宝鼎、成都、范阳、房子、冯翊、巩县、管城、河东、华阴、华原、江都、江陵、黎阳、龙门、钱塘、山阴、吴县、新城、盱眙、阳武、猗氏、义乌、义兴、余姚、赞皇、真定；只见于鲍明炜韵系的3个：绛州、武功、万年。

相同州府3个：绛州、京兆府、陕州。不同州府20个。其中，只见于本韵系的20个：常州、楚州、杭州、河南府、恒州、华州、荆州、蒲州、汝州、深州、苏州、同州、卫州、婺州、扬州、益州、幽州、越州、赵州、郑州；只见于鲍明炜韵系的0个。

相同大区3个：河北区、关内区、中原区。不同大区4个。其中，只见于本韵系的4个：东南区、江淮区、陇西区、西南区；只见于鲍明炜韵系的0个。

（二）通摄

通摄本韵系分为东冬、锺、屋沃、烛四部，鲍明炜韵系分东冬锺、屋沃烛二部。东冬、锺与东冬锺相对应，屋沃、烛与屋沃烛相对应。

东冬部的空间分布度取最大值5.155，锺部的空间分布度为4.955。东冬锺的空间分布度取最大值1.153。本韵系东冬、锺部与鲍明炜韵系东冬锺的空间分布数据对比如下表：

表5-1-3　本韵系东冬、锺与鲍明炜韵系东冬锺空间分布数据对比表

韵部/用韵		空间要素量				空间分布度
		作家数量	县域数量	州府数量	大区数量	
本韵系	东冬	83	59	40	9	5.155
	锺	32	27	23	6	4.955
鲍明炜韵系	东冬锺	2	2	2	2	1.153

东冬部与东冬锺相比，作家数量差距最大，东冬部为东冬锺的41.5倍，大区数量差距最小，东冬部也多出了3.5倍。空间分布度东冬部为东冬锺的4.5倍。

锺部与东冬锺相比，作家数量差距最大，锺部为东冬锺的16.0倍，大区数量差距最小，锺部也多出了2.0倍。空间分布度锺部约为东冬锺的4.3倍。

东冬部与东冬锺要素量异同的具体情况如下：

相同作家2人：李邕、司马承祯。不同作家81人。其中，只见于本韵系的81人：陈叔达、陈元光、陈子昂、陈子良、褚亮、崔融、崔玄童、封希颜、冯待征、郭汉章、贺知章、胡楚宾、贾曾、贾膺福、孔绍安、李安期、李百药、李峤、李□袭、李俨、李义府、令狐德棻、刘穆之、刘希夷、刘宪、刘允济、卢藏用、卢照邻、陆余庆、骆宾王、上官婉儿、上官仪、邵大震、沈佺期、史嶷、释道世、释法融、释慧能、释万回、释玄觉、宋之问、苏颋、太宗贤妃徐惠、唐高宗李治、唐太宗李世民、万齐融、王勃、王梵志、王绩、王知敬、韦承庆、吴少微、武三思、谢偃、徐彦伯、许敬宗、薛稷、严识玄、阎朝隐、颜师古、杨炯、杨齐悊、杨师道、姚崇、于敬之、于志宁、虞世南、庾抱、员半千、袁朗、则天皇后武曌、张果、张柬之、张说、张文琮、张锡、张易之、张蕴古、张鷟、郑世翼、郑繇；只见于鲍明炜韵系的0人。

相同县域2个：江都、温县。不同县域57个。其中，只见于本韵系的57个：安平、安阳、宝鼎、昌乐、成纪、范阳、高陵、巩县、固始、河东、河内、弘农、华阴、华原、洹水、江宁、黎阳、溧阳、龙门、陆泽、栾城、洛阳、莫县、内黄、宁陵、

钱塘、秋浦、全节、饶阳、山阴、陕县、射洪、歙县、万年、卫县、文水、阌乡、武城、武功、碌石、瑕丘、襄阳、新城、新兴、荥阳、延陵、阳武、义丰、义乌、永嘉、永兴、余姚、宛句、赞皇、长安、长城、重泉；只见于鲍明炜韵系的0个。

相同州府2个：河南府、扬州。不同州府38个。其中，只见于本韵系的38个：贝州、曹州、定州、光州、虢州、杭州、湖州、华州、怀州、绛州、京兆府、莫州、蒲州、齐州、秦州、汝州、润州、陕州、歙州、深州、宋州、苏州、太原府、同州、卫州、魏州、温州、婺州、相州、襄州、新州、宣州、兖州、幽州、越州、赵州、郑州、梓州；只见于鲍明炜韵系的0个。

相同大区2个：江淮区、中原区。不同大区7个。其中，只见于本韵系的7个：东南区、关内区、河北区、江南区、岭南区、陇西区、西南区；只见于鲍明炜韵系的0个。

锺部与东冬锺要素量异同的具体情况如下：

相同作家1人：李邕。不同作家32人。其中，只见于本韵系的31人：陈元光、陈子昂、褚亮、贺知章、李峤、李至远、刘希夷、刘知几、卢照邻、骆宾王、孟诜、苗神客、裴漼、释道世、释法融、释慧净、宋之问、苏颋、王勃、王绩、王勔、武三思、徐彦伯、严识玄、颜师古、杨炯、于志宁、则天皇后武曌、张说、郑惟忠、郑休文；只见于鲍明炜韵系的1人：司马承祯。

相同县域1个：江都。不同县域27个。其中，只见于本韵系的26个：东光、范阳、高陵、高邑、固始、河东、弘农、华阴、梁县、龙门、彭城、钱塘、射洪、宋城、万年、文水、闻喜、武功、瑕丘、延陵、义乌、永兴、赞皇、长安、真定、重泉；只见于鲍明炜韵系的1个：温县。

相同州府1个：扬州。不同州府23个。其中，只见于本韵系的22个：沧州、光州、虢州、杭州、恒州、华州、绛州、京兆府、蒲州、汝州、润州、宋州、太原府、同州、婺州、徐州、兖州、幽州、越州、赵州、郑州、梓州；只见于鲍明炜韵系的1个：河南府。

相同大区2个：江淮区、中原区。不同大区4个。其中，只见于本韵系的4个：西南区、东南区、河北区、关内区；只见于鲍明炜韵系的0个。

屋沃部的空间分布度取最大值5.199，烛部的空间分布度为4.239。屋沃烛的空间分布度取最大值1.382。本韵系屋沃、烛部与鲍明炜韵系屋沃烛的空间分布数据对比如下表：

表 5-1-4　本韵系屋沃、烛与鲍明炜韵系屋沃烛空间分布数据对比表

韵部/用韵		空间要素量				空间分布度
		作家数量	县域数量	州府数量	大区数量	
本韵系	屋沃	43	39	28	5	5.199
	烛	27	23	20	5	4.239
鲍明炜韵系	屋沃烛	3	3	3	2	1.382

屋沃部与屋沃烛相比，作家数量差距最大，屋沃部约为屋沃烛的14.3倍，大区数量差距最小，屋沃部也多出了1.5倍。空间分布度屋沃部约为屋沃烛的3.8倍。

烛部与屋沃烛相比，作家数量差距最大，烛部约为屋沃烛的9.0倍，大区数量差距最小，烛部也多出了1.5倍。空间分布度烛部约为屋沃烛的3.1倍。

屋沃部与屋沃烛要素量异同的具体情况如下：

相同作家1人：张说。不同作家44人。其中，只见于本韵系的42人：岑文本、陈子昂、崔敦礼、崔融、崔湜、富嘉谟、郭正一、韩休、胡皓、孔绍安、寇泚、李百药、李峤、李乂、李义府、刘允济、刘知几、娄师德、卢照邻、骆宾王、闾丘均、裴漼、乔知之、任知古、上官仪、沈佺期、释法琳、宋之问、苏晋、孙处玄、王勃、王梵志、韦承庆、魏征、吴少微、徐彦伯、许敬宗、颜师古、杨炯、于志宁、元行冲、朱君绪；只见于鲍明炜韵系的2人：释道世、张鷟。

相同县域2个：长安、河东。不同县域38个。其中，只见于本韵系的37个：江陵、安平、安喜、成都、范阳、房子、冯翊、高陵、巩县、鼓城、馆陶、弘农、华阴、江宁、蓝田、黎阳、龙门、洛阳、内黄、彭城、全节、饶阳、山阴、陕县、射洪、歙县、万年、闻喜、武功、瑕丘、咸阳、襄阳、新城、阳武、义乌、原武、赞皇；只见于鲍明炜韵系的1个：陆泽。

相同州府3个：京兆府、蒲州、深州。不同州府25个。其中，只见于本韵系的25个：荆州、定州、虢州、杭州、河南府、华州、绛州、齐州、润州、陕州、歙州、同州、卫州、魏州、婺州、相州、襄州、徐州、兖州、益州、幽州、越州、赵州、郑州、梓州；只见于鲍明炜韵系的0个。

相同大区2个：关内区、河北区。不同大区3个。其中，只见于本韵系的3个：东南区、西南区、中原区；只见于鲍明炜韵系的0个。

烛部与屋沃烛要素量异同的具体情况如下：

相同作家2人：张说、张鹭。不同作家26人。其中，只见于本韵系的25人：褚亮、崔融、贺朝、贺知章、李峤、刘希夷、刘祎之、娄师德、卢照邻、沈佺期、宋之问、苏颋、唐太宗李世民、万齐融、王勃、王绩、韦承庆、谢偃、徐彦伯、薛稷、杨炯、姚崇、于志宁、虞世南、郑愔；只见于鲍明炜韵系的1人：释道世。

相同县域2个：河东、陆泽。不同县域22个。其中，只见于本韵系的21个：钱塘、宝鼎、成纪、范阳、高陵、弘农、华阴、晋陵、龙门、南皮、内黄、全节、卫县、武功、碌石、瑕丘、阳武、永兴、余姚、原武、赞皇；只见于鲍明炜韵系的1个：长安。

相同州府3个：京兆府、蒲州、深州等。不同州府17个。其中，只见于本韵系的17个：杭州、沧州、常州、虢州、华州、绛州、齐州、秦州、汝州、陕州、卫州、相州、兖州、幽州、越州、赵州、郑州；只见于鲍明炜韵系的0个。

相同大区2个：关内区、河北区。不同大区3个。其中，只见于本韵系的3个：东南区、陇西区、中原区；只见于鲍明炜韵系的0个。

（三）臻摄

臻摄本韵系分为真谆臻欣、文、元魂痕、质术栉物、月没五部，鲍明炜韵系分为真谆臻、欣、文、元魂痕、质术栉、物、迄七部。真谆臻欣与真谆臻、欣相对应，质术栉物与质术栉、物相对应，本韵系没有与迄相对应的韵部。

真谆臻欣部的空间分布度取最大值18.068。真谆臻的空间分布度取最大值3.723，欣独用在本初唐诗文用韵中未见，其空间分布度等记作0。本韵系真谆臻欣部与鲍明炜韵系真谆臻、欣的空间分布数据对比如下表：

表5-1-5　本韵系真谆臻欣与鲍明炜韵系真谆臻、欣空间分布数据对比表

	韵部/用韵	空间要素量				空间分布度
		作家数量	县域数量	州府数量	大区数量	
本韵系	真谆臻欣	126	82	53	9	18.068
鲍明炜韵系	真谆臻	4	4	4	3	3.723
	欣	0	0	0	0	0

真谆臻欣部与真谆臻相比,作家数量差距最大,真谆臻欣部为真谆臻的31.5倍,大区数量差距最小,真谆臻欣部也多出了2.0倍。空间分布度真谆臻欣部约为真谆臻的4.9倍。

欣独用的要素量等为零,比较从略。

真谆臻欣部与真谆臻要素量异同的具体情况如下:

相同作家4人:李百药、李澄霞、李邕、谢偃。不同作家122人。其中,只见于本韵系的122人:岑羲、常文贞、陈元光、陈子昂、陈子良、褚亮、褚遂良、崔敦礼、崔日知、崔融、崔湜、崔行功、董思恭、房玄龄、封希颜、冯待征、富嘉谟、高瑾、郭震、韩思复、韩休、贺朝、贺知章、胡皓、贾曾、孔绍安、李大亮、李峤、李迥秀、李义府、李至远、梁朱宾、凌敬、令狐德棻、刘晃、刘穆之、刘昇、刘希夷、刘宪、刘允济、刘知几、刘子翼、卢藏用、卢照邻、陆景初、路敬淳、骆宾王、吕太一、欧阳询、裴漼、裴炎、乔侃、乔知之、任希古、任知古、上官婉儿、上官仪、邵昇、沈佺期、释道世、释法琳、释法融、释慧立、释慧能、释窥基、释善导、释玄觉、释义净、司马承祯、宋璟、宋之问、苏颋、孙处玄、唐高宗李治、唐睿宗李旦、唐太宗李世民、唐中宗李显、万齐融、王勃、王梵志、王珪、王绩、王绍宗、王熊、韦挺、韦虚心、魏征、无行、吴少微、席豫、徐彦伯、许景先、许敬宗、薛稷、阎朝隐、颜师古、杨炯、杨师道、杨续、姚崇、于季子、于志宁、虞世南、庾抱、员半千、则天皇后武曌、张果、张嘉贞、张齐贤、张若虚、张说、张廷珪、张蕴古、张鷟、长孙贞隐、赵彦昭、郑万钧、郑休文、郑繇、朱宝积、朱桃椎、朱子奢;只见于鲍明炜韵系的0人。

相同县域4个:安平、成纪、江都、卫县。不同县域78个。其中,只见于本韵系的78个:安喜、安阳、宝鼎、成都、范阳、冯翊、高陵、高邑、巩县、固始、馆陶、管城、贵乡、河东、弘农、华阴、华原、洹水、济源、江陵、江宁、晋陵、泾阳、井陉、蓝田、黎阳、历城、临清、临淄、灵昌、龙门、陆泽、栾城、洛阳、郿、莫县、南和、内黄、宁陵、彭城、祁、钱塘、全节、饶阳、山茌、山阴、陕县、射洪、歙县、蓚、万年、尉氏、温县、文水、闻喜、吴县、武功、硖石、瑕丘、咸阳、襄阳、新城、新平、新兴、荥阳、盱眙、延陵、阳信、猗氏、义乌、义兴、永嘉、永兴、余姚、赞皇、张掖、长安、长沙;只见于鲍明炜韵系的0个。

相同州府4个:深州、秦州、卫州、扬州。不同州府49个。其中,只见于本韵系的49个：贝州、汴州、邠州、常州、楚州、德州、棣州、定州、甘州、光州、虢州、杭州、河南府、恒州、华州、滑州、绛州、京兆府、荆州、莫州、蒲州、齐州、岐州、青州、汝州、润州、陕州、歙州、宋州、苏州、太原府、潭州、同州、魏州、温州、婺州、相州、襄州、新州、邢州、徐州、兖州、益州、瀛州、幽州、越州、赵州、郑州、梓州；只见于鲍明炜韵系的0个。

相同大区3个：河北区、江淮区、陇西区。不同大区6个。其中，只见于本韵系的6个：东南区、关内区、江南区、岭南区、西南区、中原区；只见于鲍明炜韵系的0个。

质术栉物部的空间分布度取最大值10.893。质术栉的空间分布度取最大值4.799，物的空间分布度为1.092。本韵系质术栉物部与鲍明炜韵系质术栉、物的空间分布数据对比如下表：

表5-1-6　本韵系质术栉物与鲍明炜韵系质术栉、物空间分布数据对比表

	韵部/用韵	空间要素量				空间分布度
		作家数量	县域数量	州府数量	大区数量	
本韵系	质术栉物	62	48	33	9	10.893
鲍明炜韵系	质术栉	10	10	9	5	4.799
	物	2	2	2	2	1.092

质术栉物部与质术栉相比，作家数量差距最大，质术栉物部为质术栉的6.2倍，大区数量差距最小，质术栉物部也多出了0.8倍。空间分布度质术栉物部约为质术栉的2.3倍。

质术栉物部与物相比，作家数量差距最大，质术栉物部为物的31.0倍，大区数量差距最小，质术栉物部也多出了3.5倍。空间分布度质术栉物部约为物的10.0倍。

质术栉物部与质术栉要素量异同的具体情况如下：

相同作家10人：陈子昂、崔行功、李百药、李峤、李迥秀、沈佺期、宋之问、苏颋、唐太宗李世民、杨炯。不同作家52人。其中，只见于本韵系的52人：岑文本、陈子良、崔沔、崔曒士、房玄龄、贺知章、胡皓、李安期、李大亮、李审几、李咸、李乂、李邕、令狐德棻、刘希夷、刘允济、卢照邻、骆宾王、吕太一、欧

阳询、裴澹、上官仪、释道世、释慧能、释善导、宋芬、苏珦、王勃、王梵志、王绩、王适、韦承庆、魏征、武三思、萧钧、谢偃、徐彦伯、许景先、许敬宗、阎朝隐、颜师古、姚崇、虞世南、元希声、源光裕、则天皇后武曌、张嘉贞、张说、张廷珪、张蕴古、张鷟、朱桃椎；只见于鲍明炜韵系的0人。

相同县域10个：射洪、井陉、安平、赞皇、泾阳、内黄、弘农、武功、成纪、华阴。不同县域38个。其中，只见于本韵系的38个：江陵、昌乐、成都、范阳、房子、巩县、馆陶、河东、华原、洹水、济源、江都、蓝田、黎阳、临漳、临淄、龙门、陆泽、栾城、洛阳、陕县、万年、卫县、文水、闻喜、硖石、瑕丘、新城、新兴、盱眙、阳武、猗氏、义乌、义兴、永兴、余姚、长安、长沙；只见于鲍明炜韵系的0个。

相同州府9个：梓州、虢州、恒州、华州、京兆府、秦州、深州、相州、赵州等。不同州府24个。其中，只见于本韵系的24个：荆州、常州、楚州、杭州、河南府、绛州、洺州、蒲州、青州、汝州、陕州、苏州、太原府、潭州、卫州、魏州、婺州、新州、兖州、扬州、益州、幽州、越州、郑州；只见于鲍明炜韵系的0个。

相同大区5个：关内区、河北区、陇西区、西南区、中原区。不同大区个4。其中，只见于本韵系的4个：东南区、江淮区、江南区、岭南区；只见于鲍明炜韵系的0个。

质术栉物部与物要素量异同的具体情况如下：

相同作家2人：贺知章、徐彦伯。不同作家60人。其中，只见于本韵系的60人：岑文本、陈子昂、陈子良、崔沔、崔玄士、崔行功、房玄龄、胡皓、李安期、李百药、李大亮、李峤、李迥秀、李审几、李咸、李乂、李邕、令狐德棻、刘希夷、刘允济、卢照邻、骆宾王、吕太一、欧阳询、裴澹、上官仪、沈佺期、释道世、释慧能、释善导、宋芬、宋之问、苏颋、苏珦、唐太宗李世民、王勃、王梵志、王绩、王适、韦承庆、魏征、武三思、萧钧、谢偃、许景先、许敬宗、阎朝隐、颜师古、杨炯、姚崇、虞世南、元希声、源光裕、则天皇后武曌、张嘉贞、张说、张廷珪、张蕴古、张鷟、朱桃椎；只见于鲍明炜韵系的0人。

相同县域2个：永兴、瑕丘。不同县域46个。其中，只见于本韵系的46个：安平、昌乐、成都、成纪、范阳、房子、巩县、馆陶、河东、弘农、华阴、华原、洹水、济源、江都、江陵、泾阳、井陉、蓝田、黎阳、临漳、临淄、龙门、陆泽、栾城、洛阳、内黄、陕县、射洪、万年、卫县、文水、闻喜、武功、碳石、新城、新兴、盱眙、阳武、猗氏、义乌、义兴、余姚、赞皇、长安、长沙；只见于鲍明炜韵系的0个。

相同州府2个：越州、兖州。不同州府31个。其中，只见于本韵系的31个：常州、楚州、虢州、杭州、河南府、恒州、华州、绛州、京兆府、荆州、洺州、蒲州、秦州、青州、汝州、陕州、深州、苏州、太原府、潭州、卫州、魏州、婺州、相州、新州、扬州、益州、幽州、赵州、郑州、梓州；只见于鲍明炜韵系的0个。

相同大区2个：东南区、中原区。不同大区7个。其中，只见于本韵系的7个：关内区、河北区、江淮区、江南区、岭南区、陇西区、西南区；只见于鲍明炜韵系的0个。

（四）山摄

山摄本韵系分为元魂痕、寒桓、删山、先仙、月没、曷末、屑薛七部，鲍明炜韵系分为元魂痕、寒桓、删山、先仙、月没、曷末、黠镆、屑薛八部。本韵系没有与黠镆相对应的韵部。

（五）曾摄

曾摄本韵系分为蒸登、职、德三部，鲍明炜韵系分为蒸、登、职、德四部。蒸登与蒸、登相对应。

蒸登部的空间分布度取最大值6.775。蒸的空间分布度为6.474，登的空间分布度为1.269。本韵系蒸登部与鲍明炜韵系蒸、登的空间分布数据对比如下表：

表 5-1-7　本韵系蒸登与鲍明炜韵系蒸、登空间分布数据对比表

	韵部/用韵	空间要素量				空间分布度
		作家数量	县域数量	州府数量	大区数量	
本韵系	蒸登	28	23	18	7	6.775
鲍明炜韵系	蒸	24	21	16	7	6.474
	登	4	4	4	3	1.269

蒸登部与蒸相比，作家数量差距最大，蒸登部约为蒸的1.2倍，二者大区数量相等。空间分布度蒸登部比蒸多出0.301。

蒸登部与登相比，作家数量差距最大，蒸登部为登的7.0倍，大区数量差距最小，蒸登部也多出了约1.3倍。空间分布度蒸登部约为登的5.3倍。

蒸登部与蒸要素量异同的具体情况如下：

相同作家24人：陈子昂、褚亮、褚遂良、崔湜、崔行功、富嘉谟、胡皓、李百药、李峤、李尚一等。不同作家4人。其中，只见于本韵系的4人：崔融、韩休、杨誉、员半千；只见于鲍明炜韵系的0人。

相同县域21个：安平、安喜、宝鼎、成纪、范阳、房子、巩县、馆陶、河东、华原等。不同县域2个。其中，只见于本韵系的2个：华阴、全节；只见于鲍明炜韵系的0个。

相同州府16个：定州、杭州、河南府、恒州、京兆府、蒲州、秦州、深州、太原府、魏州等。不同州府2个。其中，只见于本韵系的2个：华州、齐州；只见于鲍明炜韵系的0个。

相同大区7个：东南区、关内区、河北区、江淮区、陇西区、西南区、中原区。不同大区0个。

蒸登部与登要素量异同的具体情况如下：

相同作家1人：陈子昂。不同作家30人。其中，只见于本韵系的27人：褚亮、褚遂良、崔融、崔湜、崔行功、富嘉谟、韩休、胡皓、李百药、李峤、李尚一、李邕、令狐德棻、刘允济、卢照邻、释道世、释玄觉、苏颋、唐太宗李世民、韦展、魏征、薛稷、杨誉、虞世南、员半千、则天皇后武曌、张说；只见于鲍明炜韵系的3人：姜晞、刘宪、司马承祯。

相同县域1个：射洪。不同县域25个。其中，只见于本韵系的22个：安平、安喜、宝鼎、成纪、范阳、房子、巩县、馆陶、河东、华阴、华原、江都、井陉、洛阳、钱塘、全节、文水、武功、永嘉、余姚、赞皇、长安；只见于鲍明炜韵系的3个：宁陵、上邽、温县。

相同州府3个：河南府、秦州、梓州。不同州府16个。其中，只见于本韵系的15个：定州、杭州、恒州、华州、京兆府、蒲州、齐州、深州、太原府、魏州、温州、扬州、幽州、越州、赵州；只见于鲍明炜韵系的1个：宋州。

相同大区3个：陇西区、西南区、中原区。不同大区4个。其中，只见于本韵系的4个：东南区、关内区、河北区、江淮区；只见于鲍明炜韵系的0个。

（六）咸摄

咸摄本韵系分为覃谈、盐添、合业乏、葉帖四部,鲍明炜韵系分为分为覃谈、盐添、合盍、葉帖四部。合业乏与合盍相对应。

合业乏部的空间分布度取最大值5.858。合盍同用在本初唐诗文用韵中未见,其空间分布度等记作0。本韵系合业乏部与鲍明炜韵系合盍的空间分布数据对比如下表:

表 5-1-8 本韵系合业乏与鲍明炜韵系合盍空间分布数据对比表

韵部/用韵		空间要素量				空间分布度
		作家数量	县域数量	州府数量	大区数量	
本韵系	合业乏	7	6	5	5	5.858
鲍明炜韵系	合盍	0	0	0	0	0

合盍同用的要素量等为零,比较从略。

二、与耿志坚初唐韵系的比较

耿志坚（1987）取材文史哲出版社排印本《全唐诗》、木铎出版社排印本《全唐诗外编》（含王重民《补全唐诗》、孙望《全唐诗补逸》、童养年《全唐诗续补遗》）所载初唐诗歌,运用用韵疏密关系比较及历史比较等方法,归纳得出初唐诗歌32韵部,其中,阴声韵14部,阳声韵18部。作者指出:"古体诗、乐府诗虽多上、去、入之作,但依然是四声相承,除入声字用韵通转之范围略有几首稍宽了一些之外,仍然是分、合得十分和谐。"（1987:54）其阳声韵部包含入声韵,且入声韵与相应的平上去相承。今将入声韵独立出来,得18部,加上阴声韵部和阳声韵部,共50部,是为耿志坚初唐韵系。耿志坚的分部没有区分古体诗（含乐府诗）与近体诗,他的韵系与本韵系韵部异同见下表:

表 5-1-9 耿志坚韵系与本韵系韵部异同表

	耿志坚韵系	本韵系
阴声韵部	支	支
	脂之	脂之

续表

	耿志坚韵系	本韵系
	微	微
	鱼	鱼
	虞模	虞模
	齐祭	齐祭
	（泰）①	泰
	佳皆（夬）	佳皆夬
	灰咍	灰咍
	萧宵	萧宵肴
	肴	
	豪	豪
	歌戈	歌戈
	麻	麻
	尤侯幽	尤侯幽
阳声韵部	东	东冬
	冬锺	锺
	江	江
	真谆臻	真谆臻欣
	欣	
	文	文
	元魂痕	元魂痕
	寒桓	寒桓
	删山	删山
	先仙	先仙
	阳唐	阳唐
	庚耕清	庚耕清青
	青	
	蒸	蒸登

---

① 　耿志坚韵系泰韵独用6次（未见合用），相关信息附在古体诗及乐府诗独用合用统计表后，但在韵部分合、拟音分析及结论中均未言及泰韵，泰韵的韵部归属不明，不作比较。

续表

	耿志坚韵系	本韵系
	登	
	侵	侵
	覃谈	覃谈
	盐添	盐添
入声韵部	屋	屋沃
	沃烛	烛
	觉	觉
	质术栉	质术栉物
	物	
	迄	
	月没	月没
	曷末	曷末
	黠鎋	
	屑薛	屑薛
	药铎	药铎
	陌麦昔	陌麦昔锡
	锡	
	职	职
	德	德
	缉	缉
	合盍	合业乏
	葉帖	葉帖

耿志坚韵系与本韵系相同的韵部有支、脂之、微、鱼、虞模、齐祭、佳皆（夬）、灰咍、豪、歌戈、麻、尤侯幽、江、文、元魂痕、寒桓、删山、先仙、阳唐、侵、覃谈、盐添、觉、月没、曷末、屑薛、药铎、职、德、缉、葉帖，共31个。这些韵部具有通用性质。相同韵部约占耿志坚韵系韵部总数的62%，除去迄、黠鎋二部，相同韵部约占耿志坚韵系可比较韵部总数的64.6%。

耿志坚韵系萧宵、肴、东等17个韵部（不含迄、黠鎋二部）与本韵系相应

韵部不同。这些韵部当为非通用韵部。下面分摄比较这些韵部与本韵系相
应韵部的空间分布数据。

（一）效摄

效摄本韵系分萧宵肴、豪二部，耿志坚韵系分萧宵、肴、豪三部。萧宵肴
与萧宵、肴相对应。

本摄比较的韵部或用韵与本节"一、与鲍明炜初唐韵系的比较"之"（一）
效摄"相同，比较的具体内容亦相同，此处从略。

（二）通摄

通摄本韵系分为东冬、锺、屋沃、烛四部，耿志坚韵系分为东、冬锺、屋、
沃烛四部。东冬、锺与东、冬锺相对应，屋沃、烛与屋、沃烛相对应。

东冬部的空间分布度取最大值5.155，锺部的空间分布度为4.955。东的
空间分布度数值为5.109，冬锺的空间分布度取最大值1.153。本韵系东冬、
锺部与耿志坚韵系东、冬锺的空间分布数据对比如下表：

表 5-1-10　本韵系东冬、锺与耿志坚韵系东、冬锺空间分布数据对比表

韵部/用韵		空间要素量				空间分布度
		作家数量	县域数量	州府数量	大区数量	
本韵系	东冬	83	59	40	9	5.155
	锺	32	27	23	6	4.955
耿志坚韵系	东	81	58	39	9	5.109
	冬锺	2	2	2	2	1.153

东冬部与东相比，作家数量、县域数量、州府数量相差不大，东冬部作家
数量多出2个，县域数量、州府数量皆多出1个，大区数量相等。空间分布度
东冬部比东多出0.046。

东冬与冬锺相比，作家数量差距最大，东冬部为冬锺的41.5倍，大区数
量差距最小，东冬部也多出了3.5倍。空间分布度东冬部约为冬锺的4.5倍。

锺部与冬锺相比，作家数量差距最大，锺部为冬锺的16.0倍，大区数量
差距最小，锺部也多出了2.0倍。空间分布度锺约为冬锺的4.3倍。

东冬部与东要素量异同的具体情况如下：

　　相同作家81人:陈叔达、陈子昂、陈子良、褚亮、崔融、封希颜、冯待征、郭汉章、贺知章、胡楚宾等。不同作家2人。其中,只见于本韵系的2人:陈元光、崔玄童;只见于耿志坚韵系的0人。

　　相同县域58个:安平、安阳、宝鼎、昌乐、成纪、范阳、高陵、巩县、河东、河内等。不同县域1个。其中,只见于本韵系的1个:固始;只见于耿志坚韵系的0个。

　　相同州府39个:河南府、绛州、京兆府、润州、陕州、歙州、深州、宋州、苏州、太原府等。不同州府1个。其中,只见于本韵系的1个:光州;只见于耿志坚韵系的0个。

　　相同大区9个:东南区、西南区、中原区、河北区、关内区、江南区、陇西区、江淮区、岭南区。不同大区0个。

　　东冬部与冬锺要素量异同的具体情况如下:

　　相同作家2人:贺知章、张说。不同作家81人。其中,只见于本韵系的81人:陈叔达、陈元光、陈子昂、陈子良、褚亮、崔融、崔玄童、封希颜、冯待征、郭汉章、胡楚宾、贾曾、贾膺福、孔绍安、李安期、李百药、李峤、李□袭、李俨、李义府、李邕、令狐德棻、刘穆之、刘希夷、刘宪、刘允济、卢藏用、卢照邻、陆余庆、骆宾王、上官婉儿、上官仪、邵大震、沈佺期、史嶷、释道世、释法融、释慧能、释万回、释玄觉、司马承祯、宋之问、苏颋、太宗贤妃徐惠、唐高宗李治、唐太宗李世民、万齐融、王勃、王梵志、王绩、王知敬、韦承庆、吴少微、武三思、谢偃、徐彦伯、许敬宗、薛稷、严识玄、阎朝隐、颜师古、杨炯、杨齐惎、杨师道、姚崇、于敬之、于志宁、虞世南、庾抱、员半千、袁朗、则天皇后武曌、张果、张柬之、张文琮、张锡、张易之、张蕴古、张鷟、郑世翼、郑繇;只见于耿志坚韵系的0人。

　　相同县域2个:河、东永兴。不同县域57个。其中,只见于本韵系的57个:长城、安平、安阳、宝鼎、昌乐、成纪、范阳、高陵、巩县、固始、河内、弘农、华阴、华原、洹水、江都、江宁、黎阳、溧阳、龙门、陆泽、栾城、洛阳、莫县、内黄、宁陵、钱塘、秋浦、全节、饶阳、山阴、陕县、射洪、歙县、万年、卫县、温县、文水、阌乡、武城、武功、碛石、瑕丘、襄阳、新城、新兴、荥阳、延陵、阳武、义丰、义乌、永嘉、余姚、冤句、赞皇、长安、重泉;只见于耿志坚韵系的0个。

相同州府2个:蒲州、越州。不同州府38个。其中,只见于本韵系的38个:湖州、贝州、曹州、定州、光州、虢州、杭州、河南府、华州、怀州、绛州、京兆府、莫州、齐州、秦州、汝州、润州、陕州、歙州、深州、宋州、苏州、太原府、同州、卫州、魏州、温州、婺州、相州、襄州、新州、宣州、兖州、扬州、幽州、赵州、郑州、梓州;只见于耿志坚韵系的0个。

相同大区2个:东南区、河北区。不同大区7个。其中,只见于本韵系的7个:关内区、江淮区、江南区、岭南区、陇西区、西南区、中原区;只见于耿志坚韵系的0个。

锺部与冬锺要素量异同的具体情况如下:

相同作家2人:贺知章、张说。不同作家30人。其中,只见于本韵系的30人:陈元光、陈子昂、褚亮、李峤、李邕、李至远、刘希夷、刘知几、卢照邻、骆宾王、孟诜、苗神客、裴灌、释道世、释法融、释慧净、宋之问、苏颋、王勃、王绩、王勔、武三思、徐彦伯、严识玄、颜师古、杨炯、于志宁、则天皇后武曌、郑惟忠、郑休文;只见于耿志坚韵系的0人。

相同县域2个:河东、永兴。不同县域25个。其中,只见于本韵系的25个:固始、东光、范阳、高陵、高邑、弘农、华阴、江都、梁县、龙门、彭城、钱塘、射洪、宋城、万年、文水、闻喜、武功、瑕丘、延陵、义乌、赞皇、长安、真定、重泉;只见于耿志坚韵系的0个。

相同州府2个:蒲州、越州。不同州府21个。其中,只见于本韵系的21个:光州、沧州、虢州、杭州、恒州、华州、绛州、京兆府、汝州、润州、宋州、太原府、同州、婺州、徐州、兖州、扬州、幽州、越州、郑州、梓州;只见于耿志坚韵系的0个。

相同大区2个:东南区、河北区。不同大区4个。其中,只见于本韵系的4个:关内区、江淮区、西南区、中原区;只见于耿志坚韵系的0个。

屋沃部的空间分布度取最大值5.199,烛部的空间分布度为4.239。屋的空间分布度为5.199,沃烛的空间分布度取最大值1.174。本韵系屋沃、烛部与耿志坚韵系屋、沃烛的空间分布数据对比如下表:

表 5-1-11   本韵系屋沃、烛与耿志坚韵系屋、沃烛空间分布数据对比表

	韵部/用韵	空间要素量				空间分布度
		作家数量	县域数量	州府数量	大区数量	
本韵系	屋沃	43	39	28	5	5.199
	烛	27	23	20	5	4.239
耿志坚韵系	屋	43	39	28	5	5.199
	沃烛	2	2	2	2	1.174

屋沃部与屋相比,各空间要素量均相等,空间分布度亦相等。

屋沃部与沃烛相比,作家数量差距最大,屋沃部为沃烛的21.5倍,大区数量差距最小,屋沃部也多出了1.5倍。空间分布度屋沃部约为屋沃烛的4.4倍。

烛部与沃烛相比,作家数量差距最大,烛部为沃烛的13.5倍,大区数量差距最小,烛部也多出了1.5倍。空间分布度烛部约为沃烛的3.6倍。

屋沃部与屋要素量异同的具体情况如下:

相同作家43人:岑文本、陈子昂、崔敦礼、崔融、崔湜、富嘉谟、郭正一、韩休、胡皓、孔绍安等。不同作家0人。

相同县域39个:安平、安喜、成都、范阳、房子、冯翊、高陵、巩县、鼓城、馆陶等。不同县域0个。

相同州府28个:定州、虢州、杭州、河南府、华州、绛州、京兆府、荆州、蒲州、齐州等。不同州府0个。

相同大区5个:东南区、关内区、河北区、西南区、中原区。不同大区0个。

屋沃部与沃烛要素量异同的具体情况如下:

相同作家1人:王梵志。不同作家43人。其中,只见于本韵系的42人:岑文本、陈子昂、崔敦礼、崔融、崔湜、富嘉谟、郭正一、韩休、胡皓、孔绍安、寇泚、李百药、李峤、李义、李义府、刘允济、刘知几、娄师德、卢照邻、骆宾王、闾丘均、裴漼、乔知之、任知古、上官仪、沈佺期、释法琳、宋之问、苏晋、孙处玄、王勃、韦承庆、魏征、吴少微、徐彦伯、许敬宗、颜师古、杨炯、于志宁、元行冲、张说、朱君绪;只见于耿志坚韵系的1人:释道世。

相同县域2个：长安、黎阳。不同县域37个。其中，只见于本韵系的37个：江陵、安平、安喜、成都、范阳、房子、冯翊、高陵、巩县、鼓城、馆陶、河东、弘农、华阴、江宁、蓝田、龙门、洛阳、内黄、彭城、全节、饶阳、山阴、陕县、射洪、歙县、万年、闻喜、武功、瑕丘、咸阳、襄阳、新城、阳武、义乌、原武、赞皇；只见于耿志坚韵系的0个。

相同州府2个：京兆府、卫州。不同州府26个。其中，只见于本韵系的26个：荆州、定州、虢州、杭州、河南府、华州、绛州、蒲州、齐州、润州、陕州、歙州、深州、同州、魏州、婺州、相州、襄州、徐州、兖州、益州、幽州、越州、赵州、郑州、梓州；只见于耿志坚韵系的0个。

相同大区2个：关内区、河北区。不同大区3个。其中，只见于本韵系的3个：东南区、西南区、中原区；只见于耿志坚韵系的0个。

烛部与沃烛要素量异同的具体情况如下：

相同作家0人。不同作家29人。其中，只见于本韵系的27人：褚亮、崔融、贺朝、贺知章、李峤、刘希夷、刘祎之、娄师德、卢照邻、沈佺期、宋之问、苏颋、唐太宗李世民、万齐融、王勃、王绩、韦承庆、谢偃、徐彦伯、薛稷、杨炯、姚崇、于志宁、虞世南、张说、张鷟、郑愔；只见于耿志坚韵系的2人：释道世、王梵志。

相同县域0个。不同县域25个。其中，只见于本韵系的23个：钱塘、宝鼎、成纪、范阳、高陵、河东、弘农、华阴、晋陵、龙门、陆泽、南皮、内黄、全节、卫县、武功、碌石、瑕丘、阳武、永兴、余姚、原武、赞皇；只见于耿志坚韵系的2个：长安、黎阳。

相同州府2个：京兆府、卫州等。不同州府18个。其中，只见于本韵系的18个：杭州、沧州、常州、虢州、华州、绛州、蒲州、齐州、秦州、汝州、陕州、深州、相州、兖州、幽州、越州、赵州、郑州；只见于耿志坚韵系的0个。

相同大区2个：关内区、河北区。不同大区3个。其中，只见于本韵系的3个：东南区、陇西区、中原区；只见于耿志坚韵系的0个。

（三）臻摄

臻摄本韵系分为真谆臻欣、文、元魂痕、质术栉物、月没五部，耿志坚韵系分为真谆臻、欣、文、元魂痕、质术栉、物、迄七部。真谆臻欣与真谆臻、欣相对应,质术栉物与质术栉、物相对应,本韵系没有与迄相对应的韵部。

本摄比较的韵部或用韵与本节"一、与鲍明炜初唐韵系的比较"之"(三)臻摄"相同,比较的具体内容亦相同,此处从略。

(四)山摄

山摄本韵系分为元魂痕、寒桓、删山、先仙、月没、曷末、屑薛七部,耿志坚韵系分为元魂痕、寒桓、删山、先仙、月没、曷末、黠镳、屑薛八部。本韵系没有与黠镳相对应的韵部。

(五)梗摄

梗摄本韵系分为庚耕清青、陌麦昔锡二部,耿志坚韵系分为庚耕清、青、陌麦昔、锡四部。庚耕清青与庚耕清、青相对应,陌麦昔锡与陌麦昔、锡相对应。

庚耕清青部的空间分布度取最大值9.856。庚耕清的空间分布度取最大值3.595,青的空间分布度数值为3.273。本韵系庚耕清青部与耿志坚韵系庚耕清、青的空间分布数据对比如下表:

表 5-1-12　本韵系庚耕清青与耿志坚韵系庚耕清、青空间分布数据对比表

	韵部/用韵	空间要素量				空间分布度
		作家数量	县域数量	州府数量	大区数量	
本韵系	庚耕清青	113	74	49	9	9.856
耿志坚韵系	庚耕清	10	9	9	5	3.595
	青	21	16	15	6	3.273

庚耕清青部与庚耕清相比,作家数量差距最大,庚耕清青部为庚耕清的11.3倍,大区数量差距最小,庚耕清青部也多出了0.8倍。空间分布度庚耕清青部约为庚耕清的2.7倍。

庚耕清青部与青相比,作家数量差距最大,庚耕清青部约为青的5.4倍,大区数量差距最小,庚耕清青部也多出了0.5倍。空间分布度庚耕清青部约为青的3.0倍。

庚耕清青部与庚耕清要素量异同的具体情况如下:

相同作家10人：卢照邻、释玄觉、宋之问、太宗皇后长孙氏、唐太宗李世、王绩、许敬宗、杨师道、张果、张说。不同作家103人。其中，只见于本韵系的103人：岑文本、陈集源、陈述、陈子昂、陈子良、褚亮、褚遂良、崔沔、崔融、崔湜、崔行功、董思恭、窦希玠、富嘉谟、郭正一、韩思彦、韩休、贺朝、贺知章、胡皓、贾曾、贾膺福、李百药、李峤、李尚一、李审几、李儇、李乂、李义府、李邕、李贞、梁知微、梁朱宾、令狐德棻、刘斌、刘希夷、刘孝孙、刘祎之、刘允济、刘知几、卢粲、卢藏用、卢从愿、卢士牟、卢献、骆宾王、苗神客、裴漼、裴守真、裴炎、乔师望、丘悦、芮智璨、上官婉儿、上官仪、沈佺期、石抱忠、史嶷、释道会、释道世、释法融、释慧能、释义净、释智通、司马承祯、司马逸客、苏诜、苏颋、孙思邈、太宗贤妃徐惠、唐高宗李治、唐中宗李显、王勃、王梵志、王适、王元宗、王知敬、韦虚心、魏征、吴少微、席豫、谢偃、徐彦伯、薛收、严识玄、阎朝隐、杨炯、叶法善、于知微、于志宁、虞世南、元万顷、员半千、则天皇后武曌、张大安、张嘉贞、张文琮、张循之、张蕴古、长孙无忌、郑世翼、朱宝积、朱子奢；只见于耿志坚韵系的0人。

相同县域9个：成纪、范阳、河东、弘农、华阴、龙门、洛阳、新城、永嘉。不同县域65个。其中，只见于本韵系的65个：安定、安丰、安平、安喜、宝鼎、昌乐、东光、房子、冯翊、高陵、巩县、鼓城、馆陶、河内、华原、洹水、稷山、江都、江陵、金城、晋陵、井陉、开阳、括苍、蓝田、黎阳、溧阳、临沂、临漳、陆浑、栾城、南阳、内黄、彭城、彭山、钱塘、全节、饶阳、三原、桑泉、山荏、陕县、射洪、歙县、万年、卫县、温县、文水、闻喜、吴县、武功、瑕丘、襄阳、新兴、荥阳、延陵、猗氏、义乌、永兴、余姚、冤句、赞皇、长安、长城、重泉；只见于耿志坚韵系的0个。

相同州府9个：虢州、杭州、河南府、华州、绛州、蒲州、秦州、温州、幽州。不同州府40个。其中，只见于本韵系的40个：沧州、曹州、常州、邓州、定州、恒州、湖州、怀州、京兆府、泾州、荆州、括州、泷州、眉州、齐州、汝州、润州、陕州、歙州、深州、寿州、苏州、太原府、同州、卫州、魏州、婺州、相州、襄州、新州、徐州、宣州、兖州、扬州、沂州、瀛州、越州、赵州、郑州、梓州；只见于耿志坚韵系的0个。

相同大区3个：江南区、岭南区、陇西区。不同大区6个。其中，只见于本韵系的6个：东南区、关内区、河北区、江淮区、西南区、中原区；只见于耿志坚韵系的0个。

庚耕清青部与青要素量异同的具体情况如下：

相同作家16人：陈子昂、褚亮、崔沔、贺朝、李乂、刘希夷、卢照邻、宋之问、王勃、王绩等。不同作家102人。其中，只见于本韵系的97人：岑文本、陈集源、陈述、陈子良、褚遂良、崔融、崔湜、崔行功、董思恭、窦希玠、富嘉谟、郭正一、韩思彦、韩休、贺知章、胡皓、贾曾、贾膺福、李百药、李峤、李尚一、李审几、李俨、李义府、李邕、李贞、梁知微、梁朱宾、令狐德棻、刘斌、刘孝孙、刘祎之、刘允济、刘知几、卢粲、卢藏用、卢从愿、卢士牟、卢献、骆宾王、苗神客、裴漼、裴守真、裴炎、乔师望、丘悦、芮智璨、上官婉儿、上官仪、沈佺期、石抱忠、史巆、释道会、释道世、释法融、释慧能、释玄觉、释义净、释智通、司马承祯、司马逸客、苏诜、苏颋、孙思邈、太宗皇后长孙氏、太宗贤妃徐惠、唐高宗李治、唐太宗李世民、唐中宗李显、王梵志、王适、王元宗、王知敬、韦虚心、魏征、吴少微、席豫、谢偃、许敬宗、薛收、严识玄、阎朝隐、杨师道、叶法善、于知微、于志宁、元万顷、员半千、张大安、张嘉贞、张文琮、张循之、张蕴古、长孙无忌、郑世翼、朱宝积、朱子奢；只见于耿志坚韵系的5人：李迥秀、王德真、王绍宗、薛克构、姚崇。

相同县域14个：宝鼎、范阳、房子、河东、弘农、华阴、江都、龙门、钱塘、射洪等。不同县域62个。其中，只见于本韵系的60个：安定、安丰、安平、安喜、昌乐、成纪、东光、冯翊、高陵、巩县、鼓城、馆陶、河内、华原、洹水、稷山、江陵、金城、晋陵、井陉、开阳、括苍、蓝田、黎阳、溧阳、临沂、临漳、陆浑、栾城、洛阳、南阳、内黄、彭城、彭山、全节、饶阳、三原、桑泉、山茌、陕县、歙县、万年、卫县、温县、闻喜、吴县、武功、襄阳、新城、新兴、荥阳、延陵、猗氏、义乌、永嘉、永兴、宛句、赞皇、长城、重泉；只见于耿志坚韵系的2个：泾阳、硖石。

相同州府15个：虢州、杭州、华州、绛州、京兆府、蒲州、汝州、陕州、太原府、兖州等。不同州府34个。其中，只见于本韵系的34个：沧州、曹州、常州、邓州、定州、河南府、恒州、湖州、怀州、泾州、荆州、括州、泷州、眉州、齐州、秦州、润州、歙州、深州、寿州、苏州、同州、卫州、魏州、温州、婺州、相州、襄州、新州、徐州、宣州、沂州、瀛州、郑州；只见于耿志坚韵系的0个。

相同大区6个：东南区、关内区、河北区、江淮区、西南区、中原区。不同大区3个。其中，只见于本韵系的3个：江南区、岭南区、陇西区；只见于耿志坚韵系的0个。

陌麦昔锡部的空间分布度取最大值7.678。陌麦昔的空间分布度取最大值3.949，锡的空间分布度为1.622。本韵系陌麦昔锡部与耿志坚韵系陌麦昔、锡的空间分布数据对比如下表：

表5-1-13　本韵系陌麦昔锡与耿志坚韵系陌麦昔、
锡空间分布数据对比表

韵部/用韵		空间要素量				空间分布度
		作家数量	县域数量	州府数量	大区数量	
本韵系	陌麦昔锡	39	31	25	8	7.678
耿志坚韵系	陌麦昔	11	9	8	5	3.949
	锡	5	5	4	3	1.622

陌麦昔锡部与陌麦昔相比，作家数量差距最大，陌麦昔锡部约为陌麦昔的3.5倍，大区数量差距最小，陌麦昔锡部也多出了0.6倍。空间分布度陌麦昔锡部约为陌麦昔的1.9倍。

陌麦昔锡部与锡相比，作家数量差距最大，陌麦昔锡部为锡的7.8倍，大区数量差距最小，陌麦昔锡部也多出了1.7倍。空间分布度陌麦昔锡部约为锡的4.7倍。

陌麦昔锡部与陌麦昔要素量异同的具体情况如下：

相同作家11人：褚遂良、封希颜、李峤、李俨、李乂、刘知几、释玄觉、宋之问、王梵志、徐彦伯等。不同作家28人。其中，只见于本韵系的28人：陈集源、陈子昂、崔行功、富嘉谟、贾膺福、李百药、李嗣真、李咸、李邕、刘希夷、卢粲、卢照邻、骆宾王、乔知之、沈佺期、释道世、苏颋、唐高宗李治、唐太宗李世民、王勃、王绩、王绍宗、韦承庆、谢偃、许敬宗、严识玄、于知微、张说；见于耿志坚韵系的0人。

相同县域9个：房子、弘农、华阴、黎阳、彭城、钱塘、瑕丘、永嘉、赞皇。不同县域22个。其中，只见于本韵系的22个：安平、柏人、昌乐、成纪、范阳、冯翊、河东、江都、井陉、开阳、龙门、内黄、三原、射洪、卫县、武功、新城、阳武、义乌、冤句、长安、重泉；只见于耿志坚韵系的0个。

相同州府8个：虢州、杭州、华州、卫州、温州、徐州、兖州、赵州。不同州府17个。其中，只见于本韵系的17个：曹州、恒州、绛州、京兆府、泷州、蒲州、秦州、汝州、深州、同州、魏州、婺州、相州、扬州、幽州、郑州、梓州；只见于耿志坚韵系的0个。

相同大区5个：东南区、河北区、陇西区、中原区、关内区。不同大区3个。其中，只见于本韵系的3个：江淮区、岭南区、西南区；只见于耿志坚韵系的0个。

陌麦昔锡部与锡要素量异同的具体情况如下：

相同作家2人：苏颋、王绩。不同作家40人。其中，只见于本韵系的37人：陈集源、陈子昂、褚遂良、崔行功、封希颜、富嘉谟、贾膺福、李百药、李峤、李嗣真、李咸、李俨、李义、李邕、刘希夷、刘知几、卢粲、卢照邻、骆宾王、乔知之、沈佺期、释道世、释玄觉、宋之问、唐高宗李治、唐太宗李世民、王勃、王梵志、王绍宗、韦承庆、谢偃、徐彦伯、许敬宗、严识玄、杨炯、于知微、张说；只见于耿志坚韵系的3人：李迥秀、王知敬、薛稷。

相同县域2个：龙门、武功。不同县域32个。其中，只见于本韵系的29个：安平、柏人、昌乐、成纪、范阳、房子、冯翊、河东、弘农、华阴、江都、井陉、开阳、黎阳、内黄、彭城、钱塘、三原、射洪、卫县、瑕丘、新城、阳武、义乌、永嘉、冤句、赞皇、长安、重泉；只见于耿志坚韵系的3个：宝鼎、河内、泾阳。

相同州府3个：绛州、京兆府、蒲州。不同州府23个。其中，只见于本韵系的22个：曹州、虢州、杭州、恒州、华州、泷州、秦州、汝州、深州、同州、卫州、魏州、温州、婺州、相州、徐州、兖州、扬州、幽州、赵州、郑州、梓州；只见于耿志坚韵系的1个：怀州。

相同大区3个：关内区、河北区、中原区。不同大区5个。其中，只见于本韵系的5个：东南区、江淮区、岭南区、陇西区、西南区；只见于耿志坚韵系的0个。

（六）咸摄

咸摄本韵系分为覃谈、盐添、合业乏、叶帖四部，耿志坚韵系分为覃谈、盐添、合盍、葉帖四部。合业乏与合盍相对应。

合业乏部的空间分布度取最大值5.858。合盍同用在本初唐诗文用韵中未见，其空间分布度等记作0。本韵系合业乏部与耿志坚韵系合盍的空间分布数据对比如下表：

表 5-1-14　本韵系合业乏与耿志坚韵系合盍空间分布数据对比表

	韵部/用韵	空间要素量				空间分布度
		作家数量	县域数量	州府数量	大区数量	
本韵系	合业乏	7	6	5	5	5.858
耿志坚韵系	合盍	0	0	0	0	0

合盍同用的要素量等于零，比较从略。

三、与金恩柱初唐韵系的比较

金恩柱（1998、1999）以周绍良主编《唐代墓志汇编》一书中的唐墓志铭文为研究材料，运用朱晓农（1989）创设的辙/韵离合指数比较法，归纳出唐代各时期的"韵部"系统和"韵母"系统。作者以摄为单位，通过"部离合指数"公式计算摄内（也有涉及几摄的）各韵之间的离合指数，以确定"韵部"。金恩柱初唐"韵部"分为25个[①]。又通过"韵离合指数"公式计算"韵部"内各韵之间的离合指数，用来确定"韵母"，表示数韵已经"合并"。这种"韵母""指韵基（主要元音和韵尾）相同，而不及介音"（1998:8）。有的"韵部"包含几个"韵母"，例如，"庚部"包括iæ（庚耕）、iɛ（清）和ie（青）3个"韵母"，"真部"包括ii（真谆臻欣）、ui（文）、u（魂痕）和iɔ（元）4个"韵母"。"韵母"中的i、u不是介音，它后面常常跟一个元音构成复合元音来充当主元音（1998:106）[②]。金文说，他"采用的拟音是较宽式的写法"。"韵母"中的主

[①]　金恩柱初唐25韵部是：庚部（庚耕清青）、蒸部（蒸登）、阳部（阳唐）、东部（东冬锺江）、寒部（寒桓删山先仙）、真部（真谆臻文欣元魂痕）、盐部（盐添严凡）、侵部（侵）、支部（支脂之）、微部（微）、尤部（尤侯幽）、鱼部（鱼虞模）、哈部（灰哈泰佳皆夬）、齐部（齐祭废）、萧部（萧宵肴豪）、麻部（麻）、歌部（歌戈）、陌部（陌麦昔锡）、药部（药铎）、屋部（屋沃烛觉）、职部（职德）、薛部（曷末黠薛屑）、质部（质术栉物月没）、叶部（叶帖业。今按，"叶"字误）、缉部（缉）。

[②]　金恩柱未给阳声韵部、入声韵部的韵尾拟音。

元音似乎是音位性的,像"真部"之类的"韵部",无论从韵的构成及拟音,都不宜看作只有一个音位性的主元音。再者,金恩柱(1998、1999)初唐只有二十多个"韵部",其中必有一些"韵部"对应本韵系数个韵部,也就是说,这些韵部包含几个音位性的主元音①。不过,对比发现,多"韵母"构成的"韵部",其主元音并非都是音位性的,上举"庚部"就是其例。由此看来,金恩柱(1998、1999)的"韵母"与本研究"韵部"的外延也不尽相同,但总的看,相对于"韵部","韵母"与本研究的"韵部"更切近,故以此作为比较的对象。以下称其"韵母"为韵部。金恩柱(1998、1999)初唐韵系分为52个韵部("韵母"),其中阴声韵17部,阳声韵18部,入声韵17部。金恩柱韵系与本韵系韵部异同见下表:

表 5-1-15　金恩柱韵系与本韵系韵部异同表

	金恩柱韵系	本韵系
阴声韵部	支	支
	脂	脂之
	之	
	微	微
	鱼	鱼
	虞	虞模
	模	
	齐	齐祭
	祭废	
	泰	泰
	佳麻	佳皆夬

① 金恩柱的"韵部"相当于朱晓农(1989)所说的"辙"。耿振生(2004:158~159):"从其他学者研究不同时代的诗文押韵材料的结果看,用这个公式(今按,指分辙的公式)划分出的单位往往比'韵部'要大。""朱氏这个公式(今按,指韵离合指数公式)本来是只用于分析辙内各韵的关系疏密的,却适合于分析汉代韵部。"金恩柱(1998)用这两个公式归纳得出的唐代墓志铭韵部与"韵母",为耿振生的上述判断再添一证。

续表

	金恩柱韵系	本韵系
阳声韵部	皆灰咍[①]	灰咍
	萧宵	萧宵肴
	肴	
	豪	豪
	歌戈	歌戈
	（佳麻）	麻
	尤侯幽	尤侯幽
	东冬	东冬
	锺	锺
	江	江
	真谆臻欣	真谆臻欣
	文	文
	元	元魂痕
	魂痕	
	寒桓	寒桓
	删山	删山
	先仙	先仙
	阳唐	阳唐
	庚耕	庚耕清青
	清	
	青	
	蒸	蒸登
	登	

---

① 皆与灰韵离合指数为73，队代与怪为52，均未达到合并的标准（金恩柱1998：83）。金恩柱（1998：125）"唐代韵母系统演变示意表"中皆、灰、咍为同一韵母。在分述初唐韵系时说："二等字少，其中关系不能确定。暂定与一等韵灰、咍同。"（1998：109）夬韵韵部归属不明。

续表

	金恩柱韵系	本韵系
	侵	侵
		覃谈
	盐	盐添
入声韵部	屋沃	屋沃
	烛	烛
	觉	觉
	质术栉	质术栉物
	物	
	月没	月没
	曷末黠	曷末
	屑	屑薛
	薛	
	药	药铎
	铎	
	陌麦昔	陌麦昔锡
	锡	
	职	职
	德	德
	缉	缉
		合业乏
	葉帖业	葉帖

　　金恩柱韵系与本韵系相同的韵部有支、微、鱼、泰、豪、歌戈、尤侯幽、东冬、锺、江、真谆臻欣、文、寒桓、删山、先仙、阳唐、侵、屋沃、烛、觉、月没、职、德、缉，共24个，约占金恩柱韵系韵部总数／可比较韵部总数的46.2%。这些韵部具有通用性质。

　　金恩柱韵系脂、之、虞等28个韵部与本韵系相应韵部不同。这些韵部当为非通用韵部。下面分摄比较这些韵部与本韵系相应韵部的空间分布数据。

（一）止摄

止摄本韵系分支、脂之、微三部，金恩柱韵系分支、脂、之、微四部。脂之与脂、之对应。

脂之部的空间分布度取最大值12.188。脂的空间分布度为9.799，之的空间分布度为10.648。本韵系脂之部与金恩柱韵系脂、之的空间分布数据对比如下表：

表5-1-16　本韵系脂之与金恩柱韵系脂、之空间分布数据对比表

	韵部/用韵	空间要素量				空间分布度
		作家数量	县域数量	州府数量	大区数量	
本韵系	脂之	82	57	40	8	12.188
金恩柱韵系	脂	33	30	27	8	9.799
	之	75	56	38	8	10.648

脂之部与脂相比，二者大区数量相等，作家数量差距最大，脂之部约为脂的2.5倍，空间分布度约为脂的1.2倍。

脂之与之相比，二者大区数量相等，作家数量约为之的1.1倍，空间分布度约为之的1.1倍。

脂之部与脂要素量异同的具体情况如下：

相同作家24人：陈叔达、陈子昂、崔融、韩休、李百药、李峤、李邕、卢照邻、骆宾王、裴漼等。不同作家67人。其中，只见于本韵系的58人：陈子良、褚亮、崔行功、杜正伦、封希颜、冯待征、富嘉谟、韩思复、胡楚宾、贾膺福、孔绍安、李密、李乂、李义府、刘穆之、刘宪、刘允济、刘知几、卢藏用、崔日用、崔湜、贺纪、李至远、刘希夷、卢献、陆搢、路敬淳、乔知之、任知古、沈佺期、史嶷、释道世、释道宣、释法融、释慧斌、释善导、释玄觉、苏珦、万齐融、王德真、王梵志、王绍宗、王适、韦元旦、辛怡谏、徐彦伯、许敬宗、薛收、杨誉、姚崇、于知微、于志宁、虞世南、张汯、张敬忠、张若虚、张鷟、郑休文；只见于金恩柱韵系的9人：陈元光、郭正一、贺知章、释慧能、谢偃、薛曜、于敬之、朱宝积、朱子奢。

相同县域24个：安平、宝鼎、成纪、范阳、冯翊、馆陶、河东、弘农、华阴、江都等。不同县域39个，其中，只见于本韵系的33个：安喜、丹徒、房子、高陵、

高邑、巩县、井陉、蓝田、溧阳、灵昌、陆泽、内黄、宁陵、彭城、狄道、洹水、黎阳、临清、莫县、钱塘、秋浦、饶阳、三原、山阴、万年、碛石、瑕丘、新城、盱眙、延陵、永嘉、余姚、宛句；只见于金恩柱韵系的6个：鼓城、固始、卫县、吴县、新兴、永兴。

相同州府24个：定州、虢州、河南府、湖州、华州、绛州、京兆府、蒲州、齐州、秦州等。不同州府19个。其中，只见于本韵系的16个：贝州、楚州、杭州、恒州、滑州、兰州、莫州、汝州、陕州、曹州、润州、温州、相州、徐州、宣州、兖州；只见于金恩柱韵系的3个：光州、新州、瀛州。

相同大区7个：东南区、江淮区、西南区、中原区、河北区、关内区、陇西区。不同大区2个。其中，只见于本韵系的1个：江南区；只见于金恩柱韵系的1个：岭南区。

脂之部与之要素量异同的具体情况如下：

相同作家41人：陈子昂、褚亮、崔融、崔湜、崔行功、冯待征、韩休、李百药、李峤、李乂等。不同作家75人。其中，只见于本韵系的41人：陈子良、崔日用、杜正伦、富嘉谟、韩思复、胡楚宾、贾膺福、孔绍安、李密、刘穆之、刘知几、卢藏用、陆搢、乔知之、任知古、芮智璨、释道世、释善导、韦元旦、于知微、陈叔达、封希颜、贺纪、李义府、李至远、刘宪、卢献、路敬淳、释道宣、释慧斌、释玄觉、苏珦、万齐融、王德真、王绍宗、王适、辛怡谏、张敬忠、张若虚、郑惟忠、郑休文；只见于金恩柱韵系的34人：岑文本、岑羲、贺知章、胡皓、李迥秀、李俨、马怀素、马吉甫、欧阳询、庞行基、上官婉儿、上官仪、申屠场、释本净、司马逸客、宋璟、宋务光、王勔、韦展、温翁念、武三思、谢偃、徐坚、徐峤之、许景先、薛稷、薛曜、严识玄、阎朝隐、于敬之、元希声、员半千、源乾曜、张蕴古。

相同县域39个：安平、安喜、宝鼎、成纪、丹徒、范阳、房子、高陵、巩县、馆陶等。不同县域35个。其中，只见于本韵系的18个：狄道、冯翊、高邑、蓝田、灵昌、宁陵、秋浦、饶阳、山阴、宋城、万年、盱眙、永嘉、临清、莫县、彭城、三原、宛句；只见于金恩柱韵系的17个：陈留、江陵、绛州、泾阳、临漳、栾城、洛阳、南和、祁、陕县、卫县、隰城、义兴、永兴、长沙、正平、重泉。

相同州府31个：定州、虢州、杭州、河南府、恒州、湖州、华州、绛州、京兆、蒲州等。不同州府16个。其中，只见于本韵系的9个：楚州、滑州、兰州、莫州、宋州、温州、徐州、贝州、曹州；只见于金恩柱韵系的7个：汴州、常州、汾州、荆州、泉州、潭州、邢州。

相同大区8个：东南区、关内区、河北区、江淮区、江南区、陇西区、西南区、中原区。不同大区0个。

由上可知，金恩柱(1998)"支部"所拟韵母ǐ(脂)、ǐ(之)不能独立成部，其主元音不具有音位性。

（二）遇摄

遇摄本韵系分鱼、虞模二部，金恩柱韵系分鱼、虞、模三部。虞模与虞、模对应。

虞模部的空间分布度取最大值8.374，虞的空间分布度为7.014，模的空间分布度为6.720。本韵系虞模部与金恩柱韵系虞、模的空间分布数据对比如下表：

表5-1-17 本韵系虞模与金恩柱韵系虞、模空间分布数据对比表

韵部/用韵		空间要素量				空间分布度
		作家数量	县域数量	州府数量	大区数量	
本韵系	虞模	71	54	40	8	8.374
金恩柱韵系	虞	44	37	29	8	7.014
	模	55	39	32	6	6.720

虞模部与虞相比，二者大区数量相等，作家数量差距最大，虞模部约为虞的1.6倍。空间分布度虞模部约为虞的1.2倍。

虞模部与模相比，县域数量差距最大，虞模部约为模的1.4倍，大区数量多出2个。空间分布度虞模部约为模的1.2倍。

虞模部与虞要素量异同的具体情况如下：

相同作家29人：陈子昂、崔融、崔行功、李峤、李乂、李邕、令狐德棻、刘允济、卢照邻、路敬淳等。不同作家57人。其中，只见于本韵系的42人：岑文本、岑羲、陈元光、崔湜、郭震、韩休、李咸、李至远、凌敬、刘宪、刘知几、卢藏用、骆宾王、闾丘均、芮智璨、释玄觉、释义净、陈子良、褚遂良、崔日用、富嘉谟、贺敱、胡楚宾、李审几、任希古、释灵辩、唐高宗李治、唐太宗李世民、唐中宗

李显、王绍宗、王无竞、韦承庆、韦虚心、魏征、谢偃、许敬宗、薛元超、颜师古、杨誉、袁朗、张若虚、朱子奢;只见于金恩柱韵系的15人:贺知章、姜晞、郎余令、李安期、李百药、李义府、刘处约、刘穆之、娄师德、任知古、吴少微、薛曜、于知微、张廷珪、朱宝积。

相同县域27个:宝鼎、范阳、房子、巩县、河东、弘农、华阴、华原、江都、井陉等。不同县域37个。其中,只见于本韵系的27个:昌乐、成都、成纪、冯翊、高邑、固始、馆陶、管城、贵乡、灵昌、宁陵、彭城、秋浦、山阴、万年、安喜、江陵、钱塘、山茌、卫县、吴县、新城、阳武、阳信、掖县、义乌、永嘉;只见于金恩柱韵系的10个:安平、济源、莫县、饶阳、三原、上邽、歙县、新乐、永兴、原武。

相同州府25个:贝州、常州、定州、虢州、河南府、恒州、华州、绛州、京兆府、蒲州等。不同州府19个。其中,只见于本韵系的15个:棣州、光州、杭州、滑州、荆州、莱州、宋州、苏州、魏州、温州、婺州、同州、襄州、徐州、益州;只见于金恩柱韵系的4个:莫州、歙州、深州、瀛州。

相同大区8个:东南区、关内区、河北区、江淮区、江南区、陇西区、西南区、中原区。不同大区0个。

虞模部与模要素量异同的具体情况如下:

相同作家28人:岑文本、陈子昂、陈子良、富嘉谟、李峤、李乂、李邕、刘允济、卢照邻、骆宾王等。不同作家70人。其中,只见于本韵系的43人:岑羲、陈元光、崔日用、韩休、胡楚宾、李审几、李至远、刘宪、卢藏用、沈佺期、释灵辩、释义净、宋之问、唐中宗李显、万齐融、王绩、王绍宗、王无竞、褚遂良、崔融、崔湜、崔行功、郭震、贺敳、李咸、凌敬、令狐德棻、刘知几、路敬淳、任希古、芮智璨、司马承祯、唐太宗李世民、王梵志、韦虚心、许景先、许敬宗、阎朝隐、颜师古、杨誉、虞世南、张若虚、朱子奢;只见于金恩柱韵系的27人:褚亮、崔玄暐、崔液、贺知章、贾曾、李百药、李□袭、李义府、梁朱宾、卢粲、任知古、上官婉儿、申屠场、释本净、释窥基、释善导、宋芬、宋璟、苏诜、孙思邈、吴少微、薛稷、薛收、于知微、员半千、张蕴古、郑万钧。

相同县域27个:安喜、宝鼎、成都、范阳、房子、巩县、馆陶、河东、华阴、华原等。不同县域39个。其中,只见于本韵系的27个:昌乐、成纪、冯翊、高邑、固始、贵乡、井陉、黎阳、栾城、宁陵、彭城、秋浦、山茌、山阴、温县、管城、弘农、临清、灵昌、内黄、万年、吴县、新城、阳信、掖县、义兴、余姚；只见于金恩柱韵系的12个：安平、陈留、洹水、绛州、蓝田、洛阳、南和、饶阳、三原、歙县、盱眙、永兴。

相同州府26个：定州、杭州、河南府、华州、绛州、京兆府、荆州、蒲州、齐州、润州等。不同州府20个。其中，只见于本韵系的14个：棣州、光州、虢州、恒州、滑州、秦州、宋州、襄州、徐州、宣州、贝州、常州、莱州、同州；只见于金恩柱韵系的6个：汴州、楚州、洺州、歙州、深州、邢州。

相同大区6个：中原区、西南区、东南区、河北区、关内区、江淮区。不同大区2个。其中，只见于本韵系的2个：江南区、陇西区；只见于金恩柱韵系的0个。

由上可知，金恩柱（1998）"鱼部"所拟韵母 ʊ（虞）、u（模）不能独立成部，其主元音不具有音位性。

（三）蟹摄

蟹摄本韵系分齐祭、泰、佳皆夬、灰咍四部，金恩柱韵系分齐、祭废、泰、佳麻、皆灰咍五部。齐祭部与齐、祭废相对应，佳皆夬部、灰咍部与佳麻、皆灰咍相对应。

齐祭部的空间分布度取最大值8.777。齐的空间分布度为8.405，祭废的空间分布度取最大值1.000。本韵系齐祭部与金恩柱韵系齐、祭废的空间分布数据对比如下表：

表 5-1-18　本韵系齐祭与金恩柱韵系齐、祭废空间分布数据对比表

韵部/用韵		空间要素量				空间分布度
		作家数量	县域数量	州府数量	大区数量	
本韵系	齐祭	28	25	23	8	8.773
金恩柱韵系	齐	39	33	25	6	8.415
	祭废	1	1	1	1	0.808

齐祭部与齐相比，作家数量、县域数量、州府数量皆少于齐，作家数量少11个，县域数量少8个，州府数量少2个，但大区数量多出2个。空间分布度齐祭比齐多出0.358。

　　齐祭部与祭废相比，作家数据差距最大，为祭废的28倍，大区数量也比祭废多出7倍。空间分布度约为祭废的10.9倍。

　　齐祭部与齐要素量异同的具体情况如下：

　　相同作家14人：韩休、李峤、骆宾王、上官仪、宋之问、苏颋、唐太宗李世民、王勃、魏征、谢偃等。不同作家39人。其中，只见于本韵系的14人：卢粲、虞世南、褚亮、褚遂良、房玄龄、李安期、李尚一、李邕、苗神客、史嶷、释慧能、太宗贤妃徐惠、王德真、萧璟；只见于金恩柱韵系的25人：陈叔达、崔融、杜易简、贺知章、贾曾、郎余令、李百药、李行言、李义府、刘泊、刘允济、卢照邻、吕太一、乔知之、上官婉儿、释法融、释义净、释智常、田游岩、王绩、徐峤之、许敬宗、薛元超、元希声、张嘉贞。

　　相同县域17个：安平、成纪、范阳、高陵、馆陶、河东、弘农、华阴、龙门、陕县等。不同县域个。其中，只见于本韵系的8个：东光、房子、江都、溧阳、临淄、钱塘、新兴、余姚；只见于金恩柱韵系的16个：宝鼎、冯翊、巩县、贵溪、江陵、洛阳、全节、饶阳、三原、山茌、襄阳、新城、新乐、延陵、猗氏、永兴。

　　相同州府17个：虢州、杭州、湖州、华州、绛州、京兆府、蒲州、秦州、陕州、深州等。不同州府14个。其中，只见于本韵系的6个：常州、宣州、扬州、沧州、青州、新州；只见于金恩柱韵系的8个：定州、河南府、荆州、齐州、饶州、润州、同州、襄州。

　　相同大区6个：东南区、关内区、河北区、江南区、陇西区、中原区。不同大区2个。其中，只见于本韵系的2个：江淮区、岭南区；只见于金恩柱韵系的0个。

　　齐祭部与祭废要素量异同的具体情况如下：

　　相同作家1人：韩休。不同作家27人。其中，只见于本韵系的27人：褚亮、褚遂良、房玄龄、李安期、李峤、李尚一、李邕、卢粲、骆宾王、苗神客、上官仪、史嶷、释慧能、宋之问、苏颋、太宗贤妃徐惠、唐太宗李世民、王勃、王德真、魏征、萧璟、谢偃、徐彦伯、杨炯、于志宁、虞世南、张说；只见于金恩柱韵系的0人。

　　相同县域1个：长安。不同县域24个。其中，只见于本韵系的24个：安平、成纪、东光、范阳、房子、高陵、馆陶、河东、弘农、华阴、江都、溧阳、临淄、龙门、钱塘、陕县、卫县、武功、瑕丘、新兴、义乌、余姚、赞皇、长城；只见于金恩柱韵系的0个。

相同州府1个：京兆府。不同州府22个。其中，只见于本韵系的22个：沧州、常州、虢州、杭州、湖州、华州、绛州、蒲州、秦州、青州、陕州、深州、卫州、魏州、婺州、新州、宣州、兖州、扬州、幽州、越州、赵州；只见于金恩柱韵系的0个。

相同大区1个：关内区。不同大区7个。其中，只见于本韵系的7个：东南区、河北区、江淮区、江南区、岭南区、陇西区、中原区；只见于金恩柱韵系的0个。

由上可知，金恩柱（1998）"齐部"所拟韵母 ε（齐）、e（祭废）不能独立成部，其主元音不具有音位性。

佳皆夬部不计算其空间分布度，不作空间分布度的比较。灰咍部的空间分布度取最大值8.025。佳麻不计算其空间分布度，不作空间分布度的比较。皆灰咍的空间分布度取最大值1.663。本韵系佳皆夬、灰咍部与金恩柱韵系佳麻、皆灰咍的空间分布数据对比如下表：

表 5-1-19　本韵系佳皆夬、灰咍与金恩柱韵系佳麻、
皆灰咍空间分布数据对比表

韵部/用韵		空间要素量				空间分布度
		作家数量	县域数量	州府数量	大区数量	
本韵系	佳皆夬	6	6	6	4	——
	灰咍	61	46	34	8	8.025
金恩柱韵系	佳麻	2	2	2	2	——
	皆灰咍	1	1	1	1	1.663

佳皆夬部与佳麻相比，作家数量、县域数量、州府数量均为佳麻的3倍，大区数量为佳麻的2倍。

佳皆夬部与皆灰咍相比，作家数量、县域数量、州府数量均为皆灰咍的6.0倍，大区数量为佳麻的4倍。

佳皆夬部与佳麻要素量异同的具体情况如下：

相同作家0人。不同作家8人。其中，只见于本韵系的6人：骆宾王、唐

太宗李世民、王梵志、于知微、张嘉贞、张鷟；只见于金恩柱韵系的2人：李邕、宋之问。

相同县域0个。不同县域8个。其中，只见于本韵系的6个：成纪、黎阳、陆泽、三原、猗氏、义乌；只见于金恩柱韵系的2个：江都、弘农。

相同州府0个。不同州府8个。其中，只见于本韵系的6个：京兆府、蒲州、秦州、深州、卫州、婺州；只见于金恩柱韵系的2个：虢州、扬州。

相同大区0个。不同大区6个。其中，只见于本韵系的4个：河北区、东南区、关内区、陇西区；只见于金恩柱韵系的2个：江淮区、中原区。

佳皆夬部与皆灰咍要素量异同的具体情况如下：

相同作家0人。不同作家7人。其中，只见于本韵系的6人：骆宾王、唐太宗李世民、王梵志、于知微、张嘉贞、张鷟；只见于金恩柱韵系的1人：张说。

相同县域0个。不同县域7个。其中，只见于本韵系的6个：成纪、黎阳、陆泽、三原、猗氏、义乌；只见于金恩柱韵系的1个：河东。

相同州府1个：蒲州。不同州府5个。其中，只见于本韵系的5个：京兆府、秦州、深州、卫州、婺州；只见于金恩柱韵系的0个。

相同大区1个：河北区。不同大区3个。其中，只见于本韵系的3个：东南区、关内区、陇西区；只见于金恩柱韵系的0个。

灰咍部与皆灰咍相比，大区数量差距最大，灰咍部为皆灰咍的61.0倍，大区数量差距最小，灰咍部也多出了7.0倍。空间分布度灰咍部约为皆灰咍的4.8倍。

灰咍部与皆灰咍要素量异同的具体情况如下：

相同作家1人：张说。不同作家60人。其中，只见于本韵系的60人：岑羲、陈子昂、陈子良、崔融、崔湜、崔液、杜嗣先、高瑾、韩休、贺知章、胡元范、贾曾、李百药、李峤、李迥秀、李夔、李乂、李邕、李贞、刘希夷、刘宪、刘允济、娄师德、卢照邻、骆宾王、乔知之、上官婉儿、上官仪、邵炅、沈佺期、史崟、释本净、释善导、宋之问、苏颋、唐高宗李治、唐中宗李显、王勃、王梵志、王绩、王绍宗、王适、王无竞、吴少微、萧至忠、谢偃、徐彦伯、许敬宗、薛稷、杨炯、杨师道、于季子、于志宁、员半千、袁朗、则天皇后武曌、张若虚、张鷟、郑世翼、郑惟忠；只见于金恩柱韵系的0人。

相同县域1个:河东。不同县域45个。其中,只见于本韵系的45个:安平、安喜、安阳、宝鼎、范阳、房子、冯翊、高陵、巩县、姑臧、弘农、华阴、江都、江陵、绛州、泾阳、黎阳、历城、溧阳、龙门、陆泽、洛阳、内黄、宁陵、全节、陕县、射洪、歙县、宋城、蓿、卫县、文水、武功、瑕丘、新城、荥阳、盱眙、偃师、掖县、义乌、义阳、永兴、原武、赞皇、长安;只见于金恩柱韵系的0个。

相同州府1个:蒲州。不同州府33个。其中,只见于本韵系的33个:楚州、德州、定州、虢州、杭州、河南府、华州、绛州、京兆府、荆州、莱州、凉州、齐州、汝州、陕州、歙州、申州、深州、宋州、苏州、太原府、同州、卫州、婺州、相州、宣州、兖州、扬州、幽州、越州、赵州、郑州、梓州;只见于金恩柱韵系的0个。

相同大区1个:河北区。不同大区7个。其中,只见于本韵系的7个:东南区、关内区、江淮区、江南区、陇西区、西南区、中原区。只见于金恩柱韵系的0个。

(四)效摄

效摄本韵系分萧宵肴、豪二部,金恩柱韵系分萧宵、肴、豪三部。萧宵肴与萧宵、肴相对应。

本摄比较的韵部或用韵与本节"一、与鲍明炜初唐韵系的比较"之"(一)效摄"相同,比较的具体内容亦相同,此处从略。

金恩柱(1998)"萧部"所含韵母œ(萧宵)、ə(肴)不能独立成部,其主元音不具有音位性。

(五)假摄

假摄本韵系为麻部,金恩柱韵系为佳麻部。麻与佳麻相对应。

麻部的空间分布度为2.408。佳麻不计算空间分布度,不作空间分布度的比较。本韵系麻部与金恩柱韵佳麻的空间分布数据对比如下表:

表5-1-20　本韵系麻与金恩柱韵系佳麻空间分布数据对比表

	韵部/用韵	空间要素量				空间分布度
		作家数量	县域数量	州府数量	大区数量	
本韵系	麻	67	52	39	8	2.408
金恩柱韵系	佳麻	2	2	2	2	——

麻部与佳麻相比，作家数量差距最大，麻部为佳麻的33.5倍，大区数量差距最小，麻部也多出了3.0倍。

麻部与佳麻要素量异同的具体情况如下：

相同作家2人：李邕、宋之问。不同作家65人。其中，只见于本韵系的65人：陈子昂、褚亮、崔融、崔湜、崔行功、杜践言、高峤、高瑾、高正臣、郭震、郭正一、韩休、贺知章、胡皓、郎余令、李百药、李峤、李□袭、李义府、李至远、刘希夷、刘宪、刘友贤、刘知几、卢藏用、卢照邻、骆宾王、闾丘均、吕太一、马怀素、裴漼、乔知之、上官婉儿、上官仪、沈佺期、释道世、释法琳、释慧能、释玄觉、司马承祯、司马逸客、宋璟、苏颋、唐高宗李治、唐太宗李世民、万齐融、王勃、王梵志、王绩、王知敬、韦虚心、韦展、谢偃、辛怡谏、许敬宗、杨炯、姚崇、叶法善、于志宁、虞世南、元希声、则天皇后武曌、张若虚、张说、周思钧；只见于金恩柱韵系的0人。

相同县域2个：弘农、江都。不同县域50个。其中，只见于本韵系的50个：安平、安喜、成都、成纪、丹徒、狄道、范阳、冯翊、高陵、高邑、鼓城、贵乡、河东、河内、华阴、鸡泽、井陉、括苍、黎阳、临洺、龙门、洛阳、南和、内黄、宁陵、彭城、钱塘、全节、饶阳、陕县、射洪、蓨、万年、卫县、温县、文水、闻喜、武功、碌石、襄阳、新城、新乐、新兴、义乌、永嘉、永兴、余姚、赞皇、漳南、长安；只见于金恩柱韵系的0个。

相同州府2个：虢州、扬州。不同州府37个。其中，只见于本韵系的37个：贝州、德州、定州、杭州、河南府、恒州、华州、怀州、绛州、京兆府、括州、兰州、洺州、蒲州、齐州、秦州、汝州、润州、陕州、深州、宋州、太原府、同州、卫州、魏州、温州、婺州、相州、襄州、新州、邢州、徐州、益州、幽州、越州、赵州、梓州；只见于金恩柱韵系的0个。

相同大区2个：江淮区、中原区。不同大区6个。其中，只见于本韵系的6个：东南区、关内区、河北区、岭南区、陇西区、西南区；只见于金恩柱韵系的0个。

（六）臻摄

臻摄本韵系分为真谆臻欣、文、元魂痕、质术栉物、月没五部，金恩柱韵系分真谆臻欣、文、魂痕、质术栉、物、月没六部。元魂痕与魂痕相对应，质术栉物与质术栉、物相对应。

元魂痕部的空间分布度取最大值9.992。魂痕的空间分布度取最大值1.846。本韵系元魂痕部与金恩柱韵系魂痕的空间分布数据对比如下表：

表 5-1-21　本韵系元魂痕与金恩柱韵系魂痕
空间分布数据对比表

	韵部/用韵	空间要素量				空间分布度
		作家数量	县域数量	州府数量	大区数量	
本韵系	元魂痕	42	37	30	8	9.992
金恩柱韵系	魂痕	4	2	2（1）	2	1.846

元魂痕部与魂痕相比，作家数量差距最大，元魂痕部为魂痕的10.5倍，大区数量差距最小，元魂痕部也多出了3.0倍。空间分布度元魂痕部约为魂痕的5.4倍。

元魂痕部与魂痕要素量异同的具体情况如下：

相同作家1人：张说。不同作家44人。其中，只见于本韵系的41人：岑文本、陈叔达、陈子昂、褚亮、崔湜、董思恭、贺知章、李峤、李俨、李乂、李邕、令狐德棻、刘希夷、刘孝孙、刘允济、卢照邻、骆宾王、欧阳询、裴炎、乔知之、上官仪、沈佺期、释法融、司马承祯、司马太贞、宋璟、宋之问、苏颋、唐太宗李世民、王勃、王绩、魏征、谢偃、徐彦伯、许敬宗、姚崇、于志宁、虞世南、员半千、张后胤、张鷟；只见于金恩柱韵系的3人：李审几、张果、张嘉贞。

相同县域1个：河东。不同县域37个。其中，只见于本韵系的36个：安喜、成纪、范阳、房子、冯翊、高陵、巩县、馆陶、弘农、华原、江都、江陵、昆山、龙门、陆泽、南和、内黄、钱塘、全节、陕县、射洪、卫县、温县、闻喜、吴县、武功、碳石、瑕丘、新城、延陵、义乌、永兴、余姚、赞皇、长城、长沙；只见于金恩柱韵系的1个：猗氏。

相同州府1个：蒲州。不同州府29个。其中，只见于本韵系的29个：定州、虢州、杭州、河南府、湖州、怀州、绛州、京兆府、荆州、齐州、秦州、汝州、润州、陕州、深州、苏州、潭州、同州、卫州、魏州、婺州、相州、邢州、兖州、扬州、幽州、越州、赵州、梓州；只见于金恩柱韵系的0个。

相同大区2个：陇西区、河北区。不同大区6个。其中，只见于本韵系的6个：东南区、关内区、江淮区、江南区、西南区、中原区；只见于金恩柱韵系的0个。

质术栉物部与质术栉、物的比较跟本节"一、与鲍明炜初唐韵系的比较"之"（三）臻摄"相关内容相同，比较的具体内容亦相同，此处从略。

由上可知，金恩柱（1998）"真部"所含韵母u（魂痕）、iɔ（元），"质部"所含"韵母"ii（质术栉）、ui（物），均不能独立成部，其主元音不具有音位性。

（七）山摄

山摄本韵系分元魂痕、寒桓、删山、先仙、月没、曷末、屑薛七部，金恩柱韵系分元、寒桓、删山、先仙、月没、曷末黠、屑、薛八部。元魂痕与元相对应，曷末与曷末黠相对应，屑薛与屑、薛相对应。

元魂痕部的空间分布度取最大值9.633。元的空间分布度为5.722。本韵系元魂痕部与金恩柱韵系元的空间分布数据对比如下表：

表 5-1-22　本韵系元魂痕与金恩柱韵系

元空间分布数据对比表

韵部/用韵		空间要素量				空间分布度
		作家数量	县域数量	州府数量	大区数量	
本韵系	元魂痕	42	37	30	8	9.633
金恩柱韵系	元	19	17	16	4	5.722

元魂痕部与元相比，作家数量差距最大，元魂痕部约为元的2.2倍，大区数量差距最小，元魂痕部也多出了1.0倍。空间分布度元魂痕部约为元的1.7倍。

元魂痕部与元要素量异同的具体情况如下：

相同作家11人：岑文本、褚亮、贺知章、卢照邻、骆宾王、司马承祯、苏颋、王勃、王绩、魏征等。不同作家39人。其中，只见于本韵系的31人：陈叔达、陈子昂、崔湜、董思恭、李峤、李俨、李乂、李邕、令狐德棻、刘希夷、刘孝孙、刘允济、欧阳询、裴炎、乔知之、上官仪、沈佺期、释法融、司马太贞、宋璟、宋之问、唐太宗李世民、谢偃、徐彦伯、许敬宗、姚崇、于志宁、员半千、张后胤、张说、张鷟；只见于金恩柱韵系的8人：杜审言、贾膺福、李百药、李口袭、释义净、薛稷、杨炯、则天皇后武曌。

相同县域11个：范阳、巩县、馆陶、江陵、龙门、钱塘、温县、武功、义乌、永兴等。不同县域32个。其中，只见于本韵系的26个：房子、冯翊、河东、华原、昆山、陆泽、安喜、成纪、高陵、弘农、江都、南和、内黄、全节、陕县、射洪、卫县、闻喜、吴县、碛石、瑕丘、新城、延陵、赞皇、长城、长沙；只见于金恩柱韵系的6个：安平、宝鼎、华阴、山茌、文水、冤句。

相同州府13个：杭州、河南府、绛州、京兆府、荆州、蒲州、齐州、深州、魏州、婺州等。不同州府20个。其中，只见于本韵系的17个：虔州、湖州、怀州、秦州、汝州、润州、陕州、定州、苏州、潭州、同州、卫州、相州、邢州、兖州、扬州、梓州；只见于金恩柱韵系的3个：曹州、华州、太原府。

相同大区4个：东南区、关内区、河北区、中原区。不同大区4个。其中，只见于本韵系的4个：江淮区、江南区、陇西区、西南区；只见于金恩柱韵系的0个。

曷末部的空间分布度取最大值1.886。曷末黠同用在本初唐诗文用韵中未见，其空间分布度记作0。本韵系曷末部与金恩柱韵系曷末黠的空间分布数据对比如下表：

表 5-1-23　本韵系曷末与金恩柱韵系曷末黠
空间分布数据对比表

韵部/用韵		空间要素量				空间分布度
		作家数量	县域数量	州府数量	大区数量	
本韵系	曷末	2	2	2	2	1.886
金恩柱韵系	曷末黠	0	0	0	0	0

曷末黠的要素量等为零，比较从略。

屑薛部的空间分布度取最大值5.154。屑独用在本初唐诗文用韵中未见，其空间分布度记作0，薛的空间分布度为2.048。本韵系屑薛部与金恩柱韵系屑、薛的空间分布数据对比如下表：

表5-1-24　本韵系屑薛与金恩柱韵系屑、薛空间分布数据对比表

韵部/用韵		空间要素量				空间分布度
		作家数量	县域数量	州府数量	大区数量	
本韵系	屑薛	26	20	19	6	5.154
金恩柱韵系	屑	0	0	0	0	0
	薛	6	6	6	2	2.048

屑独用的要素量等为零,比较从略。屑薛部与薛相比,作家数量差距最大,屑薛部约为薛的4.3倍,大区数量差距最小,屑薛部也多出了2.0倍。空间分布度屑薛部约为薛的2.5倍。

屑薛部与薛要素量异同的具体情况如下:

相同作家2人:释玄觉、王勃。不同作家28人。其中,只见于本韵系的24人:常文贞、陈子昂、崔行功、杜正伦、冯待征、贺朝、李安期、李义府、令狐德棻、刘希夷、刘宪、卢献、骆宾王、释道世、释法融、苏颋、唐太宗李世民、王梵志、王绩、韦承庆、武三思、虞世南、张嘉贞、张说;只见于金恩柱韵系的4人:李□袭、卢照邻、沈佺期、许敬宗。

相同县域2个:龙门、永嘉。不同县域21个。其中,只见于本韵系的18个:安平、成纪、河东、华原、洭水、井陉、黎阳、宁陵、饶阳、射洪、文水、武功、延陵、阳武、猗氏、义乌、余姚、长安;只见于金恩柱韵系的3个:范阳、内黄、新城。

相同州府4个:绛州、温州、相州、幽州。不同州府17个。其中,只见于本韵系的15个:恒州、华州、京兆府、蒲州、秦州、汝州、润州、深州、宋州、太原府、卫州、婺州、越州、郑州、梓州;只见于金恩柱韵系的2个:杭州、赵州。

相同大区2个:东南区、河北区。不同大区4个。其中,只见于本韵系的4个:关内区、陇西区、西南区、中原区;只见于金恩柱韵系的0个。

由上可知,金恩柱(1998)"薛部"所含韵母ε(薛)、e(屑)不能独立成部,其主元音不具有音位性。

(八)宕摄

宕摄本韵系分为阳唐、药铎二部,金恩柱韵系分为阳唐、药、铎三部。药铎与药、铎相对应。

药铎部的空间分布度取最大值4.728。药的空间分布度为0.581,铎的空间分布度为4.025。本韵系药铎部与金恩柱韵系药、铎的空间分布数据对比如下表:

表 5-1-25　本韵系药铎与金恩柱韵系药、

铎空间分布数据对比表

韵部/用韵		空间要素量				空间分布度
		作家数量	县域数量	州府数量	大区数量	
本韵系	药铎	27	26	23	7	4.728
金恩柱韵系	药	1	1	1	1	0.581
	铎	29	24	21	5	4.025

药铎部与药相比,作家数量差距最大,药铎部为药的27.0倍,大区数量差距最小,药铎部也多出了6.0倍。空间分布度药铎部约为药的8.1倍。

药铎部与铎相比,药铎部作家数量比铎少2个,县域数量、州府数量、大区数量均比铎多出2个。空间分布度药铎部约为铎的1.2倍。

药铎部与药要素量异同的具体情况如下:

相同作家1人:王勃。不同作家26人。其中,只见于本韵系的26人:崔行功、郭正一、李百药、李邕、刘允济、刘知几、骆宾王、乔知之、上官仪、沈佺期、释慧能、宋璟、宋之问、孙思邈、王梵志、吴少微、谢偃、徐彦伯、许景先、薛收、阎朝隐、杨炯、杨誉、张嘉贞、张说、朱桃椎;只见于金恩柱韵系的0人。

相同县域1个:龙门等。不同县域25个。其中,只见于本韵系的25个:井陉、鼓城、安平、江都、巩县、彭城、义乌、冯翊、陕县、内黄、新兴、南和、弘农、华原、黎阳、歙县、卫县、瑕丘、义兴、宝鼎、栾城、华阴、猗氏、河东、成都;只见于金恩柱韵系的0个。

相同州府1个:绛州等。不同州府22个。其中,只见于本韵系的22个:恒州、定州、深州、扬州、河南府、徐州、婺州、同州、陕州、相州、新州、邢州、虢州、京兆府、卫州、歙州、兖州、常州、蒲州、赵州、华州、益州;只见于金恩柱韵系的0个。

相同大区1个:河北区。不同大区6个。其中,只见于本韵系的6个:江淮区、中原区、东南区、关内区、岭南区、西南区;只见于金恩柱韵系的0个。

药铎部与铎要素量异同的具体情况如下:

相同作家11人:李百药、李邕、骆宾王、沈佺期、宋之问、王勃、王梵志、徐彦伯、阎朝隐、杨炯等。不同作家34人。其中,只见于本韵系的16人:崔行功、郭正一、刘允济、刘知几、乔知之、上官仪、释慧能、宋璟、孙思邈、吴少微、谢偃、许景先、薛收、杨誉、张嘉贞、朱桃椎;只见于金恩柱韵系的18人:崔融、崔湜、胡皓、李安期、李峤、李至远、卢照邻、释窥基、苏颋、唐高宗李治、王绩、王无竞、武三思、薛元超、张柬之、张廷珪、郑休文、朱宝积。

相同县域12个:安平、宝鼎、河东、弘农、华阴、江都、黎阳、龙门、栾城、内黄等。不同县域26个。其中,只见于本韵系的14个:成都、鼓城、华原、井陉、陕县、冯翊、巩县、南和、彭城、歙县、卫县、新兴、猗氏、义兴;只见于金恩柱韵系的12个:安喜、范阳、高邑、济源、洛阳、全节、文水、武功、襄阳、掖县、赞皇、长安。

相同州府14个:定州、虢州、河南府、华州、绛州、京兆府、蒲州、深州、卫州、婺州等。不同州府16个。其中,只见于本韵系的9个:常州、恒州、陕州、同州、新州、歙州、邢州、徐州、益州;只见于金恩柱韵系的7个:莱州、齐州、太原府、襄州、瀛州、幽州、郑州。

相同大区5个:东南区、关内区、河北区、江淮区、中原区。不同大区2个。其中,只见于本韵系的2个:岭南区、西南区;只见于金恩柱韵系的0个。

由上可知,金恩柱(1998)"药部"所拟韵母ɒ(药)、ɔ(铎)不能独立成部,其主元音不具有音位性。

(九)梗摄

梗摄本韵系分为庚耕清青、陌麦昔锡二部,金恩柱韵系分为庚耕、清、青、陌麦昔、锡五部。庚耕清青与庚耕、清、青相对应,陌麦昔锡与陌麦昔、锡相对应。

庚耕清青部的空间分布度取最大值9.856。庚耕的空间分布度取最大值1.536,清的空间分布度为6.398,青的空间分布度为3.273。本韵系庚耕清青部与金恩柱韵系庚耕、清、青的空间分布数据对比如下表:

表 5-1-26 本韵系庚耕清青与金恩柱韵系庚耕、清、青
空间分布数据对比表

	韵部/用韵	空间要素量				空间分布度
		作家数量	县域数量	州府数量	大区数量	
本韵系	庚耕清青	113	74	49	9	9.856
金恩柱韵系	庚耕	4	3	3	2	1.536
	清	42	33	22	7	6.398
	青	21	16	15	6	3.273

庚耕清青部与庚耕相比,作家数量差距最大,庚耕清青部为庚耕的28.3倍,大区数量差距最小,庚耕清青部也多出了3.5倍。空间分布度庚耕清青部约为庚耕的6.4倍。

庚耕清青部与清相比,作家数量差距最大,庚耕清青部约为清的2.7倍,大区数量差距最小,庚耕清青部也多出了0.3倍。空间分布度庚耕清青部约为清的1.5倍。

庚耕清青部与青的比较跟本节"二、与耿志坚初唐韵系的比较"之"(五)梗摄"相关内容相同,比较的具体内容亦相同,此处从略。

庚耕清青部与庚耕要素量异同的具体情况如下:

相同作家4人:释道世、王梵志、张果、张说。不同作家109人。其中,只见于本韵系的109人:岑文本、陈集源、陈述、陈子昂、陈子良、褚亮、褚遂良、崔沔、崔融、崔湜、崔行功、董思恭、窦希玠、富嘉谟、郭正一、韩思彦、韩休、贺朝、贺知章、胡皓、贾曾、贾膺福、李百药、李峤、李尚一、李审几、李俨、李义、李义府、李邕、李贞、梁知微、梁朱宾、令狐德棻、刘斌、刘希夷、刘孝孙、刘祎之、刘允济、刘知几、卢粲、卢藏用、卢从愿、卢士牟、卢献、卢照邻、骆宾王、苗神客、裴漼、裴守真、裴炎、乔师望、丘悦、芮智璨、上官婉儿、上官仪、沈佺期、石抱忠、史巕、释道会、释法融、释慧能、释玄觉、释义净、释智通、司马承祯、司马逸客、宋之问、苏诜、苏颋、孙思邈、太宗皇后长孙氏、太宗贤妃徐惠、唐高宗李治、唐太宗李世民、唐中宗李显、王勃、王绩、王适、王元宗、王知敬、韦虚心、魏征、吴少微、席豫、谢偃、徐彦伯、许敬宗、薛收、严识玄、阎朝隐、杨

炯、杨师道、叶法善、于知微、于志宁、虞世南、元万顷、员半千、则天皇后武曌、张大安、张嘉贞、张文琮、张循之、张蕴古、长孙无忌、郑世翼、朱宝积、朱子奢；只见于金恩柱韵系的0人。

相同县域3个：河东、黎阳、长安。不同县域71个。其中，只见于本韵系的71个：安定、安丰、安平、安喜、宝鼎、昌乐、成纪、东光、范阳、房子、冯翊、高陵、巩县、鼓城、馆陶、河内、弘农、华阴、华原、洹水、稷山、江都、江陵、金城、晋陵、井陉、开阳、括苍、蓝田、溧阳、临沂、临漳、龙门、陆浑、栾城、洛阳、南阳、内黄、彭城、彭山、钱塘、全节、饶阳、三原、桑泉、山荏、陕县、射洪、歙县、万年、卫县、温县、文水、闻喜、吴县、武功、瑕丘、襄阳、新城、新兴、荥阳、延陵、猗氏、义乌、永嘉、永兴、余姚、宛句、赞皇、长城、重泉；只见于金恩柱韵系的0个。

相同州府3个：京兆府、蒲州、卫州。不同州府46个。其中，只见于本韵系的46个：沧州、曹州、常州、邓州、定州、虢州、杭州、河南府、恒州、湖州、华州、怀州、绛州、泾州、荆州、括州、泷州、眉州、齐州、秦州、汝州、润州、陕州、歙州、深州、寿州、苏州、太原府、同州、魏州、温州、婺州、相州、襄州、新州、徐州、宣州、兖州、扬州、沂州、瀛州、幽州、越州、赵州、郑州、梓州；只见于金恩柱韵系的0个。

相同大区2个：关内区、河北区。不同大区7个。其中，只见于本韵系的7个：东南区、江淮区、江南区、岭南区、陇西区、西南区、中原区；只见于金恩柱韵系的0个。

庚耕清青部与清要素量异同的具体情况如下：

相同作家31人：陈子昂、富嘉谟、李百药、李峤、李义府、李邕、刘希夷、刘允济、卢粲、骆宾王等。不同作家93人。其中，只见于本韵系的82人：岑文本、陈集源、陈述、陈子良、褚亮、褚遂良、崔沔、崔融、崔湜、崔行功、董思恭、窦希玠、郭正一、韩思彦、韩休、贺朝、贺知章、胡皓、贾曾、贾膺福、李尚一、李审几、李俨、李乂、李贞、梁知微、梁朱宾、令狐德棻、刘斌、刘孝孙、刘祎之、刘知几、卢藏用、卢从愿、卢士牟、卢献、卢照邻、苗神客、裴守真、裴炎、乔师望、丘悦、芮智璨、沈佺期、石抱忠、史嵩、释道会、释法融、释慧能、释玄觉、释智通、司马承祯、司马逸客、宋之问、苏诜、苏颋、孙思邈、太宗皇后长孙氏、太宗贤妃徐惠、唐中宗李显、王元宗、王知敬、韦虚心、魏征、席豫、谢偃、徐彦伯、严识玄、杨炯、叶法善、于知微、于志宁、虞世南、元万顷、员半千、张大安、张嘉贞、张循之、张蕴古、郑世翼、朱宝积、朱子奢;只见于金恩柱韵系的11人:娄师德、孟诜、乔知之、释玄奘、苏珦、颜师古、杨续、姚崇、于敬之、张鷟、郑休文。

相同县域28个:安平、宝鼎、昌乐、成纪、范阳、冯翊、巩县、河东、华阴、江都等。不同县域51个。其中,只见于本韵系的46个:安定、安丰、安喜、东光、房子、高陵、鼓城、馆陶、河内、弘农、华原、洹水、稷山、江陵、金城、晋陵、井陉、开阳、括苍、溧阳、临沂、临漳、陆浑、南阳、内黄、彭城、彭山、钱塘、全节、三原、桑泉、卫县、温县、吴县、瑕丘、襄阳、新兴、荥阳、延陵、猗氏、永嘉、永兴、余姚、冤句、长城、重泉;只见于金恩柱韵系的5个:缑氏、梁县、陆泽、硖石、原武。

相同州府22个:杭州、河南府、华州、绛州、京兆府、蒲州、齐州、秦州、汝州、陕州等。不同州府27个。其中,只见于本韵系的27个:沧州、曹州、常州、邓州、定州、虢州、恒州、湖州、怀州、泾州、荆州、括州、泷州、眉州、润州、寿州、苏州、温州、相州、襄州、新州、徐州、宣州、兖州、沂州、瀛州、越州;只见于金恩柱韵系的0个。

相同大区7个:东南区、关内区、河北区、江淮区、陇西区、西南区、中原区。不同大区2个。其中,只见于本韵系的2个:江南区、岭南区;只见于金恩柱韵系的0个。

陌麦昔锡部与陌麦昔、锡的比较与本节"二、与耿志坚初唐韵系的比较"之"(五)梗摄"相关内容相同,比较的具体内容亦相同,此处从略。

由上可知,金恩柱(1998)"庚部"所拟韵母 iæ(庚耕)、iɛ(清)、ie(青),"陌部"所拟韵母 iɛ(陌麦昔)、ie(锡),均不能独立成部,其主元音不具有音位性。

(十)咸摄

咸摄本韵系分为覃谈、盐添、合业乏、叶帖四部,金恩柱韵系分为盐、叶帖业二部。盐添与盐相对应,合业乏、叶帖与叶帖业相对应。

盐添部的空间分布度取最大值2.633。盐的空间分布度为2.063。本韵

系盐添部与金恩柱韵系盐的空间分布数据对比如下表:

表 5-1-27　本韵系盐添与金恩柱韵系盐空间分布数据对比表

	韵部/用韵	空间要素量				空间分布度
		作家数量	县域数量	州府数量	大区数量	
本韵系	盐添	5	5	4	2	2.633
金恩柱韵系	盐	3	3	2	2	2.063

　　盐添部与盐相比,作家数量差距最大,盐添部约为盐的1.7倍,大区数量差距最小,二者大区数量相等。空间分布度盐添部约为盐的1.3倍。

　　盐添部与盐要素量异同的具体情况如下:

　　相同作家3人:释道世、苏颋、张说。不同作家2人。其中,只见于本韵系的2人:王绩、谢偃;只见于金恩柱韵系的0人。

　　相同县域3个:长安、河东、武功。不同县域2个。其中,只见于本韵系的2个:龙门、卫县;只见于金恩柱韵系的0个。

　　相同州府2个:京兆府、蒲州。不同州府2个。其中,只见于本韵系的2个:绛州、卫州;只见于金恩柱韵系的0个。

　　相同大区2个:关内区、河北区。不同大区0个。

　　合业乏部的空间分布度取最大值5.858,葉帖部的空间分布度取最大值1.960。葉帖业的空间分布度取最大值1.524。本韵系合业乏、葉帖部与金恩柱韵系葉帖业的空间分布数据对比如下表:

表 5-1-28　本韵系合业乏、葉帖与金恩柱韵系葉帖业

空间分布数据对比表

	韵部/用韵	空间要素量				空间分布度
		作家数量	县域数量	州府数量	大区数量	
本韵系	合业乏	7	6	5	5	5.858
	葉帖	2	2	2	1	1.960
金恩柱韵系	葉帖业	1	1	1	1	1.524

　　合业乏部与葉帖业相比,作家数量差距最大,合业乏部为葉帖业的7.0

倍,大区数量差距最小,合业乏部也多出了4.0倍。空间分布度合业乏部约为葉帖业的3.8倍。

葉帖部与葉帖业相比,作家数量差距最大,葉帖部为葉帖业的2.0倍,大区数量差距最小,二者大区数量相等。空间分布度葉帖部约为葉帖业的1.3倍。

合业乏部与葉帖业要素量异同的具体情况如下:

相同作家0人。不同作家8人。其中,只见于本韵系的7人:陈子昂、贾曾、释玄觉、苏颋、唐睿宗李旦、王勃、韦展;只见于金恩柱韵系的1人:徐彦伯。

相同县域0个。不同县域7个。其中,只见于本韵系的6个:龙门、洛阳、射洪、武功、永嘉、长安;只见于金恩柱韵系的1个:瑕丘。

相同州府0个。不同州府6个。其中,只见于本韵系的5个:河南府、绛州、京兆府、温州、梓州;只见于金恩柱韵系的1个:兖州。

相同大区1个:中原区。不同大区4个。其中,只见于本韵系的4个:东南区、关内区、河北区、西南区;只见于金恩柱韵系的0个。

葉帖部与葉帖业要素量异同的具体情况如下:

相同作家0人。不同作家3人。其中,只见于本韵系的2人:李峤、王勃;只见于金恩柱韵系的1人:徐彦伯。

相同县域0个。不同县域3个。其中,只见于本韵系的2个:龙门、赞皇;只见于金恩柱韵系的1个:瑕丘。

相同州府0个。不同州府3个。其中,只见于本韵系的2个:绛州、赵州;只见于金恩柱韵系的1个:兖州。

相同大区0个。不同大区2个。其中,只见于本韵系的1个:河北区;只见于金恩柱韵系的1个:中原区。

四、与李蕊初唐韵系的比较

李蕊(2019a、2019b、2021)以中华书局1960年清编《全唐诗》中的古体诗为研究对象,运用用韵疏密关系比较法,考察唐代古体诗韵部分合及演变。李蕊(2021)将初唐古体诗分为37个韵部,其中,阴声韵10部,阳声韵16部,入声韵11部,并指出,支脂之微、鱼虞模虽各归为一部,"但支、微独用用例很多,实际音读当与脂之有别,类似的情况还有鱼与虞模、文与真(谆臻欣)"[1]。作者将真、谆、臻、文、欣分作真(谆臻欣)、文两部,但支脂之微没有再分部,鱼虞模也没有再分部,这不符合"实际音读"。今将李蕊(2021)原支脂之微部分为支、脂之、微三部,原鱼虞模部分为鱼、虞模二部,其他韵部不变,得到李蕊初唐古体诗40韵部。李蕊韵系与本韵系韵部异同见下表:

表 5-1-29　李蕊韵系与本韵系韵部异同表

	李蕊韵系	本韵系
阴声韵部	支	支
	脂之	脂之
	微	微
	鱼	鱼
	虞模	虞模
	齐祭	齐祭
	泰	泰
	佳半皆灰咍	佳皆夬
		灰咍
	宵萧肴	萧宵肴
	豪	豪
	歌戈	歌戈
	佳半麻	麻
	尤侯幽	尤侯幽
阳声韵部	东冬	东冬
	锺	锺
	江	江
	真谆臻欣	真谆臻欣

---

[1] 见李蕊(2021:94)。据作者统计,支独用39例,与脂之通押16例,微独用54例,与支脂之通押29例(2021:88)。

续表

	李蕊韵系	本韵系
	文	文
	元魂痕	元魂痕
	寒桓	寒桓
	删山	删山
	先仙	先仙
	阳唐	阳唐
	庚耕清青	庚耕清青
	蒸	蒸登
	登	
	侵	侵
	覃谈	覃谈
	盐添	盐添
入声韵部	屋沃	屋沃
	烛	烛
	觉药铎	觉
	质术栉物	质术栉物
	月没	月没
	曷末黠镈屑薛	曷末
		屑薛
	（觉药铎）	药铎
	陌麦昔锡	陌麦昔锡
	职德	职
		德
	缉	缉
	合盍	合业乏
	葉帖业乏	葉帖

　　李蕊韵系与本韵系相同的韵部有支、脂之、微、鱼、虞模、齐祭、泰、豪、歌戈、尤侯幽、东冬、锺、江、真谆臻欣、文、元魂痕、寒桓、删山、先仙、阳唐、庚耕清青、侵、覃谈、盐添、屋沃、烛、质术栉物、月没、陌麦昔锡、缉，共30个，占李蕊韵系韵部总数/可比较韵部总数的75%。这些韵部具有通用性质。

　　李蕊韵系佳ᵪ皆灰咍、佳麻、蒸、登等10个韵部与本韵系相应韵部不同。这些韵部当为非通用韵部。下面分摄比较这些韵部与本韵系相应韵部的空间分布数据。

　　（一）蟹摄

　　蟹摄本韵系分齐祭、泰、佳皆夬、灰咍四部，李蕊韵系分为齐祭、泰、佳ᵪ皆灰咍三部。佳皆夬、灰咍与佳ᵪ皆灰咍相对应。

　　佳皆夬部为从权提取的韵部，不计算其空间分布度，不作空间分布度的比较。灰咍部的空间分布度取最大值8.025。佳皆灰咍同用在本初唐诗文用韵中未见，其空间分布度记作0。本韵系佳皆夬、灰咍部与李蕊韵系佳ᵪ皆灰咍的空间分布数据对比如下表：

表 5-1-30　本韵系佳皆夬、灰咍与李蕊韵系佳ᵪ皆灰咍

空间分布数据对比表

	韵部/用韵	空间要素量				空间分布度
		作家数量	县域数量	州府数量	大区数量	
本韵系	佳皆夬	6	6	6	4	——
	灰咍	61	46	34	8	8.025
李蕊韵系	佳ᵪ皆灰咍	0	0	0	0	0

　　佳ᵪ皆灰咍的要素量等为零，比较从略。

　　（二）假摄

　　假摄本韵系为麻部，李蕊韵系为佳麻部。麻与佳麻相对应。

　　本摄比较的韵部或用韵与本节"三、与金恩柱初唐韵系的比较"之"（五）假摄"相同，比较的具体内容亦相同，此处从略。

　　（三）江摄

　　江摄本韵系分为江、觉二部，李蕊韵系分为江、觉药铎二部。觉与觉药

铎相对应。

觉部的空间分布度为2.984。觉药铎的空间分布度取最大值1.271。本韵系觉部与李蕊韵系觉药铎的空间分布数据对比如下表：

表 5-1-31　本韵系觉与李蕊韵系觉药铎
空间分布数据对比表

	韵部/用韵	空间要素量				空间分布度
		作家数量	县域数量	州府数量	大区数量	
本韵系	觉	9	9	8	6	2.984
李蕊韵系	觉药铎	3	3	3	2	1.271

觉部与觉药铎相比，作家数量、县域数量、大区数量差距最大，觉部为觉药铎的3.0倍，州府数量差距最小，觉部也多出了约1.7倍。空间分布度觉部约为觉药铎的2.3倍。

觉部与觉药铎要素量异同的具体情况如下：

相同作家1人：李邕。不同作家10人。其中，只见于本韵系的8人：崔融、李百药、李承嗣、李峤、释玄觉、阎朝隐、杨炯、虞世南；只见于李蕊韵系的2人：释法融、朱子奢。

相同县域1个：江都。不同县域10个。其中，只见于本韵系的8个：安平、成纪、华阴、栾城、全节、永嘉、余姚、赞皇；只见于李蕊韵系的2个：延陵、吴县。

相同州府1个：扬州。不同州府9个。其中，只见于本韵系的7个：华州、齐州、秦州、深州、温州、越州、赵州；只见于李蕊韵系的2个：润州、苏州。

相同大区2个：东南区、江淮区。不同大区4个。其中，只见于本韵系的4个：关内区、河北区、陇西区、中原区；只见于李蕊韵系的0个。

（四）山摄

山摄本韵系分为元魂痕、寒桓、删山、先仙、月没、曷末、屑薛七部，李蕊韵系分为元魂痕、寒桓、删山、先仙、月没、曷末黠镈屑薛六部。曷末、屑薛与曷末黠镈屑薛相对应。

曷末部的空间分布度取最大值1.886，屑薛部的空间分布度取最大值5.154。曷末黠镈屑薛同用在本初唐诗文用韵中未见，其空间分布度记作0。

本韵系曷末、屑薛部与李蕊韵系曷末黠镈屑薛的空间分布数据对比如下表：

表 5-1-32　本韵系曷末、屑薛与李蕊韵系曷末黠镈屑薛

空间分布数据对比表

韵部/用韵		空间要素量				空间分布度
		作家数量	县域数量	州府数量	大区数量	
本韵系	曷末	2	2	2	2	1.886
	屑薛	26	20	19	6	5.154
李蕊韵系	曷末黠镈屑薛	0	0	0	0	0

曷末黠镈屑薛同用的要素量等为零，比较从略。

（五）宕摄

宕摄本韵系分为阳唐、药铎二部，李蕊韵系分为阳唐、觉药铎二部。药铎与觉药铎相对应。

药铎部的空间分布度取最大值4.728。觉药铎的空间分布度取最大值1.271。本韵系药铎部与李蕊韵系觉药铎的空间分布数据对比如下表：

表 5-1-33　本韵系药铎与李蕊韵系觉药铎

空间分布数据对比表

韵部/用韵		空间要素量				空间分布度
		作家数量	县域数量	州府数量	大区数量	
本韵系	药铎	27	26	23	7	4.728
李蕊韵系	觉药铎	3	3	3	2	1.271

药铎部与觉药铎相比，作家数量差距最大，药铎部为觉药铎的9.0倍，大区数量差距最小，药铎部也多出了2.5倍。空间分布度药铎部约为觉药铎的3.7倍。

药铎部与觉药铎要素量异同的具体情况如下：

相同作家1人：李邕。不同作家28人。其中，只见于本韵系的26人：崔行功、郭正一、李百药、刘允济、刘知几、骆宾王、乔知之、上官仪、沈佺期、释慧能、宋璟、宋之问、孙思邈、王勃、王梵志、吴少微、谢偃、徐彦伯、许景先、薛收、阎朝隐、杨炯、杨誉、张嘉贞、张说、朱桃椎；只见于李蕊韵系的2人：释法融、朱子奢。

相同县域1个：江都。不同县域27个。其中，只见于本韵系的25个：安平、宝鼎、成都、冯翊、巩县、鼓城、河东、弘农、华阴、华原、井陉、黎阳、龙门、栾城、南和、内黄、彭城、陕县、歙县、卫县、瑕丘、新兴、猗氏、义乌、义兴；只见于李蕊韵系的2个：吴县、延陵。

相同州府1个：扬州。不同州府24个。其中，只见于本韵系的22个：常州、定州、虢州、河南府、恒州、华州、绛州、京兆府、蒲州、陕州、歙州、深州、同州、卫州、婺州、相州、新州、邢州、徐州、兖州、益州、赵州；只见于李蕊韵系的2个：润州、苏州。

相同大区2个：西南区、中原区。不同大区5个。其中，只见于本韵系的5个：东南区、关内区、河北区、江淮区、岭南区；只见于李蕊韵系的0个。

（六）曾摄

曾摄本韵系分为蒸登、职、德三部，李蕊韵系分为蒸、登、职德三部。蒸登与蒸、登相对应，职、德与职德相对应。

蒸登部与蒸、登的比较与本节"一、与鲍明炜初唐韵系的比较"之"（七）曾摄"相关内容相同，此处从略。

职部的空间分布度为7.136，德部的空间分布度为3.282。职德的空间分布度取最大值5.568。本韵系职、德部与李蕊韵系职德的空间分布数据对比如下表：

表 5-1-34　本韵系职、德与李蕊韵系职德

空间分布数据对比表

韵部/用韵		空间要素量				空间分布度
		作家数量	县域数量	州府数量	大区数量	
本韵系	职	55	43	31	9	7.136
	德	38	30	24	7	3.282
李蕊韵系	职德	43	35	25	6	5.568

职部与职德相比，作家数量职部约为职德的1.3倍，大区数量职部比职德多出了0.5倍。空间分布度职部约为职德的1.3倍。

德部与职德相比，作家数量、县域数量都比职德少5个，州府数量比职德少1个，而大区数量比职德多1个。空间分布度比职德少2.286。不过，从德部所提取的德单元看，职德的空间分布度数值为3.201，低于德，排序第二。

职部与职德要素量异同的具体情况如下：

相同作家20人：陈子昂、李邕、刘允济、卢照邻、骆宾王、沈佺期、释道世、宋之问、苏颋、王勃等。不同作家58人。其中，只见于本韵系的35人：褚亮、崔融、崔湜、封行高、郭震、韩休、胡皓、李百药、李峤、李咸、李俨、李义府、刘希夷、娄师德、卢藏用、孟诜、欧阳询、乔师望、乔知之、任知古、司马太贞、万齐融、韦承庆、韦敬辨、吴少微、辛怡谏、徐彦伯、薛曜、薛元超、严识玄、颜师古、虞世南、则天皇后武曌、郑惟忠、朱君绪；只见于李蕊韵系的23人：岑文本、岑羲、陈元光、崔行功、贺知章、刘知几、卢士牟、吕太一、庞行基、裴灌、释法琳、释窥基、释玄觉、司马承祯、宋务光、唐中宗李显、王绩、姚崇、于知微、源乾曜、张蕴古、张鷟、赵隐仕。

相同县域19个：宝鼎、范阳、高陵、巩县、馆陶、河东、弘农、华阴、江都、黎阳等。不同县域40个。其中，只见于本韵系的24个：安平、安喜、昌乐、狄道、冯翊、贵乡、梁县、洛阳、钱塘、全节、饶阳、歙县、宋城、蒱、万年、文水、无虞、瑕丘、阳武、余姚、原武、赞皇、长沙、重泉；只见于李蕊韵系的16个：固始、洹水、江陵、井陉、临漳、陆泽、彭城、三原、温县、闻喜、隰城、硤石、襄阳、永嘉、永兴、虞乡县。

相同州府16个：虢州、河南府、华州、绛州、京兆府、蒲州、深州、卫州、魏州、婺州等。不同州府24个。其中，只见于本韵系的15个：澄州、德州、定州、杭州、怀州、兰州、齐州、汝州、歙州、宋州、太原府、潭州、同州、兖州、郑州；只见于李蕊韵系的9个：汾州、光州、恒州、荆州、泉州、陕州、温州、襄州、徐州。

相同大区6个：东南区、关内区、河北区、江淮区、西南区、中原区。不同大区3个。其中，只见于本韵系的3个：江南区、岭南区、陇西区；只见于李蕊韵系的0个。

德部与职德要素量异同的具体情况如下：

相同作家13人：岑文本、贺知章、李邕、刘知几、卢士牟、卢照邻、苏颋、王梵志、薛稷、杨炯等。不同作家55人。其中，只见于本韵系的25人：崔融、郭正一、韩休、贾曾、郎余令、李百药、李大亮、李峤、刘穆之、欧阳询、苏晋、唐高宗李治、唐睿宗李旦、唐太宗李世民、韦承庆、萧璟、徐峤之、徐彦伯、许敬宗、薛收、薛元超、虞世南、元希声、赵神德、郑惟忠；只见于李蕊韵系的30人：岑羲、陈元光、陈子昂、崔行功、刘允济、骆宾王、吕太一、庞行基、裴漼、沈佺期、释道世、释法琳、释窥基、释玄觉、司马承祯、宋务光、宋之问、唐中宗李显、王勃、王绩、王适、魏征、谢偃、阎朝隐、于知微、源乾曜、张嘉贞、张蕴古、张鷟、赵隐仕。

相同县域13个：宝鼎、范阳、高陵、河东、华阴、江都、江陵、黎阳、彭城、武功等。不同县域39个。其中，只见于本韵系的17个：安平、成纪、鼓城、泾阳、蓝田、洛阳、莫县、清河、全节、宋城、瑕丘、新城、新乐、阳武、余姚、赞皇、长沙；只见于李蕊韵系的22个：巩县、固始、馆陶、弘农、洹水、井陉、临漳、龙门、陆泽、栾城、内黄、三原、射洪、卫县、温县、闻喜、隰城、襄阳、猗氏、义乌、永嘉、虞乡县。

相同州府13个：河南府、华州、京兆府、荆州、蒲州、陕州、深州、卫州、徐州、扬州等。不同州府23个。其中，只见于本韵系的11个：杭州、莫州、秦州、郑州、贝州、常州、定州、齐州、宋州、潭州、兖州；只见于李蕊韵系的12个：汾州、光州、赣州、恒州、绛州、泉州、魏州、温州、婺州、相州、襄州、梓州。

相同大区5个：东南区、关内区、河北区、江淮区、中原区。不同大区3个。其中，只见于本韵系的2个：江南区、陇西区；只见于李蕊韵系的1个：西南区。

（七）咸摄

咸摄本韵系分为覃谈、盐添、合业乏、葉帖四部，李蕊韵系分为覃谈、盐添、合盍、葉帖业乏四部。合业乏、葉帖与合盍、葉帖业乏相对应。

合业乏部的空间分布度取最大值5.858，葉帖部的空间分布度取最大值1.960。合盍同用、葉帖业乏同用在本初唐诗文用韵中未见，其空间分布度记作0。本韵系合业乏、葉帖部与李蕊韵系合盍、葉帖业乏的空间分布数据对比如下表：

554　　　　基于用韵空间分布综合评价法的初唐诗文韵部研究

表 5-1-35　本韵系合业乏、葉帖与李蕊韵系合盍、
葉帖业乏空间分布数据对比表

韵部/用韵		空间要素量				空间分布度
		作家数量	县域数量	州府数量	大区数量	
本韵系	合业乏	7	6	5	5	5.858
	葉帖					1.960
李蕊韵系	合盍	0	0	0	0	0
	葉帖业乏	0	0	0	0	0

合盍、葉帖业乏的要素量等均为零,比较从略。

第二节　与《广韵》"独用、同用"系统的比较

清人戴震对《广韵》"独用、同用"例等详加考订,写成《考定广韵独用同用四声表》(下称《四声表》)。《四声表》将宋本《广韵》文欣"同用"、吻隐"同用"改为四韵各自"独用"[①]。今依《四声表》,将《广韵》"同用"之韵归并,按四声相承关系合并舒声韵,得到53个"韵类"。《广韵》"独用、同用"韵类系统(简称"《广韵》'独用、同用'韵系")与本韵系韵部异同情况见下表:

表 5-2-1　《广韵》"独用、同用"韵系与本韵系韵部异同表

	《广韵》"独用、同用"韵系	本韵系
阴声韵部	支脂之	支
		脂之
	微	微
	鱼	鱼
	虞模	虞模
	齐祭	齐祭

---

① 顾炎武结合《广韵》修订史实、唐诗用韵及其他学者的研究,考索"《广韵》二十文独用,二十一殷独用,今二十文与欣通","《广韵》上声十八吻独用,十九隐独用","今十八吻与隐通",见顾炎武《音学五书》,中华书局1982年第24~25页。参看赵诚(1979:53)、余迺永(2008:22、233、234)。详见本章第五节"二"之"(五)欣与真谆臻合并"。

	《广韵》"独用、同用"韵系	本韵系
	泰	泰
	佳皆夬	佳皆夬
	灰咍	灰咍
	废	
	萧宵	萧宵肴
	肴	
	豪	豪
	歌戈	歌戈
	麻	麻
	尤侯幽	尤侯幽
阳声韵部	东	东冬
	冬锺	锺
	江	江
	真谆臻	真谆臻欣
	欣	
	文	文
	元魂痕	元魂痕
	寒桓	寒桓
	删山	删山
	先仙	先仙
	阳唐	阳唐
	庚耕清	庚耕清青
	青	
	蒸登	蒸登
	侵	侵
	覃谈	覃谈
	盐添	盐添
	咸衔	
	严凡	

续表

	《广韵》"独用、同用"韵系	本韵系
入声韵部	屋	屋沃
	沃烛	烛
	觉	觉
	质术栉	质术栉物
	物	
	迄	
	月没	月没
	曷末	曷末
	黠鎋	
	屑薛	屑薛
	药铎	药铎
	陌麦昔	陌麦昔锡
	锡	
	职德	职
		德
	缉	缉
	合盍	合业乏
	葉帖	葉帖
	业乏	
	洽狎	

《广韵》"独用、同用"韵系与本韵系韵部相同的有微、鱼、虞模、齐祭、泰、佳皆夬、灰咍、豪、歌戈、麻、尤侯幽、江、文、元魂痕、寒桓、删山、先仙、阳唐、蒸登、侵、覃谈、盐添、觉、月没、曷末、屑薛、药铎、缉、葉帖,共29个。相同韵部/韵类约占《广韵》"独用、同用"韵类总数的54.7%,除开废、咸衔、严凡、迄、黠鎋、洽狎6个韵类,相同韵部/韵类约占《广韵》"独用、同用"韵系可比较韵类总数的61.7%。

从这些数据看,《广韵》"独用、同用"例不大可能源自初唐通用韵系。

《广韵》"独用、同用"例源出何处,历来为人关注。戴震《声韵考》卷一:"独用同用之注,则唐初许敬宗所详议,以其韵窄,举合而用之者也。"王力(1963:48)持相同看法。许敬宗奏议一事今见于唐代封演《封氏闻见记》卷二《声韵》,其云:"隋朝陆法言与颜、魏诸公定南北音,撰为《切韵》,凡一万二千一百五十八字,以为文楷式;而先、仙、删、山之类,分为别韵,属文之士,共苦其苛细。国初,许敬宗等详议,以其韵窄,奏合而用之,法言所谓'欲广文路,自可清浊皆通'者也。"

王应麟《玉海》卷四十五:"景德四年,龙图待制戚纶等,承诏详定考试声韵。纶等以殿中丞丘雍《切韵》'同用、独用'例及新定条例参证。"王应麟(1223~1296年)与丘雍(生卒年不详)同为宋人,两人只相差二百来年,丘雍又是纂修《广韵》的重要人物,《广韵》"独用、同用"例成于丘雍之手"存在很大的可能性"(赵诚1979:52)。方孝岳、罗伟豪(1988:79)认为《广韵》"独用、同用"例"源于许敬宗而丘雍又有所修订"。这是对上面两种观点的折中(王兆鹏1998)。

以上几种观点均未指出奏议者或拟订者所本,《广韵》"独用、同用"例的语音根据并不清楚。顾炎武《音学五书·音论卷上》比较了唐宋韵谱异同后明确指出,《广韵》韵目"小字注云独用同用,则唐人之功令也"。今人王兆鹏(1998)分析唐代开元年间进士科考试的诗赋用韵,申述《广韵》"独用、同用"例"乃沿袭唐人旧制"。李蕊(2021)全面考察了唐代近体诗用韵,与古体诗用韵进行比照,亦认为《广韵》"独用、同用"例是承袭唐人功令而来。

李蕊(2021)还归纳出唐人功令的面貌:东独用、冬锺同用、江独用、支脂之同用、微独用、鱼独用、虞模同用、齐独用、佳皆同用、灰咍同用、真谆臻欣同用、文独用、元魂痕同用、寒桓同用、删山同用、先仙同用、萧宵同用、肴独用、豪独用、歌戈同用、麻独用、阳唐同用、庚耕清同用、青独用、蒸登同用、尤侯幽同用、侵独用、覃谈同用、盐添同用、咸衔同用、严凡同用。《广韵》"独用、同用"例与唐人功令几乎完全一致,唯一不同的是《广韵》欣独用,唐人功令真谆臻欣同用。

值得注意的是,王兆鹏(1998)发现,清人徐松《登科记考》所收唐代考中进士者的诗赋用韵中,开元二年(714)以前的用韵很宽,与《广韵》"独用、同用"有很大差距,而开元五年以后的用韵几乎与《广韵》"独用、同用"完全一致。因此,作者认为《广韵》"独用、同用"例"在开元五年就已确定并开始运用于科举考试之中"(1998:147)。李蕊(2021)还发现,初唐近体诗用韵与古体诗基本一致,中唐(713~835年)以后的近体诗用韵基本上反映了唐代功令,恰与王兆鹏(1998)的结论相互印证,表明唐人功令在开元年间已确定并开始用于科举考试。

既然认为《广韵》"独用、同用"例源自唐人功令,而唐人功令在开元年间业已确定并付诸使用,那么,唐人功令在开元年间是如何确定的? 唐人功令的语音根据何在? 这是与《广韵》"独用、同用"语音根据密切关联但实质不同的两个问题。对这一问题,学界似乎鲜有人提及。

根据王兆鹏(1998)、李蕊(2021)的研究,探寻唐人功令语音根据的时间范围原则上当限定在开元年间之前(含开元之初)。初唐符合该时限要求。但显而易见,初唐诗文通用韵系亦不大可能作为唐人功令的语音根据。

第三节　与本著基于用韵疏密关系比较法的初唐韵系之比较

前面比较的各家韵系与本韵系,除了韵部研究方法不同,其所据诗文材料也互有异同,这些都会对韵部的结论与比较的结果产生影响。换句话说,从不同的分部结论与比较结果中,难以确定是不是研究方法施加了影响,以及在多大程度上施加了影响。如果要真切地显示本方法与其他方法的异同,比较的韵系所据用韵材料必须尽可能相同。下面以本韵系用韵材料为依据,运用用韵疏密关系比较法归纳韵部系统,再拿本韵系与之比较。两者用韵材料相同,惟有方法不同。本节所据用韵数据取自第二、三章各摄诸单元的平声化用韵统计结果(不依二次计算的统计结果)。

用韵疏密关系比较法主要根据用韵数量判断韵与韵之间的疏密关系,确定韵部的分合。用韵疏密关系比较法提取韵部的办法与用韵空间分布综合评价法多有相同或相似之处,该方法是:分摄按单元提取韵部,各单元提取用韵数量最多的用韵为韵部。如果初次提取的韵部有韵目重复，构成包孕或交叉关系，二次提取包孕韵部或系联合并为韵部。包孕或交叉关系韵部的用韵数量合并计入二次提取的韵部。用韵数量的合并统计只适用于断代诗文用韵研究。合并统计的音理在于：通用韵部所属之韵的韵基相同。如果包孕韵部用韵数量少，跟被包孕韵部用韵数量相差颇为悬殊，其通用性可疑，或者交叉关系韵部不符合诗文通用韵部演变趋势，就需要采用"从权"的办法重新提取。例见蟹摄"佳皆夬麻"。如果单元内排序第一的用韵有几个，就将这几个用韵一并初次提取；倘若单元内排第一的几个用韵数量都较少，二次提取韵部牵连较多的韵特别是跨摄的韵，不符合通用韵部演变大势，其通用性令人怀疑，亦采用从权的办法重新提取。例见江摄。

　　使用上述办法提取韵部有如下特点及优势：一是严格遵循量化分析的精确性原则，最大限度地避免归纳韵部时的主观因素干扰；二是同用在不同单元共现，显示其在不同单元用韵疏密的相对程度，可以更全面地观察和对比用韵疏密关系，避免因显示不全、观察不周而误判；三是对初次提取的包孕或交叉关系韵部进行二次提取，有音理上的根据，可以弥补初次提取的不足。

　　当然，正如前文所论，运用用韵疏密关系比较法提取得到的韵部，因其空间分布普遍性状况并不能得到自证，故不具有通用韵部的确定性。

一、基于用韵疏密关系比较法的初唐韵系

（一）止摄韵部

　　止摄支单元用韵数量排序为：支122＞支脂之60＞支之33＞……，提取支为韵部。脂单元用韵数量排序为：脂之271＞支脂之60＞脂50＞……，提取脂之为韵部。之单元用韵数量排序为：脂之271＞之164＞支脂之60＞……，提取脂之为韵部。微单元用韵数量排序为：微138＞之微22＞脂之微16＞……，提取微为韵部。止摄初次提取支、脂之、微。

　　初唐诗文止摄韵部为支、脂之、微。

（二）遇摄

　　遇摄鱼单元用韵数量排序为：鱼115＞鱼虞31＞鱼虞模14＞……，提取鱼为韵部。虞单元用韵数量排序为：虞模188＞虞62＞鱼虞31＞……，提取

虞模为韵部。模单元用韵数量排序为:虞模188＞模91＞鱼虞模14＞……,提取为虞模韵部。遇摄初次提取鱼、虞模。

初唐诗文遇摄韵部为鱼、虞模。

(三)蟹摄

蟹摄齐单元用韵数量排序为:齐56＞齐祭42＞支齐2=脂齐=脂之齐＞……,提取齐为韵部。祭单元用韵数量排序为:齐祭42＞祭14＞支祭1=脂祭=祭废……,提取齐祭为韵部。泰单元用韵数量排序为:泰27＞泰灰3=泰哈＞支泰1=泰皆……,提取泰为韵部。佳单元用韵数量排序为:佳皆2=佳麻2＞佳哈1=齐祭佳……,提取佳皆和佳麻。皆单元用韵数量排序为:皆3＞佳皆2=皆哈＞……,提取皆为韵部。夬单元用韵数量排序为:皆夬5＞夬灰哈1,提取皆夬为韵部。灰单元用韵数量排序为:灰哈126＞灰10＞泰灰3＞……,提取灰哈为韵部。哈单元用韵数量排序为:灰哈126＞哈83＞泰哈3＞……,提取灰哈为韵部。废单元各用韵的用韵数量均为1,不能提取韵部。蟹摄初次提取齐、齐祭、泰、佳皆、佳麻、皆、皆夬、灰哈。

在初次提取的韵部中,齐与齐祭构成包孕关系,佳皆、佳麻与皆夬构成交叉关系韵部,皆、皆夬构成包孕关系,二次提取齐祭、佳皆夬麻为韵部。佳皆夬麻部与假摄麻单元所提取麻的用韵数量(149)相差过于悬殊,采用从权的办法提取相关韵部。麻单元提取麻。鉴于佳单元中,佳皆还在齐佳皆、佳皆哈、齐佳皆灰哈中各出现1次,而佳麻没有再现的韵例,故佳单元提取佳皆。佳皆与皆夬构成交叉关系,最终提取佳皆夬为韵部。

初唐诗文蟹摄韵部为齐祭、泰、佳皆夬、灰哈。废韵韵部归属不明。

(四)效摄

效摄萧单元用韵数量排序为:萧宵43＞萧宵豪9＞萧豪3＞……,提取萧宵为韵部。宵单元用韵数量排序为:萧宵43＞宵21＞萧宵豪9＞……,提取萧宵为韵部。肴单元用韵数量排序为:宵肴7＞肴5＞肴豪1=萧宵肴豪,提取宵肴为韵部。豪单元用韵数量排序为:豪98＞萧宵豪9＞宵豪8＞……,提取豪为韵部。效摄初次提取萧宵、宵肴、豪。

在初次提取的韵部中,萧宵、宵肴构成交叉关系,二次提取萧宵肴为韵部。

初唐诗文效摄韵部为萧宵肴、豪。

（五）果摄

果摄歌单元用韵数量排序为：歌戈68＞歌18＞歌戈麻2＞……，提取歌戈为韵部。戈单元用韵数量排序为：歌戈68＞戈6＞歌戈麻2＞……，提取歌戈为韵部。果摄初次提取歌戈。

初唐诗文果摄韵部为歌戈。

（六）假摄

假摄麻单元用韵数量排序为：麻149＞佳麻2＝歌戈麻，提取麻为韵部。麻与蟹摄提取的佳皆夬麻用韵数量太悬殊，本摄从权提取麻（详见上文"（三）蟹摄"）。

初唐诗文假摄韵部为麻。

（七）流摄

流摄尤单元用韵数量排序为：尤125＞尤侯124＞尤幽17＞……，提取尤为韵部。侯单元用韵数量排序为：尤侯124＞侯9＝尤侯幽＞鱼模侯3＝鱼模尤侯＞……，提取尤侯为韵部。幽单元用韵数量排序为：尤幽17＞尤侯幽9＞鱼尤幽1，提取尤幽为韵部。流摄初次提取尤侯幽。

在初次提取的韵部中，尤侯、尤幽构成交叉关系，二次提取尤侯幽为韵部。

初唐诗文流摄韵部为尤侯幽。

（八）通摄

通摄东单元用韵数量排序为：东228＞东锺25＞东冬11＞……，提取东为韵部。冬单元用韵数量排序为：东冬11＞冬锺江3＞冬2＝冬锺＝东冬锺，提取东冬为韵部。锺单元用韵数量排序为：锺67＞东锺25＞锺江3＞……，提取锺为韵部。屋单元用韵数量排序为：屋80＞屋烛18＞屋沃6＞……，提取屋为韵部。沃单元用韵数量排序为：屋沃6＞屋沃烛3＞沃烛2＞，提取屋沃为韵部。烛单元用韵数量排序为：烛52＞屋烛18＞烛觉7，提取烛为韵部。通摄初次提取东、东冬、锺、屋、屋沃、烛。

在初次提取的韵部中，东与东冬、屋与屋沃构成包孕关系，二次提取东冬、屋沃为韵部。

初唐诗文通摄韵部为东冬、锺、屋沃、烛。

(九)江摄

江摄江单元用韵数量排序为：江3=锺江=东锺江=冬锺江＞江阳唐1，提取江、锺江、东锺江、冬锺江为韵部。觉单元用韵数量排序为：觉15＞烛觉7＞觉药铎4＞……，提取觉为韵部。

在初次提取的韵部中，江、锺江、东锺江、冬锺江构成包孕或交叉关系，二次提取东冬锺江为韵部。由于初次提取的韵部用韵数量很少，二次提取的东冬锺江包括通、江二摄各韵，与觉单元提取的觉部很不匹配，值得怀疑。今从权提取江为韵部。

初唐诗文江摄韵部为江、觉。

(十)臻摄

臻摄真单元用韵数量排序为：真谆170＞真158＞真文12＞……，提取真谆为韵部。谆单元用韵数量排序为：真谆170＞真谆文11＞谆文8＞……，提取真谆为韵部。臻单元用韵数量排序为：真臻5＞真谆臻4＞真臻欣1=真谆臻文，提取真臻为韵部。文单元用韵数量排序为：文106＞真文12＞真谆文11＞……，提取文为韵部。欣单元用韵数量排序为：真谆欣7＞真欣4＞谆欣1=……，提取真谆欣为韵部。魂单元用韵数量排序为：元魂53＞魂31＞元魂痕9＞……，提取元魂为韵部。痕单元用韵数量排序为：元魂痕9＞魂痕5＞谆元魂痕2＞……，提取元魂痕为韵部。质单元用韵数量排序为：质术67＞质46＞质术栉10＞……，提取质术为韵部。术单元用韵数量排序为：质术67＞质术栉10＞质术物6＞……，提取质术为韵部。栉单元用韵数量排序为：质术栉10＞质栉4＞虞质术栉1，提取质术栉为韵部。物单元用韵数量排序为：质术物6＞质物3=物没＞物2＞……，提取质术物为韵部。没单元用韵数量排序为：月没7＞物没3＞质没1=没缉=质物没……，提取月没为韵部。臻摄初次提取真谆、真臻、文、真谆欣、元魂、元魂痕、质术、质术栉、质术物、月没。

初次提取的真谆、真臻、真谆欣构成包孕或交叉关系，二次提取真谆臻欣为韵部。元魂、元魂痕构成包孕关系，二次提取元魂痕为韵部。质术、质术栉、质术物构成包孕或交叉关系，二次提取质术栉物为韵部。

初唐诗文臻摄韵部为真谆臻欣、文、元魂痕（跨摄）、质术栉物、月没（跨摄）。迄的韵部归属不明。

（十一）山摄

山摄元单元用韵数量排序为：元魂53＞元26＞元先仙15＞……，提取元魂为韵部。寒单元用韵数量排序为：寒桓63＞寒21＞寒先2=寒先仙＞……，提取寒桓为韵部。桓单元用韵数量排序为：寒桓63＞桓13＞桓仙1=元魂桓……，提取寒桓为韵部。删单元用韵数量排序为：删山18＞删8＞删先仙2＞……，提取删山为韵部。山单元用韵数量排序为：删山18＞山5＞山先仙4＞……，提取删山为韵部。先单元用韵数量排序为：先仙179＞先42＞元先仙15＞……，提取先仙为韵部。仙单元用韵数量排序为：先仙179＞仙27＞元先仙15＞……，提取先仙为韵部。月单元用韵数量排序为：月19＞月没7＞月薛4＞……，提取月为韵部。曷单元用韵数量排序为：曷末3＞曷职1=月曷薛=曷末铎……，提取曷末为韵部。末单元用韵数量排序为：曷末3＞末1=月末=曷末铎，提取曷末为韵部。黠单元、鎋单元各用韵的用韵数量均为1，不能提取韵部。屑单元用韵数量排序为：屑薛39＞月屑薛4＞月屑3＞……，提取屑薛为韵部。薛单元用韵数量排序为：屑薛39＞薛6＞月薛4=月屑薛＞……，提取屑薛为韵部。山摄初次提取元魂、寒桓、删山、先仙、月、曷末、屑薛。

在初次提取的韵部中，元魂与臻摄提取的元魂痕构成包孕关系，二次提取元魂痕为韵部。月与臻摄提取的月没构成包孕关系，二次提取月没为韵部。

初唐诗文山摄韵部为元魂痕（跨摄）、寒桓、删山、先仙、月没（跨摄）、曷末、屑薛。黠、鎋的韵部归属不明。

（十二）宕摄

宕摄阳单元用韵数量排序为：阳唐336＞阳162＞虞阳1=江阳唐……，提取阳唐为韵部。唐单元用韵数量排序为：阳唐336＞唐13＞锺唐1=哈唐……，提取阳唐为韵部。药单元用韵数量排序为：药铎47＞觉药铎4＞药2＞……，提取药铎为韵部。铎单元用韵数量排序为：铎57＞药铎47＞觉药铎4＞……，提取铎为韵部。宕摄初次提取阳唐、药铎、铎。

在初次提取的韵部中,药铎与铎构成包孕关系,二次提取药铎为韵部。

初唐诗文宕摄韵部为阳唐、药铎。

(十三)梗摄

梗摄庚单元用韵数量排序为:庚清309＞庚清青70＞庚46＞……,提取庚清为韵部。耕单元用韵数量排序为:庚耕清14＞庚耕7＞庚耕清青3＞……,提取庚耕清为韵部。清单元用韵数量排序为:庚清309＞庚清青70＞清55＞……,提取庚清为韵部。青单元用韵数量排序为:庚清青70＞青36＞清青35＞……,提取庚清青为韵部。陌单元用韵数量排序为:陌昔36＞陌12＝陌麦昔＞陌昔锡6＞……,提取陌昔为韵部。麦单元用韵数量排序为:陌麦昔12＞麦昔6＞陌麦4＞……,提取陌麦昔为韵部。昔单元用韵数量排序为:陌昔36＞昔32＝昔锡＞陌麦昔12＞……,提取陌昔为韵部。锡单元用韵数量排序为:昔锡32＞陌昔锡6＞锡5＞……,提取昔锡为韵部。梗摄初次提取庚清、庚耕清、庚清青、陌昔、陌麦昔、昔锡。

在初次提取的韵部中,庚清、庚耕清、庚清青构成包孕或交叉关系,二次提取庚耕清青为韵部。陌昔、陌麦昔、昔锡构成包孕或交叉关系,二次提取陌麦昔锡为韵部。

初唐诗文梗摄韵部为庚耕清青、陌麦昔锡。

(十四)曾摄

曾摄蒸单元用韵数量排序为:蒸31＞蒸登11＞清蒸3＞……,提取蒸为韵部。登单元用韵数量排序为:蒸登11＞登4＞耕蒸登2＞……,提取蒸登为韵部。职单元用韵数量排序为:职98＞职德91＞屋职5＞……,提取职为韵部。德单元用韵数量排序为:职德91＞德64＞昔职德2＞……,提取职德为韵部。曾摄初次提取蒸、蒸登、职、职德。

在初次提取的韵部中,蒸与蒸登、职与职德均构成包孕关系,二次提取蒸登、职德为韵部。

初唐诗文曾摄韵部为蒸登、职德。

(十五)深摄

深摄侵单元用韵数量排序为:侵168＞真侵4＞元魂侵2＞……,提取侵为韵部。缉单元用韵数量排序为:缉33＞职缉2＞没缉1＝术没缉,提取缉为韵部。曾摄初次提取侵、缉。

初唐诗文深摄韵部为侵、缉。

（十六）咸摄

咸摄覃单元用韵数量排序为：覃谈8＞覃3＞侵覃1，提取覃谈为韵部。谈单元用韵数量排序为：覃谈8＞谈1=谈盐凡，提取覃谈为韵部。盐单元用韵数量排序为：盐3＞盐严1=谈盐凡……，提取盐为韵部。添单元只有一个用韵盐添，用韵数量为5，提取盐添为韵部。咸单元、严单元、凡单元各用韵的用韵数量均为1，不能提取韵部。合单元用韵数量排序为：合3＞合业2＞合盍业1=合葉业……，提取合为韵部。盍单元只有一个用韵合盍业，用韵数量为1，不能提取韵部。葉单元用韵数量排序为：葉2=葉帖＞铎葉1=葉业……，提取葉、葉帖为韵部。帖单元用韵数量排序为：葉帖2＞帖1=葉帖业=葉帖狎业，提取葉帖为韵部。洽单元、狎单元各用韵的用韵数量均为1，不能提取韵部。业单元用韵数量排序为：业2=合业=业乏＞葉业1=合盍业……，提取业、合业、业乏为韵部。乏单元用韵数量排序为：业乏2＞葉乏1=黠辖乏……，提取业乏为韵部。咸摄初次提取覃谈、盐、盐添、合、葉、葉帖、业、合业、业乏。

在初次提取的韵部中，盐与盐添、葉与葉帖构成包孕关系，二次提取盐添、葉帖为韵部。合、合业、业、业乏构成包孕或交叉关系，二次提取合业乏为韵部。

初唐诗文咸摄韵部为覃谈、盐添、合业乏、葉帖。咸、衔、严、凡、盍、洽、狎的韵部归属不明。

综上，归纳阴声韵、阳声韵、入声韵韵部，得到支、脂之、微、鱼等共42个韵部，详见下表：

表 5-3-1　基于用韵疏密关系比较法的初唐韵系

摄	阴声韵部	摄	阳声韵部	入声韵部
止	支	通	东冬	屋沃
	脂之		锺	烛
	微	江	江	觉

续表

摄	阴声韵部	摄	阳声韵部	入声韵部
遇	鱼	臻	真谆臻欣	质术栉物
	虞模		文	
蟹	齐祭	山	元魂痕	月没
	泰		（元魂痕）	（月没）
	佳皆夬		寒桓	曷末
	灰咍		删山	
效	萧宵肴	宕	先仙	屑薛
	豪		阳唐	药铎
果	歌戈	梗	庚耕清青	陌麦昔锡
假	麻	曾	蒸登	职德
流	尤侯幽	深	侵	缉
		咸盐添	覃谈	合业乏
			叶帖	

二、与基于用韵疏密关系比较法的初唐韵系的比较

基于用韵疏密关系比较法的初唐韵系（下称本用韵疏密关系比较韵系）与本韵系韵部异同见下表：

表 5-3-2　本用韵疏密关系比较韵系与本韵系韵部异同表

	本用韵疏密关系比较韵系	本韵系
阴声韵部	支	支
	脂之	脂之
	微	微
	鱼	鱼
	虞模	虞模
	齐祭	齐祭
	泰	泰

续表

	本用韵疏密关系比较韵系	本韵系
	佳皆夬	佳皆夬
	灰咍	灰咍
	萧宵肴	萧宵肴
	豪	豪
	歌戈	歌戈
	麻	麻
	尤侯幽	尤侯幽
阳声韵部	东冬	东冬
	锺	锺
	江	江
	真谆臻欣	真谆臻欣
	文	文
	元魂痕	元魂痕
	（元魂痕）	（元魂痕）
	寒桓	寒桓
	删山	删山
	先仙	先仙
	阳唐	阳唐
	庚耕清青	庚耕清青
	蒸登	蒸登
	侵	侵
	覃谈	覃谈
	盐添	盐添
入声韵部	屋沃	屋沃
	烛	烛
	觉	觉

本用韵疏密关系比较韵系	本韵系
质术栉物	质术栉物
月没	月没
（月没）	（月没）
曷末	曷末
屑薛	屑薛
药铎	药铎
陌麦昔锡	陌麦昔锡
职德	职
	德
缉	缉
合业乏	合业乏
葉帖	葉帖

本用韵疏密关系比较韵系与本韵系相同的韵部有支、脂之、微、鱼等41个，约占本用韵疏密关系比较韵系韵部总数的97.6%。这些韵部具有通用性质。

职德部与本韵系相应韵部不同。该韵部当为非通用韵部。职、德与职德相对应。

本摄比较的韵部或用韵与第一节"四、与李蕴初唐韵部系统的比较"之"（六）曾摄"相关内容相同，此处从略。

第四节　与基于用韵空间分布
综合评价法的盛唐韵系之比较

本节比较本初唐韵系与基于用韵空间分布综合评价法的盛唐韵系。廖灵灵（2021）以《全诗》《全文》《全文补》《历代辞赋总汇（唐代卷）》《唐墓志》及其续编中辑录的盛唐诗文为研究材料，运用用韵空间分布综合评价法，归纳出盛唐诗文42韵部①（下称"廖灵灵盛唐韵系"），其中，阴声韵13部，阳声韵15部，入声韵14部。廖灵灵盛唐韵系与本韵系研究方法相同，都具有通用韵部的确定性，通过比较，能够揭示初唐至盛唐通用韵系的发展演变。廖灵灵盛唐韵系与本韵系韵部异同见下表：

表5-4-1　廖灵灵盛唐韵系与本韵系韵部异同表

	廖灵灵盛唐韵系	本韵系
阴声韵部	支脂之	支
		脂之
	微	微
	鱼	鱼
	虞模	虞模
	齐祭	齐祭
	泰灰咍	泰
		灰咍
	佳半麻①	佳皆夬
	皆	
	萧宵	萧宵肴
	肴	
	豪	豪
	歌戈	歌戈
	（佳半麻）	麻
	尤侯幽	尤侯幽
阳声韵部	东冬锺	东冬
		锺
	江	江

① 廖灵灵盛唐韵系原分为43部，其中的黠锗部是根据阳入相配关系从权拟定的，今不作比较，故为42部。
① 廖灵灵盛唐韵系原作"佳麻"。然核验韵文材料发现，与麻韵字相押的只是部分佳韵字（详见第六章第二节之"二"），结合佳韵后来的演变情况（王力1985:270～271，鲁国尧1994），将"佳麻"改为"佳半麻"。另一部分佳韵字与蟹摄字相押，但不构成通用韵部，故阙如。

续表

	廖灵灵盛唐韵系	本韵系
	真谆臻欣	真谆臻欣
	文	文
	元魂痕	元魂痕
	寒桓	寒桓
	删山	删山
	先仙	先仙
	阳唐	阳唐
	庚耕清	庚耕清青
	青	
	蒸登	蒸登
	侵	侵
	覃谈咸	覃谈
	盐添	盐添
入声韵部	屋沃烛	屋沃
		烛
	觉	觉
	质术栉	质术栉物
	物	
	月没	月没
	曷末	曷末
	屑薛	屑薛
	药铎	药铎
	陌麦昔锡	陌麦昔锡
	职德	职
		德
	缉	缉
	合	合业乏
	葉帖业乏	葉帖
	狎	

廖灵灵盛唐韵系与本韵系相同的韵部有微、鱼、虞模、齐祭、豪、歌戈、尤侯幽、江、真谆臻欣、文、元魂痕、寒桓、删山、先仙、阳唐、蒸登、侵、盐添、觉、月没、曷末、屑薛、药铎、陌麦昔锡、缉，共25个。相同韵部约占廖灵灵盛唐韵系韵部总数的59.5%，除去狎部，相同韵部约占廖灵灵盛唐韵系可比较韵部总数的61.0%。这些韵部从初唐到盛唐未发生变化[①]。

廖灵灵盛唐韵部与本韵系相应韵部不同的有支脂之、泰灰咍、佳₊麻、皆、萧宵、肴、东冬锺、庚耕清、青、覃谈咸、屋沃烛、质术栉、物、职德、合、叶帖业乏，共16个（不含狎部）。这些韵部从初唐到盛唐发生了变化。

下面以摄为序，依次罗列从初唐到盛唐对应韵部的分合变化情况，分别从初唐和盛唐两个层面比较对应韵部的空间分布数据，表明这些韵部的通用性在初、盛唐之间发生了转变。比较的思路及方法与本章前几节基本相同，所不同的是，在盛唐层面的比较中，本韵系成为了被比较的对象，对应韵部/用韵的要素量异同的具体情况阙如。盛唐韵系的有关数据来自廖灵灵（2021）。

一、止摄

止摄本韵系分支、脂之、微三部，廖灵灵盛唐韵系分支脂之、微二部。支、脂之与支脂之对应。

（1）初唐时期的支、脂之二部，到了盛唐时期合为支脂之部。

初唐层面：

支部的空间分布度数值为10.416，脂之部的空间分布度取最大值12.188。支脂之的空间分布度取最大值8.254。本韵系支、脂之部与廖灵灵盛唐韵系支脂之的空间分布度数据对比如下表：

---

① 这里指的是韵部层面上的变化，不排除韵部内出现小批字的转移。这不在本研究考察范围之内。

表5-4-2　本韵系支、脂之与廖灵灵盛唐
韵系支脂之空间分布数据对比表

	韵部/用韵	空间要素量				空间分布度
		作家数量	县域数量	州府数量	大区数量	
本韵系	支	66	49	37	9	10.416
	脂之	82	57	40	8	12.188
廖灵灵盛唐韵系	支脂之	29	23	19	7	8.254

支部与支脂之相比，作家数量差距最大，支部约为支脂之的2.3倍，大区数量差距最小，支部约为支脂之的1.3倍。空间分布度支部约为支脂之的1.3倍。

脂之部与支脂之相比，作家数量差距最大，脂之部约为支脂之的2.8倍，大区数量差距最小，脂之部约为支脂之的1.1倍。空间分布度脂之部约为支脂之的1.5倍。

支部与支脂之要素量异同的具体情况如下：

相同作家15人：陈子昂、褚遂良、李邕、卢藏用、卢照邻、释道世、宋之问、苏颋、唐太宗李世民、王勃等。不同作家65人。其中，只见于本韵系的51人：岑文本、陈集源、高瑾、高正臣、郭震、李百药、刘宪、刘知几、路敬淳、苗神客、裴漼、芮智璨、陈子良、褚亮、崔湜、封希颜、高峤、贺知章、郎余令、李景伯、李行言、李义府、骆宾王、乔师望、上官婉儿、上官仪、邵昇、史嶷、释法融、释慧能、太宗贤妃徐惠、唐高宗李治、王适、韦安石、韦承庆、魏元忠、谢偃、辛怡谏、许敬宗、薛稷、薛曜、颜师古、杨师道、姚崇、虞世南、袁朗、则天皇后武曌、张果、张蕴古、郑万钧、郑愔；只见于《广韵》"独用、同用"韵系的14人：崔湜士、杜审言、关弁缙、郭正一、韩休、李大亮、李适、乔知之、沈佺期、释窥基、释善导、释玄觉、王无竞、元万顷。

相同县域15个：成纪、范阳、冯翊、河东、弘农、华阴、江都、黎阳、龙门、钱塘等。不同县域42个。其中，只见于本韵系的34个：安平、安喜、安阳、柏仁、宝鼎、狄道、东光、贵乡、洹水、鸡泽、江陵、开阳、溧阳、临清、南皮、宁陵、彭城、饶阳、陕县、宋城、蒋、卫县、文水、闻喜、碌石、新城、新乐、新兴、延陵、

阳武、义乌、永兴、余姚、长城；只见于《广韵》"独用、同用"韵系的8个：巩县、鼓城、泾阳、洛阳、内黄、盱眙、掖县、永嘉。

相同州府15个：梓州、常州、定州、虢州、杭州、华州、绛州、京兆府、蒲州、秦州等。不同州府26个。其中，只见于本韵系的22个：贝州、沧州、德州、湖州、荆州、兰州、泷州、洺州、润州、陕州、深州、宋州、苏州、太原府、魏州、婺州、新州、邢州、徐州、宣州、越州、郑州；只见于《广韵》"独用、同用"韵系的4个：楚州、河南府、莱州、温州。

相同大区7个：东南区、关内区、河北区、江淮区、陇西区、西南区、中原区。不同大区2个。其中，只见于本韵系的2个：江南区、岭南区。

脂之部与支脂之要素量异同的具体情况如下：

相同作家18人：陈子昂、韩休、李邕、卢藏用、卢照邻、乔知之、沈佺期、释道世、释善导、释玄觉等。不同作家75人。其中，只见于本韵系的64人：陈叔达、崔湜、封希颜、冯待征、富嘉谟、韩思复、贺纪、贾膺福、孔绍安、李百药、李峤、李密、李乂、李义府、刘希夷、刘允济、陈子良、褚亮、崔日用、崔融、崔行功、杜正伦、胡楚宾、李至远、刘穆之、刘宪、刘知几、卢献、陆摺、路敬淳、骆宾王、裴潅、任知古、芮智璨、史嶷、释道宣、释法融、释慧斌、司马承祯、苏珦、万齐融、王德真、王绍宗、王适、韦承庆、韦元旦、魏征、辛怡谏、徐彦伯、许敬宗、薛收、杨誉、姚崇、于知微、于志宁、虞世南、则天皇后武曌、张泌、张嘉贞、张敬忠、张若虚、张鷟、郑惟忠、郑休文；只见于《广韵》"独用、同用"韵系的11人：褚遂良、崔燊士、杜审言、关弁缡、郭正一、李大亮、李适、释窥基、王无竞、许景先、元万顷。

相同县域18个：成纪、范阳、冯翊、巩县、河东、弘农、华阴、江都、黎阳、龙门等。不同县域44个。其中，只见于本韵系的39个：安平、安喜、宝鼎、狄道、房子、高邑、洹水、井陉、溧阳、临清、丹徒、高陵、馆陶、蓝田、灵昌、陆泽、莫县、宁陵、彭城、秋浦、全节、饶阳、三原、山阴、宋城、温县、文水、闻喜、碟石、瑕丘、新城、延陵、阳武、猗氏、义乌、余姚、冤句、赞皇、长城；只见于《广韵》"独用、同用"韵系的5个：鼓城、泾阳、洛阳、掖县、义兴。

相同州府17个：楚州、定州、虢州、杭州、河南府、华州、绛州、京兆府、蒲州、秦州等。不同州府25个。其中，只见于本韵系的23个：曹州、恒州、湖州、滑州、兰州、莫州、齐州、汝州、贝州、润州、陕州、深州、宋州、苏州、太原府、魏州、婺州、徐州、宣州、兖州、越州、赵州、郑州;只见于《广韵》"独用、同用"韵系的2个:常州、莱州。

相同大区7个:东南区、关内区、河北区、江淮区、陇西区、西南区、中原区。不同大区1个。其中,只见于本韵系的1个:江南区。

盛唐层面:

支脂之部的空间分布度取最大值12.711,支的空间分布度为9.058,脂之的空间分布度取最大值11.221。廖灵灵盛唐韵系支脂之部与本韵系支、脂之的空间分布数据对比如下表:

表 5-4-3　廖灵灵盛唐韵系支脂之与本韵系支、

脂之空间分布数据对比表

韵部/用韵		空间要素量				空间分布度
		作家数量	县域数量	州府数量	大区数量	
廖灵灵盛唐韵系	支脂之	126	58	52	9	12.711
本韵系	支	48	29	26	8	9.058
	脂之	109	52	49	9	11.221

支脂之部与支相比,作家数量差距最大,支脂之部约为支的2.6倍,大区数量差距最小,支脂之部约为支的1.1倍。空间分布度支脂之部约为支的1.4倍。

支脂之部与脂之相比,作家数量差距最大,支脂之部约为支的1.2倍,大区数量相等。空间分布度支脂之部比脂之多出1.49。

因此,在初唐时期提取支、脂之为通用韵部,到了盛唐时期则不能这样提取,应提取支脂之为通用韵部。

二、蟹摄

蟹摄本韵系分齐祭、泰、佳皆夬、灰咍四部,廖灵灵盛唐韵系分齐祭、泰灰咍、佳麻、皆四部。泰、灰咍与泰灰咍相对应,佳皆夬与佳麻、皆相对应。

(2)初唐时期的泰、灰咍二部,到了盛唐时期合为泰灰咍部。

初唐层面：

泰部的空间分布度为4.504，灰咍部的空间分布度取最大值8.025，泰灰咍同用在本初唐诗文用韵中未见，其空间分布度记作0。本韵系泰、灰咍部与廖灵灵盛唐韵系泰灰咍的空间分布数据对比如下表：

表 5-4-4　本韵系泰、灰咍与廖灵灵盛唐韵系泰灰咍

空间分布数据对比表

	韵部/用韵	空间要素量				空间分布度
		作家数量	县域数量	州府数量	大区数量	
本韵系	泰	20	19	18	5	4.504
	灰咍	61	46	34	8	8.025
廖灵灵盛唐韵系	泰灰咍	0	0	0	0	0

泰灰咍同用的要素量等为零，比较从略。

盛唐层面：

泰灰咍部的空间分布度取最大值9.711，泰的空间分布度为3.113，灰咍的空间分布度取最大值7.203。廖灵灵盛唐韵系泰灰咍部与本韵系泰、灰咍的空间分布数据对比如下表：

表 5-4-5　廖灵灵盛唐韵系泰灰咍与本韵系泰、灰咍

空间分布数据对比表

	韵部/用韵	空间要素量				空间分布度
		作家数量	县域数量	州府数量	大区数量	
廖灵灵盛唐韵系	泰灰咍	70	40	37	8	9.711
本韵系	泰	15	10	11	5	3.113
	灰咍	44	26	23	6	7.203

泰灰咍部与泰相比，作家数量差距最大，泰灰咍部约为泰的4.7倍，大区数量差距最小，泰灰咍部为泰的1.6倍。空间分布度泰灰咍部约为泰的3.1倍。

泰灰咍部与灰咍相比，州府数量差距最大，泰灰咍部约为灰咍的1.6倍，大区数量差距最小，泰灰咍部约为灰咍1.3倍。空间分布度泰灰咍部约为灰咍的1.3倍。

因此，在初唐时期提取泰、灰咍为通用韵部，到了盛唐时期则不能这样提取，应提取泰灰咍为通用韵部。

（3）初唐时期的佳皆夬、麻二部，到了盛唐时期转为佳半麻、皆二部。

初唐层面：

本韵系佳皆夬部不计算其空间分布度，不作空间分布度的比较。佳麻不计算其空间分布度，不作空间分布度的比较。皆的空间分布度为4.004。本韵系佳皆夬部与廖灵灵盛唐韵系佳半麻、皆的空间分布数据对比如下表：

表 5-4-6　本韵系佳皆夬与廖灵灵盛唐韵系佳半麻、皆

空间分布数据对比表

	韵部/用韵	空间要素量				空间分布度
		作家数量	县域数量	州府数量	大区数量	
本韵系	佳皆夬	6	6	6	4	——
廖灵灵盛唐韵系	佳半麻①	2	2	2	2	——
	皆	3	3	3	3	4.004

佳皆夬部与佳半麻相比，作家数量、县域数量、州府数量差距最大，佳皆夬部为佳半麻的3.0倍，大区数量差距最小，佳皆夬部为佳麻的2.0倍。

佳皆夬部与皆相比，作家数量、县域数量、州府数量均为皆的2.0倍，大区数量约为皆的1.3倍。

佳皆夬部与佳半麻要素量异同的具体情况与第一节"三、与金恩柱初唐韵系的比较"之"（三）蟹摄"相关内容相同，此处从略。

佳皆夬部与皆要素量异同的具体情况如下：

相同作家3人：骆宾王、王梵志、于知微。不同作家3人。其中，只见于本韵系的3人：唐太宗李世民、张嘉贞、张鷟；只见于廖灵灵盛唐韵系的0人。

---

① 初唐层面"佳半麻"采用的要素量及空间分布度数据实为"佳麻"的数据。后同。

相同县域3个:黎阳、三原、义乌。不同县域3个。其中,只见于本韵系的3个:成纪、陆泽、猗氏;只见于廖灵灵盛唐韵系的0个。

相同州府3个:京兆府、卫州、婺州。不同州府3个。其中,只见于本韵系的3个:蒲州、秦州、深州;只见于廖灵灵盛唐韵系的0个。

相同大区3个:东南区、关内区、河北区。不同大区1个。其中,只见于本韵系的1个:陇西区;只见于廖灵灵盛唐韵系的0个。

盛唐层面:

佳ⱼ麻部的空间分布度取最大值5.964,皆的空间分布度为5.823,佳皆夬同用在廖灵灵盛唐诗文用韵中未见,其空间分布度记作0,麻的空间分布度为2.367。廖灵灵盛唐韵系佳ⱼ麻、皆部与本韵系佳皆夬、麻的空间分布数据对比如下表:

表5-4-7　廖灵灵盛唐韵系佳ⱼ麻、皆与本韵系佳皆夬、麻

空间分布数据对比表

	韵部/用韵	空间要素量				空间分布度
		作家数量	县域数量	州府数量	大区数量	
廖灵灵盛唐韵系	佳ⱼ麻	66	34	33	8	5.964
	皆	9	8	7	4	5.823
本韵系	佳皆夬	6	6	6	4	0
	麻	62	35	31	8	2.367

佳ⱼ麻部与佳皆夬相比,作家数量相差最大,佳ⱼ麻部为佳皆夬的11倍,大区数量差距最小,佳ⱼ麻部为佳皆夬的2倍。

佳ⱼ麻部与麻相比,作家数量多4,州府数量多2,县域数量少1,大区数量相等。空间分布度佳ⱼ麻部约为麻的2.5倍。

皆部与佳皆夬相比,作家数量相差最大,皆部为佳皆夬的1.5倍,大区数量相等。

因此,在初唐时期提取佳皆夬、麻为通用韵部,到了盛唐时期则不能这样提取,应提取佳ⱼ麻、皆为通用韵部。

三、效摄

效摄本韵系分萧宵肴、豪二部,廖灵灵盛唐韵系分萧宵、肴、豪三部。萧宵肴与萧宵、肴相对应。萧宵肴部的空间分布数据经过了二次计算。

(4)初唐时期的萧宵肴部,到了盛唐时期分为萧宵、肴二部。

初唐层面:

本韵系萧宵肴部与廖灵灵盛唐韵系萧宵、肴的比较跟第一节"一、与鲍明炜初唐韵系的比较"之"(一)效摄"相同,比较的具体内容亦相同,此处从略。

盛唐层面:

萧宵部的空间分布度取最大值4.086,肴部的空间分布度为2.185,萧宵肴的空间分布度取最大值1.243。廖灵灵盛唐韵系萧宵、肴部与本韵系萧宵肴的空间分布数据对比如下表:

表 5-4-8　廖灵灵盛唐韵系萧宵、肴与本韵系萧宵肴
空间分布数据对比表[①]

	韵部/用韵	空间要素量				空间分布度
		作家数量	县域数量	州府数量	大区数量	
廖灵灵盛唐韵系	萧宵	32	25	25	7	4.086
	肴	12	8	8	4	2.185
本韵系	萧宵肴	5	5	3	2	1.243

萧宵部与萧宵肴相比,作家数量差距最大,萧宵部为萧宵肴的6.4倍,大区数量差距最小,萧宵部也多出了2.5倍,空间分布度约为萧宵肴的3.3倍。

肴部与萧宵肴相比,作家数量差距最大,肴部为萧宵肴的2.4倍,大区数量差距最小,肴部也多出了1.0倍,空间分布度约为萧宵肴的1.8倍。

---

① 廖灵灵(2021)萧宵部所涉县域数量原为23,少于州府数量(25),今改为25;肴所涉县域数量原为6,少于州府数量(8),今改为8;萧宵肴所涉作家数量原为4,少于县域数量(5),今改为5。这些韵部/用韵的空间分布度数值可能有误,但不作改动。

因此，在初唐时期提取萧宵肴为通用韵部，到了盛唐时期则不能这样提取，应提取萧宵、肴为通用韵部。

四、通摄

通摄本韵系分为东冬、锺、屋沃、烛四部，廖灵灵盛唐韵系分为东冬锺、屋沃烛二部。东冬、锺与东冬锺相对应，屋沃、烛与屋沃烛相对应。东冬、屋沃二部的空间分布数据经过了二次计算。

（5）初唐时期东冬、锺二部，到了盛唐时期合为东冬锺部。

初唐层面：

本韵系东冬、锺部与廖灵灵盛唐韵系东冬锺的比较跟第一节"一、与鲍明炜初唐韵系的比较"之"（二）通摄"相关内容相同，比较的具体内容亦相同，此处从略。

盛唐层面：

东冬锺部的空间分布度取最大值4.598，东冬的空间分布度取最大值4.428，锺的空间分布度数值为3.006。廖灵灵盛唐韵系东冬锺部与本韵系东冬、锺的空间分布数据对比如下表：

表5-4-9 廖灵灵盛唐韵系东冬锺与本韵系东冬、锺
空间分布数据对比表

韵部/用韵		空间要素量				空间分布度
		作家数量	县域数量	州府数量	大区数量	
廖灵灵盛唐韵系	东冬锺	114	56	47	7	4.598
本韵系	东冬	16	12	12	5	4.428
	锺	34	24	23	6	3.006

东冬锺部与东冬相比，作家数量差距最大，东冬锺部约为东冬的7.1倍，大区数量差距最小，东冬锺部也多出了0.4倍。空间分布度东冬锺部比东冬多出了0.17。

东冬锺部与锺相比，作家数量差距最大，东冬锺部约为锺的3.4倍，大区

数量差距最小,东冬锺部也多出了约0.2倍。空间分布度东冬锺部约为锺的1.5倍。

因此,在初唐时期提取东冬、锺为通用韵部,到了盛唐时期则不能这样提取,应提取东冬锺为通用韵部。

(6)初唐时期屋沃、烛二部,到了盛唐时期合为屋沃烛部。

初唐层面:

本韵系屋沃、烛部与廖灵灵盛唐韵系屋沃烛的比较跟第一节"一、与鲍明炜初唐韵系的比较"之"(二)通摄"相关内容相同,比较的具体内容亦相同,此处从略。

盛唐层面:

屋沃烛部的空间分布度取最大值8.043,屋沃的空间分布度取最大值7.668,烛的空间分布度为5.014。廖灵灵盛唐韵系屋沃烛部与本韵系屋沃、烛的空间分布数据对比如下表:

表 5-4-10　廖灵灵盛唐韵系屋沃烛与本韵系屋沃、烛
空间分布数据对比表

	韵部/用韵	空间要素量				空间分布度
		作家数量	县域数量	州府数量	大区数量	
廖灵灵 盛唐韵系	屋沃烛	61	37	30	7	8.043
本韵系	屋沃	7	7	7	3	7.668
	烛	22	34	17	6	5.014

屋沃烛部与屋沃相比,作家数量差距最大,屋沃烛部约为屋沃的8.7倍,大区数量差距最小,屋沃烛部也多出了约1.3倍。空间分布度屋沃烛部比屋沃多出了0.375。

屋沃烛部与烛相比,作家数量差距最大,屋沃烛部为烛的2.8倍,县域数量差距最小,屋沃烛部也多出了约0.1倍。空间分布度屋沃烛部约为烛的1.6倍。

因此,在初唐时期提取屋沃、烛为通用韵部,到了盛唐时期则不能这样

提取,应提取屋沃烛为通用韵部。

五、臻摄

臻摄本韵系分为真谆臻欣、文、元魂痕、质术栉物、月没五部,廖灵灵盛唐韵系分为真谆臻欣、文、元魂痕、质术栉、物、月没六部。质术栉物与质术栉、物相对应。质术栉物部的空间分布数据经过了二次计算。

(7)初唐时期的质术栉物部,到了盛唐时期分为质术栉、物二部。

初唐层面:

本韵系质术栉物部与廖灵灵盛唐韵系质术栉、物的比较跟第一节"一、与鲍明炜初唐韵系的比较"之"(三)臻摄"相关内容相同,比较的具体内容亦相同,此处从略。

盛唐层面:

质术栉部的空间分布度取最大值8.453,物部的空间分布度为5.489,质术栉物同用在廖灵灵盛唐诗文用韵中未见,其空间分布度记作0。廖灵灵盛唐韵系质术栉、物部与本韵系质术栉物的空间分布数据对比如下表:

表 5-4-11　廖灵灵盛唐韵系质术栉、物与本韵系质术栉物
空间分布数据对比表

韵部/用韵		空间要素量				空间分布度
		作家数量	县域数量	州府数量	大区数量	
廖灵灵盛唐韵系	质术栉	76	37	40	9	8.453
	物	6	6	6	4	5.489
本韵系	质术栉物	0	0	0	0	0

质术栉物的要素量等为零,比较从略。

因此,在初唐时期提取质术栉物为通用韵部,到了盛唐时期则不能这样提取,应提取质术栉、物为通用韵部。

六、梗摄

梗摄本韵系分为庚耕清青、陌麦昔锡二部,廖灵灵盛唐韵系分为庚耕

清、青、陌麦昔锡三部。庚耕清青与庚耕清、青相对应。庚耕清青部的空间分布数据经过了二次计算。

（8）初唐时期的庚耕清青部，到了盛唐时期分为庚耕清、青二部。

初唐层面：

本韵系庚耕清青部与廖灵灵盛唐韵系庚耕清、青的比较跟第一节"二、与耿志坚初唐韵系的比较"之"（五）梗摄"相关内容相同，比较的具体内容亦相同，此处从略。

盛唐层面：

庚耕清部的空间分布度取最大值6.580，青的空间分布度为4.991，庚耕清的空间分布度取最大值3.093。廖灵灵盛唐韵系庚耕清、青部与本韵系庚耕清青的空间分布数据对比如下表：

表5-4-12　廖灵灵盛唐韵系庚耕清、青与本韵系庚耕清青

空间分布数据对比表[①]

	韵部/用韵	空间要素量				空间分布度
		作家数量	县域数量	州府数量	大区数量	
廖灵灵盛唐韵系	庚耕清	127	56	56	9	6.580
	青	37	22	22	9	4.991
本韵系	庚耕清青	10	9	8	5	3.093

庚耕清部与庚耕清青相比，作家数量差距最大，庚耕清部为庚耕清青的12.7倍，大区数量差距最小，庚耕清部也多出了0.8倍。空间分布度庚耕清部约为庚耕清青的2.1倍。

青部与庚耕清青相比，作家数量差距最大，青部为庚耕清青的3.7倍，大区数量差距最小，青部也多出了0.8倍。空间分布度青部约为庚耕清青的1.6倍。

因此，在初唐时期提取庚耕清青为通用韵部，到了盛唐时期则不能这样

---

① 廖灵灵（2021）庚耕清部所涉县域数量原为53，少于州府数量（56），今改为56。其空间分布度数值可能有误，但不作改动。

提取，应提取庚耕清、青为通用韵部。

七、曾摄

曾摄本韵系分为蒸登、职、德三部，廖灵灵盛唐韵系分为蒸登、职德二部。职部、德部与职德相对应。

（9）初唐时期的职、德二部，到了盛唐时期合为职德部。

初唐层面：

本韵系职、德部与廖灵灵盛唐韵系职德的比较跟第一节“四、与李蕊初唐韵系的比较”之“（六）曾摄”相关内容相同，比较的具体内容亦相同，此处从略。

盛唐层面：

职德部的空间分布度取最大值8.289，职的空间分布度为7.532，德的空间分布度为5.087。廖灵灵盛唐韵系职德部与本韵系职、德的空间分布数据对比如下表：

表 5-4-13　廖灵灵盛唐韵系职德与本韵系职、德空间分布数据对比表[①]

	韵部/用韵	空间要素量				空间分布度
		作家数量	县域数量	州府数量	大区数量	
廖灵灵盛唐韵系	职德	57	32	32	8	8.289
本韵系	职	36	26	26	8	7.532
	德	36	21	21	7	5.087

职德部与职相比，作家数量差距最大，职德部约为职的1.6倍，大区数量相等。空间分布度职德部约为职的1.1倍。

① 廖灵灵（2021）职德部所涉县域数量原为30，少于州府数量（32），今改为32；职所涉县域数量原为22，少于州府数量（26），今改为26；德所涉县域数量原为19，少于州府数量（21），今改为21。这些韵部/用韵的空间分布度数值可能有误，但不作改动。

职德部与德相比,作家数量差距最大,职德部约为德的1.6倍,大区数量差距最小,职德部也多出了1个。空间分布度职德部约为德的1.6倍。

因此,在初唐时期提取职、德为通用韵部,到了盛唐时期则不能这样提取,应提取职德为通用韵部。

八、咸摄

咸摄本韵系分为覃谈、盐添、合业乏、葉帖四部,廖灵灵盛唐韵系分为覃谈咸、盐添、合、葉帖业乏、狎五部。本韵系咸、狎的韵部归属不明。覃谈与覃谈咸相对应,合业乏、葉帖与合、葉帖业乏相对应。合业乏部的空间分布数据经过了二次计算。

(10)初唐时期的覃谈部,到了盛唐时期加入了咸韵,合为覃谈咸部。

初唐层面:

覃谈部的空间分布度取最大值2.015,覃谈咸同用在本初唐诗文用韵中未见,其空间分布度记作0。本韵系覃谈部与廖灵灵盛唐韵系覃谈咸的空间分布数据对比如下表:

表 5-4-14　本韵系覃谈与廖灵灵盛唐韵系覃谈咸
空间分布数据对比表

	韵部/用韵	空间要素量				空间分布度
		作家数量	县域数量	州府数量	大区数量	
本韵系	覃谈	8	8	8	4	2.015
廖灵灵盛唐韵系	覃谈咸	0	0	0	0	0

覃谈咸的要素量等为零,比较从略。

盛唐层面:

覃谈咸部的空间分布度取最大值3.478,覃谈的空间分布度取最大值2.255。廖灵灵盛唐韵系覃谈咸部与本韵系覃谈的空间分布数据对比如下表:

表 5-4-15　廖灵灵盛唐韵系覃谈咸与本韵系覃谈

空间分布数据对比表

	韵部/用韵	空间要素量				空间分布度
		作家数量	县域数量	州府数量	大区数量	
廖灵灵盛唐韵系	覃谈咸	14	11	9	5	3.478
本韵系	覃谈	6	5	5	3	2.255

覃谈咸部与覃谈相比，作家数量差距最大，覃谈咸部约为覃谈的2.3倍，大区数量差距最小，覃谈咸部也多出了约0.7倍。空间分布度覃谈咸部约为覃谈的1.5倍。

因此，在初唐时期提取覃谈为通用韵部，到了盛唐时期则不能这样提取，应提取覃谈咸为通用韵部。

（11）初唐时期的合业乏、叶帖二部，到了盛唐时期分出合部，余合为叶帖业乏部。

初唐层面：

合业乏部的空间分布度取最大值5.858，叶帖部的空间分布度取最大值1.960，合的空间分布度为2.654，叶帖业乏同用在初唐诗文用韵中未见，其空间分布度记作0。本韵系合业乏、叶帖部与廖灵灵盛唐韵系合、叶帖业乏的空间分布数据对比如下表：

表 5-4-16　本韵系合业乏、叶帖与廖灵灵盛唐韵系合、叶帖业乏

空间分布数据对比表

	韵部/用韵	空间要素量				空间分布度
		作家数量	县域数量	州府数量	大区数量	
本韵系	合业乏	7	6	5	5	5.858
	叶帖	2	2	2	1	1.960
廖灵灵盛唐韵系	合	3	3	3	3	2.104
	叶帖业乏	0	0	0	0	0

合业乏部与合相比,作家数量差距最大,合业乏部约为合的2.3倍,大区数量差距最小,合业乏部也多出了约0.7倍。空间分布度合业乏部约为合的2.8倍。

合业乏部与合要素量异同的具体情况如下:

相同作家3人:贾曾、王勃、韦展。不同作家4人。其中,只见于本韵系的4人:陈子昂、释玄觉、苏颋、唐睿宗李旦;只见于廖灵灵盛唐韵系的0人。

相同县域3个:龙门、洛阳、长安。不同县域3个。其中,只见于本韵系的3个:射洪、武功、永嘉;只见于廖灵灵盛唐韵系的0个。

相同州府3个:河南府、绛州、京兆府。不同州府2个。其中,只见于本韵系的2个:温州、梓州;只见于廖灵灵盛唐韵系的0个。

相同大区3个:关内区、河北区、中原区。不同大区2个。其中,只见于本韵系的2个:东南区、西南区;只见于廖灵灵盛唐韵系的0个。

葉帖业乏的要素量为零,相关比较从略。

盛唐层面:

合部的空间分布度数值为2.445,葉帖业乏部的空间分布度取最大值为4.963,合业乏同用在廖灵灵盛唐诗文用韵中未见,其空间分布度记为0,葉帖的空间分布度取最大值为4.768。廖灵灵盛唐韵系合、葉帖业乏部与本韵系合业乏、葉帖的空间分布数据对比如下表:

表5-4-17 廖灵灵盛唐韵系合、葉帖业乏部与本韵系合业乏、葉帖
空间分布数据对比表

韵部/用韵		空间要素量				空间分布度
		作家数量	县域数量	州府数量	大区数量	
廖灵灵盛唐韵系	合	6	6	5	4	2.445
	葉帖业乏	12	10	7	6	4.963
本韵系	合业乏	0	0	0	0	0
	葉帖	5	4	4	4	4.768[①]

---

① 廖灵灵(2021)葉帖所涉系列要素量本如此表所示,然而作者在二次计算给出的系列要素量为10、8、7、6,不知何故,其二次计算的空间分布度存疑。

合业乏的要素量等为零,相关比较从略。

葉帖业乏部与葉帖相比,作家数量差距最大,葉帖业乏部为葉帖的2.4倍,大区数量差距最小,葉帖业乏部也多出了0.5倍。空间分布度葉帖业乏部比葉帖多出0.195。

因此,在初唐时期提取合业乏、葉帖为通用韵部,到了盛唐时期则不能这样提取,应提取合、葉帖业乏为通用韵部。

(12)初唐时期的狎韵部归属不明,到了盛唐时期独立为狎部。

狎独用在本初唐诗文用韵中未见,相关比较从略。

第五节　初唐韵系的综合比较

一、韵部异同的综合比较

前文已将本韵系与各初唐韵系的分部异同情况作了详细描写,现汇总如下表:

表 5-5-1　本韵系与诸初唐韵系韵部异同综合表

	本韵系	鲍明炜韵系	耿志坚韵系	金恩柱韵系	李蕊韵系	本用韵疏密关系比较韵系
阴声韵部	支	支	支	支	支	支
	脂之	脂之	脂之	脂	脂之	脂之
				之		
	微	微	微	微	微	微
	鱼	鱼	鱼	鱼	鱼	鱼
	虞模	虞模	虞模	虞	虞模	虞模
				模		
	齐祭	齐祭	齐祭	齐	齐祭	齐祭
				祭废		
	泰	泰		泰	泰	泰
	佳皆夬	佳皆(夬)	佳皆(夬)	佳麻	佳夬皆灰咍	佳皆夬

续表

	本韵系	鲍明炜韵系	耿志坚韵系	金恩柱韵系	李蕊韵系	本用韵疏密关系比较韵系
				皆灰咍		
	灰咍	灰咍	灰咍			灰咍
	萧宵肴	萧宵	萧宵	萧宵	宵萧肴	萧宵肴
		肴	肴	肴		
	豪	豪	豪	豪	豪	豪
	歌戈	歌戈	歌戈	歌戈	歌戈	歌戈
	麻	麻	麻	（佳麻）	佳半麻	麻
	尤侯幽	尤侯幽	尤侯幽	尤侯幽	尤侯幽	尤侯幽
阳声韵部	东冬	东冬锺	东	东冬	东冬	东冬
			冬锺			
	锺				锺	锺	锺
	江	江	江	江	江	江
	真谆臻欣	真谆臻	真谆臻	真谆臻欣	真谆臻欣	真谆臻欣
		欣	欣			
	文	文	文	文	文	文
	元魂痕	元魂痕	元魂痕	元	元魂痕	元魂痕
				魂痕		
	寒桓	寒桓	寒桓	寒桓	寒桓	寒桓
	删山	删山	删山	删山	删山	删山
	先仙	先仙	先仙	先仙	先仙	先仙
	阳唐	阳唐	阳唐	阳唐	阳唐	阳唐
	庚耕清青	庚耕清青	庚耕清	庚耕	庚耕清青	庚耕清青
				清		
			青	青		
	蒸登	蒸	蒸	蒸	蒸	蒸登
		登	登	登	登	
	侵	侵	侵	侵	侵	侵
	覃谈	覃谈	覃谈		覃谈	覃谈
	盐添	盐添	盐添	盐	盐添	盐添

续表

	本韵系	鲍明炜韵系	耿志坚韵系	金恩柱韵系	李蕊韵系	本用韵疏密关系比较韵系
入声韵部	屋沃	屋沃烛	屋	屋沃	屋沃	屋沃
			沃烛			
	烛			烛	烛	烛
	觉	觉	觉	觉	觉药铎	觉
	质术栉物	质术栉	质术栉	质术栉	质术栉物	质术栉物
		物	物	物		
		迄	迄			
	月没	月没	月没	月没	月没	月没
	曷末	曷末	曷末	曷末黠	曷末黠镯屑薛	曷末
		黠镯	黠镯			
	屑薛	屑薛	屑薛	屑		屑薛
				薛		
	药铎	药铎	药铎	药	（觉药铎）	药铎
				铎		
	陌麦昔锡	陌麦昔锡	陌麦昔	陌麦昔	陌麦昔锡	陌麦昔锡
			锡	锡		
	职	职	职	职	职德	职德
	德	德	德	德		
	缉	缉	缉	缉	缉	缉
	合业乏	合盍	合盍		合盍	合业乏
	葉帖	葉帖	葉帖	葉帖业	葉帖业乏	葉帖

从上表可知，止摄本韵系分为支、脂之、微三部，金恩柱韵系支、脂、之三分，其他诸韵系均同。遇摄本韵系分为鱼、虞模二部，金恩柱韵系鱼、虞、模三分，其他诸韵系均同。蟹摄本韵系分为齐祭、泰、佳皆夬、灰咍四部（废韵韵部归属不明），鲍、耿两家韵系及本用韵疏密关系比较韵系均同（耿志坚韵系泰韵韵部归属不明），金恩柱韵系齐与祭废分立，佳麻合流，皆灰咍合为一部，惟有泰部相同，李蕊韵系佳夬皆灰咍合为一部，其余诸部与本韵系相同。

效摄本韵系分为萧宵肴、豪二部，李蕊韵系及本用韵疏密关系比较韵系相同，鲍、耿、金三家韵系均分为萧宵、肴、豪三部。果摄本韵系分为歌戈部，诸初唐韵系均同。假摄本韵系分为麻部，鲍、耿两家韵系及本用韵疏密关系比较韵系均同，金恩柱韵系佳麻合流，李蕊韵系佳半麻合流。流摄本韵系分为尤侯幽部，诸初唐韵系均同。通摄本韵系分为东冬、锺、屋沃、烛四部，金、李两家韵系及本用韵疏密关系比较韵系均同，鲍明炜韵系东冬锺、屋沃烛各自合为一部，耿志坚韵系分为东、冬锺、屋、沃烛四部。江摄本韵系分为江、觉二部，鲍、耿、金三家韵系及本用韵疏密关系比较韵系均同，李蕊韵系江韵独立成部，觉药铎（跨摄）合流。臻摄阳声韵本韵系分为真谆臻欣、文、元魂痕（跨摄）三部，入声韵分为质术栉物、月没（跨摄）两部（迄韵韵部归属不明），李蕊韵系及本用韵疏密关系比较韵系相同，鲍、耿两家韵系与本韵系的不同在于欣、物各自独立成部，金恩柱韵系与本韵系不同在于魂痕与元分立，物韵独立。山摄阳声韵本韵系分为元魂痕（跨摄）、寒桓、删山、先仙四部，入声韵分为月没（跨摄）、曷末、屑薛三部（黠、辖韵部归属不明），鲍、耿两家韵系及本用韵疏密关系比较韵系均同，李蕊韵系与本韵系不同在于曷末黠辖屑薛合为一部，金恩柱韵系与本韵系不同在于元、屑、薛分立，曷末黠合为一部。宕摄本韵系分为阳唐、药铎二部，鲍、耿两家韵系及本用韵疏密关系比较韵系均同，金恩柱韵系与本韵系不同在于药、铎分立，李蕊韵系与本韵系不同在于药铎觉合流。梗摄本韵系庚耕清青、陌麦昔锡各自合为一部，鲍、李两家韵系及本用韵疏密关系比较韵系均同，耿志坚韵系分为庚耕清、青、陌麦昔、锡四部，金恩柱韵系阳声韵分为庚耕、清、青三部，入声韵分为陌麦昔、锡两部。曾摄本韵系分为蒸登、职、德三部，鲍、耿、金三家韵系与本韵系不同在于蒸、登分立，李蕊韵系与本韵系不同在于蒸、登分立，职德合为一部，本用韵疏密关系比较韵系与本韵系不同在于职德合为一部。深摄本韵系分为侵、缉二部，诸韵系均同。咸摄阳声韵本韵系分为覃谈、盐添二部（咸、衔、严、凡韵部归属不明），入声韵分为合业乏、叶帖二部（曷、洽、狎韵部归属不明），本用韵疏密关系比较韵系相同，鲍、耿两家韵系与本韵系不同在于合盍合为一部，李蕊韵系与本韵系不同在于合盍、叶帖业乏各自合为一部，金恩柱韵系分为盐、叶帖业二部。

二、韵部相异的原因

本韵系与诸初唐韵系分部存在不同程度的差异,究其原因,主要是韵文材料、研究方法有所不同。

韵文材料的不同往往导致归纳的用韵组合及其数量不同,这对于使用用韵疏密关系比较法归纳韵部有直接影响。耿志坚(1987)初唐效摄萧1,宵28,肴2,萧宵30,宵肴1,在萧、宵涉及的用韵中,萧宵同用最多,肴涉及的用韵以肴独用为多,故耿志坚(1987)以萧宵、肴为韵部。李蕊(2021)初唐古体诗效摄宵3,肴1,萧宵11,萧宵肴1,宵肴2,在萧、宵涉及的用韵中,萧宵同用最多,肴涉及的用韵以宵肴同用为多,肴韵缺乏独立性,故李蕊(2021)以萧宵肴为韵部。耿志坚韵系萧宵与肴分立,李蕊韵系萧宵肴合并,分部不同的直接原因在于肴韵涉及的用韵数量:前者肴2多于宵肴1,后者宵肴2多于肴1。用韵数量1个之差致使分部不同[①]。

研究方法的不同是诸初唐韵系分部不同的重要原因。本韵系采用用韵空间分布综合评价法,根据空间分布度提取韵部,鲍明炜(1990)、耿志坚(1987)、李蕊(2021)主要采用用韵疏密关系比较法考察韵部分合,金恩柱采用辙/韵离合指数比较法归纳韵部。以止摄为例。本初唐支单元支的空间分布度数值最大,脂、之二单元脂之的空间分布度数值最大,分别提取支、脂之为韵部。金恩柱(1998:82)"支部"支脂、支之、脂之的韵离合指数分别为41、29、75B,均未达到合为一部("韵母")的离合指数标准,于是作者为"支"部拟了3个"韵母":iě(支)、i(脂)、i(之),即3个韵部。再用本用韵疏密关系比较法提取韵部。统计金恩柱(1998)墓志铭韵谱,在支涉及的用韵中,支独用数量最多(支48>支脂之37>支脂26>……),当以支为韵部;在脂、之涉及的用韵中,都是脂之同用数量最多(脂之131>支脂之37>支脂26>……,脂之131>之96>支脂之37>……),当以脂之为韵部。使用三种韵部归纳方法处理相同的用韵材料,得出的韵部却不同。

本用韵疏密关系比较韵系与本韵系采用了相同的用韵材料,分部差异

---

① 用韵数量多一个、少一个未必有"质"的差异,但"有一分材料说一分话",多一分材料或少一分材料就可能使结论发生改变。

仅在于曾摄入声韵的分混:前者职德合为一部,后者职、德分立。职单元用韵数量排序为:职98>职德91>屋职5>……,德单元用韵数量排序为:职德91>德64>昔职德2>……,运用本用韵疏密关系比较法提取职德为韵部。计算职、德二单元的空间分布度并排序,得到:职7.136>职德5.568>屋职2.305>……,德3.282>职德3.201>昔职德0.528>……,运用用韵空间分布综合评价法提取职、德为韵部。显而易见,这两种韵部提取结果只能归因于研究方法的不同。

　　鲍明炜(1990:425)初唐古体诗效摄萧4,宵28,肴8,豪102,萧宵47,萧宵肴3,萧宵豪4,萧豪3,宵肴9,宵豪4。依用韵疏密关系比较法,可定萧宵肴合并。作者也承认,"应认为萧宵肴同用",但又说,"肴与萧宵之间是有界限的"。鲍明炜(1990:425、426)分析了肴、豪涉及的同用数据,认为二者有相似之处:其一,肴与萧宵同用15次,豪与萧及宵同用亦15次;其二,肴、豪各自涉及的15次同用"差不多各类声母字都有"。作者推断,既然豪韵独立,则肴韵亦当独立。如果着眼于肴、豪独用的数据,得出的结论又会不同。豪韵涉及的同用相比于独用数量悬殊,豪韵独立无疑,但肴独用比宵肴同用要少,肴独用数与豪相差悬殊,两者不能相提并论,故肴韵不能独立。可见,在用韵疏密关系比较法的运用过程中,对细节的处理采取不同的做法,也会导致分部的结果不同。

　　当然,韵文材料与研究方法在研究中是共同起作用的。鲍、耿、金三家韵系职、德分立,与本韵系不同,这既缘于用韵材料不尽相同,也因为采用的研究方法不同。金恩柱(1998)初唐"鱼部"韵离合指数为:鱼虞13,虞模36,鱼模2,故拟鱼o、虞υ、模u。全面地看,金恩柱韵系鱼、虞、模三分是基于"韵次、字次",这与用韵数量密切相关。本韵系鱼单元鱼的空间分布度数值最大,虞、模二单元虞模的用韵空间分布度数值最大,故以鱼、虞模为韵部。本韵系使用本方法分鱼、虞模二部,也可以从用韵数量分析法中得到佐证。本初唐遇摄鱼115,虞62,模91,鱼虞31,鱼模11,虞模188,鱼虞模14,鱼独用多,其独立性强,虞模同用最多,虞、模的关系非常密切。

三、通用韵部构成比例之综合比较

统计各初唐韵系与本韵系韵部异同数量，计算相同韵部占其韵部总数及可比较韵部总数的比值，得到下表：

表 5-5-2　各初唐韵系与本韵系相同韵部数占韵部总数

及可比较韵部总数之比

	鲍明炜韵系	耿志坚韵系	金恩柱韵系	李蕊韵系	本用韵疏密关系比较韵系
相同韵部数	34	31	24	30	41
韵部总数	47	50	52	40	42
可比较的韵部总数	45	48	52	40	42
相同韵部占韵部总数之比	72.3%	62%	46.2%	75%	97.6%
相同韵部占可比较韵部总数之比	75.6%	64.6%	46.2%	75%	97.6%

根据与本韵系相同韵部占可比较韵部总数之比的高低，诸初唐韵系排序为：本用韵疏密关系比较韵系97.6%＞鲍明炜韵系75.6%＞李蕊韵系75%＞耿志坚韵系64.6%＞金恩柱韵系46.2%。鲍明炜等四家初唐韵系非通用韵部的占比少者两成多，多则一半有余，各家韵系整体上都不是通用韵系。本用韵疏密关系比较韵系与本韵系只是职、德分合不同，通用韵部占比高达98%，基本上是通用韵系。

第六章　初唐诗文通用韵系
及其演变之特征

第一节　摄、等、韵尾相配及音变概说

一、摄

"摄"按韵腹和韵尾划分,这与诗文通用韵部相通。《韵镜》是我国现存最早的韵图,它是用来分析《切韵》系韵书音类的,分为43"转"。开合对立的韵在《韵镜》中分属不同的转,例如,脂韵分属内转第六开和内转第七合,微、废分属内转第九开与内转第十合。将此类开合韵一一合并,举平以赅上去,入声韵独立,得到《韵镜》48个"韵类":东/屋、冬锺/沃烛、江/觉、支、脂、之、微废、鱼、虞模、咍皆齐祭夬、佳泰祭、痕臻真/栉质、魂谆/没术、欣/迄、文/物、山元仙/镠月薛、寒删仙先/曷黠薛屑、豪肴宵萧、宵、歌、戈、麻、唐阳/铎药、庚清、陌昔、耕清青/麦昔锡、侯尤幽、侵/缉、覃咸盐添/合洽葉帖、谈衔严盐/盍狎业葉、凡/乏、登蒸/德职。该"韵类"系统与本韵系分部相同的有江、支等14个,占其可比较"韵类"总数的30.4%(废、凡在本韵系没有对应的韵部,不计)。《韵镜》"韵类"系统与初唐诗文通用韵系有很大不同。有观点认为,《韵镜》反映的是隋至唐初的长安音[1],如果初唐通用韵系以长安音为基础,则上述比较结果不支持该观点。

初唐诗文通用韵系各部限于同一摄,只有元魂痕、月没二部跨摄。《韵镜》将山、元、仙列入"外转第二十一开"和"外转第二十二合",《七音略》将

---

[1]　葛毅卿《韵镜音所代表的时间和区域》,《学术月刊》1957年第8期,第79～85页。

山、元、仙列入"外转第二十一重中轻"和"外转第二十二轻中轻"。初唐元
魂痕同部延续了南北朝、隋的用韵特点。晚唐时期，元韵脱离臻摄转入山摄。
（王力1985：235、248）早期韵图元韵与山、仙韵配列，很可能反映了晚唐以后
（含晚唐）的音变。这对于考索早期韵图的形成有启发作用。

二、等

初唐诗文通用韵部一等韵独立的有泰、豪、德。一等重韵东一与冬、屋
一与沃、覃与谈均已合并（盍的韵部归属不明），而灰咍与泰分立。同摄的其
他一等韵魂与痕、寒与桓、曷与末亦已合并。一、三等韵合并的有冬与东三、
沃与屋三、模与虞、歌与戈三、魂痕与元、没与月、唐与阳、铎与药、登与蒸、侯
与尤幽、合与业乏。一等韵不与二等韵及四等韵合并。

初唐诗文通用韵部二等韵独立的有江、觉、麻二。二等重韵佳、皆与夬，
删与山，庚与耕，陌与麦均已合并（黠、鎋、咸、洽、狎的韵部归属不明）。二等
韵与三、四等韵合并的有庚耕清青、陌麦昔锡、萧宵肴。二等韵不与一等韵
合并。

初唐诗文通用韵部三等韵独立的有支、微、鱼、锺、烛、文、侵、缉、职、麻
三。三等韵与一等韵或二等韵合并的已见上述。三等重韵分立的有东三与
锺、支与脂之及微、鱼与虞、谆与文、叶与业，合并的有脂之、尤幽、真臻欣、庚
三清、陌三昔、术物。值得注意的是，同摄三、四等韵均合并，包括蟹摄祭与
齐（霁），效摄宵与萧、山摄仙与先、薛与屑、梗摄庚清与青、陌昔与锡，以及咸
摄盐与添、叶与帖。三、四等韵合并可以追溯到南北朝。齐梁陈隋时期，齐、
先、萧、青、添四等韵均与同摄的三等韵合并，只是"青韵有很多人是独用的"
（周祖谟1982/2000：118～120）。《切韵》同摄三、四等分韵大概不是根据南
北朝、隋代的普遍性用韵，而是为了"赏知音"，审音求细的结果。

初唐诗文通用韵部四等韵无一独立。四等韵不与一等韵合并，只与二
等、三等或四等韵合并。

综上，初唐诗文通用韵系四等韵独立性最差。各摄之内一、二等重韵大
都合并。齐梁陈隋时期，一、二等重韵只有庚与耕、陌与麦合并，同摄的其他
一等韵只有寒与桓、曷与末合并（周祖谟，同上）。从南北朝、隋到初唐，摄内

一、二等韵各自合流的趋势比较明显。一、二等韵关系最远，三、四等韵关系最近，一、二等韵与三、四等韵关系较远，相较于一等韵，二等韵似乎近于三、四等韵。

三、阳入相配

初唐诗文通用韵部东冬配屋沃，锺配烛，江配觉，元魂痕配月没，寒桓配曷末，先仙配屑薛，阳唐配药铎，庚耕清青配陌麦昔锡，侵配缉，盐添配叶帖。阳入失配的只有两组韵部：真谆臻欣、文对应质术栉物，蒸登对应职、德。删山对应的黠、鎋，覃谈对应的合业乏，因黠、鎋、盍、严、凡的韵部归属不明而无法判断。初唐诗文通用韵系阳声韵部与入声韵部大致相配整齐。

四、历史音变

本韵系43部，廖灵灵盛唐韵系42部，两者相同韵部25个，本韵系不同韵部18个，约占其可比较韵部总数的41.9%，廖灵灵盛唐韵系不同韵部17个，约占其可比较韵部总数的41.5%。尽管盛唐（713～765年）时间跨度只有52年，差不多只是初唐的一半，但韵部的差异和变化并不算小。由此看来，在断代诗文韵部研究中，有必要将初唐与盛唐区别开来，传统的唐代"四期"之分仍然适用。

从初唐到盛唐，通用韵部演变的方式主要有合流、分化及综合式变化三种类型，共涉及10组韵部。另有两组韵部因某些韵（咸、狎）的韵部归属不明，其归类阙如。1.韵部合流。初唐支、脂之二部盛唐合并为支脂之部，泰、灰咍二部合并为泰灰咍部，东冬、锺二部合并为东冬锺部，屋沃、烛二部合并为屋沃烛部，职、德二部合并为职德部。2.韵部分化。初唐萧宵肴部盛唐分为萧宵、肴二部，质术栉物部分为质术栉、物二部，庚耕清青部分为庚耕清、青二部。3.综合式变化。有的韵部既有分化也有合流。初唐佳皆央部中的佳、皆分化出来，皆韵独立，部分佳韵字与麻韵合并为佳半麻部（央韵盛唐韵部归属不明）。初唐合业乏部中的合韵分化出来并独立，业乏与叶帖合并为叶帖业乏部。初唐至盛唐韵部演变以合流居多。

从中古到近代，汉语通用韵部演变的大趋势是合流。初唐到盛唐，支脂

之、泰灰咍等的合流,符合通用韵部演变大势,当是通语音的反映。萧宵与
肴等的分化,均符合《广韵》"独用、同用"的规定,这可能与近体诗用韵规范
的影响有关。

第二节　初唐诗文通用韵部的特点及演变

关于初唐诗文通用韵系分部的特点及演变,第五章及本章第一节均有
论及,本节在此基础上从空间分布角度加以总结,进一步说明初唐通用韵系
分部的若干特点、诸家分部通用性欠缺的情况,以及通用韵部由初唐到盛唐
的演变。

一、支与脂之未合并

本韵系止摄分支、脂之、微三部,特点是支与脂之未合并。金恩柱韵系
支、脂、之三分。本韵系脂之与金恩柱韵系对应韵部脂、之的空间分布数据
见表5-1-16。

从表5-1-16看,金恩柱韵系脂、之的空间分布度数值均小于脂之,脂、之
的各要素量除了大区数量与脂之相等,其余均少于脂之。金恩柱韵系脂部、
之部缺乏通用性。

盛唐通用韵系支脂之同部。根据廖灵灵(2021),支脂之涉及作家126[①],
县域58,州府52,大区9,支脂之的各要素量在其所在单元均排第一。支脂之
在支、脂、之三个单元的空间分布度数值分别为12.711、8.945、11.621,数量居
各单元之首。初唐支脂之涉及作家29,县域23,州府19,大区7,其空间分布
度数值在支单元排第二,在脂、之二单元均排第三。初唐到盛唐支脂之所涉
要素量的增加,以及空间分布度序次的提升,反映了支脂之向通用韵部靠拢
的趋势。

二、蟹摄一等泰韵与灰咍分立,二等韵合并

本韵系蟹摄分为齐祭、泰、灰咍、佳皆夬四部,特点是二等韵合并,一等

① 此省"个"字。下仿此。

韵泰与灰咍分立。诸家韵系泰韵几乎都是独立的（耿志坚韵系泰韵归部不明），其余各韵的归部，金恩柱韵系分皆灰咍、佳麻二部，李蕊韵系佳$_{\text{半}}$皆灰咍合并，佳$_{\text{半}}$麻合并。本韵系灰咍、佳皆夬二部与金、李两家韵系对应韵部的空间分布数据分别见表5-1-19、5-1-30，为方便观览，合成如下表（另加上本韵系麻部及李蕊韵系佳$_{\text{半}}$麻的空间分布数据）：

表6-2-1　本韵系佳皆夬、灰咍、麻与金恩柱韵系、李蕊韵系相应韵部空间分布数据对比表

	韵部/用韵	空间要素量				空间分布度
		作家数量	县域数量	州府数量	大区数量	
本韵系	灰咍	61	46	34	8	8.025
	佳皆夬	6	6	6	4	——
	麻	67	52	39	8	2.408
金恩柱韵系	皆灰咍	1	1	1	1	1.663
	佳麻	2	2	2	2	——
李蕊韵系	佳$_{\text{半}}$皆灰咍	0	0	0	0	0
	佳$_{\text{半}}$麻	2	2	2	2	——

金恩柱韵系皆灰咍的各要素量远少于灰咍，亦少于佳皆夬，皆灰咍的空间分布度数值远小于灰咍。皆灰咍不具有通用性。金恩柱韵系佳麻的各要素量均少于佳皆夬，更是远少于麻。佳麻不具有通用性。李蕊韵系佳$_{\text{半}}$皆灰咍未见韵例，不具有通用性。李蕊韵系佳$_{\text{半}}$麻的各要素量均少于佳皆夬，更少于麻。佳$_{\text{半}}$麻通用性欠缺。

盛唐通用韵系泰灰咍合并，皆韵独立，佳$_{\text{半}}$麻合并，与本韵系不同。盛唐泰灰咍部涉及作家70，县域40，州府37，大区8，初唐未见泰灰咍同用例。盛唐佳$_{\text{半}}$麻部涉及作家66，县域34，州府33，大区8，初唐佳麻同用只有2例，各要素量均为2。以上可见，泰灰咍和佳麻的空间分布在盛唐有了很大扩展。

值得关注的一点是，初唐与蟹摄字相押的佳韵系字有5个（“解罢柴卖差”），共9字次；与麻韵系字相押的佳韵系字仅有“娃𦒷”2字、2字次。盛唐与蟹摄字相押的佳韵系字有6个（“涯崖解画街䡈”）、7字次；与麻韵系字相押的佳韵系字有5个("涯崖解罢佳")、21字次,其中,"涯、崖"入韵字次分别为11、6。佳韵系字在初唐多与蟹摄字相押,这些佳韵系字都是常用字,故佳韵归部在蟹摄。盛唐时期,佳韵系字押入假摄比押入蟹摄仅少1个字,但字次多出了两倍;盛唐押入假摄的佳韵系字较初唐增加不少,字次增多尤为显著。佳韵系字的押韵行为由初唐基本限于蟹摄向盛唐跨假摄相押"转移",以至于盛唐佳韵系字的跨假摄相押总体上超过了与本摄字相押,并引起佳麻空间分布的扩展,进而形成佳₌麻部。可见,部分佳韵系字押韵行为的跨摄"转移"是佳₌麻部形成的关键,而"涯、崖"扮演了重要角色。不过,"涯、崖"及"解"兼押蟹、假二摄字,说明这种"转移"尚在进行中。佳韵系字的后续变动仍值得关注。

三、肴韵与同摄三、四等韵合并

本韵系效摄分为萧宵肴、豪二部,特点是二等肴韵与同摄三、四等韵合并。鲍、耿、金三家韵系肴韵独立。本韵系萧宵肴与鲍、耿、金三家韵系对应韵部萧宵、肴的空间分布数据见表5-1-2。

据表5-1-2,萧宵涉及的各要素量均少于萧宵肴,萧宵的空间分布度数值亦少于萧宵肴;肴部涉及的各要素量远少于萧宵肴,其空间分布度低于萧宵肴。鲍、耿、金三家韵系萧宵、肴二部缺乏通用性。

盛唐通用韵系肴韵独立,与本韵系不同。盛唐肴单元空间分布度排序为肴2.185＞宵肴1.936＞萧宵肴1.243＞……,肴涉及作家12,县域8,州府8,大区4,各要素量在单元内均排第一。从齐梁陈隋到初唐再到盛唐,肴韵经历了"分[①]→合→分"的演变过程。盛唐肴韵分立,可能是受了近体诗用韵规范的影响,因为《广韵》规定肴韵"独用"。

四、东冬合并,锺韵独立

本韵系通摄阳声韵分为东冬、锺二部,特点是冬与东合并,锺韵独立。鲍明炜韵系东冬锺合并,耿志坚韵系东韵独立,冬锺合并。本韵系东冬、锺与鲍、耿两家韵系对应韵部的空间分布数据见表5-1-3、5-1-10,今合成如

---

① 周祖谟(2000:120、135)。

下表：

表 6-2-2　本韵系东冬、锺与鲍、耿韵两家
韵系对应韵部空间分布数据对比表

	韵部/用韵	空间要素量				空间分布度
		作家数量	县域数量	州府数量	大区数量	
本韵系	东冬	83	59	40	9	5.155
	锺	32	27	23	6	4.955
鲍明炜韵系	东冬锺	2	2	2	2	1.153
耿志坚韵系	东	81	58	39	9	5.109
	冬锺	2	2	2	2	1.153

表 6-2-2 显示，鲍明炜韵系东冬锺的各要素量远远少于本韵系东冬，比起锺部也少很多，东冬锺的空间分布度数值少于东冬和锺。鲍明炜韵系东冬锺部不具有通用性。耿志坚韵系东部除大区数量与本韵系东冬部相等，其他要素量及空间分布度数值均略少于本韵系东冬部，冬锺的各要素量比东冬及锺都要少很多，冬锺的空间分布度数值亦少于东冬和锺。耿志坚韵系东、冬锺部通用性欠缺。

盛唐通用韵系东冬锺同部，与本初唐韵系不同。廖灵灵（2021）锺单元初次提取时的空间分布度排序为东锺 3.698＞锺 3.600＞东冬锺 1.618＞……，东锺比锺略高；初唐初次提取时，锺单元空间分布度排序为：锺 4.955＞东锺 4.487＞冬锺 1.153＝东冬锺＞……，锺略高于东锺。初、盛唐锺与东锺空间分布度序次的变化，导致了韵部提取结果不同。从空间要素量的对比变化来看：盛唐东锺涉及作家 32，县域 22，州府 21，大区 7，锺涉及作家 34，县域 24，州府 23，大区 6，前三个要素量东锺均比锺少 2，大区数量比锺多 1；初唐锺涉及作家 32，县域 27，州府 23，大区 6，东锺涉及作家 22，县域 17，州府 16，大区 7，前三个要素量也是东锺比锺少，大区数量同样比锺多 1。初、盛唐前三个要素量都是东锺少于锺，所不同的是，少的幅度是初唐较大而盛唐小。由于大区数量在用韵空间分布综合评价中的权重最大，如果东锺的前

三个要素量比锺只是略少,那么东锺比锺多出来的1个大区数就会在空间分布综合评价中取得优势,例如盛唐;反之,如果东锺的前三个空间要素量比锺要少得多,东锺比锺多出来的1个大区数就没有优势可言了,最终维持东锺比锺空间分布少的局面,初唐就是其例。这是粗略的空间分布数量关系分析,由此可见,从初唐到盛唐,锺的空间分布逐渐缩小,东锺的空间分布渐次扩大。

五、欣与真谆臻合并

本韵系臻摄三等韵分为真谆臻欣、文两部,特点是欣不与文合并而与真谆臻合并。鲍、耿两家韵系真谆臻合并,欣韵独立。本韵系真谆臻欣与鲍、耿两家韵系真谆臻、欣的空间分布数据见表5-1-5。

表5-1-5显示,鲍、耿两家韵系真谆臻的各要素量远少于本韵系的真谆臻欣,真谆臻的空间分布度数值亦远少于真谆臻欣。鲍、耿两家韵系欣部的空间分布数据为0。鲍、耿两家韵系真谆臻、欣部都不具有通用性。

盛唐通用韵系分真谆臻欣、文二部,与本韵系相同。初次提取韵部时,初唐没有真谆臻欣同用韵例,盛唐出现了3例同用,各要素量均为3,其空间分布度在臻单元排序第二,欣单元排序第三。这反映了初唐至盛唐真谆臻欣部的空间分布有所扩展。

六、元韵归于魂痕

本韵系元魂痕合并。金恩柱韵系魂痕合并,元韵独立。本韵系元魂痕与金恩柱韵系元、魂痕的空间分布数据见表5-1-21、5-1-22,今合成如下表:

表6-2-3　本韵系元魂痕与金恩柱韵系元、魂痕空间分布数据对比表

	韵部/用韵	空间要素量				空间分布度
		作家数量	县域数量	州府数量	大区数量	
本韵系	元魂痕	42	37	30	8	9.992
金恩柱韵系	元	19	17	16	4	5.722
	魂痕	4	2	2	2	1.846

　　表6-2-3显示，金恩柱韵系元部的各要素量均少于本韵系元魂痕，其空间分布度数值亦少于元魂痕。金恩柱韵系魂痕的各要素量远少于本韵系元魂痕，魂痕的空间分布度远低于元魂痕。金恩柱韵系元、魂痕部通用性欠缺。

　　盛唐通用韵系元魂痕合并，与本韵系相同。盛唐元魂痕部涉及作家37，县域23，州府23，大区7，要素量分别比初唐少了5、14、7、1。元魂痕部空间分布数据在盛唐的减少是不是一种偶然现象？为此，我们将初、盛唐元与先、仙同用（含入声韵）的空间分布数据进行对比，见下表：

表6-2-4　初、盛唐元与先、仙同用的空间分布数据对比表

用韵	初、盛唐	作家数量	县域数量	州府数量	大区数量
元先仙	初	15	14	14	5
	盛	16	13	13	5
月屑薛	初	4	4	4	3
	盛	14	12	11	5
元先	初	1	1	1	1
	盛	5	5	5	4
月屑	初	3	3	3	2
	盛	4	4	4	3
元仙	初	2	2	2	2
	盛	9	9	9	6
月薛	初	4	4	4	2
	盛	16	12	12	6

　　由上表可见，除了盛唐元先仙的县域数、州府数略少于初唐，大区数持平，其他各组数据都是盛唐多于初唐，盛唐多于初唐的数据组占比高达87.5%。这表明，从初唐到盛唐，元与先、仙同用的空间分布已经有了相当程度的扩展。我们认为，这种扩展不是偶然的，而是与元魂痕空间分布范围的缩小相关联，两者存在互动关系。据刘根辉与尉迟治平（1999），元韵已由盛唐的"真文部"转入中唐的"寒先部"。耿志坚（1991：76）在分析了与元韵相关的合韵谱后认为，中唐元与先、仙等韵"在读音上已经渐趋一致了"。从初、盛唐元魂痕与元跟先、仙同用空间分布范围的此消彼长中，可以看到盛唐以

后元与先仙合并的端倪。

七、青韵与庚耕清合并

本韵系庚耕清青合并，特点是梗摄四等青韵不独立，而是与二三等韵合并。耿志坚韵系庚耕清合并，青独立，金恩柱韵系庚耕合并，清、青各自独立。本韵系庚耕清青与耿、金两家韵系对应韵部的空间分布数据见表5-1-12、5-1-26，今合成如下表：

表 6-2-5　本韵系庚耕清青与耿、金两家

韵系对应韵部空间分布数据对比表

韵部/用韵		空间要素量				空间分布度
		作家数量	县域数量	州府数量	大区数量	
本韵系	庚耕清青	113	74	49	9	9.856
耿志坚韵系	庚耕清	10	9	9	5	3.595
	青	21	16	15	6	3.273
金恩柱韵系	庚耕	4	3	3	2	1.536
	清	42	33	22	7	6.398
	青	21	16	15	6	3.273

表6-2-5显示，耿志坚韵系庚耕清的各要素量远少于本韵系庚耕清青，青的各要素量也少于本韵系庚耕清青，庚耕清与青的空间分布度数值少于本韵系庚耕清青。金恩柱韵系庚耕的各要素量远少于本韵系庚耕清青，清、青的各要素量亦少于庚耕清青，金恩柱韵系庚耕、清、青的空间分布度均低于本韵系庚耕清青。耿志坚韵系庚耕清、青部和金恩柱韵系庚耕、清、青部均缺乏通用性。

盛唐通用韵系庚耕清合并，青韵独立，与本韵系不同。盛唐庚耕清涉及作家127，县域56，州府56，大区9，空间分布度数值为6.580，青涉及作家37，县域22，州府22，大区9，空间分布度数值为4.991。盛唐青韵独立，比初唐的分部要保守，却合于《广韵》"独用、同用"的规定。盛唐以下诗坛名家辈出，近体诗格律趋于定型而且严苛，功令对诗歌创作的影响越来越大，青韵独立可能与此有关。反观入声韵,由于近体诗一般不押入声韵,其用韵不大受近体诗影响,诗人按实际语音押韵,所以锡韵不独立,而是与陌麦昔合流。

八、蒸登合并

本韵系蒸登合并。鲍、耿、金、李四家韵系皆分蒸、登二部。本韵系蒸登与鲍、耿、金、李四家韵系蒸、登的空间分布数据见表5-1-7。

从表5-1-7看,鲍、耿、金、李四家韵系蒸的各要素量少于本韵系蒸登,其空间分布度数值亦少于本韵系蒸登。四家韵系登的各要素量与空间分布度数值均远少于本韵系蒸登。鲍、耿等四家韵系蒸、登二部通用性欠缺。

盛唐通用韵系蒸登合并,与本韵系相同。盛唐蒸登部涉及作家26,县域19,州府19,大区7。与初唐相比,盛唐蒸登部只有州府数量多1,大区数相等,而作家少2,县域少4。这似乎意味着从初唐到盛唐蒸登的空间分布没有扩大,甚至有可能缩小了。为了弄清楚盛唐蒸登部空间分布变化的"真相",我们引入初唐蒸与蒸登的空间分布数据,再与盛唐此类数据进行比较,见下表:

表6-2-6　初、盛唐通用韵系蒸登部与蒸空间分布数据对比表[①]

韵部/用韵		空间要素量				空间分布度
		作家数量	县域数量	州府数量	大区数量	
本韵系	蒸登	28	23	18	7	6.775
	蒸	24	21	16	7	6.474
盛唐通用韵系	蒸登	26	19	19	7	4.475
	蒸	14	11	11	7	3.700

本韵系蒸登部除了大区数与蒸相等,其他要素量均多于蒸,其中作家多4,县域和州府均多2,又,空间分布度多0.301,换成百分比,即作家数蒸登比蒸多16.6%,县域多9.5%,州府多12.5%,空间分布度数值多4.6%。盛唐通用韵系蒸登部也是除了大区数与蒸相等,其他要素量均多于蒸,但多出的幅

---

① 廖灵灵(2021)蒸登部所涉县域数量原为15,少于州府数量(19),今改为19。其空间分布度数值当有变动,但此处不作改动。

度与初唐不同,作家多12,县域和州府均多8,空间分布度数值多0.775,计算百分比,作家数蒸登比蒸多85.7%,县域和州府均多72.7%,空间分布度数值多20.9%。这些数据表明,盛唐通用韵系蒸登部的空间分布较同时期蒸扩大的幅度,要远大于本初唐韵系蒸登部的空间分布较同期蒸扩大的幅度,换言之,盛唐蒸登部的空间分布较初唐相对扩大更为显著。从这个意义上说,盛唐蒸登部的通用性不是减弱了,而是增强了。

九、物与质术栉合并

本韵系质术栉物同部,特点是物不与文相配独立,而是与质术栉合并。鲍、耿、金三家韵系质术栉合并,物韵独立。本韵系质术栉物与鲍、耿、金三家韵系对应韵部的空间分布数据见表5-1-6。

从表5-1-6看,鲍、耿、金三家韵系质术栉的各要素量均少于本韵系质术栉物,其空间分布度数值亦少于质术栉物。三家韵系物韵的各要素量与空间分布度数值均远少于质术栉物。鲍、耿、金三家韵系质术栉部通用性欠缺,物部不具有通用性。

盛唐通用韵系质术栉合并,物韵独立,与本韵系不同。初、盛唐质、术、栉3个单元都是分别初次提取质、质术、质术栉为韵部,但物单元韵部的初次提取出现了不同结果。盛唐物单元物独用除大区数与质物、物没相等,其他要素量均为最多,物的空间分布度也最高(物5.489>物没4.936>质物4.908……),初唐物单元质术物除了大区数与物、质物、物没相等,其他要素量都是最多,其空间分布度数值也最大。与此相关联的是,物独用在初唐除了大区数与质物等相同并居首,其余均排第三;质术物同用到了盛唐除了大区数排第二,其他要素量均排第四。初、盛唐物与质术物空间分布的增减,导致了韵部提取结果的不同。

值得注意的是,本韵系物与质术栉合并,而相承的文韵却独立,不与真谆臻欣合并。从中古以后臻摄三等韵合流的趋势看,入声物韵的演变似乎先行了一步。这符合舒入不平衡发展的"入声原则"(张光宇2015:152～153)。盛唐物韵与文部相配而独立,与《广韵》文/物"独用"的规定吻合,可能是受了近体诗用韵规范影响所致。

十、职、德分立

本韵系职、德分立。李蕊韵系职德合并。本韵系职、德部与李蕊韵系职德的空间分布数据见表5-1-34。

从表5-1-34可以看出,李蕊韵系职德的各要素量均少于职,其空间分布度数值也少于职。李蕊韵系职德与本韵系德部相比,除了大区数少,其他要素量及空间分布度数值均多,不过,大区数量权重最大,而且,从本韵系提取德部所在的德单元看,德韵的空间分布度数值略高于职德[①]。总体上看,李蕊韵系职德部通用性欠缺。

盛唐通用韵系职德合并,与本韵系不同。盛唐职、德二单元职德的空间分布度都是最高(职德8.289>职7.532>陌职1.523=昔职>……,职德6.367>德5.087>锡职德1.169>……),职德的各要素量也最多。从初唐到盛唐,职、德及职德的空间分布发生了变化。初唐职德同用在职、德二单元的空间分布度数值均排第二,职德同用除了县域数比盛唐多3,其他要素量均少于盛唐。盛唐职、德除了德的大区数与初唐相等,二韵其他要素量均少于初唐。由此可见,从初唐到盛唐,职、德的空间分布逐渐缩小,职德的空间分布不断扩大,并最终形成通用韵部。

---

① 在本韵系提取德部所在的德单元中,德独用的空间分布度数值为3.282,而职德为3.201,排序第二,但这里拿来比较的是职德在职单元的空间分布度数值(5.568),因为它的数值最大。见本章第一节关于韵部比较的方法。

第七章 结论与余论

第一节 结论:本研究的主要观点与创新点

一、研究理念

断代诗文韵部研究以归纳通用韵部为首要目标。通用韵部是通语韵部在一类或几类语音材料中的表现。

在断代诗文韵部研究中首次提出"通用韵部的确定性"问题:我们归纳的诗文韵部是通用韵部吗? 如果是通用韵部,从方法本身是否能够证明其通用性质?

诗文韵部的通用性可以甚至必然从空间分布上得到反映。空间分布的普遍性是通语本质属性的表征。从这一本质特征出发,将"空间分布"作为通用韵部研究的核心理念。

用韵的通用度从狭义上理解就是用韵空间分布的普遍性程度。归纳断代诗文通用韵部,就是要归纳空间分布普遍性程度最高的用韵。

二、研究方法

(一)空间要素

空间要素是反映用韵空间分布普遍性程度的因素。本研究确定了作家、县域、州府、大区4个空间要素。作家→县域→州府→大区,构成了空间范围渐次扩大,空间属性由弱趋强的空间层级序列。

(二)构建用韵空间分布综合评价模型

1.确立空间指标体系。确定广度绝对数、广度拓展两个一级指标,作家绝对数、县域绝对数、州府绝对数、大区绝对数、县域拓展、州府拓展、大区拓展7个二级指标。

2.通过均值化法消除指标观测值的量纲:

$$z_{ij} = \frac{x_{ij}}{\overline{x}_j}$$

3.确定各项指标的权数。分析空间指标反映用韵空间分布普遍性的方式、程度及相互关系,推断各指标在综合评价体系中的重要性状况,并通过有关文献考证和数理测算,确定指标序列中各指标权数依次为:0.092、0.164、0.236、0.308、0.043、0.067、0.090。

4.采用几何综合法,对诸指标评价值进行合成,得到空间分布度数值。

$$z_i = \prod_{i=1}^{n} x_{ij}^{w_j}$$

5.韵部提取。空间分布度数值及其排序是提取通用性韵部的客观依据。初次提取的韵部构成包孕或交叉关系的,二次提取包孕韵部或系联合并韵部为韵部。对个别缺乏通用性或不合通用韵部演变趋势的拟提取韵部加以"矫正",进行二次计算。

(三)对用韵空间分布综合评价法的几点认识

1.用韵空间分布综合评价法是算术统计而非数理统计。用韵空间分布综合评价模型是基于传统的、习用的综合评价方法,其统计运算只用到算术乘除和初等代数中的幂指数运算,不涉及概率论及P值检验等数理统计方法。

2.用韵空间分布综合评价法在通用韵部的"确定性"方面优于其他诗文韵部研究方法。用韵疏密关系比较法主要是依据用韵数量归纳韵部,而用韵数量的多少一般来说与用韵空间分布的广狭没有必然联系。运用该方法得出的韵部是个相对常用的韵部,其性质是常用韵部而非通用韵部。辙/韵离合指数比较法的统计单位是"字次、韵次",不具有空间属性。辙/韵离合指数实质上是揭示相关辙/韵的远近疏密关系,而非空间分布普遍性状况。韵脚字系联法的基本原理是以相同韵脚字为纽带,将韵基相同的韵段串联成群,从而分别部类。系联的韵脚字及其集群与用韵的空间分布没有联系。

三种诗文韵部研究方法得出的韵部都不具有通用韵部的"确定性"。

　　3.用韵空间分布综合评价法与用韵疏密关系比较法等方法不是完全对立的关系。本方法得出的韵部系统与其他方法有异也有同。在比较的四家韵系中,有三家相同韵部数多于不同韵部数,相同韵部占可比较韵部总数之比最少也达到了46.2%,基于本著相同用韵材料得出的本用韵疏密关系比较韵系与本韵系只有一部之差异。

　　取两种方法的核心指标空间分布度与用韵数量进行相关性分析,发现在可考察的80个单元的散点图中,78个单元的回归方程有幂函数方程51个,对数方程25个,直线方程2个,其回归方程R^2值均在0.9以上,呈现出用韵空间分布度大体上随着用韵数量的增加而增加的趋势,但有时会出现一定程度的逆"趋势"或"趋势"暂停的波动,说明用韵数量与空间分布度存在"非线性相关、不完全相关"关系(详见"余论")。

　　4.本方法不适用于所涉空间范围较小、作家数量不多的诗文用韵研究。诗文作家的籍贯地信息存在不详、不实等缺憾。在大区的划分、空间指标权数的确定等方面存在主观因素的影响。偶有因要素量相差过于悬殊,或者不符合通用韵部演变趋势,需要对拟提取韵部加以"矫正"的情况,这似乎反映了本方法在韵部提取环节上的局限。

(四)对用韵疏密关系比较法的改进

　　分摄按单元提取韵部,各单元提取用韵数量最多的用韵为韵部。初次提取的韵部构成包孕或交叉关系的,二次提取包孕韵部或系联合并韵部为韵部。

三、研究材料

(一)韵文材料的选定

　　初唐诗文文本的划界(下限),以盛唐之始的代表性作家张九龄作为诸集初唐文本终点的共同参照。张九龄不见于《拾遗》《续拾》,则以初、盛唐之交的作家群为其初唐文本终点的参照。

　　利用古已有之的唐诗辨体成果与自行辨体相结合。根据诗题、句数字数、对仗、平仄等辨别古、近体。近体诗平仄"律联"模型有8种。考虑到初唐平仄格律发展的实际情况,绝句容忍一个拗句,律诗容忍一个拗联,8～14句的排律容许一个拗联,16～22句的排律容许两个拗联,其余类推。

划定初唐古体诗歌2114首/章,《全文》1114篇,《全文补》76篇,《唐墓志》78篇。

(二)韵脚字整理

韵脚字的诗文义与韵书义要相匹配。注意韵书义的概括性、多义性、有限性与诗文义的具体性、单义性、无限性的矛盾。意义匹配不能局限于《广韵》。有时韵书义与诗文义匹配了,但韵读不和谐或不甚和谐。在某些特定的韵读条件下,韵脚字的韵读具有一定的倾向性,据此定其音,致使韵书义与诗文义不匹配,出现"音义错配"。韵脚字是不别义异读的,按韵谐要求定音。如果一个字在《集韵》中是不别义异读,其在《广韵》中有一个音切没有释义,便可参照《集韵》定其为不别义异读。韵脚字因上下文缺略而无法获知其义的,姑按韵谐要求定音。

关于韵段的划分。划分韵段需要考虑韵读是否和谐、韵式的规律性、韵(组)的分布格局、语义层次及形式标记等多种因素。根据韵(组)的分布格局划分韵段似为首次提出。韵(组)的分布格局有分开聚集、交错及离散三种类型。韵(组)的分开聚集分布往往提示韵段之分。不同等的字或洪、细音字屡屡分开相押,或可据以划分韵段。韵的交错参差分布多提示韵段之合。韵字的离散分布一般提示韵段之合。声调的分开聚集分布多提示韵段的转换。

共分析了202个韵例。得到初唐诗文韵段7008个,其中,《全诗》2933个,《全文》3387个,《全文补》364个,《唐墓志》324个。

(三)空间材料

根据唐代方言分区与一级地方政区"道"的对应关系,结合地理形便,将初唐划分为9个大区:关内区、陇西区、河北区、中原区、江淮区、江南区、东南区、西南区、岭南区。大区兼有方言区和政区双重特性。

以《中国历史地图集(五)》配列的开元二十九年(741)分图列示的区划及名称为标准,通过查考《中国历史地名大辞典》,将初唐籍贯地原始信息中的州府、县域作"统一化"处理。

确定籍贯地的其他办法是：同名郡县独自使用且括注了今县域或与县域相当之地域名的，作为县；如果今地名是省、地级市或未知今地名的，一般定为郡；有地域相属关系的同名郡县与州府名连用时一般定为县，与县名连用时定为郡。世居地或祖籍与本人迁居地或青少年生活地不一致时，以后者为准，不依郡望；籍贯地原始信息提供了州府/郡及今地名中的县/县级市，可据今地名的县/县级市查知对应的唐代县域；作家籍贯未知的，可依其父母兄弟儿孙籍贯来定；开国皇帝及其早年所生子女依原籍贯，其登基后所生子女及孙辈以京城为籍贯地；道仙、僧侣籍贯不明的，姑以其主要活动地为准，等等。籍贯地订误献疑凡8例。

整理出初唐诗文作家有籍贯地可考者343人，其分布在9个大区、84个州府、153个县。

四、初唐诗文韵系及其通用性质

（一）初唐诗文韵部系统

使用用韵空间分布综合评价法，归纳初唐诗文韵部，得到支、脂之、微等43个韵部。其中，阴声韵14部：支、脂之、微、鱼、虞模、齐祭、泰、佳皆夬、灰咍、萧宵肴、豪、歌戈、麻、尤侯幽；阳声韵15部：东冬、锺、江、真谆臻欣、文、元魂痕、寒桓、删山、先仙、阳唐、庚耕清青、蒸登、侵、覃谈、盐添；入声韵14部：屋沃、烛、觉、质术栉物、月没、曷末、屑薛、药铎、陌麦昔锡、职、德、缉、合业乏、叶帖。迄、衔、废、黠、镈、咸、严、凡、盍、洽、狎韵部归属不明。

（二）初唐诗文韵系的通用性质及其确定性

本方法基于语言的通用性与空间分布普遍性的内在一致性原理，创设了多层次多侧面反映用韵空间分布普遍性状况的空间指标体系，以反映用韵空间分布普遍性程度的综合评价指标空间分布度作为提取韵部的依据，从根本上保证了韵部的通用性。对要素量相差悬殊、不符合通用韵部演变趋势的个别拟提取韵部打"补丁"，确保所提取韵部的通用性与合理性。指标初始数据的无量纲化、指标权重的设置、指标评价值的合成等数据处理符合统计规范性要求，保证了通用韵部结论的可靠性。

为了突显本初唐韵部的通用性，将其空间分布度数值与单元内空间分布度数值排第二的用韵进行比较。在80个可比较的单元中,有79个单元韵部的空间分布度数值均大于空间分布度数值排第二的用韵。有300组要素量都是本初唐韵部的要素量大于空间分布度数值排第二的用韵,约占可比较的320组要素量的93.8%。另有17组要素量相等。

五、相关韵系的比较

鲍明炜韵系与本韵系相同韵部34个,不同韵部11个。耿志坚韵系与本韵系相同韵部31个,不同韵部17个。金恩柱韵系与本韵系相同韵部24个,不同韵部28个。李蕊韵系与本韵系相同韵部30个,不同韵部10个。诸家初唐韵系与本韵系相同韵部占可比较韵部总数的比例按降序排列为:鲍明炜韵系75.6%＞李蕊韵系75%＞耿志坚韵系64.6%＞金恩柱韵系46.2%。各家韵系整体上看都不是通用韵系。

本用韵疏密关系比较韵系与本韵系相同韵部41个,不同韵部1个,相同韵部占其可比较韵部总数的97.6%。本用韵疏密关系比较韵系基本上是个通用韵系。从分部的结果来看,用韵疏密关系比较法与用韵空间分布综合评价法具有某种一致性。

《广韵》"独用、同用"韵系与本韵系相同韵部/韵类29个,不同韵部/韵类18个,相同韵部/韵类占其可比较韵类总数的61.7%。这一数据说明《广韵》"独用、同用"例不是源自初唐诗文通用韵系,唐人功令亦不源自初唐诗文通用韵系。

廖灵灵盛唐韵系与本韵系相同韵部25个,不同韵部17个,相同韵部占其可比较韵部总数的61.0%。其不同韵部占廖灵灵盛唐韵系可比较韵部总数的41.5%,占本初唐韵系可比较韵部总数的41.9%。在唐代诗文韵部研究中,将初唐与盛唐区别开来是合适的。

六、初唐诗文通用韵系的特征及演变

初唐通用韵系除了元魂痕/月没跨摄,其他各部均限于同一摄。《韵镜》"韵类"与本韵系分部相同的有14个,占其可比较"韵类"总数的30.4%。初唐通用韵系与《韵镜》"韵类"系统有很大不同,两者应该没有渊源关系。

初唐诗文通用韵系四等韵独立性最差。一摄之内一、二等重韵各自大都合并。一、二等韵关系远，三、四等韵关系近，一、二等韵与三、四等韵关系较远，二等韵比一等韵似近于三、四等韵。

初唐通用韵系阳声韵部与入声韵部大体上相配。

与诸家初唐韵系比较，本初唐韵系分部的特点是：支与脂之未合并；蟹摄一等泰韵与灰咍分立，二等韵合并；肴韵与同摄三、四等韵合并；东、冬合并，锺韵独立；欣与真谆臻合并，元韵归于魂痕；青韵与庚耕清合并；蒸登合并；物与质术栉合并；职、德分立。分部相异的原因，除了韵文材料多寡的不同，主要在于研究方法的不同。

从初唐到盛唐，诗文通用韵部经历了如下演变：支与脂之合并，泰与灰咍合并，皆韵独立，佳夬麻合流，肴韵独立，东冬与锺合并，青韵独立，物韵独立，职、德合并，葉帖与业乏合并，合韵独立。部分佳韵字的押韵行为由本摄相押逐渐向跨假摄相押"转移"。韵部的合并反映了汉语通语音发展大势。肴、青、物诸韵的独立成部可能是受了近体诗用韵的影响。

上述韵部的演变都可以从韵部/用韵的空间分布变化上得到解释。有的初、盛唐通用韵部相同，而空间分布仍在变化。例如，初、盛唐都有真谆臻欣、元魂痕、蒸登三部，真谆臻欣部的空间分布在盛唐有所扩展；元魂痕部的空间分布在盛唐缩减了，与此同时，元跟先、仙同用的空间分布在扩大，反映了元韵由臻摄转入山摄的趋势；蒸登部空间分布的绝对量在盛唐稍有减少，但相对于同时期的蒸韵，其空间分布扩大的幅度更为显著。

第二节　余论：对用韵空间分布综合评价法的几点认识

一、用韵空间分布综合评价法是算术统计而非数理统计

用韵空间分布综合评价模型包括研究目标的确定、指标体系的生成、原始数据的无量纲化、各指标的赋权、指标综合值的合成及韵部的提取诸环节，各环节的分析论证比较复杂，还涉及不少数学、统计学的原理与公式。

对于习惯了韵脚字"丝联绳引"法和用韵疏密关系比较法等音韵学传统研究方法的研究者和读者来说，对该方法持审慎的态度，这是可以理解的。

根据数学方法的使用情况，朱晓农（1989）将音韵学中的统计方法划分为算术统计、古典概率统计和数理统计三类，郑林啸（2004）也作了类似的划分。古典概率统计和数理统计都是基于概率论，所不同的是，数理统计增设了假设检验的环节，例如韵离合指数在50与90区间时，就需要利用t分布假设检验来确定韵的分合。本方法4个广度绝对数指标初始值都是绝对数即正整数，三个广度拓展指标初始值的计算方法是除法；空间指标的无量纲化采用均值化法，也是除法运算；指标评价值是通过初始值的权数次幂得到的，运算方法属于初等代数；指标值的合成采用了几何综合法，即指标评价值连续相乘。本方法各步骤均不涉及概率论。本方法既不是数理统计，也不是古典概率统计，而是算术统计。用韵空间分布综合评价法没有想象的那么"高深"，那么复杂。

二、用韵空间分布综合评价法在通用韵部的"确定性"方面优于其他诗文韵部研究方法

本方法适用于作家数量较多、涉及空间范围较大的诗文用韵研究。笔者在首章初步检讨了韵脚字系联法、用韵疏密关系比较法、辙/韵离合指数比较法归纳韵部的根据及其与通用韵部的关系，指出这些方法得出的韵部不具有通用韵部的"确定性"。第四章、第五章通过本韵系内部以及本韵系与诸家初唐韵系的韵部/用韵空间分布数据的比较，确证了诸家初唐韵系不具有通用韵部的"确定性"，而本初唐韵系的通用性凸显出来。具有通用韵部的"确定性"是本方法的最大优势。

以往用韵疏密关系比较法在判断某些用韵数量较少的"通押"究竟为同部相押还是异部通押时，研究者需要确定一个"用韵分合的比例"，然而，多大比例方为合适，大家的意见并不一致。在本研究中，如果"通押"的数量较少，其空间要素量也不会多，这样的"通押"多半在韵部初次提取环节即遭淘汰。本方法用来提取通用性韵部的依据是用韵的空间分布度。空间分布度是对用韵空间分布普遍性状况进行全面刻画和精确度量的结果，是客观的、

可靠的。

前辈学者早已注意到,韵段的长短在体现独用、同用音韵学价值上存在差别。"独用是每次用韵字数越多,意义越大。合用是每次用韵字数越少,意义越大"[①]。进一步看,"相同长短的韵段中,不同的韵脚字相邻模式也会体现不同的音韵学意义。比如说鱼虞相押有两个5韵字的韵段,一个韵段是'余鱼娱虞徐鱼夫虞珠虞',另一个是'初鱼鱼鱼虚鱼如鱼姝虞',显然前一个韵段两韵相混的程度表现得更强"[②]。韵段和韵次字次分别作为用韵疏密关系比较法与辙/韵离合指数比较法的统计单位,不能体现深层次的韵段结构关系及其音韵价值。本方法不以韵段及韵次、字次为统计单位,此类深层次结构关系对空间要素没有影响。

三、用韵空间分布综合评价法与其他诗文韵部研究方法不是完全对立的关系

在通用韵部的"确定性"上,本方法与韵脚字系联法、用韵疏密关系比较法等方法形成对立,但是,本方法与其他方法得出的韵部系统有异也有同。在参与比较的四家韵系中,有三家相同韵部数多于不同韵部数,相同韵部占可比较韵部总数之比最少也达到了46.2%,接近一半。基于用韵疏密关系比较法得出的初唐韵系与本韵系韵部的相同度高达97.6%。在研究材料相同的条件下,韵部划分结果一致性程度如此之高,说明这两种方法不是完全对立的关系,而是具有某种一致性。这是根据韵部研究结果得到的初步判断。

为了初步证明上述判断的合理性,下面选取这两种方法的核心指标——空间分布度与用韵数量作为变量,以止摄为例,粗略观察一下两个变量的对比关系。做法是将单元内用韵空间分布度数值按降序排列(用韵数量为1的用韵只列1个),观察对应的用韵数量次序是否也是降序。

---

① 李荣《庚信诗文用韵研究》,《音韵存稿》,商务印书馆1982年第234页。

② 郑林啸《再谈音韵学中统计法的应用及问题》(学术报告摘要),"跨学科视野下的汉语音韵学、诗律学研究工作坊",北京大学2020年11月。

表 7-1　止摄各单元用韵空间分布度数值与用韵数量的排序情况对比

单元	用韵	空间分布度	用韵数量	单元	用韵	空间分布度	用韵数量
支	支	10.416	122	脂	脂之	12.188	271
	支脂之	7.065	60		脂	9.799	50
	支脂	6.803	29		支脂之	8.254	60
	支之	6.529	33		支脂	7.948	29
	支微	4.751	15		支脂之微	5.229	15
	支脂之微	4.475	15		脂之微	5.171	16
	支之微	2.882	8		脂微	3.786	9
	支脂微	2.187	7		支脂微	2.556	7
	支齐	1.655	2		脂齐	1.934	2
	支鱼	0.951	1		脂之齐	1.934	2
之	脂之	10.839	271		脂灰咍	1.149	2
	之	10.648	164		脂虞	1.111	1
	支脂之	7.34	60	微	微	8.415	138
	支之	6.783	33		之微	4.537	22
	之微	5.55	22		支微	4.035	15
	支脂之微	4.65	15		支脂之微	3.801	15
	支之齐	4.071	1		脂之微	3.759	16
	支之微	2.995	8		脂微	2.752	9
	脂之齐	1.72	2		支之微	2.448	8
	之鱼	1.305	2		支脂微	1.858	7
	脂之微	1.116	16		微咍	0.807	1
	之灰	0.988	1				

　　上表显示，支单元9组数据中[①]，变量次序相同的有7组；脂单元11组数据，次序相同的有8组；之单元11组数据，次序相同的有7组；微单元8组数

---

① 　相邻两个用韵的空间分布度与用韵数量为1组数据。下同。

据,次序相同的有6组。4个单元共39组数据,变量次序相同的有29组,约占总数的74.4%。可见大多数情况下,止摄用韵空间分布度数值与用韵数量的先后次序是相同的。如果止摄的变量数量关系具有代表性,那么,空间分布度与用韵数量这两个变量当存在某种相关关系。

为了进一步弄清楚本方法与用韵疏密关系比较法的关系,有必要从数理上分析空间分布度与用韵数量之间是否存在相关关系及其关系类型。

变量间的关系有函数关系和相关关系两类。当一个变量取某个数值时,另一个变量依严格而确定的关系取相应的值,这种严格而确定的数量依存关系为函数关系。空间分布度数值是通过特定的数学模型对诸空间指标观测值进行运算得到的综合值,空间分布度跟空间指标构成函数关系,而用韵数量不是空间指标,没有参与运算过程,二者不构成函数关系。相关关系是发生在变量间的不严格、不完全确定的依存关系,它可以表现为数量关系。相关关系可分为线性相关与非线性相关两类。随着一个变量值的变动,另一个变量值发生大致相等的变动,为线性相关;随着一个变量值的变动,另一个变量值发生并不均等的变动,为非线性相关(刘竹林、江永红2008:243~245)。从止摄变量数据次序大致相同的情况推断,空间分布度与用韵数量可能存在相关关系。鉴于用韵数量对空间要素量和空间分布度的基础性作用,设定用韵数量为自变量,空间分布度为因变量。

统计学上确定变量之间是否存在相关关系,判断相关关系的方向、形态等,要先将变量值做一番整理,按一定的顺序排列,做成表格,如表6-1,此为相关表。再用横坐标、纵坐标分别代表自变量、因变量,将每组变量数据在坐标系中用一个点表示。n组变量数据就有n个点,坐标系中的这些点称为"散点",由"散点"构成的图称为"散点图",也叫"相关图"。用散点图描述变量间的相关关系更为直观。要精确测定两个变量间相关关系的密切程度,需要运用相关系数(r^2)这一工具。相关系数(r^2)跟下面要讲的回归分析的相关指数(R^2)计算方法相同。

相关分析可以确定变量之间的相关关系、相关方向等,但无法反映一个变量受另一个变量影响的具体程度,而回归分析通过拟合回归方程,可以显示变量之间的变动方向,以及一个变量影响另一个变量的具体程度,"近似地表达出变量之间的平均变化关系",甚至进行统计预测。当然,诗文用韵研究不能根据回归方程进行统计预测,但凭借回归方程式可进一步明确两个变量之间的相关关系类型。回归方程分为线性(直线)与非线性(曲线)两种,非线性回归方程包括指数曲线方程$\hat{y}=a+b\ln x$、幂函数曲线方程$\hat{y}=ax^b$等(刘竹林、江永红2008:262~263、278~280)。

　　相关系数(r^2)是测定具有线性相关关系的两个变量相关程度的重要指标,同时,也是测定线性回归方程拟合程度的重要指标,后者叫"判定系数"。在非线性回归分析中,仍然可以运用判定系数,此称"相关指数"(R^2),计算公式为:

$$r^2=1-\frac{\sum(y-\hat{y})^2}{\sum(y-\bar{y})^2} \tag{6-1}$$

(6-1)式中,$\hat{y}$为因变量y的估计值,它是根据一元线性回归方程式和自变量x值计算得到的结果。一元线性回归方程式如下:

$$\hat{y}=a+bx \tag{6-2}$$

(6-2)式中,a,b为回归方程参数。(6-1)式中,r^2的取值范围是$0 \leq r^2 \leq 1$。若$r^2=0$,说明变量x、y不存在线性相关关系;若$r^2=1$,表明变量x、y存在完全的线性相关关系;若$0 < r^2 < 1$,表明变量x、y存在不完全的线性相关关系。r^2值越大,回归方程的拟合程度就越高(同上2008:264、271、287)。

　　绘制散点图、求解回归方程和计算相关指数,均可借助Excel分析工具完成。下面以支单元为例,编制相关表,表中用韵数量按升序排列,见下表:

表7-2　支单元用韵数量与空间分布度数值相关表

用韵	用韵数量	空间分布度	用韵	用韵数量	空间分布度
支鱼	1	0.951	支脂陌昔锡职	1	0.951
支虞	1	0.951	支脂微鱼齐祭	1	0.951
支祭	1	0.951	支齐	2	1.655
支泰	1	0.951	支脂微	7	2.187
支脂齐	1	0.951	支之微	8	2.882

续表

用韵	用韵数量	空间分布度	用韵	用韵数量	空间分布度
支之鱼	1	0.951	支微	15	4.751
支之齐	1	0.951	支脂之微	15	4.475
支微齐	1	0.951	支脂	29	6.803
支脂之齐	1	0.951	支之	33	6.529
支脂之灰	1	0.951	支脂之	60	7.065
支脂齐祭	1	0.951	支	122	10.416

　　根据表7-2，借助Excel分析工具绘制散点图及趋势线，根据R^2最大值获取最佳回归方程：

图7-1　支单元用韵数量与空间分布度散点图

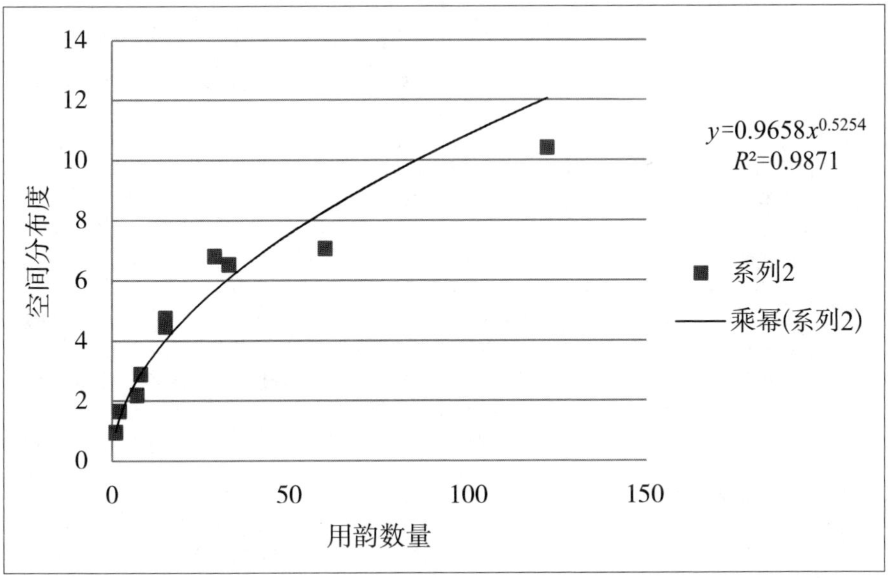

　　据表7-2和图7-1可知，支单元用韵空间分布度数值大致随用韵数量的增加而增加，散点趋势线总体呈上升态势。用韵数量的前后差距较空间分布度要大，从图形上看，趋势线的前段较陡，后段较为平缓。曲线回归方程为幂函数。该回归方程的相关指数（R^2）为0.9871，接近于1，回归模型对变量观测值的拟合程度度高，回归效果好。这表明，支单元用韵数量与空间分布度之间存在较强的幂函数数量关系。

　　按照支单元用韵数量与空间分布度相关与回归分析的思路及方法，对其余各单元加以分析。在95个单元中，迄、衔未见相关用韵，废、黠、锴、咸、严、凡、盍、洽、狎所在单元要素量及用韵数量都是1，均未提取韵部。夬、添单元只有一二组变量数据，在散点图上只有一两个散点，不能构成曲线。佳皆夬是经过特殊的二次提取得到的韵部，其涉及的佳、皆、夬三个单元不计算空间分布度，无法作变量分析。以上15个韵所属单元不予考察，故实际可考单元为80个。

　　下面列出80个单元变量回归方程及 R^2 值。为了节省篇幅，相关表、散点图省略。

表7-3　单元用韵数量与空间分布度的回归方程及 R^2 值

单元	回归方程	R^2值	单元	回归方程	R^2值
支	$y=0.9658x^{0.5254}$	0.9871	臻	$y=0.5817\ln(x)+0.106$	0.9766
脂	$y=1.1336x^{0.4983}$	0.9681	欣	$y=0.8174\ln(x)+0.2829$	0.9747
之	$y=1.5626\ln(x)+0.9339$	0.8458	魂	$y=1.0746x^{0.5412}$	0.9742
微	$y=0.8209x^{0.5201}$	0.9839	痕	$y=0.588x^{0.5261}$	0.9756
鱼	$y=1.569\ln(x)+0.4904$	0.9395	文	$y=1.1475x^{0.5139}$	0.9763
虞	$y=0.7495x^{0.5105}$	0.9707	质	$y=1.8918\ln(x)+0.8744$	0.9455
模	$y=0.7495x^{0.5105}$	0.9707	术	$y=0.6988x^{0.5098}$	0.9845
齐	$y=1.0869x^{0.5405}$	0.9896	栉	$y=0.577\ln(x)+0.1169$	0.9829
祭	$y=0.8093x^{0.574}$	0.9993	物	$y=0.6618x^{0.4908}$	0.9847
泰	$y=0.7564x^{0.5652}$	0.9798	没	$y=1.0797x^{0.4983}$	0.9884
灰	$y=1.4503\ln(x)+0.671$	0.9743	元	$y=1.1007x^{0.5511}$	0.9876
咍	$y=1.4714\ln(x)+0.6517$	0.9809	月	$y=1.2649\ln(x)+1.0172$	0.9917

单元	回归方程	R^2值	单元	回归方程	R^2值
萧	$y=0.5415x^{0.5086}$	0.9793	寒	$y=0.7141x^{0.5159}$	0.9911
宵	$y=0.6247x^{0.5188}$	0.9905	桓	$y=0.93\ln(x)+0.5459$	0.9953
肴	$y=0.4627x^{0.5387}$	0.9932	删	$y=0.9784x^{0.5646}$	0.9923
豪	$y=0.5664x^{0.4756}$	0.9738	山	$y=1.093x^{0.5554}$	0.9811
歌	$y=0.3818x^{0.5268}$	0.9975	先	$y=0.8568x^{0.4907}$	0.9409
戈	$y=0.3411x^{0.5247}$	0.9897	仙	$y=0.8742x^{0.5106}$	0.9558
麻	$y=0.4784\ln(x)+0.0139$	0.9984	曷	$y=1.083x^{0.5049}$	1
尤	$y=0.6584x^{0.4763}$	0.9642	末	$y=0.6745\ln(x)+1$	1
侯	$y=1.1701\ln(x)+0.1457$	0.9582	屑	$y=0.8005\ln(x)+0.3828$	0.9807
幽	$y=0.2197x^{0.4433}$	0.983	薛	$y=0.7769x^{0.5435}$	0.9847
东	$y=0.8832\ln(x)+0.2234$	0.977	阳	$y=0.6131\ln(x)+0.3092$	0.9999
冬	$y=0.0132x+0.4574$	0.9943	唐	$y=0.3822x^{0.4492}$	0.9882
屋	$y=1.0195\ln(x)+0.4433$	0.9645	药	$y=0.0859x+0.5365$	0.9909
沃	$y=0.409x^{0.3967}$	1	铎	$y=0.6281x^{0.4997}$	0.9777
锺	$y=1.1476\ln(x)+0.1532$	0.8984	庚	$y=0.7851x^{0.4607}$	0.967
烛	$y=0.8717\ln(x)+0.4279$	0.9544	耕	$y=0.4627x^{0.4247}$	0.9596
江	$y=0.409x^{0.3967}$	1	清	$y=1.4444\ln(x)+0.6307$	0.9796
觉	$y=0.8717\ln(x)+0.4279$	0.9544	青	$y=0.5541x^{0.4712}$	0.9727
真	$y=1.4184x^{0.4764}$	0.9544	陌	$y=0.8965x^{0.5175}$	0.9872
谆	$y=1.494\ln(x)+0.5436$	0.9584	麦	$y=0.6069x^{0.5151}$	0.9808
锡	$y=0.5963x^{0.518}$	0.9885	昔	$y=0.8356x^{0.5235}$	0.988
蒸	$y=1.5819\ln(x)+0.858$	0.9938	谈	$y=0.503x^{0.6674}$	1
登	$y=0.7983\ln(x)+0.3644$	0.9868	盐	$y=1.099x^{0.5525}$	0.999

单元	回归方程	R^2 值	单元	回归方程	R^2 值
职	$y=0.7315x^{0.4912}$	0.9702	合	$y=1.1261x^{0.7046}$	0.9909
德	$y=0.3958x^{0.4833}$	0.9961	业	$y=1.5335x^{0.6675}$	0.9297
侵	$y=0.5433x^{0.4508}$	0.9884	乏	$y=0.8762x^{0.6897}$	0.9964
缉	$y=0.6873\ln(x)+0.3474$	0.9943	葉	$y=1.484x^{0.2007}$	0.45
覃	$y=0.5264x^{0.6671}$	0.9998	帖	$y=1.479x^{0.4025}$	1

　　在可考察的80个散点图中,乏、葉两个单元的回归方程 R^2 值未达到0.9,其回归模型不大可靠,拟合程度不大高,不宜拿来分析变量间的数量关系。除此之外,78个单元的变量回归方程 R^2 值均在0.9以上,拟合程度高,可以较好地反映单元变量间的相关关系。

　　在78个单元的回归模型中,有幂函数方程52个,对数方程24个,直线方程两个。

　　52个幂函数方程的幂指数均大于0,其曲线图大致如脂单元变量曲线图所示:

图 7-2　脂单元变量曲线图

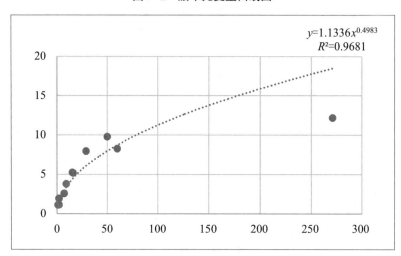

此类曲线图的趋势线呈上升态势,均在第一象限。

24个对数方程的系数均大于0,其曲线图大致如鱼单元变量曲线图所示:

图 7-3 鱼单元变量曲线图

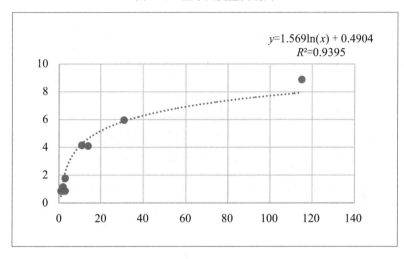

$y=1.569\ln(x)+0.4904$
$R^2=0.9395$

此类曲线图的趋势线均在第一象限,亦呈上升态势。

两个直线方程涉及冬、药单元,其趋势线都在第一象限,呈上升态势。

图 7-4 冬单元变量曲线图

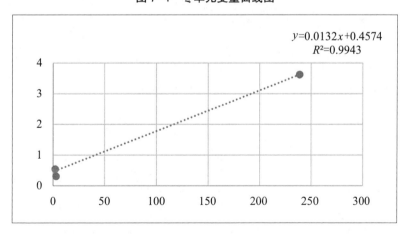

$y=0.0132x+0.4574$
$R^2=0.9943$

78个单元散点图的趋势线具体形态各异,不同类型的回归模型更是迥异,但是,这些回归模型几乎都是单调增函数,且均在第一象限。大体而言,空间分布度随着用韵数量的增加而增加。除了两个单元的变量数据可以近似地描绘为直线方程,其余都是曲线方程,说明空间分布度固然随用韵数量增加而增加,但各自增加的幅度并不相等。这是用韵数量与空间分布度数量关系的基本特征。用韵数量与空间分布度构成正相关关系,基本上是一种非线性相关。

不仅如此,这些单元的空间分布度并非任何时候都会随着用韵数量的增加而提高。如果将单元空间分布度数值按降序排序,同时扩展到用韵数量,比较相应用韵数量的排序就会发现,空间分布度数值的递减并不总是贯彻到用韵数量上,有时出现前后相邻的用韵数量次序不降反升或不降不升,或者相邻空间分布度数值相等,而相应的用韵数量不相等的情况。比如表7-1支单元支脂与支之,二者空间分布度为降序(6.803、6.529),但用韵数量却是升序(29、33);支微与支脂之微的空间分布度为降序(4.751、4.475),其用韵数量却相等(15、15)。单元空间分布度数值与用韵数量排序有异的情况详见表7-4:

表7-4　单元空间分布度数值与用韵数量排序有异的情况

单元	用韵	空间分布度及降序	用韵数量及排序	单元	用韵	空间分布度及降序	用韵数量及排序
支	支脂	6.803	29	真	真谆文	5.219	11
	支之	6.529	33		真谆臻	3.723	4
	支微	4.751	15		真欣	2.822	4
	支脂之微	4.475	15		真庚清	2.398	2
鱼	鱼模	4.144	11		真先	1.856	4
	鱼虞模	4.097	14	谆	真谆欣	3.297	7
虞	虞模尤	1.306	2		真谆文	3.011	11
	鱼虞模侯	0.991	2	臻	真臻	0.747	5
模	虞模尤	1.348	2		真谆臻	0.747	4
	模侯	1.056	2	文	文魂	2.699	3
	鱼虞模侯	1.023	2		文庚	2.297	4

单元	用韵	空间分布度及降序	用韵数量及排序	单元	用韵	空间分布度及降序	用韵数量及排序
齐	齐祭	8.773	42	魂	文魂	2.468	3
	齐	8.415	56		魂痕	1.846	5
	脂齐	1.853	2	质	质	9.083	46
	脂之齐	1.682	2		质术	8.679	67
泰	泰咍	1.766	3		质栉	2.771	4
	泰灰	1.42	3		质术物	2.579	6
咍	皆咍	1.046	2		质物	1.99	1
	脂灰咍	0.819	2		质文	1.082	3
宵	宵肴	2.03	7	寒	寒先仙	1.22	2
	宵豪	1.855	8		寒先	0.955	2
	萧宵豪	1.81	9	先	删先仙	1.486	2
豪	宵豪	1.595	8		山先仙	1.486	4
	萧宵豪	1.556	9		寒先	1.164	2
麻	佳麻	0.393	2		真先	1.151	4
	歌戈麻	0.298	2		真元先	0.854	1
侯	模侯	0.814	2		真先仙	0.854	2
	鱼虞模侯	0.789	2	仙	删先仙	1.492	2
东	东蒸	0.446	1		山先仙	1.492	4
	东锺江	0.446	3		真先仙	0.857	2
冬	东冬锺	0.545	2		元魂仙	0.857	1
	冬锺江	0.313	3	薛	月屑薛	2.044	4
锺	东冬锺	1.153	2		月薛	1.74	4
	锺江	0.875	3	元	元先仙	5.847	15
	锺唐	0.662	1		元	5.722	26

单元	用韵	空间分布度及降序	用韵数量及排序	单元	用韵	空间分布度及降序	用韵数量及排序
东锺江	东锺江	0.662	3	月	月屑薛	2.872	4
	东锺蒸	0.662	1		月薛	2.444	4
	冬锺江	0.662	3	铎	觉铎	1.451	3
屋	屋	5.199	80		觉药铎	1.235	4
	屋沃	5.199	86	陌	陌麦昔	3.949	12
	屋德	0.671	1		陌	2.977	12
	屋烛觉	0.671	2		昔锡	5.601	32
烛	烛职	0.647	1	昔	陌昔	5.32	36
	屋烛觉	0.647	2		陌昔锡	2.194	6
江	江	2.446	3		麦昔	2.105	6
	锺江	1.342	3		昔职	1.413	2
	冬锺江	1.016	3		昔职德	1.072	2
	江阳唐	1.016	1	锡	锡	1.622	5
觉	觉铎	1.493	3		陌昔锡	1.555	6
	觉药铎	1.271	4	职	职缉	1.21	2
	觉药	0.62	1		昔职德	0.918	2
	屋烛觉	0.62	2	德	德	3.282	64
真	真	14.811	158		职德	3.201	91
	真谆	14.397	170	业	业乏	2.698	2
	真谆欣	5.714	7		业	1.767	2

　　单元空间分布度数值与用韵数量排序有异的数据（异序数据）共56组，涉及37个单元，约占单元总数（78）的47.4%，接近单元总数的一半。其中，空间分布度数值降低，而用韵数量不降反升的有24组，不降不升的有19组；空间分布度数值相等，而用韵数量或升或降的有13组。这说明，单元变量曲线及直线回归方程只能理解为"近似地表达出变量之间的平均变化关系"，

空间分布度随用韵数量增加而增加只是一种趋势,有时会出现一定程度的逆"趋势"或"趋势"暂停的波动,表现在数据上,就是两组变量数据序列出现局部的异序情况。如果将单元散点图观测点少、回归模型 R^2 值未达到0.9的情况,以及普遍存在的空间分布度随用韵数量增加而不成比例增加的情况都考虑进来,那么,变量间的关系就显得更加复杂了。

由此可见,空间分布度与用韵数量之间不存在严格的、确定的依存关系,否则,就不会有上述种种复杂和不一致的情况了。用韵数量与空间分布度的相关关系既是非线性相关,也是不完全相关。在正文开头部分,我们做出了这样的经验性判断,即:用韵数量与其空间分布的普遍性没有必然的、确定的依存关系,上述对用韵数量与空间分布度相关关系的分析,为这一判断提供了数理统计上的证据。

异序数据不仅决定用韵数量与空间分布度相关关系的具体性质与类型,而且,有可能影响相应的两种方法提取韵部的结果。异序数据可以出现在单元数据序列(降序)各个位置段,其中,位居单元数据序列之首的异序数据值得特别注意。不难发现,在此类异序数据涉及的A、B两个用韵中,A的空间分布度数值最大,B次大,反之,B的用韵数量最多,A次之。此类数据有两组,见于齐、德两个单元。齐祭、齐的空间分布度为降序(8.773、8.415),用韵数量为升序(42、56);德、职德的空间分布度为降序(3.282、3.2),用韵数量是升序(64、91)。齐单元齐祭的空间分布度最大,齐次之;而齐的用韵数量最多,齐祭次之。德单元德的空间分布度最大,职德次之;用韵数量却是职德最多,德次之。如果采用用韵空间分布综合评价法,齐单元初次提取齐祭为韵部,德单元初次提取德为韵部;若用用韵疏密关系比较法,齐单元初次提取齐为韵部,德单元初次提取职德为韵部。两种方法初次提取的结果恰好相反。而且,从最后确定的韵部来看,使用用韵空间分布综合评价法在职单元初次提取的职,与德单元初次提取的德构成互补,作为最终的韵部;使用用韵疏密关系比较法初次提取的职单元的职,与德单元初次提取的职德构成包孕关系,最终提取职德为韵部。也就是说,曾摄入声韵最终的韵部保持了两种方法各自初次提取的结果。可见,这种异序数据直接影响两种方法初次提取韵部的结果,有时甚至决定最终提取的韵部。

　　既然用韵数量与空间分布度存在相关关系，那么，用韵数量是否可以纳入综合评价指标体系呢？答案是否定的。因为，如果将用韵数量塞进指标体系，不但与既定的用韵通用性研究目标相悖，还会与空间指标形成某种蕴含关系，造成实质上的重复，损害空间指标体系的系统性和简洁性。

　　至此，我们可以作出如下结论：既然用韵的空间分布度与用韵数量存在相关性，那么，用韵空间分布综合评价法与用韵疏密关系比较法就不应该是完全对立的关系，而是具有了某种一致性。这表明，本韵系与用韵疏密关系比较韵系分部相同度高不是偶然的。因此，在断代诗文通用韵部研究中，可以将用韵空间分布综合评价法与用韵疏密关系比较法结合使用，这将在很大程度上起到相互印证、相辅相成的作用。本著在这方面已经作了初步尝试。

四、用韵空间分布综合评价法的局限

　　毋庸讳言，用韵空间分布综合评价法也存在局限。首先，本方法不适用于所涉空间范围较小、作家数量不多的诗文用韵研究。这是由本方法研究断代诗文通用韵部的主要目标所决定的。其次，本方法所依赖的基础性材料之一诗文作家的籍贯地信息存在某些缺憾。比如，历史文献对一些作家籍贯地无载或记载不详。在我们整理的初唐诗文作家中，籍贯地不详的有133个，占作家总数的27.9%。这部分材料不能利用，很可惜。又比如，古人籍贯与其童年少年生活地是否一致？与本人占籍是否一致？这涉及众多个案，考究起来殊为不易。如果使用用韵疏密关系比较法，作家的籍贯地未必是研究者倚重的材料，籍贯信息方面的缺憾一般不影响韵部的归纳。再次，本方法存在一些主观因素的影响，主要表现在大区的划分、空间指标权数的确定等方面。复次，本韵系个别韵部（江部）尽管空间分布度数值在单元内最多，但用韵数量及各要素量均寥寥无几，韵部的通用性令人怀疑。当然，该问题的根源不在于方法，而在于用韵材料的缺乏。最后，本方法二次提取韵部的依据是音理，二次提取的韵部在空间分布普遍性上往往缺乏初始数据的支撑。初次提取时，如果包孕关系韵部的要素量相差太悬殊，或者拟二次提取的系联合并韵部不符合通用韵部发展演变的趋势，就不得不采用从权的办法提取韵部。这样做，是为了保证韵部提取的科学性，但也似乎反映了本方法在韵部提取环节上的局限。

　　附带指出，作为首部基于用韵空间分布综合评价法的断代诗文韵部研究专著，除了上述研究方法上的不足，以及研究材料整理与利用等方面的不足，还存在研究内容上的缺憾。笔者最初设想：拟通过考察通用韵部的区域分布集中度，推测初唐时期基础方言的属地；考察异部通押的区域分布特征，分析初唐诗文用韵中的方音及方言分区；末了附上初唐诗文韵谱。但终因人力、时间、篇幅等主客观条件所限，这些内容今付阙如，只能留待后续研究去呈现了。

参考文献

一、古典文献

陈尚君《全唐诗补编》（全三册），中华书局1992年

陈尚君《全唐文补编》（全三册），中华书局2005年

（清）戴震《声韵考》，《丛书集成初编》第1250册，中华书局1985年

（宋）丁度等《集韵》（全二册），上海古籍出版社2017年

（清）董诰等《全唐文》（全十一册），中华书局1983年

（清）段玉裁《说文解字注》，上海古籍出版社1988年

（唐）封演《封氏闻见记》，《丛书集成初编》第275册，中华书局1983年

（明）高棅《唐诗品汇》（全二册），上海古籍出版社1982年

（清）顾炎武《音学五书》，中华书局1982年

（宋）计有功《唐诗纪事》，《四部丛刊》本

（唐）李吉甫撰，贺次君点校《元和郡县图志》，中华书局1983年

（后晋）刘昫等《旧唐书》，中华书局1975年

（唐）陆德明《经典释文》，中华书局1983年

逯钦立《先秦汉魏晋南北朝诗》（全三册），中华书局1983年

马积高《历代辞赋总汇（唐代卷）》，湖南文艺出版社2014年

（宋）欧阳修、宋祁《新唐书》，中华书局1975年

（清）彭定求等《全唐诗》（全二十五册），中华书局1960年

（清）阮元《十三经注疏》，中华书局1980年

（南朝梁）萧统编，（唐）李善注《文选》，中华书局1977年

（汉）许慎《说文解字》，中华书局1963年

（北齐）颜之推著，王利器集解《颜氏家训集解》（全二册），中华书局2013年

（西汉）扬雄撰，（晋）郭璞注《方言》，《丛书集成初编》第1177册，中华书局
　　1983年

周绍良《唐代墓志汇编》，上海古籍出版社1992年

周绍良《唐代墓志汇编续集》，上海古籍出版社2001年

周勋初等《全唐五代诗》（目次、1～10册），陕西人民出版社2014年

周勋初《唐人轶事汇编》，上海古籍出版社1995年

二、现代著作（含论文集）

鲍明炜《唐代诗文韵部研究》，江苏古籍出版社1990年

蔡梦麒《广韵校释》，岳麓书社2007年

储泰松《唐五代关中方音研究》，安徽大学出版社2005年

丁邦新《魏晋音韵研究》，《历史语言研究所专刊》第65种，1975年

丁治民《唐宋辽金北京地区韵部演变研究》，黄山书社2006年

方孝岳、罗伟豪《广韵研究》，中山大学出版社1988年

（瑞士）费尔迪南·德·索绪尔著，高名凯译，岑麒祥、叶蜚声校注《普通语言学
　　教程》，商务印书馆1980年

傅璇琮《唐才子传校笺》，中华书局1995年

（瑞典）高本汉著，赵元任、罗常培、李方桂译《中国音韵学研究》，商务印书馆
　　1995年

耿振生《20世纪汉语音韵学方法论》，北京大学出版社2004年

耿振生《音韵学研究方法导论》，北京大学出版社2016年

葛毅卿《隋唐音研究》，南京师范大学出版社2003年

郭芹纳《诗律》，商务印书馆2004年

黄仁瑄《唐五代佛典音义研究》，中华书局2011年

黄笑山《〈切韵〉和中唐五代音位系统》，（台湾）文津出版社1995年

黄尧坤《唐五代词的律的构成与声律探赜》，《声韵论丛》第9辑

华学诚《扬雄〈方言〉校释汇证》（全二册），中华书局2006年

李德辉《全唐文作者小传正补》（全二册），辽海出版社2012年

李斐《初唐诗格律演变研究》，上海古籍出版社2021年

李开《语言学和文史语言研究集稿》,南京大学出版社2015年

林焘《中国语音学史》,语文出版社2010年

李荣《切韵音系》,科学出版社1956年

李荣《音韵存稿》,商务印书馆1982年

刘冠才《北朝通语语音研究》,中华书局2020年

刘君惠、李恕豪等《扬雄方言研究》,巴蜀书社1992年

刘晓南、张令吾《宋辽金用韵研究》,(香港)文化教育出版社有限公司2002年

刘晓南《宋代四川语音研究》,北京大学出版社2012年

刘竹林、江永红《统计学——原理、方法与应用》,中国科学技术大学出版社
　　2008年

李新魁《中古音》,商务印书馆1991年

鲁国尧《鲁国尧语言学论文集》,江苏教育出版社2003年

罗常培、周祖谟《汉魏晋南北朝韵部演变研究》第一分册,中华书局2007年

罗常培《唐五代西北方音》,科学出版社1961年

马重奇《杜甫古诗韵读》,中国展望出版社1985年

聂娜《数学与音韵学的会通——数学方法在音韵学研究中的应用》,上海书
　　店2018年

潘悟云《汉语历史音韵学》,上海教育出版社2000年

彭红卫《唐代律赋考》,社会科学文献出版社2009年

邵荣芬《切韵研究》,中国社会科学出版社1982年

宋洪民《金元词用韵与〈中原音韵〉》,中国社会科学出版社2008年

孙玉文《汉语变调构词考辨》(全二册),商务印书馆2015年

唐作藩《汉语史学习与研究》,商务印书馆2001年

王力《汉语诗律学》(全二册),中华书局2015年

王力《汉语史稿》(重排本),中华书局2004年

王力《汉语音韵》,中华书局1963年

王力《汉语语音史》,中国社会科学出版社1985年

王兆鹏《唐代科举考试诗赋用韵研究》,齐鲁书社2004年

魏建功《古音系研究》,中华书局1996年

项楚《王梵志诗校注》（增订本），上海古籍出版社2010年

向熹《简明汉语史》（修订本），商务印书馆2010年

夏先忠《六朝上清经用韵研究》，西南交通大学出版社2010年

谢忠秋等《应用统计学》，机械工业出版社2014年

徐朝东《蒋藏本〈唐韵〉研究》，北京大学出版社2012年

（美）薛凤生著，耿振生、杨亦鸣选编《汉语语音史十讲》，华语教学出版社
　　1999年

徐通锵《历史语言学》，商务印书馆1991年

于安澜《汉魏六朝韵谱》，河南人民出版社1989年

余迺永《新校互注宋本广韵》（定稿本），上海人民出版社2008年

曾五一《统计学》，北京大学出版社2006年

张渭毅《中古音论》，河南大学出版社2006年

张锡厚《王梵志诗校辑》，中华书局1983年

赵诚《中国古代韵书》，中华书局1979年

周祖谟校，吴晓铃编《方言校笺及通检》，科学出版社1956年

周祖谟《魏晋南北朝韵部之演变》，（台湾）东大图书出版公司1996年

朱晓农《北宋中原韵辙考：一项数理统计研究》，语文出版社1989年

三、论文

（美）白一平著，冯蒸译《汉语上古音的*-u和*-iw在〈诗经〉中的反映》，冯
　　蒸《汉语音韵学论文集》，首都师范大学出版社1997年

鲍明炜《初唐诗文的韵系》，《音韵学研究》第二辑，中华书局1986年

陈海波、尉迟治平《五代诗韵系略说》，《语言研究》1998年第2期

陈尚君《唐诗人占籍考》，《唐代文学丛考》，中国社会科学出版社1997年

都兴宙《敦煌变文韵部研究》，《敦煌学辑刊》1985年第1期

都兴宙《王梵志诗用韵考》，《兰州大学学报》1986年第1期

冯蒸《唐代方音分区考略》，《龙宇纯先生七秩晋五寿庆论文集》，（台湾）学
　　生书局2002年

耿志坚《初唐诗人用韵考》，（台湾）《语文教育研究集刊》1987年第6期

耿志坚《盛唐诗人用韵考》，（台湾）《教育学院学报》1989年第14期

耿志坚《唐代元和前后诗人用韵考》，（台湾）《彰化师范大学学报》1990年
　　第15期

耿志坚《晚唐及唐末五代近体诗用韵考》，（台湾）《彰化师范大学学报》
　　1991年第2期

耿志坚《中唐诗人用韵考》，《声韵论丛》第三辑，台湾学生书局1991年

何大安《南北朝韵部演变研究》，台湾大学博士学位论文，1981年

何九盈《汉语语音通史框架研究》，《民俗典籍文字研究》第一辑，商务印书
　　馆2003年

黄笑山《汉语史上标准音的发展和中古音的两个阶段》，《广西民族学院学报
　　（哲学社会科学版）》，1991年第4期

胡安顺《唐代洛阳诗人用韵考》，《纪念〈中国语文〉创刊五十周年学术论文
　　集》，商务印书馆2004年

胡杰、尉迟治平《诗文用韵的计算机处理》，《语言研究》1998年增刊

蒋冀骋《王梵志诗用韵考》，《敦煌吐鲁番学研究论集》，书目文献出版社
　　1996年

（韩）金恩柱《从唐代墓志铭看唐代韵部系统的演变》，《古汉语研究》1999年
　　第4期

（韩）金恩柱《唐代墓志铭用韵研究》，中山大学博士学位论文，1998年

金雪莱、黄笑山《中古诗文用韵考研究方法的进展》，《语言研究》2006年第3期

居思信《中古韵部系统试拟》，《齐鲁学刊》1993年第3期

梁倩婷《基于用韵空间分布综合评价方法的齐梁陈隋诗文韵部研究》，广西
　　民族大学硕士学位论文，2022年

廖灵灵《基于用韵空间分布综合评价方法的盛唐诗文韵部研究》，广西民族
　　大学硕士学位论文，2021年

廖名春《从吐鲁番出土文书的别字异文看五至八世纪初西北方音的韵母》，
　　《古汉语研究》1992年第1期

李露蕾《南北朝韵部研究方法论略》，《华东师范大学学报（哲学社科学版）》
　　1991年第2期

李蕊《从唐代近体诗用韵看〈广韵〉"独用""同用"例》,《汉语史学报》第二十五辑,上海教育出版社2021年

李蕊《唐代古体诗用韵研究之一》,《贵州大学学报(社会科学版)》2019年第1期a

李蕊《唐代古体诗用韵研究之二》,《语言研究》2019年第1期b

李蕊《唐代古体诗韵部演变考》,《古汉语研究》2021年第1期

李蕊《唐代近体诗用韵研究》,《励耘语言学刊》第28辑,中华书局2018年版

李维一《初唐四杰诗韵》,《语言学论丛》第9辑,商务印书馆1982年

李无未《王昌龄诗韵谱》,《延边大学学报(哲学社会科学版)》,1993年第4期

李子君《〈礼部韵略〉异读研究》,《齐齐哈尔大学学报(哲学社会科学版)》2004年第6期

刘本才《隋唐五代碑志铭文用韵研究》,华东师范大学博士学位论文,2014年

刘根辉、尉迟治平《中唐诗韵系说略》,《语言研究》1999年第1期

刘广和《唐代八世纪长安音的韵系和声调》,《河北大学学报》1991年第3期

刘丽川《王梵志白话诗的用韵》,《语言论集》第2辑,中国人民大学出版社1984年

刘晓南《宋代文士用韵与宋代通语及方言》,《古汉语研究》2001年第1期

刘晓南《唐宋近体诗借韵的语音依据与语料价值》,《古汉语研究》1999年第1期

鲁国尧《论宋词韵及其与金元词韵的比较》,《中国语言学报》1991年第4期;又载《鲁国尧自选集》,河南教育出版社1994年

罗常培《〈切韵〉鱼虞的音值及其所据方音考》,《历史语言研究所集刊》第二本第三分,1931年;又载《罗常培语言学论文集》,商务印书馆2004年

麦耘《隋代押韵材料的数理分析》,《语言研究》1999年第2期

麦耘《汉语历史音韵研究中的一些方法问题》,《汉语史学报》第五辑,上海教育出版社2005年

(日本)平田昌司《〈切韵〉与唐代功令》,《东方语言与文化》,东方出版中心2002年

乔全生《中国音韵学研究的未来走向》,《吉林大学社会科学学报》2022年第

2期

施向东《玄奘译著中的梵汉对音和唐初中原方音》,《语言研究》1983年第
　　1期

孙建元《论研究宋人音释的意义和方法》,《广西师范大学学报（哲学社会科
　　学版）》1997年第3期

孙捷、尉迟治平《盛唐诗韵系略说》,《语言研究》2001年第3期

孙玉文《谈谈韵脚字系联法运用过程中入韵字的校勘问题》,《江苏师范大学
　　学报（哲学社会科学版）》2021年第1期

孙玉文《韵脚字系联法运用过程中入韵字的字音选择问题》,《古汉语研究》
　　2021年第1期

汪启明、张蓓《基于文本与实证分析的扬雄〈方言〉再认识》,《语言研究》
　　2022年第4期

汪业全《初唐—盛唐叶音今音韵部考》,《广西民族大学学报（哲学社会科学
　　版）》2009年第5期

汪业全、孙月香《论〈切韵〉的审音原则》,《汉语学报》2020年第1期

王力《南北朝诗人用韵考》,《龙虫并雕斋文集》第一册,中华书局1980年

王兆鹏《〈广韵〉"独用"、"同用"使用年代考——以唐代科举考试诗赋用韵
　　为例》,《中国语文》1998年第2期

王兆鹏、王艳《唐代诗歌版图的静态分布与动态变化——基于〈唐宋文学编
　　年系地信息平台〉的数据分析》,《中南民族大学学报（人文社会科学
　　版）》2020年第1期

吴泽宇《基于用韵空间分布综合评价方法的中唐诗文韵部研究》,广西民族
　　大学硕士学位论文,2023年

徐通锵、叶蜚声《历史比较法和〈切韵〉音系的研究》,《语文研究》1980年第
　　1期

尉迟治平《周、隋长安方音初探》,《语言研究》1982年第2期

杨军《从图表结构及唐代标准音再论〈韵镜〉型韵图的创制年代》,《语言研
　　究》2022年第1期

杨耐思《北方话"浊上变去"来源试探》,《学术月刊》1958年第2期

曾晓渝《中国传统"正音"观念与正音标准问题》,《古汉语研究》2019年第1期

张光宇《重建与演变——比较法在中国一百周年纪念》,《语言学论丛》第
　　五十辑,商务印书馆2014年

张鸿魁《王梵志诗用韵研究》,《隋唐五代汉语研究》,山东教育出版社1992年

张金泉《敦煌俗文学中见的唐五代西北方音韵类》,《敦煌学论集》,甘肃人
　　民出版社1987年

张民权、田迪《论韵谱归纳法在古韵部研究中的意义和作用》,《古汉语研究》
　　2013年第1期

张世禄《杜甫诗的韵系》,《中央大学文史哲季刊》1944年第2卷第1期

张文轩《从初唐"协韵"看当时实际韵部》,《中国语文》1983年第3期

张玉来等《历史书面文献音系"存雅求正"的性质与汉语语音史研究》,《语
　　言研究》2016年第3期

赵蓉、尉迟治平《晚唐诗韵系说略》,《语言研究》1999年第2期

郑林啸《音韵学中统计法的比较》,《语言研究》2004年第3期

郑张尚芳《中古音的分期与拟音问题》,《中国音韵学研究会第十一届学术讨
　　论会、汉语音韵学第六届国际学术研讨会论文集》,香港文化教育出版
　　社有限公司2000年

周大璞《敦煌变文用韵考》,《武汉大学学报(人文科学版)》1979年第3～5期

周祖谟《变文的押韵和唐代语音》,《语言文字学术论文集——庆祝王力先
　　生学术活动五十周年》,知识出版社1989年

周祖谟《关于唐代方言中的四声读法》,《文字音韵训诂论集》,北京大学出
　　版社2000年

周祖谟《切韵的性质和它的音系基础》,《问学集》上册,中华书局1966年

周祖谟《齐梁陈隋时期诗文韵部研究》,《语言研究》1982年第1期;又载《文字
　　音韵训诂论集》,北京大学出版社2000年

周祖谟《唐五代的北方语音》,《语言学论丛》第15辑,商务印书馆1988年;
　　又载《周祖谟语言文史论集》,浙江古籍出版社1988年

周祖谟《魏晋宋时期诗文韵部研究》,《文字音韵训诂论集》,北京大学出版
　　社2000年

竺家宁《从声韵学赏析杜甫诗的韵律》,《声韵论丛》第17辑,台湾学生书局
　　2012年

（加拿大）Pulleyblank, E.G（蒲立本）*Middle Chinese: A Study in Historical
　　Phonology*, University of British Culumbia Press, 1984

四、工具书

复旦大学历史地理研究所《中国历史地名辞典》编委会《中国历史地名辞
　　典》,江西教育出版社1988年

傅璇琮等《唐五代人物传记资料综合索引》,中华书局1982年

高亨纂著,董治安整理《古字通假会典》,齐鲁书社1989年

郭锡良《汉字古音手册》（增订重排本）,商务印书馆2019年

汉语大字典编辑委员会《汉语大字典》（缩印本）,湖北辞书出版社、四川辞
　　书出版社1992年

何九盈等《辞源》（第三版）,商务印书馆2015年

罗竹风《汉语大词典》（缩印本·全三册）,上海辞书出版社2007年

冉友侨《汉语异体字大辞典》,四川辞书出版社2019年

史为乐《中国历史地名大辞典》,中国社会科学出版社2005年

谭其骧《中国历史地图集》（全八册）,地图出版社1982年

王力《同源字典》,商务印书馆1982年

王力《王力古汉语字典》,中华书局2000年

臧励龢等《中国人名大辞典》,上海书店1980年

张撝之等《中国历代人名大辞典》（全二册）,上海古籍出版社1999年

震华法师《中国佛教人名大辞典》,上海辞书出版社1999年

中国历史大辞典·隋唐五代史编纂委员会《中国历史大辞典·隋唐五代史
　　卷》,上海辞书出版社1995年

中国社会科学院语言研究所词典编辑室《现代汉语词典》（第6版）,商务印
　　书馆2012年

周勋初《唐诗大辞典》,江苏古籍出版社1990年

周勋初《唐诗大辞典》（修订本）,凤凰出版社2003年

周祖譔《中国文学家大辞典（唐五代卷）》,中华书局1992年

宗福邦等《故训汇纂》,商务印书馆2003年

宗福邦等《古音汇纂》,商务印书馆2019年

附 录

附录1 初唐诗文作家生卒年籍贯表

说明：表中作家条目按音序编排，以便查检。《中国历代人名大辞典》《中国文学家大辞典（唐五代卷）》《全唐文作者小传正补》分别简称"人名""文学家""正补"，其他简称同正文。行文简便起见，表中一律略去书名号。

作家	生卒年	籍贯	籍贯地"统一化"后的地名	籍贯地今地名	生卒及籍贯信息出处
白履忠	不详	陈留浚仪	汴州浚仪	河南开封	全诗1616
蔡瓌①	不详	不详	不详		
蔡允恭	不详	荆州江陵	荆州江陵	湖北荆州	全诗152
曹琰	不详	不详	不详		
岑文本	595～645	荆州江陵	荆州江陵	湖北荆州	全诗299
岑羲	?～713	荆州江陵	荆州江陵	湖北荆州	全诗1171
常文贞	不详	弘农	华州	陕西	全文补248
陈集源	不详	泷州开阳	泷州开阳	广东罗定	全文2049
陈嘉言	不详	不详	不详		
陈叔达	约573～635	吴兴长城	湖州长城	浙江长兴	全诗83
陈述	不详	河东桑泉	蒲州桑泉	山西临猗	全诗270

---

① 隋炀帝大业九年（613）撰《润州仁孝寺释智琳碑》，称江阳介士。《唐诗大辞典》谓其生平不详。

作家	生卒年	籍贯	籍贯地"统一化"后的地名	籍贯地今地名	生卒及籍贯信息出处
陈文德	不详①	颍川	许州	河南	同其父陈护。全文10553～10554
陈元光	657～711	光州固始	光州固始	河南固始	全诗1468
陈子昂	659～700	梓州射洪	梓州射洪	四川射洪	全诗1531
陈子良	575～632	吴	苏州	江苏苏州	全诗101
程彦先	不详②	京兆长安	京兆长安	陕西西安	同其父程玄景。全文10554
褚亮	560～647	杭州钱塘	杭州钱塘	浙江杭州	全诗33
褚遂良	596～658	杭州钱塘	杭州钱塘	浙江杭州	全诗302
淳于敬一	不详③	不详	不详		
崔敦礼	不详	雍州咸阳	京兆咸阳	陕西咸阳	全文1367
崔坚	不详	不详	不详		
崔沔	673～739	京兆长安	京兆长安	陕西西安	全诗2102
崔日用	673～722	滑州灵昌	滑州灵昌	河南滑县	全诗2094
崔日知	？～约729	滑州灵昌	滑州灵昌	河南滑县	全诗2092
崔融	653～706	齐州全节	齐州全节	山东章丘	全诗1155
崔殳士	不详④	博陵	河北区	河北	全文补395
崔善为	不详	贝州武城	贝州武城	河北武城	全诗94
崔湜	671～713	定州安喜	定州安喜	河北定州	全诗2071
崔泰之	667～723	许州鄢陵	许州鄢陵	河南鄢陵	全诗1769
崔信明	不详	青州益都	青州益都	山东青州	全诗257
崔行功	？～674	恒州井陉	恒州井陉	河北井陉	全文1779
崔玄童	不详	博陵安平	深州安平	河北安平	全诗1671
崔悬黎	不详	不详	不详		

---

① 《唐文拾遗》卷一七陈文德小传："垂拱中人。"
② 《唐文拾遗》卷一七程彦先小传："长寿中人。"
③ 《全唐文》卷二〇〇淳于敬一小传："永徽时人。"
④ 《全唐文补编》第395页崔殳士小传："开元中隐居少室山。"

续表

作家	生卒年	籍贯	籍贯地"统一化"后的地名	籍贯地今地名	生卒及籍贯信息出处
崔液	约672～713年后不久①	定州安喜	定州安喜	河北定州	全诗2121
崔知贤	不详	不详	不详		
丁儒	?～710	光州固始	光州固始	河南固始	全诗1484
东方虬	不详	不详	不详		
董思恭	不详	苏州吴	苏州吴县	江苏苏州	全诗524
窦昉	不详	不详	不详		
窦希玠	不详	扶风平陵	京兆金城	陕西咸阳	全诗1647
杜澄	不详②	不详	不详		
杜践言	不详	京兆③	京兆		唐墓志542
杜审言	约645～708	巩县	河南府巩县	河南巩义	全诗842
杜嗣先	不详④	河南偃师	河南府偃师		人名836
杜淹	?～628	京兆杜陵	京兆长安	陕西西安	全诗88
杜易简	?～约674	襄州襄阳	襄州襄阳	湖北襄阳	全诗533
杜正伦	?～约658	相州洹水	相州洹水	河北魏县	全诗163
杜之松	不详	京兆	京兆长安	陕西西安	全诗156
樊望之	不详	不详	不详		
房玄龄	579～648	齐州临淄	青州临淄	山东淄博	全诗116
房元阳	不详	河南	河南府	河南洛阳	全诗1712
封抱一	不详⑤	不详	不详	不详	全诗252
封希颜	不详	渤海	河北区		人名1621
封行高	不详	渤海蓨	德州蓨	河北景县	全诗174
冯待征	不详	蒲州	蒲州河东	山西永济	全诗1977
富嘉谟	?～706	雍州武功	京兆武功	陕西武功	全诗1617

① 《中国文学家大辞典(唐五代卷)》第710页。
② 《全唐文补编》第234页杜澄小传:"武后时任校书郎。"
③ 《唐代墓志汇编》第542页杜践言文末署:"幽素承务郎京兆杜践言撰。"
④ 《中国历代人名大辞典》第836页:"太宗时为蒋王李恽僚佐。"
⑤ 《全唐五代诗》第252页封抱一小传:"唐初人。"

作家	生卒年	籍贯	籍贯地"统一化"后的地名	籍贯地今地名	生卒及籍贯信息出处
甘洽	不详	不详	不详		
甘子布	？～696①	不详	不详		
高峤	不详	渤海蓨	德州蓨	河北景县	全诗1224
高瑾	不详	渤海蓨	德州蓨	河北景县	全诗1218
高迈	不详②	不详	不详		
高球	不详	不详	不详		
高士廉	576～647	渤海蓨	德州蓨	河北景县	全诗108
高叔夏	不详③	不详	不详		
高正臣	不详	广平	洺州鸡泽	河北鸡泽	全诗1216
高庶几	不详	不详	不详		
弓嗣初	不详	不详	不详		
公孙杲	不详	不详	不详		
顾升	不详④	不详	不详		
关弈繻	不详⑤	河东	蒲州	山西	全文补44
郭汉章	不详	京兆万年	京兆万年	陕西西安	同其父郭云。全文10537～10538
郭瑜	不详	不详	不详		
郭震	656～713	魏州贵乡	魏州贵乡	河北大名	全诗1244
郭正一	？～689	定州鼓城	定州鼓城	河北晋州	全诗598
韩思复	652～725	京兆长安	京兆长安	陕西西安	全诗1134
韩思彦	不详	邓州南阳	邓州南阳	河南南阳	全诗641
韩覃	不详	不详	不详		
韩休	673～739	京兆长安	京兆长安	陕西西安	全诗2104
韩筠	不详	不详	不详		

① 《中国文学家大辞典（唐五代卷）》第105页。
② 《中国文学家大辞典（唐五代卷）》第655页谓其中宗时人。
③ 《全唐文补编》第243页高叔夏小传："武后圣历元年为幽州新平县丞。"
④ 《全唐文》卷二〇〇顾升小传："显庆时人。"
⑤ 《全唐文补编》第44页关弈繻小传："河东人。太宗贞观年间乡贡进士。"

续表

作家	生卒年	籍贯	籍贯地"统一化"后的地名	籍贯地今地名	生卒及籍贯信息出处
韩仲宣	不详①	不详	不详		
何鸾	不详	庐江潜	寿州盛唐	安徽霍山	全诗 1672
何茂	不详	不详	不详		
和神剑	不详②	不详	不详		
贺朝	不详	越州	越州	浙江绍兴	全诗 2107
贺朝清	不详	不详	不详		
贺纪	不详③	越州山阴	越州山阴	浙江绍兴	人名 1809
贺遂亮	不详	不详	不详		
贺知章	659～744	越州永兴	越州永兴	浙江杭州	全诗 1597
贺敳	不详	越州山阴	越州山阴	浙江绍兴	全诗 535
洪子舆	不详	毗陵	常州	江苏常州	全诗 1710
胡楚宾	不详④	宣州秋浦	宣州秋浦	安徽贵池	全文补 210
胡皓	不详	洛阳	河南府洛阳	河南洛阳	全诗 1994
胡元范	？～685	申州义阳	申州义阳	河南信阳	全诗 631
黄元之	不详⑤	不详	不详		
贾曾	？～727	河南洛阳	河南府洛阳	河南洛阳	全诗 1940
贾无名	不详	不详	不详		
贾言淑	不详	平阳	晋州	山西临汾	全诗 1184
贾膺福	？～713	曹州冤句	曹州冤句	山东菏泽	全文 2623
贾元逊	不详⑥	不详	不详		
江满昌文	不详	不详	不详		
江旻	不详	不详	不详		
姜晞	不详	秦州上邽	秦州上邽	甘肃天水	全诗 1947

---

① 《中国文学家大辞典(唐五代卷)》第 742 页谓其高宗时人。

② 《全唐文补编》第 190 页和神剑小传："高宗仪凤间人。"

③ 《中国历代人名大辞典》第 1809 页："高宗时官为太子洗马。"

④ 《中国历代人名大辞典》第 1702 页谓其高宗时人。

⑤ 《全唐文》卷二六六黄元之小传："睿宗时人。"

⑥ 《全唐五代诗》第 251 页贾元逊小传："唐初人。"

续表

作家	生卒年	籍贯	籍贯地"统一化"后的地名	籍贯地今地名	生卒及籍贯信息出处
蒋挺	不详	常州义兴	常州义兴	江苏宜兴	全诗1673
靳翰	不详	不详	不详		
浚泰①	不详①	不详	不详		
康子元②	不详	不详	不详		
孔绍安	577~约624	越州山阴	越州山阴	浙江绍兴	全诗110
寇泚	不详	冯翊	同州冯翊	陕西大荔	全诗1176
寇淑③	不详	不详	不详		
郎南金	不详	不详	不详		
郎余令	不详	定州新乐	定州新乐	河北新乐	全诗1217
李安期	?~约671	定州安平	深州安平	河北安平	人名976
李百药	565~648	定州安平	深州安平	河北安平	全诗57
李伯鱼	不详	临淄	青州临淄	山东淄博	全诗1934
李承嗣	不详	陇西成纪	秦州成纪	甘肃秦安	正补185~186
李澄霞	621~689	陇西成纪	秦州成纪	甘肃秦安	同其父唐高祖李渊
李大亮	586~644	雍州泾阳	京兆泾阳	陕西泾阳	全文1340
李怀远	?~706	邢州柏仁	邢州柏仁	河北隆尧	全诗1643
李峤	约645~约714	赵州赞皇	赵州赞皇	河北赞皇	全诗861
李景伯	不详	邢州柏仁	邢州柏仁	河北隆尧	全诗1717
李敬玄	615~682	亳州谯	亳州谯	安徽亳州	全诗591
李迥秀	663~712	雍州泾阳	京兆泾阳	陕西泾阳	全诗1636
李夔	不详	姑臧大房	凉州姑臧	甘肃武威	文学家346
李密	582~618	京兆长安	京兆长安	陕西西安	全诗170
李荣	不详	巴西	绵州巴西	四川绵阳	全诗539
李尚一	不详	赵州房子	赵州房子	河北临城	同其弟李义。全诗1447
李畲	不详	赵州高邑	赵州高邑	河北高邑	人名930

---

① 《全唐文补编》第403页浚泰小传:"开元中人。"
② 《唐代墓志汇编》第1110页康子元题后注:"安国相王府东阁祭酒康子元撰。"
③ 《唐代墓志汇编》第1110页寇淑题后注:"上谷寇淑字子镜撰。"

续表

作家	生卒年	籍贯	籍贯地"统一化"后的地名	籍贯地今地名	生卒及籍贯信息出处
李审几	不详	陇西	陇西区		全文2626
李适	663～711	京兆万年	京兆万年	陕西西安	全诗1720
李嗣真	?～696	赵州柏人	赵州柏人	河北隆尧	全文1625
李□袭	不详①	赵郡	赵州	河北	全文补251
李贤	654～684	京兆长安	京兆长安	陕西西安	同其父唐高祖李渊
李咸	不详	魏州昌乐	魏州昌乐	河南南乐	全文1631
李孝伦	不详	不详	不详		
李行廉	不详	不详	不详		
李行言	不详	陇西	陇西区		全诗1948
李俨	不详	陇西	陇西区		全文2033
李乂	657～716	赵州房子	赵州房子	河北临城	全诗1447
李义表	不详	不详	不详		
李义府	614～666	瀛洲饶阳	深州饶阳	河北饶阳	全诗583
李邕	675～747	扬州江都	扬州江都	江苏扬州	全诗2147
李元嘉	618～688	陇西成纪	秦州成纪	甘肃秦安	全诗593
李元礼	?～673	陇西成纪	秦州成纪	甘肃秦安	同其父唐高祖李渊
李贞	627～688	京兆长安	京兆长安	陕西西安	
李至远	不详	赵州高邑	赵州高邑	河北高邑	全诗1187
梁宝	不详	不详	不详		
梁践犭瓜	不详②	不详	不详		
梁载言	?～约710	博州聊城	博州聊城	山东聊城	全诗841
梁知微	不详	安定	泾州安定	甘肃泾川	全诗1939
梁朱宾	不详	雍州蓝田	京兆蓝田	陕西蓝田	全文2367
凌敬	不详	郑州管城	郑州管城	河南郑州	全诗158
令狐德棻	583～666	宜州华原	京兆华原	陕西铜川	全诗171
刘斌	不详	南阳	邓州	河南	全诗119

① 《全唐文补编》第251页李□袭小传:"武后长安间在世。"
② 《全唐文补编》第361页梁践犭瓜小传:"开元十一年任妫州长史。"

作家	生卒年	籍贯	籍贯地"统一化"后的地名	籍贯地今地名	生卒及籍贯信息出处
刘处约	不详	宣州	宣州	安徽宣城	全诗1970
刘待价	不详①	不详	不详		
刘晃	不详	汴州尉氏	汴州尉氏	河南尉氏	全诗1670
刘洎	？～645	荆州江陵	荆州江陵	湖北荆州	全诗162
刘穆之	651～712	河间鄚县	莫州莫县	河北任丘	人名699
刘昇	676～730	彭城	徐州	江苏徐州	全诗2145
刘希夷	651～约680	汝州	汝州	河南	全诗1101
刘宪	？～711	宋州宁陵	宋州宁陵	河南宁陵	全诗1142
刘孝孙	？～约642	荆州	荆州	湖北	全诗261
刘行敏	不详	不详	不详		
刘秀	不详	不详	不详		
刘祎之	631～687	常州晋陵	常州晋陵	江苏常州	全诗652
刘夷道	不详	不详	不详		
刘友贤	不详	广平易阳	洺州临洺	河北邯郸	全诗1231
刘元节	不详	不详	不详		
刘允济	？～708	洛州巩	河南府巩县	河南巩义	全诗967
刘知几	661～721	徐州彭城	徐州彭城	江苏徐州	全诗1663
刘子翼	？～650	常州晋陵	常州晋陵	江苏常州	全诗155
柳明献	不详	河东	蒲州河东	山西永济	全诗833
柳绍先	不详	不详	不详		
娄师德	630～699	郑州原武	郑州原武	河南原阳	全文1897
卢粲	不详②	固安	幽州范阳	河北涿州	唐墓志1131
卢藏用	不详	幽州范阳	幽州	北京	全诗1624
卢崇道	？～714	不详③			
卢从愿	？～737	相州临漳	相州临漳	河北临漳	全诗1762

---

① 《全唐文》卷二七八刘待价小传："景云时人。"
② 《中国历代人名大辞典》第387页谓其中宗时人。
③ 《全唐五代诗》第2120页卢崇道小传："郡望范阳。"

续表

作家	生卒年	籍贯	籍贯地"统一化"后的地名	籍贯地今地名	生卒及籍贯信息出处
卢俌	不详①	相州临漳	相州临漳	河北临漳	人名383
卢怀慎	？～716	滑州灵昌	滑州灵昌	河南滑县	全诗1757
卢士牟	不详	范阳	幽州	北京或河北	全文1598
卢献	？～约692	范阳	幽州	河北或河北	唐墓志700
卢羽客	不详	河中蒲	蒲州河东	山西永济	全诗156
卢照邻	约632～约686	幽州范阳	幽州范阳	河北涿州	全诗750
陆坚	不详	河南洛阳	河南府洛阳	河南洛阳	全诗1193
陆掎	不详	吴郡	苏州	江苏苏州	全诗90
陆景初	665～736	苏州吴县	苏州吴县	江苏苏州	全诗1745
陆余庆	不详	吴郡	苏州	江苏苏州	正补228
路敬淳	？～697	贝州临清	贝州临清	河北临清	全文2629
路敬潜	不详②	贝州临清	贝州临清	河北临清	人名2409
骆宾王	约627～约684	婺州义乌	婺州义乌	浙江义乌	全诗663
闾丘均	不详	益州成都	益州成都	四川成都	全诗2119
吕太一	不详	河东蒲州	蒲州河东	山西永济	全诗1944
马怀素	659～718	润州丹徒	润州丹徒	江苏镇江	全诗1609
马吉甫	不详	绛州正平	绛州正平	山西新绛	全诗1207
马友鹿	不详	不详	不详		
毛明素	不详③	不详	不详		
孟利贞	不详	华阴	华州华阴	陕西华阴	续拾11186
孟诜	不详④	汝州梁	汝州梁县	河南汝州	全文补331
苗神客	不详	沧州东光	沧州东光	河北东光	人名1419
明濬	不详	不详	不详		
慕容知晦	不详	不详	不详		
欧阳询	557～641	潭州临湘	潭州长沙	湖南长沙	全诗4

① 《中国历代人名大辞典》第383页谓其中宗时人，卢僎兄。
② 《中国历代人名大辞典》第2409页谓其为路敬淳弟。
③ 《中国文学家大辞典(唐五代卷)》第88页谓其贞观时人。
④ 《全唐文补编》第331页孟诜小传："开元初卒，年九十三。"

续表

作家	生卒年	籍贯	籍贯地"统一化"后的地名	籍贯地今地名	生卒及籍贯信息出处
潘行臣	不详①	不详	不详		
庞行基	不详②	南安	泉州	福建	同其父庞德威。全文10552
裴潅	约666~736	绛州闻喜	绛州闻喜	山西闻喜	全诗1767
裴翰	不详	不详	不详		
裴守真	?~约702	绛州稷山	绛州稷山	山西稷山	全诗599
裴略	不详③	不详	不详		
裴玄智	不详④	不详	不详		
裴炎	?~684	绛州闻喜	绛州闻喜	山西闻喜	全文1712
乔备	不详	同州冯翊	同州冯翊	陕西大荔	全诗1688
乔侃	不详	同州冯翊	同州冯翊	陕西大荔	全诗1687
乔师望	不详	同州冯翊	同州冯翊	陕西大荔	全文1897
乔知之	?~697	同州冯翊	同州冯翊	陕西大荔	全诗1675
丘悦	?~约713	河南陆浑	河南府陆浑	河南嵩县	全诗1950
麹崇裕	不详	高昌	西州高昌	新疆吐鲁番	全诗597
麹瞻	不详	高昌	西州高昌	新疆吐鲁番	全诗1630
权龙襄	不详	不详	不详		
冉元一	不详⑤	不详	不详		
任希古	不详	棣州	棣州阳信	山东阳信	全诗371
任知古	不详	河东	蒲州河东	山西永济	全诗1132
芮智璨	不详	冯翊	同州冯翊	陕西大荔	续拾11187
上官灵芝	不详⑥	不详	不详		全文1720
上官婉儿	664~710	陕州陕县	陕州陕县	河南陕县	全诗1728
上官仪	约608~665	陕州陕县	陕州陕县	河南陕县	全诗509

---

① 《全唐文补编》第277页潘行臣小传:"神龙中为抚州司马。"

② 《唐文拾遗》卷一七庞行基小传:"垂拱中人。"

③ 《中国文学家大辞典(唐五代卷)》第803页谓其唐初人。

④ 《唐诗大辞典》第424页谓其唐初人。

⑤ 《唐文拾遗》卷十八冉元一小传:"武后时人。"

⑥ 《全唐文》卷一六八上官灵芝小传:"显庆时人。"

续表

作家	生卒年	籍贯	籍贯地"统一化"后的地名	籍贯地今地名	生卒及籍贯信息出处
邵大震	不详	安阳	相州安阳	河南安阳	全诗834
邵炅	668～716	安阳	相州安阳	河南安阳	全诗1975
邵昇	不详	安阳	相州安阳	河南安阳	全诗1974
申屠场	不详	汴州陈留	汴州陈留	河南开封	人名412
沈佺期	约656～约716	相州内黄	相州内黄	河南内黄	全诗1260
沈叔安	不详	吴兴武康	湖州武康	浙江德清	全诗92
石抱忠	？～697	长安	京兆长安	陕西西安	全诗1130
史宝定	不详	不详	不详		
史嵓	不详	溧阳	宣州溧阳	江苏溧阳	全文2802
史仲谋	不详	不详	不详		
释本净	667～761	绛州	绛州绛州	山西新绛	全诗1930
释道会	约580～约649	犍为武阳	眉州彭山	四川彭山	全诗151
释道世	？～683	长安	京兆长安	陕西西安	全诗547
释道宣	596～667①	丹徒	润州丹徒	江苏镇江	全文9483
释法恭	568～640	吴郡吴	苏州吴县	江苏苏州	全诗70
释法海	不详	韶州曲江	韶州曲江	广东韶关	全诗820
释法琳	572～640	襄阳	襄州襄阳	湖北襄阳	全诗79
释法轮	不详	不详	不详		
释法融	594～657	润州延陵	润州延陵	江苏镇江	全诗296
释法宣	不详	不详	不详		
释怀玉	？～742	丹丘	台州宁海	浙江宁海	全诗1978
释慧斌	574～645②	兖州	兖州	山东兖州	全文9435
释慧净	578～？	常山真定	恒州真定	河北正定	全诗113
释慧立	不详③	新平	邠州新平	陕西彬县	文学家814

① 《中国历代人名大辞典》第2350页。
② 《全唐文》（第9435页）、《全唐文作者小传正补》（第1214页）皆提及俗姓和氏，兖州人。此与《中国佛教人名大辞典》（第978页）所记吻合。《全唐文》作者小传载"贞观十九年卒，年七十二"。今据此推出其生年。另，《中国佛教人名大辞典》载其生卒年为"569～612"。
③ 《全唐文》卷九〇七慧立小传："贞观三年，出家豳州招仁寺。"

续表

作家	生卒年	籍贯	籍贯地"统一化"后的地名	籍贯地今地名	生卒及籍贯信息出处
释慧能	638～713	新州	新州新兴	广东新兴	全诗808
释窥基	632～682	京兆长安	京兆长安	陕西西安	全诗799
释灵辩	不详	襄阳	襄州	湖北	全诗542
释灵廓	不详①	不详	不详		
释明解	？～661	吴兴武康	湖州武康	浙江德清	全诗369
释仁俭	不详	不详	不详		
释僧凤	不详	南兰陵	常州	江苏常州	全诗175
释善导	613～681	泗州	楚州盱眙	江苏盱眙	全诗578
释昙伦	？～626	汴州浚仪	汴州浚仪	河南开封	全诗2
释万回	632～712	虢州阌乡	虢州阌乡	河南灵宝	全诗661
释惟岸	606～685	并州交城	太原府交城	山西交城	全诗383
释玄觉	665～713	温州永嘉	温州永嘉	浙江温州	全诗1739
释玄奘	约602～664	洛州缑氏	河南府缑氏	河南偃师	全诗367
释彦琮②	不详③	不详	不详		
释义褒	约611～约661	常州晋陵	常州晋陵	江苏常州	全诗538
释义净	635～713	齐州山荏	齐州山荏	山东济南	全诗802
释智常	不详	信州贵溪	饶州贵溪	江西贵溪	全诗821
释智通	不详	寿州安丰	寿州安丰	安徽寿县	全诗821
释智威	653～729	江宁	润州江宁	江苏南京	全诗1167
司马承祯	647～735	河内温	河南府温县	河南温县	全诗975
司马太贞	不详	河内	怀州	河南	全文1659
司马逸客	不详	河内温县	河南府温县	河南温县	全诗1718
嗣泽王李润	不详	京兆长安	京兆长安	陕西西安	同其曾祖泽王李上金。全诗645
宋芬	不详④	广平	洺州	河北	全文补272

---

① 《全唐文》卷九一二灵廓小传："永昌时沙门。"

② 《全唐文》卷九〇五作"彦悰"，《唐文拾遗》卷四九作"彦琮"，实同一人，今依后者。

③ 《全唐文作者小传正补》第1216页彦悰（琮）正补："高宗、武后时沙门。"

④ 《全唐文补编》第272页宋芬小传："神龙中为太子右内率府兵曹参军。"

作家	生卒年	籍贯	籍贯地"统一化"后的地名	籍贯地今地名	生卒及籍贯信息出处
宋璟	663～737	邢州南和	邢州南和	河北南和	全诗1706
宋善威	？～720	瀛州饶阳	深州饶阳	河北饶阳	全诗2200
宋务光	约672～约713	汾州西河	汾州隰城	山西汾阳	全诗2090
宋之问	约656～713	虢州弘农	虢州弘农	河南灵宝	全诗1343
苏瑰	639～710	京兆武功	京兆武功	陕西武功	全诗829
苏晋	676～734	雍州蓝田	京兆蓝田	陕西蓝田	全诗2188
苏诜	不详	雍州武功	京兆武功	陕西武功	全文2631
苏颋	670～727	京兆武功	京兆武功	陕西武功	全诗2015
苏味道	649～706	赵州栾城	赵州栾城	河北栾城	全诗988
苏瑰	635～715	雍州蓝田	京兆蓝田	陕西蓝田	全文2022
孙处玄	不详	江宁	润州[①]江宁	江苏南京	全文2697
孙思邈	？～682	京兆华原	京兆华原	陕西铜川	全诗166
太宗皇后长孙氏	601～636	河南洛阳	河南府洛阳	河南洛阳	全诗366
太宗贤妃徐惠	627～650	湖州长城	湖州长城	浙江长兴	全诗637
唐高宗李治	628～684	京兆长安	京兆长安	陕西西安	全诗645
唐睿宗李旦	662～716	京兆长安	京兆长安	陕西西安	全诗1705
唐太宗李世民	599～649	陇西成纪	秦州成纪	甘肃秦安	全诗151
唐远悊	不详[②]	不详	不详		
唐中宗李显	656～710	京兆长安	京兆长安	陕西西安	全诗1237
田游岩	不详	京兆三原	京兆三原	陕西三原	全诗661
万齐融	不详	越州	越州	浙江绍兴	全诗2113

① 《全唐文》小传谓其润州人,《唐诗大辞典》(1990年)第140页谓其江宁人。

② 《全唐五代诗》第1634页唐远悊小传:"中宗时人。"

续表

作家	生卒年	籍贯	籍贯地"统一化"后的地名	籍贯地今地名	生卒及籍贯信息出处
王安仁	不详①	不详	不详		
王勃	650～约676	绛州龙门	绛州龙门	山西河津	全诗1039
王博	不详②	不详	不详		
王承烈	不详	不详③	不详		
王德真	不详	京兆	京兆长安	陕西西安	全诗658
王梵志	不详	卫州黎阳	卫州黎阳	河南浚县	全诗386
王拊	不详④	不详	不详		
王干	不详	不详	不详		
王珪	571～639	郿	岐州郿	陕西眉县	全诗77
王绩	590～644	绛州龙门	绛州龙门	山西河津	全诗191
王晙	？～732	沧州景城	沧州景城	河北沧州	全诗1668
王匡国	不详	不详	不详		
王利贞	不详	不详	不详		
王勔	？～697	绛州龙门	绛州龙门	山西河津	全诗1014
王绍望	不详	不详	不详		
王绍宗	不详	扬州江都	扬州江都	江苏扬州	全诗834
王适	不详	幽州	幽州	北京	全诗1023
王威德	不详	不详	不详		
王无竞	652～705	东莱	莱州掖县	山东莱州	全诗1135
王仙客	不详⑤	不详	不详		
王昕	不详⑥	不详	不详		
王熊	？～约718	太原祁	太原府祁	山西祁县	全诗1933

① 《唐文拾遗》卷一八王安仁小传："武后朝人。"
② 《全唐文》卷二〇二王博小传："高宗时人。"
③ 《唐代墓志汇编》第941页王承烈文中署："太原祁县。"
④ 《全唐五代诗》第243页王拊小传："初唐人。"
⑤ 《全唐五代诗》第247页王仙客小传："唐初人。"
⑥ 《唐文拾遗》卷十八王昕小传："长安时人。"

作家	生卒年	籍贯	籍贯地"统一化"后的地名	籍贯地今地名	生卒及籍贯信息出处
王义方	615～669	泗州涟水	泗州涟水	江苏涟水	全文1653
王易从	667～726	京兆霸城	京兆长安	陕西西安	全诗1775
王友方	不详	不详	不详		
王元环	不详	不详	不详		
王元宗	不详	琅琊临沂	沂州临沂	山东临沂	全文2052
王允元	不详	不详	不详		
王知敬	不详	怀州河内	怀州河内	河南沁阳	拾遗10536
□镇	不详①	不详	不详		
韦安石	651～714	京兆万年	京兆万年	陕西西安	全诗1129
韦承庆	640～706	郑州阳武	郑州阳武	河南原阳	全诗835
韦敬辨	不详	澄州无虞	澄州无虞	广西上林	全诗1011
韦敬一	不详②	不详	不详		
韦均	不详	不详	不详		
韦嗣立	654～719	郑州阳武	郑州阳武	河南原阳	全诗1188
韦挺	589～646	雍州万年	京兆万年	陕西西安	全文1575
韦虚心	672～741	京兆万年	京兆万年	陕西西安	人名258～259
韦元旦	不详	京兆万年	京兆万年	陕西西安	全诗1178
韦展	不详	杜陵	京兆长安	陕西西安	全文1912
卫晋	不详③	不详	不详		
魏奉古	不详	不详	不详		
魏归仁	不详④	不详	不详		
魏元忠	？～约707	宋州宋城	宋州宋城	河南商丘	全诗826
魏征	580～643	馆陶	魏州馆陶	河北馆陶	全诗130
魏知古	647～715	深州陆泽	深州陆泽	河北深州	全诗971

---

① 《全唐文补编》第390页□镇小传："姓不详,玄宗开元间人。"
② 《全唐文补编》第240页韦敬一小传："武后万岁通天二年检校无虞县令。"
③ 《全唐文补编》第398页卫晋小传："开元中祕书正字。"
④ 《全唐文》卷二六〇魏归仁小传："武后时人。"

续表

作家	生卒年	籍贯	籍贯地"统一化"后的地名	籍贯地今地名	生卒及籍贯信息出处
温翁念	不详	太原祁	太原府祁	山西祁县	全诗1186
无行	不详①	荆州江陵	荆州江陵	湖北荆州	正补1223
吴兢	约668~749	汴州浚仪	汴州浚仪	河南开封	全诗2001
吴少微	?~706	新安	歙州歙县	安徽歙县	全诗1618
吴扬吾	不详	不详	不详		
武平一	不详	并州文水	太原府文水	山西文水	全诗1987
武三思	?~707	并州文水	太原府文水	山西文水	全诗1016
席豫	680~748	襄州襄阳	襄州襄阳	湖北襄阳	全诗2315
席元明	不详②	不详	不详		
萧楚材	不详	不详	不详		
萧德言	558~654	雍州长安	京兆长安	陕西西安	全诗6
萧璟	不详	南兰陵	常州	江苏常州	全诗98
萧钧	不详	南兰陵	常州	江苏常州	全诗380
萧至忠	?~713	雍州长安	京兆长安	陕西西安	全诗1714
谢士良	不详	不详	不详		
谢偃	?~643	卫州卫县	卫州卫县	河南淇县	全诗255
谢佑	不详	不详	不详		
辛学士	不详	不详	不详		
辛怡谏	不详	陇西	兰州狄道	甘肃临洮	正补184
徐皓	不详③	不详	不详		
徐坚	659~729	湖州长城	湖州长城	浙江长兴	全诗1487
徐峤之	?~736	赵州	赵州	河北	全文补392
徐彦伯	?~714	兖州瑕丘	兖州瑕丘	山东兖州	全诗1198
许景先	677~730	常州义兴	常州义兴	江苏宜兴	全诗2152
许敬宗	592~672	杭州新城	杭州新城	浙江富阳	全诗271

① 《全唐文》卷九一二无行小传："乾封中荆州等界寺沙门。"
② 《唐诗大辞典》第351页谓其高宗时人。
③ 《中国文学家大辞典(唐五代卷)》第646页谓其高宗时人。

续表

作家	生卒年	籍贯	籍贯地"统一化"后的地名	籍贯地今地名	生卒及籍贯信息出处
许天正	不详	汝南	豫州	河南	全诗1484
薛稷	649～713	蒲州汾阴	蒲州宝鼎	山西万荣	全诗998
薛克构	不详	蒲州汾阴	蒲州宝鼎	山西万荣	全诗603
薛收	592～624	蒲州汾阴	蒲州宝鼎	山西万荣	全文1337
薛瑶	？～693	魏州馆陶	魏州馆陶	河北馆陶	同其夫郭元振。《陈伯玉集》卷六
薛曜	不详	蒲州汾阴	蒲州宝鼎	山西万荣	全诗1028
薛元超	623～684	蒲州汾阴	蒲州宝鼎	山西万荣	全诗605
严识玄	654～717	冯翊重泉	同州重泉	陕西大荔	全诗1177
阎朝隐	？～约718	赵州栾城	赵州栾城	河北栾城	全诗1656
颜师古	581～645	京兆万年	京兆万年	陕西西安	全诗169
颜惟贞	不详	京兆万年	京兆万年	陕西西安	人名2517
杨晋①	不详①	不详	不详		
杨敬述	不详	不详	不详		
杨炯	650～约693	华州华阴	华州华阴	陕西华阴	全诗298
杨齐悊	不详	弘农华阴	华州华阴	陕西华阴	全诗1169
杨师道	？～647	弘农华阴	华州华阴	陕西华阴	全诗178
杨思玄	不详	弘农华阴	华州华阴	陕西华阴	全诗601
杨廷玉	不详	不详	不详		
杨续	570～652	弘农华阴	华州华阴	陕西华阴	全诗74
杨濬	不详	不详	不详		
杨誉	不详	弘农华阴	华州华阴	陕西华阴	同其孙杨志诚。全文2320
杨再思	？～709	郑州原武	郑州原武	河南原阳	人名866
姚崇	650～721	陕州硖石	陕州硖石	河南陕县	全诗1124
姚略	不详	不详	不详		
叶法善	约614～720	括州括苍	括州括苍	浙江丽水	全诗589

① 《全唐文补编》第357页杨晋小传："开元间为象城主簿。"

续表

作家	生卒年	籍贯	籍贯地"统一化"后的地名	籍贯地今地名	生卒及籍贯信息出处
尹悆	不详	河间	河北区	河北	全诗1937
尹元凯	？～727	瀛州乐寿	瀛州乐寿	河北献县	全诗1185
于季子	不详	齐州历城	齐州历城	山东济南	全诗830
于敬之	不详①	河南	河南府	河南	全文1892
于知微	635～713	京兆三原	京兆三原	陕西三原	人名26
于志宁	588～665	雍州高陵	京兆高陵	陕西西安	全诗172
虞世南	558～638	越州余姚	越州余姚	浙江余姚	全诗14
庾抱	不详	润州江宁	润州江宁	江苏南京	全诗7
元道	不详②	不详	不详		
元伞	不详③	不详	不详		
元思叡	不详	不详	不详		
元万顷	？～690	洛阳	河南府洛阳	河南	全诗656
元希声	662～707	洛阳	河南府洛阳	河南	全诗1666
元行冲	653～729	河南	河南府	河南	全文2758
元续	不详	不详	不详		
员半千	约628～约722	齐州全节	齐州全节	山东济南	全诗642
袁朗	？～628	雍州长安	京兆长安	陕西西安	全诗11
源光裕	？～约725	相州临漳	相州临漳	河北临漳	全诗2144
源乾曜	？～731	相州临漳	相州临漳	河北临漳	全诗1758
则天皇后武曌	624～705	并州文水	太原府文水	山西文水	全诗611
张昌宗	？～705	定州义丰	定州义丰	河北安国	全诗1956
张大安	？～684	魏州繁水	魏州昌乐	河南南乐	全诗660
张果	不详	汾晋、恒山、恒州	河北区		全诗1749

---

① 《全唐文作者小传正补》第112页于敬之正补："高宗、武后时人。"

② 《全唐文补编》第276页元道小传："景龙中任河内司马。"

③ 《全唐文补编》第315页元伞小传："睿宗时东京大荐福寺僧。"

作家	生卒年	籍贯	籍贯地"统一化"后的地名	籍贯地今地名	生卒及籍贯信息出处
张泛	不详	吴郡	苏州	江苏苏州	全诗1943
张后胤	576～658	苏州昆山	苏州昆山	江苏昆山	全诗107
张嘉贞	666～729	蒲州猗氏	蒲州猗氏	山西临猗	全诗1746
张嘉之①	不详	不详	不详		
张柬之	625～706	襄州襄阳	襄州襄阳	湖北襄阳	全诗632
张敬之	649～673	襄州襄阳	襄州襄阳	湖北襄阳	全诗1005
张敬忠	?～约735	京兆	京兆长安	陕西西安	全诗1765
张楼贞	不详	河间鄚	莫州莫县	河北任丘	全诗1650
张齐贤	不详	陕州陕	陕州陕县	河南陕县	全诗1009
张秦客	不详	不详	不详		
张若虚	不详	扬州	扬州	江苏扬州	全诗2111
张神安	不详	不详	不详		
张说	667～731	河东	蒲州河东	山西永济	全诗1779
张思讷	不详②	不详	不详		
张泰	不详	不详	不详		
张廷珪	?～734	河南府济源	河南府济源	河南济源	全文2732
张□	不详	不详	不详		
张文琮	?～约653	魏州昌乐	魏州昌乐	河南南乐	全诗375
张文恭	不详③	不详	不详		
张仵鼎	不详④	不详	不详		
张锡	不详	贝州武城	贝州武城	河北武城	全诗823
张秀	不详	不详	不详		
张宣明	不详	不详	不详		

① 《唐代墓志汇编》第1087页张嘉之题后注:"左御史台殿中侍御史张嘉之撰。"
② 《全唐文补编》第127页张思讷小传:"龙朔中人。"
③ 《中国文学家大辞典(唐五代卷)》第408页谓其贞观时人。
④ 《全唐文补编》第254页张仵鼎小传:"武后长安中道士。"

续表

作家	生卒年	籍贯	籍贯地"统一化"后的地名	籍贯地今地名	生卒及籍贯信息出处
张恒	不详①	不详	不详		
张循宪	不详	不详	不详		
张循之	不详	洛阳	河南府洛阳	河南	全诗 1653
张易之	？～705	定州义丰	定州义丰	河北安国	全诗 1953
张元琰	不详	不详	不详		
张元一	不详	不详	不详		
张蕴古	？～631	相州洹水	相州洹水	河北魏县	全文 1574
张鷟	658～约730	深州陆泽	深州陆泽	河北深州	全诗 1498
长孙无忌	？～659	河南洛阳	河南府洛阳	河南洛阳	全诗 305
长孙贞隐	不详	河南洛阳	河南府洛阳	河南洛阳	全诗 1227
赵神德	不详	贝州	贝州清河	河北清河	全诗 249
赵氏	不详	不详	不详		
赵彦昭	不详	甘州张掖	甘州张掖	甘肃张掖	全诗 2004
赵颐	不详	不详	不详		
赵隐仕	不详②	虞乡县	蒲州虞乡县	山西解虞	全文补 343
赵元淑	不详③	不详	不详		
赵志	不详	不详	不详		
赵中虚	不详④	不详	不详		
郑璞	不详	不详	不详		
郑南金	不详⑤	不详	不详		
郑仁轨	不详	不详	不详		
郑善玉	不详	不详	不详		

---

① 《全唐文补编》第 221 页张恒小传："武后垂拱中。"
② 《全唐文补编》第 343 页赵隐仕小传："玄宗开元间虞乡县人。"
③ 《中国文学家大辞典（唐五代卷）》第 553 页谓其高宗、武后时在世。
④ 《全唐五代诗》第 265 页赵中虚小传："太宗贞观时人。"
⑤ 《中国文学家大辞典（唐五代卷）》第 520 页谓其中宗时人。

续表

作家	生卒年	籍贯	籍贯地"统一化"后的地名	籍贯地今地名	生卒及籍贯信息出处
郑世翼	不详	郑州荥阳	郑州荥阳	河南荥阳	全诗258
郑万钧	不详	荥阳	郑州	河南	《张燕公集》卷十二
郑万英	不详	不详	不详		
郑惟忠	？～722	宋州宋城	宋州宋城	河南商丘	全诗1646
郑休文	不详	荥阳	郑州	河南	
郑繇	不详	郑州荥阳	郑州荥阳	河南荥阳	全诗1492
郑愔	？～710	沧州南皮	沧州南皮	河北南皮	全诗1692
郑元璹	？～646	郑州荥泽	郑州荥泽	河南郑州	全诗157
周思钧	不详	贝州漳南	贝州漳南	河北故城	全诗1225
周彦昭	不详①	不详	不详		
朱宝积	不详	瀛州	瀛州	河北	全文2368
朱怀隐	不详	不详	不详		
朱君绪	？～720	余杭	杭州	浙江杭州	全诗1615
朱使欣	不详	不详	不详		
朱桃椎	不详②	益州成都	益州成都	四川成都	全文1644
朱子奢	？～641	苏州吴	苏州吴县	江苏苏州	全诗153
祝钦明	？～约712	雍州始平	京兆金城	陕西兴平	全诗1008

---

① 《中国文学家大辞典(唐五代卷)》第508页谓其高宗时人。
② 据南宋名臣王刚中考证,"盖生于周隋之间,历武德贞观,得道仙去,莫知所终"。其主要活动在唐初武德至贞观年间。详见《唐朝隐逸"两蜀钟秀"——朱桃椎生平事迹考》,《成都大学学报(社会科学版)》,2011年第6期。

附录2　初唐作家与诗文韵段数量分区域统计表

大区 （州府数）	州府 （县域数）①	县域 （作家数）	作家	韵段 总数	诗文韵段数			
					全诗	全文②	全文补	唐墓志
关内区(6)	京兆府(10)	高陵（1）	于志宁	49	2	35	12	
		华原（2）	令狐德棻	26	1	14	11	
			孙思邈	10	2	8		
		金城（2）	窦希玠	1	1			
			祝钦明	1	1			
		泾阳（2）	李大亮	9		9		
			李迥秀	10	2	7	1	
		蓝田（3）	梁朱宾	5		5		
			苏晋	7	1			6
			苏珦	7		7		
		三原（2）	田游岩	1	1			
			于知微	8		8		
		万年（8）	郭汉章	1		1		
			李适	4	4			
			韦安石	1	1			
			韦挺	1		1		
			韦虚心	7		7		
			韦元旦	2	2			
			颜师古	23	1	22		
			颜惟贞	1		1		
		武功（4）	富嘉谟	27	9	13		5
			苏瑰	2	2			

---

① 县域计数规则是：如果州府有确定的县域，按确定的县域计数，县域不详的不作统计。州府计数规则类此。

② 《全文》含《唐文拾遗》《唐文续拾》。

续表

大区（州府数）	州府（县域数）	县域（作家数）	作家	韵段总数	诗文韵段数			
					全诗	全文	全文补	唐墓志
			苏诜	3		3		
			苏颋	181	26	149		6
		咸阳（1）	崔敦礼	6		6		
		长安（23）	程彦先	2		2		
			崔沔	11		5		6
			杜淹	1	1			
			杜之松	1	1			
			韩思复	7	1			6
			韩休	50	2	48		
			李密	2	2			
			李贤	1	1			
			李贞	6	6			
			石抱忠	1	1			
			释道世	90	90			
			释窥基	12	12			
			嗣泽王李润	1		1		
			唐高宗李治	68	9	50	9	
			唐睿宗李旦	11	2	5	4	
			唐中宗李显	10	5	5		
			王德真	8				8
			王易从	1	1			
			韦展	8		8		
			萧德言	1	1			
			萧至忠	1	1			
			袁朗	12	12			
			张敬忠	1	1			
			杜践言	4				4

大区（州府数）	州府（县域数）	县域（作家数）	作家	韵段总数	诗文韵段数			
					全诗	全文	全文补	唐墓志
	华州（1）	华阴（7）	孟利贞	1		1		
			杨炯	288	15	273		
			杨齐悊	2	2			
			杨师道	12	11	1		
			杨思玄	1	1			
			杨续	4	4			
			杨誉	7		7		
	同州（2）		常文贞	3			3	
		冯翊（6）	寇泚	2	2			
			乔备	2	2			
			乔侃	1	1			
			乔师望	5		5		
			乔知之	44	44			
			芮智璨	13		6	7	
		重泉（1）	严识玄	8		8		
	岐州（1）	郿（1）	王珪	2	2			
	邠州（1）	新平（1）	释慧立	1		1		
	泾州（1）	安定（1）	梁知微	1	1			
陇西区（5）	秦州（2）	成纪（5）	李承嗣	1		1		
			李澄霞	1	1			
			李元嘉	1	1			
			李元礼	1	1			
			唐太宗李世民	108	64	38	6	
		上邽（1）	姜晞	8	1	2	5	
	兰州（1）	狄道（1）	辛怡谏	7		7		
	凉州（1）	姑臧（1）	李虁	1	1			
	甘州（1）	张掖（1）	赵彦昭	1	1			

续表

大区 （州府数）	州府 （县域数）	县域 （作家数）	作家	韵段 总数	诗文韵段数			
					全诗	全文	全文补	唐墓志
	西州（1）	高昌（2）	麹崇裕	1	1			
			麹瞻	1	1			
			李审几	8		8		
			李行言	2	2			
			李俨	12		12		
河北区（22）	太原府（3）	交城（1）	释惟岸	1	1			
		祁（2）	王熊	1	1			
			温翁念	1	1			
		文水（3）	武平一	3	2	1		
			武三思	21	7	14		
			则天皇后武曌	59	45	14		
	蒲州（5）	宝鼎（5）	薛稷	26	8	7		11
			薛克构	1	1			
			薛收	16		16		
			薛曜	9	9			
			薛元超	12		12		
		河东（6）	冯待征	7	7			
			柳明献	1	1			
			卢羽客	1	1			
			吕太一	13		13		
			任知古	8		8		
			张说	539	191	348		
		桑泉（1）	陈述	1	1			
		猗氏（1）	张嘉贞	30		25	5	
		虞乡县（1）	赵隐仕	1			1	
			关弁缟	2			2	

大区 （州府数）	州府 （县域数）	县域 （作家数）	作家	韵段 总数	诗文韵段数			
					全诗	全文	全文补	唐墓志
	绛州（5）	稷山（1）	裴守真	3	3			
		绛州（1）	释本净	9	9			
		龙门（3）	王勃	319	69	237	13	
			王绩	152	62	74	16	
			王勔	2		2		
		闻喜（2）	裴漼	18	1	12		5
			裴炎	6		1	5	
		正平（1）	马吉甫	1	1			
	晋州（1）		贾言淑	1	1			
	汾州（1）	隰城（1）	宋务光	2	2			
	魏州（3）	昌乐（3）	李咸	8	1	7		
			张大安	1	1			
			张文琮	9	5	4		
		馆陶（2）	魏征	60	39	21		
			薛瑶	1	1			
		贵乡（1）	郭震	10	10			
	相州（4）	安阳（3）	邵大震	1	1			
			邵炅	1	1			
			邵昇	2				2
		洹水（2）	杜正伦	3	2	1		
			张蕴古	19		19		
		临漳（4）	卢从愿	2	1	1		
			卢俌	1				1
			源光裕	1	1			
			源乾曜	3	2	1		
		内黄（1）	沈佺期	64	51	13		
	博州（1）	聊城（1）	梁载言	2	1			1
	卫州（2）	黎阳（1）	王梵志	329	329			
		卫县（1）	谢偃	70	4	66		

续表

大区 （州府数）	州府 （县域数）	县域 （作家数）	作家	韵段 总数	诗文韵段数			
					全诗	全文	全文补	唐墓志
	贝州（4）	临清（2）	路敬淳	7		4		3
			路敬潜	1				1
		清河（1）	赵神德	2	2			
		武城（2）	崔善为	2	2			
			张锡	1	1			
		漳南（1）	周思钧	1	1			
	恒州（2）	井陉（1）	崔行功	30		10		20
		真定（1）	释慧净	4	4			
	深州（3）	安平（3）	崔玄童	1	1			
			李安期	10			10	
			李百药	129	17	103	9	
		陆泽（2）	魏知古	1	1			
			张鷟	58	57	1		
		饶阳（2）	李义府	44	4	19	21	
			宋善威	1	1			
	赵州（5）	柏人（1）	李嗣真	4		4		
		房子（2）	李尚一	7		7		
			李义	27	1	15	4	7
		高邑（2）	李畬	1		1		
			李至远	9	1	8		
		栾城（2）	苏味道	2	2			
			阎朝隐	30	15	14	1	
		赞皇（1）	李峤	121	45	76		
			李□袭	8			8	
			徐峤之	5			5	
	德州（1）	蓚（4）	封行高	1	1			
			高峤	2	2			
			高瑾	4	4			
			高士廉	1	1			

续表

大区 （州府数）	州府 （县域数）	县域 （作家数）	作家	韵段 总数	诗文韵段数			
					全诗	全文	全文补	唐墓志
	棣州（1）	阳信（1）	任希古	4	4			
	定州（4）	安喜（2）	崔湜	36	22	14		
			崔液	4	4			
		鼓城（1）	郭正一	16			10	6
		新乐（1）	郎余令	8	1			7
		义丰（2）	张昌宗	2	2			
			张易之	2	2			
	沧州（3）	东光（1）	苗神客	7		7		
		景城（1）	王晙	1	1			
		南皮（1）	郑愔	6	6			
	幽州（1）	范阳（2）	卢粲	10			1	9
			卢照邻	256	85	171		
			卢藏用	33	9	23		1
			卢士牟	7		7		
			卢献	4				4
			王适	14	8	6		
	莫州（1）	莫县（2）	刘穆之	6		6		
			张棲贞	1	1			
	瀛州（1）	乐寿（1）	尹元凯	1	1			
			朱宝积	9		9		
	邢州（2）	柏仁（2）	李怀远	2	2			
			李景伯	1	1			
		南和（1）	宋璟	16		16		
	洺州（2）	鸡泽（1）	高正臣	2	2			
		临洺（1）	刘友贤	1	1			
			宋芬	4			4	
			崔焱士	5			5	
			封希颜	7		7		
			尹悆	1	1			
			张果	32	32			

续表

大区 （州府数）	州府 （县域数）	县域 （作家数）	作家	韵段 总数	诗文韵段数			
					全诗	全文	全文补	唐墓志
中原区（23）	河南府（7）	巩县（2）	杜审言	3	3			
			刘允济	35	2	33		
		缑氏（1）	释玄奘	1	1			
		济源（1）	张廷珪	5		5		
		陆浑（1）	丘悦	2	1	1		
		洛阳（9）	胡皓	18	10	8		
			贾曾	13	2	6		5
			陆坚	1	1			
			太宗皇后长孙氏	1	1			
			元万顷	3	2			1
			元希声	8	8			
			张循之	1	1			
			长孙无忌	4	4			
			长孙贞隐	1	1			
		温县（2）	司马承祯	82	77	5		
			司马逸客	7	7			
		偃师（1）	杜嗣先	3				3
			房元阳	2	2			
			于敬之	7		7		
			元行冲	1		1		
	虢州（2）	阌乡（1）	释万回	1	1			
		弘农（1）	宋之问	203	124	79		
	陕州（2）	陕县（3）	张齐贤	1	1			
			上官婉儿	16	16			
			上官仪	44	36			8
		硖石（1）	姚崇	40	2	37	1	
	汝州（1）	梁县（1）	孟诜	5		5		
			刘希夷	85	85			

大区 （州府数）	州府 （县域数）	县域 （作家数）	作家	韵段 总数	诗文韵段数			
					全诗	全文	全文补	唐墓志
	郑州（5）	管城（1）	凌敬	4	4			
		荥阳（2）	郑世翼	4	4			
			郑繇	5		5		
		荥泽（1）	郑元璹	1	1			
		阳武（2）	韦承庆	24	2	16		6
			韦嗣立	3	3			
		原武（2）	娄师德	9		9		
			杨再思	2				2
			郑万钧	8		8		
			郑休文	5		5		
	怀州（1）	河内（1）	王知敬	8		8		
			司马太贞	3		3		
	汴州（3）	陈留（1）	申屠玚	4				4
		浚仪（3）	白履忠	1	1			
			释昙伦	1	1			
			吴兢	1	1			
		尉氏（1）	刘晃	1	1			
	宋州（2）	宁陵（1）	刘宪	25	14	1		10
		宋城（2）	魏元忠	1	1			
			郑惟忠	23	2	21		
	亳州（1）	谯（1）	李敬玄	2	2			
	滑州（1）	灵昌（3）	崔日用	4	4			
			崔日知	2	2			
			卢怀慎	1	1			
	许州（1）	鄢陵（1）	崔泰之	3	3			
			陈文德	1		1		
	豫州（1）		许天正	1	1			
	徐州（1）	彭城（1）	刘知几	40	3	37		
			刘昪	1	1			

大区（州府数）	州府（县域数）	县域（作家数）	作家	韵段总数	诗文韵段数			
					全诗	全文	全文补	唐墓志
	泗州（1）	涟水（1）	王义方	1		1		
	兖州（1）	瑕丘（1）	徐彦伯	88	24	56		8
			释慧斌	1		1		
	青州（2）	临淄（2）	房玄龄	3	3			
			李伯鱼	1	1			
		益都（1）	崔信明	1	1			
	齐州（3）	历城（1）	于季子	3	3			
		全节（2）	崔融	55	9	44	2	
			员半千	18	6	12		
		山茌（1）	释义净	17	15	1	1	
	曹州（1）	冤句（1）	贾膺福	11		8		3
	沂州（1）	临沂（1）	王元宗	1		1		
	莱州（1）	掖县（1）	王无竞	8	8			
	襄州（1）	襄阳（5）	杜易简	4	3	1		
			释法琳	9	8	1		
			席豫	2	1	1		
			张柬之	6	6			
			张敬之	1	1			
			释灵辩	5	5			
	邓州（2）	南阳（1）	韩思彦	1	1			
			刘斌	3	3			
	荆州（1）	江陵（5）	蔡允恭	1	1			
			岑文本	31	5	26		
			岑羲	6	2		4	
			刘洎	2	2			
			无行	1		1		
			刘孝孙	5	5			

大区（州府数）	州府（县域数）	县域（作家数）	作家	韵段总数	诗文韵段数			
					全诗	全文	全文补	唐墓志
江淮区（5）	楚州（1）	盱眙（1）	释善导	22	22			
	扬州（1）	江都（2）	李邕	149	4	128	16	1
			王绍宗	9	1		8	
			张若虚	9	9			
	申州（1）	义阳（1）	胡元范	3	3			
	光州（1）	固始（2）	陈元光	20			20	
			丁儒	1	1			
	寿州（2）	盛唐（1）	何鸾	1	1			
		安丰（1）	释智通	1	1			
江南区（3）	饶州（1）	贵溪（1）	释智常	2	2			
	宣州（2）	溧阳（1）	史嶷	12		12		
		秋浦（1）	胡楚宾	10			10	
			刘处约	1	1			
	潭州（1）	长沙（1）	欧阳询	12		12		
东南区（12）	润州（3）	丹徒（2）	马怀素	4	1	3		
			释道宣	1		1		
		江宁（3）	释智威	1	1			
			孙处玄	4		3		1
			庾抱	2	2			
		延陵（1）	释法融	47	33	14		
	常州（2）	晋陵（3）	刘祎之	3	3			
			刘子翼	2	2			
			释义褒	3	3			
		义兴（2）	蒋挺	1	1			
			许景先	14	13			1
			洪子舆	1	1			
			释僧凤	1	1			
			萧璟	3	3			
			萧钧	2	1	1		

大区 （州府数）	州府 （县域数）	县域 （作家数）	作家	韵段 总数	诗文韵段数			
					全诗	全文	全文补	唐墓志
	苏州（2）	昆山（1）	张后胤	1	1			
		吴县（4）	董思恭	9	9			
			陆景初	1	1			
			释法恭	1	1			
			朱子奢	11	1	10		
			陈子良	26	8	18		
			陆擂	1	1			
			陆余庆	1		1		
			张泛	6	6			
	杭州（2）	钱塘（2）	褚亮	70	41	29		
			褚遂良	19	4	15		
		新城（1）	许敬宗	109	52	47	10	
			朱君绪	7	7			
	湖州（2）	武康（2）	沈叔安	2	2			
			释明解	2	2			
		长城（3）	陈叔达	8	4	4		
			太宗贤妃徐惠	5		5		
			徐坚	8	7	1		
	歙州（1）	歙县（1）	吴少微	23	15	3		5
	越州（3）	山阴（3）	贺纪	3				3
			贺敳	1	1			
			孔绍安	7	7			
		永兴（1）	贺知章	50	22		1	27
		余姚（1）	虞世南	92	32	60		
			贺朝	9	9			
			万齐融	26	9	17		
	婺州（1）	义乌（1）	骆宾王	154	137	17		

续表

大区 （州府数）	州府 （县域数）	县域 （作家数）	作家	韵段 总数	诗文韵段数			
					全诗	全文	全文补	唐墓志
	括州（1）	括苍（1）	叶法善	3	3			
	温州（1）	永嘉（1）	释玄觉	53	53			
	台州（1）	宁海（1）	释怀玉	1	1			
	泉州（1）		庞行基	3		3		
西南区（4）	益州（1）	成都（2）	间丘均	10	2	4	4	
			朱桃椎	6		6		
	眉州（1）	彭山（1）	释道会	1	1			
	梓州（1）	射洪（1）	陈子昂	172	89	83		
	绵州（1）	巴西（1）	李荣	2	2			
岭南区（4）	韶州（1）	曲江（1）	释法海	1	1			
	新州（1）	新兴（1）	释慧能	40	40			
	泷州（1）	开阳（1）	陈集源	5		5		
	澄州（1）	无虞（1）	韦敬辨	8	4		4	
不详			蔡瑰	5	5			
			曹琰	5				5
			陈嘉言	1	1			
			淳于敬一	2		2		
			崔坚	1				1
			崔悬黎	6		1		5
			崔知贤	2	2			
			东方虬	12		12		
			窦昉	1	1			
			杜澄	8			8	
			樊望之	4				4
			封抱一	1	1			
			甘洽	1	1			
			甘子布	7		7		
			高迈	28	1	27		

续表

大区 （州府数）	州府 （县域数）	县域 （作家数）	作家	韵段 总数	诗文韵段数			
					全诗	全文	全文补	唐墓志
不详			高球	2	2			
			高叔夏	2			2	
			高庶几	4				4
			弓嗣初	1	1			
			公孙呆	1	1			
			顾升	1		1		
			郭瑜	3	3			
			韩覃	8				8
			韩筹	2				2
			韩仲宣	3	3			
			何茂	1				1
			和神剑	10			10	
			贺朝清	1	1			
			贺遂亮	5	1	4		
			黄元之	6		6		
			贾无名	4				4
			贾元逊	1	1			
			江满昌文	1	1			
			江旻	4		4		
			靳翰	1		1		
			浚泰	4			4	
			康子元	5				5
			寇溆	4				4
			郎南金	4				4
			李孝伦	4		4		
			李行廉	6		6		
			李义表	4		4		
			梁宝	2	2			

续表

大区 （州府数）	州府 （县域数）	县域 （作家数）	作家	韵段 总数	诗文韵段数			
					全诗	全文	全文补	唐墓志
不详			梁践悊	3			3	
			刘待价	7		7		
			刘行敏	1	1			
			刘秀	6		6		
			刘夷道	1	1			
			刘元节	5				5
			柳绍先	8		8		
			卢崇道	1	1			
			马友鹿	1	1			
			毛明素	1	1			
			明濬	11			11	
			慕容知晦	6				6
			潘行臣	7			7	
			裴翰	2				2
			裴略	3	3			
			裴玄智	1	1			
			权龙襄	5	5			
			冉元一	1		1		
			上官灵芝	1		1		
			史宝定	3				3
			史仲谋	3		3		
			释道恭	1		1		
			释法轮	1	1			
			释法宣	7	3	4		
			释灵廓	10		2	8	
			释仁俭	1	1			
			释彦琮	4		4		
			唐远悊	1	1			

续表

大区（州府数）	州府（县域数）	县域（作家数）	作家	韵段总数	诗文韵段数			
					全诗	全文	全文补	唐墓志
不详			王安仁	2		2		
			王博	1		1		
			王承烈	1				1
			王拊	1	1			
			王干	1	1			
			王匡国	5				5
			王利贞	1		1		
			王绍望	6				6
			王威德	1	1			
			王仙客	1	1			
			王昕	4		4		
			王友方	4		4		
			王元环	3				3
			王允元	6				6
			□镇	7			7	
			韦敬一	7			7	
			韦均	1		1		
			卫晋	1			1	
			魏奉古	5	5			
			魏归仁	4		4		
			吴扬吾	1				1
			席元明	1	1			
			萧楚材	1	1			
			谢士良	2				2
			谢佑	5				5
			辛学士	1	1			
			徐皓	1	1			
			杨晋	9			9	

续表

大区 （州府数）	州府 （县域数）	县域 （作家数）	作家	韵段 总数	诗文韵段数			
					全诗	全文	全文补	唐墓志
不详			杨敬述	1	1			
			杨廷玉	1	1			
			杨潜	1	1			
			姚略	3				3
			元道	1			1	
			元伞	7			7	
			元思叡	2		1	1	
			元续	1		1		
			张嘉之	5				5
			张秦客	4				4
			张神安	3		3		
			张思讷	6			6	
			张泰	8		8		
			张□	1				1
			张文恭	1	1			
			张仵鼎	4			4	
			张秀	4				4
			张宣明	2	2			
			张愃	4			4	
			张循宪	1	1			
			张元琰	4				4
			张元一	3	3			
			赵氏	3	3			
			赵颋	1		1		
			赵元淑	1	1			
			赵志	28	28			
			赵中虚	1	1			
			郑璘	4				4

续表

大区 （州府数）	州府 （县域数）	县域 （作家数）	作家	韵段 总数	诗文韵段数			
					全诗	全文	全文补	唐墓志
不详			郑南金	1	1			
			郑仁轨	1	1			
			郑善玉	1	1			
			郑万英	8		8		
			周彦昭	1	1			
			朱怀隐	6		6		
			朱使欣	1	1			
			阙名	39		39